Anne Morrow Lindbergh
Verschlossene Räume, offene Türen

SERIE PIPER
Band 1658

Zu diesem Buch

Anne Morrow Lindberghs Erinnerungen der Jahre 1933 bis 1935 handeln von Jagd und Flucht und von der Sehnsucht nach ungestörtem Leben. Nach der Geburt des zweiten Sohns Jon schirmen sich die Lindberghs ab. Einerseits aus Furcht vor einer neuerlichen Entführung, denn der Schock über die Ermordung ihres ersten Kindes sitzt tief in ihrer Seele, andererseits, um sich vor der hemmungslosen Neugier der Journalisten zu schützen. Sie verlassen kaum das Haus, und wenn, inkognito. Obwohl Anne in ihrer Mutterrolle aufgeht, entschließt sie sich 1933, Charles bei einem halbjährigen Erkundungsflug nach Grönland zu begleiten und Jon zurückzulassen. Die große Herausforderung dieser Expedition besteht sie glänzend, denn diesmal ist sie nicht nur Mitreisende, sondern Bordfunkerin. Nach Wochen der Entbehrung freut sich das Ehepaar auf die Annehmlichkeiten der Zivilisation, aber wo es auch auftaucht, lauert bereits eine Meute von Reportern, vor allem in den USA, wo der Prozeß gegen die Entführer ihres ersten Babys anläuft. Deshalb entschließen sich die Lindberghs 1935 nach England zu ziehen, um dort endlich ein normales Leben führen zu können.

Anne Morrow Lindbergh, geboren 1906, verheiratet mit dem berühmten Ozeanflieger Charles Lindbergh. War die erste amerikanische Frau, die einen Flugzeugführerschein erhielt; sie begleitete ihren Mann häufig als Funkerin auf weiten Flugreisen. Ihr schriftstellerisches Werk, das während der wenigen freien Stunden entstand, die sie sich als Ehefrau und Mutter von sechs Kindern abgewinnen konnte, umfaßt Reiseberichte, Lyrik, Romane, Tagebücher, Briefe und Essays.

Anne Morrow Lindbergh

Verschlossene Räume, offene Türen

Jahre der Besinnung

Aus dem Amerikanischen
von Elisabeth Piper

Piper
München Zürich

Die Originalausgabe erschien 1974 unter dem Titel
»Locked Rooms and Open Doors. Diaries and Letters
of Anne Morrow Lindbergh, 1933–1935«
bei Harcourt Brace Jovanovich, Inc., New York.

Von Anne Morrow Lindbergh liegen in der Serie Piper
außerdem vor:

Halte das Herz fest (513)
Wind an vielen Küsten (653)
Muscheln in meiner Hand (1425)
Bring mir das Einhorn (1293)
Stunden von Gold, Stunden von Blei (1507)

ISBN 3-492-11658-2
Neuausgabe 1992
2. Auflage, 9.–14. Tausend Dezember 1992
(1. Auflage, 1.–6. Tausend dieser Ausgabe)

Umschlag: Federico Luci
Satz: Kösel, Kempten
Druck und Bindung: Clausen & Bosse, Leck
Printed in Germany

Redaktioneller Hinweis

Tagebuch und Briefmaterial in diesem Buch wurden im Hinblick auf Wiederholungen gekürzt und im Hinblick auf die Lesbarkeit korrigiert. Da dies ein persönlicher und kein historischer Bericht ist, sind die Anmerkungen, auf die Zeit des Tagebuchs bezogen, absichtlich kurz gehalten und auf Informationen beschränkt, die zum Verständnis des Textes unerläßlich sind.

Die folgenden Abkürzungen wurden durchgehend verwendet:

D. W. M.	– Dwight Whitney Morrow
E. C. M.	– Elisabeth Cutter Morrow
E. R. M. M.	– Elisabeth Reeve Morrow Morgan
D. W. M. jr.	– Dwight Whitney Morrow jr.
C. C. M.	– Constance Cutter Morrow
E. L. L. L.	– Evangeline Lodge Land Lindbergh
A. M. L.	– Anne Morrow Lindbergh
C. A. L.	– Charles A. Lindbergh

Einführung

»Einem Reisenden muß man auf seinem Weg von ... nach ... Ehrerbietung zollen: es ist die Geschichte eines jeden von uns.«
Thoreaus Tagebuch, 2. Juli 1951

Der erste Teil dieses Bandes behandelt eine lange Reise – den Vermessungsflug für die Atlantik-Flugroute, wobei mein Mann das geographische Gelände, die Wetterbedingungen und die möglichen Landeplätze für den Flugdienst zwischen Amerika und Europa erforschte, der 1933 noch in der Zukunft lag. Die Schilderungen dieses Buches enden mit der Seereise nach England, die wir mit unserem drei Jahre alten Sohn im Dezember 1935 unternahmen. Dort wollten wir ein neues Leben in einem anderen Land beginnen. Aber beide Reisen sind Teile der gleichen Wanderschaft im Sinne von Thoreaus »Weg von – nach«.

Woher kamen wir? Dem Leser, der die ersten Bände meiner Tagebücher und Briefe nicht gelesen hat, muß ich erklären, daß ich in einem abgeschirmten Familienkreis behütet aufgewachsen bin. Der erste Band, ›Bring mir das Einhorn‹, führt durch meine von großer Schüchternheit bestimmte Jugendzeit und weiter in die größere Gemeinschaft des Smith College unter Präsident Neilson. Dort erwachte in mir die Lust zum Schreiben. Die Geschichte geht weiter mit dem spannenden Erleben der neuen und faszinierenden Welt Mexikos, wo mein Vater, Dwight Morrow, seit 1927 Botschafter war und wo ich bei einem Weihnachtsbesuch den Helden des Tages, Charles Lindbergh, traf. Ich verliebte mich in ihn und heiratete ihn schließlich 1929 – zu meiner eigenen Überraschung.

Im zweiten Band, ›Stunden von Gold, Stunden von Blei‹, werde ich in eine noch viel weiträumigere und unbekanntere Welt hineinkatapultiert, in die des Fliegens, das damals noch in seinem Pionierstadium war. Es war ein Fliegen mit ständigem Bodenkontakt, mit häufigen Tiefflügen in einmotorigen Maschinen, die für das Instrumentenfliegen nur unzureichend ausgerüstet waren. Bei einem unserer weiten Flüge eröffneten wir die transkontinentale Flugroute; wir machten einen Vermessungsflug nach Südamerika und um die Karibischen Inseln.

Das auf Bücher versessene Schulmädchen, das keinerlei technische Begabung und Ausbildung hatte, lernte fliegen, funken und navigieren. Wir kamen gerade so lange auf die Erde zurück, daß ich mein erstes Baby, Charles A. Lindbergh jr., bekommen konnte, und wir kauften ein Grundstück bei Hopewell, New Jersey, wo wir bauen wollten. Für kurze Zeit mieteten wir ein erstes Zuhause, ein kleines Bauernhaus in Rosedale, nicht weit von Princeton, wo wir wohnten, bis unser eigenes Haus fertig war. Aber diese Ereignisse unterbrachen unsere Flugreisen nie lange. Die erste Hälfte des zweiten Bandes (›Stunden von Gold, Stunden von Blei‹) schließt mit unserem Vermessungsflug, ›North to the Orient‹, der 1931 über Kanada und Alaska nach Japan ging. In China erreichte uns die Nachricht vom Tode meines Vaters – das war die erste Lücke in unserem Familienkreis. Wir kehrten sofort per Schiff und Flugzeug in das Haus meiner Mutter, nach Englewood in New Jersey, zurück.

In diesem Winter zogen wir in unser neugebautes Haus in der Nähe von Hopewell, wo wenige Monate später, am 1. März, unser Leben durch die Entführung unseres ersten Kindes zerstört wurde – nach qualvollen Wochen der Ungewißheit und des Verhandelns entdeckte man schließlich den Leichnam in der Nähe unseres Hauses. Dies war die »Stunde von Blei«, die mein Tagebuch in der letzten Hälfte des zweiten Bandes behandelt. Aus Sicherheitsgründen, und um vor dem überwältigenden Ansturm der Reporter und der Menschenmassen Schutz zu suchen, kehrten wir in das Haus meiner Mutter, Next Day Hill, in Englewood zurück; dort erwarteten wir die Geburt unseres zweiten Sohnes; Jon kam am 16. August 1932 zur Welt. Mit der Ankunft des neuen Babys und auch mit der Vermählung meiner Schwester Elisabeth mit Aubrey Morgan aus Wales kehrte das Glück für die ganze Familie wieder ein. Der Band schließt mit meiner Beschreibung der Hochzeit im Dezember 1932. Damit sind wir beim Beginn dieses dritten Bandes: wir lebten bei meiner Mutter in Next Day Hill. Meine Schwester hatte gerade geheiratet, Constance und mein Bruder Dwight waren fort im College.

Es ist einfacher zu erklären, wo wir waren, als wohin wir gingen. Nach Thoreaus Satz, wir waren »auf dem Wege von – nach«. Doch wohin? Wir versuchten, ein neues Leben zu finden. Die Zeit zwischen 1933 und 1935 war ein Übergang vom einen zum anderen Leben, und mein Bericht über diese Jahre ist eine Darstellung unserer Genesung von der Zerstörung eines früheren Daseins und unserer Versuche, dieses neue Leben zu finden.

Doch zunächst mußten wir mit dem alten fertig werden. Noch immer hatten wir uns mit Problemen der Sicherheit und Publizität, und damit auch der Abschirmung unseres Privatlebens, herumzuschlagen. Wir waren weiterhin Freiwild, das von der Presse unter Druck gesetzt und mit den bei übersteigerter Popularität üblichen Drohbriefen bedacht wurde. Wir brauchten einen bewaffneten Wachtposten zum Schutz unseres Sohnes. Auf uns lastete der Kummer, mit dem wir fertig werden mußten, das Grauen des noch immer ungelösten Rätsels. Und wir wußten nicht, was wir mit unserem Besitz in Hopewell machen sollten. Würden wir dort je wieder wohnen können? Wenn nicht, wohin sollten wir gehen, wenn wir das Haus meiner Mutter verließen?

Next Day Hill war nicht das schlichte, geräumige, schindelgedeckte Haus an der Palisade Avenue, in dem ich aufgewachsen war und bis zu meiner Heirat gelebt hatte. Dieses erste Haus wich 1928 einem riesigen georgianischen Herrenhaus auf den bewaldeten Hängen in den Außenbezirken Englewoods, einem langgehegten Wunschtraum meiner Mutter, einem Überbleibsel aus der Epoche der großen Landsitze Long Islands, die in einem Amerika der Hochkonjunktur soeben zuende ging. Es war gebaut worden, als die Karriere meines Vaters ihren Höhepunkt erreicht hatte. Er war Botschafter in Mexiko und sollte demnächst Senator von New Jersey werden. Meine Mutter richtete sich auf eine politische Karriere ein, die mein Vater offensichtlich gerade begann. Ihre Vorstellung von gesellschaftlichem Leben spiegelte sich wider in den geräumigen Sälen und riesigen Empfangsräumen, dem Speisezimmer, dem riesenhaften »Neuen Flügel«, der nach ihrer Rückkehr aus Mexiko dazukam – im ersten Stock befand sich eine Bibliothek mit Büroräumen –, und einem weiteren langen Flügel für das Personal, das man für die Führung eines solchen Besitzes brauchte. Leider lebte mein Vater, für den das alles geplant war, nur ganze drei Jahre in diesem Haus. Sein jäher Tod machte seiner Karriere ein Ende, man bedurfte nun eines so aufwendigen Haushalts nicht mehr, doch meine Mutter, die einen großen Familien- und Freundeskreis hatte, wohnte noch zwanzig Jahre dort.[1]

Für die erwachsenen Kinder, die während der Jahre des wirtschaftlichen Niederganges, dem »New Deal« Franklin Roosevelts und dem Aufkommen sozialistischer Tendenzen, hin und wieder Zuflucht in seinen vier Wänden nahmen, war das Haus ein Anachronismus. Wenn ich mich, vermummt in meinen Plüschumhang, in der von einem livrierten Chauffeur ge-

[1] Next Day Hill beherbergt jetzt die Elisabeth Morrow School.

steuerten Limousine verkroch, um nach New York zu fahren, rechnete ich, etwas übertrieben, stets damit, daß plötzlich ein Ziegelstein durchs Fenster fliegen würde.

Für meine Mutter muß die Überwachung der Sekretärinnen und des Personals eine Last gewesen sein, doch diese Last mag ihr andererseits geholfen haben, die plötzliche Leere in ihrem Leben auszufüllen. Next Day Hill war erfüllt vom geschäftigen Kommen und Gehen der Familie, von Gästen, gesellschaftlichen Begebenheiten und Zusammenkünften voll menschlicher Wärme. Eine Situation, die meinen Mann aufbrachte (der das einfache Leben liebte und in den Jahren 1927 und 1928 so viel Menschengedränge um sich gehabt hatte, daß es für mehrere Leben reichte). Auch ich konnte mich, da ich mich einmal davon freigemacht hatte, nur schwer in diese Atmosphäre fügen. Trotzdem war es für uns und unseren Sohn in den Übergangsjahren zwischen der Entführung und unserer Abreise nach England der Himmel auf Erden. In dem ländlichen Vorort konnten wir sicher und zurückgezogen leben, bis wir eine neue Bleibe gefunden hatten.

Als wir 1933 darangingen, die Fäden zu unserem früheren Leben wieder zu knüpfen, gab es glücklicherweise ein paar feste Anhaltspunkte. Vor allem war da unser fünf Monate altes Baby, das kräftig heranwuchs, immer lebhafter und zugänglicher wurde, unser augenblickliches Dasein erfüllte und uns den Blick für die Zukunft öffnete. Da war auch mein angefangenes Manuskript, und ich schrieb nun wieder an dem Bericht über unseren Flug vor zwei Jahren: ›North to the Orient‹. Mein Mann arbeitete am Rockefeller Institut mit Dr. Alexis Carrel auf dem Gebiet der biologischen Forschung; diese Arbeit nahm ihn mehr und mehr in Anspruch. Dazu beschäftigte uns stets die ungelöste Aufgabe neuer Flugrouten speziell über den Ozean. Den Sommer im Jahre 1933 benützten wir zur Vorbereitung unserer Forschungsreise über den Atlantik.

Die Entscheidung, den Vermessungsflug über den Atlantik zu übernehmen, war für meinen Mann ganz selbstverständlich. Seit seinem Flug nach Paris im Jahre 1927 war er an der Entwicklung der Überseeflugreisen interessiert. Wer eignete sich wohl besser als er zur Untersuchung solcher Routen, der Wetterbedingungen und des Geländes? Für uns war das Fliegen eine normale Daseinsform; diese Aufgabe half uns, zu den Nachwirkungen des Verbrechens Abstand zu gewinnen, und das Publikumsinteresse wurde damit auf etwas Positives gelenkt – den Fortschritt des Flugverkehrs. Meinen Mann erfüllte die immerwährende Faszination des Abenteuers und des Forschens. Für mich bedeutete die Reise die größte Annäherung an »unser eigenes Leben«, die damals erreichbar war. Sie brachte mehr Freiheit, ein ungestörteres Privatleben für mich und meinen Mann und neue Kontakte zu Menschen. Dazu kam die Befriedigung durch meine eigene Mitarbeit als Funker und Navigations-Copilot. Als tätiges Mitglied der Expedition teilte ich auch den Triumph ihres erfolgreichen Gelingens. Und mir wurde eine unschätzbare Lehre zuteil – das Geschenk einer jeglichen Reise, besonders aber jener, die man sich selbst erarbeitet: ich lernte es, dem Augenblick zu leben. Das alles war ganz heilsam. Aber andererseits trennte mich die Reise, besonders da sie auf fünfeinhalb Monate verlängert wurde, von meinem Kind, dem stärkendsten Element meines Lebens. Und der mir so notwendige innere Prozeß, mit meinem Kummer in Ruhe fertig zu werden, wurde ebenso unterbrochen wie die Arbeit an meinem Buch, die ich gerade wieder aufgenommen hatte.

Die unerbittliche tägliche Routine war, wie ich heute weiß, eine außerordentliche körperliche und nervliche Belastung. Die langen Stunden harter Arbeit und konzentrierter Aufmerksamkeit bei Notlagen – oft voller Angst im hinteren Cockpit – wären für die meisten Männer eine Herausforderung gewesen. Ich war nicht mehr der Page, als den ich mich, recht romantisch, kurz nach unserer Hochzeit gesehen hatte. Ich war ein Besatzungsmitglied, und wir hatten einen außerordentlich schwierigen Vermessungsauftrag, der dann tatsächlich zu einem der am besten vorbereiteten und ausgeführten Erkundungsflüge wurde.

Als Frauenrechtlerin verlangte ich leidenschaftlich danach, mich als die, die ich war, an der Arbeitsstelle eines Mannes zu bewähren. In der Funkerei gelang mir das auch weitgehend. Meine Arbeit war für den Erfolg des Fluges unentbehrlich. Über dem Südatlantik stellte ich eine Fernverbindung für die Verständigung zwischen einem Flugzeug und einer Bodenstation her. Amüsiert, aber auch unbändig stolz, vernahm ich die Bemerkung eines PAN-AM-Funkers, der mir bei schweren atmosphärischen Störungen eine Nachricht von hundertfünfzig Code-Worten durchgegeben hatte: »Mein Gott, sie hat's mitgekriegt!« Der Preis für meine erfolgreichen Bemühungen in meinem neuen Tätigkeitsbereich war der zeitweilige Ausfall meiner normalen Reaktionen. Mein Kopf war unten im Cockpit, meine Finger waren auf der Sendertastatur, und meine Ohren, in Kopfhörer gezwängt, hörten nur den Funk-Verkehr, der durch rasenden

Krach unterbrochen wurde. Ich kam kaum dazu, die Schönheiten des Meeres, des Himmels oder der Berge zu betrachten oder an mein verlorenes Kind und das Baby zu Hause zu denken (»Er ist dort, ein verborgener Schatz«, so schrieb ich). Mein Tagebuch wurde zum kurzgefaßten Funker-Logbuch. Gelegentlich, wenn der Funk nicht gebraucht wurde, konnte ich vom Cockpit aus die flammenden Gipfel der Berge Grönlands, gleißende Eisberge im Nördlichen Eismeer oder eine freundliche Eskimostadt an der felsigen Küste sehen. Manchmal, beim nächtlichen Heulen des Windes, in schweren Träumen oder beim Anblick eines lockenköpfigen Kindes, wurde die schmerzliche Vergangenheit wieder lebendig.

Im ganzen aber war die Zeit in Grönland erfrischend wie ein Tauchbad in einem nördlichen Meer. Die wilde Schönheit dieser felsigen Küste, die Herzlichkeit der dänischen Siedler und Forscher, die warme Freundlichkeit der Eskimos in ihren leuchtenden Kappen und Stiefeln – das alles wusch die Erinnerung allmählich ab. In jenen winzigen abgeschlossenen Außenposten des Nordens drückte uns auch die Last des Ruhmes nicht mehr; wir erlangten ein gewisses Maß an Anonymität. Wir waren Fremde; wir waren Gäste; aber wir waren keine Wundertiere, die nicht zur übrigen Menschheit gehörten. Der Tageslauf der nördlichen Außenposten nahm auf uns keine Rücksicht, aber wir freuten uns, ihn beobachten und an seinem Rhythmus teilhaben zu können.

Aber nach Grönland, als wir auf dem monatelangen Flug kurz nacheinander Island, Dänemark, Schweden, Finnland, Rußland, Norwegen, England, Irland, Schottland, Frankreich, die Schweiz, Spanien, Portugal, Afrika und Südamerika besuchten, wurde die Sache für mich irgendwie unwirklich und verlor ihren Reiz. In den dichter besiedelten Städten Europas mit dem üblichen Ansturm der Presse und der Menschenmassen schwand unser Privatleben dahin. An jedem neuen Ort verminderte sich meine Fähigkeit, neue Eindrücke wirklich in mich aufzunehmen, und mein Verlangen, zu Hause bei meinem Jungen zu sein, wuchs.

Schließlich, nach einer schwer erkämpften Überquerung des Südatlantik von Bathurst, Gambia, nach Natal in Brasilien, landeten wir kurz vor Weihnachten 1933 in den Vereinigten Staaten. Wir waren allein in Next Day Hill, da meine Mutter nach Kalifornien gereist war, um meiner Schwester Elisabeth bei der Einrichtung ihres neuen Heims in Pasadena zu helfen.

Bei unserer Rückkehr gab es natürlich Wiederanpassungsprobleme, aber ich wurde bald zur gänzlich in Anspruch genommenen Mutter eines fesselnden kleinen Buben und sah mich sofort nach einem eigenen Zuhause für uns um. Wir mieteten eine Wohnung in New York City, weil uns das als die beste und rascheste Lösung – wir verlangten nach einem Privatleben und nach Sicherheit – erschien. Das Jahr 1934 begann in unserem städtischen Stützpunkt unter günstigen Voraussetzungen. Jeden Morgen brachte ich unseren Sohn – mit zwei an den Leinen zerrenden Hunden – in den nahegelegenen Kindergarten. Die Tagebuchnotizen sind in diesen ersten Monaten nicht zahlreich, da ich mich wieder an meine Arbeit ›North to the Orient‹ gemacht hatte und auch einen langen Artikel über unseren letzten Flug um den Nordatlantik für die Zeitschrift ›National Geographic‹ schrieb. Die übrige Zeit wurde in Briefe an meine Schwester investiert.

Die Briefe an Elisabeth zeigen eine neue Verbundenheit nach meiner jetzt überwundenen Jungmädchenzeit, dem jahrelangen Wettstreit und meiner Eifersucht. Wir waren beide verheiratet und konnten uns auf gleicher Ebene treffen. Sie suchte schon seit langem einen Biographen, der das Leben unseres Vaters beschreiben sollte. Wir hatten an Harold Nicolson[1] gedacht, er hatte zugestimmt und wollte den nächsten Winter in Next Day Hill verbringen, um Material zu sammeln. Elisabeth schrieb auch an ihren eigenen Erinnerungen aus unserer Kindheit, einesteils, um Nicolson zum Verständnis unserer Familienszenerie zu verhelfen, aber mehr, um bestimmte frühere Erinnerungen, von denen sie glaubte, daß sie nie in einer offiziellen Biographie erscheinen würden, festzuhalten.

Der Winter verging rasch mit Wochenenden in Englewood, und im Sommer kehrten wir in das Haus meiner Mutter in North Haven, Maine, zurück. Im September flogen wir nach Saint Louis, um ein neues Flugzeug, das dort für uns gebaut worden war, abzuholen, und flogen zur Westküste weiter, um bei Elisabeth und Aubrey Morgan einen Besuch zu machen. Nach drei friedlichen Tagen wurde der Besuch abgebrochen. In einem Ferngespräch teilte Colonel Norman Schwarzkopf, der Befehlshaber der Polizei im Staat New Jersey, meinem Mann mit, daß in dem Kidnapping-Fall eine Wende eingetreten und der Verbrecher verhaftet worden sei.

Wir flogen sofort zur Ostküste zurück und zogen zu meiner

[1] Siehe Anmerkung Seite 27.

Mutter nach Next Day Hill, wo wir uns auf den Winter vorbereiteten; in Flemington, New Jersey, sollte die Gerichtsverhandlung stattfinden.

Diese neue Entwicklung brachte eine jähe Umkehr in unser Leben. Der Ansturm der Presse, der uns während der Zeit der Entführung in Atem gehalten hatte, wurde schlimmer denn je. Die Zeitungen waren voller Einzelheiten über das Verbrechen und die tägliche Entwicklung des Falles. Wieder versammelte sich die Menge der Reporter vor dem Eingang unserer Auffahrt. Wie bei wachsender Publizität üblich, mehrten sich die Drohbriefe in unserer Post, einige waren kriminell, die meisten stammten aber wohl vor allem von aus dem Gleichgewicht geratenen Gemütern, die unweigerlich durch die Schlagzeilen auf den Plan gerufen wurden. Bewaffnete Wachtposten durchstreiften das Grundstück und beobachteten unseren Sohn Tag und Nacht. Mein Mann, der den Fall bis in alle Einzelheiten verfolgte, wurde wieder in lange Besprechungen mit Polizei, Anwälten und Sachberatern hineingezogen.

Unsere Versuche, ein Eigenleben (auf einer Flugreise) oder ein eigenes Zuhause (in der New Yorker Wohnung) zu finden, mußten für einige Zeit zurückgestellt werden. Wegen der erneuten Bedrückung, die auf unserem Privatleben lastete, und der Gefährdung unserer Sicherheit durch die bevorstehende Gerichtsverhandlung brauchten wir den Schutz des Hauses meiner Mutter für unser Kind und für uns selber. Meine Mutter nahm uns mit äußerster Großmut, größtem Verständnis und sehr viel Geduld bei sich auf. Sie überließ uns einen Flügel ihres großen Hauses und respektierte meines Mannes private Existenz und seinen Wunsch nach Unabhängigkeit. Aber ich, als Tochter, wurde unausweichlich in ihre Geschäftigkeiten mit einbezogen und von meinem Wunsch nach Loyalität ihr und meinem Mann gegenüber ständig hin- und hergerissen.

Wenn eine verheiratete Tochter wieder zu Hause lebt, scheint sich eine seltsame, unbewußte Rückkehr zu vollziehen. Trotz der besten beiderseitigen Absichten läuft alles wieder auf das alte Mutter-Tochter-Verhältnis hinaus. Nolens volens geht man in die Falle und schlüpft wieder in die abgelegte Rolle. Die Interessen meiner Mutter unterschieden sich sehr von den unseren, und ihre Art, mit dem Kummer fertig zu werden, auch wenn sie dabei sehr tapfer war, war ganz anders als meine. Sie stürzte sich unablässig in irgendwelche Tätigkeiten. Next Day Hill quoll über vor Menschen und Plänen.

Harold Nicolson war aus England angekommen, um Material für die Biographie meines Vaters zu sammeln. Ein ständiger Strom von Freunden, Verwandten und Geschäftspartnern kam ins Haus, um von ihm interviewt zu werden – oder, wie ich fürchte, um ihm, wie es den meisten Biographen passiert, ungefragt Hinweise zu geben, wie er sein Buch schreiben solle.

Es war keine Atmosphäre, in der zwei junge Leute ein Leben für sich führen oder ein neues Leben beginnen konnten. Alle wichtigen Ereignisse während des Winters 1934/35 verwiesen auf die Vergangenheit: ein weiterer verfrühter Tod in der Familie, die Notwendigkeit, sich wegen der Biographie auf vergangene Begebenheiten zu konzentrieren; die Gerichtsverhandlung in Flemington, die ein Verbrechen wieder aufrollte, das jetzt drei Jahre hinter uns lag, und zu alledem für mich der Rückzug in die Rolle eines jungen Mädchens im Haus meiner Mutter.

Auch heute sehe ich keine andere Lösung der Situation, in der wir uns damals befanden. Wir mußten wegen der Verhandlung in der Nähe sein. Als die zweite Tochter und einziges Kind im Hause wollte ich meiner Mutter in diesem schwierigen Jahr beistehen und ihr bei einigen schmerzlichen Entscheidungen, die im Zusammenhang mit der Biographie meines Vaters aufkamen, eine Stütze sein. Auch wußte ich, daß mein kleiner Junge ihr fast die einzige unbeschwerte Freude in diesen Tagen gab. Wegen unserer häufigen Flugreisen, als ihr Haus unser Ausgangspunkt gewesen war, hatte sich eine sehr enge und direkte Beziehung zwischen Großmutter und Enkel entwickelt. Das war, so spürte ich, der einzige wirkliche Trost, den ich ihr geben konnte.

In den »Stunden von Blei« schrieb ich prophetisch in mein Tagebuch von 1931: »Man braucht den Mut nicht in dem Augenblick, in dem man getroffen wird, sondern für den langen, steilen Rückstieg, der einen wieder zur geistigen Gesundung, zu Vertrauen und Sicherheit führen soll.« Das Jahr 1935 war für mich ein langer, bergaufführender Anstieg. Es gab wenig Einsamkeit, in der man mit dem neuen Kummer hätte fertig werden können. Die stoische Tradition, Kummer zu verbergen, wurde von meiner Mutter und meinem Mann hochgehalten. Ich weinte nachts oder wenn ich auf einem Baumstumpf in den buschreichen Wäldern außerhalb des umzäunten Grundstückes saß. Die Unterdrückung meiner natürlichen Gefühle führte zu schrecklichen inneren Spannungen und verwirrten Ängsten. Ich wurde wieder das junge Mädchen, das ich einst gewesen war, und ich entdeckte, daß alle Dämonen, von denen ich geglaubt hatte, daß ich sie losgeworden sei, sich wieder in mir erhoben: Empörung, Verzweiflung, Selbstsucht und Überempfindlichkeit. Mit meinem puritanischen Sinn für die Sünde kämpfte ich zornig meine rebellischen Gefühle nieder, aber nachts sah ich sie wie Giftpilze wieder vor mir aufsteigen. Da es für mich undenkbar war, meine Mutter, ihre Umgebung oder die äußeren Umstände anzuklagen, richtete ich meine negativen Gefühle gegen mich selbst. Ich war davon überzeugt, daß ich eine totale Niete und in einer ausweglosen Situation gefangen sei. Dieser ganze innere Aufruhr blieb selbstverständlich verborgen. Von meinem Alltagsgesicht konnte man die inneren Höllen der Verzweiflung nicht ablesen. Wenn ich nachts wach lag, verstand ich allmählich Thoreaus Satz: »Das Gros der Menschen führt ein Leben in stummer Verzweiflung.«

All das ist, wie man heute weiß, ein durchaus bekanntes psychodynamisches Verhalten, doch das war für jemanden, der es zum erstenmal erlebte und dem Einblick und Hilfe fehlten, nicht erkennbar. Ich war ziemlich spät an den schmerzlichen Punkt im Wachstumsprozeß gelangt, an dem man erkennt, daß die angebeteten Eltern nicht unfehlbar sind – oder wenigstens, daß der eigene Standpunkt, daß Bewertungen und Geschmacksrichtungen sich nicht mit den ihren decken. Wie soll man sich von den überholten Formen lösen, ohne dabei einem geliebten Menschen Schmerz zuzufügen und sich selbst wegen der eigenen Untreue und Schuld zu quälen?

Rückblickend, mit der in vierzig Jahren gewonnenen Einsicht, wird mir heute klar, daß unser Zusammenleben für meine Mutter ebenso schwierig gewesen sein muß. Wie rätselhaft muß ihr mein Widerstand, an ihrer Geschäftigkeit teilzunehmen, vorgekommen sein. Wie unverständlich muß ihr meine Ablehnung ihrer sozialen, wohltätigen und politischen Interessen gewesen sein. Was für Gelegenheiten habe ich – in ihren Augen – ausgeschlagen, nämlich Reden zu halten, in Komitees zu sitzen oder gar am öffentlichen Leben oder dem, was für sie ein ganz normales gesellschaftliches Leben war, teilzunehmen. Sie war, dessen bin ich sicher, bestürzt und oft enttäuscht, aber ich erinnere mich nicht, daß sie mir jemals Vorwürfe wegen meiner Wahl, einen anderen Weg zu gehen, gemacht hätte.

So unbegreiflich das jetzt scheinen mag, es ist mir nie in den Sinn gekommen, wegen meiner Probleme einen Arzt zu konsultieren. Damals ging man – wenigstens in unserer Familie – nur wegen physischer Krankheiten zum Arzt, und ich war gesund, wenn ich auch nicht schlafen konnte. Die Psychiatrie war für die da, die Nervenzusammenbrüche hatten, ich aber brach nicht zusammen. Jeder kleine Hinweis von einem Arzt, einem Geistlichen oder einem klugen Freund hätte mir geholfen zu erkennen, daß, im Gegensatz zu meinen Vorstellungen, die meisten meiner Gefühle normal und wohlbegründet und die Verhältnisse meiner Umwelt eben nicht normal waren. Es war normal, wegen einer Familientragödie zu trauern; normal mein Wunsch, ein eigenes Zuhause zu haben und von der Mutter nicht abhängig zu sein; und normal, daß ich aus meiner Begabung etwas machen wollte. Unnormal war es, ein Verbrechen rekapitulieren und einen weiteren schweren Verlust innerhalb von drei Jahren hinnehmen zu müssen, und als eine verheiratete Frau mit Mann und Kind im Hause meiner Mutter zu leben.

Es gab keinen Arzt, mit dem ich offen hätte sprechen können, selbst wenn ich es gewagt hätte. In der damaligen Zeit war die moderne Psychiatrie noch nicht bis in die Frauenzeitschriften, Elternversammlungen in den Schulen oder in die Kolumnen der Tageszeitungen vorgedrungen. Ich bemühte mich, in Büchern Weisheit zu finden – in Rilkes ›Briefe an einen jungen Dichter‹ (»Habe Geduld mit allem, was ungelöst in Deinem Herzen schlummert, versuche *den Fragen selbst* etwas abzugewinnen. Sie sind wie verschlossene Räume, oder wie Bücher, die in einer Dir fremden Sprache geschrieben wurden«). Ich wiederholte das verzweifelte Gebet Baudelaires: *»Mécontent de tous et mécontent de moi ...«* Ich schrieb Ratschläge ab, die an Gestalten in Romanen gerichtet waren. (»Denn Freiheit kann man nicht durch Zufall gewinnen und durch keinen Ausgleich, den die Lebensumstände bereithalten, sondern einzig und allein durch die bewußte Verwirklichung und Bejahung der Umstände, unter denen das Leben weitergeht.«)

Es gab natürlich viele Momente der Freude. Um glücklich zu sein, braucht man Sicherheit, aber Freude kann wie eine Blume auch auf den Klippen der Verzweiflung sprießen. Die Verbundenheit mit meinem Kind, die sich mit seinem wachsenden Wahrnehmungsvermögen und Wortschatz manchmal im Gespräch ausdrückte oder bei gemeinsamen Spaziergängen und Spielen keiner Worte bedurfte, war ein ständiger Kraftquell und bestätigte wiederum die Lehre, die ich aus den Flugreisen gezogen hatte – von einem Tag zum anderen zu leben. Das sich stets erneuernde Antlitz der Natur bedeutete eine unerschöpfliche Erfrischung. Ich stellte mir die Aufgabe, mich mit der dezidierten Beobachtung von Äußerlichkeiten zu beschäftigen, was mich aus den düsteren Höhlen in meinem Inneren in die Außenwelt führte. »Nun, was gefällt dir *wirklich?*« So fragte ich mich und machte Listen von den unentdeckten Freuden in meiner Umgebung. Ich lief auf den Wegen in Next Day Hill unter den kahlen Buchen herum und flehte durch ihre Äste hindurch zum klaren Himmel hinauf.

Die seltenen friedlichen Zeitabschnitte im Jahre 1935 hätten mir klar machen sollen, was an unserer Situation falsch war. Immer dann, wenn mein Mann, mein Kind und ich in Next Day Hill oder in North Haven allein waren, verliefen unsere Tage reibungslos und schienen ganz normal zu sein. Meine Familie gehörte wieder mir. Ich konnte mich an meinem kleinen Buben erfreuen. Konflikte gab es nicht. Ich konnte meine eigenen Entscheidungen fällen und mich auf die Arbeit und das Leben freuen.

Die Gewohnheit, fast täglich mein Tagebuch zu führen, half mir auch und erhielt mir wahrscheinlich meinen gesunden Menschenverstand. Wenn ich mich schriftlich über Stimmungen auslassen konnte, waren sie leichter zu meistern, als ob sie säuberlich auf ein hochgelegenes Regal aufgestapelt worden wären. Waren sie erst einmal an das aseptische Licht der weißen Tagebuchseiten gebracht, welkten die riesenhaften Giftpilze dahin.

Viele Seiten dieser depressiven Tagebücher wurden vor langer Zeit schon vernichtet, und von dem, was übrig blieb, habe ich immer noch etwas herausgenommen. Aber einige Eintragungen gibt es noch, sie stehen in diesem Band. Meine Depressionen waren das innere Gegenstück zu der äußeren Frustration unseres Lebens. Ein letzter Vorfall überzeugte uns von der Unmöglichkeit, unserem Sohn in diesem Land ein normales Leben zu bieten. Das Auto, das ihn von der Schule in Englewood nach Hause brachte, wurde von Pressefotografen gejagt und an einen Randstein gedrängt, wo einer der Männer aufsprang und Fotos von dem verschreckten Kind machte. An Weihnachten reisten wir nach England ab.

Trotz der Schwierigkeiten des Jahres 1935 beendete ich mein erstes Buch, ›North to the Orient‹, einen Bericht unseres Vermessungsfluges von 1931. In vieler Hinsicht ist das ein eher zurückhaltender Bericht. Von dem Druck, unter dem wir in diesem Winter standen, steht in seinen Seiten nichts, und selbst die Anstrengungen der Reise sind höflich untertrieben. Damals hatte ich das Gefühl, daß die Schilderung der Konflikte, Schwächen, Ängste und des üblichen »Drum und Dran« des Lebens eine ungebührliche Bloßstellung waren, nicht nur für mich, sondern auch für meinen Mann, der sein Privatleben streng hütete. Heute erscheint mir mein erstes Buch als ein allzu geglätteter Bericht unserer Abenteuer.

Wenn man es schon so weit gebracht und einen Teil seines Lebens in Büchern verpackt hat wie ich, ist es nur fair, sich die Frage zu stellen, warum soll man es nicht bei dieser Form belassen? Warum zurückgreifen auf das unvollkommene, unbearbeitete Material der Tagebücher? Warum die unfrohen Einzelheiten der Reisevorbereitungen, die Langeweile endloser Arbeitsstunden, das widerwillige frühe Aufstehen, die Erbitterung über kalte Füße und staubige Kleider, die unvernünftigen nächtlichen Schrecken, Wutausbrüche und Depressionen der Öffentlichkeit zugänglich machen?

Weil man, wenn man über sechzig ist, glaube ich, die Höhen und Tiefen, die das Leben für jeden bereit hat, kennt und gerne – eine letzte Gelegenheit – das, was passiert ist, wahrheitsgetreu und unbeschönigt vorbringen möchte. Das Leben ist so, wie es ist. Man hat erfaßt, daß man seine Bedingungen, seine Zielsetzungen akzeptieren oder ablehnen muß und daß man bei seiner Zurückweisung draufzahlt. Neben den Befriedigungen, den Freuden, der Fröhlichkeit gibt es stets Sorgen, Prüfungen und Wirren, sie sind die Widersprüche und Enttäuschungen, denen man bei der Suche auf dem Weg dieser Reise »von – nach« begegnet. So ist das Leben in der einen oder anderen Gestalt. Man sitzt zu Tode erschrocken bei stürmischem Wetter hinten in einem Cockpit und stellt empört fest, daß man das keine Minute länger ertragen kann, um am selben Abend – o Ironie des Schicksals – zu erleben, wie einen ein Unbekannter als gute und glückliche Ehefrau lobt! Und auch das ist das Leben, daß man glaubt, man habe versagt und ein Jahr vergeudet, man habe nichts zuwege gebracht – und doch wurde die Arbeit, die man übernommen hatte – in meinem Fall war es ein Buch, das ich geschrieben habe –, tatsächlich beendet, einfach weil man blindlings und hartnäckig Tag für Tag geschuftet hat; und plötzlich erkennt man, daß sich die Tür zu einem neuen Leben geöffnet hat.

Aber als ich 1935 mein Tagebuch schrieb, besaß ich keine dieser Voraussichten. Ich wußte nicht, was sich hinter der offenen Türe befand.

1933

Tagebuch

Sonntag, 1. Januar 1933

Charles, über Princeton und das Rosedale Bauernhaus[1]: »Ein schreckliches Haus« – und ich denke plötzlich voller Trauer, daß ich nie nie wieder so glücklich wie zuvor in diesem Haus sein werde.

Mein ganzes Leben lang werde ich an diesen Winter als den entscheidenden Winter meines Lebens zurückdenken. Wir hatten Charlie.

Dienstag, 3. Januar 1933

Sie wird jedenfalls vergnüglich, dachte ich, diese eine Party, die Elisabeth und Aubrey, wie sie sagten, besuchen wollten. Wir werden alle dort sein. Mr. Bliss, Tom Cochran und Bubby Bliss[2], ein schwärzlicher, kräftiger Hintergrund aus Tweed und Rauch in dem kieferngetäfelten Zimmer. Rundrum Geborgenheit, Wärme, Zuneigung und Zugehörigkeit. Toms prächtige Geschichten, wie großartige alte Stiche. Monsieur Monnets[3] Verstand und seine Weisheit, bereit plötzlich aufzublitzen, wenn Elisabeths Humor sich daran entzündet. C. da, wie ein freundlicher Arm um meine Schultern. Zaidie (Bliss), um alles geschickt, frischfröhlich zu vermengen. Mutter, scharfsinnig, streng, Weisheit, ein Hintergrund für Monsieur Monnet. Dwight und Con und ich als Zuschauer.

Aber da in der Mitte Elisabeth, reizend und munter, in einem Augenblick losstürmend, zurückprallend, neckend, sich necken lassend, wir alle ihr zugewandt, sie ermunternd, mal hier durch ein Wort, da durch einen Witz. Wie gerne gab ich den Hintergrund für Elisabeth ab! Con und ich in dieser Wärme der Lichter

[1] Das Haus der Lindberghs, das sie gemietet hatten, als ihr Haus in der Nähe von Hopewell im Bau war.

[2] Mr. und Mrs. Cornelius Bliss, ihr Sohn, Thomas Cochran, Freunde der Familie Morrow.

[3] Jean Monnet, französischer Volkswirtschaftler. Arbeitete mit D.W.M. im Alliierten Seeschiffahrtsrat. Urheber des Monnet-Plans und Repräsentant des Europäischen Gemeinsamen Markts.

und des Gespräches, um zu beobachten und zu genießen und um nachher darüber zu reden. Denn wir wollten sie ganz auskosten, diese Individualität unserer Familie, diesen ansehnlichen wunderbaren Kreis, der den einen ins Licht, den anderen in den Schatten rückte.

Oh, sicher würde der Abend herrlich werden. Zaidie würde bezaubernd und zart aussehen, wie eine seltene Blume mit einem nicht zu starken Duft – zart und vergänglich. Leuchter, Tische im Glanz des Waterford-Glases, viele Gläser, die das Kerzenlicht einfangen – Kelchgläser mit Facetten, an denen der Daumen entlangstreichen kann. Blumen würden dastehen – zart wie Zaidie – und himmlisches Essen, das man aber nicht essen müßte, und üppiges Porzellan; und guter Kaffee nachher am Kamin und dünne Schokoladen-Pfefferminz. Elisabeth am offenen Kamin stehend und meine Hand haltend.

Abendessen um acht. Wir kamen an. Mutter war am Telefon: »Elisabeth sagt, daß sie einfach zu müde ist, um zu kommen, aber sie möchte, daß Aubrey kommt. Er findet, daß er nicht kommen sollte. Sprich du mit ihr.«

Ich war sehr gekränkt und wollte sagen: »Warum hast du das nicht letzte Woche gesagt, wenn dir danach war – daß du in deinen Flitterwochen bist und mit Aubrey zu Hause bleiben willst.«

Die Party war wie ein Zimmer, das für die Gäste vorbereitet worden war, die Stühle standen in Reih und Glied, Blumen waren arrangiert, Canapés hergerichtet, alle Gäste standen um den offenen Kamin – aber es brannte kein Feuer.

Am nächsten Tag erfuhr ich, daß sie hohes Fieber und Grippe hatte. Ich bekam Gewissensbisse.

Freitag

Schrieb ein bißchen. Elisabeth kann nicht abreisen. Runter in den Untergrundbahn-Expreß, versuchte, nicht zu heulen, fürchte einen Zusammenbruch. All diese Menschen – teilnahmslos, müde, schon gestorben. Der blasse Junge mit dem Fischgesicht knufft seine Mutter, die den ›Mirror‹ las. Entsetzlich, entsetzlich aussehende Leute. Ich wollte sagen: »Und wer von Ihnen hat meinen Jungen getötet?« Ich sprach mit einer netten Schwedin neben mir: »Wo muß ich für den Broadway 39 aussteigen?« Sie sprach langsam und freundlich, und ich war von meinen Ängsten befreit. Spät nach Englewood hinaus; eine der Nächte, in denen dir alles im Gesicht geschrieben steht.

Samstag

Mutter in Northampton, Coolidges Beerdigung. Den ganzen Tag mit dem Baby zusammen, munter und reizend, kräht laut heraus.

Wenn jemand in der eigenen Familie stirbt, nimmt man das nicht als *Tod* auf. Es ist einfach nicht der Tod, sondern etwas anderes – schrecklich, erschütternd und persönlich, etwas, das niemals jemand anderer durchgemacht hat.

Dienstag, 10. Januar 1933

Miss Sullivan[1] schreibt den Anfang des Manuskripts auf der Maschine [›North to the Orient‹]. Hinein, um Elisabeth am Nachmittag zu besuchen. Blaue Ringe unter ihren Augen. Ich habe das Gefühl, als könne sie in New York nicht gesund werden.

Donnerstag, 12. Januar 1933

Ich warte, daß die Stunde schlägt – nah und näher.

Freitag, 13. Januar 1933

Rumänisches Präsentations-Diner.[2] Amelia Earhart, ein weißer Lichtstrahl, der aus einem blauen Zimmer tritt. Viele Menschen. Die nette Ester (Stevens) – vollkommen echt und natürlich. »Ich kannte Ihren Vater sehr gut.« – »Erinnern Sie sich an mich?« Herrlicher Raum, bin nie vorher im River Club gewesen. Amelia Earharts Mann irrt herum. Schöne Frau sieht mich an, grüne Samthandschuhe, gezupfte Augenbrauen, künstliches weißes Haar. Nach dem Essen, C. und Mrs. Cornelius Vanderbilt (blaue

[1] Katherine Sullivan, E.C.M.s Sekretärin.
[2] C.A.L. erhielt von der Rumänischen Regierung einen Orden.

Spangen und eine Kaskade weißer Locken). »Ich kannte Ihren Vater ...« Vorstellung. C. versteht den Witz nicht, hört nicht zu, verbeugt sich, lächelt steif – Raster Charles.

Blanker, schöner Augenblick, wenn der Mann singt. Alle Frauen sind still und unwirklich, alle Männer still und wirklich. Schöne Mrs. Lawrence – englische Schönheit –, schönes rumänisches Mädchen. Traurige wirkliche Augen der Männer. Meine Vorstellung: dieser Augenblick ist kostbar. Der Augenblick ist in seiner Art klar und vollkommen. Laßt mich nicht darunter schauen. Laßt mich die Oberfläche abrahmen. Laßt ihn mich bewahren. In sich selber ist er wahrhaftig und kann vor sich bestehen. Jetzt verstehe ich Proust. Aber wie sehr wünschte ich mir eine Maske. Schutzlos, unverhüllt die Rührung, die die anderen verlegen machte.

Montag, 16. Januar 1933

Telefonanruf. Präsident Hibben[1]: »Ich habe keine sehr gute Nachricht, fürchte ich ... sein Leben ist ihm geschenkt ... sie machten den Schnitt so tief wie möglich ... eingekapselt ... können den Tumor nicht entfernen ... es gibt jetzt nur noch Bestrahlungen ... berichte Ihnen das ganz ungeschminkt.«

Ging zu einer Saks-Auktion wie ein Mann, der loszieht, um etwas zu trinken – blaß und scheußlich – schäbiger Hut, kurzer Mantel, Kleid mit herunterhängendem Saum, zipfelig, Unterrock schaute vor – die Leute sahen mich an, gingen vorbei, gingen wieder vorbei, stießen sich an – ich voller Wut. Miß Sullivan tippt ›Barrow‹[2], sehr schlecht, schlecht geschrieben, kann nicht lesen, mein Verstand ist nur noch ein zerfranstes Stück Papier. C. noch nicht zu Hause. Wo ist er, was ist los? Dieser Junge – »... sie machten den Schnitt so tief wie möglich«. Es gibt kein Glück auf dieser Welt außer Jons weicher Hand an meiner Backe.

Dienstag, 17. Januar 1933

Schlechte Nacht. C. kam um zwei Uhr nach Hause. Fuhren ins Krankenhaus, um die Hibbens zu besuchen. Sie sind erleichtert,

[1] John Grier Hibben, von 1912–32 Präsident der Universität Princeton. Sein Enkel war wegen eines Gehirntumors operiert worden.

[2] Kapitel in ›North to the Orient‹.

daß die Anspannungen des Vortages vorüber sind. Nicht so arg, wie ich dachte, außer daß man das Gefühl hat, daß ihre Gesichter ganz ausgelaugt sind. Leben und Hoffnung entwichen. Nach meinem Gefühl waren sie bereits in dem erstarrten Zustand, in dem die Gedanken um den Tod kreisen, einem Stadium der Vertrautheit und Unbekümmertheit, in dem ich mich manchmal befinde, wenn jemand Abschied nimmt. Inmitten des größten Kummers wünscht man sich plötzlich, daß sie schon fort wären. Man möchte, daß dieser schreckliche Zeitpunkt vorbei ist. Man weiß, daß er unvermeidlich vorüber sein *wird.* Kann nichts aufhalten. Die Tatsache, daß man den Fortgang des Menschen wegen seiner Unausweichlichkeit nicht aufhalten kann, nimmt das Geschehen vorweg. Schon sind sie fort – man vermißt sie bereits –, der Schlag hat einen schon getroffen. Schnell, laßt uns auf das nichtige Händeschütteln verzichten, auf diese billigen momentanen Tricks. Übernehmen wir doch die neue Beziehung – akzeptieren wir sie doch, wie wir müssen. Schluß mit diesem Geschwänzel um vergängliche Hüllen. Dann – voll Schrecken – Gott! Was tue ich? Dieses kostbare Wesen ist noch da – laß es mich bewahren, solange ich es vermag!

Abendessen mit Anna Fay[1] und Dan [Caulkins]: ein Kaminfeuer, leiser Humor, behagliches Geben und Nehmen und Vergnügen am freudig überraschten eigenen Ehemann. Ich möchte ein Zuhause.

Mittwoch, 18. Januar 1933

Schlechte Nacht: langer, leiser Pfiff, Hunde bellen. Der Schrekken – er vergeht und ist im Morgenlicht unglaubhaft. Mittagessen mit Elisabeth und Aubrey, Charles kommt herein. Charles und Aubrey verstehen sich erstaunlich gut, eben wie Männer. Elisabeth und ich halten die Luft an und beobachten sie begeistert. Männer stoßen die Freundschaft wie einen Fußball herum, aber sie scheint nicht zu zerbrechen. Frauen behandeln sie wie Glas und sie geht in Scherben.

Begeistert über ›Die Wellen‹[2]. Soll man sie wie ein Buch beurteilen oder wie das Leben? Wenn letzteres, ist es prächtig. An manchen Stellen trifft es tatsächlich die Wirklichkeit. Percivals

[1] Anna Fay Prosser Caulkins, alte Freundin aus Englewood; später Mrs. Leighton Stevens.

[2] Roman von Virginia Woolf.

Tod. Ich hasse diese hineingearbeiteten Passagen, in denen Sonnenstrahlen und Vogelgepiepse beschrieben werden. Wenn ich diesen Kursivdruck auf mich zukommen sehe, werde ich wütend.

Donnerstag, 19. Januar 1933

Ich versorge das Baby; es wurde zum ersten Mal in der großen Wanne gebadet. Kräht und lacht, zieht beim Sonnenbaden an den Bettüchern, kann seine Schultern und den Kopf heben, wenn es auf dem Rücken liegt; findet es schön, wenn es nahe an das Regal mit den kleinen Tieren gehoben wird. Lächelt die »Miau« an.

Samstag, 21. Januar 1933

Bei Amelia Earhart Putnam zum Abendessen mit Professor Piccard[1]. Welche Farbe hat die Erde aus dieser Höhe (zehn Meilen)? *»Grau.«* (Ich ging hoch, erinnerte mich an einen Traum, in dem er »hellgrün« geantwortet hatte.) Sein Wunsch war es, wie Beebe in die Tiefen des Meeres vorzudringen. »Aber ich glaube, es ist besser, in die Stratosphäre aufzusteigen, denn ich wußte, daß ich wieder herunterkommen würde. Im Meer jedoch, fürchte ich, komme ich vielleicht nicht wieder herauf.«

Amelia Earhart – schöne Hände, lang, zart, kräftig. Sie ist *erstaunlich.* »Haben Sie ›Ein eigenes Zimmer‹ gelesen?« Sie ist gelassen und gleichmütig. Leicht prickelnder Abend. Ich hatte das Gefühl, daß ich versuchte, ihn mit meinem schwer erkämpften und erlangten Gleichmut zu schaukeln und mit meinem Lippenstift, meinen offenen Sandalen, meiner Abendtasche und meinen kleinen Scherzen wohl herausreißen würde. Ich hatte keine Gelegenheit, mit ihr oder irgendwem sonst zu reden.

[24. Januar]

Liebste Con,
ich müßte über den Flug [›North to the Orient‹] schreiben. Aber

[1] Jean Felix Piccard, in der Schweiz geborener Luftschiffahrtingenieur, stieg 1934 im Ballon in die Stratosphäre auf.

ich finde es widerlich, dieses Buch zu schreiben – jede Ausflucht ist mir willkommen. Dann fallen mir alle möglichen Sachen ein, die ich Dir erzählen möchte, und so schreibe ich auf all den vollgeschmierten Blättern.

Ich muß Dir über die Nicolsons[1] und dieses Diner mit seiner merkwürdigen Versammlung von Gesellschaftsgestalten berichten, nur Henry James[2] war eine Ausnahme, sein Blick, sein Verstand sind bedeutend.

Schrecklich »nette« konservative Leute mit einem »ausgefüllten Leben«, denen es Freude macht, zur Gesellschaft zu gehören, die gerne auf Wohltätigkeitsbälle, an die Börse und zu Großwildjagden gehen und volkstümliche Biographien lesen etc. Aber ich fand keinen von ihnen so nett wie den bedächtigen, rechtschaffenen, unendlich liebenswerten, kultivierten Copley[3]. Findest Du nicht, daß Vita Sackville-West ein faszinierendes Gesicht hat – dieses lange, ausdrucksvolle Gesicht (das so englisch ist) und diese wunderbaren Augen, die schauen und doch nichts zu sehen scheinen. *Was* haben die Engländer nur an sich? Du scheinst dich frei und völlig natürlich mit ihnen zu unterhalten und – schwupps – geht die Jalousie rauf (oder eigentlich runter), dir mitten ins Gesicht, und sie haben sich auf immer verschlossen. Ich sitze voller Schrecken da und warte auf diesen Augenblick – keine Warnung – einfach schwupps! Und du sitzt da und starrst auf die Jalousien.

Was ihn angeht, ist er durchaus ein köstlicher Gesprächspartner, doch als ich entdeckte, daß Copley mich neben ihn gesetzt hatte, überkam mich eine plötzliche Schüchternheit, die ich nicht zu zügeln vermochte. Du kennst das Gefühl: Du bist sechsundzwanzig, gelassen und erwachsen, hast dir den strahlenden, undurchdringlichen Schellack einer Dreißigjährigen übergezogen – und plötzlich schmilzt er dahin, und du stehst zitternd da – als sechzehnjähriges Mädchen. Ist dir die Hülle erst einmal abgestreift worden, bleibt dir nichts weiter, als noch schüchterner und zaghafter zu werden und so in Deckung zu gehen. Oh, es ist entsetzlich. Werde ich das *niemals* überwinden?

Also, wir haben alle möglichen Themen probiert: das Diplo-

[1] Harold Nicolson, englischer Diplomat, M.P. und Schriftsteller, der 1935 eine Biographie über A.M.L.s Vater, Dwight Morrow, schrieb. Verheiratet mit der Schriftstellerin Vita Sackville-West.

[2] Rechtsanwalt und Biograph. Neffe des gleichnamigen Romanciers.

[3] Von 1920–1929 Mitglied des amerikanischen diplomatischen Corps, Freund Harold Nicolsons.

matenleben, große Städte in Amerika, »die Stirnhöhle meiner Frau«, über Land reisen, etc. (Er in allem gewandt und glänzend.) Schließlich packte ich den Stier bei den Hörnern und sagte: »Ich denke mir oft, daß ich wirklich nicht so viel gereist bin wie Emily Dickinson.« (Schließlich hat sie tatsächlich »Pizarros goldene Küsten« erlebt.) Und auf dieser Rodelbahn kamen wir sehr gut zurecht. Ihr Haus in Amherst (ich frage mich, ob er dort war?). Menschen, die ihre Häuser wirklich bewohnten – Jane Welsh Carlyle. Katherine Mansfield mochten sie offensichtlich nicht. Wenigstens nicht, als ich von ihren und Jane Carlyles Briefen sprach. Waren sie sich ähnlich? fragte ich. H.N. sagte: »O nein, nicht so *bewußt.*« Die Geschichte von Janes Tod. H.N.s Gespräch mit einer Frau, die als kleines Mädchen Carlyle gesehen und in ihrer Verlegenheit gesagt hatte: »Sieh mal, der hübsche kleine Hund!« (ein Bild an der Wand), und Carlyle sagte: »Ah, das ist der kleine Hund, der meine arme Janie tötete.« (Geh jetzt, Constance, und lies die Geschichte nach – ich erzähle sie Dir nicht.)

Es war faszinierend, H.N. im Gespräch zu beobachten. Der Glanz seiner Augen schien das ganze Gesicht zu überstrahlen, wenn er zu dem Höhepunkt seiner Geschichte kam. Es waren schöne Augen, freundlich und flink, aber auch Augen von jemandem, der früher schüchtern gewesen ist. Seine Stimme war sehr ausdrucksvoll, er imitierte Carlyle, und dann sagte er: »Es ist eine Schande, daß uns ihre Stimmen nicht erhalten sind. Ich weiß, wie Brownings Stimme gewesen ist, denn ich kenne jemanden, der ihn gekannt hat, auch Tennysons Stimme, aber (seine Augen blitzten) niemand – niemand weiß, wie die Stimme von Edgar Allan Poe geklungen hat!«

Ich fragte ihn nach Prousts Stimme. Er antwortete, *»Mais, Monsieur, croyez-vous ...«*, eine gequetschte, gezierte – eine behutsame Stimme. Er erzählte mir die Geschichte (sie steht in ›Some People‹), wie Proust ihn irgendeinem großen Tier vorstellen wollte. H.N.: »Aber das ist nicht nötig, ich kenne den Comte de ... bereits.« Proust: »Sei nicht töricht, lieber Freund. Stell dir doch das Vergnügen vor, das es mir bereiten wird, einen Freund mitzubringen und ihn dem Comte de ... vorstellen zu können!«

Anne mit großen Augen: »Und wie haben *Sie* sich aus dieser Affaire gezogen?«

H.N.: »Na, das war ziemlich schwierig – ich bin für Amateuraufführungen nicht sehr geeignet.«

H.N. glaubt jedenfalls, daß diese Kontakte, persönliche und

zufällige, mit großen Männern sehr wichtig und sehr bedeutend sind.

Ich widersprach: »Aber es kommen einem so viele Dinge in die Quere, wenn man mit jemandem spricht – eine Erkältung, sein Schlips, die eigenen Dauerwellen – man erreicht die anderen überhaupt nicht. Es ist *sehr* viel leichter, einem Menschen zu schreiben als mit ihm zu sprechen.«

»Ah (klassifizierte er mich), genau wie meine Frau.« (Lange Erklärung dieser Ansicht.) »Geht Ihnen das Schreiben schnell von der Hand?«

»Nein, ich mache nichts schnell, aber es ist einfacher.« Dann glaubte ich, wie alle Frauen, allzu persönlich zu werden, und brachte das Gespräch über Elisabeth auf Wales etc. Dort strandeten wir auf unserer ersten Klippe, nämlich bei Vaughan[1] (»Neulich nachts erblickte ich die Ewigkeit«), den *er* nicht kannte, und wurden auf die nächste Klippe geschleudert – einen Dichter namens Morgan, den *ich* nicht kannte; rumms, rumms! zurück zu Proust!

H.N.: »Lesen Sie ihn in Englisch oder in Französisch?«

Anne (sich in ihre Schüchternheit verkriechend): »Ich lese Französisch nicht gut genug, um ihn französisch zu lesen.«

H.N.: »Sehr gut! Es ist besser, ihn in Englisch zu lesen. Diese langen verwirrenden Sätze eignen sich für die französische Sprache gar nicht, sind viel mehr für das Angelsächsische verwendbar. Die Scott-Moncrieff-Übersetzung ist ausgezeichnet. Im Französischen sehr schwer zu lesen.« Erörterung darüber, ob Proust schwer zu lesen sei.

Anne: »Er kann drei Seiten darauf verwenden, um über den Weißdorn zu sprechen, aber der Weißdorn *ist da* und leuchtet durch alles hindurch, während bei den modernen Schriftstellern ...«

H.N.: »Kennen Sie Virginia Woolf?« Oh, was war das für ein prächtiger Übergang, wie ein Hinübergleiten in einen langsamen Walzer, fort und fort, über den Boden dahin. ›Die Fahrt zum Leuchtturm‹, ›Die Wellen‹, ›Orlando‹, ›Ein eigenes Zimmer‹ und wieder ›Die Fahrt zum Leuchtturm‹! Er sagte, er hätte ›Die Wellen‹ nicht verstanden (nachdem ich das auch eingestanden hatte). Er hat es dreimal gelesen und konnte es trotzdem nicht verstehen, aber er liebte die Substanz, aus der das Buch gemacht

[1] Henry Vaughan, 1622–1695, anglo-walisischer Dichter und Arzt. (Anm. d. Ü.)

sei (dabei rieb er sich die Finger). Er sagte ganz schlicht: »Wenn man eine Geschichte erzählt, muß sie verständlich sein – das ist der Grund, warum man sie erzählt –, aber wenn man seine Assoziationen vorbringt, werden sie notwendigerweise unverständlich.« (Glaube, das habe ich nicht richtig kapiert, was meinst Du? Klingt zu simpel!) Als wir bei der ›Fahrt zum Leuchtturm‹ anlangten, schwärmten wir nur noch. »Oh, wunderschön, wunderschön, wunderschön – und dieser Teil --- und *dieser* Teil – oh, wunderschön, ganz wunderschön« (wunderschööön). Und als wir uns gerade aus dieser Lethargie lösen wollten, um uns wieder der Argumentation zuzuwenden ...

Stand Copley auf: »Möchten ... ah ... die ... ah ... Herren bitte ... ah ... sich erheben ... ah ... und ... sich ... zwei Plätze weiter unten hinsetzen!«

Er sagte noch etwas Nettes, »Also, beginnen wir«, und rutschte weiter. Und der Mann neben mir, ein smarter Knabe, der in Harvard studiert hatte und vom Börsenmarkt kam – mit einem glänzenden Gedächtnis, das prall und tüchtig wie eine Registrierkasse war –, fing an, mich wegen Biographien zu löchern. Von den klassischen scheine ich keine gelesen zu haben. Er war ziemlich grausam. »Nun gut, Sie interessieren sich nicht für Biographien – was interessiert Sie *dann*?« Ich spiele Mauseloch!

Weißt du, Con, ich komme mir wie die Frau auf dem Eisweiher von Thurber vor: »Haltet mich!«

Tagebuch

Freitag, 27. Januar 1933

Ich ärgere mich über einen Zeitungsausschnitt, »Vater des toten Kindes«. Totes Kind – ein wachsbleiches hingestrecktes Kind. Nein – das Kind, das starb.

Ich bin verärgert. »Sie haben auch ein Kind verloren« – als wenn das das Gleiche wäre. Es ist nie gleich. Für dich ist der Tod nicht der Tod, nicht Todesanzeigen, Stille und Trauer, Seelenmessen, Elegien und Gebete, Särge, Gräber und weltliche Platitüde. Er ist nicht das alltäglichste Erlebnis im Leben – die einzige Gewißheit. Er ist keine Urerfahrung. Er ist anders als das, was Cäsar und Dante und Milton und Mary Stuart, was den Soldaten aller Kriege, den Pestkranken und den Männern der Öffentlichkeit gestern geschah. Was dich heute traf – ist niemals zuvor geschehen. Es traf nur deinen kleinen Jungen ...

Montag, 30. Januar 1933

Schreckliche Nacht. »Denkst du so viel darüber nach, Anne?« Ständig – unaufhörlich – ich werde nie damit fertig. Es vollzieht sich jede Nacht – jede Nacht meines Lebens. *Es ist nicht geschehen* und *ist geschehen.* Ich gehe die Möglichkeiten des Nichtgeschehens durch, sie sind so unzugänglich, so begrenzt. Ich denke so intensiv darüber nach, daß ich es fast ungeschehen mache. Dieses schreckliche Gefühl, dieses Anrennen gegen eine steinerne Mauer, dieses ständige: »Nein, es ist nicht passiert, es ist nicht passiert« – und dann immer wie das Läuten einer Glocke, wie der Schlag einer Uhr, unausweichlich: »Es ist passiert.« Dann wieder zu den einzigen Tröstungen zurück – der Tod: Wir alle müssen ihn erleiden. In einem Jahrhundert bedeutet die Entfernung zwischen ihm und mir nichts mehr.

Und dann: Er hat nicht gelitten, er wußte nichts, ein Schlag auf den Kopf.

Aber ich möchte es wissen – möchte wissen, was er gelitten hat – möchte es sehen, möchte es sogar spüren.

Mittwoch, 1. Februar 1933

Mein letzter Monat mit ihm – und der kürzeste des Jahres.

Sonntag, 5. Februar 1933

Nach Hopewell. Ich erfinde eine Entschuldigung, um C. Fragen zu stellen; meine Schwäche. »Ich habe es im letzten Frühjahr durchgemacht – ich kann es nicht noch einmal durchmachen.«

Das ist der Unterschied zwischen Männern und Frauen. Ich habe es damals nicht wirklich durchgemacht. Ich habe es nie akzeptiert. Ich habe es niemals durchgemacht und werde *niemals* damit fertig werden. Ich komme mir manchmal wahnsinnig vor, wenn ich gegen die Zeit ankämpfe – gegen diese seltsame Zeit, von der ich geglaubt hatte, daß sie in säuberlicher Manier mit dem Ticken der Uhr Schritt hielt. Doch jetzt rührt sie sich nicht, erstarrt in meinem Inneren.

Montag, 6. Februar 1933

Zum Abendessen aus (mit einem Ehepaar, das sein Kind verloren hatte). »Das war damals, als Klein-Mary noch lebte.« – »Klein-Mary ist jetzt dreiundzwanzig.« Klein-Marys Bild über dem Kamin – das ist natürlich nach einer Fotografie gemalt worden. »Sie schickte ihre Pfennige immer an ...« – »Sie tat gewöhnlich ...«

Ich bin entsetzt und verstehe C. »Ich habe es im letzten Frühjahr durchgemacht, ich kann es nicht noch einmal durchmachen.« Gott bewahre mich davor. Ich möchte mich nicht meines Schmerzes rühmen, um zu sagen: »Ich habe mehr gelitten als jeder von euch.« Ich möchte nicht mit Menschen über ihn sprechen, die ihn nie gekannt haben. Laßt uns Kummer und Grauen vertreiben durch eine vitale, lebensnahe Kraft – durch ein Heim für Kinder.[1] Und ich sah einen geisterhaften Himmel, wo sich »Klein-Mary« und »Klein-Charles« die Hände gaben und geisterhafte Eltern sagten: »Ich bin sicher, daß ihr euch gerne haben werdet – denn ihr seid beide jung gestorben.« Möge Gott mich davor bewahren, eine solche Sünde zu begehen!

Diese aufrechte Frau, wie eine strahlende kleine Zinnie. Sie ließ es mich nicht einmal wissen, daß sie ihr einziges Kind verloren hatte.

Sonntag, 12. Februar 1933

»Um wieviel Uhr wird es in Nome dunkel?« [Kapitel in ›North to the Orient‹]. Schrieb fieberhaft.

Montag, 13. Februar 1933

Der wunderbare, glatte, dickmilchige Schnee, er bewahrt alles Lebendige in starren Reliefs, wie der Strand. Die Spuren der Vögel, ein zartes Muster, hingepinselt wie rankender Wein.

[1] Die Lindberghs hatten vor, ihren Besitz in der Nähe Hopewells als Heim für Kinder jeglicher Rasse und Konfession zu stiften.

Die unregelmäßigen Fußspuren der forthüpfenden Eichhörnchen, regelmäßige Abdrücke der Kaninchen, gemeißelte Schatten der Gräser, so, wie sie in den Schnee hineingepreßt worden sind.

Donnerstag, 16. Februar 1933

Nicht der Kummer des letzten Winters bohrt unaufhörlich weiter in mir – sondern die Momente, in denen wir Hoffnung schöpften – die Erinnerung daran ist einfach unerträglich.

Ich hatte mir vorgenommen, ihn in der ersten Nacht nach seiner Rückkehr in meinem Bett schlafen zu lassen.

Gar nicht schwer ist es, sich seinen Kummer zu vergegenwärtigen, aber sich an glückliche Stunden zu erinnern, fällt schwer.

An E.L.L.L. Englewood, Freitag, 16. Februar

Wieder lange nicht geschrieben. Aber hier geht alles gut. Das Baby wächst. Es ist sehr vergnügt und lebendig. Wenn C. abends nach Hause kommt, spielt er mit ihm, wenn kein Besuch da ist; er wirft Jon in die Luft (und Jon lacht), schneidet Grimassen (was Jon liebt), setzt Jon auf Thors[1] Rücken (das allerdings macht lediglich C. Spaß).

C. geht es gut. Ich möchte ihn liebend gerne aus New York heraus haben. Er möchte auch fort, sagt aber, daß wir erst etwa Mitte März wegkönnen (nachdem das Interesse der Öffentlichkeit abgeflaut ist).[2] Dann, sagt er, werden wir eine Pause machen, vielleicht ehe wir nach Kalifornien fahren, unter Umständen auch danach. Jedenfalls ist er mit seiner Arbeit ganz glücklich. Ich ging neulich in das Institut, Dr. Carrel sagte mir: »Es ist wirklich großartig, was er hier geleistet hat. So etwas (Experiment mit den Zellen) ist noch nie unternommen worden.«

Die Arbeit ist für C. Ansporn und Freude.

[1] Schäferhund (Wachhund) der Lindberghs.

[2] 1. März, der Jahrestag der Entführung von Charles Lindbergh jr., wurde von der Presse erneut als Sensation gebracht.

Donnerstag, 23. Februar 1933

Räume die Kisten in Hopewell aus. Eine Kiste nach der anderen mit Papieren, Listen, Briefen, Proben, Reklamen und Zeitungsausschnitten für Haus, Kinderzimmer, Eßzimmer, dazu Einkaufslisten und Kleider – oh, diese Kleider.

Dieser ganze vergnügliche Unsinn – nur um jetzt so zu enden. Seine Trivialität angesichts eines solchen Abgrunds. Haben sich die Dinge verändert – ich aber bin der gleiche Narr geblieben?

Freitag, 24. Februar 1933

Ich gehe alles noch einmal durch. Mich widern Kleider und Kinkerlitzchen und Taschen und Zeitungsausschnitte und Gesellschaftsspalten und die neue ›Vogue‹ und Anproben und die Etagen der Warenhäuser und Radio-Jazz und Zeitschriften und Friseure an. Mir ist speiübel davon. Aber ich klammere mich wie besessen daran, wie ans Rauchen oder Trinken – mir ist alles recht, was mich am Nachdenken hindert.

Februar

Mrs. Aubrey Morgan Abend vor Mutters Abreise

(Schrieb das zum erstenmal)

Mutter hat gerade den Wagen bestellt, um fortzufahren und Mrs. Loomis[1] zu besuchen. »Noch einen Augenblick, Banks[2]. Ich muß noch ein paar Telefonanrufe machen.«

Dein Brief war wunderbar – so K.M. (Katherine Mansfield). Ich werde ihre Briefe nochmals lesen und mir die kleinen »bonnes«, wie sie mit heißem Wasser hereingelaufen kommen, vorstellen. Ich bin froh, daß Ihr dort Sonne und Mimosen habt. Aubreys Brief (Du mußt ihn vor dieser Briefe-Weiterreicherei-Gewohnheit warnen) war großartig. Das gab ein wirklich abgerundetes Bild – hielt man den seinen gegen Deinen – Deiner an manchen Stellen leicht lyrisch, seiner wieder ungeheuer vergnüglich.

[1] E.C.M.s Freundin.
[2] Diener der Morrows.

Was die Reporter betrifft, so genieße ich förmlich seine Wut gegen sie und gegen die übliche Stellungnahme der Außenstehenden: »Na, na, ihr müßt das alles philosophisch betrachten. Ihr seid nun mal berühmt, was wollt ihr? Schließlich ist das ihr Beruf, sie müssen das ja machen.« Und der ganze übrige Schwindel. Oh, ich bin froh, daß er zornig war. Aber es tut mir so leid für Euch beide. Und wir haben Euch das angetan. Hier gab es einen schrecklichen Publicity-Wirbel wegen eines sogenannten Freundes von C. in Denver, und die Presse verwendete in der ganzen Geschichte unsere Namen, um die Schlagzeilen hervorzuheben – natürlich sehr schlecht für uns. Das brachte uns zu dem Entschluß, versuchsweise im nächsten Winter in einer Wohnung zu leben. Wenn das auch nichts nützt, gibt es immer noch das Ausland. Und da ist England am besten.

Also hat »Mrs. Lingrin« mit ihrer Brille Appartements und Terrassenwohnungen angesehen.

Ich bin froh, daß Mutter weg ist. Sie braucht das ungeheuer – und zwar mehr das Gefühl der *Ungebundenheit* als alles andere, das Gefühl, das man in einem Zug oder an einem neuen Ort hat.

Ich lese ›Mrs. Dalloway‹ in einer schönen Ausgabe. Ich liebe kleine dünne Bücher. Sag Mutter, daß sie mir die ganze V. Woolf in dieser Ausgabe mitbringen soll (Hogarth Press).

Mein Liebes, dieser Brief hat überhaupt keinen *Tiefgang*, das kommt manchmal vor. Dein Brief war so glücklich – ich bin froh.

Tagebuch

Sonntag, 26. Februar 1933

Lese ›Mrs. Dalloway‹ fertig. Vollendet.

»Diese Verflechtungen der Besuche ... die Liebenswürdigkeit zu Menschen; ... kleine Geschenke; der Soundso fährt nach Frankreich – muß ein Luftkissen haben.«

Montag, 27. Februar 1933

Nicht der Jahrestag an sich ist so schrecklich. Es ist das Zurückrufen dieses immerwährenden, verwirrenden Geheimnisses des Todes, die Schneide des Messers, die so fein, so unsichtbar, so endgültig ist, was man nicht verstehen kann. Die Messerschneide von »Gestern hatte ich ihn – heute habe ich ihn nicht – vor einem Jahr hatte ich ihn – bald werde ich das nicht mehr sagen können.«

Gestern, heute, morgen – in der Klage dieser drei Worte liegt die ganze Unerträglichkeit.

Die Hervorhebung von Jahrestagen ist schrecklich, es ist so, als würden zwischen dir und dem, was du bewahren möchtest, Türen geschlossen – und zwar eine nach der anderen.

Irgendwie kommt es mir so vor, als wenn das Jahr, das nun vorbei ist, für mich eben erst seinen unaufhörlichen Lauf begonnen hätte, wie diese albernen, nie endenwollenden Trickgeschichten. Wie wütend war ich als Kind, wenn sie wieder damit anfangen wollten: »Es war eine dunkle und stürmische Nacht, und die Räuberbande saß um das Feuer. Der Anführer ergriff das Wort: ›Antonio, erzähle uns eine Geschichte‹, und Antonio fährt fort wie folgt: ›Es war dunkel und‹, etc.«

An E.L.L.L. Englewood, 1. März

Liebe M.
Ich schreibe Dir heute abend, denn ich weiß, daß wir an dasselbe denken. Vielleicht tun wir das sehr oft. Deine wunderschönen Rosen, sie erinnern mich an Dein Gedenken an den kleinen Charles. Nicht, daß einer von uns einen Jahrestag aus diesem Tag machen wollte, aber ich habe mich davor gefürchtet, daß das »vor einem Jahr« mich weiter von ihm entfernen würde. Aber Dein Lebenszeichen zu bekommen und Deine Gedanken zu spüren, wirkten diesem Gefühl entgegen, als ob sie sagen wollten: Wir beide wissen, daß wir ihn nie vergessen werden, daß er uns immer nahe bleiben wird.

Ich danke Dir und grüße Dich.

An E.L.L.L. [Englewood] 2. März

Du mußt einfach kommen und Jon – und uns sehen. Wir sind hier jetzt ganz alleine. Mutter im Ausland, Con und Dwight fort, Elisabeth weg. Ich schicke einige Fotografien von Jon, um Dich in Versuchung zu führen. Sie sind vor ungefähr einem Monat aufgenommen worden, aber dann blieben sie liegen. Jedenfalls sind sie *sehr* ähnlich. Er ist jetzt ein bißchen dicker, und seine Haare sind länger und fangen an, sich zu locken. Er ist jetzt so aktiv – ruft, schwätzt und lacht. Ich *liebe* sein Lachen. Es sprudelt so ansteckend und warmherzig aus ihm heraus wie bei Charlie, wenn er abends im Zimmer herumlief.

Wenn man abends in sein Zimmer kommt, weil man etwas vergessen hat, lächelt er einen sanft und kokett an, wie in gegenseitigem geheimen Einvernehmen. Oh, bitte, komm und sieh ihn Dir an! Ich habe das Gefühl, als *müßte* ich dieses Glück über Jon mit Dir teilen. Ich möchte, daß Du ihn bewunderst, ihn beobachtest und sagst, was er für ein prächtiger Junge ist.

Wir haben vor, für kurze Zeit – vielleicht Montag – *völlig* inkognito wegzufahren. Ich habe eine schwarze Spülung für C.s helle Haare, die leicht wieder herausgeht (man wäscht sie einfach heraus) und ein lockiges Pony für meine markante Stirn. Auch Brillen für beide; sehr hohe Absätze und einen hohen Hut für mich, damit C. nicht so groß aussieht. Wir wollen den Ford nehmen und gen Süden fahren. C. sagt, das ist die einzige Art Ferien, die er sich wünscht, Ferien vom Ich, das heißt vom Publicity-Ich. Der Flug nach dem Westen kann uns das nicht bringen, und wenn man müde ist, dann streuen Publicity, Reporter und Menschenmengen nur Salz in offene Wunden. Die Reise soll nur eine Woche oder zehn Tage dauern. Wir würden es keinen wissen lassen, daß wir fort sind; jedenfalls werde ich Dir schreiben.

Wir haben darüber nachgedacht – und uns ängstlich gefragt –, *wo* wir das Baby lassen können, da wir das Gefühl haben, daß Englewood oder ein anderer Vorort nicht sicher genug ist, wenn man nicht enorme Kosten aufwendet für Wachen etc. C. sagt, der sicherste Ort in den Staaten im Augenblick, »der einzige, wo ich ein Baby lassen würde, ohne mir Sorgen zu machen«, sei eine Wohnung. Die Portiers haben vierundzwanzig Stunden Dienst. Man ordnet an, daß sie niemanden hinauflassen. Man verriegelt seine Türen, und niemand kann zu den Fenstern herein. Man hat Polizeischutz, sobald man ihn anfordert.

Natürlich müßten wir, wenn wir das wirklich tun würden – eine kleine Wohnung nehmen –, das mit einem Ort auf dem Lande kombinieren, denn wir würden auf die Dauer niemals in der Stadt glücklich sein. Aber oh, ich sehne mich so sehr nach einer eigenen Bleibe, in der wir *unabhängig* sind. Bitte komm und besprich das mit uns.

Donnerstag, 2. März

Liebste Mutter –
C. und ich sind gestern abend ausgewesen; ich mit einem Helen-Morgan-Pony und hohen Absätzen und Brille, er mit Hut und Brille etc. Wir sind zusammen den Broadway hinuntergegangen und haben eine Show besucht – ohne angestarrt zu werden. Das war einfach zu schön! Ich hatte das Gefühl, als wären wir Diebe, die jeden Augenblick geschnappt werden könnten. Aber daß Vorübergehende uns ansahen und dann wieder *wegschauten*, übte einen unwiderstehlichen Reiz aus. C. war schrecklich glücklich und erleichtert. Erwähne unsere Verkleidungen nicht, denn wir wollen sie sehr geheimhalten.

Montag, 6. März

Gestern abend fuhr ich ins Kaffeehaus, um Ameys Neffen [Putnam Aldrich] auf dem Cembalo und jemand anderen auf der Gambe zu hören. Mrs. Norton und Garry [Norton][1] waren dort – ein großartiger Kreis von Menschen. Es war *himmlisch*. Ich war in Ekstase. Sie spielten Bach. Ich hatte das Gefühl, wenn man manchmal in dieser maßvollen, geordneten und präzisen Welt sein kann, wird das andere unwichtig. Henry James war da und ging mit mir hinunter, und ich brachte ihn nach Hause. Er stimmte mit mir darin überein, daß es großartig war, und sagte, wie sehr wir so etwas jetzt brauchen. Er war besonders nett.

Mutter, wie sehr hättest Du das *genossen*. Wir könnten nächstes Jahr so etwas sehr häufig unternehmen. Immer wieder vergesse ich, wie kostbar solche Augenblicke sind – in denen die Kunst das Leben mit Glanz umgibt, es darin einfängt, man den Schritt verhalten, es betrachten und darin versinken kann, ohne dabei durch Bande, die ins Alltagsleben führen, aus diesem Bereich wieder herausgerissen zu werden. Wie kann man das Leben jemals anders als auf diese Weise betrachten?

Englewood, 17. März 33

Geliebte Mutter –
ich bin eben erst von unserer »Reise«, einer zehntägigen Auto-

[1] Die Nortons waren Familienfreunde aus Sommern in North Haven.

tour nach Detroit, über Cleveland!, inkognito im Ford, zurückgekommen. Wir entschlossen uns innerhalb einer Stunde, nach Detroit zu fahren. In dieser Stunde schrieb ich Tante Annie, rief Tante Edith[1] an, beschloß, Jon und Betty ins Haupthaus zu übersiedeln; sprach mit Betty, Tom, Ida, Emily; befestigte mein gelocktes Pony, das mich völlig verändert, setzte meinen Schulmeisterinnen-Hut auf, zog Schuhe mit hohen Absätzen an, malte meine Lippen an, und wir waren fertig!

Tante Edith kam jeden Morgen herauf, um nach Jon zu schauen, und Banks schlief in dem Zimmer gegenüber von Betty und Jon. Ich dachte mir, daß alles gut gehen müsse, da niemand wußte, daß wir fuhren und daher keine Gefahr in bezug auf die Publicity (für Jon) bestand.

Die erste Nacht verbrachten wir in einer kleinen Stadt außerhalb Scrantons, Pennsylvania. Das Hotel sah wie ein altes Wirtshaus aus: ein beleuchtetes Schild und ein paar Gummibäume und ein alter Mann in einem purpurnen Morgenrock hinter dem Spiegelglasfenster. Er führte C. und mich (C. in Überzieher, Mütze, geschwärzten Augenbrauen, Brille, geglättetem Haar etc.) die steilen alten, mit Teppichen belegten Treppen hinauf und kilometerlang an Zimmern – 41, 43, 20, 18, 13, 17, 12, 6, etc. etc. vorbei. (Sie *konnten* nicht alle besetzt sein. Warum machen Hoteliers das *immer* – um einen zu beeindrucken? Oder um einen totzukriegen, damit man schließlich, wenn sie dann mit dem Schlüssel für Zimmer 5 am Ende des Kaninchenbaues rasseln, erschöpft ist und einfach auf den unberührten, dürftig aussehenden Betten zusammensinkt?!)

C. und ich hatten Angst, aber offensichtlich erkannte uns überhaupt niemand. Ich kam mir ganz verrucht vor, als wären wir in dieses schäbige Hotel geflüchtet. Erinnerst Du Dich an Tessa in ›The Constant Nymph‹? So war es. C. sagte, der Morgenrock-Hotelier habe gedacht: »Wieder ein braves Mädchen auf Abwegen.«

Nun, wir fuhren einfach weiter, hielten, um zu essen und zu tanken etc., und wurden immer kühner, da uns keiner erkannte. Wir sagten, wir seien aus Hackensack, reisten unter falschem Namen. Am zweiten Tag erreichten wir abends Cleveland und wurden zur Hintertüre hereingelassen. Es war zu lustig. Großmama war so fröhlich und begeistert. Ihr schien es sehr viel besser als zur Zeit der Hochzeit zu gehen. C. machte es Spaß, all

[1] Miss Annie Cutter, die in Cleveland bei ihrer Mutter lebte, und Mrs. Sheldon Yates, die in Englewood lebte, Schwestern von E.C.M.

die Fotos anzusehen, meinte, daß Jon wie Dwight jr. auf seinen frühen Bildern aussah oder eher wie ich, als ich klein war!

Wir fuhren am nächsten Tag nach dem Mittagessen wieder ab und sind zum Abendessen in Detroit angekommen. Mrs. Lindbergh war den ganzen Tag über beschäftigt gewesen, um das Haus für uns herzurichten, was sie nicht hätte tun sollen. Sie konnte es kaum glauben, daß wir da waren. Dann machte sich C. daran, das Haus auf den Kopf zu stellen – riß alte Kleider, Schachteln, Briefe, Fotos, Spielsachen etc. heraus und verpackte sie wieder zu braunen Päckchen (er führte dabei die Englewood-Braune-Papier-Holzkasten-Methode ein!). Natürlich war, nachdem er all seine und Mrs. Lindberghs Schätze ausgepackt und sortiert hatte, keine Zeit, um sie wieder einzupacken und zu dem Zeitpunkt, den wir uns vorgenommen hatten, zurückzufahren, also blieben wir länger und räumten auf. Glaube ja nicht, daß *Du* zu viel Sachen aufhebst, Mutter – was habe ich für Zinnsoldaten und Steine aus Yosemite und Muscheln vom Redonostrand und Zuckerkaninchen und Briefbeschwerer mit dem Washington Denkmal von Charles verpackt!

Dabei hat er mir gar nicht viel zu tun gegeben. Ich suchte die Geschäfte auf und fuhr mit der Straßenbahn und kaufte unter anderem einen leuchtend grünen »St. Pats«-Strickanzug für Jon und amüsierte mich glänzend. Auf dem Rückweg machten wir zum Mittagessen nochmals in Cleveland Station. C. hänselte Tante Annie und die liebe arme Großmutter wegen ihres Kanarienvogels: »Ein Vogel im Käfig – ihr, die so gutherzig seid!« Und er schockierte Großmama damit, daß er ihr erzählte, daß ich Lippenstift benütze. Sie war auch wirklich entsetzt, doch als ich dann »hergerichtet« herunterkam, sagte sie sehr lieb, wie um es wieder wettzumachen, daß sie altmodisch ist: »*Du* trägst ihn sehr *reizend* auf, Anne!«

Als wir von Detroit abfuhren, waren Mrs. Lindberghs Eßzimmer und ihre Garage durch riesige Holzkisten völlig blockiert und das Wohnzimmer war mit kleinen Stößen von Krimskrams übersät. Diese warfen wir am letzten Abend hastig in Pappkartons. Wir wären nie weggekommen, aber Mrs. Lindbergh räumte heimlich Schachteln und Tabletts und Koffer voller Briefe, die sie in der Hoffnung, daß sie sortiert würden, heruntergebracht hatte, *zurück* in ihr Schlafzimmer, vermutlich unter das Bett, wo sie C.s suchenden Blicken entgingen. Sie sagte am letzten Tag ein bißchen kläglich: »Ich weiß, es *sollte* mir jetzt leergefegt vorkommen, aber im Moment komme ich mir eher zugeweht vor!«

Beim Zurückfahren hielten wir an einem dieser alten, schäbigen »Zimmer für Touristen«-Etablissements. Ja, wirklich. Nicht mal so schlecht – gutes Essen, war außerhalb von Bellefonte. »Kommt mal wieder vorbei, Leutchen«, rief der Mann, als wir abfuhren. Er besah sich unser mit Kartons und Taschen vollgeladenes Auto (C.s Sammelsurium aus Detroit): »Zieht ihr um?«!

Die ganze Fahrt hat uns wirklich gut getan. C. fühlte sich zum erstenmal seit sechs Jahren völlig frei, seine Freiheit war ihm zurückgegeben. Und zu spüren, daß es sie jetzt immer gibt, als stille Reserve. Wir *können* weg!

Und Jon! Ich ging in sein Zimmer, und er hob seinen schmalen zarten Kopf aus dem Bett und sah mit seinen großen weitoffenen Augen zu mir auf, und dann lächelte er einfach durchaus verständnisvoll, als wollte er sagen: »Du bist wieder da? Oh, ja ...« Er erinnerte mich im Aussehen merkwürdig an den kleinen Charles, vielleicht, weil er mehr wie ein richtiger Mensch aussieht, größer ist, Verständnis und Humor zeigt. Ich habe ihn heute den ganzen Tag gehabt. Ich kam heute am frühen Morgen in sein Zimmer, und er lag auf seinem Rücken und hatte einen Knäuel in seinem Bettlaken, in den er seine Füße stieß, und spielte hingegeben mit Deinem weißen Wollhäschen mit dem Glöckchen. Er lächelte das stille, verständnisvolle Kinderlächeln – wieder wie Charlie –, als er mich sah.

Ich war heute sehr glücklich. Es war ein herrlicher Tag, frühlingsmäßig; rote und grüne Tulpenspitzen schauten hervor, und die Ahorne sahen rot aus. Ich wanderte durch die Wälder und setzte mich auf einen Baumstamm in die Sonne. Mir wurde klar, daß ich mich schon sehr lange nicht mehr so gefühlt hatte, befreit von großer Qual und Schwere. Mit dem Wunsch nach Leben und dem Glauben, daß die Dinge gut sind, so, als könnte ich mit dem Frühling die schreckliche Beschäftigung mit dem Verbrechen des Winters abschütteln und an Charlie als an einen Zugehörigen dieses Frühlings denken – so wie er an dem Tag im letzten Frühjahr dazugehört hat, als ich ihn über den Bach schob und wir in der Sonne saßen und ich dachte: »Das ist reine Freude – alles andere ist unwichtig.« Als ob der Frühling diese Essenz zurückbringen könnte. Ich fühlte, wie ein wunderbarer Strom mich durchfloß, es war das Leben, dieses immerwährende Leben, das weiterging, und es war voller Freude.

[Samstag] 18. März

Sah zu viele Menschen, nahm mir zu viel vor, telefonierte zu viel.

Bin wieder im Netz gefangen.

Warum werde ich gefangen? Hauptsächlich deshalb, weil ich schwach bin, feige, langsam denke, es verabscheue, Leuten weh zu tun, es nicht mag, wenn Menschen mich kritisieren. Ich muß Menschen abschütteln – zu viele Beziehungen, zu viele Menschen, zu viele Verstrickungen. Aber schon dieses Neinsagen wird meine ganze Zeit in Anspruch nehmen. Ich helfe ihnen nicht, sie helfen mir nicht. Nichts als schmerzliche, unnütze Vergeudung von Leben, Zeit, Seele – allem.

Donnerstag, 30. März 1933

Wieder fliegen. Wie langsam sind die Autos. Die Muster der Häuser, durch ihre Schatten verdoppelt, schachtelähnliche Häuser. Das Wasser – ganz ruhig – ein Boot durchschneidet das Wasser wie eine Schere – der schwere Seidensatin wirft kleine Wellen zurück, fällt auf beiden Seiten herab. Gefrorene Wasserfälle. Gewebte Stoff-Felder, Reihen, Streifen, Schachbretter, Kavallerie-Köper, Kord, Tweed, Homespun. Plötzlich ein Pfeil und ein Bogen auf einem Feld – ein Flugzeichen. Reiz einer Geheimsprache. Dieser riesenhafte orangerote Pfeil bedeutete den Menschen da unten nichts – sagte nur mir etwas. Bedeutete mir: »Flugplatz diese Richtung«, und ich verstand und fühlte mich wie Gott.

Und über der Erde ein klares ruhiges Licht, Stille. Man konnte ruhig dasitzen und auf das Leben blicken – so war es. Wieder der Glanz über dem Leben, der Glanz, den die Kunst ihm verleiht. Ist das die Faszination des Fliegens?

Montag
Verspätet zum Abendessen

Ich sagte mir, dieses Mal will ich es gut machen. Ich werde mich nicht hetzen. Ich werde mich eine halbe Stunde mit Cold-Cream auf dem Gesicht hinlegen, ich werde erst mein Kleid herauslegen. Dann –

Klingeling. »Ja?« – »Oberst L.« – »Kannst du meinen Anzug mitbringen? Ich werde mich bei den B.s anziehen.«

»Ist gut – wenn ich dich nicht zurückrufe, treffe ich dich um 7.30 Uhr bei den B.s.«

»Schön, wenn es wirklich um 7.30 Uhr *ist*.«

Päng – meine halbe Stunde war dahin. »Emily – Emily! Banks, ich muß übrigens um 6.45 Uhr einen Wagen haben.«

Baden. Keine Zeit für meine Nägel – werde sie machen, während C. sich anzieht – lasse meine Haare, wie sie sind.

Klingeling. Kling – »Ja?« »Mr. M. hat schon mal angerufen. Mußte ihn vertrösten.« – »Hallo? Ja – ja. Oh, das tut mir sehr leid. Ja, ja, ja – tut mir leid.« Päng. Viertel vor! Kein Mantel. Der alte von Elisabeth. Das Baby. Der Stecker von C.s Rasierapparat. Endlich – Banks an der Türe. »Zu den B.s, Henry.«

Wir entschweben. Ich schaue auf die Uhr: vier Minuten vor sieben – ich werde zu spät kommen.

»Wieder? Anne, wie *konntest* du. Du mußt nicht *immer* zu spät kommen, und ausgerechnet heute abend.« Er wird an der Türe warten – mit zusammengepreßten Lippen. »Also wirklich, Anne.« – »Ich kann unmöglich – in dieser Zeit – hier sein.«

Ich setze mich gerade hin. Die ganzen Male, die ich zu spät gekommen bin, fallen mir ein.

Wir stehen vor einer Ampel still – in Reih und Glied. Wir fahren wieder an – kreuz und quer durch die Stadt. Zwei Taxis biegen vor uns in die Straße ein, bremsen damit unser Tempo. Noch zwei Minuten – wir schaffen es unmöglich. Das Plaza – Schwarz – die 56ste Straße hinunter, die Madison Avenue. An der 57sten Straße links – Kunstgalerien – noch nicht zu spät – 7.30 Uhr. Jetzt – »Du kommst zu spät.« – »Nur um fünf Minuten.«

Ankunft – schmeiße Garderobe hin – packe Tasche.

Er ist noch nicht da!

Karfreitag [14. April]

Liebe Mutter –

ich hoffe, dieser Schrieb wird Dich erreichen, was mir leider nicht gelingen wird. Der lang aufgeschobene Flug nach Kalifornien ist jetzt fällig, und wir werden vermutlich Montag oder Dienstag abfliegen und drei Wochen oder einen Monat weg sein, also ungefähr erst zwei Wochen nach Dir zurückkommen. Ich bin zerknirscht, daß sich das so ergibt, aber immerhin ... wird Jon da sein, um Dich zu begrüßen. Er wird die ganze Zeit über in Englewood bleiben, eine Abteilung der Staatspolizei wird ihn bewachen (auf Anordnung von Gouverneur Moore), Mrs. Graeme[1] wird da sein und vielleicht für kurze Zeit auch Mrs. Lindbergh. Ich werde ihn ins Gästezimmer oder auch in mein früheres Zimmer übersiedeln, so daß er ganz in Deiner Nähe ist und Du hineingehen und ihn oft sehen kannst. Er ist jetzt sehr viel länger wach – von zwölf bis zwei nimmt er in seinem Sonnenanzug ein richtiges Sonnenbad, kriecht herum, zieht dabei ein Bein an sich heran, und es gelingt ihm so durchaus, vorwärtszukommen. Dr. Van Ingen sagt, er macht sich gut. Er ist lediglich zu groß.

Ich wollte diese Reise nach Kalifornien, aber jetzt werde ich mich danach sehnen, zu Dir und Jon und dem heimatlichen Frühling zurückzukommen.

Tagebuch

Mittwoch, 19. April 1933

Newark-Reporterangst, wie vor jedem Start – Kontrolltürme in der Ferne. Lange Warterei, während C. im Hangar mit den Beamten spricht. »Ganz schönes Wetter im Osten?« – »Na, eigentlich nicht – gut genug für die Strecke nach Camden.« Gelächter. Starr und befangen auf dem Weg zum Flugzeug. Klick, klick, klick. Die Menschenmauer verdoppelt sich, jeder hat zwei Gesichter, sein eigenes und das seiner Kamera. »Nein, dankeschön, keine Stufen.« Langsames Hinuntergerumpel bis ans Ende der Piste. Das Aufheulen beim Start – wie es steigt! Schrecklich böig – bleibe angeschnallt. Wir sind auf der Stelle im Nebel – brrrr. Das wird schlimm. Die Kontrolltürme von Newark; wir gehen etwas tiefer aus dem Nebel heraus – der Fluß – die Straße nach Princeton – New Brunswick – der Turm des alten Parlamentsgebäudes – die Brücke; verpaßte Princeton, Hügel rechts nicht zu sehen.

Camden – wie schön, wieder auf dem Boden zu sein, wie sicher, wie warm.

Der Wetterbericht: 200 [Fuß Steighöhe] über den Bergen, Post noch nicht durch, 400 über Baltimore. »Wir werden starten und sehen, wie weit wir kommen.« – »Wohin fliegen wir,

[1] Mrs. Cecil Graeme, E.C.M.s Privatsekretärin.

Charles?« – »Also, wenn wir nicht nach Baltimore können, fliegen wir nach Harrisburg.« Der Fluß – Bodennebel und Wilmington – sehr tief. Ich höre auf, Gedichte zu lesen.

Donnerstag, 26. April 1933
Baltimore–Washington–Pittsburgh–Columbus

Wir verlassen Baltimore bei strömendem Regen. Der Mann, der uns mit den Flaggen die Startzeichen zuwinkt, läßt die Flaggen sinken, als wir ihm zuwinken, und wirft inbrünstig beide Hände, die er zu einer glückbringenden Geste verschlingt, in die Luft. Kleine Bauernhöfe, dazwischen Kiefernwälder, sanft wogendes Land. Hoover-Flughafen, Washington bewölkt.

Verlassen Washington, unsymmetrisches Grün und gepflügte Felder, Waldstücke in sanftem Gewoge, kleine Höfe. Die Hügelketten in langen Streifen vor uns. Wir fliegen sie an. Folgen den Warnlampen bis Harrisburg, kleiner Flugplatz, eine Piste. Der Susquehanna – groß, flach, gewunden. Verlassen Harrisburg um 3.19 Uhr. Höre Bellefonte. Die Hügelketten sind wie lange knochige Finger, die sich so weit erstrecken, wie man sehen kann. Flüsse und Straßen ziehen sich durch grüne Täler. Johnstown und dahineilender Fluß. Asphaltstraßen sehen wie über die Erde verstreute Lochstreifen aus. Kommen an einem Flugzeug vorbei, das nach Osten fliegt. Kohlenbergwerke. Flughafen von Pittsburgh, glatt wie ein Bürgersteig, 4.55 Uhr.

Verlassen Pittsburgh um 5.45 Uhr. Steigen auf 800 Fuß, wenden, werden langsamer – stirbt der Motor ab?! Elendes Getrödel, unter uns kleine Felder; ich warte darauf, daß die Maschine aufholt. Sie tut's nicht. Die Erde nähert sich rasch. Ich lege meinen Bleistift weg und befestige den Gurt. Jetzt passiert's. Nein, wir schaffen es. Sicher auf der Piste, gleich auf die Blöcke. Dieses innere Flattergefühl. »Motorschaden?« Ich nicke. »Keine so gute Gegend hier.« Bar Pete, zuverlässig, zäh und vorsichtig.

Wir fliegen um 9.45 Uhr ab. Kalt. Ich habe Angst. Nachtflug. Anfänglich in eine einzige Schüssel voll Dunkelheit geschleudert, oben wie unten undurchdringlich – rundum gleich. Sterne über und unter uns. Allmählich tun sich zwei Dunkelheiten auf, eine schwarze Schüssel aus Samt, strahlend flimmernd unter uns – die Erde; eine dunkelblaue Schüssel, zart mit Sternen betüpfelt darüber – der Himmel. Diese strahlenden Flecke voller Sterne unter uns sind Städte, alle in Reihen und Mustern, wie Glitzerschmuck auf einem Kleid. Wenn man sie anschaut, blitzen die Lichter, aber dessen wird man sich nicht so bewußt, man bewundert vielmehr das ganze schimmernde Etwas wie eine Frau im Glitzerschmuck, deren Kleid bei jeder Bewegung in weichen Wellen fließt, wenn das Licht darauf fällt.

Streben dem nächsten Lichtsignal zu, dabei lassen wir das erste hinter uns – Malsteine, Signale, einzig für uns, wie auch die erleuchteten Städte. Das Gefühl, daß die Welt für uns erschaffen wurde – beim Fliegen. Weißer Nebel, und C. fliegt niedriger, drosselt den Motor und geht hinunter. Ich halte den Atem an. Wir landen sicher um 10.50 Uhr in Columbus.

Freitag, Ankunft Saint Louis 2.22 Uhr

Verlassen Columbus 10.52 Uhr. Nette, freundliche Menschen, ein Kind gibt mir ein Geschenk, »eine Baskenmütze«. Klar – leichter Nebel. Das Land seit Pittsburgh abgeflacht. Es sieht nicht mehr wie ein Fleckerlteppich, sondern wie ein Schachbrett aus. Weniger Waldstriche – meilenweite Sicht – Nebel am Horizont läßt ihn doppelt erscheinen, so als wären wir unter Wasser. Überschwemmungen in der Nähe des Wabash. Der Missouri ein langer blasser Strich vor uns. Der Zusammenfluß von Mississippi und Missouri – zwei große, gewaltige Ströme, die sich würdevoll begegnen – kein Mißton in ihrem Wellenschlag. Der Flugplatz, ausgebreitet, neue Gebäude, Pisten. Wir landen.

Eine freundliche Menschenmenge begrüßt uns wie »Heimkehrer«. Ich bin erleichtert. (Habe Hunger.) Wir gehen über das Feld zu Hangars, Büros, Anlagen, sehen Geschäfte, Flugzeuge, Menschen. Ich möchte vor Erschöpfung umsinken. Frank Robertson[1] stets liebenswürdig. Phil (Love)[2] grinsend. Zu seinem Haus hinaus; seine Frau »Cookie«. Er ist stolz auf sie. Sie ist hübsch und hat einen guten Geschmack. Ist uns gegenüber ein bißchen schüchtern. Sie ist jung. Ich glaube, daß ich sie verstehen könnte. Zu den [Harry] Knights[3] zum Abendessen. Irwin [seine Frau] sehr verändert, sieht müde aus und traurig. Ich mag sie sehr gerne, und sie tut mir leid. C. und Phil stehlen sich fort, wie böse Buben, die einen Streich aushecken.

[1] Frank H. Robertson, Vizepräsident der Robertson Aircraft Corporation und Mitglied der Organisation *The Spirit of St. Louis.*

[2] Ein Studienkamerad von C.A.L. in der Luftwaffenschule. Später ein Copilot bei der Luftpostbeförderung auf der Saint Louis–Chicago–Route.

[3] Präsident des St. Louis Fliegerclubs im Jahre 1927. Knight war 1927 einer der Männer, die Lindbergh hauptsächlich unterstützten.

Samstag, 22. April 1933

Spätes Abendessen. Cookie und ich reden pausenlos. Ich mag sie sehr gerne und glaube, daß wir ähnliche Probleme haben. Wie gerne möchte ich ihr alle Hemmungen nehmen und sie zu rückhaltloser Offenheit bewegen, aber das gelingt nur, wenn man erst selber sich dazu entschließt. Zug um Zug, wie beim Schachspielen. Ich glaube, daß ich ihr helfen könnte. Gefühlsmäßig komme ich mir viel viel älter vor, aber ich könnte ein Haus nicht so gut führen. Die ganze Geschichte ist faszinierend. C. ist Phil so ähnlich, sie gleicht mir, unsere Leben völlig verschieden, und dabei kann ich mir ganz leicht vorstellen, daß sie sich gleichen.

Sonntag, 23. April

Zwei sehr elegant gekleidete Frauen am Flughafen. Weshalb kann ich *niemals* so aussehen? Cookie denkt genauso (schätze ich). Verlangt das sehr viel Zeit, sehr viel Geld, sehr viel Pflege? Bin nicht bereit, auch nur eines dieser Dinge darauf zu verwenden. Verabschiedung von allen.

Abflug um 5.50 Uhr. Fliegen der untergehenden Sonne entgegen, ziemlich tief, Abendnebel über dem Boden. Erde sanft erglüht, flimmert leicht, idyllisch, Städte mit Ulmen bebüschelt, Obstgärten, sanft wogende Hügel mit Bäumen – rundliche Formen – sieht aus wie eine englische Landschaft.

Die Sonne geht unter, der Nebel ist verschwunden. Ich kann westwärts zum blauen Horizont und dem darüberliegenden rosa Glanz sehen. Folgen dem Fluß, der sich in sanften Windungen zu unserer Rechten dahinschlängelt. Sehe ihn vor mir in den Biegungen stückweise aufglänzen wie einen hüpfenden Stein.

Die Erde verfinstert sich. All die kleinen Teiche fangen das Licht ein wie leuchtende Taler. Der Fluß glitzert in weiter Ferne – eine Schnur, eine Kurve aus Silber – glitzert, verschwindet, glitzert – ein Seidenband in meiner Hand, das uns führt.

Kontrollampen blitzen ringsum auf. Der Rauch von Kansas City vor uns, noch zehn Minuten. Lichter funkeln, Städte im Abendnebel – die Biegung des Flusses umfängt den Flughafen. Wir kreisen. Ankunft 7.30 Uhr. Enorme Menschenmenge – aufgebracht – wir gehen ins Büro – sie schlagen an die Fenster, schreien. Wir fahren aufs Land hinaus. Milch und Semmeln und ein Feuer und Schlaf.

Montag und Dienstag in Kansas City
Mittwoch, 26. April

Verlassen Kansas City 11.32 Uhr – starke Bewölkung. Fliegen Südost – ziemlich große rechteckige Gehöfte. 12.10 Uhr Osage. Ankunft Springfield, Missouri 12.43 Uhr. Gleiten schnurrend aufs Flugfeld. Riesenmenge. Sehr aufdringliche Reporter. C. mit zusammengepreßten Lippen. Verlassen Springfield 1.26 Uhr, nehmen Richtung auf Wichita. Ausgedehntere, größere Gutshöfe. Erste kahle Einzelberge. Ölquellen. Schwarze Streifen auf dem Boden – brennende Erde. Ankommen Wichita 3.10 Uhr, das Flugfeld sieht aus wie grüner Samt mit Druckknöpfen. Verlassen Wichita 3.56 Uhr. Wie ein Weberschiffchen zieht ein Pflug das Feld hinauf und hinunter. Ich habe das Gefühl, ich könnte das offene Garn hier aufheben und das ganze Stück gewebten Tuches, das gepflügte Feld aufribbeln. Ankunft Tulsa 6.20 Uhr.

Donnerstag

Verlassen Tulsa 8.59 Uhr. Wolkenfetzen. Sanft bewegtes bewaldetes Land.

Ankunft Oklahoma City 9.47 Uhr. Passieren das TWA Postflugzeug. Verlassen Oklahoma City um 10.31 Uhr – sehr heiß. Große Vieh-Gehöfte entlang des Flußbettes. Auswürfe festen Gesteins inmitten grünen Feldes. Um 11.20 Uhr über Elk City; kleiner, schlammig aussehender, länglicher Streifen, der Flugplatz. Wir überfliegen den Platz unzählige Male, streifen dabei einmal mit den Rädern, steigen wieder auf – kreisen wieder. C. hat Sorgen wegen weicher Stellen, macht eine Probelandung, um zu sehen, wie weit die Räder einsinken.

Kleinstädter – Menschenansammlung – landeten 11.40 Uhr, flogen 12.05 Uhr ab. Land wird sehr ursprünglich – sandige Ebenen, spärlich bewachsen. Ölquellen, keine großen grünen Felder mehr. Fliegen Red River entlang, seicht und sandig, vielarmig – die gefiederte Schlange.

Ankunft Amarillo 1.12 Uhr – sehr heiß, trocken und eben. Verlassen Amarillo 1.40 Uhr. Kahle Tafelberge, kleine Staubwirbelstürme vor uns, auf einem ausgedehnten Plateau. Vieh, Gehöfte, Traktoren. Steile Berge. Wacholderbeeren über dem Boden verstreut. Erste Indianer-Siedlungen. Steigen von einer Hochfläche zur nächsten, schneebedeckte Berge tauchen vor uns auf.

Wir erklimmen einen weiteren Tafelberg, und die Rocky Mountains erheben sich vor dem Flugzeug. Ohrensausen. Versuche, die Kamera einzustellen. Fliegen die kiefernbewachsenen Bergrücken von Albuquerque an – ein langer Aufstieg – schauen auf die Gebirgskette hinunter. Auf der anderen Seite liegen die flachen, goldglänzenden Ebenen des Rio-Grande-Tales. Der sandige Fluß und flachgedeckte Indianerdörfer. Wir haben Kurs auf Südwest genommen. Ankunft Albuquerque 4.18 Uhr. Wind und Sand.

Verlassen Albuquerque um 5.01 Uhr, fliegen Hochplateau mit neuen Gipfelgruppen an. Ausgetrocknete Flußbetten. Nördlich vulkanische Bergkegel. Überqueren die Berge links von Mount Taylor. Lavastrom und Wüste. Einsame Gipfel und Hochplateaus mit steilen Abhängen ragen aus der weiten Ebene vor uns auf; Territorium der Zuni.

Südlich Stürme. Rechts rosa Wände einer tiefen Bergschlucht. Runde Lehmhütten der Indianer. Menschliche Spuren auf karger Prärie.

Ankunft Winslow 6.50 Uhr, direkt über Schornsteinen, Telegrafenmasten und Eisenbahnschienen. Abflug Winslow 7.13 Uhr. Meteor-Krater um 7.20 Uhr. Stürmisch und Berge ringsum bei unserem Anflug auf das Kingman Tal, gezackte purpurne Berge am Horizont. Ankunft Kingman 8.26 Uhr. »Ich möchte, daß Sie eines der nettesten Mädchen aus diesem Teil des Landes kennenlernen – meine Frau.« (Ungefähr sechzig Jahre alt!)

Freitag, 28. April 1933

Verlassen Kingman 11.20 Uhr. Wolkendecke, Gegenwind, kalt. Überfliegen gezackte Berge, vor uns ein sonniges Tal. Der Colorado. Sind jetzt in Kalifornien, überqueren zweite Bergkette, gelangen in neues Wüstental. Ankommen Flugplatz von Goffs um 11.51 Uhr. Verlassen Goffs 12.42 Uhr. Wieder hinauf zu einer anderen Bergkette. Nebel bis zu den Gipfeln hinunter – gezackte weiße Granit-Nadeln – fliegen an ihnen entlang, schauen, wo wir durchkommen können. Flogen Bergkette entlang, fliegen wieder in ein Wüstental.

Die trockene Wüste scheint dahinzufließen; schmelzflüssige Felsen, Sandströme fließen seitlich herab, abertausend kleine Rinnsale, Fäden, lebendig wie Haare oder Flammen.

Ankunft Baldy Mesa 2.18 Uhr, Abflug 2.34 Uhr. »Sehr tief

über dem Paß.« – »Wie tief ist sehr tief?« – »Wir müssen sehen, ob da nicht irgendwo ein Loch ist.« Nebel über den Bergen – versuchen durchzukommen. Das Entsetzen – steiler Schrägflug – noch ein Loch weiter. Kehren um, folgen der Gebirgskette. Nebel liegt ruhig und hell in den Schluchten, düster und schwer auf den Berggipfeln. Steigen in Spiralen auf – zurück in die Schluchten. Auf gleicher Höhe mit den verschneiten Gipfeln, nehmen Kurs auf sie. Höher – höher – drüber – eine Lücke. Kann noch die Ebene zu unserer Linken sehen – vor uns eine Lücke – im Sturzflug hinein. Jetzt sind wir inmitten der Berge, kein Zurück. Durch eine neue Lücke, gehen tiefer, folgen einem Tal, suchen uns die undichten Stellen im Nebel. Grüne Felder unter uns – wieder durch eine Lücke – Berge. Folgen Fluß, Feldern und Straße.

C. dreht sich um und lächelt beruhigend. Vor uns sieht es schwarz aus, aber der Fluß ist noch da. Wir folgen dem Tal. Sehr niedrige Wolkendecke, schlechte Sicht. Aber herrliche Felder unten, auf denen man landen kann – behalte sie im Auge. Selbst die Berghänge sind auf dieser Seite grüner. Wir haben den Fluß verlassen, drehen südwärts über die Berghänge ab, auf ein anderes Loch zu – gerade noch darüber weggefegt. Dort – das weite Tal, grün und herrlich unter uns, säuberliche Obstgärten, breite Landstraßen, Städte, eine Talsperre – ein verheißenes Land. Überfliegen die gewellten, unwirklichen Filmkulissen-Berge direkt hinter dem Flughafen. Hinunter über die Telegrafendrähte auf das lange schmale Flugfeld. Ankunft Los Angeles 3.31 Uhr.

Das Haus ohne Helen. Jack[1] sehr dünn. Es ist fremd und vertraut, dieses Haus, in dem ich gewohnt habe, als ich den kleinen Charles erwartete. Seit ich hier war (es scheint erst kürzlich gewesen zu sein), wurde er geboren, lebte – und starb er. Er erscheint mir auf dieser Reise gegenwärtiger als Jon.

Sonntag, 30. April

Der Strand, das Geräusch der Wellen. Die nach Süden gerichtete Landspitze, Felder und Klippen und Häuser, die von der untergehenden Sonne erleuchtet sind – idyllisch, friedlich. Gen Westen die Gebirgskette, purpurfarben und unwirklich. Das kleine

[1] Jack Maddux, Präsident der Maddux Airlines; seine Frau Helen war seit dem letzten Besuch der Lindberghs gestorben.

Mädchen auf Rollschuhen, das dem kleinen Charles ähnlich sah. »Wie alt ist sie?« – »Etwas über zweieinhalb.«

Los Angeles, [Anfang] Mai

Liebste Elisabeth,
hier lagen zwei dicke Briefe von Dir, als ich ankam, einer aus Paris und einer aus Wales. »Dein« Haus scheint mir sehr schön zu sein. Ich mag gemütliche Häuser lieber als »hübsche«. Sie repräsentieren einen Zeitabschnitt und erheitern einen dadurch, daß die Menschen sie einst hübsch fanden. Glaubst Du, daß ich es diesen Sommer zu sehen kriege? Ich glaube tatsächlich (noch ein abgrundtiefes Geheimnis), wir wollen es in diesem Sommer versuchen, ganz gemütlich von Neufundland über Grönland, Island, die Faröer Inseln, Dänemark, Schweden etc. zu fliegen und Dich irgendwo zu treffen! Stelle mir vor, daß ich Dich so bald – so bald sehen werde! Jetzt ist es an der Zeit, daß Du nach Hause kommst. Mutter ist zurück, und Du solltest es sein. Aber wenn ich nur bis August oder Juli warten muß, dann ist das nicht arg. Dann kannst Du im nächsten Sommer, wenn ich ein Baby kriege, hier herüberkommen, und im übernächsten Sommer wird Pan American regelmäßig über die Azoren hüpfen (ich hoffe, daß PAA um meine Pläne für sie weiß!).

Die Reise hierher verlief gut, nur an einer Stelle war schlechtes Wetter auf dem Weg nach Los Angeles. Wir sind fast seit einer Woche bei Jack Maddux. Es ist sehr merkwürdig ohne Helen, auch daß ich, als ich das letztemal hier war, den kleinen Charles erwartete.

Jack hat eine kleine Hütte am Strand, in der sind wir jetzt. Ich bin, seit ich mit Dir in Nassau war, nicht mehr am Strand gewesen, damals saßen wir an unseren Schreibtischen einander gegenüber, rosa Seemuscheln auf dem Fensterbrett, Sand auf den Löschpapieren und roter Eibisch in einer Vase auf dem Korbtisch.

Ich habe wieder das Gefühl, daß mich das Strandleben gefangen nimmt: die Schleppen des Seetangs, die Spuren der Vögel wie kleine Ranken auf dem Sand, die Steinreihe des höchsten Wasserstandes, kleine Krabben, Sächlein, die hopsen, Seetang, der unter deinen Absätzen zerplatzt, der Sand, der unter den Füßen absinkt, wenn die Welle hinausrollt. Diese blütenblattgleichen Wellen, die sich flach auf dem Sand entfalten, der Schaum, der zurückbleibt, wenn sie zurückgleiten.

Aber es ist recht kalt – kein Badewetter wie in Nassau. Doch es gibt hier eine lange handfeste Promenade, und ich bin Rollschuh gelaufen! Es macht wirklich Spaß, außer wenn »die großen Buben« in voller Fahrt herbeikommen und ich eilig aus der Bahn trapsen muß. Doch im Strandanzug und mit getönter Brille ist »Mrs. Lingrin« ganz unauffällig und sieht wie alle anderen Mädchen aus.

Ich habe letzte Nacht sehr lebhaft von Dir geträumt. Wir waren alle in eine Wohnung in New York, in Grand Central Station, gezogen, und ich war gerade von dieser Reise zurückgekommen, und Du führtest mich durch die Wohnung. Aber Betty und das Baby waren gegenüber vom Bahnhof, unter einem der großen Bögen, wo man hingeht, um nachzusehen, wann die Züge gehen. (Hübscher ruhiger Ort für ein Baby!) Als Du mich herumführtest, versammelten sich eine Menge Männer. Du warst sprühend und großartig, und ich dachte mir wie in alten Zeiten: »Niemand wird mit mir tanzen wollen.« Dann dachte ich: »Ist das nicht ganz unwichtig? Es ist einfach köstlich, mit Elisabeth zusammenzusein.«

Tagebuch

Samstag, 6. Mai 1933

Verließen Los Angeles um 9.32 Uhr. Klar und sonnig, leichter Dunst über den Bergen. Es ist ein schönes Gefühl, wieder im Flugzeug[1] zu sein, den Fallschirm bequem angepaßt, den Gurt umgeschnallt, die Karten und Sachen in der Tasche. »Hier war die Taste, da war der Sender, da ist der Empfänger, da das Loch für die Antenne, hier ist der gepolsterte Kopfschutz, an den ich mich oft klammerte!« Ich fühle mich wohl und geborgen. Der herrliche rote Flügel unter mir.

Wir erklimmen die Berge mit Leichtigkeit. Rückenwind, hoben ohne Schwierigkeit vom Boden ab. Ich habe ein wunderbares Gefühl, so als hätte ich einen Rettungsring um, der auf dem Meer schwimmt. In einem geschlossenen Flugzeug habe ich dieses Gefühl nie. Winslow nach Albuquerque sehr böig, aber ein Vergnügen, wie ein störrisches Pferd. Ich habe meine Beine auf

[1] Die Lockheed-Sirius, in der die Lindberghs 1931 über die weite Ringstrecke von New York nach Tokio geflogen waren und die in der Lockheed Fabrik in Burbank, Kalifornien, wieder instandgesetzt worden war, nachdem sie sich im Yangtse überschlagen hatte.

einer Seite des Steuerknüppels in der Sonne übergeschlagen, um sie zu wärmen. Aber manchmal werden mir die Stöße zu heftig, und ich verlasse meine Damensitz-Stellung. Mit gespreizten Beinen zu sitzen, kommt mir sicherer vor.

1.45 Uhr Albuquerque. Flugfeld ein verschobenes Sandkreuz, zeitweilig fegt ein Schneesturm die ganze Station weg. Ein Wagen fährt uns durch den Sand entgegen. 2.35 Uhr, Abflug Albuquerque. 2.48 Uhr, Aufnahme vom Albuquerque-Gebirge. Das Entzücken, wenn man so hoch kommt, daß man die Giganten von Angesicht zu Angesicht vor sich hat.

3.11 Uhr, Las Vegas. Schrecklicher Sandsturm. Zuerst ein Schleier über der Erde, dann ziehen große Gewitterwolken auf, und die Federbüschel aus Staub fegen über die gepflügten Felder. Wir versuchen umzukehren. Wir sind eingeschlossen. Wir steigen höher und haben keine Bodensicht mehr. Wir kreisen nach unten und können nicht sehen. Wir drehen nach Süden ab. Die Sonne ist ein bleicher Mond, die Erde gelb – Sandstaub in der Kehle, den Augen, den Lungen, Lippen ausgedörrt. Heißer Wind. Wir steigen höher – Sonne und Himmel tauchen auf, man kann atmen. Das ist wie kühles Wasser, aber die Erde verschwindet.

Wir gehen runter – wird er die Erde sehen, bevor er sie trifft? Wir fliegen so schnell. Wir schwenken mit dem roten Flügel. Wieder das Entsetzen. Nebel, er weiß Bescheid – aber das hier ist ungewöhnlich, vielleicht kennt er sich nicht aus. Er hat keine Erfahrung in Sandstürmen gehabt. Wir kreisen – wir wenden – es ist rings um uns herum. Es gibt nicht einen hellen Fleck. Ich glaube, wir werden umkommen. Ich werde nie wieder fliegen, ich denke das voller Zorn, und dann sage ich mir entsetzt, du wirst nie wieder fliegen – nein – du wirst umkommen. »Der Tod spielt mit uns Verstecken.«

Doch nein, ich muß zu C. Vertrauen haben. Er sagte: »Du solltest größeres Vertrauen zu mir haben.« – »Ich vertraue dir, aber ich habe kein Vertrauen zum Leben.« Ich werde meine Augen zumachen. Ich werde mich nicht derart strapazieren – ich will dem nicht begegnen, bevor ich muß. Ich will nicht jeden Augenblick Zeuge sein. Ich muß diese Angst nicht durchstehen. Ich weigere mich einfach, vorhanden zu sein. Ich schließe meine Augen, öffne sie wieder und stoße einen Schrei aus. Es ist dunkel, schmutzigtrüb ringsum. »Oh, es ist noch viel schlimmer!« Ich schreie vor Entsetzen. Ich berühre leicht den Steuerknüppel.

Wenn er doch nur lächeln oder mich anschauen würde, um mich zu beruhigen. Aber er rührt sich nicht von seinem Posten weg; er ist mal auf einer, mal auf der anderen Seite, hält Ausschau, wendet, reißt das Steuer herum. Wir sind der Erde sehr nahe. Es ist nicht so eben, wie ich dachte – Tafelberge, Schluchten. Wir sind jetzt völlig eingeschlossen. Dann kommt wieder Wind auf. Ich merke, wie er auf uns zukommt – der Tod – und fühle, wie mich etwas durchströmt, mein Widerstand wächst, ich wappne mich, lege alles beiseite, befestige meine Schutzbrille, nehme meinen Fallschirm ab. Er nützt mir jetzt nichts.

Mit einem neuen Bewußtsein registriere ich, daß wir zweimal an dem gleichen Tafelberg vorbeikommen. Er umkreist ihn. Oh, er setzt zur Landung an! Welche Wonne! Was für eine Erleichterung! Guter Mann! Er geht auf Nummer Sicher. Er weiß, was am besten ist – eins zu null für ihn! Wir landen – ich schnalle mich an, rechne mit einem Ringelpiez[1], fürchte mich aber nicht davor. Wir schlagen auf, rollen aus, stehen. Gott sei Dank.

Er dreht sich um und lächelt mich an. »Wir hätten vielleicht durchkommen können, aber es fängt an, dunkel zu werden.« – »Wo sind wir? Texas?« Keine Häuser. Eine Ölleitung und eine Hütte, die von der Luft aus zu sehen waren, sind jetzt durch den Hügelabhang verdeckt. Wir versuchen die Maschine anzuwerfen – Starter kaputt. Jetzt sitzen wir fest – müssen zu Fuß weiter. Wird man nach uns suchen? Nahrungsmittel? Reichlich Wasser? Na, genug, dazu zwei Flaschen Ginger Ale. Ich muß was trinken, dieser Wind dörrt einen aus. Wir versuchen, die Ölleitung zu finden – zu hoch. Wir breiten das Gepäck im Abteil aus. Der Wind pfeift in der Motorhaube. Ich bin sehr durstig. »Verschwende es nicht.«

Wir sind zwar gerettet, aber ich bin nicht so glücklich wie damals in Ketoi[2], als ich mit JOC [der japanischen Funkstation in Nemuro] in Verbindung stand. Ich wußte, daß sie alle informieren würden. Kein Radio. Ich betrachte die leeren Federn. Wird Mutter sich sorgen? »Mutter, Mutter, Mutter, mir fehlt nichts.« Wenn ich ihr doch nur Nachricht geben könnte. »Sie machen sich keine Sorgen.« Aber sie werden es doch tun. Wenn man einmal getroffen wurde, wartet man auf den nächsten Schlag. Man hat kein Vertrauen.

[1] Nicht steuerbare heftige Richtungsänderung eines Flugzeugs während des Rollens, Landens oder Startens. *Anm. d. Übers.*

[2] Bezugnahme auf die Notlandung der Lindberghs am 19. August 1931 auf der Insel Ketoi, Chishimas, auf ihrem Fernostflug.

Es war merkwürdig, so dazuliegen, noch dieser Welt anzugehören, aber ohne jegliche Verbindung. Ich frage mich, ob es so ist, wenn man tot ist – man sieht ihren Kummer, kann ihnen aber nicht sagen, daß alles in Ordnung ist. Das wäre zum Verzweifeln.

Wir essen Jacksons Sandwiches. Sie tat einen ganzen Zuckerhut Salz in den Brotteig, um ihn zum Gehen zu bringen! Wenn doch nur meine Hände nicht so sandig wären. Ich hole die winzige Tube Cold-Cream heraus und säubere mein Gesicht; das hilft – auf meinen Lippen. Aber vielleicht verschwende ich sie – es kann sein, daß wir tagelang hier sind. »Noch ein bißchen Ginger Ale, bitte.« Ich könnte sogar Bier trinken! Der Wind rüttelt am Flugzeug. Das Atmen wird einem schwer. C. sehr unruhig. Ich schaue zum Fenster hinaus auf die ruhigen Sterne – erzähle ihnen, daß alles in Ordnung ist.

Sonntag

Aufgeklart. »Halte Ausschau und sieh zu, ob du ein Haus sehen kannst.«

»Nein, aber ich kann eine Telefonleitung und eine Straße sehen!«

»Dort ist ein Haus – weit hinten – und dort.«

»Sehr gut, jetzt kannst du trinken, soviel du willst.«

Meine Finger sind vor Trockenheit aufgerissen. Ich kämme meine Haare (wie töricht, die Locken scheinen im Nacken ganz verfilzt zu sein!) und säubere mich mit Cold-Cream. C. öffnet die Motorhaube, sieht, daß die Radnabenmutter verrutscht ist.

Ein Auto kommt herauf – zwei verwitterte Farmer und ein kleiner Junge. »Mußten Sie notlanden?«

»Mein Name ist Lindbergh.«

»Au, verdammt! Meine Frau hat sich Ihretwegen die Augen ausgeweint ... hat geheult und geheult ... Wie geht es dem neuen Baby? ... Oh, das ist ein jämmerliches Land hier ringsum – nichts als Wüste.«

Wir starten – nehmen Kurs auf Kansas City, 7.42 Uhr (Los Angeles Zeit). Landen in Kansas City um 10.40 Uhr. Die Leute aufgeregt. C. schweigsam und ein bißchen ärgerlich. Sie waren die ganze Nacht aufgewesen. »Herrschaften, ihr habt euch *zu sehr* aufgeregt.« Drei Flugzeuge auf der Suche nach uns. Verlassen Kansas City 2.10 Uhr, ankommen Saint Louis 3.58 Uhr.

Abflug Saint Louis 4.20 Uhr. Richmond und das erste Warnlicht um 6.40 Uhr. Diesig. Ob das Tageslicht noch weitere dreißig Minuten anhält? Wir folgen der Straße und sehen beleuchtete Autos und Warnlichter und Städte.

Columbus – funkelnd und leuchtend – ausgebreitet. Doch was für ein Abgrund klafft zwischen uns – der Abgrund einer sicheren Nachtlandung. Ich denke an meine alten kindlichen Alpträume, als ich ein Riese und die Erde unter mir sehr klein war. Wie schwer war es, die richtige Größe zurückzuerlangen, um wieder in die kleine Welt hineinzupassen. Dabei wünschte ich mir so sehr, hinunterzukommen.

Sehr holperige Landung, 7.34 Uhr. »Du kannst ebensogut aussteigen, bis wir wissen, was für ein Wetter ist.« Ich betete, daß es schlecht sei. »Also, ich glaube nicht, daß wir noch weiterfliegen.« Wonne und Erleichterung! Brot und Milch und Schlaf – und ein *heißes Bad!*

Montag

Wir machen alles für den Aufbruch bereit, aber über den Bergen zieht sich ein Wetter zusammen. Hören, wie ein Flugzeug in Pittsburgh eingewiesen wird – 300 Fuß!

Verlassen Columbus 2.55 Uhr – niedrige Wolkendecke, gute Sicht bis 4.35 Uhr. Dann läßt sich leuchtendweißer Nebel auf den Bergen nieder. Ein Nebelmeer mit ganz ausgeprägten Grenzen – Federn und Schaum und Rauch und Watte und Wolfsmilch-Gefussel – erstarrt – dabei so leuchtend und ruhig. Ein herrlicher blauer Himmel darüber. Ich mache Aufnahmen. Wir drehen und fliegen drunter durch; den Potomac hinauf wird es schlecht. Ankunft Washington 5.37 Uhr. Obendrüber ist es so ein herrlicher Tag! Ich vermute, daß »obendrüber« immer ein herrlicher Tag ist!

Abendbrot bei Mrs. McLean[1]. Wagen wurde uns geschickt, hochmotorig. Wir fahren durch große Tore, ein riesiges, unregelmäßig angelegtes, altmodisches Haus – ein altes Kloster.

Ein Vogel im goldenen Käfig, keinerlei Angst, keine Hemmungen, ausgesprochene Lust am Leben, am Abenteuer und Geheimnisvollem. Warmherzig, impulsiv, aber kompromißlos. »Sind Menschen ohne Nerven nicht hassenswert? ... Ich sagte,

[1] Evelyn Walsh McLean, Besitzerin des Hope-Diamanten.

ich werde mir diesen Stein einmal ansehen, er hat so eine lange Geschichte. Er fing an, mich zu faszinieren – ich *mußte* diesen Stein haben ... in einem Spukhaus sitzen mit einem Gewehr auf den Knien.« Diese rauhe Stimme, das Parfum, Figur wie ein Brett. Ihr Zimmer, das Radio, das Kruzifix, die Mysterienbücher, das Gewehr auf dem Nachttisch, rosa Satinlaken. »Der Tod ist dein bester Freund ... Das Leben ist, wenn es hoch kommt, ein ziemliches Jammertal ... Aber ich möchte, daß es meine Kinder einmal besser haben.«

Englewood, 12. und 13. Mai

Geliebte Elisabeth,
es ist fabelhaft, nach Hause zu kommen, Mutter und Jon vorzufinden, und alles ringsum ist wunderschön. Die gelben und weißen Narzissen auf dem Hügel sind verblüht, aber im ganzen Haus standen durchsichtige Tulpen, kühl, formell und würdevoll. Ich fand, daß Mutter großartig aussah, obgleich sie sagte, daß sie durch den Ansturm bei der Heimkehr und die daraus resultierenden Verantwortungen (zeitweilig) müde war. Sie war voller Neuigkeiten über Dich, zeigte mir die Bilder, die Luftaufnahmen zuerst. Ich finde das Haus nicht reizlos (könntest Du es nicht einmal vorne abspachteln lassen?). Wie es zwischen Bäumen und Feldern liegt, das ist *herrlich*. Ich freue mich, es zu sehen. Jetzt kann ich mir Dich dort vorstellen – den Magnolienbaum, den Garten, die Hecken. Es ist so komisch und köstlich, wenn man daran denkt, daß Du Dir die Farben der Wände überlegst und mit Dienstboten Unterredungen führst. Ich lachte über Aubreys Kommentar, daß Du das Haus wegen des Magnolienbaumes genommen hast, der nur zwei Wochen lang blüht, und las das Charles vor. Ich habe immer Häuser wegen ihrer »herrlichen alten Bäume« ausgesucht.

Ich hatte Dir so viel zu erzählen, und jetzt schmilzt es in dieser hektischen Hetze aufs Schiff[1] – wie beim Abschiednehmen – dahin. Nur noch dies: es ist herrlich, zu Hause zu sein, der Rasen im Garten ist sehr grün, und das Grün der Hütte ist dunkler und darum herum blühen weiße und rote Tulpen. Die Apfelblüten sind offen und fallen herab, Nässe auf den Wegen. Es ist der

[1] Vor den Tagen der transkontinentalen Luftpost richtete man seine Briefe entsprechend ein, damit sie beim Auslaufen einen bestimmten Dampfer erreichten.

13. Mai. Vor einem Jahr warst Du mit uns in Hopewell. Erinnert Dich das nicht an die Strophe von George Herbert:

»I once more smell the dew and rain
And relish versing. O my only Light,
It cannot be
That I am he
On whom Thy tempests fell at night.«[1]

Isabel[2] hielt mich in der Halle auf, um mir zu sagen, »wie gut Mrs. Morgan aussehe, und was für einen großartigen Mann sie habe«!

An E.L.L.L. Englewood, Donnerstag [25. Mai]

Liebe M.
Aus den Zeitungen wirst Du wissen, was passiert ist. Whateley[3] wurde am Freitag plötzlich krank und noch in der Nacht operiert. Es stellte sich heraus, daß ein Geschwür aufgebrochen war und er nun eine Bauchfellentzündung hatte. Er hatte von Anfang an sehr wenig Hoffnung, aber er hielt sich vier Tage lang sehr wacker und machte uns Hoffnung, daß er vielleicht durchkäme oder wenigstens so lange am Leben bliebe, bis Elsie Dienstagabend aus Europa ankäme. Doch er starb am Dienstag früh. Das Schicksal erscheint einem so grausam, denn man wird das Gefühl nicht los, daß er vielleicht hätte gerettet werden können, wenn es häufigere Vorwarnungen gegeben oder er rascher gehandelt hätte. Charles ist hingefahren, um Whateley und den Doktor am Tag nach der Operation zu sehen. Und wir sind beide ans Schiff gegangen.

Elsie hat sich ganz bewundernswert gehalten – ruhig, still und vernünftig, die arme Frau, sie ist völlig betäubt und ratlos, was sie nun unternehmen soll. Sie sagt, daß sie jetzt hierbleiben und arbeiten muß, da sie nicht zurück nach England und dort ihrer Familie zur Last fallen kann. Sie hat hier niemanden, nicht einmal einen nahen Freund, da sie sehr glücklich miteinander gewesen

[1] »Wieder rieche ich Tau und Regen/Ein Lobpreis der Dichtung. Oh, mein einziges Licht,/der kann ich nicht sein,/Über den Dein Sturm eine lange Nacht hinwegbrauste.«

[2] Isabel MacDonald, Mrs. Morrows Zofe.

[3] Oliver und Elsie Whateley waren das englische Ehepaar, das sich um den Haushalt in Hopewell kümmerte.

und wenig ausgegangen sind. Wir behalten sie natürlich hier. Ich möchte sie so gerne in der Familie behalten, obgleich es jetzt für sie nicht viel zu tun gibt; nächsten Winter gäbe es *genug*, wenn wir irgendwo eine kleine Bleibe hätten. In der Zwischenzeit übernimmt sie kleine Handreichungen für das Baby, das sie vergöttert, dazu ist sie jemand, den man gerne um sich hat.

Unsere Pläne machen sich, und C. meint, daß wir etwa am 1. Juli abreisen werden. Glaubst Du, daß Du von Mitte Juli bis Ende August bei Jon sein könntest? Oder würde das zu viele Pläne über den Haufen werfen? Das ist lange, aber die Familie wird diesen Sommer verstreut sein, und wir hätten Dich gerne hier. Irgendeine Bewachung wird auch da sein.

Ich habe das Gefühl, als gäbe es noch mehr zu erzählen. Oh, ja – Jon. Er bekommt eine gute Farbe, während er draußen in der Sonne herumkrabbelt und sich an Stühlen hochzieht. Er ist den ganzen Tag über aktiv und glücklich und vergnügt und haßt es, ins Bett zu gehen, er schlingt seine Arme um einen, wenn man ihn hinlegen will.

An E.L.L.L. Englewood, Montag [12. Juni]

Liebe M.
Was für ein langes Schweigen! Und das nur, weil sich die Dinge überstürzen –

Wir haben versucht, alles für den Flug[1] fertigzumachen – Kleidung, Ausrüstung, Lebensmittel, hundert Einzelheiten. (Immer versuche ich, *warme* Kleider zu kaufen, wenn es heiß ist!) Dann haben wir versucht herauszufinden, ob Hopewell später mal für Kinder benützt werden kann. Außerdem versucht, unsere Sachen von Hopewell fortzuholen, da Elsie und Whateley nicht mehr dort sind, um auf sie aufzupassen. Das bedeutete Packerei – und was für eine! Porzellan, Glas, Holzwolle, Zeitungen etc.

Dazu funke ich jeden Tag und versuche meinen Bericht über unseren letzten Flug fertigzumachen. Wie schwer ist es doch, Beschreibungen abzugeben, nicht wahr? Ein Weisheitszahn ist auch heraußen, ganz schmerzlos. Alle diese Dinge haben mich daran gehindert, mich mit Jon zu beschäftigen, dabei zieht es

[1] Die Lindberghs sollten die vorgesehenen transatlantischen Flugrouten und Stützpunkte überprüfen. Sie brauchten zu diesem Flug fünfeinhalb Monate und flogen das gleiche einmotorige Eindecker-Wasserflugzeug, das sie 1931 für den nördlichen Flug von New York nach Tokio benützt hatten.

mich stets zu ihm, denn ich verlasse ihn nur *sehr* ungern. Wie auch immer, wir haben ihn mit in das Schwimmbecken genommen, und er hat es genossen; auch paddelte er in dem kleinen Teich im Garten herum, in dem er herumwaten kann. C. neckt ihn und spritzt ihn mit Wasser.

Ich glaube, wir werden noch zwei oder drei Wochen brauchen. Willst Du nicht nochmal kommen, bevor wir wegfahren? Es gibt so viel zu besprechen. In diesem Sommer geht Mutter ins Ausland, Mrs. Graeme nimmt Urlaub, und wenn Du nicht kommst, muß ich, fürchte ich, eine gelernte Schwester nehmen. Mir wäre es wahrhaftig lieber, Du wärest da. Keiner kann uns nachfühlen, wie uns in bezug auf das Baby zumute ist, Du aber weißt es.

An E.L.L.L. Englewood, 20. Juni

Ich habe mich über Dein Telegramm und Deinen Brief gefreut. Ich werde versuchen, die Fragen zu beantworten, auch wenn noch alles *unbestimmt* ist. Es hängt so sehr von unseren Plänen ab. Zum Beispiel die *Zeit.* Ich wollte Jon so lange hier behalten, wie wir hier sind, und ihn erst im letzten Moment wegschicken, dann unterbrechen und ihn in North Haven, wenn wir nordwärts fliegen, wiedersehen.

Wir wohnen auf einer Landzunge direkt am Wasser und im übrigen nicht in der Stadt oder in ihrer Nähe, man braucht zwanzig Minuten, um von der Stadt North Haven bis zu unserem Haus zu kommen. In unserer Nähe sind keine Häuser, nur das von Mr. Grant, dem Bauern, von dem wir das Land kauften. Er ist sehr nett, hat sein ganzes Leben schwer gearbeitet. Er hat drei Mädchen, aber letztes Jahr bekam seine Frau einen SOHN, und Mr. Grant besorgte sich ein falsches Gebiß und sieht um Jahre jünger aus und stolzer. Ich finde das eher verletzend für die Mädchen. Der Junge ist ein bißchen älter als Jon. Mr. Grant hat einige Neffen, die ihm manchmal bei der Arbeit auf dem Anwesen helfen. Ich mag diese Menschen in Maine sehr. Es sind nette Leute, die Selbstachtung besitzen. Sie vertölpeln einen nicht, kümmern sich um ihre eigenen Angelegenheiten, sind dabei aber freundlich und liebenswürdig. Ich werde nie vergessen, wie C. und ich mit dem Boot dort hinauffuhren, und die Leute in Maine in den Häfen, in denen wir anlegten, vollkommen natürlich waren, und wie lustig sie sich über die Reporter machten!

Du brauchst keinerlei offizielle Kleider. Wir tragen nie etwas anderes als Pullover und Röcke. Es ist kühl – wie im September. Ich fürchte, es wird freudlos werden für Dich. Gibt es nicht jemanden, dem Du Ferien verschaffen möchtest und den Du mitbringen magst? Ich liebe es, denn ich bin vollkommen glücklich, einfach nur dort zu sein mit meiner Familie, und rühre mich nie von dort weg. Aber wenn niemand da ist, mag das anders sein.

Eine Wache wird dort sein, sagte C., die die ganze Nacht auf ist, Du brauchst also keine Sorge zu haben. Wir lassen das Baby nie alleine draußen – die Hunde und irgend jemand sitzen nah genug, um aufzupassen. Emily kann das Baby an den Tagen versorgen, an denen Betty frei hat, wenn Du das nicht übernehmen möchtest. Aber ich möchte, daß Du viel mit ihm zusammen bist.

Es ist ein Schwimmbad da, in dem der kleine Charles vor zwei Sommern gebadet hat, aber die meiste Zeit brachte er am steinigen Strand zu und spielte mit den hellen Steinen. Wir behandeln Jon ein wenig anders. C. sagt, er soll alleine bleiben, sich weh tun, man soll ihn schreien lassen. In der Regel soll man das wohl auch, »sie einfach schreien lassen«. Aber ich habe bemerkt, daß Jon, wenn er schreit, meist einen Grund hat. Wenn man die Sache in Ordnung bringt, ist er zufrieden und hört auf zu weinen und schreit *nicht,* um nachher noch weitere Aufmerksamkeit auf sich zu lenken. Wenn er *das* tun sollte, muß man ihn natürlich alleine lassen. Ich bin auch ganz dafür, daß er zu bestimmten Zeiten des Tages, vielleicht in seinem Ställchen, allein spielen soll (selbstverständlich immer unter Aufsicht), damit er unabhängiger wird, aber ich möchte andrerseits auch, daß er mit Menschen und mit Kindern spielt.

Ja *bitte,* schreib mir über ihn. Machst Du bitte auch immer wieder Fotos von ihm? Mir scheint, es gibt noch tausend Dinge zu sagen – noch weit mehr über unseren Flug zu erzählen. Es hat sich etwas ergeben, was mich ganz *ungeheuer* erleichtert. Pan American wird ein Schiff als eine Art Stützpunkt hinauf [nach Grönland] schicken. Das bedeutet ein Radio, Mechaniker, eine Werkstatt etc. sozusagen griffbereit und Hilfe, wenn nötig. Sie werden vorausfahren (nehme ich an) und das Wetter durchgeben und uns über die Wasserlöcher lotsen. Das ist alles nur versuchsweise und auch geheim. Aber mir kommt die Reise jetzt viel sicherer vor, und ich bin glücklicher.

Dadurch, daß Du auf Jon und das Schiff auf uns aufpaßt, ist für mich dieser Sommer »gerettet«.

Hast Du mitbekommen, daß Präsident Hibben und seine Frau einen schrecklichen Autounfall hatten? Er war sofort tot, sie starb vor kurzem. Mich macht das traurig. Ich hatte sie beide gern, und ich habe durch sie in Rosedale einen sehr glücklichen Winter erlebt.

Englewood, 24. Juni

Liebste Elisabeth,
wir erhielten die Briefe so rasch, daß Mutter kaum dazu kam, sich Sorgen zu machen.[1] Sie war ungeheuer dankbar und vertraut Aubrey und Mrs. Morgan völlig, auch wenn ihre ersten beiden Briefe schlechte Nachrichten brachten – sie ist sich jetzt ganz sicher, daß beide Dich gut versorgen und daß sie nichts verschwiegen haben. Das prächtige Telegramm folgte, und heute kam Dein eigener Brief. Es geht ihr viel besser. Ich glaube bestimmt, daß es an Weihnachten, der Grippe etc. liegen muß – es ist einfach viel zusammengekommen –, und nicht Wales daran Schuld ist. Dazu ist weiß Gott die Anpassung im ersten Ehejahr anstrengend genug, ganz gleich, wie glücklich man ist (auch wenn C. naiv behauptet, daß die Ehe keine Anstrengung ist!). Irgendwie sind Mutter und wir alle davon überzeugt, daß Wales, Aubrey und Tynewydd genau Dein richtiges Leben sind und daß sich die positiven Resultate bald zeigen werden, dies war lediglich ein Abschiedsgeschenk des alten Lebens.

C. sagt, daß wir vielleicht zwei Monate in Grönland und Island sein werden und daß es voraussichtlich um den 4. Juli herum losgehen wird. Du kannst also sehen, wie Du Dich bis Ende August fühlst. Wenn es zuviel Schererei bedeutet, Gäste im Haus zu haben, können wir in einem Hotel in Cadiff wohnen (brummel nicht!) oder Dich von London aus besuchen. Du kannst uns später Bescheid geben, vielleicht wenn wir in Kopenhagen ankommen.

Es war so köstlich, an meinem Geburtstag von meiner alten Freundin »Grace Irving«[2] zu hören. Es war ein herrlicher Tag, und wir aßen mittags und abends unter den Bäumen – der runde Tisch und das rosa Porzellan! Ich gab Jon anstelle von Charly (es

[1] Elisabeth Morgan hatte wieder einen Herzanfall, und ihre Gesundheit hatte sich in Wales verschlechtert. Englische Ärzte empfahlen ein Jahr in einem milden Klima.

[2] Kindername von Elisabeth Morgan. Siehe ›Bring mir das Einhorn‹.

war auch sein Geburtstag) ein Geschenk – buntes Schwedenglas. Er bekam Pflaumensaft im Glas, aber davon ging das meiste auf sein Lätzchen!

Isabel sagt nachdenklich: »Warum möchte jeder ins Ausland fahren? Es kann nirgends so schön sein wie in North Haven.«

Aus Hopewell sind wir ausgezogen; alles ist gepackt. Wir übergeben das Anwesen einer Treuhandgesellschaft – bis jetzt sind es erst fünf Mitglieder – Oberst Henry [Breckinridge], Mr. Lovejoy, Vorstand der Gesellschaft für hilfsbedürftige Kinder, Abraham Flexner[1] und C. und ich. Mutter will später beitreten. Wir haben den Besitz *High Fields* genannt, darin liegt eine geheime Zweideutigkeit. Mich freut das sehr.

Tagebuch

Sonntag, 25. Juni 1933

B.s Artikel in einer Zeitschrift brachte mir plötzlich zum Bewußtsein, daß ich in der Hetze des Auszugs aus Hopewell, durch Beendigung des Buches [›North to the Orient‹], Kinderhilfsgemeinschaft, Funken, Kleider, Zahnarzt etc., durch alle Reisevorbereitungen zwei Monate lang keine Pause gemacht habe, um Luft zu holen, nachzudenken, bewußt zu leben oder zu schreiben. Dazu wird mir klar, daß ich trotz allen Redens nie etwas so weit gebracht habe, daß es veröffentlicht wurde, dabei könnte ich es – ich *könnte,* aber ich habe den Mut nicht. Oh, ich brauche die Anerkennung. Man kann nicht nur schreiben und schreiben und die Sachen in die Schublade legen. Sie welken ohne die warme Sonne der Zustimmung durch einen anderen dahin.

Ich komme mir armselig vor, dazu verdammt, nichts weiter als ein Amateur zu sein, nie ernsthaft, nie professionell zu schreiben.

Samstag, 8. Juli

Ich möchte, bevor ich auf diese Reise gehe, das niederschreiben, was ich mir für Jon am meisten wünsche. Ich möchte, daß er liebenswürdig und verständnisvoll und unabhängig wird. Ich glaube, daß er liebenswürdig und verständnisvoll wird, wenn

[1] Direktor des Institutes für fortgeschrittene Studien in Princeton (1930–1939); Erzieher, Autor.

man ihn nicht verzieht, wenn man verhindern kann, daß er zu spüren bekommt, daß er privilegiert ist. Denn er ist ein zärtliches, zugängliches Kind, das man mühelos auf den Weg zur Toleranz führen kann.

Doch glaube ich, daß durchaus die Möglichkeit besteht, daß er zu sehr behütet, zu sehr umsorgt wird, zum Teil deshalb, weil wir es ihm ganz hübsch bequem gemacht haben. Auch wird er vermutlich zu aufmerksam beobachtet auf Grund des Erlebnisses mit dem anderen Baby. Ich möchte, daß man ihn in Ruhe läßt, damit er auch schon die ersten Schwierigkeiten alleine meistert, daß er alleine schläft, daß er alleine oder mit anderen Kindern seines Alters spielt, seine eigenen Kämpfe ausficht, damit er zu einem unabhängigen, mutigen Mann heranwächst, vor dem Leben keine Angst hat, sondern ihm mit Optimismus und Courage und Freude entgegentritt wie sein Vater und sein Großvater.

9. Juli

Verließen North Beach um 3.37 Uhr. Gewitter. Das rote Flugzeug von Autos umringt, die Filmleute. Winters gibt mir die letzten Funkmeldungen. Abschied von Mr. Post, von Winters. Aida, Harry und Carol[1] winken. Die Maschine wird auf Rollen hinuntergeschoben. »Diesmal wird's gelingen!« Platsch! Weg sind wir! Ein eher langwieriger Start. In der Luft andere Flugzeuge. Wir kreisen und kreisen über dem Fluß, den Vergnügungsbooten, der Insel mit den Schutthalden – schwenken ein, drehen, um den Flugzeugen mit den Kameras zu entgehen. Ich spule die Rundfunkantenne ab. Kleine weiße Segelboote im Sound. Gewitter. Atmosphärische Störungen. Hartford, New Haven, dann vom Funken in Anspruch genommen. Lowell, Massachusetts. Erreichen die Küste, tiefer Nebel. Überfliegen Appledore, in Portland klar, dann stoßen wir wieder auf Nebel, fliegen landeinwärts. Versuchen zwei- oder dreimal nach Rockland zu kommen.

C. schüttelt den Kopf, landet schließlich auf einem langgestreckten See. Es regnet. Motorboote umkreisen uns. Wir gehen auf Seegrasinsel vor Anker, ziehen das Flugzeug herum, binden

[1] Aida, die Frau von Henry Breckinridge, Rechtsanwalt, ein Freund von C.A.L. Harry und Carol Guggenheim, nahe Freunde der Lindberghs. Harry Guggenheim war Präsident des Daniel-Guggenheim-Fonds zur Förderung der Luftschifffahrt und Botschafter in Kuba.

Stricke fest, legen Steine auf den Anker. Wir staken dem Strand entgegen – eine Siedlung mit Sommerhäuschen; ein netter Mann und drei fette Kinder. »Na, ich vermute, diese Herrschaften sind die Lindberghs«, wie wir die Stufen zur Siedlung hinaufklettern.

10. Juli

Wir starten, fliegen über Rockland. Die Inseln sind heute blaß, ganz farblos, wie graue japanische Tusche. Fliegen über das Haus – kleine Gestalten laufen heraus auf den grünen Rasen. Mir verschlägt es den Atem – diese Schönheit und ihre Vergänglichkeit. Landen auf dem Thoroughfare. Viele Jungens rudern in kleinen Booten. Mr. Hopkins nimmt uns mit zur *Mouette*[1]. Die Fahrt nach Hause – das Baby noch auf. C. kehrt wieder um, hat noch am Flugzeug zu arbeiten. Ich begleite Mutter, bringe sie an den Kai.[2] Großer Kummer, bringe kein Wort heraus.

Die Rückfahrt alleine, der Geruch des brennenden Holzes im Haus. Jon lächelt mich an, als ich auf seinem Pfeifchen blase, vergräbt seinen Kopf in meinem Schoß, spielt mit mir in der Bibliothek hinter Stühlen Verstecken. Ich verstecke mich und sage: »Wo ist Mam-Mam?«, dann lächelt er, krabbelt auf allen vieren los und sagt: »Da!« mit breitem Lächeln, wenn er mich findet.

North Haven [11. Juli]
Nach Deiner Abfahrt

Liebste Mutter,
diese Anlässe sind immer so schrecklich, selbst wenn ich versuchen würde, etwas zu sagen, müßte ich heulen, also lasse ich es lieber, denn ich weiß, daß der Klaps auf den Rücken und der Druck des Armes das bedeutet, was wir beide fühlen.

Ich habe jetzt ein wunderbar sicheres Gefühl, seit ich Dich, Jon und Mrs. Lindbergh alle glücklich in North Haven gesehen habe. North Haven präsentiert etwas durchaus Beständiges. Erinnerst Du Dich

»Yet these are things invested in my mood
With constancy and peace and fortitude.«[3]

[1] Eine kleine Motorjacht der Familie Morrow.
[2] E.C.M. fuhr nach New York und nach Europa.
[3] »Doch diese Dinge hab' ich mir bewahrt/immerdar, friedlich und stark.«

Ich werde mir Dein goldiges Briefchen als »Talisman« mitnehmen.

Der Flug durch den Nebel gestern war nicht so arg. Ich hatte keine Angst. C. ist vorsichtig und gründlich, und wir sind auf einem Wasserflugzeug, fliegen an der Küste entlang und können überall landen.

Ich werde Dir oft schreiben, das macht mir Freude, denn das gibt dem Erlebnis einen Akzent. Du hast das mit Deinem Leben immer so gemacht, ich hoffe, ich kann es.

Sag Elisabeth alles Liebe von mir und gib ihr einen Kuß. Erinnerst Du Dich – ist das aus Katherine Mansfields Briefen –, daß die Fäden, die sich nach dem Fortgang eines Menschen entspinnen, einen immer verbinden, so daß man ihnen stets folgt? Das ist verworren und sentimental. Wo stand es? Aber ich folge Dir auf dem Schiff nach Rockland und im Wagen hinunter nach Portland und weiter nach Europa. Kennst Du das Gefühl nicht?

Wie dem auch sei, es ist sehr hübsch und ich hab's.

Tagebuch

11. Juli

Verließen North Haven 9.12 Uhr GMT [Greenwich Mean Time] – 3.12 Uhr Tageslicht. »Alles bereit?« – »Alles.« Die Berge im Rücken. Wir starten – das Aufheulen, das Aufspritzen des Wassers, alle Arme in den kleinen Ruderbooten sind erhoben. Ich halte meine Arme gerade hoch – bedeutet Mut. Wir kommen an der *Mouette* und an Mrs. Lindbergh vorbei. Dann geht's rauf. Die kleinen Boote im Hafen sehen jetzt, da die ganze Penobscot Bay in den Thoroughfare hineingeschleudert ist, wie verstreute Kiesel aus: die Docks, die Schiffe, die kiefernbestandenen Inseln scheinen auf dieser riesengroßen Wasserfläche dahinzutreiben. Der Anblick des Landsitzes ist mir besonders teuer – was für ein winziger Teil dieser Welt.

Fliegen über das Haus, grüner Rasen, sehr ordentlich, sauber und frisch. Betty in Weiß läuft heraus, Banks mit einem Tischtuch. Dann drehen wir und fliegen über die Stadt North Haven zurück und steuern landauswärts über den dicken matronigen Leuchtturm, das rote Backsteinasyl hinweg auf die Isle au Haut hinaus.

Ich schaue auf die Berge zurück, deren Ausläufer meine Welt

umschließen und die auf North Haven heruntersehen. Sie sehen so aus, als würden sie immer dort stehen und mir sichere Hüter sein. Meine Gefühle für sie sind eine solche Urbeziehung, daß ich mich frage, ob sie nicht, sollte ich getötet werden, noch einmal vor mir auftauchen würden, bevor ich das Bewußtsein verliere, wie ein letztes Heimkehren. Ich dachte: »Ich will meine Augen erheben und auf die Hügel richten, von denen mir Hilfe kommt.« Der Schluß heißt so: »Der Herr segne deinen Eingang und deinen Ausgang von jetzt an und in Ewigkeit.« Ich frage mich, was das bedeutet. Ich habe das immer bedingungslos geglaubt.

Fliegen über Stonington, die Steinbrüche, dann über Blue Hill. Ein dunstiger blauer Tag; übers Wasser. »G. A. [Guten Abend] Mrs. Lindy« (WCC Chatham, Massachusetts). Probiere den Driftmesser. Schrecklicher Krach im Empfänger – Aufnahme unmöglich. Bearbeite ihn ununterbrochen, lasse dabei den Dekkel halb auf, trotzdem unmöglich. Bin wütend, den Tränen nahe.

Die erste langgestreckte Landzunge Nova Scotia – sehr grün, Strände. Fliegen dann landeinwärts – viele Seen. Halifax, von zwei Armen der Bucht umschlossen. Hügel sehr grün, Kiefern, Birken und auf den Ufern das Gelbgrün von [Edward] Hoppers Gemälden. Ein weißes Segel, die Stadt, zwei grüne Forts, wie Sterne in einem Paradegarten ausgelegt. Großer Dampfer in der Nord-West-Passage, wo wir um 21.49 Uhr [GMT] landen, Flugzeit 2 Stunden 34 Minuten.

Sehr kalt! Ich trug wollene Unterwäsche, wollenes Hemd und Pullover. Warm, wenn beide Hauben geschlossen, aber nicht, wenn sie offen sind.

Verabschieden uns – »Viel Glück euch beiden!«

12. Juli

Starteten in Dartmouth 15.13 Uhr GMT. Funkanlage funktioniert perfekt. Wunderschöne Küstenlinie, wie die Penobscot Bay. Waren über Neufundland etwa um 18.50 Uhr. Kamen an Saint Pierre vorüber: kleiner Hafen, überall Schiffe, ganz kahl und unfruchtbar, keine Bäume. Saint Pierre nimmt unsere Signale auf: »Welche Station seid ihr?« – »Lindbergh Flugzeug«, *»Bon voyage«*, etc. und zum Schluß »DvA (Danke vielmals, Alter)«.

Plötzlich nur noch fünfundzwanzig Minuten nach St. John. Ich sende wie rasend Nachrichten – noch fünf Minuten. Sind über der Stadt. Ich drehe meine 145 Runden (der Antenne). Eine schmale Hafeneinfahrt zwischen senkrecht stehenden Klippen. Viele grüne Felder, Ströme, sehr steinig, viele Seen, ein schöner Weiher mitten im Grün von einem weißen Zaun umgeben. Wir fliegen drüber, um die steilen Felsengestade herum, zu deren Füßen Brecher schäumen, an der Küste entlang und halten nach einem Landeplatz Ausschau. Kommen schließlich zurück und landen auf dem Teich. Kinder, Hunde und Vieh hinter uns her. Dann werden wir zum Bay Bulls Big Pond dirigiert, wo wir landen. Hochrufe beim Hereinkommen: »Willkommen in Neufund*land.*« Die Art, wie sie *Neufundland* aussprechen, läßt mich an die elisabethianischen Forschungsreisenden denken. Man fühlt sich ihnen hier sehr nahe.

Donnerstag, 13. Juli

Nebel fegt am Fenster vorbei – kann die Hügel nicht sehen – über Cartwright klar. Italienische Flieger haben Cartwright verlassen.[1]

14. Juli

Ein herrlich klarer, strahlender Tag, sehr kalt, alle Bäume biegen sich im Wind. Ich ziehe alles an, was ich habe: zwei Wollblusen, Pullover und Regenmantel. Auf dem Weg zum See treffen wir einen kleinen Karren, der von einem Hund gezogen wird. Ich fotografiere ihn. Der Hund ist ein Neufundländer-Mischling: »Es gibt in Neufundland keine Neufundländer.« Der See ist tiefblau mit Wellenkämmen und sehr stürmisch. C. in seinem Regenmantel und Südwester. Gischt spritzt uns ins Gesicht. Legen unsere Rettungswesten an. Was passiert, wenn beim Start etwas zerknallt? Hänge meine Tasche über den Driftmesser, damit sie nicht naß wird. Rascher Start um 13.08 Uhr. Harbour Grace[2], lange Meeresarme. Weite Strecken unbebauten Landes, eine lange Piste, an deren Ende ein großer Haufen Felsen – für so viele Menschen die letzte Station auf dem Festland.

Kann niemanden über Funk erreichen. Landen in Botwood

[1] Italo Balbos Flugbootflotte war auf dem Weg von Italien in die Vereinigten Staaten.

[2] Seehafen Neufundlands, der Startplatz für mehrere historisch bedeutsame Transatlantik-Flüge.

15.13 Uhr. Ein recht kahles flaches Vorgebirge erstreckt sich in eine geschützte Bucht. Zwei große Dampfer liegen in den Docks, und eine Lokomotive pfeift, als wir herunterkommen. Der Zug und die Schiffe tuten – viele Zweitakter, die mit Menschen vollgepackt sind, kommen heraus.

Als wir nach dem Auftanken (zwei Stunden) um 7.54 Uhr abheben wollen, winken sie von dem offiziellen Schiff mit einem Telegramm für uns. C.: »Ich würde auch für hundert Telegramme nicht halten!« Aufnahmen. Sehe den ersten Eisberg in einem entfernten Hafen weiß aufglänzen; er sieht sehr klein aus, wie ein weißes Segel. 18.46 Uhr erhalte Mitteilung von der *Jelling* [das Schiff der Pan American] (über Belle Isle), daß sie meine Signale hört. Folgen der Küste – weitere Eisberge. Nach Labrador fliegen wir landeinwärts, sehen den ersten Schnee auf den Höhen – wildes Land.

20.30 Uhr, hörte die *Jelling*, gab mir die Position für die Boje an.

Plötzlich über dem Hafen, drei große Dampfer, auf allen wehen aufgereihte Wimpel. »Da sind sie! Einer davon ist die *Jelling.«* Ein großer Dampfer fährt unter britischer Fahne, der *Blue Peter;* eine glänzende weiße Yacht, die *Alicia*[1], segelt unter italienischer Flagge; und ein Dampfer mit einem auf den Schornstein gemalten blauen Band mit weißem Stern segelt unter einer Flagge mit weißem Kreuz auf rotem Grund, die *Jelling.* Wir kreisen. Einzelne laufen aufs Deck und winken. »Da sind sie!« Ich werde ganz aufgeregt, als kämen wir nach Hause. Das Schiff dort unten war für uns da. Das bedeutete in diesem fremden Land ein Zuhause. Sie hatten uns beobachtet, hörten unsere Mitteilungen, und jetzt waren wir da.

Die kleine Ansiedlung auf dem Landstrich war winzig, weißgetünchte Häuser mit roten Dächern, ein Pier, eine britische Flagge, ein weißeingezäunter Friedhof. Gegenüber einer Einfahrt waren verschiedene große hölzerne Gebäude, gelb, gut gebaut, die Grenfell Mission. Als wir landeten, kam es mir herrlich kühl vor. Die sanften Hügelketten, die Kiefern, der felsige Strand, das graue Wasser sahen genauso aus wie fast alle Grenfell Wandteppiche. Verglichen mit Neufundland unaufregend, aber reizend.

Etliche Boote kamen heraus: weißer Zweitakter mit *Alicia Roma* in Goldbuchstaben, ein alter Zweitakter, bemannt mit

[1] Italo Balbos Trägerboot.

einem rotgesichtigen Major Logan, der eine Daniel-Boon-Mütze trug. Zwei skandinavische Matrosen, Flachshaare, blaue Augen, ein dunkelhaariger Maschinist, Mr. Homan. Wir vertäuen an der Boje, suchen uns aber dann einen anderen Platz. Versuchen unseren Zweitakter, Flut ist zu stark; müssen die Maschine anwerfen. Noch ein italienisches Schnellboot mit einem grauuniformierten, goldbetreßten Offizier an Bord, der salutiert, lächelt und sich verbeugt: »Können wir etwas für Sie tun?«

Wir rollen in die Bucht. Die Italiener weisen uns ein. »Schwenken Sie ein?« Sie bieten uns den Ankerplatz ihres Flugzeugs an. Wir ankern und machen uns auf den »Heimweg«. Die *Jelling* ist ein ziemlich großes Schiff, aber recht alt und ungefüg. Alle hängen über die Reling, um uns zu sehen. Der rotgesichtige, kurzbeinige kleine Kapitän drückt uns die Hand und geleitet uns (mit stürmischen Willkommensgesten) in seine Kabine: »Wirr tun alless, wass wirr fürr Sie tun können. Wirr tun alless fürr Sie. Ich lasse Ihnen zwanzick Minutten, damitt Sie sich zurechtmachenn können – ich glaube, dass brrauchenn Sie. Hierr ist alles – wirr tun wirrklich alles für Sie. Dass ist nicht serr viel, aberr dass Beste, wass wirr haben.«

Abendessen im Speisesaal – ein großer Tisch mit grünem Plüsch, eine schaukelnde Gaslampe darüber. Ein enormes Abendessen: Suppe, Lachs, Fleisch, Gemüse und zweierlei Nachtisch.

Dr. [Warren] Duffield, der Arzt, ein ungezwungener, freundlicher, humorvoller Mann, sehr nett, Mr. Jarbo, der Funker – ein blasser, eher nervöser, lebhafter Mann in einem blauen Serge-Anzug (wie alle Funker). Der Kapitän hinderte mich etwa eine Stunde lang daran, ins Bett zu gehen, da er mir immer wieder sagte, er hoffe, daß ich »in dieser Koje gutt schlafen würrde – meine Frrau unt ich habenn in dieser Koje gutt geschlafenn, ich hoffe, sie gefälltt Inen – wirr tun, wass wirr könnenn«.

15. Juli

Kräftiges dänisches Frühstück! Reis, Kaffee, Eier, Käse, Crakkers und Schiffszwieback. Im Zweitakter hinüber zum Hudson-Bay-Posten. Ein herrlicher klarer warmer Tag. Auf dem Dock liegen Schiffe mit Fässern und Fäßchen. Gehe an einem sägemehligen Platz vorbei, an dem Fische gestapelt werden, zur Promenade, vorbei an weißgetünchten Häusern mit roten Dächern (handbehauene Bohlen, sagt C.) zum Haus des Richters, wo die Formalitäten für Grönland erledigt werden.

Auf das italienische Schiff zum Mittagessen. Ungeheuer italienisch (und ich habe meine Nase nicht gepudert), das Schiff in strahlendem Weiß, der Schornstein gelb! Alle grauen Uniformen und Goldtressen waren draußen auf Deck, als wir ankamen. Sie salutierten, was sie mit Hackenzusammenschlagen, einer Verbeugung und einem Augenaufblitzen verbanden, dem sofortiges Händeschütteln folgte. Dann wurde ich mit vielen Verbeugungen in die Kabine des Oberst geleitet, aber man ließ mich nicht allein, ich konnte meine glänzende Nase nicht pudern. Ein gewaltiges Mittagessen: Horsd'œuvres, Fisch, Fleisch und alle möglichen Weinsorten. Sie konnten nicht sehr gut Englisch, und so kämpften wir uns mit Gesten durch und mit Hilfe etlicher Leute, die übersetzten und herumrieten.

Dr. Duffield sagte, daß er gerade ausführlich erklärt habe, wo er geboren sei und wo er wohne, und das nur, um zu entdecken, daß der Italiener in Wirklichkeit wissen wollte, wo Oberst Lindbergh geboren sei und wo er wohne! Dann Reden und »Toasts« mit Sekt. C. antwortete mit einer Rede, die nicht so blumig war wie die, die Giuseppe Balba abgelesen hatte, aber seine war aufrichtig und höflich.

Hin und wieder hörte ich während des Essens die bärbeißige dänische Stimme des Kapitäns voller Pathos ausrufen: »Ich sah sie einerr nach dem anderrn ankommen – sie kamenn einerr nach dem andernn.« (Die italienischen Flugboote.) Er schreit jeden an und wiederholt seine Reden, als wenn er zu Ausländern spräche, was wir natürlich sind. Die Italiener amüsierten sich nur über ihn, aber ihm war nicht wohl bei der Sache. Er war ganz rot und recht still, als wir weggingen.

Ich fand sie reizend und interessant. Der Funkexperte beschenkte mich mit einer ihrer geflügelten Krawattennadeln. Dann wurden wir mit Salut, Verbeugungen und Händeschütteln vom Schiff komplimentiert (ich mit einer noch röteren und glänzenderen Nase).

16. Juli

Am Vormittag dichter Nebel, der nachmittags aufklart; sah Homan bei der Arbeit an der Haube, an der er Risse flickte, zu, machte Aufnahmen. Es ist wunderbar, einem Mann zuzusehen, der genau weiß, was er zu tun hat, der weiß, daß er es kann, der sein Werkzeug hat und es zu benützen weiß und der sich rasch, vertrauensvoll und mit Präzision an die Arbeit macht. Dazu kommt, daß dieser Mann eine Gründlichkeit und Fähigkeit zur Arbeit besitzt, eine Bereitwilligkeit, seine Aufgabe perfekt zu lösen, die erstaunlich ist. Er hat zwei ganze Tage und teilweise auch in der Nacht gearbeitet, ohne in der Zwischenzeit an Essen oder Schlaf zu denken, und ist nicht (annähernd) zufrieden mit seinem Werk. In bezug auf seine Arbeit ist er auch ganz unpersönlich, er verrichtet sie nicht, um dafür gelobt zu werden, sondern er ist stolz darauf, wenn sie gut gemacht wurde.

Der Arzt spricht mit mir über das Fotografieren. Er steht den Naturwissenschaften näher, als man auf Grund seiner lässigen Art annehmen möchte. Er ist ein angenehmer Mensch – ich mag ruhige ausgewogene Menschen. Jarbo arbeitet auch schwer, ist aber eher ein beschaulicherer Typ als Homan, vermutlich regt er sich schrecklich auf, wenn etwas schiefgeht. Er hat einen feinen Sinn für Humor, liest Gedichte und hat Sehnsucht nach Miami Beach, oder zumindest behauptet er es.

Telegramm von Mutter. Der Kleine ist so weit fort, als hätte ich ihn gar nicht, und ich vermisse ihn nicht, aber ich träume lebhaft von ihm und spüre sein Gewicht in meinen Armen.

Wir verlassen das Schiff, da es morgen ablegt. Es regnet. Wir winken von unserem Ruderboot aus zum Abschied; sie hängen über die Reling. Noch ist es nicht dunkel, aber bewölkt und eher bedrohlich. Wir schleppen unsere Bündel (viele Schnellboote in der Werft) auf einem Pfad am Wasser entlang zu dem kleinen weißen Haus draußen an der Brücke, dem »Hotel«. Eine Eskimowirtschafterin kam heraus, um uns zu begrüßen. Unser Zimmer, klein, mit Eisenbett, altmodischem Wasserkrug und Schüssel und einem Nähtischchen in goldener Eiche, keine Fliegengitter, summende Fliegen. Ich war deprimiert. Wie immer bei schlechtem Wetter glaube ich, daß wir dem Verderben ausgeliefert sind!

17. Juli

Erwachte und entdeckte, daß aus dem Wasser Nebelschwaden aufstiegen. Wir sind direkt am steinigen Strand. Die *Jelling* ist fort. Zurück zum Flugzeug; Abflug nach Northwest River 17.48 Uhr, über die schneebedeckten Berge. Die Erde ist schwarz und kahl, hügelig und felsig und sieht durch die Schneestreifen wie ein Zebra aus. Trafen auf die Flußeinfahrt, wieder flach und grün – kein Schnee – morastig. Landeten in Carter Basin. C. hält nach Feldern Ausschau. Es scheint unmöglich, daß hier regelmäßiger Flugdienst stattfindet, daß diese Marsch hier Flugfelder sein sollen wie auf der Südroute der Pan American, und doch waren die Orte im Dschungel genauso abenteuerlich. Auf dem Heimweg mit OYKC [der *Jelling*] in Kontakt. »Sie mirr machen Kummerr, wenn nicht hörrenn...« Komisch, wie eine Persönlichkeit auch über Sprechfunk durchkommt.

Landeten 21.15 Uhr in Cartwright. Wir gingen hinauf zum Friedhof, weißer Zaun, rotes Tor, liegt auf dem Hügel und überblickt den Hafen. Das niedliche Frühlingsmoos blüht überall, dazu Blumen. Das Denkmal George Cartwrights, »der den Weg zur Einführung des Christentums bei diesen umnachteten Menschen ebnete«. Die Fliegen sind schlimm. Die Eskimohunde sind überall, liegen in Vorgärten, unter den Promenaden, laufen am felsigen Strand herum, trinken das Wasser aus den Kanalrinnsalen. Sie haben arrogante Gesichter, doch vielleicht liegt das an ihren gesträubten Nackenkrausen. Die *Jelling* liegt in dichtem Nebel.

18. Juli

Regen und Nebel. Kann die *Jelling* nicht hören, versuche es den ganzen Nachmittag, während C. auftankt. Nehme auf Kurzwelle andere Stationen auf. Arbeiten bis spät nachmittags am Flugzeug. Strömender Regen. Wir ziehen unsere Regenhosen und Regenmäntel an und setzen die Südwester auf, aber meine Mokassins werden tropfnaß.

19. Juli

Regnet noch – bewölkt. Zum Flugzeug hinaus in unseren wasserdichten Mänteln. Ich kenne den Weg zum Dock jetzt gut, erst kommt die lange Promenade durch das sumpfige Gras, wo die Hunde gewöhnlich liegen, dann dort, wo sie mit dem Pfad zusammentrifft, Unmengen blauer Iris. Der Pfad führt den steinigen Strand der Bucht entlang: kleine weiße Häuser mit roten Dächern auf einer Seite und ein schmales Abwasserbächlein voller Blumen, Büschelbeeren, purpurroten Wicken, wilden Geranien und Senf. Immer sind Hunde da, entweder zwischen den Steinen am Strand oder auf den Wegen an den Häusern. Wir treffen kleine Eskimomädchen auf dem Pfad, braune Beine, schrägstehende Augen, rote Backen, lächelnd, in roten und blauen Baumwollkleidern, manchmal mit dem einen großen Neufundländer – einem enormen schwarzgelockten Tier mit wunderbarem buschigen Schwanz. Er sieht wohltuend freundlich und sehr würdevoll aus im Vergleich zu den Eskimohunden, die mit ihrer Stumpfnase schnippisch und unverschämt ausschauen. Ich habe das Gefühl, als hätten sie nicht unbedingt einen Hundecharakter. Doch er kommt auf einen zu, reibt seinen Kopf am Knie, als wenn er sagen wollte: »Du und ich, wir gehören in die gleiche Welt. Wir wissen, was Kameradschaft und Zuneigung bedeuten.«

Ein ungeheures Abendessen in der [Grenfell] Mission: ein langer Tisch, an dem junge Männer aufgereiht saßen – Amerikaner, Engländer, Kanadier, Neufundländer und ein paar Frauen. Es erinnerte mich an eine der Schulen, vielleicht an Groton. Ein herrliches Holzfeuer, Blumen auf dem Tisch, Labrador-Tee, große Geranien in den Fenstern. Die Knaben schienen sehr jung zu sein, außer einem aus Princeton und einem Engländer.

20. Juli

Verabschiedung reihum – stapfen zum Dock. Wind erhebt sich und erschwert Start auf dem Ankerplatz. Rollen aus, vorbei an dem *Blue Peter,* der tutet. Alle winken vom Deck. Langsam hinaus zum größeren Hafen. Versuchen abzuheben. Zu schwer beladen. Tosende Gischt sprüht vorne über die Tragfläche hinweg – nicht genügend Wind, nur eine sanfte Brise.

Es ist ein herrlicher Tag; die Wolkendecke hat sich verzogen und den nordöstlichen Horizont, der blau und schön ist, freigegeben. Die Wolken haben sich aufgelöst, und über ihnen ist es blau, es sieht wie an einem Tag in Maine mit vielen Wolken aus: zwei lange Wolkenstreifen, wie ein einziger Pinselstrich am Horizont, safrangelb. Aber die Wetterangabe über Julianehaab lautet: Regen, die Sicht beträgt nur sechs Meilen in einer Richtung in Godthaab, und die untere Wolkengrenze senkt sich über die *Jelling.* C. hatte vor, nach Hebron zu fliegen und dort auf besseres Wetter zu warten, obwohl es nicht am Weg liegt (ein kleiner

Hupfer übers Wasser). Aber wir kommen nicht weg. Er wagt es nicht, diese Dreiecksroute mit weniger Benzin zu machen, also kamen wir heim, um auf bessere Wettermitteilungen aus Grönland oder hier auf besseren Wind zu warten.

Ein langer vergnügter Abend; selbstgezogenen Salat zum Abendbrot.

21. Juli

Verließen Cartwright 14.22 Uhr. Wunderbarer klarer, wolkenloser Tag. Fliegen über Wasser nach Frederikshaab und ändern dann den Kurs, nachdem wir auf Nebel trafen. Eisberge tauchen verschwommen durch eine Nebelbank auf. Fliegen über Land an der Seite der Nebelbank entlang, die verschwindet, je weiter wir nach Norden kommen. Landen in Hopedale an der Küste um 17.00 Uhr – nachdem wir fünfzehn Minuten danach Ausschau gehalten hatten. Eine kleine Ansiedlung am Fuße eines steinigen Berges, Schnee in den Gletscherspalten, eine kleine Kultur grüner Kiefern dahinter. Der Hafen geschützt und vollkommen, die steilen rotbedachten Häuser gegen den Schnee auf den Bergen geben ihm einen alpinen Anstrich. Zwei große weiße Gebäude, eines davon hat inmitten einen Glockenturm – die Mährische Mission.

Der Missionar kam mit einem Boot heraus, und wir gingen an Land. Eine Menge Eskimos, eher dunkle, nicht wie die in Cartwright, und Hunde. Ich ging nach oben ins Missionshaus: ein großes rechtwinkliges Gebäude, wunderbar gebaut, innen und außen weiß, weitläufige Bretterböden, dicke Balken. Den unteren Teil benützt jetzt die Hudson Bay Co. als Lagerhaus, der obere wird von der Familie des Missionars bewohnt. Der Missionar (Hochwürden Perrett) ist seit zweiundvierzig Jahren dort. Mrs. Perrett, weißhaarig, spitzgesichtig und freundlich, gab mir Kaffee und Kuchen und trippelte energiegeladen in ihren »Mukluks« – das sind Seehundsfellstiefel – und in einem schwarzen Kleid herum. Sie hatten zwei Töchter, eine davon blond mit feinen Gesichtszügen, aber sehr schüchtern, auf eine stille und farblose Art war sie hübsch. Mrs. Perrett stellte mir freundliche mütterliche Fragen – ein sprechendes Vogelgesicht. Aber sie fragte mich nach dem kleinen Charles: »Ich hoffe, daß es Ihnen nicht weh tut, wenn ich Sie frage ...« Ich gab Antwort, aber es schien mir so weit fort und so unwirklich und so, als wäre ich ein anderer Mensch. Ich sprach von Jon. Die Mädchen nahmen mich mit hinauf in die Gärten.

Die Kirche, weiß und strahlend. Die Mädchen waren in England erzogen worden – sie sind alle dort geboren. Die Frau von Hochwürden Perrett sagte, als ich die Orgel bewunderte: »Wir müssen hier Musik haben, wir würden ohne Musik nicht zurechtkommen.« C. tankte auf; dauerte drei Stunden.

Starteten 20.12 Uhr in Hopedale; flogen die Küste hinauf. Trafen nach kurzer Zeit auf Eis, das wie ein weißes Tuch auf der Oberfläche des Wassers lag, keine großen Stücke, sondern ein dünner Film. Küste wird sehr viel bergiger: große felsige Vorgebirge. Ich habe schreckliches Kopfweh, schaue von meiner Funkerei auf und sehe einen gewaltigen Bergriesen, an dem wir vorbeifliegen. Wir fliegen einen Fjord hinauf, der zwischen großen Bergen liegt, die ins Meer abfallen. Der weiße Eisfilm macht davor Halt, aber drinnen gibt es kleine schwimmende Eisberge.

Hebron, eine kleine Ansiedlung, schmiegt sich an den Fuß eines kahlen Berges, ähnelt in seinem alpinen Aussehen Hopedale: weiße Häuser, rote Dächer vor einem Berg mit Schneeflecken. Nur fehlt hier das Grün, es gibt Moos, aber keine Bäume. Die Berge sind sehr steinig und sehen im Abendlicht (das noch hell ist) schwarz und dunkel beschattet aus.

Wir landen in einem offenen Fjord und rollen zwischen Eisbergen in den kleinen Hafen. Das Dock wimmelt von Eskimos – sind dunkel und eher zerlumpt, alle haben Hauben auf, einige pelzbesetzte Hauben, Moskitos dicht um den Pelz herum. Sie lächeln uns an, als wir zum Dock und den steilen Hügel zur Mission hinaufklettern. Auf halbem Wege dorthin rennt ein kleines Mädchen heraus, Kattunröckchen und weißes Kinderlätzchen, wie Alice [im Wunderland], ein blauer Strohhut, der von Moskitonetzen umrandet war. Sie ist ungefähr vier – hat blaue Augen, goldene Locken. Ihr Vater (der Missionar) nimmt sie in seine Arme. Wir gehen in den eingezäunten Hof der Mission (die Hälfte davon gehört jetzt zur Hudson Bay Co.), wo sie Gemüse, Karotten, Rüben in Kästen, die verglast werden können, anbauen.

Eine schöngebaute Mährische Mission: weitläufige Dielen, dicke Balken etc. Wir gehen durch die große Halle in ihren Wohnraum, der ganz kahl ist und in dem nur Tisch, Stühle und ein großer grüner Kachelofen stehen. Im Fenster stand ein kleiner Rosenstock in einer Zinnkanne – er blühte.

Die Frau des Missionars, in Kattunkleid, Schürze und »Mukluks«, sah dünn und blaß und müde aus. Aber sie lief herum, um uns etwas zu essen zu besorgen. »Wir sind fast am Verhungern – buchstäblich«, sagte der Missionar und rieb sich die Hände, »unser Schiff ist nicht hereingekommen. Haben Sie irgendeine Nachricht von ihm?« Wir sagten ihnen, daß es in Hopedale ausgelaufen sei. Sie hatten kein Mehl, keinen Zucker und keinerlei Gemüse. Er entschuldigte sich wegen der Kargheit des Essens. C. ging zum Flugzeug zurück, um unsere Sandwiches und eine Banane zu holen. Sie gaben uns Tee, Fleisch aus Dosen und Brot.

Ich bewunderte die Rose, und sie sagte, daß das die einzige von fünfen sei, die den Frost überlebt habe. Sie schneidet jedes Jahr Stecklinge, alle außer der Mutterpflanze gehen ein. Sie sprachen voller Heimweh von Hopedale und betrachteten es in ihrer Rückschau als ein Land des Überflusses. »Es war anders in Hopedale ... Es war nicht so kalt in Hopedale ... Hier lassen wir im Winter das Zimmer nachts ungemütlich warm und den Ofen auf vollen Touren, aber am Morgen ist das Zimmer mit Eis überzogen ... Oh, es ist so kalt hier.«

Der Missionar sprach von den alten Zeiten. Die Mähren sind mit Hans Egede nach Grönland gezogen, wurden aber später von den Dänen vertrieben. Die Eskimos töteten den ersten mährischen Missionar. »Seitdem haben wir keine Schwierigkeiten gehabt.« Er sagte, daß es sinnlos sei, sie wegen der Zeit zu schelten, in der sie Unrecht getan haben. Man müsse sie stillschweigend zu dem richtigen Standpunkt führen. In diesem Jahr hatte er »fünfundzwanzig Heiden« bekehrt. Ich glaube, er hatte zweihundertneunzig auf seinen Listen. Er sprach von den schrecklichen Stürmen, die den Friedhof wegbliesen. Er zeigte uns die Kirche, weiß, sauber, mit einem großen Ofen, nur Bänke (noch keine Kirchenstühle, da sie arm und noch eine junge Mission waren). Wir sahen seinen Speicher, die Blasebälge, mit denen sie kaputte Teile der Maschinen reparierten. Er hatte auch drei Sätze falscher Zähne für seine Frau gemacht, ohne irgendeine Übung darin zu haben. »In Labrador muß man sich alles selber machen.« »Aber wie jeder andere auch, der falsche Zähne hat, tragen wir sie nicht.«

Ich gab Joan die eine Banane (die zweite in ihrem Leben); sie aß sie auf, und sie mochte sie lieber als die erste, da sie schwarz war! Ich erzählte ihr von meinem kleinen Jungen, der wie sie lockige helle Haare und blaue Augen, »aber nicht solche Mokassins« hat. Daraufhin wollte sie ihre ausziehen und sie ihm geben. Sie sagte, sie hätte ihn gerne gesehen, und fragte, warum ich ihn nicht mitgebracht habe?

Als wir ins Bett gingen, war es noch hell – die Berge rötlichblau und der Himmel dahinter von intensivem Blau.

22. Juli

Herrlicher klarer Tag – keine Wolken – unbegrenzte Sicht. Gute Funkverbindung vom Wasser, das Wetter in Godthaab ausgezeichnet. Wir starten 16.02 Uhr nach Grönland. Signale der OYKC [die *Jelling*] sehr schwach, erreichte OUGA, ein dänisches Schiff. »Ich werde Ihnen nachhorchen, bis Sie auf der anderen Seite sind, aber verzeihen Sie, mein Englisch ist nicht sehr gut. Aber ich machen so gut ich kann. Rufen Sie hier OYKC, wenn Sie ihm brauchen.« Trafen auf Nebel, 110 Meilen außerhalb niedrige Wolkendecke. Fliegen drüber weg, wie Wellen in Linien, versuche Abtriftanzeiger.

Endlich vor uns das blaue Meer, zu unserer Linken zieht eine lange Linie herauf. C. sieht die Berge Grönlands (ca. drei Stunden unterwegs, 19.35 Uhr). Ich probiere den Peilrahmen, kann nicht damit umgehen. Berge jetzt eine lange gezackte blaue Linie. Wir kommen näher und können ihre weißen Schneehauben und Schneefelder erkennen, die sich so weit erstrecken, wie man sehen kann. Bald türmen sie sich herrlich auf, hoch, gezackt, eine hohe Wand, der Himmel sehr blau, tief unter uns das Meer sehr blau – ein paar weiße Eisberge wie glänzende Segel im Süden.

Ich spüre die Nähe eines großen Kontinents – diese Riesen, die sich vor mir erstrecken, ruhig, still, weiß, die Gipfel türmen sich in den Himmel. »Grönlands eisige Berge.« Es gibt viele kleine felsige Inseln, die vor der Küste verstreut sind. Ich kann unter uns ein rotes Segel sehen und denke an Eric den Roten, der in diese Riesen hineingefahren ist, keine Angst hatte und sich nicht scheute, sie Grönland zu nennen, damit Menschen kommen sollten. Es sah erst grün aus, wenn man ganz nahe war, auf einigen Bergen wächst grünes Moos. Aber die meisten sehen schwarzgrau, vulkanisch und sehr auffallend aus. Ihre weißen Wände lassen sie märchenhaft erscheinen – »Östlich der Sonne, westlich des Mondes«.

Wir fliegen über Godthaab – auf der Karte ein großer Name, aber eine kleine Ansiedlung in einem halbmondförmigen Hafen am Fuß gigantischer Gipfel. Sie geben für die Stadt, die zwischen felsigen Hügeln liegt, einen Hintergrund ab. Wir landen außerhalb und rollen weiter in den schrägabfallenden, engen Hafen, der hundertfach vom Land umschlossen ist. Die Statue Hans Egedes überblickt den Hafen. Das diensthabende Schiff schleppt uns (unser Starter funktioniert nicht) nach Godthaab. Es ist klar und kalt, keine Moskitos. Das Wasser ist glatt und ruhig, die Berge schwarz und purpurrot in der sinkenden Sonne. Wie wir um die Landzunge herum auf die Stadt zukommen, ballert eine Kanone dreimal. Das Motorboot produziert Rauchringe. Kajaks sind rund um uns herum. Wie ein Messer ohne Spritzer, ohne Spur durch das Wasser schneidet, so bewegt sich das Doppelblatt-Paddel kräftig wie eine Nadel im Meer. Die Stadt liegt wie in einem Becher zwischen den Hügeln, hinter ihr steigt der gezackte Zahn eines riesenhaften Berges auf. Die Häuser sind schön und einfach: rechteckig, solide gebaut, in leuchtenden Farben gestrichen, mit weißem Holzwerk an Türen und Fenstern.

Das Dock war voller Menschen. Als wir näherkamen, sah ich, daß die Grönländerinnen in Gala erschienen waren, hohe leuchtende gestickte Stiefel, Seehundsfellhosen, leuchtende Blusen und große gestrickte Hauben. Als wir auf das kleine Boot stiegen und dann weiter auf das Dock, jubelten sie alle. Ein kleines Mädchen in einem Grönländer-Kostüm kam herbei und gab mir einen Strauß gelben Polarmohn. Dann gingen wir die Straße zum Haus des örtlichen Gouverneurs hinauf, gelb mit grünen Läden, die Menge folgte.

Mr. Anderson (der Gouverneur) hatte an demselben Morgen einen Sohn bekommen. Ich fragte nach seiner Frau, und man nahm mich mit, damit ich sie und das Baby sehen konnte, obwohl ich protestiert hatte, da ich fürchtete, daß es ihnen schaden könnte. Ein schönes kleines Baby.

Dann hinunter an den Tisch, wo uns von der »Großmutter« Tee und Sandwiches gereicht wurden. Die »Großmutter«, eine gutaussehende dralle Frau mit einem roten Apfelgesicht, hielt sich großartig, ging herum, sorgte für den Haushalt und für das Essen, aber gesellte sich nie dazu. Ich gewann den Eindruck, daß sie den Ehrenplatz im Hause innehatte, aber zu sehr mit ihren Angelegenheiten beschäftigt war, um an den Mahlzeiten der Männer teilzunehmen. Köstlicher Toast mit Eischeiben, Fisch, kaltes Fleisch, alles wunderhübsch angerichtet, wie Hors-d'œuvres.

Die *Jelling* dampfte herein, fliegende Fahnen, wir gingen hinaus. Sie sah, als sie in dem kleinen Hafen wendete, sehr groß aus. Es war recht kalt, aber klar, Wasser und Himmel nahe den Bergen strahlend golden und höher oben grünblau. Die Grönland-Schönheiten gingen alle in ihren fröhlichen Hosen Arm in Arm die Straßen auf und ab.

Zur *Jelling*: Major Logan rosig und lächelnd, der Doktor über die Reling gebeugt, winkend. Es war schön, wieder an Bord zu gehen. Ich schaute abends aus dem Bullauge, um den Kirchturm gegen den fernen zerklüfteten spitzen Berg, der rot im kräftigen Abendlicht leuchtete, zu betrachten.

23. Juli

Die Kirche, die an der Seite des Hügels liegt, hat ein herrliches verwaschenes Rot, doch das Holzwerk an Dachrinnen und Simsen ist weiß, die Veranda rot und die Stufen sind grün. Das Dach ist grün, der Turm rot mit kleinen weißen Fenstern an allen Seiten und einer rechteckigen weißen Uhr. Genau um fünf flogen alle Fenster auf, eine Glocke begann zu läuten, und die ganze farbige Menschenmenge schwärmte die Treppen hinauf. Die kleinen Eskimomädchen sind wie ihre Mütter angezogen, aber die Buben und die Männer tragen europäische Kniehosen und Stiefel und Anoraks mit Kapuzen, die häufig leuchtend blau sind. Die letzten, die durch die Türe gingen, waren eine alte Frau, dünn und gebeugt in ihrem schönen Hosenkostüm, und ein kleiner Junge auf Krücken (Kinderlähmung).

Die »Großmutter« servierte uns im Haus des Gouverneurs Kaffee. C., Mr. Logan, Mr. Galster[1], Fregattenkapitän Dam[2] und Mr. Anderson fachsimpeln über Grönland, Fjorde und Holstensborg und überlegen, wohin wir zuerst fliegen sollen. Dann marschieren wir über die Hügel zurück. Der Nebel hängt bis übers Meer, genau unterhalb der Berge, die Gipfel darüber sehen schwärzlich aus. Schlief wieder in dem Flugzeug.

[1] Technischer Berater des Grönland-Ministeriums.

[2] Fregattenkapitän Dam war von der dänischen Regierung dazu ernannt worden, in Grönland für die Lindberghs und für die Forschungsreise der Pan American Airways als Verbindungsoffizier zu fungieren.

24. Juli

Am nächsten Abend fuhren wir in einem Boot hinüber, um einem Eskimotanz zuzusehen. Eine kleine übervolle Halle mit Grönländern, es roch nach Seehundsfellstiefeln. Zwei alte Männer mit Geigen bahnten sich ihren Weg durch die Menge und setzten sich auf den Rand der Bühne. Die Tanzerei fing an, Paare lösten sich aus dem Kreis, Mädchen in ihren Stiefeln und in leuchtenden Blusen, Männer in Kniehosen und weißen oder blauen Anoraks. Die Tänze waren alte englische und irische Rundtänze, wie »The Hay«, »Gathering Peasecods« und der Virginia-Wirbel, die ihnen, wie man mir sagte, von den ersten schottischen Walfängern und Händlern beigebracht worden waren. Viel Gestampfe und Gedrängel, Männer und Mädchen, die sich drehen und in perfektem Rhythmus durcheinanderwogen.

Es ist merkwürdig, aber diese ländlichen Tänze begeisterten mich genauso wie das Cembalokonzert des letzten Winters mit Bach und Couperin – ein fortlaufendes Thema, das sich wiederholt. Ich bin davon ganz gefangengenommen und kann es nicht ertragen, daß es unterbrochen wird – glänzende Stiefel, die hin und her schwingen, ausgestreckte Arme, breite Schultern, die gerade und ruhig bleiben, während die Füße sich bewegen. Ich schaue fasziniert zu und überlege, während ich von dieser Formenwelt gefangen bin, ob es etwas Schöneres gibt als dies: Muster, Form und Rhythmus.

Ich war nicht darauf gefaßt gewesen, dem hier zu begegnen, obgleich es natürlich überall zu finden ist, wenn man sich ihm nur zuwendet. Das Fliegen hat es, das Leben, der Herzschlag und der Rhythmus des Atmens. Es gehört zum Ablauf des Lebens, wenn ich das nur verwirklichen könnte. Geburt, Liebe, Tod. Ich versuche mir zu vergegenwärtigen, daß es ohne den Tod unvollständig wäre, daß der Tod ein Teil dieses Musters ist und daß ich ihn deshalb nicht zu fürchten brauche.

Dann ist plötzlich Schluß, und alles strömt hinaus, wir auch, hinaus in den kalten Nebel, der ständig über uns hinwegfegt. Alle bummeln Arm in Arm den Hügel hinunter und sind wieder still und scheu.

25. Juli

Nebelig, doch in bestimmten Abständen lassen die Nebelschwaden die Sonne durch. Fregattenkapitän Dam ist jetzt auf der

Jelling, er ist nett, groß, intelligent, man verständigt sich rasch mit ihm. Er begleitet uns in Grönland. Mittagessen an Bord. Dann beobachten wir, wie das Schiff aus dem kleinen Hafen herausdampft. Wir starten um 17.28 Uhr in Richtung Nebel, klettern rasch darüber hinweg und sehen, daß es landeinwärts vollkommen klar und über dem Meer total nebelig ist, die Abgrenzung ist die Stadt. Wir überfliegen die *Jelling*, die direkt vor der Stadt liegt. Wir sehen sie deutlich durch eine leichte Nebelschicht, dann geht's landeinwärts; viele Eisberge fjordaufwärts. Jenseits können wir im Binnenland den Eisgipfel sehen, eine Art Niemandsland, das Ende der Welt. C. macht Aufnahmen. Wir fliegen am Rande des Eisgipfels entlang. Er sieht schmutzig aus wie zu Hause der wochenalte Schnee, dazu ist er gestreift, als wäre ein Schneepflug über ihn hinweggezogen. C. sagt, daß diese Linien von geschmolzenem Eiswasser, das in die Fjorde hinabrinnt, herrühren und daß die horizontalen Falten Gletscherspalten sind. C. hält nach ebenen Plätzen (als möglichen Landebahnen) Ausschau; es gibt keine! Viele Aufnahmen. Meine Hände sind kalt; funke in Fäustlingen. Wir landen am Fuße eines nördlichen hohen Berges und rollen eine Einfahrt hinein auf eine Gruppe von Häusern zu, die wir für Holstensborg hielten. Boote kommen heraus.

»Holstensborg?« – »Holstensborg?« Sie schütteln die Köpfe und zeigen nach Norden. Wir waren südlich der Stadt gelandet! C. holt den Anker ein, da zieht ein Grönländer im nächstliegenden Boot ganz ruhig einen Block aus seiner Tasche, schreibt eine Notiz, adressiert sie und übergibt sie C. »Holstensborg«, sagt er, lächelt und zeigt, daß er rasch die Vorteile der Luftpost auszunutzen verstand, obgleich er vermutlich noch nie vorher ein Flugzeug gesehen hatte. (Am nächsten Tag kommt in Holstensborg ein Schoner aus diesem Ort an, der eine Gans von eben diesem Grönländer bringt und dazu eine Anmerkung: »Es ist zu dumm, daß ich nicht daran gedacht habe, die Gans mit dem Flugzeug zu schicken!«) Starten wieder und landen nach wenigen Minuten im Hafen von Holstensborg. Eine Bergkette schützt die Stadt von Norden. Häuser liegen auf Hügeln und Klippen wie Bergziegen, dazu hockt die Kirche mit ihrem Kirchturm auf dem Hügel und bewacht ihre Herde wie ein Wachhund.

Ein flottes Motorboot kommt heraus, um uns zu empfangen; an Bord drei Männer, Mr. Rasmussen, der scheidende örtliche Gouverneur, Mr. Nicolaisen, der vorläufige örtliche Gouverneur, und Mr. Knutsen, sein Schwager. Wir gehen an Land, nachdem wir an der Boje festgemacht haben. Auf der steinernen Mole stehen Grönländer in glänzenden Stiefeln und Anoraks Schlange, aber sie sehen nicht so vergnügt und lustig aus wie in Godthaab. Gelbliche Eskimohunde springen hier herum (in Godthaab gab's keine). Wir erklimmen einen steilen Hügel, gehen unter einem Bogen aus zwei Walfischzähnen und durch einen rotgepflockten Zaun hindurch und an einer blau-rot-grünen Kirche vorbei in das Haus des Gouverneurs. Sie sind alle sehr nett und sprechen ausgezeichnet Englisch.

C. und Mr. Rasmussen sprechen über das Land und die Bedingungen in dieser Gegend. Das Binnenlandeis: »Aber Sie müssen Ihren ganzen Proviant auf dem Rücken schleppen.« – »Wir haben einen Schlitten.« – »Ah, Sie haben einen Schlitten! Sie werden auch ein Boot brauchen, um über die Flüsse zu kommen.« – »Wir haben ein Boot.« – »Ah, Sie haben ein Boot!« Wir haben ein hübsches kleines Zimmer, das auf den Hafen schaut. Nebel auf dem Meer, aber nicht im Hafen, doch abends zieht er herein.

26. Juli

Das Grönländer Mädchen »Gunhold« klopft, kommt herein und bringt Kaffee und Toast. Ein herrlicher Tag. Wir gehen zu Mr. Nicolaisen hinüber (wir sind in einem Extrahaus), wo über Pläne, Landkarten und Wetter beraten wird, und dann zu einem Hügel, um nach der *Jelling* zu schauen. Dann hinunter zu einer Bucht oder einem See, der durch die Gezeiten entstanden ist, wir gehen über eine Brücke, Hunde folgen uns, weiter zu einer Fabrik, in der Fisch eingedost wird, und dort versuchen wir, in Kajaks zu fahren.

Das Schiff kommt etwa um sieben herein. Die Grönländer sichten es, lange bevor irgend jemand anderer es entdeckt, rufen und schreien und laufen zu der Stelle, Hunde folgen. Nach dem Abendbrot fahren wir im Motorboot hinaus; recht kalt trotz unserer Kapuzenjacken aus Hudson-Bay-Decken.

Wir gehen an Bord und tauen auf. Die Stadt sieht im Abendlicht bezaubernd aus. Der Berg hinter dem Kirchturm ist rotgolden, als sei er von innen heraus erleuchtet.

Ein klarer Tag, aber es sieht so aus, als sei über dem Meer eine Nebelbank (Dunst, entdeckt C. später). Also geben wir es auf, nach Baffin Land zu fliegen, und C. nimmt Major Logan auf einen Flug über die Fjorde mit. Ich gehe hinunter, um sie zu verabschieden. Das dumpfe Aufheulen, wenn die Maschine auf vollen Touren läuft, die Gischt über den Pontons. Dann auf silbernen Schlittschuhen – den Schwimmern – dahin. Die Tragflächen sehen klein aus. Mich überläuft der bekannte Schauer – die Bedeutung des Fliegens –, ein Gefühl, daß es das Unmögliche möglich macht.

Nach dem Mittagessen hören wir die Grönländer wieder rufen und hinauslaufen – alle Kinder und Hunde. Sie sagen *»Tingmissartoq«* (der, der wie ein großer Vogel fliegt). Sie haben noch ein anderes Flugzeug gesehen. Das Flugzeug läßt neben dem Aufheulen seiner Motoren einen Pfeifton oder ein Jaulen hören, dann verschwindet es. Ein erneuter Ruf der Eingeborenen – es ist gelandet, wie ein Komet zieht es einen langen Streifen Gischt auf einem weißen Pfad hinter sich her.

Ich habe mir ein Paar »Kamiks« (Stiefel) machen lassen – hundeledergefüttertes Unterteil und seehundsledergefüttertes Oberteil, Seehundsleder außen – sehr warm – 15 Kronen.

Abends ein Fest auf dem Schiff. Mr. und Mrs. Rasmussen und Mrs. Nicolaisen und unsere Bordfamilie. Der Kapitän hatte die dänische und die amerikanische Flagge in der Kabine aufgereiht und den Tisch verlängert. Homan und Jarbo saßen auf Kisten – eine richtig vergnügte Mahlzeit. Der Kapitän erzählte über den ganzen Tisch hinweg dänische Witze. Der Kapitän über seine Frau: »Dreii Monaten mitt derr Frau an Bortt, dass sintt keine Ferrien ... Als ich dass errste Mall nach Hause kamm, warr ich zfansig Monatten weg und errkannten sie nicht – mußten dass Bilt aus *meinerr* Tasche hollen. Bisst du dass, oderr nichtt? ... Jetzt kennen ich sie, binn zfansig Jarre verheirrattet.« Der Doktor und ich waren Publikum und wechselten lächelnde Blicke. C. war trübseliger Stimmung, aus der er gelegentlich auftauchte, um hänselnde Bemerkungen über das Kajakfahren zu machen. Ich führte ein anregendes Gespräch mit Fregattenkapitän Dam, der eine lustige Zeichnung für mich gemacht hatte. Er malt recht gut. Er ist ein empfindsamer, intelligenter Mann.

Dieses herrliche warme Leuchten, das gegen Ende eines Abendessens heraufzieht: Gelächter, Bier, das gegenseitige Auffangen der Blicke, man hat gut gegessen, und alle Schüchternheit ist in der Wärme des Wohlbehagens zerstoben.

28. Juli

Nebel, der mit zunehmendem Tag dichter wird.

Abends Grammophonmusik: ›The Swan‹, ›Ave Maria‹, und Kaffee. Die Besatzung der *Jelling* kommt herüber, genau wie ein Haufen böser Buben, die sich zusammendrängeln, um einander Ungezogenheiten zu erzählen. Keine Frau kann den Spaß an der Geschichte ermessen, so wie C. mit dem Vergnügen und geheimen Verstehen, das Frauen untereinander haben, nichts anfangen kann.

Mir gefällt Mrs. Nicolaisen. Sie erwartet ein drittes Baby, hat mit den beiden anderen so viel zu tun, daß sie keine Zeit findet, Klavier zu spielen, zu malen oder zu lesen, doch sie ist fröhlich und voller Energie. Viele interessante Bücher in der Bibliothek: Philosophie, Schöngeistiges, Clive Bell und Roger Fry über Kunst. Lao-tse.

Mrs. Rasmussen ist munter, liebt Kinder und hat keine, lernte durch Plattenkurse zwei Sprachen, strickt ihre eigenen Röcke und ist eine wundervolle Köchin. C. findet ihre Vanilleplätzchen himmlisch.

29. Juli

Wieder Nebel. Schreibe und wasche den ganzen Morgen, versuche den Ofen in Gang zu kriegen. Mrs. Rasmussen nimmt mich auf einen Spaziergang in die Hügel mit. Überall Wollgras, und eine Böschung voller rosa Feuerkraut. Nebel bis zu den Bergen hinunter. Eine Grönländerin folgt uns mit einer Säge, um Torf zu stechen. Wir sehen eine Frau zurückkommen, die von einer Last Torf auf ihrem Rücken, die zweimal so hoch wie sie selber ist, ganz gebeugt ist. Wir klettern den Hügel hinauf und schauen auf die Stadt hinunter. Ich sehe jetzt ganz klar, daß sie ein Zentrum hat, einen grünen runden Platz, der eingezäunt ist, auf dem der Fahnenmast steht und der von einem staubigen Pfad umgeben ist, der viele Fußspuren trägt. Hier liegen den ganzen Tag über die Hunde, hier spielen die Kinder in Sand und Staub. Der Laden ist auf einer Seite dieses Rings und das alte blaue Kirchen-Schulhaus auf der anderen. Ich kaufte in dem Laden

Papier – ein dunkler Schuppen, ein langer Ladentisch und Regale. Die Frauen beugen sich in ihren leuchtenden Blusen und gestrickten Kappen über den Ladentisch, und die grönländische Ladenbesitzerin wiegt ihnen die Dinge aus, meist sind es Lebensmittel, die sie alle zusammen in eine Papiertüte tun – Kaffee, Reis, Zucker, etc.

Heiße Aprikosensuppe zum Abendbrot!

30. Juli

Mr. Rasmussen klopft an unserer Türe. »Haben Sie gesehen, Oberst? Im Westen ist es klar!«

Wir stehen schnell auf. Auf dem Meer noch immer eine Nebelbank, aber darüber ist blauer Himmel. Wir starten und nehmen Kurs auf die *Jelling*, wollen das, was wir für eine dicke Nebelbank halten, überfliegen, doch als wir oben sind, sehen wir, daß sie mindestens fünfzig Meilen breit ist, wir sie gar nicht überschauen können und sie sich auch landeinwärts hinzieht. Wir fliegen über die Eisdecke, an den Rändern sehr stürmisch. Als wir niedriger fliegen, kann ich sehen, daß alles wie eine Ziehharmonika zusammengefaltet ist, ganze Reihen von gezackten Miniatureisbergen, und auf der Eisdecke Teiche in intensivem, giftig aussehendem Blau. Meine Funksendungen werden immer schlechter. Meine Finger werden steif, und ich verliere die Kontrolle.

Fliegen über Christianhaab – die Wolkendecke senkt sich – dann hinauf auf die Eisdecke, wo es in Richtung Holstensborg heller wird. Kommen an der Mündung eines Fjords vorbei, die mit dem Eis der Eisberge, das von der Eisdecke herunterbricht, vollgepackt ist. Mache Aufnahmen; erreichen Holstensborg in einer Höhe von 6000 Fuß – Aufnahmen. Wir landen, vertäuen und begeben uns aufs Schiff (*Jelling*) zum Abendbrot.

Hinein an den Strand; es ist eher stürmisch. Mrs. Rasmussen begrüßt uns zur Rückkehr. »Bis Ritenbenk! Sie sind so weit gekommen, daß Sie in Ritenbenk waren?« Sie können gar nicht glauben, daß wir so weit waren, sind aber enttäuscht, daß wir nicht in Godhavn waren und nicht erzählen können, wie die Leute uns dort begrüßt haben. Mrs. Rasmussen hat uns einen »Nachtisch« aufgehoben – eine Art bayerischer Crème mit einer Aufschrift aus Schlagsahne: »Lindy zum Willkommen bei seiner Rückkehr!«

31. Juli

Wir sind startbereit, doch Schlechtwetterbericht aus Angmagssalik und aus Julianehaab.

Abendbrot. Mr. Rasmussen prophezeit schlechtes Wetter wegen des Mondwechsels, sagt, daß es Südwestwind geben und daher stürmisch sein wird. Das aus Südwesten kommende schlechte Wetter dauert mindestens drei Tage, manchmal sechs Wochen. Der Doktor, Major Logan und Fregattenkapitän Dam erscheinen zum Kaffee. Ich verstehe mich gut mit dem Doktor – fühle mich ihm geistesverwandt, als käme er aus meiner Welt, und wir amüsieren uns über die gleichen Dinge. C. berichtet Mr. Rasmussen über seine Pläne: Er will die Eisdecke von hier aus bis Angmagssalik überqueren und dann zurück nach Julianehaab oder nördlicher, damit er die ganze Küste sehen kann.

»Du *wärst imstande*«, sage ich halb lachend und mit einem Unterton. Aber der Doktor kriegt es mit und lacht sich kaputt. Er versteht C.s Temperament und die ganze Situation. Dann muß ich's nochmal sagen – und alle lachen.

Ich weiß nicht, warum ich das Gefühl habe, daß der Doktor sozusagen auf meiner Seite und Major Logan auf C.s Seite ist. Ich komme mir vor ihnen wie ein hoffnungsloser Amateur ohne jegliche Erfahrung vor. Würde man es bis ins letzte analysieren, könnte ich in ihrer Welt unmöglich überleben. In der des Doktors, glaube ich, könnte ich es. (In ihr gibt es andere Prüfungen, andere Werte.) Aber in C.s Welt würde ich *nicht* überleben, außer für ihn, und ich habe Angst davor, bloßgestellt zu werden. Ich bin unsicher. Ich möchte in dieser Welt einmal allein dastehen. Ich weiß nicht, warum ich beweisen möchte, daß ich es kann. In Träumen male ich mir aus, daß ich die Situation rette, aber natürlich könnte ich es nicht. Ich wäre die erste, die man an Land ziehen müßte, das schwache Glied in der Kette. In ihrer Welt aber darf es kein schwaches Glied geben. Doch im Augenblick ist mir ihre Welt, und daß ich darin eine Position habe, schrecklich wichtig. Ich kann mich nicht daran erinnern, daß es eine andere gibt.

1. August

Kalt und dunkel. Es *schneit* und graupelt! Schnee auf den Bergen. Wir besuchen den Laden, etliche Grönländer lehnen am Ladentisch. Wir kaufen »Bunnerk« (Butter) in der Dose, Kakao und Zucker in Tüten, Schokoladetafeln, Feigen, Pflaumen als Proviant für unseren Flug über die Eisdecke. Auch einen Pullover – einen dicken, blauen – für mich.

Zum Abendbrot zurück. Ich mag diese kleinen Zimmer. Besonders Mrs. Rasmussens blaue Küche, die hell, freundlich und sauber ist, mit den zwei großen Fenstern, die auf den Platz hinausgehen, auf dem die Kinder spielen und den die Grönländer auf ihrem Weg zum Laden überqueren. Die blaue Kirche mit dem roten Turm ist genau gegenüber. Es ist immer warm, und die beiden Grönländer-Mädchen mit den blankgeputzten Gesichtern trippeln rein und raus, und Mrs. Rasmussen beugt sich in einer blauen Schürze über den Herd.

Das Eckfenster schaut auf den Hafen hinaus und auf die *Jelling* und den Pfad, der von den Docks die Hügel hinaufführt – »das herrlichste Fenster in Grönland«, Aussicht auf den Hafen, die Schiffe, jenseits die nördlichen Berge und den steilen Pfad, der hügelan führt.

Grönland

An E.L.L.L. Holstensborg, 2. August

Liebe M.
Heute ist es – nach mehreren Nebeltagen, gestern hatten wir sogar Schnee! – im Westen, dem Meer zu, klar. C. möchte einen Abstecher nach Baffin Land (250 Meilen) machen und dann hierher zurückkommen, bevor wir über die Eisdecke zur Ostküste fliegen. Wir haben schon einiges von dieser Küste gesehen.

Godthaab ist ein winziger Ort, aber sehr hübsch – säuberliche quadratische kleine Häuser, die um einen gekrümmten, steilabfallenden Hafen gekuschelt sind. Sie sind alle in leuchtenden Farben gestrichen und sehen vergnügt und hübsch aus vor ihrem felsigen Hintergrund. Die Dänen haben Grönland etwas Gutes angetan, als sie den Grönländern beigebracht haben (sie mögen hier nicht Eskimos genannt werden), wie man europäische Holzhäuser baut. Sie passen sehr auf, daß Grönland vor Siedlern, Händlern, Eindringlingen jeglicher Art bewahrt bleibt, damit Unheil und Krankheiten fernbleiben. Und ich muß sagen, die Grönländer – zumindest in Godthaab – sahen gesund und wohl aus.

Wir flogen an der Küste, am Saum der Eisdecke entlang, die schrecklich unwirklich ist – eine weiße Kuppe, die sich sanft hinter den Bergen erhebt.

C. hat einen Kajak aus Seehundsfell gekauft. Er hat sich fest vorgenommen, ihn mit nach Hause zu nehmen. Sie sind sehr leicht, sehr eng und kippen ungeheuer leicht um. Man klettert in ein Loch, das gerade groß genug für den Körper ist; die Beine stecken in dem kleinen Raum des Bootes, und man sitzt flach auf dem Boden; bei der leisesten Bewegung kippt man raus. C. hatte es nicht leicht, hineinzukommen, aber jetzt macht er es recht gut. Er hat alle an Bord der *Jelling,* außer dem dänischen Kapitän, dazu gebracht, es zu versuchen, und er hoffte, daß sie zufällig umkippen würden. (Die Grönländer ziehen sich imprägnierte Regenmäntel aus Seehundsdarm über und überschlagen sich absichtlich!) Wir waren alle sehr vorsichtig. Doch ein junges dänisches Mädchen hier, die nicht dran glauben wollte, versuchte es, kenterte und mußte gerettet werden. Und dieses kalte Wasser ist kein Vergnügen!

Wir sind jetzt in Holstensborg, wieder eine winzige Siedlung, die auf einer Seite eines steilen Hügels liegt.

Wir haben beim örtlichen Gouverneur und seiner Frau gewohnt. Sie sind besonders *nett,* machen uns wunderbares Essen, ziehen uns die paar Rettiche aus ihrem Garten heraus (sie züchten Rettich, Spinat, etwas Salat und Kartoffeln in den kurzen Sommermonaten).

Mrs. Nicolaisen hat zwei Kinder, Mona, dreieinhalb Jahre, und Leif, eineinhalb Jahre alt. Leif, oder Leifling (little Leif – kleiner Leif), wie sie ihn nennen, ist mein Liebling, wahrscheinlich liegt das am Alter. Weißt Du, es kommt mir, wenn ich auf diesen Reisen bin, ganz unglaublich vor, daß ich ein Kind habe. Es scheint ein Wunder zu sein, ich versuche mich zu kneifen und frage mich: »Habe ich es wirklich vor einem Monat auf dem Arm gehabt? Hat er mich wirklich auf allen Vieren um das Sofa herumgejagt? Als ich ›Jon‹ sagte, sah er da tatsächlich auf und lächelte?«

Charles ist jetzt draußen beim Flugzeug und versucht, die östlichen oder westlichen Wetterberichte zu bekommen. Wenn es im Osten gut ist – das heißt über dem Eiskap –, machen wir uns vermutlich direkt auf den Weg und kommen nicht hierher zurück und geben die Reise nach Baffin Land auf. Nach dem Flug nach Angmagssalik geht's nach Julianehaab zurück, dann nochmals die Küste entlang aufwärts nach Angmagssalik und nach

Island. Wir hoffen immer noch, daß wir über Island fliegen können.

Tagebuch

2. August

Bewölkt und schlechte Wetterberichte. Ich ziehe mich wie üblich zum Fliegen an, und dann lege ich nach und nach meine warme Kleidung wieder ab. Es regnet. Ich fange an, mir eine Mütze zu stricken. Im Dorf gibt es kein rotes Garn mehr; Rot ist die beliebteste Farbe. Mrs. Rasmussen ist sehr geschickt mit ihren Händen und hat alle Qualitäten einer guten »Hausfrau«.

Es ist hübsch, wie man in diesen kleinen Orten mitten in das Zentrum ihres Lebens gerät. Nachdem man sich erst völlig fremd war, ist man plötzlich befreundet und gemeinsam gegen die Außenwelt verbündet. Man gehört zu ihrer Partei, versteht ihre Nöte, vertritt ihren Standpunkt.

Es hellt sich später am Abend auf. C. spielt mit der Idee, nachts zu fliegen (es würde ziemlich hell bleiben). Mr. Rasmussen schüttelt den Kopf. »Ich glaube, daß der Wind vielleicht morgen nach Norden weht – ich spüre es in meinem Kopf –, und wenn dem so ist, dann wird es *vielleicht* schön werden.« Aber die Wolken ziehen sich zusammen, wir bleiben und essen Schokolade, ich stricke noch sehr lange. Mr. Nicolaisen wickelt das Garn auf!

3. August

Im Westen ist es wolkenlos, und wir starten nach Baffin Land. Mrs. Rasmussen macht uns ein Mittagessen. Wie wir in der Luft sind, geht der Sprechfunk kaputt (der Dynamo tut nicht mehr mit). Ich versuche *alles*. Auf der Skala nichts zu sehen; ich kann ihn (OYKC) allerdings hören: berichtet über schlechtes Wetter in Resolution. Auf halbem Wege Eis und Nebel, dann hohe Wolken über dem Nebel. Nachdem wir lange über den Wolken geflogen sind, findet C. ein Loch und wir kommen in die finstere Welt herunter. Kahle Schieferinseln tauchen aus dem Dunst auf – Baffin Land. Wolken und Nebel treffen aufeinander. Unmöglich, landeinwärts zu gelangen. Wir folgen der Küste.

Die ganze Zeit über wechsle ich ständig die Spulen, da ich nicht weiß, wann OYKC blind sendet, und ich nicht irgend etwas versäumen möchte. Offensichtlich sind sie [die *Jelling*] beunruhigt und nehmen Kurs auf die offene See. Wir kehren um und fliegen zurück. Mrs. Rasmussens Mittagessen sehr gut: Sardinen auf schwarzem Brot, auf dem etwas Ölpapier liegt, damit sie nicht trocken werden.

Halten Kurs auf die *Jelling*: fliegen sie im steilen Winkel an und gehen im Spiralgleitflug über Holstensborg runter. C. setzt den Dynamo wieder in Betrieb. Ich fühle mich gedemütigt. Es ist so einfach. Die *Jelling* kommt zurück. Jarbo fängt an, den Gleichrichter zu reinigen. Wenn C. einen richtigen Funker gehabt hätte, wäre keine Panne passiert. Es wird mir sehr bewußt, daß ich eine Frau bin.

Ich sitze am Fenster und beobachte das Wasser, das wie changierende Seide aussieht, rosa und grün, das Motorboot wirft Wellen, wenn es zur *Jelling* oder zum Flugzeug fährt, die Grönländer stapfen auf den staubigen Pfaden unter dem Fenster hin und her, oder sie lehnen an den Häusern und beobachten (wie ich) den Hafen.

4. August

Recht anständiges Wetter, Wolkendecke hoch, freie Streifen Himmel. Wir entschließen uns, über das Kap zu fliegen. Ich mache mich fertig und packe zum hundertsten Mal, während C. zum Flugboot hinausgeht, um von Angmagssalik und Scoresby Sund die Wetterberichte zu hören. Ich laufe hinüber, um mich bei Mrs. Rasmussen zu bedanken, die in ihrer blauen Küche beschäftigt ist. Alles ist auf dem langen Brett unter den Fenstern ausgebreitet: schwarzes und weißes Brot, geräucherter Heilbutt, Sardinen, Butter, Käse. Mrs. Rasmussen erledigt die Arbeit rasch. »Zu rasch – dass isst mein grosserr Fehlerr«, lacht sie. Wir verabschieden uns, und ich tue es wahrlich ungern. Sie sind so gut zu uns gewesen und sind so vergnügt. Ich habe es zu gerne, wenn es Mrs. Rasmussen schüttelt und ihr die Tränen in die Augen treten, wenn sie lacht, und wenn Mrs. Nicolaisen vor Gelächter übersprudelt. Ich schreibe in Mrs. Nicolaisens Buch: *»Farvell Leif!«*

Wir gehen mit unseren Bündeln unter dem Tor aus Walfischzähnen durch. Alle Grönländer, auch die zahnlosen, glatzköpfigen, die nur noch ein Haarbüschelchen haben, stehen auf dem

Hügel, um uns zuzusehen. »Auf Wiedersehen«, sagen manche. »Hallo«, andere. »Adieu« – alle lächeln und winken uns. *»Inudluarna!«* (Auf Wiedersehen).

Ich schätze, daß es der *Jelling* eher ungemütlich in bezug auf diesen Flug ist. Wir probieren das Radio auf dem Wasser aus, dann starten wir. *»Inudluarna,* Holstensborg.« Ich verlasse es höchst ungern, aber ich gehe nirgends gerne fort!

Wir fliegen nach Norden bis nach Disko Bay, es ist klar und blau, viele Eisberge. Wir nähern uns dem Kap, strengen uns sehr an, an Höhe zu gewinnen, um über das unebene, zerklüftete schmutzige Eis hinwegzukommen. Ich probiere den Driftmesser. Er geht über dem Eis, aber nicht über Schnee – blendet zu sehr. Bald fliegen wir über die Gletscherspalten. Das Radio funktioniert gut, zu wenig Zeit zum Hinausschauen. Gleitende Schneefelder unter uns, über uns die Wolken vermitteln ein seltsames Gefühl. Man kann den Horizont nicht finden; alles sieht gleich aus, blendet wie Schnee auf Nebel, nicht wie Sonne auf Schnee.

C. öffnet das Fenster, und es wird sehr kalt. Meine Füße brennen. Ich versuche, auf ihnen zu sitzen, dann wickle ich sie in einen Pullover; an den Händen habe ich zwei Paar Fäustlinge. C. schreibt auf die Karte: »Alle zwei Minuten sparen wir einen Tagesmarsch!« Verbindung mit Lauge Kochs[1] Schiff, der *Gustav Holm,* vor Clavering Island, teilt uns mit, daß auf Ella Island das Wetter gut ist. Wir ändern den Kurs, die Berge ragen ringsum aus dem Schnee auf.

Wir sind über Ella Island, hohe Klippen fallen direkt ins Meer ab. Im Fjord kein Eis, ruhig, klar, kristallen und kalt. Wir sehen das Schiff *Godthaab,* ein Flugzeug, ein rotes Haus und ein Zelt am Strand. Wir landen. Um uns zu treffen, fliegt Dr. Lauge Koch von seiner nördlichen Station zu uns herunter. Sie machen Aufzeichnungen aus der Luft, haben zwei große Schiffe, Funkgeräte, zwei Flugzeuge und eine ganze Anzahl Leute in Bodenstationen.

Wir waren auf das Schiff geklettert, das voller rosiggesichtiger Dänen war, als das Flugzeug, ein offenes Wasserflugzeug mit drei Cockpits und tiefliegenden Tragflächen, ankam. Als die Männer herauskletterten, sahen wir, daß sie gewaltige Schaffellhosen und -mäntel anhatten. Dr. Koch kommt an Bord, er ist ein großer, dunkelhäutiger Mann mit buschigen Augenbrauen und einem Haarbusch, den er aus der Stirne gebürstet hat. Er streckt

[1] Dänischer Geologe und Grönland-Forscher.

seine Hand aus: »Lauge Koch.« Die Mannschaft steht mit Fotoapparaten sehr aufgeregt herum: »Was für ein Zusammentreffen!« Dann geht's in die Kabine zu einem guten Abendessen: Schinken und Eier, alle möglichen Sardinen, Käse, kalter Fisch, Fleisch etc., Bier und schwarzes Brot, das ein dicker Küchenchef serviert.

Lauge Koch: »Wir hörten, daß Sie gestern in Baffin Land waren, daher haben wir Sie hier heute nicht erwartet!« Sie beschäftigen sich mit Landkarten und dem Wetter. »Hier auf Ella Island war es (ist es meistens) vollkommen ruhig. Schönes Wetter, immer schönes Wetter, wenn draußen Eis ist ... Als ich ein junger Mann war, überquerte ich das Inlandeis ... Auf dieser Expedition hungerten wir sehr. Ein Mann starb – verhungerte. Ich war bei ihm, als er starb ... Hier ist eine Ebene (möglicher Landeplatz), hier auch, aber da ist es immer nebelig.«

5. August

Am nächsten Morgen fliegen wir nach Norden zu Lauge Kochs Stützpunkt in Eskimonaes, Clavering Island. Wir fliegen über Fjorde, sehen Herden von Moschusochsen, die mähneschüttelnd herumrennen. Dann etwas Weißes – ein Pferd? Wir fliegen niedriger. Nein, ein Eisbär, weiß und groß bewegt er sich schwerfällig in der Nähe der Ufer entlang. Wir fliegen tief, und er zieht sich tolpatschig seitwärts zurück. Wir landen am Fuß von Clavering Island. Es ist klar und strahlend, keine Wolke am Himmel. Die Klippen erheben sich steil aus dem Wasser, Eiszapfen, die in den Himmel wachsen.

Es ist für die weißen Mäntel und Capes kalt genug. Eskimohunde und Hundebabys sind angebunden, am Strand ein aufgeschlitztes Walroß. Lauge Koch über den Norden: »Wir fliegen nach Peary Land hinauf. Sie können gerne mitkommen. Das schönste Land der Welt – immer herrliches Wetter. Sie werden die Mitternachtssonne sehen ... Man kann die Arktis so leicht zerstören. Die früheren Forscher berichten von vielen Moschusochsen, einer Menge Wild – schossen zwölf Moschusochsen. Es ist ihnen nicht klar gewesen, daß es wahrscheinlich nur zwölf Moschusochsen in dem Tal gegeben hat, sie vernichteten sie, und bei Hochwild dauert es Generationen, bis es wiederkommt. Die Eskimos können ohne das Wild nicht leben. Und wenn es weder Wild noch Eskimos gibt, können die weißen Männer in diesem

Land nicht leben. Es ist vollständig verwüstet ... Eine kleine Weide braucht in dieser Höhe vielleicht hundert Jahre, um so hoch zu werden.« Sie unterhalten sich über die verschiedenen Forscher: wie Watkins[1] umgekommen ist, was Andrée[2] passierte (der, wie er glaubt, nicht für die Kälte gerüstet war).

In einer schönen Kabine gut geschlafen, aber es ist so hell, ich wickele ein Handtuch um meine Augen. Ich trage die Innenseite meines blauen Hemdes nach außen – es sieht ein bißchen besser aus!

6. August

Herrlicher klarer, wolkenloser Tag. Wir starten nach Scoresby Sound und vielleicht nach Angmagssalik, doch von dort ist Regen angesagt. Gute Funkverbindung mit der *Gustav Holm,* daher sah ich sehr wenig. Wir fliegen weiter über die Eisfläche und an der Küste entlang, die urwüchsig und voll steiler, schneebedeckter Berge ist. Einige Gletscher sind bis unten hin gestreift wie gewundene Tobogganschleifen.

C. entdeckt einige Berge und Fjorde weiter landeinwärts als auf der Karte verzeichnet ist. Wir fliegen landeinwärts über Schnee und Eis, glattgebügelte Oberflächen, glitzernder Schnee, die Berge lugen daraus hervor. Wir geraten in einen Sturm, die Wolkendecke senkt sich, Nebel und ausgesprochen stürmisch.

Ich funke weiter zum *North Star* und nach Angmagssalik. Dann C.s Mitteilung: »Landen in zehn Minuten Angmag.« Ich sende eifrig Nachrichten. »OK. Jetzt alles OK? Werden in zehn Minuten in Angmagssalik landen. Sehen uns bald.« Die Wolkendecke liegt höher, gerade über den Bergspitzen. Wie eine winzige Zunge ragt der Hafen in einen Fjord voller Eisberge, die als weiße, bewegungslose Formen auf dem dunklen Wasser glänzen, hinein.

Angmagssalik liegt auf einem steilen Hügel, der von diesem Hafen aufsteigt. Auf allen Seiten hohe schneeige Berge. Sie sehen in diesem schräg durch die Wolken fallenden Licht fast schwarz aus, und der Schnee glänzt sehr weiß. Wir landen schließlich zwischen Eisbergen. Im Hafen sind verschiedene kleine Boote

[1] Henry George Watkins, Führer der englischen Arktis-Flugrouten-Expedition.

[2] Salomon August Andrée, schwedischer Flieger, der 1897 mit seinem Ballon im nördlichen Polargebiet verschollen blieb.

und an den Ufern Eskimos in Nationalkostümen. Alle Hunde heulen mit diesem seltsamen hohen, einsamen Gejaule. Am Strand treffen wir Knud Rasmussen[1], er ist freundlich, offen, liebenswürdig und vergnügt. Wir stapfen hügelan, eine schreckliche Kletterei, zum Haus des Gouverneurs, wo Rasmussen und die Expedition untergebracht sind. C. studiert mit einem netten jungen Inspektor, Spender, der mühsam zu Fuß und mit dem Schlitten einen Großteil des Landes, das wir überflogen, durchwandert hat, die Landkarten.

8. August

Gutes Wetter: wir ziehen uns zum Fliegen an. Hinunter, um Funkkontakte aufzunehmen. Höre die *Jelling.* Nebel in Julianehaab. Den Hügel wieder hinauf zum Frühstück. Mir wird ganz heiß, ich packe. Dann ziehen wir mit unseren Taschen wieder den Hügel hinunter. Die Frau des Gouverneurs reicht mir vier Stengel Brunnenkresse, die sie von ihren eingetopften Pflanzen abgepflückt hat. Der Botaniker pflückt auf dem Hügel Löwenzahn und blaue Hyazinthen. Er gibt sie mir, als wir gerade ablegen.

Die Grönländer winken. Wir starten zum Fjord hinaus. Werden wir einen Streifen finden, der eisfrei ist und auf dem wir abheben können? Hin und zurück, vorbei an den schwimmenden Eisbergen. Endlich: »Alles bereit?« – »OK.« Wir heben rasch ab, nehmen Kurs auf das Landinnere und auf Godthaab, wo gutes Wetter ist. Schlechter Empfang. Zuerst kann ich Angmagssalik erreichen, doch nach etwa einer Stunde nicht mehr; kein Glück mit Julianehaab oder der *Jelling.* Durch die Sonnenbrille kann man den Horizont erkennen. Meine Füße in den vier Paar Socken und den Seehundsstiefeln sind warm, aber mir ist ohne meinen zusätzlichen Pullover ziemlich kalt. Habe Unterwäsche, ein dünnes Wollhemd, ein dickes Wollhemd und den weiten weißen Mantel an. Auch meine Hände sind kalt, muß zwei Paar Handschuhe tragen. Wir essen die fünf Tage alten Sandwiches aus Holstensborg und Mrs. Rasmussens Plätzchen.

Sehen die ersten Seen und Gletscherspalten am Rand der Eisdecke, dann darüber Berge. Landen im Hafen von Godthaab. Ein netter Däne hilft uns beim Auftanken. Starten rasch wieder.

[1] Dänischer Arktis-Forscher und Ethnologe.

Wollen vor Dunkelheit nach Julianehaab kommen. Funkverbindung scheußlich, aber ein schöner Flug an der Küste entlang: seewärts Nebel, Berge zu unserer Linken, dahinter plustert sich die Eisdecke.

Frederikshaab, Ivigtut – gebieterisch brausen wir darüber hinweg; meinen Kopf habe ich dabei gen Westen gedreht, um den Himmel beobachten zu können. »Werden wir vor Dunkelheit hinkommen?« – »Lange vor Dunkelheit – landen in zehn Minuten.« Steuern auf einen Fjord zu. Da ist es: die Funktürme, die kleine Siedlung freundlicher Häuser in einem ausgedehnten Hafen. Eben kommt die *Disko* von kleinen Booten gefolgt herein; der blaue Schornstein der *Jelling* und ein rosa Himmel. Wir landen. Richtige Dämmerung.[1] Keine hohen Berge im Hintergrund der Stadt; sie liegt tief. Eine Reihe Tonnen trennt den Hafen von dem Fjord und dem Eis. In der Stadt brennen Lichter. Ich sehe weiße Zäune um einen kleinen Platz, einen sprühenden Springbrunnen und eine weiße Holzbrücke über einen Fluß.

Major Logan, Fregattenkapitän Dam und Homan vertäuen uns an der Boje. Wir klettern heraus und gehen an Bord. Ein schönes Abendbrot mit Eiern und Schinken, einem leichten Omelett als Dessert und Kaffee. Jarbo schwirrt oben immer noch herum. Ich bin sehr müde; höre die ganze Nacht OYKCs. Ich wache auf und merke, daß ich Punkte und Striche wiederhole, daß ich gegen etwas ankämpfe – aber was? »Dam dam dam – dam dum dam dam – dam dum dam ...« Alles wird in meiner Vorstellung zu Punkten und Strichen.

9. August

Zum Gouverneur. Die roten Sandsteinstufen des Gartens hinauf, große Rhabarberpflanzen, Calendula und Hahnenfuß; über den Plattenweg in ein niedriges dänisches Haus (sehr alt – 150 Jahre). Wir klettern zwei Treppen hinauf und landen in unserem Schlafzimmer. »Ein Palast«, wie Fregattenkapitän Dam sagt, »fließendes heißes und kaltes Wasser.«

Zurück zum Schiff, schreibe, trinke nochmals Kaffee, esse Kuchen. Jarbo, der Doktor und ich unterhalten uns über Philosophie. Hauptsächlich der Doktor und ich. Eine düstere Nacht: der Wind heult, der Regen strömt. Wir verlassen das Flugzeug in

[1] Julianehaab ist die südlichste Ansiedlung Grönlands.

unseren Regenmänteln, schleppen Bündel, da die *Jelling* am Morgen auslaufen will. Ich habe den kleinen Kamm, mit dem Charlie immer spielte, verloren. Wir verabschieden uns vom Gouverneur. Gehen oben ins Bett, sind verdüstert. Der Wind heult. Ich bin untröstlich.

Julianehaab, 11. August

Wieder schlecht: tiefer Nebel, ein großer Eisberg kommt langsam um die Ecke des Hafens. Ich schreibe im dunklen roten Wohnzimmer Briefe.

Julianehaab, 11. August

Liebste Mutter,
ich werde nie nachkommen. Heute ist es nebelig, also werden wir nicht nach Angmagssalik (Aussprache Am*æ*ssalick) auf dem Weg nach Island zurückfliegen können, ich habe mein Logbuch im Flugzeug gelassen, so kann ich keine Eintragungen machen. Mein Tagebuch ist voll, daher kann ich dem Luxus frönen und Dir schreiben. Ich habe eben wieder vier herrliche Briefe gelesen, die Du mit der *Disko* befördert hast. Ich kann Dir gar nicht sagen, was das für eine großartige Überraschung war, ich konnte es kaum glauben.

Die erste Nachricht von zu Hause seit Deiner Abfahrt. Dein Telegramm war ungefähr drei Tage im Verzug, aber Zeit bedeutet hier so wenig. Sie zählt einfach nicht. Nichts zählt, außer dieses Leben. Es ist merkwürdig, aber Grönland scheint auf die Menschen einen Zauber auszuüben. Ich glaube, es liegt an der Intensität des Daseins, an der Intensität der Eindrücke, an den scharfen Konturen der Berge, die zerklüftet und streifenweise mit Schnee bedeckt sind, und an den kahlen felsigen Hügeln, auf denen im Abendschein tiefe Schatten liegen. Das strahlende Weiß der Gletscher und Eisberge gegen das strahlende Blau des Himmels und des Wassers an klaren Tagen, und dazu inmitten dieser natürlichen Schönheit die lebhaften Farbtupfer, die die Dänen und Grönländer diesem Land aufgesetzt haben. Eine kleine Kolonie roter, grüner und blauer Häuser krabbelt den felsigen Hügel hinauf, rote und grüne Segel auf den Fischerbooten, leuchtende Stiefel und Blusen und Mützen der Menschen.

Das Gras in den Abflußgräben hat ein *positives* Grün, in diesem Land, in dem es keine Bäume gibt, und in dem Gras Wogen blauer Glockenblumen.

Auch bekommt alles, da das Leben träge und schwierig ist, ein anderes Gewicht: wenn ein Schiff kommt, wie zum Beispiel die *Disko* von Dänemark, oder ein Fest in einem Zimmer mit tiefgezogenen Dachsparren gefeiert wird, rotbackige Gesichter, dänisches Bier, »Skål«, Zigaretten und Gelächter und Abenteurergeschichten. Oder wenn die Grönländer in leuchtenden Stiefeln und Blusen abends zum Geschaukel eines Akkordeons auf einem kleinen staubigen Platz herumwirbeln.

Auch gibt's immer noch irgend etwas Besonderes in petto, gutes Essen – gebratener Heilbutt, dänischer Kaffee, schwarzes Brot, Pfannkuchen – bedeutet so viel; ebenso Steppdecken, heißes Wasser, ein Topf mit Kresse im Fenster, ein warmer Ofen, der Geruch frischgebackenen Brotes in einer blauen dänischen Küche.

Dazu ist die Beziehung der Menschen untereinander so wichtig. Es ist einfach herrlich: *»Ajugilak, tit, ait?«* (Geht es dir gut? Was machst du heute – alles in Ordnung?) zu einem Grönländer-Kind zu sagen und dann zu erleben, wie es zurücklächelt. Die aufgeregten Begrüßungsrufe der Grönländer, wenn sie ein Flugzeug sehen und alle aus ihren Häusern herauslaufen, wenn die Hunde heulen, die Kinder rufen und zum Himmel hinaufzeigen: *»Ting-miss-ar-toq! Ting-miss-ar-tog!«* (Der, der wie ein Vogel fliegt!) – das ist einfach hinreißend.

Dann das Händeschütteln der Dänen in der Kolonie bei der Begrüßung und das Zusammentreffen mit jemandem, mit dem einen etwas verbindet, zu dem es eine Beziehung gibt. Ich war entzückt, als ich eine Frau traf, die nach Holstensborg zurückfuhr, um für Mrs. Nicolaisen zu sorgen (drittes Baby). Ich sagte: »Bitte bringen Sie ihr unsere Grüße – sagen Sie ihr, wie schön es bei ihr war, wie lieb sie mit uns gewesen sind. Ich werde Holstensborg nie vergessen ...« Was alles ganz verrückt klingt. Wir waren nicht mal eine Woche bei Mrs. Nicolaisen, aber man wird sofort in den Schoß der Familie aufgenommen. Man wird in ihre Probleme hineingezogen. Man wird einer der Ihren, und eine starke Bindung ist geschaffen.

Ich nehme an, daß das an der Isolierung dieser Orte liegt. Jede Kolonie ist von der anderen völlig abgeschlossen. Die *Disko* ist das einzige Schiff, das auf seinen drei Fahrten pro Sommer von Dänemark aus von einem zum anderen fährt. Natürlich gelangt es nicht dreimal zu allen. Sie erzählten uns in Holstensborg, daß man, um nach Angmagssalik zu kommen, nach Dänemark fahren müsse und dann im *nächsten* Jahr nach Angmagssalik zurück kann. Jede Ansiedlung ist eine Welt für sich: hat ihre Geschäfte, ihren örtlichen Gouverneur (einen Dänen) mit Familie, ihre Fischerboote, ihren Arzt und ihre Pflegerin, unter Umständen auch eine grönländische Hebamme, Vorratshäuser und Tanzsaal, ihren Ziehharmonikaspieler und – natürlich – Hunde!

Die hiesigen Dänen sind sehr gerne hier. Viele haben mir erzählt, daß sie lieber hier als sonstwo in der Welt seien. Sie kamen für ein Jahr oder für einen Sommer her, um für ein ganzes Leben zurückzukehren. Ich kann es recht gut verstehen. Man vergißt hier das übrige Leben und den anderen Teil der Welt.

Wir flogen von Holstensborg nach Norden bis Christianshaab und dann quer über das Inlandeis, eine große flache Kuppe, die sich hinter den Küstenbergen aufwölbt und an verschiedenen Stellen in die Fjorde hinabrieselt, wo Stücke herunterbrechen und als Eisberge ins Meer hinausschwimmen. Der Rand der Eisfläche sieht schmutzig und streifig aus, kleine Ströme rinnen an ihm herunter. Aber in der Mitte ist sie glatt und strahlend weiß – unberührt. Man kann *nichts* sehen, denn es ist so, als wäre man in einer großen runden Schüssel ohne Deckel und ohne Boden. Die Ostküste Grönlands ist von der Westküste sehr verschieden. Die Eisfläche reicht näher ans Meer heran, die Berge sind höher und mit mehr Schnee bedeckt. Es scheint keine tiefgelegenen felsigen Inseln zu geben wie an der Westküste, und die Berge und steilen Klippen reichen direkt bis ans Meer heran. Es gibt nur ein paar Siedlungen, das wird jetzt erst von zwei Expeditionen, der von Knud Rasmussen und der von Lauge Koch, genau in Karten eingetragen.

Die Eisflächen (auch auf dem Meer) sind hier an dieser Küste viel größer und blockieren sie monatelang. Die ersten Forscher aus Island sind (wie jetzt die Schiffe) dem Eis abwärts gefolgt und um Cape Farvel herum nach Julianehaab gefahren, das war die erste Stelle, an der sie durchkamen. Jahrhundertelang hat man kein besseres Land in ganz Grönland entdeckt als das Land dieser ersten Ansiedlungen. Jetzt wird hier geheut, Getreide und Gemüse angebaut, man züchtet Schafe und ein paar Kühe.

Zwischen Ella Island und Clavering Island sahen wir einen Eisbär am grauen Strand eines Fjordes entlangtrotten. Auch Herden von Moschusochsen; sie sehen wie Büffel aus, sind aber Eiszeittiere. Es gibt nur noch wenige. Ist das nicht ungeheuerlich, daß man in die Eiszeit hineingerät? Ich spüre sie hier, wo es keine Siedlungen gibt und die großen Berge und Fjorde so wirken, als seien sie eben erst von einem Gott dahingesetzt worden. Zwischen uns und der Eiszeit nur ein nichtiges Flugzeug!

Wir flogen die Küste nach Angmagssalik hinunter, kamen dabei nur an einer Siedlung, nämlich Scoresby Sound, und an ein paar Fischerbooten in den Fjorden vorbei. Das Packeis liegt genau vor den Küsten und erstreckt sich bis ins Meer, in den Fjorden gibt es Eisberge von den Gletschern.

Angmagssalik ist die größte Siedlung im Osten Grönlands, und sie sieht *winzig* aus. Ich erkannte sofort, daß das hier ein viel primitiverer Landstrich als Westgrönland war. Eine Reihe Torfhäuser und Zelte aus Häuten, alle Frauen standen in Nationaltrachten an den Ufern, hatten ihre Haare ganz altmodisch zu einem hohen Knoten zusammengebunden. Die Gesichter waren dunkel und schlitzäugig, ganz und gar nicht die von Mischlingen, doch bald wird es welche geben, denn es gibt hier eine ganze Menge blonde Kinder und etliche Ehen zwischen Dänen und Eskimos. Die Frau des Gouverneurs war eine Eskimo. Sie konnte kein Dänisch, aber ihre herrlichen dunklen Augen waren sehr ausdrucksvoll. Sie hatte ein kleines, neun Monate altes Baby und zeigte mir, wie sie es in einer weiten Bluse mit Kapuze auf ihrem Rücken trug.

Wie gerne schaue ich den Müttern zu. Sie gehen auf einen Hügel oder Felsen hinaus, um in der Sonne zu sein oder um zu beobachten, was unten im Hafen los ist – und da stehen sie dann mit anderen Müttern zusammen, wiegen ihren Körper hin und her und damit die Babys auf ihrem Rücken und sagen dazu: *»Ajungilak, ajungilak«* (Es ist alles gut, es ist alles gut, oder: sei lieb, sei lieb).

Knud Rasmussens Expedition ist in Angmagssalik, lauter nette junge Dänen, die zwei Monate alte Bärte tragen, Parkas mit Kapuzen und Seehundsfellstiefel anhaben; es sind Vermesser, Geologen, Botaniker, ein Flugpilot und mehrere Marinepiloten. Daher ist die Kolonie jetzt ganz hübsch voll. Er ist ein kleiner Mann und sieht durchaus nicht wie ein Held aus, ist völlig natürlich, gar nicht eingebildet, spielt sich nicht auf, hat ein scharfgeschnittenes Gesicht. Sie mögen ihn alle und nennen ihn ganz zwanglos, aber doch bewundernd einfach »Knud«.

Wir hatten eine vergnügte Feier in einem winzigen Zimmer, Löwenzahn und Glockenblumen auf dem Tisch, schwarzes Brot, Käse und Bier (eine Zusammenstellung, die ich fabelhaft finde), frischen Fisch, verschiedene Horsd'œuvres und danach Reden und »Skål!«. Viel Gelächter, Rauch, Kerzenschein, eifrige Gesichter, Rufe und prächtiges Essen. »Knud« sprang immer wieder auf und überreichte »Anne und Charles« schließlich einen riesenhaften Walroß-Stoßzahn, der der »Siebten Thule-Expedition« zugeschrieben wird.

Einer seiner Leute hielt eine komische Rede über seinen Sohn zu Hause, der in einer Holzkiste spielte, über die er ein Brett gelegt hatte. Als der Vater ihn fragte, was das sei, war die Antwort: »Sei still, Papa, ich bin Lindbergh und überquere den Atlantik!« Der Funker brachte einen Toast auf mich aus. Er sprach gut Englisch, zögerte ein wenig und begann mit der unglückseligen Bemerkung (dabei wollte er mir ein Kompliment machen): »Sofort als ich Ihren Anschlag hörte, war mir klar – daß das kein *gewöhnlicher* Funker sein kann.« Rufe aus der Runde! Er schloß: »Auf den reizendsten Funker, den ich je gesehen habe.« – »Gehört!« korrigierte jemand, wieder Gelächter.

Als wir den Hügel hinunter zum Haus des Gouverneurs gingen, war die Dämmerung hereingebrochen. Die weißen Eisberge schimmerten im Dunkel des Fjordes unter uns, über dem Fjord schwarze Berge mit Schnee, und vor dem Laden auf dem Weg konnte man die wirbelnden Gestalten der Grönländer, die zu dem Wimmern der Ziehharmonika tanzten, eben noch erkennen. Wir schliefen wunderbar in einem Schlafsack aus Bärenfell.

Die Dänen haben gewöhnlich nur eine Bettdecke, eine Daunendecke im Bezug, wie ein Kopfkissen. Die steckt man nicht am Ende und an den Seiten hinein, sondern man legt sie nur leicht auf das Bett, so daß man von dem ständigen Alptraum verfolgt wird: »Meine Füße schauen unten heraus«, oder: »Die ganze Bettdecke ist auf die Seite gerutscht.« Wie sie damit fertig werden, ahne ich nicht! Fregattenkapitän Dam, ein besonders netter Mann, der uns in Grönland begleitet, fragte uns nach unserer ersten Nacht in Godthaab (augenzwinkernd), wie wir geschlafen hätten. Dann sagte er uns, daß er erst nach dreijähriger Ehe eine extra lange und extra breite Bettdecke gemacht bekam, die er an allen Seiten einstecken konnte.

Von Angmagssalik flogen wir über das Inlandeis nach Godthaab zurück, tankten auf und flogen direkt hinunter nach Julianehaab, wo die *Jelling* auf uns wartete. (Fregattenkapitän Dam sagt, daß er jetzt die Gleitvorrichtung aus dem Flugzeug klauen will, damit C. nicht noch mal die Eisdecke überqueren *kann*!) In Angmagssalik haben sie in ihrer Begeisterung vergessen, uns etwas zum Mittagessen zu geben, und C. ist zu höflich, um mich danach fragen zu lassen. Statt dessen bekamen wir Blumen (das war das Beste, was sie uns bieten konnten – weit mehr als ein Essen). Und der Gouverneur gab mir ein kleines Amulett, ein Elfenbeintierchen, sehr scheußlich, »Knud« sagte, das sei ein böser Geist: »Doch nicht, wenn man stark ist – wenn man stark genug ist, hilft er einem. Offensichtlich glauben sie, daß Sie stark sind.«

Als wir endlich in Godthaab ankamen, war ich *sehr* hungrig. Das war wirklich ein schrecklicher Tag. Die Funkverbindung war so schlecht wie ein Ferngespräch. Man kann die Stimme genau hören, aber kann nicht herauskriegen, was gesagt wird. Major Logan gab wie rasend die Zeit, zu der es in Julianehaab dunkel wird, durch. (Wir waren um sechs Uhr abends in Godthaab gestartet.) Er ist so vorsichtig und gewissenhaft. Ich fürchte, C. hat ihn ein paar graue Haare gekostet, als er ohne ersichtlichen Grund diagonal über das Inlandeis nach Norden flog und es ein oder zwei Tage später gleich nochmal in umgekehrter Richtung überquerte! Als ich die Nachricht nach vielfachen Verdopplungen und Wiederholungen durchbekam, lautete sie etwa so: »Ich sagte sagte sagte Ihr Ihr Ihr Abendessen Abendessen wird kalt kalt kalt. Ihr Abendessen wird kalt«, und dabei gab's keine Möglichkeit, ihn zu unterbrechen und: »In Ordnung, habe verstanden!« zu sagen.

Wir kamen bei Sonnenuntergang – etwa um 11 Uhr – an. Wir wurden mit großer Erleichterung (so nehme ich an) begrüßt, und wir mußten nicht höflich sein, sondern konnten um etwas zu essen bitten!

Am nächsten Tag frühstückten wir an Bord (der *Disko*). Ein Holländer stellte sich vor und sagte: »Ich habe Ihren Vater auf der Londoner Konferenz für Flottenabrüstung kennengelernt.« Das war so merkwürdig; in mir stieg ein Glücksgefühl auf und gleichzeitig eine große Sehnsucht nach Daddy. Jetzt, da er von ihm sprach, war Daddy mir dadurch ganz nah. Alle anderen auf dem Schiff, außer dem Holländer, lösten sich in Nichts auf – der Kapitän, der Gouverneur, Major Logan, Fregattenkapitän Dam. Sie hatten Daddy nicht gekannt. Er sagte, daß er ein bedeutender Mann gewesen sei, daß sein Tod ein großer Verlust sei. Daddy war der wichtigste Mann der Delegation. Ich sagte ihm, daß mich seine Worte glücklich machten. »Aber es stimmt, das wurde allgemein festgestellt, jeder hat es gesagt.« Ich sagte, daß ich Dir schreiben würde.

Julianehaab, 12. August

Wetter in Angmagssalik gut. Ich mache die Bündel fertig, renne dann den Hügel zur Funkstation hinauf.

Die ganze Stadt sitzt auf einem Felsen unter dem Pier, um uns zum Abschied zu winken. Aufstieg durch Nebel, die Küste entlang, Nebel über dem Meer. Mittenhinein in die gewaltigen Gipfel. Können wir wenden? Werden wir je herauskommen? Dann beim Aufschauen rechts das Ende von Grönland, jenseits das Meer. Kann das das Ende Grönlands sein? Dort ist der Punkt auf der Karte; in meiner Erinnerung taucht die gleiche Biegung auf, Cape Farvel. Eine geographische Sensation. Jetzt wunderbares klares Wetter, ein Norden ohne »Grenzen«. Mache die *Jelling* aus. Sie ist im Nebel, an der Küste rauhe See. Schneebedeckte Berge bis an den Rand des Wassers, Eisberge und Gletscher.

Angmagssalik – immer werde ich es so in Erinnerung behalten: die schwarz-weiße Berglinie über dem schwarz-weißen Fjord. Doch das meiste Eis ist geschmolzen. Der Gouverneur rudert lächelnd heran, mit ihm der gutaussehende Kapitän Tainer. Sie legen uns dreifach vor Anker: an beiden Ufern (Ringe sind an den Felsen) und an unserem eigenen Anker.

Wir klettern den steilen Hügel hinauf, sind sehr hungrig, da wir zwar nach dem »Kaffee«, aber vor dem »Frühstück« abflogen. Nach ihrer Zeit kamen wir um 5.30 Uhr an. Wenigstens, so denke ich mir, kommen wir gerade rechtzeitig zu einer ihrer Mahlzeiten, eine halbe Stunde vor ihrer heißen Suppe. Aber nein, wir sind zum Kaffee eingeladen, und es gibt wirklich Kaffee mit Schwarzbrot, Sardinen und ein paar Scheiben Wurst stehen auf dem Tisch. Da ich sehr hungrig bin und dachte, daß das alles sein würde, aß ich eine ganze Menge Sandwiches. Dann ging C. hinunter, um am Flugzeug zu arbeiten.

Ich ging den Hügel wieder hinauf zur Funkstation, um der *Jelling* Nachrichten zu schicken und um nach dem morgigen Wetterbericht von Reykjavik zu fragen. Treffe C. etwa um 6.30 Uhr in der Kombüse. Er war hereingekommen, da er annahm, daß es wohl Abendbrotzeit sei. Wir gehen zum Haus hinauf, aber der Tisch ist leer. Wir warten ein bißchen. Keinerlei Anzeichen dafür, daß ein Abendessen vorbereitet wird. »Wie lösen wir jetzt diese Abendbrotfrage?« – »Ich glaube, daß sie schon um fünf Abendbrot gegessen haben.« Also geht er an seine

Arbeit zurück. »Laß mich's wissen, wenn du irgendwelche Anzeichen für eine Mahlzeit entdeckst.«

Ich setze mich und schreibe, bis Teller klappern, dann gehe ich C. holen. Sehr köstliche heiße süße Suppe – Pflaumen und Rosinen – danach Fisch. Jetzt habe ich das Gefühl, daß ich ein bißchen zu viel gegessen habe.

13. August

Regen. Zum Flugzeug hinaus, um Verbindung aufzunehmen, mißlingt. Offensichtlich ist Sonntag, denn alle Mädchen tragen ihre Seehundshosen, rote Stiefel, Blusen und »Perlen«-Kragen.

C. und ich gehen im Regen zur Eskimosiedlung auf der Landzunge: Alte Torfhäuser, umgekehrte »Frauen-Boote«, Gewehre und anderer Zubehör lagen in der Nässe herum, Fische, Seehundsfleisch und Vögel hingen auf einer Schnur zum Trocknen. Ein alter Eskimo mit Pfeife beobachtet uns. Eine Frau steckt ihren Kopf aus einem Zelt heraus (ist aus Mehlsäcken gemacht). Er zeigt auf sie, dann auf sich und auf eines der Torfhäuser. Wir gehen hinein. Innen starrt es förmlich vor Dreck, eine niedrige Plattform, auf der Kinder zwischen Pelzen und Lumpen spielen; aller mögliche Dreck war unter die Plattform, geschmissen, ein Ofen in einer Ecke, eine Bank, ein Fenster. Auf dem Bett lag eine Ziehharmonika, eine Kaffeemühle stand auf dem Boden und ein Wecker auf einer Schachtel.

C.: »Wie machen diese Frauen das bloß, daß sie, wenn sie – sonntags – da herauskommen, so sauber aussehen?«

14. August

Bewölkt. Klettere den Hügel zur Funkstation hinauf, um den Wetterbericht zu kriegen. Regen über Island.

Nachmittags klart es auf. Der Ort gewinnt plötzlich in der Sonne Leben und Farbe. Um fünf stehe ich da und blicke an der roten Kirche, den Warenhäusern und den Männern, die die Felsen behauen, vorbei auf das rote Flugzeug. Ich pfeife Charles. Es ist bis zu ihm gedrungen, und sein Kopf kommt aus dem Cockpit hervor: »Noch zwanzig Minuten« – »OK, zwanzig Minuten.« Den Hügel wieder hinauf zu einem guten Abendessen. Mrs. Berg schenkt mir ein Grönländer-Gewand: »Für später, wenn Sie vielleicht ein kleines Mädchen haben.«

15. August

Ein herrlicher klarer Tag, warm, ruhig, sonnig. C. früh auf. Die *Jelling* ist da, und zu ihrem Empfang tragen alle Grönländerinnen ihre Sonntagskleider. Alles leuchtet: der Hafen, in dessen Mitte das rote Flugzeug ankert, das Eis im Fjord, der Schnee auf den Bergen über dem Fjord, die roten Häuser am Abhang. Ich ziehe, ebenfalls um die *Jelling* zu ehren, meinen sauberen blauen Anorak an und feiere damit den Morgen!

Ich laufe im Zickzack über Glockenblumen den Hügel hinunter zu C., der die Zweitakter der *Jelling* beobachtet. Wir laufen zum Dock – Frühstück auf der *Jelling*, dann zurück zum Packen. Alles sieht so schön aus, es fällt schwer, abzufahren. Abschied von allen. Der Frau Gouverneur ein *»Inudluarna«*, den Eskimos auf der Landspitze ein Winken. Dann fliegen wir über *sehr* zerklüftete Berge, die fast wie Flammen, wie tanzende Flammen aussehen, die Küste aufwärts nach Lake Fjord. Dann aufs Meer hinaus. Führe einen Kampf mit dem Funkgerät: »Bte [bitte] versucht 96 ... bte versucht 600 ... bte versucht 54 ...« Island in dreißig Meilen Entfernung. Ich glaubte, daß ich Reykjavik erwischen könnte, damit sie mir von dort einen Lagebericht geben könnten, aber es ging nicht. Das kostete Zeit, und ich habe die *Jelling* verloren. Das verdarb den Tag vollends – und wir waren über Island.

»Sieh die Farmen.« Ja, unter uns war Island. Zuerst eher enttäuschend – keine Berge. Ähnelte Grönland, aber die Berggipfel fehlten. Abgeflachte Klippen, Fjorde und Täler. Am Ende der Fjorde kleine grüne Felder, die sich als Farmen auswiesen. Am Fuß der Klippen viel flaches Land, das aber weit mehr als in Grönland mit Häusern besprenkelt war (wo jeder Tupfer auf der Karte als Stadt eingezeichnet gewesen wäre). Im hochgelegenen Inneren des Landes war Schnee – ein schneebedeckter prächtiger Berg, der aber nicht, wie in Grönland, flammengleich in seinen Konturen war. Ich versuche immer noch OYKC [*Jelling*]: »Aufnahme unmöglich – bte versucht 36« – »Q.R.M. [sendebereit] – bte versucht 54 ...« Wir folgen der Küste.

Dann signalisiert C. mir plötzlich »zehn Min.«. Ich gebe die Nachricht weiter und erhalte eine Bestätigung. Unterhalb der

Klippen ist die Küste flach, dort sind ein paar Siedlungen, die ich fälschlich für Reykjavik halte, aber das ist viel größer, als ich dachte, Reihen moderner Häuser, hinausführende Straßen, Autos, viele Schiffe im Hafen. Zu stürmisch, um im Hafen zu landen. C. macht einen Sturzflug zum See und landet dann auf einem geschützten Platz zwischen Inseln. Die Sonne geht eben unter. Boote kommen heraus, ein Leichter voller Menschen, ein paar Kameras. Die isländische Flagge, ein rotes Kreuz auf einem weißen Kreuz auf blauem Grund. Wir gehen an Bord des Leichters, schütteln Hände. »Der Bürgermeister der Stadt.« C. versucht zu erklären, daß wir, weil es so stürmisch war, im Hafen nicht landen konnten und daß wir nachts im Flugzeug bleiben wollten. Das war für mich eine böse Überraschung, denn ich hatte mir Reykjavik als das Ende all meiner Pein vorgestellt: heiße Bäder, Mahlzeiten, neue Zahnpasta, Cold-Cream, Haareschneiden, geputzte Schuhe etc. Statt dessen sollten wir auf hubbeligen Bündeln im Flugzeug schlafen! Kein Waschen, kein Essen außer eingedosten kalten Bohnen, beim An- und Ausziehen die Ellbogen und den Kopf anstoßen und *überhaupt kein* Zähneputzen! Ich war am Boden zerstört.

»O ja«, sagte C. strahlend, je mehr sie ihn bedrängten, »wir schlafen immer im Flugzeug, wenn es weit draußen liegt ... Wir haben dort alles – wir haben oft darin geschlafen – wir haben Bettzeug und Proviant.« (Ja, und fließendes kaltes und warmes Wasser, dachte ich voller Wut!)

Am Dock stiegen wir aus. Eine drängelnde interessierte Menschenmenge, die nicht sehr vergnügt schien. Sie schauten uns an und rannten uns nach. Wir fuhren in einer Limousine davon, um Pläne zu machen. Wir sehen zum ersten Mal die Nationalkostüme der Frauen, weite Röcke, ein Umschlagtuch, eine schwarze Samtkappe mit einer langen Troddel, die auf langen blonden Haarflechten thront. Sie sind alle blond und hellhäutig. Die Felder sehen sehr grün aus, es wird geheut! Hohe blaue Lupinen wachsen in den Gärten. Ponys mit reitenden Jungen galoppieren vorbei. Der Himmel ist voller rosa Wolken, und die Klippen werden purpurrot. Am Horizont die Lichter von Reykjavik. Wir kehren zum Hangar und zum Landungsplatz zurück und nehmen das Boot zum Flugzeug hinaus.

C.: »Ist das ein Fischerdorf? Vielleicht könnten wir dort irgendwo bleiben?« Es geht! Wir gehen die einzige Straße hinauf. Netze sind zum Trocknen aufgehängt, Stapel von Fischen mit Zeltplanen zugedeckt. Die Häuser sind nicht bunt wie in Grönland, sondern aus angestrichenem Wellblech gemacht. Nirgends sind die Farben leuchtend – weder die Kleider, die Häuser, das Land noch der Himmel – lauter sanfte Farben, die zwar üppig, aber nicht intensiv sind. Nach Grönland wirken sie unbedeutend.

Wir gehen in eines der Häuser, das eher düster, aber bequem ist, ein Radio, elektrisches Licht, Fotos an den Wänden, Pflanzen auf einem Ständer. Der sechzehnjährige Junge kann ein bißchen Englisch. »Meine Motter« kommt in weitem Rock heraus; lange blonde Flechten, runde rosige Backen, helle Augen – nicht eine Falte im Gesicht. Es gibt noch eine Tochter, die einen einjährigen Jungen trägt, und zwei kleine runde blonde Buben mit sehr roten Backen. Sie bringen uns Abendessen: Frikadellen (»Wo kommt dieses Fleisch her?« – »Von Pferden – isländischen Pferden.« C. lächelt mir zu; aber es ist gut!), frische Milch, isländisches Brot, das ungesüßten Pfannkuchen ähnelt, Kartoffeln, Käse und Kaffee. Sie rennen hin und her, überziehen Steppdecken, füllen Wasser in einen Krug. Auch hier die dänischen Steppdecken!

16. August

Nach dem Aufstehen gab es eine Platte voll süßer Kekse, Kuchen und »Kaffee«. Dann machen wir uns auf den Weg zum Landungsplatz. Wir gehen in die Stadt. Briefe von M. [Mrs. Lindbergh]. Telegramm von Mutter und Elisabeth. Vor einem Jahr wurde Jon geboren; ich freue mich für ihn. Die Briefe sind wunderbar. Jon existiert – ein verborgener Schatz.

Um 12.30 Uhr sind wir *schrecklich* hungrig. Ein köstliches Mittagessen: frische Spinatsuppe mit Ei, Täubchen mit Gelee, Äpfel und Erbsen und ein seltsames Dessert, eine Art Hüttenkäse mit Zucker und Milch.

Zum Flugzeug zurück. Wir gehen den Hügel hinauf, sehen Schafe, Kühe und eine alte Farm; gehen die Felder entlang hügelauf und hügelab, wo man die Erdhügel eingeebnet und die Lava ausgegraben hat. Die große Klippe hinter der Insel färbt sich im Abendlicht wieder purpurrot. Diese Gegend besitzt die leise Schönheit von Örtlichkeiten, die eine Heimat für Menschen sind, und nach Grönland erscheinen einem die Felder wie kleine Wunder.

Heute morgen haben wir unsere kleine Familie auf Videy verlassen: die rotbäckige Mutter, ihre kleineren Kinder und unseren Freund, den sechzehnjährigen Jungen, der tapfer, aber mühselig englisch sprach. Am letzten Tag hatten wir ein vergnügliches Gespräch mit ihm, das mit der Frage begann: »Die Grönländer – sind sie eigentlich hübsch?« Ich sagte *ja.* Er schüttelte den Kopf. Darauf C.: »Ich kann dir dazu etwas Grundsätzliches sagen.« – »–?« – »Etwas Grundsätzliches, etwas, das wahr ist: zwei und zwei ist vier – etwas, das immer stimmt« – »Oh, ja – o ja.« – »Es gibt in jedem Land, in das man kommt, hübsche Mädchen! Das stimmt sicher!«

Lautes Gelächter des Jungen. »Oh, ja – aber, hier trifft das nicht zu. Hier auf der Insel gibt es keine. In Reykjavik gibt es ein hübsches Mädchen, hier (er deutete auf seine Brusttasche) habe ich ihr Bild. Aber meine Mutter und mein Vater dürfen es nicht wissen!« (Es machte ihm einen Heidenspaß, das zu sagen, während sie lächelnd danebenstanden, aber von seinem Englisch nichts mitbekamen.)

Schließlich ging's die felsige Straße hinunter, auf der der Vater uns führte, und dann hinaus zum Flugzeug. Wir verabschieden uns. Kinder winken uns. Dann ab und zum Hafen von Reykjavik. Wir kreisen über der Stadt, winken dem kleinen Haus mit seinem blauen Eisenhut, sind über Reykjavik. Landen außerhalb des Hafens, rollen hinein. Zum Hotel, wo Fahnen wehen. Ein heißes Bad. Kramen wie die Irren unsere ganze Schmutzwäsche heraus. Es ist zu schön, um wahr zu sein.

Wir essen mit Grierson[1]. Er ist jung, erfrischend und sehr nett. Der Engländer ist der ewige Sportsmann, der nie zeigt, wie todernst er ist, schiebt alle Dinge fröhlich von sich, einfach so zum Spaß. Das ist zwar sehr galant, aber ganz hübsch gefährlich! Der Amerikaner ist zu ernst, immer zu nüchtern, ihm geht's um Leben oder Tod. Er zeigt alles, was er hat, spielt mit vollem Einsatz und verbirgt es nicht. Der Romane übertreibt die Bedeutung. Abends gehen wir aus, man starrt uns an, aber außer ein paar Kindern folgt uns niemand.

[1] John Grierson, ein englischer Pilot, mit einem Moth-Wasserflugzeug auf dem Flug von England nach Kanada.

18. August

Die *Jelling* kommt an. Wir sehen es vom Fenster aus. Sie sieht gewaltig aus. Um 3.30 Uhr zum Premierminister, wo wir den dänischen Kronprinzen treffen. Sherry. »Denn er ist ein besonders netter Kerl.«

19. August

Schlafen lange; schrecklicher Sturm. Grierson nicht gestartet – zu windig. Empfang für den Kronprinzen. Fregattenkapitän Dam schickt nach uns. Viele Autos vor der Türe, aus denen Frauen in Abendroben aussteigen. Panik: »Ich bin überhaupt nicht richtig angezogen!« – »Das macht gar nichts, wir sind unterwegs.«

Die Frau des Premierministers stand oben an der Treppe, und Fregattenkapitän Dam und C. warteten auf mich. Dann verschwamm alles auf diesem großen Empfang; endloses Bekanntmachen mit verschiedenen Leuten, die üblichen Fragen: »Wie gefällt Ihnen Island?«, Tische voller Speisen. Der wachsame Fregattenkapitän Dam paßt auf uns auf. »Ihr Mann hat nichts dagegen, wenn Sie tanzen. Es ist ein harmloses Vergnügen ...« Ob der Prinz nie gehen wird? Singen erfüllt den Saal. Der Prinz erfüllt seine Pflicht – spricht mit den Sängern und – verläßt den Saal!

Wir hüpfen sehr vergnügt die Stufen hinunter. Die Luft ist gut, trotz Regen. Wir gehen schnell und atmen tief, froh, entronnen zu sein. Abendbrot. Wir gehen alle zum Dock hinunter, um den Prinzen zu verabschieden. Gesang, hohe Tiere, Uniformen, Salutschüsse, Hochrufe und die Nationalhymne, während der Prinz salutierend auf der Kommandobrücke steht.

Schreckliches Dampfertuten. Ich weiß nicht, was das Dampfertuten an sich hat. Wo immer ich bin, was auch immer die Umstände sein mögen, wenn ich es höre, überkommen mich unweigerlich romantische Gefühle. Dann bin ich ein Mädchen, das gerade ihrem Liebsten Adieu gesagt hat, bevor er in den Krieg zieht. Eines Tages muß ich über eine junge Liebe schreiben, über die Liebe eines jungen Mädchens, die nur in Träumen existiert, in der es nur zu einem Blickwechsel kommt – und über Schiffstuten.

Sonntag, 20. August

Ein englisches Schiff ist gekommen, und ich habe Post von Mutter. Schlechte Nachrichten über Elisabeth, und wieder wird es mir schwer ums Herz.[1] Wenn dieses Jahr, das ihr jetzt bevorsteht, das Schlimmste ist – und nur nichts Schlimmeres im Hintergrund lauert. Die Freude an Dänemark und Schweden ist dahin. Ich denke an den nächsten Winter. Ich denke den ganzen Tag darüber nach, wie ich ihr eine Nachricht schicken kann.

Grierson ist mit seiner kleinen Moth auf dem stürmischen Meer vor dem Hafen umgekippt. Er ist unverletzt. Was hat er für ein Glück gehabt. Er ist ein besonders netter Mann.

Reykjavik, 20. August 1933

Liebste Mutter,
heute bin ich nach Thingvellir, einer tiefen Bergschlucht in den vulkanischen Felsen, die sich durch ein breites Tal hinzieht, hinausgefahren. Hier ist 930 das erste Parlament der Welt zusammengetreten, Jahrhunderte blieb es an dieser Stelle. Häuptlinge aus verschiedenen Teilen Islands trafen sich hier einmal jährlich. Recht wurde durch den Rechtsprecher verkündet (der alle Gesetze auswendig wußte – es gab früher keine geschriebenen), Streitigkeiten wurden besprochen und geschlichtet, neue Gesetze verabschiedet. Auf diese Weise wurde das Land regiert.

In Kopenhagen werden wir Fregattenkapitän Dam wieder begegnen. Seit Godthaab hat er seine schützende Hand über uns gehalten. Hatten wir genügend zu essen? Waren die Leute freundlich zu uns? War alles zu unserer Bequemlichkeit? C. hat ihn für sich und seine Theorie, nie eine gesellschaftliche Verpflichtung einzugehen, die man auch lassen kann, eher gewonnen, und so steuerte er uns durch den einen offiziellen Empfang, den man hier für den Prinzen gab, mit Verständnis und Takt. Er platzt vor Wonne über das Geheimnis, daß wir nach Kopenhagen fliegen, und verspricht uns eine ruhige Zeit. Hoffentlich, jedenfalls glauben wir in ihm einen Bundesgenossen zu haben.

Die letzte Aktion in Grönland war die, daß ein Eskimo *»Tingmiss-ar-toq«* auf das Flugzeug malte. Er malte das Wort parallel

[1] Siehe Anm. Seite 62. Elisabeth Morgan war von ihren Ärzten gesagt worden, daß ihr Gesundheitszustand es erfordere, daß sie ein Jahr in völliger Ruhe in Kalifornien zubringe.

zum Wasser und nicht so, daß es den Linien des Flugzeugs entsprach.

An E.L.L.L. Reykjavik [21.? August]

Liebe M.
Ich habe hier ein Telegramm von Mutter, das lautet, »Gute Nachrichten aus Deacon«[1], also weiß ich, daß es allen gut geht. Deine wunderbaren Briefe über Jon erreichten mich hier an seinem Geburtstag, und ich habe inzwischen einen Brief von Mutter bekommen, in dem sie berichtet, wie glücklich sie über Deine Nachricht an sie ist und daß es Dir in North Haven gefällt.

Wir planen (aber natürlich weiß das bisher niemand), zu den Färöer-Inseln, nach Kopenhagen, dann nach Süden (um Elisabeth in Wales zu besuchen) und eventuell bis zu den Azoren zu fliegen, aber von dort will C. nicht quer hinüber hüpfen, da es zu weit ist. Wir wissen nicht, wie und wann wir nach Hause kommen – ich schätze im Spätherbst. Das Ende der Reise wird rasch gehen, vielleicht von Afrika nach Südamerika hinüber, das ist eine sichere Gutwetter-Route.

Wir schicken dies mit der *Jelling* zurück. Sie nehmen an, daß sie etwa sechzehn Tage oder etwas länger brauchen werden. Wir hatten hier eine schöne Zeit. Wir können auf die Straße hinausgehen, ohne daß uns jemand folgt. Die Leute sind natürlich und freundlich, und selbst wenn sie uns erkennen, respektieren sie unseren Wunsch nach Ruhe. C. genießt es, und ich glaube, die Dänen und Isländer rechnen ihm seine perfekten Vorbereitungen und seine Umsicht auf dieser Reise hoch an.

Reykjavik, 21. August 1933

Geliebte Elisabeth,
mir ist, als könnte ich es nicht mehr erwarten, Dich zu sehen, das Ende der Reise erscheint mir ganz unwichtig. Ich habe jetzt Mutters Brief über Dich und kann nichts weiter schreiben, als daß Du die tapferste Person bist, die ich kenne, und daß C. an Aubrey denkt. Es ist so schwer, seine Wurzeln einzupflanzen und sie dann wieder herauszuziehen. Ich weiß, daß Du Kalifor-

[1] Deacon Brown's Point auf North Haven, wo Jon mit E.L.L.L. war.

nien fürchtest, aber ich glaube nicht, daß es so schlimm sein wird, wie Du meinst. Die Sonne wärmt einen wirklich durch und durch und entspannt einen, man wird sorgloser und spürt neue Kräfte. Jedenfalls erging es mir in dem Winter so, in dem ich den kleinen Charles erwartete. Gesundheit als solche, selbst an einem unfrohen Ort, ist wunderbar, und dort erlangen die Menschen sie. Viele gingen aus Gesundheitsgründen dorthin und blieben. Dazu ist der Gedanke herrlich, daß uns unsere Aufgaben von Zeit zu Zeit dort hinführen! Ich denke jetzt voraus, immer einen Schritt voraus an den nächsten Winter.

Aber ich kann jetzt nicht schreiben. Ich muß für die Abreise packen. C. überlegt, ob Du nicht vor Oktober fährst? Bitte denke ja nicht daran, auf uns zu warten. Deine Abreise ist das Allerwichtigste. Soweit ich sehen kann, kommen wir vielleicht in der letzten oder vorletzten Woche des Septembers nach Wales, wenn Du noch dort bist und uns sehen möchtest.

Tagebuch

Dienstag, 22. August, wolkig, ruhig

Packe. Menschenmenge in der Halle. Zur *Jelling* hinunter. Der Doktor sagt mir: »Was für eine Auszeichnung«, und ich, völlig verwirrt, konnte ihm nicht sagen, wie köstlich sein Verständnis und sein Humor gewesen sind. Abschied von Jarbo. »Ich kann Ihnen gar nicht sagen, was für eine große Hilfe Sie gewesen sind.« Dank an Homan (ich wollte, ich hätte eher entdeckt, daß er drei Kinder hat); Abschied vom Kapitän (fast hätten wir ihn übersehen – dabei war er in voller Uniform). Lediglich: »Danke, vielen Dank«, an Major Logan, ohne ihm zu sagen, was für eine unglaubliche Hilfe das Schiff gewesen war und wie großartig er alles geleitet hatte. Alles erledigte sich hastig und beiläufig. *»Irgendwo* werden wir Sie wiedersehen!«

Zum Flugzeug hinüber. Die *Jelling* lichtet den Anker; schreckliches, mahlendes Geräusch. Sie dampft hinaus. Ich stehe und winke mit beiden Armen; Arme und Mützen winken vom Deck. Wir werden aus dem Hafen und ins Meer hinausgeschleppt. Es ist ruhig, aber wir starten rasch. Die *Jelling* aufs offene Meer hinaus, wir können den blauen Schornstein sehen. Wir fliegen im Bogen hinüber und winken zum Abschied.

Dann landeinwärts, an Schneekuppen vorbei (die Berge haben keine *Gipfel,* sondern Kuppen), lange Fjorde, grüne Felder an ihren Seiten, Ströme (die für Island sehr charakteristisch sind). Sie gleißen die grünen Hänge hinab.

»Welchen Kurs nehmen Sie?« sendet Jarbo unverzüglich und hoffnungsvoll. Ich weiß, daß er flucht, wenn ich: »47 Grad direkten Kurs« zurückfunke.

Überqueren einen Lavastrom, der sich unterhalb eines Berges fächerförmig ausbreitet. Über Berge mit sehr viel steiler abfallenden Gipfeln, dann über einen langen wunderbaren Fjord, an dessen grünen Abhängen eine Stadt liegt: Akureyri. »Keine Position durchgeben.« Ich kriege die OYKC [die *Jelling*] nicht mehr. TFA [Reykjavik] kann mich nur schlecht hören. »Welchen Kurs?« – »Südlichen.« Nehmen Kurs auf die Färöer-Inseln; starker Sturm, schreckliche Verbindung. Eine Funkstation auf 600 zerstört alles. Ich werde schrecklich böse. Kann OYKC nicht hören, kann TFA nicht erreichen, kann niemand anderen kriegen, funke schließlich CQ [Standard Ruf] an 600 und füge den Rufmorsezeichen »Lindbergh Flugzeug« bei. Sofort »beißt« eines der lärmenden Schiffe, die ich gehört habe, »an«. Ich bin entzückt und gebe rasch die Nachricht an TFA durch. »Selbstverständlich werde ich TFA verständigen.«

Der Tag und meine Laune sind gerettet. Wir landen unten in einem tiefen Fjord, gewaltige steile Bergabfälle auf einer Seite, wie eine Pyramide terrassenförmige Stratumablagerungen, die sich bis nach unten hinziehen. Der Berg auf der gegenüberliegenden Seite ist grün, mit vielen Flüssen und Wasserfällen, und an seinem Fuß am Rande des Wassers liegt eine Stadt [Eskifjordur, Island], man sieht eine Straße, Telegrafendrähte, Docks und kleine Fischerboote.

Wir werden an einer Boje vertäut und gehen an einem Dock, das weiter unten liegt, von Bord. Gehen die staubige Straße hinauf, an kleinen Höfen vorbei, in denen Vulkangestein flach ausgelegt ist, um Fische darauf zu trocknen, in das Haus des Bürgermeisters. Der Tisch wird von der Tochter des Bürgermeisters gedeckt. Seine blonde Frau sieht fast genauso jung aus. Seine Schwiegermutter trägt eine alte Tracht mit Goldbordüren und Knöpfen am Leibchen und eine schwarze Samtkappe auf ihren weißen Haaren. Ein gutes Essen. Der Bürgermeister ist der einzige, der Englisch spricht. Das Schleppnetzfischerboot, das meinen Funkspruch aufgefangen hat, hat die Nachricht durchgegeben; Telegramme und Ferngespräche kommen an.

Mittwoch, 23. August

Gutes Frühstück. Bekomme um 10.00 Uhr auf unserem Funkgerät das Wetter. Vor dem Haus breiten die Frauen mit ihren Kopftüchern Fisch auf dem steinigen Feld aus. Es wird schön, obwohl noch Nebel auf den Bergen liegt. Zwei Schafe machen sich daran, die Fische zu fressen, und werden von dem kleinen Mädchen des Bürgermeisters verjagt.

Wir packen für die Abreise.

Über dem Meer niedrige Wolken. Wir erreichen die Färöer-Inseln, die in einem Nebelkranz liegen. Felder und Hügel grün und eingezäunt, viele Schafe, steile Klippen, einige unterhöhlt – Höhlen. Tverå ist wahrlich eine Stadt; ein tiefer Fjord, grüne abfallende Hügel, viele Schiffe. Auf den Berghöhen liegt Nebel, und es regnet.

Die Menschen am Landungsplatz nehmen ernst ihre Kappen ab, als wir uns nähern. Dann ein Schrei: »Hurra, Hurra, Hurra!« Mr. Mortensen nimmt uns mit in sein Haus, das schon seinem Vater und seinem Großvater gehörte. Ich lerne ein bißchen was über die Färöer-Inseln. Das Hauptgewerbe ist der Fischfang. Der Walfischfang ist bedeutend: sie treiben, indem sie Steine ins Wasser werfen, den kleinen Wal in Herden in einen Fjord, und dann werfen sie die Harpunen. »Und das ganze Meer ist blutig!« Auch fangen sie Seevögel mit Netzen – die jungen, ehe sie fliegen können, auf dem Wasser, die anderen auf den Klippen; ein Mann wird an einem Seil hinuntergelassen. Die Inseln sind in der Hauptsache vulkanisch und wurden von Norwegern und teilweise von Iren besiedelt. Die Menschen auf Syderö sollen kleiner und dunkler als die auf den nördlicheren Inseln sein. Das Klima ist außerordentlich feucht – regnerisch, stürmisch und windig!

Telegramme aus Kopenhagen: Wohin werden wir fliegen? Werden wir annehmen ...?

Donnerstag, 24. August

Ein Reporter aus Thorshavn. C.A.L.: »Wir geben keine Interviews. Wir freuen uns, Sie kennenzulernen, aber wir sagen Ihnen nichts, was Sie direkt oder indirekt zitieren dürfen.« (Mit seinem strahlendsten, offensten Lächeln!) Der Reporter ist völlig am Boden zerstört. Er hat eine Einladung von seiner Zeitung in Kopenhagen: »Wenn Sie nach Kopenhagen ko ...«

»Wir haben bisher noch keinerlei Pläne gemacht. Wir finden, daß wir ungestörter über die Runden kommen und mehr arbeiten können, wenn unsere Pläne nicht an die Öffentlichkeit dringen. Auf diesem Flug haben das Fliegen, die Untersuchung der Flugrouten und die Arbeit am Flugzeug so viel Zeit in Anspruch genommen, daß wir alle Einladungen ausschlagen mußten.« Der Mann war völlig entmutigt, doch dann redete C. eine Stunde lang mit ihm und beantwortete Fragen – »die nicht zitiert werden durften«. Er zog ganz befriedigt ab.

Das Telegramm mit der Genehmigung, die Shetland-Inseln anzufliegen, kam eben an, wir packen und gehen zum Dock hinunter; Kinder folgen uns. Ich mache Aufnahmen – ein kleiner Junge hat »Lundborg« und zwei vergoldete Flugzeuge auf seiner Mütze! Boote sammeln sich um uns; Blumensträuße. »Für Ihre Frau, Oberst!« C. flucht, weil ein Motorboot unvorsichtig nur wenige Zentimeter an der Tragfläche des Flugzeuges vorbeifährt.

Noch immer liegen die Bergspitzen im Nebel. Wir starten. Auf das Meer hinaus; es ist klar und blau. Kommen an gewaltigen, durchlöcherten Klippen vorbei, zu deren Füßen die Gischt weiß brodelt. Über einer felsigen Insel erheben sich tausend und abertausend Vögel und stieben vor uns davon, wie Sand. Sogar die Berge sind hier grün und mit Steinmauern abgegrenzt, vermutlich wegen der Schafe. Es sieht, nach Grönland und Island, richtig bewohnt aus.

Gute Verbindung mit Thorshavn. Die *Jelling* kommt (über Funk) herein, als wir gerade dabei waren, zur Landung anzusetzen. Ich bin schrecklich aufgeregt, als ich ihr »tam-tata-tam« [erhalten] höre, und sage ihnen, daß wir in Lerwick landen, auftanken und heute vermutlich nicht mehr fliegen werden. Ich habe das alles durchgekriegt und hörte die Antwort »tam-tata-tam«! C. ließ mich zu Ende kommen, und dann mußte ich Thorshavn rufen, um *ihnen* durchzugeben, daß wir landen. Ich war sehr befriedigt, alles war gut gegangen, und der Ring schloß sich säuberlich.

Dann schaute ich auf die Shetland-Inseln hinaus. *Wie* anders. Ein welliges Flachland, zum großen Teil bebaut, keine steilen Abbrüche, keine Fjorde; eine ziemlich felsige Küste, deren sanfte Hügel bräunlich-rosa bewachsen waren – Heidekraut. Sehr viele Schafe. Der Hafen bzw. die Durchfahrt voller geschäftiger Schleppnetzfischerboote, die sich wie Enten, eines hinter dem anderen, hinaustummelten. Die Stadt – denn eine Stadt ist es –

grau in grau, graue Dächer, graue Türme, graue Steinmauern, Türmchen und Spitzen, graue Straßen, graue Schornsteine.

Auf der Anlegestelle wimmelt es schon von Menschen. Ein großes rotbraunes Segelboot fährt auf uns zu. An der Boje weht eine Flagge. Mehrere Schiffe sind in der Nähe, aber als C. signalisiert, ziehen sie sich höflich zurück. Verstehen sie etwa die Sprache besser, oder ist ihnen der Ablauf geläufig? Ich schaue zur Küste. Die grauen steinernen Gebäude erstrecken sich direkt bis ans Wasser – besser gesagt bis *ins* Wasser – und man gewinnt den Eindruck einer umfriedeten Stadt, an deren Tore das Wasser des Wallgrabens heranreicht. Die Menschen gucken aus den engen Straßen und aus den Fenstern hinter den Mauern hervor. Es sieht mittelalterlich aus.

»Wirr sind wirrklich serr glücklich, dasss wirr Sie begrüßen dürrfen! ... Sie befinden sich jetzt auf dem Boden der Shetland-Inseln!« Wir gehen durch eine große Menschenmenge, die vergnügt ist und Hochrufe ausbringt, enge Straßen mit Steinmauern, die wie Klippen wirken, hinauf zum Grand Hotel.

C. geht zurück zum Auftanken, während ich aus einem zinnernen Blumenkrug warmes Wasser und von einem rosigen Mädchen mit einer weißen Haube »Tee und Plätzchen« bekomme. Sie möchte wissen, ob wir einen »High Tea« wünschen. »Wenn mein Mann zurückkommt«, sage ich und zeige auf das Fenster und: »einmal Tee«, dabei zeige ich auf mich (als wäre ich taubstumm – eine schreckliche Angewohnheit, dieses Reden mit den Händen, ich habe sie in diesem einen Sommer, den wir mit Skandinaviern verbrachten, angenommen). Der Wirt bringt mir eine schottische Zeitung. Die einzige amerikanische Nachricht, die ich entdecken kann, lautet: »Schotte starb in New York.« Über Kaminklappen, Möwen, Dächer, Schornsteine und Masten hinweg schaue ich vom Fenster aus zum Hafen hinunter und beobachte C. beim Auftanken. Jetzt hat er die Cockpithauben geschlossen und kommt!

Abends Empfang in der Hotelhalle – *wirklich* zwanglos. Alle Frauen im Kostüm, freundlich, rosig und keineswegs anmaßend.

26. August

Abflug nach Kopenhagen. Ein sehr warmer Tag; ich trage nur ein Hemd und einen Anorak. Auf der ganzen Strecke gute Funkverbindung. Wir erreichen Land, dann auf dem ganzen Flug meistens Land in Sicht. Dänemark ist vollkommen flach, sehr grün, alles ist bebaut, gelb, braun, grün, ein paar Flecken mit Bäumen, Gruppen niedlicher gelber und cremefarbener Häuser mit roten Dächern. Farmen, Kanäle, Buchten. Große Schiffe fahren die Kanäle hinauf.

Landen in fünfzehn Minuten. Kopenhagen, die Festungen, der Hafen, Hunderte von weißen Schmetterlingsbooten, Segel auf blauem Wasser. Der Stützpunkt – keine Menschen. »Eins zu Null für Fregattenkapitän Dam!« – »Nein, sie sind *alle* auf dem Wasser.« Wir landen. Schiffe schwärmen wie eine Armee hinter uns herein – braune Menschen in Kajaks. Zum Fürchten! Starten wieder, landen nochmal. Zur Auffahrt hinauf. Fregattenkapitän Dam und Offiziere. Männer waten zum Flugzeug hinaus. Wir steigen aus; Kameras. Fregattenkapitän Dam nimmt meine beiden Hände. Ein Mädchen schiebt mir Blumen zu. »Für ein paar Minuten« in den Hangar.

Ihr Plan für uns ist der, daß wir in einem Motorboot in den Hafen fahren, dort das Empfangskomitee treffen und dann durch die Straßen fahren sollen. »Eine halbe Stunde und dann lassen wir Sie alleine.« – »Das können wir einfach nicht machen.« – »Aber Oberst ...« – »Wir können einfach nicht.«

Die bestürzten Gesichter, Fregattenkapitän Dams verwirrter Gesichtsausdruck, die wehmütigen Mienen der Marineoffiziere und C., der schrecklich blaß und verbittert aussieht. »Mrs. Lindbergh?« Die Bitte an mich. Qualvoll, ich versuche zu erklären, eine schreckliche Situation. Fregattenkapitän Dam gekränkt, verärgert, bestürzt – und die niedergeschlagenen Offiziere. »Die Menschen werden enttäuscht sein. Es kann Kritik geben, ich fürchte ...« C. ist völlig unzugänglich.

Wir fahren in das Schlamassel hinein, während sie versuchen, etwas als Ersatz zu arrangieren. Ich bin schrecklich unglücklich und wünschte, wir wären nie gekommen. Das nun als Schluß unserer Reise, wie unfroh; unsere schöne Freundschaft mit Fregattenkapitän Dam zerstört, ein gräßlicher Einzug in Kopenhagen.

Meist schweigend fahren wir zum Rathaus, wo man den Bürgermeister und das Komitee dazu gebracht hatte, unseren Wunsch nach Ruhe zu erfüllen. (Wir waren nur unter der Bedingung gekommen, daß bestimmt keine Veranstaltung geplant würde, und irgendein Komitee mißachtete diese Vereinbarung und plante einen großen Freilichtempfang.)

Eine große Menschenmenge war schon versammelt, durch die

Säle hinauf. Versuche zu lächeln – Aufnahmen – Gesichter schauen durch Fenster und Empfangsräume herein. Der Bürgermeister: »Sie haben das Volk enttäuscht, aber ...« Blumen, Händeschütteln. Dann gehen wir in einen Raum, in dem ein Mikrophon steht; mir dreht sich der Magen um. Eine Sache, die C. *immer* ablehnt.

Doch nein, der Bürgermeister hält eine Rede. Sie ist sehr schmeichelhaft – vermutlich war sie für den Empfang im Freien gedacht, und er hatte keine Zeit gehabt, sie zu ändern. Ich schreibe mich in das Buch ein; Blitzlichter (und ich noch in meinem Anorak und mit ungekämmten Haaren), treffen mit Hunderten von Menschen zusammen: »Die Frau Minister.« Ich versuche die anmutige Dame zu sein, habe aber *immer* noch meinen Anorak und meine staubigen Schuhe an! Auf den Platz hinunter. Menschenmassen drücken sich gegen das Auto – befürchten, daß das Glas bricht. Endlich ins Hotel und in unser Zimmer.

Himmel! Mir ist ganz schlecht. Fregattenkapitän Dam, C. und ich setzen uns ganz erschöpft zum Abendbrot (das für mich aus heißer Milch und Toast besteht). Wir werden heute abend zu einem »freundschaftlichen Presseempfang« zur Gesandtschaft gehen, um »dieses kleine Ungeschick« wieder gutzumachen. »Jetzt müssen wir gute Miene machen, lieber Freund.« Die Geschichte wendet sich zum Guten; wir begegnen der Presse – ein Interview? »Nichts, was zitiert werden dürfte.« C. beharrt hartnäckig auf seinem Standpunkt. Dann redet er schließlich, setzt sich zu ihnen, sie lachen – die Spannung löst sich. Fregattenkapitän Dam verloren im Hintergrund. Erfrischungen im Speisesaal. »Bitte Tee.« Endlich nach Hause. Mir ist die ganze Nacht schlecht, morgens völlig erschöpft.

Sonntag, 27. August

Bleibe den ganzen Vormittag im Bett. Dann raus und zu Fregattenkapitän Dams süßem kleinen Haus; um 12 Uhr »Frühstück«. Die grüne Halle mit Bronzehelmen, einem Schwert, einem Chinesenrock, gelben Maßliebchen. Schwarzgelackte Türen öffnen sich zum Wohnzimmer. »Oh, was für ein herrlicher Garten!« Voller Sonne, Blumen und Frieden. Wir gehen auf den grünen, mit Apfelbäumen bestandenen Rasen hinaus. Mrs. Dam jung, reizend, blond. Ein nettes, offenes Gesicht. (Ich werde sie mögen. Sie ist so aufrichtig und natürlich wie Elisabeth.) Der Junge ist blond und schüchtern, lächelt wie sein Vater.

Ich fühle mich wie eine Katze, die gestreichelt wird. Wenn Mrs. Dam lächelt, *weiß* man einfach, daß sie ein Schatz ist. Es muß hübsch sein, ihr Sohn zu sein. Ich glaube, daß sie froh sind, daß es uns gefällt und daß der gestrige Tag bei uns langsam in Vergessenheit gerät. Zu einer Fahrt am Wasser hinaus, Weiden, Schwäne, Schindeldächer, wogende Felder, Baumreihen; das Meer und weiße Schmetterlinge; kleine Gärten vor den Häuschen, Sonnenblumen, Calendula.

Montag, 28. August

Wir machen nach dem Mittagessen Besuche beim Premierminister und bei dem Leiter des Grönland-Ministeriums, letzterer sagt, daß er lieber in Grönland wäre, aber hierher beordert wurde!

Dienstag, 29. August

Mittagessen in der Britischen Botschaft. Sie waren sehr nett zu uns, aber oh, diese ewige englische Überlegenheit. Ich spürte (auch wenn davon natürlich nichts erwähnt wurde), daß sie überzeugt sind, in den U.S. gäbe es keine Kultur, keine Erziehung, keinen Geschmack; und auch wenn man (da man aus guter Familie ist) mit diesen Amerikanern höflich umgeht, braucht man sie doch nicht allzusehr zu beachten. So waren sie alle, außer einem netten fröhlichen, unkonventionellen Walliser, der mich ergötzte.

Mittwoch, 30. August

Mit dem Vizeadmiral, seiner Frau und seiner Tochter nach Elsinore hinaus. Ein romantisches Schloß, grüne Wassergräben, Schwäne, mächtige Mauern, großer Hof und Türme und eine herrliche Aussicht vom Wasser nach Schweden hinüber.

Donnerstag, 31. August

Bevor wir Kopenhagen verlassen, sehen wir den König und die Königin von Dänemark. Wir nehmen die Fähre nach Schweden, um mit dem Kronprinzen zu »frühstücken«. Fregattenkapitän Dam ist dabei.

Schöner Besitz, häßliches Schloß. Der Kronprinz ist sehr herzlich. Sie ist interessiert, intelligent und nett (sieht wie V. Woolf aus). Die Prinzessin sehr hübsch (Ingrid).

An E.R.M.M. Kopenhagen, Freitag [1. September]

Mein Liebes,
ich habe mit dem Schreiben gewartet, bis wir unsere Pläne wissen. Dein Telegramm und Dein Brief waren eine große Hilfe. Wenn Du noch so lange dort bist, meint C., daß es besser ist, erst die nördlichen Orte aufzusuchen, ehe das Wetter umschlägt. Er sagt, wir können leicht nach Stockholm und Moskau (Staatsgeheimnis; da schließlich nur eine Möglichkeit, wenn wir landen können), zur Nordwestküste Norwegens und Nordküste Schottlands fliegen und von da nach Wales, wo wir bis Mitte September bleiben können. Ich sehe nicht ganz, wie das gehen soll. Aber Ende September müßte möglich sein, glaube ich. Wäre das zu spät? Aufgrund Deines Telegramms nehme ich das nicht an. Es wäre günstiger, da uns das Wetter nicht so unter Druck setzen würde und da C. geneigt ist, länger zu bleiben. Er sprach von »einigen Tagen«, aber ich glaube, man könnte ihn vielleicht zu einer Woche verführen.

Diese Woche im »vergoldeten Elendsquartier«[1] zerrt an seinen Nerven, und gestern abend, als man uns einen Fisch servierte, der in einer Sauce schwamm, hat er ihn fast zum Fenster hinausgeworfen.

Ich finde Kopenhagen wundervoll, aber ich komme mir ein bißchen eingesperrt vor. Habe das Gefühl, das wir damals im Ritz hatten, als Millionen von Hotelboys, Teppichen, Liften, Pförtnern und eine fremde Sprache zwischen uns und dem Leben standen.

Es ist merkwürdig, ohne Daddy, Dich und Mutter in dieser Atmosphäre zu sein. Ich habe noch nicht eine einzige Stadtbe-

[1] Name der Morrows für Luxushotels.

sichtigung gemacht! Erinnerst Du Dich, wie wir jeden Morgen treu und brav aufstanden, um durch einen Palast nach dem anderen zu trotten und dabei alte Tapisserien, Burgverliese und Rüstungen anzusehen?

Heute gehe ich, aber ich habe meinem Führer (von der amerikanischen Gesandtschaft) gesagt, daß ich schöne Gebäude und altes Porzellan liebe, aber daß ich es schlechterdings verabscheue, herumzustolzieren und alte Tapisserien anzusehen (dabei wären sie vielleicht sogar schön, wenn man nur nicht immer seinen Hals dabei verrenken müßte, um hinaufzuschauen).

Gestern abend gingen wir durch die Straßen! Ging gut, außer in der Nähe des Hotels. Die Leute blieben stehen, schauen, laufen uns aber nicht nach. Ich wollte immer weiter und weiter gehen, es war so aufregend, durch die Straßen zu gehen, aber C. meinte, wir sollten in Reichweite des Hotels bleiben (wie beim Abschlagspiel!).

Wir werden vermutlich Montag nach Stockholm abreisen. Dann kommt die Küste Norwegens, dann Schottland und dann Wales.

Tagebuch

1. September, zum Essen aus

Spiegel und Lichter, Weißwein, hübsch angezogene Frauen, unaufdringliche Musik und Lichterketten aus dem Park vor den großen Fenstern. Ich möchte tanzen – und wie ich tanzen möchte! C. und Fregattenkapitän Dam reden über Flugzeugrümpfe und Flugzeuge und das Landen auf offenem Meer: »Also, ich behaupte ja nicht, daß ich etwas davon verstehe, aber trotzdem ...« – »Schön, doch nehmen Sie an, daß flache Pontons ...« Aber ich wollte unbedingt tanzen, und es war so merkwürdig, hier zu sitzen, wie ich mit Daddy zusammen im Ritz an einem Tisch gesessen und beobachtet hatte, wie schöne Frauen tanzten, und mir dabei dachte, daß ich eines Tages auch dazugehören möchte, und wie ich mir sehnlichst gewünscht hatte, eine aufgeklärte, erfahrene Frau von dreißig und nicht mehr schüchtern zu sein. »Und jetzt!« Wie komisch, wie ungeheuer komisch.

Ich sitze da, sitze immer noch da und sehne mich nach – was? Nach einer größeren Verzauberung mit dreißig? Werde ich nie gefestigt sein, nie die Dinge in ihren angemessenen Proportionen sehen, nie begreifen, daß C.s Welt für ihn weiterhin ihre Faszination behält, wenn meine Nichtigkeiten längst schon dahingeschwunden sind? Zeitliche und geistige Dimensionen. Doch trotzdem möchte ich jetzt tanzen, einfach tanzen. Ich möchte an der Welt teilhaben, die mir mit sechzehn so ungeheuer verlokkend vorkam.

»Hast du Lust?« – »Nein, lieber nicht, vielleicht macht man eine Geschichte daraus.« – »Na und, *wäre* das schlimm?« – »Nicht, wenn sie in einer vernünftigen Form gebracht würde, aber sie würde hochgespielt.« – »Wahrscheinlich würde man behaupten, daß du betrunken warst?« – »Dabei möchte ich so schrecklich gerne tanzen. Tanzen die Menschen hier, wenn sie alt sind?« – »Sie sollten sie mal sehen!« – »Dann (ärgerlich) kann ich vielleicht tanzen, wenn ich eine alte Dame bin!«

Ein Reporter mit Blitzlicht in der Halle. C. hatte recht gehabt.

Montag [4. September]

Fregattenkapitän Dam kommt, bevor wir aufgestanden sind; Hetze. Frühstück, packen, Adressen. Zum Flugplatz hinaus im Anorak und wieder in meinen staubigen Schuhen! Sitze wieder in dem gleichen Raum genau da, wo ich bei unserer Ankunft saß, als mir so kläglich zumute war. Mrs. Dam und ich warten, bis alles soweit fertig ist. Sie ist sehr verständnisvoll.

Fregattenkapitän Dam kommt herein und spricht *noch einmal* über die Geschehnisse des ersten Tages. Er möchte C. seinen Standpunkt erklären. Ich versuche, unseren Standpunkt zu erklären, und sage ihm, daß C. befriedigt und glücklich ist und ihm vertraut. »Dann ist jetzt alles in Ordnung?« – »Ja, es ist alles in Ordnung«, und wir geben uns darauf die Hand.

Ein Mann kommt herein, verbeugt sich, küßt mir die Hand. »Madame Leendbairgh, ich hatte keine Möglichkeit, mit Oberst Leendbairgh zu sprechen, aber vielleicht könnten *Sie* ihm sagen ...«

Verdammt, verdammt, verdammt noch mal! Ich bin es leid, immer dieser »Handlanger des Herrn« zu sein. Sie glauben, sie können sich an *mich* heranmachen, wenn sie ihn nicht erreichen, können *mich* überlisten. Auf Fregattenkapitän Dam trifft das nicht zu. Er will nichts von C. außer seiner Achtung und dem Vertrauen von Mann zu Mann, und wenn er mit mir über C. spricht, tut er das, weil er glaubt, daß ich ihn besser verstehe, was auch wahr ist. Wenn er mich mag, dann nicht deshalb, weil ich die »wertvolle Helferin« und ein eher bleicher, aber brauchbarer Schatten in C.s Welt bin, sondern jemand, der in seiner eigenen Welt für sich steht. Ich fürchte, es ist lediglich die Welt des »weiblichen Charmes«. Aber es ist so hübsch, zur Abwechslung für sich alleine – *irgendwo* – zu stehen – selbst wenn es nur in einem eigenen kleinen Bereich ist –, daß es wie berauschender Wein wirkt. Es lebe die Nichtigkeit!

Wo ist meine Welt, werde ich sie je finden? Sicher, aber sie fällt einem nicht in den Schoß. Man muß sich darum bemühen. In dem Winter in Princeton bekam ich einen Vorgeschmack davon. Die Maurois-Klasse, die Welt Virginia Woolfs. Viel Zeit ist nicht mehr, ich bin fast dreißig.

»Qu'as-tu fait, Ô toi que voilà
Pleurant sans cesse,
Dis, qu'as-tu fait, toi que voilà,
De ta jeunesse?«[1]

»Das Leben entgleitet wie eine eilige Feldmaus, die kaum die Grashalme bewegt ...«

Wir kämpfen alle dagegen an – kämpfen gegen die Vergänglichkeit, gegen das Dahinschwinden des Lebens, gegen den Tod und die Kürze dieses Lebens und das Gefühl der Nichtigkeit, das *»Qu'as-tu fait«*-Gefühl. Ich glaube nicht, daß irgend etwas dieses Gefühl und diese Angst überwindet. Jung und vergnügt zu sein, Bewunderung und Liebe, ein neuer Hut und hübsche Kleider helfen für kurze Zeit; aber wie bei allen Stimulantien geht es einem nachher schlechter als zuvor. Kinder sind ein Schutzwall – wenigstens für Frauen. Sie sind lebendig, erfüllen mit Hoffnung, sind eine Rechtfertigung des eigenen Lebens. Die Welt der Kunst besiegt das alles, sie fängt das Leben in seiner Beschaffenheit, in seiner Form ein und hält es so fest. Ich bin nicht sicher, ob Arbeit nicht auch eine Art Narkotikum ist – ein gesundes, doch sie hilft einem nicht ständig.

Montag, 4. September

Verlassen Kopenhagen, fliegen gen Süden (!).[2] Dann quer hinauf

[1] »Was tatest du, die da unaufhörlich weint, sprich, was tatest du mit deiner Jugend?« [Verlaine]

[2] Um Presseberichte vor ihrer Ankunft in Schweden zu vermeiden, das die Lindberghs ungestört besuchen wollten.

über Schonen, flache, fruchtbare, grüne und goldene Felder. Man spürt, das ist ein großes Land, das noch nicht übervölkert ist, viel Platz, genügend Wälder hat.

Die Küste: kiefernbestandene Inseln, Buchten, Zufahrten, Fjorde, die alle in einer Richtung fließen, wie Maine, nur daß es hier immer mal wieder ein Schloß gibt.

Stockholm: Turmspitzen und Schiffe, Türme, Brücken, Kiefern, Segelboote, Motorboote. Landen ruhig im Marinehafen; General Virgin, ein paar Offiziere, Angehörige der Gesandtschaft. »Wir haben keiner Menschenseele etwas davon gesagt, mußten aber selber kommen.« – »Ich fürchte, daß jetzt Leute auf den Straßen sind.« Wir haben sie wirklich zu Tode erschreckt. »Zum Automobilklub, der neben dem Grand Hotel liegt, aber ruhiger ist.«

Unser neuer »Fregattenkapitän Dam«, Hauptmann Ström, legte sich uns zu Füßen: was immer er für uns tun könne. Er ist in den Vereinigten Staaten gewesen. Nachdem wir ungefähr fünfzehn Minuten gefahren waren, sagte er beiläufig: »Wissen Sie, Oberst, daß ich Sie schon einmal in Kelly Field gesehen habe, als Sie mit einem anderen Flugzeug zusammengestoßen sind? Ich war auch dort.« Wir hüpfen fast aus dem Auto, eine Verbindung ist hergestellt, C. ist begeistert.

Stockholm, Montag [11. September]

Liebe Elisabeth,
als erstes will ich Dir unsere Pläne sagen. Wir werden hier vermutlich in einem Tag abreisen und (tiefstes Geheimnis) nach Leningrad fliegen. In Moskau werden wir wohl nicht landen können, deshalb Leningrad. Wie dem auch sei, es ist eine Flugreise, also verschwende keinen kostbaren Brief darauf – ich würde ihn nie bekommen. Dann über Schweden zurück an die Küste Norwegens (möglicherweise mit einem Halt in Oslo oder Bergen). Schicke auch dort keine Briefe hin, denn wir rasen nur durch. Dann geht's direkt nach Wales. C. sagt, daß er auf dem britischen Luftschiffahrtsstützpunkt (wo immer das sein mag – in der Nähe Londons; ich glaube, daß es bei Southampton ist) landen und dann mit dem Auto hinauffahren will. C. sagt, daß wir eine Woche bleiben können.

Mach Dir seinetwegen keine Sorgen. Er hat soßiges Essen und Gespräche (auch wenn wir alle Unterhaltungen ausgeschlagen haben) so satt, daß Wales ein Labsal sein wird, wo wir nach einem anstrengenden, wenn auch vergnüglichen Stadtleben mit Euch völlig natürlich und auf dem Land sein können. Das ist genau das, was er sich wünscht und was er braucht.

Deine Briefe sind eine Freude. Dein »von ihrer Schwester persönlich« verursachte einen ganz hübschen Krawall! Fregattenkapitän Dam erschien eines Morgens sehr stolz mit Deinem Brief – »von Ihrer Schwester« –, als hätte er ein Ei gelegt, und fragte dann mit echt dänischer Galanterie: »Ist Ihre Schwester so reizend wie Sie?« (»Tralla-la-traralla-la«!) Ich antwortete: »Sehr viel reizender.« – »Dann«, sagte er mit einer leichten Verbeugung, »hoffe ich, daß Sie sie von mir grüßen werden!«

Stockholm ist einfach göttlich. Ich könnte hier immer leben. Es ist ein in die Penobscot Bay hineingesetztes Paris (oder nein, vielleicht Wien). Ein verzaubertes Venedig, aber frisch, sauber, funkelnd – Möwen, schimmernde gelbe Masten, Turmspitzen, Kirchtürme und das Geräusch des Wassers.

Ich muß jetzt gehen, oder ich verpasse die Museen. Ich werde ganz närrisch, denn ich finde das Glas und die modernen Stoffe hier zu schön und möchte für ein imaginäres Zuhause, das ich nicht habe, mit Geld, das ich nicht habe, einkaufen!

An E.L.L.L. Stockholm, 15. September

Liebe M.
Ich wollte Dir gleich bei unserer hiesigen Ankunft schreiben. Aber es ist schwer, in einer Stadt zu schreiben, die so aufregend ist und in der es so viel zu sehen gibt. Wir flogen über Schonen, wo nach Aussage von C. ein alter Familiensitz ist. Es liegt im südlichen Teil Schwedens und ist fruchtbares Ackerland mit grünen und gelben Quadraten, wie ein modernes Gewebe (so sah es auch Nils[1]).

Es gab dort kleine Seen und Städte mit roten Dächern. C. gab mir eine Notiz nach hinten: »Einigen Teilen von Minnesota sehr ähnlich!« und dann: »Ich frage mich, warum meine Altvordern diese Gegend überhaupt verlassen haben!« Als wir über die Küste, Inseln, Fjorde und Buchten flogen, die alle in der gleichen Richtung liefen, schrieb ich: »Genau wie Maine!«

Und wenn wir durch das Land fahren, neckt C. mich – und ich

[1] Anspielung auf Selma Lagerlöfs ›Wunderbare Reise des kleinen Nils Holgersson mit den Wildgänsen‹.

ihn – immer dann, wenn ich mich wegen herrlicher Kiefernwälder, Felder oder Seen ereifere. Er sagt dann: »Genau wie Minnesota. Sowas gibt's in Maine nicht!«

Ich habe Jon eine schwedische Mütze, schwedische Lieder und ein lustiges schwedisches Spielzeug gekauft. Jedenfalls werde ich, wenn wir nach Irland kommen, daran denken, daß er auch zum Teil irisch ist, und ihm weißen Klee pflücken!

Ich habe neulich einige Bilder von Jon bekommen, die mich ganz sehnsüchtig machten. C. sagte, als ich die Bilder ansah: »Nicht gut für dich, daß du die anschaust!«

Stockholm, 15. September 1933

Liebste Mutter,
ich fand hier Deine lieben Briefe über Jon und auch die Bilder vor! Es war so seltsam, Deinen Brief über Maine, ein Picknick, das Wasser und die Inseln zu bekommen – genau an dem Tag, an dem ich hier in einem Motorboot zu den Inseln und Inselgruppen hinausfuhr. Es war Maine so ähnlich. Wir hätten zu den White Islands fahren können, Hunderte von kiefernbestandenen Inseln, Granitfelsen und ein sehr blauer Himmel, das Hämmern eines Motorbootes, Sonne auf einer Backe und Wind auf der anderen und dazu der herrliche Rhythmus durch das Aufschlagen auf die Wellen. Ich sang auf dem ganzen Weg hinaus. Als wir aus Stockholm hinausfuhren, bewegten wir uns langsam durch kleine Buchten und Kanäle, die »Vororte« der Stadt, es gab viele glänzende Motorboote und rot-weiße Sommerhäuser hinter Kiefern.

Ich habe das Gefühl, als könnte ich hier immer leben, wenn es mir gelänge, meine Familie hierherzubringen. Ihr müßt einmal kommen, Du und Con. Man schaut durch einen Wald von Masten der Fischerboote, die in einem Kanal liegen, auf alte Kirchtürme, und nachts sind die Brücken Diamantenbögen über dem Wasser. Der Rathausturm sieht wie eine der schlanken Prinzessinnen aus ›Östlich der Sonne und westlich des Mondes‹ aus und hat eine kleine Krone auf dem Köpfchen. Ich schaue jeden Abend hinaus und sehe ihn gegen den Himmel.

Morgens werden wir von einem Glockenspiel, das ›Nun danket alle Gott‹ in einem entfernten Glockenturm spielt, und von den langgezogenen Seufzern der blauen Straßenbahnen, die die Steigung vor dem Palast hinauf und hinunter klettern, geweckt.

Die Menschen hier verehren C. Ein Hauptmann Ström ist uns hier »zugewiesen« worden. Seine Frau hat mir beim Einkaufen geholfen. In Kopenhagen war ich in bezug auf Einkäufe eher scheu, ging alleine und war zaghaft. Ich weiß, daß dort himmlische Antiquitätengeschäfte sein müssen, konnte sie aber nicht finden.

Hier jedoch – habe ich geschwelgt. Und zwar derart, daß sich jetzt in meinem Kopf alles dreht: »Wäsche für Tante Anni, den Apfel für Elisabeth, aber *was* für Mrs. Lindbergh? Wenn ich den Apfel ... gebe, dann kann ich tauschen und das Glas ... schenken. Nein, sie soll das Glas haben.« C. ist dabei eine große Hilfe und meint: »Nein, ich glaube, Mutter hat eine ganze Menge solcher Sachen in ihren Schubladen!«

Wir warten auf unsere amtlichen Papiere für Rußland. Außerdem wollen wir noch einmal den Versuch machen, ohne Presseleute im Süden Schwedens den alten Familiensitz von C.s Altvordern zu besuchen. Noch liegen Leningrad (vielleicht Moskau), Norwegen und Schottland zwischen Elisabeth und mir, aber ich bin hoffnungsvoll.

Ich habe zu viel zu Mittag gegessen. Für mich ist das hier kein guter Ort, denn ich mag verschiedene Brotsorten lieber als alles andere und zu Beginn eines jeden Essens gibt es fünf (oder mehr) verschiedene Sorten – mit Fisch, Kaviar, Tomaten, Käse etc. – und als Abschluß ein dänisches Gebäck. Ich versuche mich auf vier Brote und ein Tortenstück zu beschränken! Das klingt nicht gerade nach Beschränkung, oder?

Charles und ich sind hier durch einen Park gegangen, man hat uns erkannt, aber nicht belästigt! Köstlich. Müßten wir nicht mit der Presse rechnen, könnten wir in allen Straßen herumlaufen, aber auftauchende Fotografen verursachen einen Menschenauflauf. In Kopenhagen ging alles ganz gut. Dort war die Presse weniger aggressiv. Und die Menschen selber sind sowohl in Dänemark wie in Schweden vernünftig; sie respektieren unseren Wunsch, in Ruhe herumgehen zu wollen. Wir können mit weniger Schwierigkeiten als zu Hause in jedes gute Restaurant gehen (in Wirklichkeit sogar ganz ohne Schwierigkeit).

Tagebuch

16. September

Jetzt habe ich mir einen Schnupfen geholt und bin ganz benommen, als hätte ich einen gewaltigen erregenden Bummel hinter mir. So habe ich mich gefühlt, wenn ich nach einem aufregenden, eher romantischen Wochenende, an dem ich zu lange getanzt hatte, zu spät ins Bett gekommen war und vor Erregung nicht einschlafen konnte, ins College zurückkehrte. Eigentlich schade – genau dieses bedrückende: »Ich möchte wieder ins Bett zurück«-Gefühl ohne vorangegangenen Bummel zu verspüren.

Wir müssen wieder nach Hause, einfach leben, einen Garten, Sonne, Arbeit und ein kleines Mädchen, das mit Jon spielen kann, haben. »Knie nieder und danke dem Himmel, daß er dir die Liebe eines guten Mannes bescherte.«

Zur Russischen Gesandtschaft hinüber, beantworteten hundert Fragen, die wir nicht lesen konnten.

Sonntag, 17. September

Wir verlassen das Hotel ungefähr um zehn. Wir nehmen Abschied von unserer schönen Aussicht, den flatternden Fahnen auf der Brücke und den schimmernden Booten unter den Bögen. Ziemlich kalt, es bläst auch ganz schön, aber es ist klar und strahlend – »Vollkommener Maine-Tag«!

Steif und benebelt am Funkgerät. Wie wenn man nach einem Wochenende müde und verschnupft in die Schule zurückgeht. Nichts klappt. Ich weiß, ich muß wieder an die Arbeit, weiß auch, daß ich sie gerne tue, wenn ich erst mal wieder drin bin, aber diese mühselige Periode, in der alles schiefgeht und in der ich C.s Kritik spüre, ist eklig. Er möchte in die Arbeit hineinspringen. Es geht nicht. Ich habe meinen Kopf die ganze Zeit über im Cockpit. Ich kann keine Peilzeichen und keine Zeitangabe aus Nauen kriegen; bin sehr entmutigt.

Landen in Karlskrona, der Insel, werden zur Anlegestelle gezogen – es geht schnell und läuft fabelhaft ab. Hauptmann Wigert fährt uns in einem Motorboot und dann in einem Auto weiter in Richtung Schonen. Mittagessen auf dem Feld in der Sonne. Ich bin wieder glücklich.

In einer kleinen Stadt fährt ein Fahrrad in uns hinein; ich glaube, daß der Junge tot ist, aber er ist überhaupt nicht verletzt. Mir dreht sich drei- oder viermal der Magen um. C. kauft dem Jungen ein neues Fahrrad.

Kommen in Smedstorp an, als es fast dunkel ist. Der See ist von herrlichen Bäumen umgeben, die Auffahrt zwischen den Bäumen führt zu einem großen Rittergut, die alte weiße Kirche hat ein rotes Dach und einen Friedhof. Gårdlösa: weiße Häuser, rote Dächer, rote oder grüne Türen, Stockrosen und Goldruten wachsen davor. Felder mit Kohl und Rüben, Windmühlen in der Ferne, sanft wogende Felder.

Keine Reporter! Wir fahren zur alten Farm, ein weißes Haus mit einem roten Dach, quadratisch gebaut, ein Hof mit Kopfsteinpflaster. Eine Seite ist das Haus, die anderen drei sind Scheunen und Ställe. Wir gehen durch den Torbogen hinein, ein großer Heuhaufen und ein Karren stehen im Hof. Dann hinüber zu einer anderen Farm, auf der ein Mann lebt, dessen Großvater C.s Großvater gekannt hat.

Im Hof gibt's Karren und Gänse. »Wie nennen Sie die – Toulouse?« fragt C. (Seine ewige Frage in Grönland, Island, Dänemark, den Färöer- und den Shetland-Inseln. Die Antwort darauf ist bisher immer gewesen: »Och, wir sagen halt Gänse!«)

»Ja, Toulouse«, antwortete der Farmer. C. grinst mich fröhlich an.

Wir werden von drei Töchtern und der alten Mutter in einem schwarzen Rock mit Schürze und einem Kattunkopftuch begrüßt. Sie liefen, um den Vater zu holen. Es war eine wirklich altmodische Farm. Im Eßzimmer stand ein großer Tisch mit einer Steinplatte, die Sockel waren aus Holz, blaugestrichene Holzbänke, deren Lehnen mit leuchtenden Blumen bemalt waren, ringsum an den Wänden. Ein bemaltes Eckbord hing da, eine große Kommode und bemalte Deckenbalken. An der Wand ein lustiges handgewebtes Stück Stoff. Dann ein großes Wohnzimmer, in dem die Wände mit ziemlich verblichenen Motiven alter Schlösser in Schonen bemalt waren. Die Dachbalken waren tapeziert. Vor den Fenstern hingen grobe Wollstoffe. An den Wänden lustige gewebte Teppiche, die Möbel mit grobem Wollstoff bespannt. Verschiedene große Anrichten mit altem Kupfer, Kesseln und Schüsseln, und eine wunderbare alte blaue Kommode mit Blumen und der Jahreszahl.

Die alte Frau ging mit mir herum und zeigte mir alles. Sie brauchte gar nicht zu reden, ich verstand, was sie meinte, sogar: »Ich wußte, daß er zurückkommen würde, ich wußte es.« Nachdem C. sich in ihr Gästebuch eingetragen hatte, drückte sie es an sich. Sie öffnete eine Kommode und nahm einige der Teppiche und Gardinen heraus, die ihre drei Töchter für ihre »Aussteuertruhen« gewebt hatten. Dann gab sie mir einen Läufer und drückte ihn mir in den Arm.

Der alte Mann gab C. ein paar Gläser, die C.s Großvater als

Bezahlung einer Schuld aus Stockholm geschickt hatte. Er gab ihm auch einige Papiere. C.s Großvater hatte eine so schöne Handschrift, daß man ihn immer zum Aufsetzen der Schriftstücke holte.

Zum Abschied tätschelt mir die alte Frau die Wange. Die Familie versammelt sich im Dunkeln im Hof um uns, sie singen die schwedische Nationalhymne und lassen uns hochleben – dabei ist der Strahl einer Fahrradlampe auf C. gerichtet.

Mittwoch, 20. September

Verlassen Karlskrona um 10.11 Uhr; bewölkt.

Finnland – Tausende felsiger Inseln. Es ist sonnig, aber die Wolken sind niedrig und Nebelfetzen fegen vorbei. Die Felder zwischen den Kiefern sind von langen Linien durchzogen. Helsingfors; viele moderne Wohnungen, ein paar russisch aussehende Gebäude mit Kuppeln als Krönung.

Sie schießen eine Rakete in die Luft, dann eine zweite! Dann wissen sie, daß wir da sind. Diese Art der Begrüßung vom Land in die Luft hinauf ist jedesmal fast eine kleine Sensation – eine erste Verbindung, nachdem man lange Zeit ohne jegliche Nachricht war.

Helsinki, Donnerstag, 21. September

Liebste Elisabeth,
was fällt Dir bei Finnland ein? Sag schnell! Natürlich – Emily.[1] Ich dachte beim Anflug auf diese modernen Gebäude: »Und Emily ist mein einziges Bindeglied!« Sieht wie Maine aus, nur noch ausgeprägter: kiefernbestandene Inseln und Buchten, etwas kultivierter als Maine.

Ich bin jetzt richtig schön im Bett verpackt mit einem riesigen Morrow-Schnupfen, den ich von Stockholm nach Karlskrona, durch Schonen nach Karlskrona zurück und nach Helsingfors geschleppt habe. In Karlskrona – schreckliche Erinnerung – habe ich ihn bei dem netten Admiral, der mit so viel Galanterie darauf bestand, dreimal täglich meine Hand zu küssen – ungesunde Sitte! –, gelassen.

[1] Das finnische Hausmädchen der Morrows in Englewood.

Doch jetzt zu den Plänen. Von hier aus morgen nach Leningrad, dort nur ein bis zwei, vielleicht auch drei Tage. Dann direkt nach Oslo zurück. Dort bleiben wir nach unserer Landung nur einen Tag – starten dann zu einem langen Flug über die norwegische Küste direkt zum britischen Luftschiffahrtsstützpunkt. Wir haben nicht vor, zwischen Oslo und dem Luftflottenstützpunkt irgendwo zwischenzulanden, sondern werden einen weiten Bogen machen, um die Nordwestküste Norwegens zu sehen, und zu spät ankommen, um noch nach Wales hinaufzufahren. Ich nehme an, daß wir die Nacht in Southampton bleiben können und dann am nächsten Tag mit dem Auto hinauffahren.

Ich habe eine nette Deutsche getroffen, die mit einem Schweden in Karlskrona verheiratet ist. Wir hatten uns sofort etwas zu sagen. Sie hoffte, daß ich Dich sehen würde, und sprach von ihrer eigenen Schwester in Deutschland, mit der sie sehr gut stand. Sie begriff einfach alles, ohne daß man lange Worte hätte machen müssen. »Man braucht im Leben nur einen solchen Menschen, aber wenn der weit weg ist ... Doch fällt das immer weniger ins Gewicht. Wenn man älter wird, braucht man die Menschen nicht mehr zu sehen – man weiß einfach, daß es sie gibt.«

Jetzt werde ich aufstehen und mich anziehen, um zum Präsidenten von Finnland zu gehen (ja, Finnland ist eine Republik!). C. sagt, daß es ein sehr progressives Land ist.

»The men are sailing home from Troy
And all the lamps are lit!«[1]

Tagebuch

Freitag, 22. September, Helsingfors – Leningrad

Fliegen auf der bezeichneten Route. C. deutet auf Stützpunkte der Wasserflugzeuge und auf Zerstörer. Die Moschee auf der Insel Kronstad. Leningrad; der goldene Lichtschimmer auf der Kuppel von St. Isaak. Keine Menschenmenge. Auf der Helling Matrosen, Offiziere, einige Beamte und die Presse. Fahren in die Stadt. Das seltsame russische Pferdegeschirr – ein Bogen über dem Rücken der Pferde.

Ein erlesenes europäisches Hotel. Ein ungeheures Diner, mit

[1] »Die Männer haben sich von Troja in Richtung Heimat eingeschifft, und alle Lichter sind entzündet.« [Elisabeth Madox Roberts]

Kaviar, geräuchertem Fisch, Fleisch, Salat, Süßspeisen und verschiedenen Weinen.

Nach dem Essen machen wir mit einer jungen Dame, die perfekt Englisch spricht und uns von Intourist zugewiesen wurde, eine Stadtbesichtigung. Die Stadt ist wie Paris; breite Boulevards, Plätze, die von schönen Gebäuden umrahmt sind, Parks, Alleen, der Fluß, über den sich immer wieder tiefgezogene Brücken wölben; Ausblicke den Fluß abwärts auf Türme, Brükken und klassische Gebäude – doch die Farben sind merkwürdig, sind bonbonrosa oder gelb. Wie Paris, nur daß der Glanz dahin ist. Alles sieht leicht schäbig aus. Die Farbe blättert von den Gebäuden ab; an manchen Stellen bröckeln die Steine herunter; die Geschäfte sehen wie unsere Pfandleihhäuser aus. Viele Menschen auf den Straßen.

Abends ins Ballett. Wir sitzen in der Königsloge einer reich vergoldeten und mit Ornamenten verzierten Oper und sehen ein äußerst konventionelles, vorzügliches Ballett. Der ganze Pomp, die Fröhlichkeit und der Schein des früheren Regimes, doch das Publikum ganz grau in grau, dunkel angezogen. Überhaupt keine Abendkleider. Das paßte nicht zusammen. Das Ballett verlangte ein glänzendes Publikum, Juwelen, schimmernde nackte Arme, blendende Hemdbrüste, Gelächter und Gesumme eines fröhlichen und hübschen Auditoriums. Jedenfalls war es voll, und es wurde sehr applaudiert.

Samstag, 23. September

Abends ein Bankett: »Ungefähr fünfundsiebzig Leute.« – »Das ist seit drei Jahren das erste Bankett, an dem wir teilnehmen!«

Die Speisen türmten sich vor uns auf: Flugzeuge aus Eis, Enten hielten Kaviar im Schnabel, Kuchen und Windmühlen aus Eiscreme. Toasts wurden ausgebracht, Reden gehalten [A.M.L.]: »Ich bewundere auch die russischen Frauen.«

Sonntag, 24. September

Sahen das Stabsquartier Lenins in einem alten Kloster. Kahle Räume. Die Halle, in der die Revolution ihren Anfang nahm, die Dokumente der Revolution.

Fuhren hinaus, um die Paläste in Smolny zu besichtigen: Elisabeth, Katharina II. Sehr verschwenderisch: der Bernstein-Saal, der Lapislazuli-Saal, das Zimmer, das mit Portraits angefüllt war, das chinesische Kabinett. Der Palast des verstorbenen Zaren. Die Zimmer der Zarin: Bilder von Deutschland, ihrer alten Heimat, viele Fotos. Ikonen im Schlafzimmer: Bilder der Verkündigung. Der Kinderstuhl. Die Kinderzimmer zeigen sie nicht. Ich könnte mir denken, weil die Kinder dadurch leicht zu Märtyrern würden.

Montag, 25. September

Ist das Wetter gut genug, um nach Moskau zu fliegen? *»Le brouillard est tout bas.«*

Zum Flugstützpunkt; warten lange. Verließen Leningrad ungefähr um 2.00 Uhr; niedrige Wolkendecke. Es wird wärmer und heller, sonnig. Ich kriege GAMS (Moskau) über Funk, und das gibt mir Auftrieb. Moskau – ungeheuer! Der gewundene Fluß – überall neue Gebäude – die alte Mauer umschließt viele Türme. Der Kreml. Diese großen Osterei-Märchen-Kuppeln. Wir landen auf dem Fluß, gleiten über die Brücke. Die Tribüne, der Applaus, das Händeschütteln. Die russischen Flieger, Blumen.

Ein großes Von-Kaviar-bis-Eis-Obst-und-Kaffee-Essen.

Die Oper. Die Menschen sind hier besser angezogen.

Moskau, Dienstag, 26. September

Die Kremlmauer – Schießscharten und Türme unterbrechen in regelmäßigen Abständen die roten Ziegel, und über dem Ganzen eine unglaublich glänzende, phantastische Gruppe goldener Ballons – die Kuppeln der Kirchen am Roten Platz. Die phantastische Kirche St. Basilius – wie aus Tausend und einer Nacht – ihre juwelenbesetzten Ballons sehen aus, als seien sie eben erst aus dem Boden gewachsen oder mit einem Zauberstab dorthingesetzt worden. Die weiße Mauer, dahinter die goldenen Kuppeln, die Baumreihen. Zwei rote Türme an beiden Enden der Mauer – Lenins ägyptisch anmutende Pyramide, vorne abgeflacht.

Mittwoch, 27. September

Kinderheim.
Institut zum Schutz von Mutter und Kind.

Mittagessen in Flugzeugfabrik.

Ins Kremlmuseum und in den Palast.

Fahrt durch den Kultur-Park.

Von 9.00 Uhr bis 12.30 Uhr gaben die Angehörigen der Zivilen Luftfahrt (Frauen eingeschlossen) ein großes Bankett. Das Mädchen, das die Post brachte, war an diesem Tag acht Stunden geflogen.

Der Großvater der Luftfahrt: »Denn wir sind Menschen, die das Wagnis, die Technik und die Wissenschaft schätzen.«

Freitag, 29. September

Herrlicher Tag. Rauf, packen, Frühstück. C. zum Fluß, um aufzutanken.

Letzter Blick auf den Kreml über dem Fluß. Alle unsere Freunde am Dock. Abschied.

Ein anderes Flugzeug fliegt hinter uns her. C. deutet auf einen voll besetzten Flugplatz, und auf Städte mit ärmlichen Häusern und einer großen steinernen Kirche (wie in Mexiko). C. sagt, daß die Farmen gut sind.

Ich versuche, in mein Tagebuch zu schreiben und eine Summe aus den Eindrücken meines fünftägigen Rußlanderlebnisses zu ziehen. Die widersprüchlichen Gefühle beim ersten Anblick – verwirrend. Die schlechten Straßen, die Häuser, die zerfallen, die häßlichen Außenbezirke, Abfallhaufen, Trümmer. Die Wachen in ihren langen, aus Decken gemachten Mänteln, magere Pferde, die gepeitscht werden.

Doch nein, das ist unfair. Die ersten Eindrücke vor und bei der Landung waren Überraschung und Bewunderung. Die Anzahl der Flugzeuge – moderner Flugzeuge –, die gut geflogen wurden. Für unsere Ankunft hatten sie alles gut vorbereitet, alles klappte großartig, keine Presse, keine Menschenmengen, dann erst fuhren wir in die Stadt.

Die Menschen waren im Vergleich zu Amerika schrecklich angezogen, in alten schwarzen, schäbigen, kurzen Röcken, Umschlagtüchern, Kopftüchern und ärmlichen Schuhen. Die breiten Straßen mit Kopfsteinpflaster, nicht sehr gepflegt, unsauber;

einige waren repariert, als hätte es eine große Überschwemmung gegeben, viele Trümmer lagen noch herum.

Die prächtigen Gebäude leicht schäbig, zerbröckelten an manchen Stellen, trugen Spuren von Einschüssen, und die Farbe blätterte ab. Die Straßenbahnen überfüllt; die Menschen wirkten stumpfsinnig, freudlos, ärmlich, waren aber alle geschäftig. Das Gefühl: eine glänzende Stadt im Verfall.

Das große Hotel im alten Stil. Alle Angestellten gut angezogen, auf jeder Etage geschminkte Frauen, adrette Mädchen. In unserem Rokoko-Appartement war jeder Gegenstand mit einem blechernen (Inventar-)Schildchen bezeichnet. Hinausschauen durch Spitzenvorhänge auf die vielen düstergekleideten Menschen auf den Straßen, offene Bauerngesichter, alte Männer mit großen Bärten. Der Sinn der Arbeit, die nie aufhört: das Bauen, die Straßen, die repariert werden müssen, Menschen mit dem gleichen gespannten Ausdruck auf den Gesichtern, alle sind sie arm, alle Arbeiter, alle gehen sie in die gleiche Richtung.

Das bedrückende Gefühl: »Und das ist *der Fortschritt!«*

Die alten Paläste und Museen erstaunlich gut erhalten (innen). Sie sind stolz auf sie.

Der fabelhafte und gesunde Enthusiasmus und das Interesse der Techniker (besonders der Flugtechniker). Die ungeheuer üppigen und aufwendigen Essen, die sie uns gegeben haben, die Lieder und Paraden der Jungen auf den Straßen. Kinder sind besser angezogen als alte Leute. Schlangen vor den Geschäften. Die modernen Gebäude, Volksküchen und Kultursäle. *Überall* Lenins Bild, sogar Aschenbecher tragen seine Züge. Die Außenbezirke Leningrads: große Fabriken, große Wohnblocks, fieberhafte Aktivität. Wenig Autos, viele Lastwagen und *viele* schwere Fuhrwerke.

Ankunft Tallin [Estland] ungefähr um 4.20 Uhr. Ziemlich flacher, weitgeöffneter Hafen. Rote Dächer mit weißen Schornsteinen. Die Häuser liegen alle dicht aneinander, enge Straßen, die, als hätten sie alle »Folgt mir« gespielt, sich zu Spiralen aufrollen. Wir landen und werden im Hangar vertäut. Sehr wenig Leute, keine Fotografen. Keine Hast, kein Drängen, keine Intensität.

Unser Hotel liegt direkt in der alten Stadtmauer. Man klettert Steinstufen hinauf, die durch die alte Mauer führen, klingelt an einer alten Türe und geht dann durch leere alte Zimmer eines Privathauses.

Samstag, 30. September

Packen, Frühstück an einem runden Tisch in einem dunklen Eßzimmer. Es ist sehr feucht. Mir ist kalt. Der Kaffee ist nicht *richtig* heiß. Wetter zu schlecht, um abzufliegen. Packen wieder aus, schreiben.

Sonntag, 1. Oktober

Es hellt sich auf. Packen und zum Flugzeug hinaus. Zwischen Finnland und Schweden schlechtes Wetter. Wolkenloser Himmel, als wir etwa um 4.30 Uhr über Oslo ankommen. Eine Stadt, die weit verstreut auf Inseln in einem großen Hafen (eigentlich dem Ausgang eines Fjords) liegt. Das Flugzeug wird in den Hangar geschoben, paßt kaum hinein. Wir fahren mit dem Boot ab. Die alte Stadtmauer und das Schloß bewachen die Seeseite.

Wir fahren durch die Straßen Oslos. Leute sind gut angezogen, die Kinder sind rosig. Die Gesandtschaft ist schön, große Haufen zusammengerechter goldener Blätter. Oben köstlicher Tee, heißes Bad mit einem Waschlappen! Jeglicher Komfort.

Montag, 2. Oktober

Ein ganz und gar perfektes Frühstück: Brötchen und Marmelade und wirklich heißer Kaffee! Ein goldener Tag. Ich wandere durch einen Kinderpark. Alles ist ländlich und provinziell.

C. geht ins Außenministerium, dann Empfang beim König, dann Besichtigung des Wikinger-Schiffes.

Abendessen in der Gesandtschaft: der norwegische Kronprinz und die Kronprinzessin. Sie ist Schwedin, interessiert, verständnisvoll und charmant. Wir sprechen über Kinder und Reisen.

Oslo, Montag, 2. Oktober

Liebe Mutter,
ich schreibe Dir mit Bleistift, denn ich möchte in der Sonne bleiben – ein herrliches offenes französisches Fenster, warme Altweibersommer-Sonne, das Geräusch sanft raschelnder Blätter und über den Bäumen ein goldener Schimmer. Wir sind auf

unserem Weg zu Elisabeth, aus Rußland zurück und haben Norwegen überquert. Morgen werden wir die norwegische Küste entlangfliegen und am nächsten Tag in Southampton sein.

Bis zu unserem Abflug von Stockholm war ich mit diesem Leben vollkommen zufrieden, doch seitdem habe ich ständig Heimweh. Ganz gleich, wie interessant oder wie schön eine Sache sein mag – ich möchte nach Hause. Ich kann nichts mehr in mich aufnehmen, kann keine intelligenten Fragen mehr stellen, kann nichts mehr bewundern. Als ich Rußland noch vor mir hatte, dachte ich mir, schön, das werde ich einfach hinter mich bringen, das ist alles, werde meine Augen und mein Hirn verschließen und alle Anstrengungen unterlassen.

Natürlich war das unmöglich, man kann Rußland nicht besuchen, selbst wenn es nur ganz oberflächlich ist, ohne nicht in einer oder anderer Hinsicht schrecklich beunruhigt zu sein. Es nimmt einen unglaublich gefangen und beansprucht einen ganz: Man muß einfach auf ihr unausgesprochenes: »Na, was denken Sie von uns?« gefaßt sein. Diese Unmengen schäbiger umdüsterter geschäftiger Menschen, die mühselig über die Straßen traben, das unglaubliche Arbeitspensum, das überall erledigt wird, der Enthusiasmus und die Einigkeit in den Absichten, die unbegrenzte Energie und Zielstrebigkeit. Man möchte fragen: »Woher kommt dieser Ansporn?« Ihre auf manchen Gebieten ungeheuer gewagten Vorsprünge – zum Beispiel bei der Luftfahrt, in der Versorgung von Mutter und Kind – und dann ihr eingleisiges Denken, das einen fast wahnsinnig macht.

Man kann weder einen Palast oder ein Museum noch alte oder neue Kunst oder Architektur vom ästhetischen Standpunkt aus betrachten. Immer und immer ist es der soziale Standpunkt. Nachdem ich durch verschiedene Galerien gegangen war, in denen man mich auf jeden Gegenstand etwa so aufmerksam gemacht hatte: »Der unterdrückte Arbeiterstaat vor der Revolution, jetzt haben wir . . .«, hätte ich am liebsten ärgerlich gerufen: »Ich kapiere, *hören Sie?* Ich kapiere, was Sie sagen wollen, aber, um Himmels willen, hören Sie jetzt auf, davon zu reden.« Im ganzen war es viel eindrucksvoller, als wir angenommen hatten, und wir denken über vieles nach. Aber wir waren erleichtert, als wir in der stillen, friedlichen, gemütlichen kleinen Stadt Tallin landeten.

Mittwoch, 4. Oktober

»Wetter düster–trüb«, dichter Nebel fegt vorbei, der sich im nächsten Augenblick wieder auflöst.

Direkter Kurs auf England. Kann keine der englischen Wetterstationen erreichen; sehr entmutigend. Kann den Peilrahmen nicht einstellen. Fliegen sehr hoch. Southampton: Häuser alle in grauen Reihen, wie Raupen. Der breite ruhige Fluß mit einer Dampferprozession, die vom Meer hereinzieht. Wo sollen wir landen? Andere Flugzeuge jagen uns. Schließlich zeigt uns ein Wasserlandflugzeug einen kleinen Kanal direkt in Southampton. Aubrey ist in dem Motorboot, das uns lotst. Maschinen jagen über uns hinweg. Aubrey fährt mich in ein kleines abgelegenes Hotel außerhalb von Southampton.

Donnerstag, 5. Oktober

Früher Aufbruch. Nebelig. Die Straßen dampfen. Hecken und Fahrräder, englische Wirtshäuser mit ihren Schildern: »The Golden Stag« und »Ales and Stout«. Jedes Haus mit einem säuberlich eingezäunten Garten. Lange alte Mauern um Gutshäuser. Herrliche Bäume. Keine Straßenschilder oder sonstige Scheußlichkeiten an der Straße. Aubrey berichtet, daß das Land hier Privatbesitz ist und daß die Menschen ihren Stolz daran setzen, es gut zu halten.

Cardiff: eine moderne Handelsstadt mit niedrigen Gebäuden, steinernen Reihenhäusern, Feldern und Forsten inmitten der Stadt.

Das Renwicksche Haus[1]: weißes Tor, weißer Zaun, die Dahlienpracht entlang der Auffahrt, Efeu am Haus, ein gepflegter Rasen, ein Rosengarten und eine uns erwartende Elisabeth. Ihr herrliches Haus, im Erdgeschoß ihr Bild in diesen zarten unaufdringlichen Farben – keine Pastellfarben, kein Rosa oder Blau, sondern matte Töne im Grünblau der Vogeleier. Elisabeth (auf dem Bild) sehr blaß, schmal und asketisch, ihre Augen (die größer gemalt sind als in Wirklichkeit) treten aus der Blässe hervor und vermitteln genau den richtigen Eindruck. Wie ein

[1] Das Haus, das die Morgans in Wales gemietet hatten, es hieß Tynewydd.

gutes Portrait ist es ihr nicht unbedingt ähnlich, sondern stellt sie mehr gefühlsmäßig dar.

Zum Mittagessen hinunter. Sherry, Würstchen, Rühreier. Salat in einer Waterford-Glasschüssel. Nachher reden Elisabeth und ich oben, beim Zusammensitzen am Kohlenfeuer auf den alten hölzernen Fußschemeln, bis zum Tee.

Elisabeth gibt Michaela[1] Anweisungen und spricht dabei von der »Köchin« und von »Mr. Aubrey«. Tee mit walisischen Kuchen. Aubreys Bruder mit Frau zum »Sherry«. Ein ruhiges Abendbrot. »Was gibt es als Vorspeise?« – »Heringsrogen mit Sardellen«, antwortet Elisabeth so gelehrig wie eine von Chaucers Musterhausfrauen.

Abends stellt Aubrey geschichtliche Betrachtungen an – spricht von Vor- und Nachkriegsaspekten.

Michaela ist über unsere Sachen, die überall auf dem Boden herumliegen, verzweifelt. »Was soll ich tun, gnädige Frau, die Sachen liegen auf dem ganzen Boden herum?« – »Was für Sachen, Michaela?« – »Ja, also Oberst Lindberghs Anzug, den er gerade ausgezogen hat!«

Freitag, 6. Oktober

Ziemlich nebelig. Sehen unser Gepäck durch. Wunderbares Frühstück im oberen Wohnzimmer: ein Feuer, blauweißes Geschirr, rotblaues handbedrucktes Tischtuch. C. und ich gehen wie Peter Rabbit durch die Felder vorbei an Brombeerhecken und haben dabei immer einen Blick auf grüne Felder und wunderbare Bäume auf der anderen Seite der Hügel. Die umliegenden Anwohner lassen es sich angelegen sein, uns vor der Presse zu schützen; der Schutzmann kommt vorbei.

Tynewydd, St. Brides-super-Ely, Glamorgan, Sonntag,
8. Oktober

Liebste Mutter,
es ist einfach zu schön, um wahr zu sein, daß wir hier sind. Aubrey holte uns in Southampton ab. Elisabeth hatte das Auto mit lauter Landkarten, Reiseführern, einem Pullover für mich

[1] Das walisische Mädchen der Morgans.

und Grüßen vollgepackt. Sie hatte an alles gedacht, sogar unsere Route entworfen: Winchester, Bath, Bristol, und die Orte im Führer unterstrichen. Sie hatte gemeint, daß wir auf dem Weg Stonehenge oder Mells Park anschauen sollten, aber wir waren am Tag nach unserer Ankunft in Southampton zu begierig, zu ihr zum Mittagessen zu kommen.

(Im Zug nach London – Mittwoch)

Mein Liebes: es war zu schön. Wie schnell war's vorbei. Wir fahren für ein paar Tage nach London, dann am Wochenende zurück zu Elisabeth und weiter nach Paris.

Ich finde, Elisabeth ist großartig. Sie sah nicht so schlecht aus, wie ich mir vorgestellt hatte, war nur dünn, hält aber viel mehr aus, als ich gedacht hatte. Sie scheint nicht so rasch zu ermüden und ist nicht entmutigt. Als wir ankamen, saß sie auf der weißen Bank vor der Türe und hielt auf diese halbverschmitzte Weise (wie ein Kind, das darauf warten muß, daß der Plumpudding erst allen Erwachsenen gereicht wird, bis es selber welchen nehmen kann) nach uns Ausschau – saß ganz ruhig da, aber ihre sprechenden Augen sagten alles. Genau eine Minute, ehe sie in ihren roten Schuhen auf uns zueilte, um uns (das heißt mich) zu umarmen, hatte sie sich auf ihren Posten begeben.

Das Haus war fast wie ein wahrgewordener Traum, denn Du hattest mir davon erzählt. Es hat so vieles von Elisabeth, dazu kommen Aubreys schöne Sachen: Das Porzellan glänzte auf den dunklen hölzernen Büfetts. Überall vor den blaßgelben Wänden große Dahlienkleckse.

In unserem Zimmer hatte Elisabeth alles hergerichtet: Verdauungspillen in einer Schale neben dem Bett, Virginia Woolfs ›Flush‹ auf dem Tisch, ausgesuchte Bücher, Corliss[1] auf russisch, Lisbeth Longfrock (Norwegen) auf dem Schreibtisch, alle Toilettengegenstände in den Schubladen.

Die große Sensation war die ungewohnte und doch so vertraute Elisabeth in ihrer Rolle als Hausfrau – »Winston[2], sagen Sie Collins, daß Mr. Aubrey um 1.30 Uhr zurück sein wird und daß das Tor dann offen sein soll.« – »Michaela, sagen Sie bitte der Köchin, daß ich sie wegen des Abendessens sprechen möchte.«

[1] Corliss Lamont, Autor und Philosophieprofessor, langjähriger Freund A.M.L.s.

[2] E.R.M.M.s walisisches Stubenmädchen.

C. war in glänzender Laune und neckte Elisabeth, Aubrey und Peter (Elisabeths Hund). Beim Mittagessen saß er auf einem Badezimmerstuhl, da ihm die herrlichen alten »Post-Stühle« mißfielen, von denen er, wie er sagt, herunterrutschen würde.

Elisabeth war ganz hübsch beschäftigt mit der Versorgung der Familie, und gestern abend war Lady Astor[1] hier, die auf dem Wege, einen Kindergarten zu eröffnen, hereingeschneit kam.

Elisabeth wird sich ausruhen, wenn wir fort sind, dann kommt ein ruhiges Wochenende, nachdem alle Familienmitglieder versorgt worden sind. Das Soufflé für Bernard[2] ging nicht auf – schreckliche Tragödie. – »Wie wär's mit einem Kompott oder mit Obst?« – »Wir haben nur Pfirsiche, und die gibt es zum Abendbrot.« – »Und was hältst du von Obstkonserven?« – »Wir *haben* keine Obstkonserven, und außerdem könnte ich ihm *die* nicht vorsetzen, selbst *wenn* ich sie hätte.« – »Na, dann die schöne Schokoladentorte, die wir zum Tee hatten.« – »O, Anne, in England bietet man außer zum Tee niemals Torte an!«

Wie seltsam, ohne Dich, Daddy oder Elisabeth nach London zu fahren.

Tagebuch

Samstag, 14. Oktober

Wieder bei Elisabeth – sehr entmutigt, da der Arzt sagt, daß sie *überhaupt* nicht aufstehen, sondern so lange wie möglich flach auf dem Rücken liegen soll. »Und vielleicht erhole ich mich nie mehr.« Die Angst kehrt zurück und nistet sich wieder bei mir ein.

Dienstag, 17. Oktober

C. und ich sprechen über den nächsten Winter. Er versucht mir zu sagen, daß es leichter ist, wenn man im voraus auf den Tod eines Menschen vorbereitet ist.

Elisabeth steht an der Türe, verabschiedet sich, sieht ganz so aus wie bei unserer Ankunft.

[1] Nancy Witcher (Langhorne) Astor, Frau des zweiten Vicomte Waldorf Astor. Saß als erste Frau im Parlament.

[2] Bernard Morgan, Aubrey Morgans älterer Bruder.

Während dieses ganzen Besuches hatte ich das Gefühl, als schwebe etwas über uns. Ich konnte nicht frei sein. Es war nicht nur unsere Rückreise, die ich fürchtete, sondern auch Elisabeths Reise. Wenn sie nur bis Kalifornien kommt – wenn sie nur gut dorthin gelangt. *Immer* sagen wir das. Wenn sie nach England kann – wenn sie heiraten kann – wenn sie weg kann ...

Samstag, 21. Oktober

Fahren nach Bottleigh Grange außerhalb von Southampton.

Briefe von Elisabeth, Mutter und Betty.

Das Baby – wie unerträglich. Es gehört mir, aber ich habe es nicht. Werde ich je nach Hause kommen? Es ist, als blicke ich eine riesenhafte Skisprungschanze hinunter.

Zeitlich ist die Entfernung bis zum Boden rasch überwunden, die Anstrengung aber und die Kraft, die es einen kostet, sind groß, der Sprung gewaltig.

Sonntag, 22. Oktober

Elisabeth ruft mich aus dem Hotel in Southampton an! Sehr beruhigend, sie zu hören. Es muß ein schrecklicher Tag für sie sein.[1]

Es regnet und ist kalt. Ich sitze am Schreibtisch und schaue auf die dunklen Zedern; meine Füße werden trotz des Gasfeuers kalt, aber ich schreibe mein Logbuch zu Ende. Große Erleichterung – jetzt habe ich geistig und emotional alles hinter mich gebracht und kann und muß einen neuen Anfang machen.

Es kommt mir wie im College vor. C. ist nicht da, und ich bin allein. Das kleine Zimmer, der Regen, das Sonntagsgefühl, ich bin an den Schreibtisch gefesselt, die Arbeit wartet auf mich, und es gibt zum Mittagessen Yorkshirepudding.

[1] Die Aubrey Morgans fuhren von Southampton aus mit dem Schiff nach Amerika.

Galway, Irland, Dienstag, 24. Oktober

Meine liebe Mutter,
ich habe den ganzen Tag, diesen schrecklichen düsteren, regnerischen Tag, an dem Elisabeth abfuhr, in Southampton damit verbracht, an meinem Funkerlogbuch zu arbeiten, das seit Island im Rückstand war! Es war besser, daß ich das fertiggemacht habe, denn wenn ich mich dazu hätte verleiten lassen, Dir zu schreiben, hätte ich entsetzliches Heimweh bekommen. Ich kann es kaum ertragen, an den herumspringenden Jon zu denken. Er gehört mir, er fehlt mir, keine Aussicht auf rasche Heimkehr. Irland – Schottland – Paris – Spanien – Portugal – die Azoren – Madeira – Südafrika – Südamerika. Werde ich *jemals* nach Hause kommen – *je* – *jemals?*

Wenn wir von Paris abgeflogen sind, geht es dann rascher, und ich kann mir eher vorstellen, wann wir nach Hause kommen. C. und ich haben vor (es ist schön, über den nächsten Winter zu sprechen, ich habe dadurch eher das Gefühl, daß wir wirklich nach Hause kommen werden), zwei bis drei Wochen in Englewood zu sein, uns in der Zwischenzeit nach einer Wohnung umzusehen und bis auf einen Flug (wahrscheinlich) nach Kalifornien den ganzen Winter über ruhig in New York zu bleiben.

Elisabeth wird Dir über Wales erzählt haben. Es war ein himmlischer North-Haven-Besuch: Es war ganz hübsch nebelig, wir saßen am Feuer, und es gab lange Streitgespräche zwischen Charles und Aubrey über den Zustand Europas und Deutschlands vor und nach dem Krieg und darüber, ob *Abrüstung und Weltfriede möglich seien.* Peter und Bogey kamen ganz durchnäßt von den Wiesen herein, es gab köstlichen Sherry und Käsewaffeln um 12.30 Uhr und Mrs. Morgan schaute herein, um die Dahlien zu versorgen. »Meine liebe Anne, du kannst dir gar nicht vorstellen, was es ausmacht, wenn man die Stiele abschneidet.« Und Elisabeth schickt Michaela hinaus, um »Mr. Aubrey« zu suchen. »Sein Vetter kommt zum Abendessen, *wie* soll ich die goldenen Präsentierteller aufdecken, die er uns geschenkt hat?« Ich fand Elisabeth in bezug auf ihren Winter und ihre Abreise ganz großartig. Und C. war von dem Mut, mit dem Aubrey den Dingen ins Auge blickt, beeindruckt. Ich bin so begierig zu erfahren, daß sie gut angekommen sind. Laß mich's wissen.

Wir hatten eine schöne Zeit in London, obwohl ich bei unserer Ankunft schüchtern und verängstigt war, denn ich hatte das Gefühl, ich müßte alle diese Menschen kennen, dabei kannte ich sie doch überhaupt nicht! Der erste Besuch war ein Abendessen mit »Charlie Whigham«[1]. Ich war ausgesprochen verschüchtert, C. war unsicher, und C.W. drückt einen nicht unbedingt gleich an sein Herz. Ich mußte natürlich daran denken, wie ich mit Dir, Daddy und Michael Herbert in diesem Eßzimmer gewesen war. Das muß damals gewesen sein, als wir Elisabeth in Grenoble abgesetzt hatten und Con zu klein war, um auszugehen. Es war mir, als sei ich wieder in demselben Alter, doch fröstelte ich ohne den guten Schutz, den behütenden Schirm: »Anne, du weißt, natürlich.« – »Ja, natürlich.« Das hüllte mich stets in einen unsichtbaren Mantel. Man versank für den Rest des Abends in einen wonnevollen Hintergrund, fühlte sich warm, behaglich und glücklich im Glanz der Unterhaltung älterer Menschen, bei Silber, Kerzen und Essen. Man mußte vor Beendigung des Abends überhaupt nicht in Erscheinung treten und dann: »Gute Nacht, Anne.« Doch letzte Woche mußte ich ganz alleine aufkreuzen, ja merkwürdigerweise sogar Charles ins Schlepp nehmen, denn natürlich wußte ich, daß sie uns nur Deinet- und Daddys wegen zu sich gebeten hatten.

Den ganzen Sommer über bin ich nie schüchtern gewesen. Ich treffe stets die verschiedenartigsten fremden Menschen, und da sich C. nie zu Plaudereien herablassen würde, muß ich das übernehmen, und ich finde, ich kann das inzwischen recht gut. Aber bei Deinen Freunden kam ich mir wieder so klein wie das einstige junge Mädchen vor, hatte nichts dazugelernt – und sagte mir dabei immer vor: »Du mußt einfach, du mußt deines Vaters Tochter sein.«

Aubrey hat für mich in Berkeley ein [von Elisabeth arrangiertes] wunderbares Fest veranstaltet. Ein herrliches Abendessen, das Aubrey perfekt zusammengestellt hatte, einen Biedermeierstrauß für Elisabeths langen Samtmantel, Orchideen zu meinem Kleid. Wir gingen ins Richard of Bordeaux. Aubrey, ich und seine Gesellschaft tanzten, bis die Kapelle zu spielen aufhörte. Ich kam von meinem vergnüglichen Abend völlig befriedigt zum »armen Charles« nach Hause, der, wie ich feststellte, mit Mrs. Grenfell zusammen Josephine Baker besucht hatte!

Mr. und Mrs. Grenfell[2] waren reizend zu uns, nahmen uns beim Wort, sagten niemandem, daß wir bei ihnen waren, ließen

[1] Charles Whigham, Michael Herbert, Freunde D.W.M.s und Teilhaber von Morgan, Grenfell & Co., London.

[2] Edward Charles Grenfell, Leiter der Firma Morgan, Grenfell & Co., London, und seine Frau, Freunde der Morrows.

C. kommen und gehen, wie es ihm beliebte, machten kein Programm, kümmerten sich nicht um uns, sondern waren tatsächlich äußerst verständnisvoll.

Von ihr bin ich geradezu bezaubert. Sie ist entzückend anzusehen, und ich betrachte sie mit Wonne. Noch dazu war es herrlich, daß ich mir jung vorkam und fröhlich war. Es war wunderbar, mit ihr zusammen zu Fortnum and Mason's zu gehen oder die geschäftige Bond Street, die im Glanz ihrer schönen Schaufenster erstrahlte, entlangzubummeln. Ich finde, sie ist eine richtige Mrs. Dalloway[1], immer kümmert sie sich um »eine alte Gesangslehrerin«, nimmt sie mit ins Kino, oder um »eine meiner Cousinen vom Lande« oder um »die arme, liebe Mrs...., die so schrecklich krank war« oder: »Ich habe versprochen, bei ... vorbeizuschauen, sie hat wieder ein Baby bekommen.« »Montag – Montag bin ich den ganzen Tag unten in der Siedlung.«

Zwischendurch hat sie eine Art Wohltätigkeitsveranstaltung für das russische Ballett arrangiert. Beim Tee oder beim Mittagessen kamen Leute vorbei, um mit ihr Listen durchzugehen. »Wenn wir doch nur Noël Coward bekommen könnten, er wäre glänzend. Wie steht es mit Osbert? Sie kennen Osbert – könnten Sie ihn erreichen?« – »Wie wäre es mit jungen Debütantinnen – liegt Ihnen an denen etwas?« – »Ach nein, ich glaube nicht, daß sie großen Einfluß haben.« In der Zwischenzeit läuft sie mit Mustern in Geschäfte, hält rasch, um zu fragen: *»Könnten* Sie das neue Teekleid bis Montagabend statt für Dienstag fertig haben?« – »Einen Tag eher, gnädige Frau?« Findest Du nicht, daß sie wie Mrs. Dalloway ist? Mrs. *Dalloway,* verstehst Du, *nicht* Mrs. Ramsay!

Ich muß mit London zu Ende kommen. Wir waren zu einem Teebesuch beim amerikanischen Botschafter. Der Botschafter ist ein ruhiger intelligenter Mann. Bei mir hatte er großen Erfolg, da er, anstatt mit dem üblichen Bla-bla zu sagen: »Ich war ein großer Bewunderer Ihres Vaters«, sagte: »Ich bewunderte die Arbeit, die Ihr Vater im Krieg und natürlich auch in Mexiko geleistet hat.« Nur die Menschen, die wirklich darüber Bescheid wissen, reden so – von der Arbeit während des Krieges.

Dann kam Charles eines Tages zurück und sagte, daß wir mit Sir Ramsay MacDonald[2] zusammen zu Abend essen würden. Er war nach irgendeinem Mittagessen dorthin mitgenommen wor-

[1] ›Mrs. Dalloway‹, Roman von Virginia Woolf.
[2] Englischer Staatsmann; damals Premierminister.

den. Es war niemand da außer »Ishbel«[1] im Schottenrock, ein paar ihrer Freunde und ein Mr. Thomas mit Frau. Ich muß sagen, es war interessant – allein schon das Haus, Downing Street 10 – und dazu war er reizend.

Mit großem Verständnis und ohne jeden Dünkel zeigte er uns seine alten und modernen Gemälde und erinnerte mich dabei ein bißchen an Daddy. Es war auch ein bezaubernder kleiner Bronzekopf eines Kindes, der ›Frohsinn‹ betitelt war, dabei. »Es ist ein wahrer Vorzug«, sagte er, »damit jeden Tag seines Lebens umgehen zu dürfen.« Er zeigte mir sein Studio. »Genau da hat Ihr Vater gesessen, auf dieser Couch.« Er fragte auch nach Dir, wie jeder in London. Auch »Ishbel« gefiel mir – sie hat so ein klares offenes Gesicht. Wir sprachen 1. von Elisabeth, 2. vom Kinderbaden, 3. davon, wie man Hunde stubenrein macht!

Die Leute hier scheinen über uns (die Vereinigten Staaten zu Hause) eher beunruhigt zu sein. C. sprach mit Mr. Grenfell. Sie scheinen Roosevelts Experimenten zu mißtrauen. Mr. G.s Stellungnahme läßt sich etwa so zusammenfassen: »Schwer zu sagen, Amerika ist ein seltsames Land, vielleicht gelingt es dort.«

Tagebuch

Montag, 23. Oktober

Abflug Southampton um 11.25 Uhr. Dunstig und Nebel. Stießen durch ein Loch und waren über den Industriebezirken von Wales. Über dem Kanal und an der Küste einigermaßen klar. Ein Berg und die Küste Irlands tauchen auf – sehr grün – ausgedehntes Land, strohgedeckte Dächer, Heuschober, Steinmauern. Valencia – die Küste, die C. angeflogen[2] hatte – Wolken, Nebel und Sonne. Kreisen über Galway. Der lange steinerne Wellenbrecher, Kinder, die herbeilaufen und Hockeyschläger schwingen. Fischerboote mit braunen Segeln kommen rasch und lautlos herein. Der kleine Junge und sein Vater schleppen uns in einem alten Ruderboot herein. Das irische Englisch, die Rufe: »Willkommen, Oberst, Gott segne Sie!«

[1] Tochter von Sir Ramsay MacDonald.

[2] 1927, auf seinem Flug in der *Spirit of St. Louis* von New York nach Paris, landete Oberst Lindbergh in der Nähe der Insel Valencia.

Dienstag, 24. Oktober

Trüber Tag, Tiefdruck. C. früh aufgestanden, um das Flugzeug aus dem Dock zu holen und aufzutanken. Ich gehe um acht alleine zum Frühstück hinunter. Es ist grau und dunkel. Das Licht brennt. Auf den Straßen kein Lebenszeichen. Ich schreibe den ganzen Vormittag in meinem Zimmer. Es ist sehr feucht und ziemlich kalt.

Ich führte heute morgen mit Mr. Q. ein Gespräch. Die Iren trauern um die Provinzen im Norden: »Das sind die sechs Provinzen, die nicht dazugehören.« – »Aber die Nordiren – sie sind alles in allem ein anderer Menschenschlag. Wir sind den Schotten jetzt verwandter als den Nordiren.« Beim Mittagessen entdeckte er, daß *Morrow* ein nordirischer Name war! (C.s Vorfahren stammen von Killarney ab; »Kissane – ein guter alter irischer Name!«) – »Die Nordiren sind finster. Aber vielleicht war es doch MacMorough.«

Nach dem Essen fuhren wir in die Gegend von Connemara. Weißgetünchte Häuschen, aus deren Schornsteinen sich der Rauch kringelte; zweirädrige Karren und Esel, zwei graue Esel, die unter einer großen Eiche bei einer grauen Mauer angebunden waren; barfüßige Buben, Frauen mit weiten roten Röcken und gewaltigen schwarzen Umschlagtüchern (Decken), die den Rükken hinabreichten, um Köpfe und Schultern.

Von Galway nach Inverness, 25. Oktober

Abschied von den grünen Feldern Irlands.

Die felsige Küste Schottlands, steile Klippen und kahle, heidekrautbewachsene Hügel. Den Kaledonischen Kanal hinauf, Berge fallen steil zu den Seen ab. Sehr stürmisch – starker Wind. Inverness, eine unscheinbare Stadt an einem Fluß. Wir ankern bei Flutwechsel, und dann verbringt C. sechs Stunden damit, ein kaputtes Kabel zu reparieren, das Flugzeug an einen besseren Landeplatz zu bringen und aufzutanken. Es ist bitterkalt – Nordwind – und es regnet, bevor es Abend wird. Ich warte im Hotel, wo mir ein netter Mann (vom Flugwesen) mit seiner Frau Tee und dann, als C. nicht auftaucht, Abendbrot anbietet und dann mit mir aufbleibt, bis C. durchfroren, müde und tropfnaß hereinkam. »Es macht mir nichts aus – mir gefällt so ein Abend.

Ich arbeite gerne schwer. Ich verbringe hundertmal lieber so einen Abend als einen in New York!«

Große Aufregung in Inverness über ein »Riesenvieh« in dem Loch. »Erschießt das Ungeheuer von Loch Ness nicht.«

26. Oktober

Immer noch sehr kalt. Wieder Schnee auf den Bergen.

Wir verlassen Inverness [mit Kurs auf Paris] um 1.13 Uhr mit einem tosenden Nordwind im Rücken, fliegen geradewegs über die Berge, unter uns Schnee, über uns schwere weiße Wolken. Schrecklich böig und kalt; bei den schweren Böen drosseln wir die Geschwindigkeit und verlieren dabei an Höhe. Ich bin erleichtert, als wir darüber weg waren. Kommen nach einer dreiviertel Stunde am Firth of Forth vorbei! Und dann geht es auf der Route über England weiter; der Kanal – tiefere Wolken und ein stürmisches schwarzes Meer. Wir entdecken, wo wir sind, und beginnen mit der Überquerung. Es wird dunkler und dunkler. Das war ein mutiger Mann, der als erster den Kanal überflog! Ist es wahrhaftig so finster, oder sind es nur die Wolken? Wie lange dauert es, bis man darüber weg ist. Pech, daß wir keinen klaren Tag haben, es würde so viel länger hell bleiben.

Vor uns der Leuchtturm – die Küste – der Hafen mit zwei Wellenbrechern, die wie ausgestreckte Arme ins Meer hineinreichen – schrecklich stürmische See, sogar im Hafen. Wir halten direkten Kurs auf das Landesinnere. Es wird dunkel. Ich richte meinen Blick auf die hellen Stellen im Himmel, auf den Widerschein auf den Tragflächen, doch sie gehen einer nach dem anderen aus, ganz plötzlich, wie elektrische Lichter. Im Osten ist es schwarz, im Westen dämmerig. Wenn wir es [Les Mureaux, die Marinelandestation] nicht finden, wohin können wir dann? Nachts sind wir noch nie auf Pontons gelandet. Das Gefühl, daß es keinen Hafen gibt, der erreichbar wäre. Man kann nicht in den Tag zurückfliegen. Wir könnten zur Küste zurück und mit Leuchtraketen landen, aber bei der *schrecklichen* See? Um fünf sagt C., noch fünfzehn Minuten. Dann muß er wissen, wo wir sind. Kann das noch fünfzehn Minuten so weitergehen? Ich fange an, die Minuten beim Luftholen zu zählen. Ein, aus, eins, zwei ... Wir erreichen die Seine. Lichter leuchten auf. Fliegen verschiedene Punkte an. Endlich die Positionsleuchten, die Hangars, das kleine Trüppchen Menschen. Perfekte Landung auf dem Fluß – praktisch dunkel.

Meine liebe Elisabeth,
an diesem schrecklichen Sonntag, an dem Du von Southampton abfahren mußtest, hätte ich Dich brennend gerne gesehen oder Dich angerufen, doch C. und ich haben uns das überlegt und dachten, daß es für Dich schwer genug sei – wir wollten Dir einen weiteren Abschied ersparen. Wenn ich so sehe, wie Du die Dinge bewältigst, dürfte ich mich nie mehr dem Selbstmitleid hingeben. Du warst in Wales in bezug auf Deine Abreise ganz großartig. Haus und Garten waren durch und durch Aubrey und Elisabeth. Aus diesem Grunde werde ich immer dankbar sein, daß ich beides sehen durfte. Vielleicht trägt allein die Tatsache, daß wir Dein Zuhause alle gesehen haben, es in unserem Gedächtnis bewahren, dazu bei, daß es Dir länger erhalten bleibt. Es leuchtete förmlich. Ich weiß, daß Du das überall fertigbringst, wo immer Du Dich auch aufhältst – genau wie Mutter.

Du hast das kleine Bauernhaus in Princeton gesehen. Zu Hopewell habe ich keine solche Beziehung, ja, ich verbinde damit nicht einmal das zweifelhafte Gefühl, daß ich es aus meinem Gedächtnis löschen möchte. Doch ist es mir unerträglich, wenn ich daran denke, daß das kleine Haus jemals in anderen Händen sein sollte. Denn wir waren dort, ohne es uns zu vergegenwärtigen, so glücklich. Ich erinnere mich in diesem Haus an alles, das wird sich auch nicht ändern, auch wenn es nicht so hübsch war wie Deines und ich davon keine Aufnahmen gemacht habe.

Ich glaube, daß man in seinem Gedächtnis versperrte Schubladen hat; man meint, daß man Dinge vergessen hat, und dabei sind sie doch alle vorhanden, ganz unversehrt und vollständig. Manchmal allerdings verliert man den Schlüssel dazu! Aber da ist trotzdem alles.

Paris! Wir landeten abends, von Inverness kommend, eine Stunde außerhalb von Paris auf der Seine. An den Ufern winkte aufgeregt eine kleine Ansammlung von Marinebeamten. Ein Mann in Uniform zischte in einem Motorboot heran, schüttelte uns die Hände und sagte aufgeregt: »Auf Wiedersehen! Auf Wiedersehen!« Welche Wonne, wieder Französisch zu hören: *»Doucement, doucement!«* – das galt dem Motorboot. Am schlierigen Ufer stiegen wir aus, man reichte uns Blumen, Hände wurden geküßt; dann ging es (noch in meinem weißen wollenen

Eskimocape und den Seehundsfellstiefeln – es war ziemlich kalt) zum Tee, und ich versuchte, französisch zu sprechen. Es war sehr lustig. Der diensttuende Offizier war geradezu überströmend herzlich. Es war so köstlich, so romantisch, wir waren *»comme une Princesse Lointaine«* in dem herrlichen weißen Mantel vom Himmel herabgekommen! »Und die Stiefel?« unterbrach ich. Wir waren jetzt in dem warmen Café, und diese Seehundsfellstiefel stanken zum Himmel!

Es war ganz ruhig – keine Reporter. Wir fuhren in die Stadt, kamen dabei durch Saint-Germaine-en-Laye (erinnerst Du Dich an unseren Tee auf der Terrasse und die braunen Kastanienblätter auf dem Boden?) und blickten nach einstündiger Fahrt eine lange Allee hinunter auf den erleuchteten Triumphbogen. Die Champs-Elysées sehen mit diesen großen Schaufenstern völlig anders aus, doch die anderen Straßen sind ganz gleich geblieben, auch die Reklamen sind die gleichen – »Dubonnet« – mit dem komischen Kellner in der langen Schürze, der eine Flasche hochhält. Ich finde die beleuchtete Place de la Concorde ganz aufregend, vielleicht ein bißchen theatralisch, aber so französisch. Doch die Madeleine am Ende der dunklen Straße anzuleuchten, das geht zu weit. Sie sieht dann aus, als sei sie aus Papiermaché.

Wir stiegen im Crillon ab (das Luftfahrtministerium hatte das arrangiert) und gingen zum Abendessen in ein kleines Restaurant, Au Grand Veneur. Es war himmlisch, denn bis jetzt hatte uns noch niemand entdeckt. C. war von der Begeisterung der Offiziere entzückt. Sie riefen Coste[1] an, sagten ihm, daß er kommen solle, verrieten ihm aber nicht weshalb, und er kam und sah C.: *»Ah, mon brave!«* Zwei Offiziersfrauen waren auch da – sehr französisch, einfach, aber vollendet angezogen, natürlich in Schwarz. (Ich kam mir in Deinem schwarzen Kleid auch ganz elegant vor. Die gebauschte Krause ist das Allerneueste!)

Doch was für eine Bewandtnis hat es mit der Französin? Sie ist immer, und dabei ganz unauffällig, elegant gekleidet. Nie kommt einem, wie bei einer Amerikanerin oder Engländerin, der Gedanke: »Wie vollendet ist sie angezogen!« (hinsichtlich der Mühe, die es sie gekostet hat). Wenn man überhaupt darüber nachdenkt, denkt man nur: *»Natürlich* ist sie gut angezogen.« Und in diesem *»natürlich«* liegt alles.

Also wir hatten wirklich einen himmlischen Abend, bis wir

[1] Dieudonné Coste, französischer Flugpionier. Flog den ersten Nonstop-Flug von Paris nach New York.

entdeckt wurden, denn in Paris bleiben alle auf der Straße stehen, wenn sie Charles sehen. *»Tiens! C'est Lindbergh!«* Dabei hatte es weder irgendwelche Publicity gegeben, noch war er erwartet worden. Doch die Reporter versammelten sich rasch, und am nächsten Morgen kamen die Zeitungen mit der ungehörigen Schlagzeile: »Lindbergh in Pariser Hotel aufgefunden!« heraus.

Am nächsten Morgen ging's dann los. Ted Marriner kam mit Mr. Tuck vom Nachrichtendienst vorbei und versuchte, mit der Menge der Reporter unten klarzukommen. Unsere ruhige Zeit in Paris war vorbei. Von nun an wurde es zur hektischen Hetzerei. Wir lehnten alle großen Abendessen, Clubs etc. ab, und doch ergoß sich ein endloser Menschenstrom von morgens bis abends in unsere Zimmer, ständig Telefonanrufe, Nachrichten, Briefe, überall, wo wir hingingen, folgten uns Reporter und Fotografen. Ich kam, während wir dort waren, nicht in einen einzigen Laden oder in ein Museum. Wenn ich hinausging, um spazierenzugehen, folgte man mir, also drehte ich mich einfach um und ging zurück.

Am zweiten Morgen gelangte ich hinaus, als sie C. verfolgten, und ging, da ich nun einmal frei war, zur Place Vendôme und dann die Rue Saint-Honoré entlang. Alles sah himmlisch aus. Du kennst dieses »frühe-Morgen-Gefühl«, wenn Du von allem nur kostest; mein großer Fehler war, daß ich nichts kaufte, es wäre meine einzige Chance gewesen, das Bettjäckchen zu bekommen, das Du Dir mehr als alles andere gewünscht hattest. Paris wäre genau *der* richtige Ort dafür gewesen, es gibt keinen besseren. Dabei wünschtest Du Dir nicht eigentlich so sehr das Bettjäckchen als solches, sondern vielmehr etwas Reizvolles fürs Bett, was *aus Paris* gekommen wäre.

Wenn ich zurückdenke, ist es schwer feststellbar, warum es so hektisch war. Warum war es mir nicht gelungen, die Dinge irgendwie zu ordnen? Aber alles, was geschah, geschah unter den wachsamen Blicken und vor den lauschenden Ohren der Presse, und ich kam mir wieder so gejagt vor wie zu unserer Verlobungszeit. Wenn wir in ein Taxi sprangen, sprangen sie in eines hinter uns.

Für C. ist es ganz unmöglich, in Paris zu sein, ohne aufzufallen. Sie sehen noch immer einen romantischen jungen Knaben – den Märchenprinzen in ihm. Frauen klopfen an die Türe seines Wagens, Menschenmengen versammeln sich, wenn er das Hotel verläßt.

Ich konnte mich, außer wenn ich auf die amerikanischen Reporter stieß, relativ frei bewegen, freier als in manchen anderen Städten. In der Vorstellung der Franzosen werde ich mit C. nicht in Verbindung gebracht. Sie können sich ihn verheiratet einfach nicht vorstellen. Das ist wie bei einem berühmten Filmschauspieler. Und niemand hat irgendwelche Hemmungen davor, sich zu einer Menschenmenge auf der Straße zu gesellen oder zu jubeln.

Für Charles war das eine äußerst bittere Pille. Es war richtig traurig. Er sprach davon, die Fliegerei aufzugeben, niemals mehr in irgendeine Stadt zu gehen. Es war ziemlich schlimm – dabei mag er die Franzosen, ich glaube, die Rückkehr bewegte ihn am ersten Abend. Doch waren die Leute vom Luftfahrtministerium prächtige Burschen, ihr Enthusiasmus war erfrischend, und es war an diesem ersten Abend keine Presse dabei.

Am letzten Tag trafen wir Mme. Carrel. Sie ist eine großartige Frau – eine Wissenschaftlerin und dabei doch eine unglaublich weibliche Frau. Sie sprach mit mir über C. und die Arbeit mit Dr. Carrel. Es war aufregend, sie sagte mir, daß ich C. sagen sollte, daß er ihn ermutigen solle. Sie ist sehr klug. Ich hoffe, daß alles, was sie über C. und seine Arbeit sagt, zutrifft, denn es machte ihn besonders in dem Moment, in dem das Leben so unwirklich aussah, sehr glücklich.

Dem gesellschaftlichen Teil konnte ich eine ganze Menge abgewinnen. Die Spielregeln dabei sind lustig, auch wenn man mit der Zeit genug davon bekommt. Ich spreche zum Beispiel auf einer Abendeinladung mit Mr. Stone zu meiner Linken und Ted [Marriner] sitzt rechts von mir. C. sitzt gegenüber am Tisch zwischen zwei hübschen Mädchen, mit denen er nicht redet. Mr. Stone und ich haben uns lange über Eugenik unterhalten (stell Dir vor, das kann man!), als er mitten im Satz sagt: »Wie *sind Sie* überhaupt an dieses Gebiet geraten?« Wir wechseln das Thema und sprechen über Rußland. Problem: Wie zieht man C. in das Gespräch, was Mr. Stone weit mehr freuen würde, als mit mir zu reden, und was gleichzeitig die Tischrunde zusammenbringen würde? Antwort: die Geschichte mit dem Goldrubel. Also fange ich an und werfe C. meinen Köder zu: »Charles, hast du einen goldenen Rubel in deiner Tasche?« Die hübschen Mädchen beugen sich vor. Mr. Stone und C. begegnen sich in der Mitte des Tisches. Ted unterbricht sein gedankenverlorenes Vorsichhinstarren auf den Tisch (den er ängstlich im Auge behalten hatte, um zu sehen, ob die Gäste den Abend genossen) und wendet sich an Charles, der lächelnd den Ball aufgenommen hat und zu reden anfängt. Endlich! Ich lehne mich erleichtert zurück.

Ich habe das Zusammensein mit der reizenden Frau von Hauptmann de Villatte, dem Offizier des Luftfahrtministeriums, sehr genossen. Sie wollte mich zu einigen Geschäften mitnehmen, in denen sie Sachen gesehen hatte, die »tout à votre style« waren. Bei einer Amerikanerin, die man nicht sehr gut kennt, hätte man das vielleicht übelgenommen, sie aber nahm ganz selbstverständlich an, daß man, auch wenn man nicht zu viel für Kleider ausgeben kann, sich *natürlich* trotzdem dafür interessiert. C. konnte ich es nicht erklären, aber in ihrem Verhalten lag so viel Charme, es zeigte etwas von der Fürsorge, die man unter Umständen auf ein perfektes Soufflé oder auf ein gelungenes Diner verwendet. Ihr Interesse an Kleidern, das mich bei einer eitlen Person irritiert hätte, störte mich nicht. Sie war durch und durch uneitel und hatte, wie ich wußte, wenig Geld für ihre Garderobe. Doch sie vertrat die Ansicht, daß es die eigentliche und echte Aufgabe einer anständigen Frau sei, sich gut anzuziehen, so wie man auch gut kochen sollte. Sie beschrieb mir ein Kleid, das sie gerade gekauft hatte, und sagte nicht einmal: »Ich kann keine Falten tragen«, oder: »Grau steht mir«. Vielleicht ist das eine Art objektiviertes Empfinden für das Künstlerische. Ein hübsches Kleid ist ein hübsches Kleid – man trägt es nicht einfach, um seine Figur herauszustreichen. Man muß gut angezogen sein, aber nie Eindruck schinden, nie Furore machen.

Wir fliegen nach Genf, dann an die Nordküste Spaniens, dann nach Lissabon – Azoren – und nach Madeira. Ich habe ausgerechnet, daß wir bis zum 15. Dezember zu Hause sein müßten. Es erleichtert's einem, wenn man ein Datum vor Augen hat.

Tagebuch

Montag

Nach Le Bourget hinaus. Mit den Piloten zusammen Mittagessen auf dem Flugplatz. Familienabendessen bei M. Blériot – Filme von M. Blériots ersten Flügen.[1]

[1] Louis Blériot, französischer Ingenieur und Flugpionier, der die erste Flugzeugfabrik Frankreichs errichtete und der im Juli 1909 als erster den Kanal überflog.

Von Paris nach Amsterdam [und Den] Haag,
Donnerstag, 2. November

Das Kriegsgebiet wieder völlig bewachsen und bis auf ein paar große Trichter gepflügt. Die Gräben haben gezackte Ränder, ein helleres Braun und verlaufen im Zickzack über die dunklen braunen Felder. Man sieht Bäume, Höfe und Vieh. Es kommt einem unmöglich und dabei so entsetzlich vor, daß so viele Menschen beim Kampf um diesen kleinen Landstrich sterben mußten.

Stürmisches Wetter.

Alles in Holland ist rechteckig. Gerade Wasserläufe (Kanäle) und Felder.

Von Den Haag nach Amsterdam, Samstag, 4. November
Sonntag, 5. November

Fahren mit Mr. Plesman[1] im Auto nach Utrecht.

Weidenbäume in Reihen, kleine Stümpfe, im Nebel am Kanal entlang. Birken und Eichenwälder braun und golden.

Das stürmische Aussehen einer holländischen Landschaft: der hohe Himmel voller Wolken und in weiter Ferne über den flachen Feldern und Kanälen die Silhouette von Bäumen, einer Windmühle und einer Kirchturmspitze.

7. November

Amsterdam – in Richtung Genf und zurück nach Rotterdam. Verließen Amsterdam bei einigermaßen gutem Wetter, örtliche Stürme. Flogen, nachdem wir Holland verlassen hatten, in Nebel und Stürme hinein. C. versuchte, sie zu umfliegen. Wir quälen uns ungefähr zwei Stunden herum, fliegen dabei manchmal unter Tiefnebeln durch und sind dicht über dem Boden, manchmal fliegen wir zwischen zwei Schichten und unter uns gleitet der dunkle Erdboden zwischen Nebelfetzen dahin. Nirgends eine helle Stelle. Er stößt wieder hinein. Lichtet sich's vor uns? Nein, lediglich eine weiße Nebelbank. Bringt die Dunkelheit vor uns einen neuen Sturm, oder scheint dort die handfeste Erde durch?

[1] Albert Plesman, Gründer und Leiter der K.L.M., der Holländischen Luftfahrt-Gesellschaft.

Ich war die ganze Zeit von der nackten physischen Angst gepackt. In solchen Momenten ist das Leben nicht mehr lebenswert. »Wenn ich da lebend herauskomme, will ich nie wieder fliegen.« Überlegen, ob wir auf diesem Kanal oder einem See landen können. C. schaut sich danach um. Warum landet er nicht? Ich sehe nur noch auf der »guten Seite« hinunter, richte meinen Blick dabei fest auf eine Straße, auf eine Baumreihe. Wir sind schrecklich nahe an diesen Hügeln der Kohlenbergwerke. Vor uns *muß* es aufklaren – es muß einfach, es war so angesagt. Einmal müssen wir herauskommen. C. sagt, wir könnten auf der Erde landen, die Schwimmer abstreifen – das wäre eine Erleichterung! Vielleicht würden wir etwas aufschlagen. Das wäre aber nicht so schlimm wie die Todesängste, die noch bis zur Landung durchzumachen wären. Bevor C. sich zur Landung entschließen würde, müßte es schon bis zum Äußersten kommen. Ich aber konnte sie nicht ertragen – diese abgrundtiefe Angst, durch die ich hindurchmußte, bevor wir landen würden. Wie unlogisch.

Ich stoße C. an, hoffe auf ein Lächeln – ein Zeichen. Er sieht lediglich verärgert aus. Ich kann nicht erreichen, daß er meine Gefühle teilt. Nein, jetzt lächelt er – das ist besser. Mir geht's auch besser. Ich will meine Augen schließen und zu ihm Vertrauen haben. Wenn ich meine Augen öffne, ist es jedesmal ärger – viel ärger –, so, als hätte das Verhängnis aus meinem Nickerchen Nutzen gezogen. Ich versuche Gedichte aufzusagen, um mich abzulenken, denn mich schüttelt's. Das ist albern. Wenn ich in einem Verkehrsflugzeug säße, müßte ich mich beherrschen. Mir fallen alle möglichen Verse ein: »Fürchte nicht mehr Sonnenglut ... zu Essenkehrers Staub geschart ...«[1]

Wo sind wir? Der Kompaß schlägt weiter aus. Jetzt fliegen wir nach Norden. Wir kehren um. Gott sei Dank.

Besser – schlechter, besser – schlechter, mir wird dabei ganz übel. C. sagt, daß wir landen. Er kreist über einem See ... wir werden landen – wie gut! Er kreist weiter und weiter – fliegt weiter. Wir kommen ans Meer, an eine Stadt mit einem Hafen und einem See. Hier können wir landen. Wie klug von ihm. Es ist sogar eine große Stadt. Ich schaue auf die Karte – Ostende – mit einem schönen Stausee, auf dem man landen kann. Wir kreisen, das Wetter ist schlechter, wir könnten es gerade schaffen. Er kreist – und er fliegt weiter die Küste entlang. Er will in einer kleineren Stadt landen. Wie klug von ihm. Hier ist eine – ein

[1] Shakespeare, ›Cymbeline‹, IV, 2.

breiter Kanal. Er schaut hinab – und fliegt weiter. Wir scheinen nach Holland zurückzufliegen, um auf holländischem Boden zu landen. Die erste, tief ins Land reichende Bucht, er fliegt an ihr entlang ... Oh, Antwerpen, natürlich. Dort wird er landen (wie klug von ihm), in einer richtigen, großen, belgischen Stadt. Also werden wir in Antwerpen landen, flußaufwärts. Er kreist und kreist und kreist – und fliegt weiter.

Jetzt bin ich schon nur noch angewidert. Werden wir versuchen, nach Genf zurückzukehren? Warum sagt er nichts? Es würde mir nichts ausmachen, weiterzufliegen, wenn ich nur wüßte, wie lange es noch dauert. Dann würde ich mich darauf einstellen. Ich friere, aber da C. vor einer Stunde sagte, daß wir landen würden, habe ich die Fliegermontur nicht angezogen. Jetzt werde ich sie anziehen, nicht mehr hinausschauen und zu schlafen versuchen. Zerknirscht hocke ich da. C. wackelt mit dem Flugzeug und deutet auf etwas – Befestigungen. Verdammt! Ich schlafe wieder ein, wache auf – noch immer über Antwerpen. Verdammt! Wütend denke ich an die Heimfahrt, an den Zug nach Paris. Eine Fünfpfundnote habe ich. In Paris könnte ich mir mehr besorgen. Doch die Zeitungen: »Werden Sie sich scheiden lassen, Mrs. Lindbergh?« Verfluchte Zeitungen.

C. stößt den Steuerknüppel hinein. »Nach Amsterdam zurück.« Na schön, auch gut. Jetzt ist das Wetter besser, die Zollformalitäten fallen weg. Sehr klug von ihm. Wir landen im Hafen von Rotterdam in der Nähe des Flugplatzes Walhaven. 4.30 Uhr. Es fängt an dunkel zu werden.

Ins Clubhaus hinauf. Ich friere, bin müde, aber glücklich. Heiße Suppe. Nach uns noch andere Piloten in den Nebel geraten. Ostende: »Nebel direkt bis zum Boden.« Ostende! Ich glaube, das war für uns ein Ort, an dem es *heller* war.

Von Rotterdam nach Genf, 8. November

Starten ungefähr um 11.30 Uhr, wir haben auf besseres Wetter gewartet.

Kommen nach Genf. Dieser erhabene, gleißende Kranz schneebedeckter Berge, der in blauem Dunst über dem See schwimmt. Wir stoßen hinab, lassen die Berge hinter uns. Genf.

9. November

Empfang des Bürgermeisters im alten Rathaus.

11. November

In der Nacht hat es geschneit. Autos, Dächer und das Flugzeug sind voller Schnee – ein Schneehimmel. Wache bei sehr schlechtem Wetter auf und rufe am Flugplatz an, um das *»météo«* zu bekommen. Kenne die technischen Ausdrücke nicht. *»Les Prévisions ne sont pas bonnes. S'il n'y a aucun changement ...« – »Les nuages sont très bas.«* Zum Yacht-Club hinaus, rudern zum Flugzeug. Verabschiedungen im Boot, versuchen beim Gepäckhinaufreichen, das Gleichgewicht zu halten. Der Schritt auf die Pontons, in drei Sprüngen zu meinem Sitz hinauf, gleite hinein, nehme meine Kappe ab und lege sie unter den Sitz auf den Schwimmgürtel. Ziehe meinen weißen Mantel an, hole mir Watte für die Ohren, rote Fäustlinge, nehme den Helm vom Driftmesser, den er vor dem Regen geschützt hat. Der Himmel wird etwas heller. Kommen wir über die Berge? Ich will brav sein, »will Vertrauen zum Piloten haben und immer nur auf der guten Seite aus dem Flugzeug schauen«. Doch es ist besser, als wir gedacht hatten – passieren die Flußenge – vereinzelte Wolken. Behalten Bodensicht – manchmal über, manchmal unter leichtem Schnee.

Kamen um vier in Santoña (Spanien) an – gerade rechtzeitig. Es war immer schlechter geworden. Aber ich hatte keine Angst, denn man konnte auch bei schlechter Sicht und Regen unschwer der Küstenlinie folgen, bis der Berg hinter Santoña auf der Seeseite auftauchte. Ruderboote mit Fischern in Regenmänteln kamen heran. Es regnet und ist windig. *»No hablo Español.«* C. sagt zu mir (als wenn ich das *könnte!*): »Sag ihm, daß ich gleich komme.« *»Momentino!«* Sie verstehen: »Estados Unidos« und »Lindbergh«. Auf dem Dock eine große Menschenmenge. Wir steuern auf die andere Seite des Hafendamms und gehen vor Anker. Wie wir einfahren, ist es dunkel.

Abendessen um zehn. Nach dem Essen kommen der Bürgermeister und die Gemeinderäte und bitten C., dem Hafen der Stadt eine »Empfehlung« auszustellen. Noch ehe sie wieder gehen, wird der Wind stärker, und C. sagt, daß er nach dem Flugzeug sehen will. Man sagt ihm, daß es abtreibt. Er läuft zum

Dock hinunter, wo es ungeheuer windig ist. Das Flugzeug treibt von Anker und den Kai hinunter. Sie kommen nach dreistündiger Arbeit um zwei Uhr zurück. Es gelang ihnen, das Flugzeug am Ausgang der Hafenmole an einen Hydranten anzubinden und an seinem Ende zwei größere Anker zu befestigen. C. geht nach zwei Uhr nochmals hinunter, um nachzusehen, ob noch alles in Ordnung ist. Der Wind heult die ganze Nacht; wir schlafen schlecht. C. ist wegen des Flugzeuges beunruhigt, und in mir weckt der Wind die Erinnerungen an die Hopewell-Nacht.

Santoña, 13. November

Das Wetter ist besser. Wir sind ausgeruht. C. schreibt den (Empfehlungs-)Brief für den Bürgermeister. Abschied auf dem Dock – »Gebt eurem Baby einen Kuß.« Wie wir hinausgezogen werden, kommt ein Boot, das uns aufzuhalten versucht. »Sturm über Vigo. Ihr solltet nicht fliegen.« – »Oh, wir werden schauen, wie's aussieht.«

Abflug etwa um elf. Ähnlich wie bei unserer Ankunft: örtliche Stürme, die Wolkendecke senkt sich. Eine düstere Bergkette und dahinter schneebedeckte Berge. Die Brandung schlägt gegen die Klippen und sprüht wie Geysire. Versuchen über die Berge zu kommen, die Wolken hängen tief. Versuchen es ein zweites Mal, folgen dem Fluß. Nachdem wir über eine Hügelkette geflogen sind, kommen wir zu einem großen Plateau. Das Wetter wird schlechter, keine Hügel, aber einige Seen. Wenn wir doch nur auf einen der Flüsse stoßen würden. Immer schlechter – wir drehen und versuchen es nochmal. C. fragt, ob ich den Wetterbericht bekommen kann. Ich versuche es auf 600 – keine Antwort. Wenn ich eine Zeitlang nicht hinausgeschaut hatte, wurde es indessen ständig schlechter.

Wir stoßen auf einen Fluß und auf Berge. Der Fluß fließt nach Westen. Tiefe Schluchten – wir sind unten in der Gebirgsschlucht. Könnte man hier landen? Seichte Stromschnellen. C. hält sich dicht an die Wände der Schlucht, damit er Platz zum Wenden hat. Nebelschwaden zu beiden Seiten. Bisher habe ich noch niemals *seitliche* »Bodenfühlung« erlebt. Ich probiere das Funkgerät und stelle fest, daß wir noch nie in so einer Situation gewesen sind. Wir folgen der Flußbiegung. Wie gut, daß man sich daran halten kann. Er wird breiter – die Täler sind breiter

– muß sich der Küste nähern. Der Nebel lichtet sich. Nach einer halben Stunde wendet C. und bereitet sich auf die Landung vor: Die Antenne ist 150 Fuß ausgefahren! Ich kurbele wie eine Wilde – kriege 110 Fuß herein und spüre, wie sie auf das Wasser aufschlägt und mit einem Satz auf und davon ist. Doch Gott sei Dank, wir sind sicher unten. »Ich habe die Antenne verloren, Charles!«

Wir arbeiten uns gegen eine starke Strömung den Fluß hinauf. C. findet hinter einer Sandbank einen geschützten Platz. Wir ankern sicher und ruhig. Menschen versammeln sich an beiden Ufern und rufen zu uns herüber. Nach geraumer Zeit bahnt sich ein Boot den Weg zu uns. Wir können »Lindbergh« sagen. *»Mal tiempo, Santoña – Lisboa, mal tiempo ... no puede ... Lisboa ... aqui.«* Dann: *»Persona Inglesa?«*

Sie rudern zurück, um jemanden zu holen, der Englisch spricht, und zeigen uns eine Karte. Wir sind auf dem Fluß [Minho], der Spanien von Portugal trennt. Viele Boote kommen jetzt – spanische Soldaten und Portugiesen. Beide Ufer sind bevölkert. Wir entschließen uns, in einer kleinen Bucht vor Anker zu gehen, wo das Wasser ruhig ist und wir abseits des Flusses sind. Wir ziehen das Flugzeug ans Ufer, und C. bindet es an Weiden fest und ankert vor dem Hügel. Einige Leute schauen zu: »Internationale« Polizei und eine ganze Menge armer Bauern, barfüßig und in Lumpen. Die Frauen sehen mit einem seltsamfarbenen gelben Tuch auf ihren schwarzen Haaren eher schön aus.

Jemand, der Englisch spricht, beschwört uns, in die nächstliegende portugiesische Stadt – Valencia – zu fahren, der Bürgermeister hat uns eingeladen. Soldaten werden das Flugzeug bewachen. Wir rudern über die kleine Bucht entlang der bevölkerten Ufer und werden auf einer schlechten Straße in die Stadt gefahren.

Schließlich fahren wir sehr müde und mit mehreren Blumensträußen zum Fluß zurück und rudern zu unserem Flugzeug. C. macht ein großartiges Bett: Der Steuerknüppel wird entfernt, die Löcher werden ausgefüllt, erst alle harten Stellen, dann wird alles mit den Rudern eingeebnet, so daß C.s Füße unter den Sitz passen, die Mäntel als Kissen auf die Regenmäntel, Fliegermonturen und Gummikissen getürmt, und wir legen uns in unseren Schlafsäcken schlafen.

In der Nacht werden wir durch eine Auseinandersetzung auf dem anderen Flußufer wach. C. knipst die Taschenlampe an:

»Hallo.« – »Hallo, Mister Lindbergh – hier ist ein Telegramm für Sie.« – »Von wem?« – »Aus Lissabon.« – »Von wem?« – »Aus Lissabon – ein Telegramm für Sie.« – »Ach, lassen Sie's.« – »Mister Lindbergh – ein Telegramm für Sie – aus Lissabon.« – »Ja, schon gut – morgen früh.« – »Ein Telegramm aus Lissabon«, etc., bis wir schließlich hinausrufen: »Mañana!« – und dann verschwinden sie.[1]

14. November

Es ist ziemlich kalt. Wir wachen auf, hören Stimmen und ein Boot, dann weitere Stimmen. Leute versammeln sich an den Ufern. Wie ich mich im Gepäckraum anziehe, stoße ich mit meinen schmerzenden Fingern überall an; mein Taschentuch ist weg; auf meine Hosen habe ich Öl gekippt. In solchen Augenblicken fallen kleine Geschehnisse, die sonst ganz unerheblich wären, ungeheuer ins Gewicht. Die Tube mit Cold-Cream war in meiner Tasche geplatzt – wahrscheinlich hatte ich mich draufgesetzt. Es war unmöglich, mir die Hosen im Sitzen anzuziehen. Mein Kamm zerbricht. Ich höre, wie die Stimmen immer lauter werden, und kann durch die Ritzen schauen.

Vor uns auf dem Ufer ist eine dichte Menschenmenge – mehrere Kameras –, und die Ufer an der anderen Seite des Flusses sind überfüllt. Zwei oder drei Ruderboote setzen die Leute über. Man hört ein ständiges Geschnatter, wie im Theater, bevor der Vorhang aufgeht. Alle Augen sind auf das Flugzeug gerichtet.

Ein scheußliches Gefühl, seine Morgentoilette angesichts so vieler wachsamer Blicke machen zu müssen und nur vom dünnwandigen Flugzeugrumpf geschützt zu sein. Dazu die Gewißheit, daß man im gleichen Augenblick, in dem man den Kopf herausstreckt, von Fotografen geknipst wird. »Die Lindberghs nach ihrer Nacht im Flugzeug.«

Wir gehen hinaus, C. als erster, und schütteln Hände. Der Bürgermeister von Valencia, der Kapitän des Küstenpatrouillenschiffes, der leitende Zolloffizier, der Junge, der Englisch spricht (»New Yorkese«). C. pumpt die Schwimmer aus. Es ist ein scheußlicher Tag. Der Mann kommt mit Treibstoff, und C. füllt mit einem Zehnliterkanister auf, während der Kapitän des Pa-

[1] Wie sich herausstellte, lautete das Telegramm: »Der portugiesische Baptistenkonvent heißt Sie willkommen.«

trouillenbootes mir (auf französisch) das Wetter erklärt. An der Küste tiefer Nebel.

Schließlich gehen wir mit dem Bürgermeister in ein Gasthaus in Valencia. Es gibt Mittagessen, ein sehr ausgedehntes Essen mit drei oder vier verschiedenen Fleischsorten, fünf oder sechs Gängen und Wein. Der Saal ist überfüllt. Wir warten stundenlang – von 1.15 Uhr bis 3.30 Uhr. Es gibt Champagner. Längst schon ist mein Französisch erschöpft. Dann ein Spaziergang den Hügel hinauf, durch enge Straßen mit Kopfsteinpflaster, an Frauen vorbei, die große Krüge auf ihren Köpfen tragen, zur Kathedrale. Die ganze Stadt läuft hinter uns her, die Kinder rennend und schreiend voraus. Dann den Hügel wieder hinunter und Rückfahrt nach Hause. Im schmutzigen Boot über den Fluß. Es ist ungefähr fünf. Der Offizier sagt, daß wir jetzt müde sein müßten – die vielen Menschen. Er wird eine Wache aufstellen, damit wir nicht gestört würden. Alle Leute werden friedlich weggebracht, wie Schafe. Das Flugzeug ist von C.s Stiefeln schlammbedeckt. Wir schlafen ganz gut und hören den Regen auf die Tragflächen prasseln.

15. November

Keine Wolken mehr über den Hügeln. Die gleiche Menschenansammlung und noch mehr Fotografen. Die Kanzel sieht unglaublich aus. Wird sie jemals wieder sauber? Der Bürgermeister gibt bekannt, daß er eine Straße nach uns benennen will. Charles macht von den Kameraleuten ein paar Aufnahmen, was große Heiterkeit erregt. C. packt um. Abschied, wir lassen die Maschine warmlaufen und schieben uns unter den Weiden hinaus in den Fluß, durch die Strömung flußaufwärts. Mehrmals schurren wir über den Grund! Viele Menschen laufen an beiden Ufern entlang, rennen durcheinander, Kinder, Männer, Frauen, Hunde, alle beobachten das Flugzeug und laufen, um mithalten zu können, wie Pied Piper. Die meisten sind barfuß. Ich beobachte eine Mutter, die ein Kind trägt und der ein Lamm nachläuft. Als wir eine gute Strecke flußaufwärts zurückgelegt haben, wenden wir und machen uns flußabwärts startbereit.

Wir kreisen über Valencia und Tuy und nehmen dann Kurs auf Lissabon. Plötzlich Sonne – eine weite Bucht mit vielen Schiffen, Kriegsschiffen, Schleppern, Segelbooten, Passagierdampfern – eine große, ausgesprochen romanische Stadt mit weißen oder rosa Bauten erstrahlt in der Sonne. Ziemlich unruhiges Meer. Wir steuern auf den inneren Wellenbrecher, der voller Fischerboote ist, zu. Alle Schiffe tuten, wie wir hereinkommen. Die übliche Menschenmenge, das Sperrfeuer der Kameras, wie wir den Landeplatz betreten, Blumen und Vorstellungen. Hinauf ins Büro des Kommandanten, Portwein zum Willkommen. Der nette dicke Offizier bricht doch tatsächlich in ein »Hipp-hipp-hurra!« aus. Mrs. Caldwell[1] nimmt mich mit in die Gesandtschaft, wo ein heißes Bad, anständige Kleider und ein herrliches Mittagessen mich wieder ins Gleichgewicht bringen.

Das kleine portugiesische Mädchen packt *alle* unsere sorgfältig gepackten Taschen aus, verteilt die Sachen in vier Kommoden und bringt C. zur Weißglut. Wir brauchen den ganzen Nachmittag, um alles wiederzufinden.

Sehr müde ins Bett.

Lissabon, 16. November

Liebste Mutter,
diese Stadt – zumindest die Botschaft und der Garten – erinnern mich an Mexiko. Heute morgen wachte ich in dem hohen altmodischen Schlafzimmer durch alle möglichen Geräusche auf, die mich daran denken ließen. Die kühle Frische, die, wie man weiß, von der Sonne aufgesogen wird, denn ich spürte, daß wir wieder in einem warmen Land waren. Über das im Unterbewußtsein verankerte Gefühl der Ruhe und des Friedens breiteten sich die schwirrenden hellen Töne eines mexikanischen Morgens: in der Ferne weittragende monotone Rufe der Straßenhändler, nicht schrill, aber anhaltend und wohlklingend, wie Vogelrufe. Dazu jenseits der Mauer die spitzen Schreie der Kinder und das Kollern der Truthähne. Und wieder mehr in der Nähe, unter dem Fenster im Garten – welche Wonne! – hörte man die beruhigenden, herrlichen Geräusche des Fegens, Rechens und Scharrens von jemandem, der im Garten der Botschaft arbeitete. Den dumpfen Ton, der entsteht, wenn man die Strohkörbe zum Unkrautsammeln abstellt. Füße, die Steinstufen hinuntertrappen, Vogelgezwitscher und der unverwechselbare, nur bedingt angenehme Geruch von Verbranntem, den wir auch in Mexiko kannten. Nie wußten wir, woher er kam. Es war kein Küchengeruch und auch

[1] Mr. und Mrs. Robert G. Caldwell, amerikanischer Gesandter in Portugal.

nicht der Geruch von verbranntem Laub – was verbrennen sie wohl? Jedenfalls konnte ich nicht widerstehen und ging noch vor dem Frühstück hinaus.

Dieses prächtige alte Haus liegt an einem Hügel. Man schaut über rote Dächer und vereinzelte Palmen auf den großen Hafen hinunter, wo Schiffe aus der ganzen Welt liegen. Am Hang liegt der abgeschlossene Garten mit drei Terrassen über der Straße, so daß man vom zweiten Stock über eine Brücke in den Garten geht. Er ist ganz von einer Mauer umgeben und voller Palmen, Pfefferbüsche, Bambus, Klettergeranien, Poinsettien und Fuchsien.

Wir finden Sonne und Blumen himmlisch, denn wir hatten überall in Europa schlechtes Wetter, es war kalt, naß und dunstig. An der spanischen Küste und nach Portugal war *schrecklicher* Nebel und Sturm.

Ich bin, wenn es sich um Nebel handelt, ganz schlimm. Ich hasse ihn unaussprechlich und habe die ganze Zeit panische Angst, und jedesmal, wenn wir so einen Tag erleben, habe ich das Gefühl, daß ich diese Art Leben nicht weiterführen kann. Natürlich sagt C., wenn wir runterkommen, daß wir nie in schwierigen Situationen waren. Ich vertraue ihm vollkommen, weiß, daß er sehr vorsichtig ist und nichts riskiert und daß es bei mir lediglich panische Angst ist, die ich nicht unterdrücken kann und die sich durch meine Einbildungskraft noch verstärkt.

In Rotterdam hatte ich ein merkwürdiges Erlebnis. Ich denke mir oft, daß man anderen nicht helfen kann, außer vielleicht zufällig, und dann erfährt man es nie. Doch in Rotterdam gelang es jemandem, mir zu helfen. Wir versuchten nach Genf zu fliegen und sind nach einem zweistündigen Kampf mit dem Nebel umgekehrt und zurückgeflogen. Als wir endlich wieder unten waren, unterhielten sich im warmen Clubhaus in der Nähe des Flugplatzes verschiedene »versprengte« Piloten. Ich war in einem recht desolaten Zustand und richtig angeschlagen. Jemand setzte sich neben mich, es war ein netter Pilot, der darüber sprach, wie schön es für uns sei, daß wir zusammen fliegen könnten.

Ein ungünstiger Augenblick, um mit mir so ein Gespräch zu führen. Ich fand, er habe keine Ahnung, und war über das Idealbild, das er von uns zeichnete, eher erbittert. Dann wurde mir langsam klar, daß er nicht von uns, sondern von seinen Erlebnissen sprach. Er ist offenbar ein sehr feinfühliger Mann, der einen eigenen Beruf hat, aber häufig mit seiner Frau lange

Flüge unternimmt. Sie fliegen einfach zusammen, machen alles selbst und sind dabei ganz aufeinander angewiesen.

Genau erinnere ich mich nicht mehr an das, was er sagte, aber er sprach von seiner Frau. (Sie ist gerade sehr krank gewesen, und das hat, wie ich annehme, seine Beziehung noch intensiviert.) Er hatte Achtung vor meinem Mut (!), da er die Unbilden kennt, fand es aber großartig, sie gemeinsam durchzustehen. *Besonders* beim Fliegen. Das Zusammen-Fliegen verbindet, denn man ist ganz auf sich gestellt. Man ist ganz auf den anderen angewiesen, das sind einmalige, ureigene Erlebnisse. »Man geht miteinander durch dick und dünn.« Das ist auch wirklich war – nur hatte ich es vergessen.

Mir wurde dabei blitzartig klar, daß C.s Beziehung zu mir genauso war, auch wenn er das nicht ausdrücken kann und nicht daran denken würde, es auszusprechen; ich habe es aber als selbstverständlich hingenommen und beinahe aufs Spiel gesetzt. Das Bild, das er skizziert hatte, betraf uns, sobald ich nur meine Hand ausstrecken und danach greifen wollte, sobald ich aufhören würde, mich dagegen aufzulehnen, und es akzeptieren würde. Ich sollte mir klarmachen, daß dies jetzt wahrscheinlich die glücklichste Zeit meines Lebens war, daß wir jung und glücklich verheiratet waren und alles gemeinsam machten.

Natürlich ist und war mir das auch schon klar. In Grönland zum Beispiel. Doch haben Angst, Heimweh und Unmut und die Spannung durch die stets wachsame Presse in mir den Wunsch geweckt, nach Hause zu kommen, alles so rasch und schmerzlos wie möglich hinter mich zu bringen. Dazu kam ein ungeduldiges Verlangen nach einem wirklichen Leben, und ich hatte übersehen, daß dies unser wahres Leben ist. Erinnerst Du Dich an Prousts Aussage, daß einem die Zukunft nicht wie ein ganzer Kuchen serviert wird, sondern daß man daran ständig zu knabbern hat? Das ist es eben, und schlimm wär's, würde man's vergeuden.

Ich weiß nicht, warum ich Dir das schreibe, doch ich weiß, daß Du das besser als jeder andere verstehst, und es wird mir gegenwärtiger, wenn ich es Dir schreibe. Natürlich bist Du selbst das beste Beispiel. Du hast mit Daddy so vieles gemeinsam unternommen. Es muß befriedigend sein zu wissen, daß man niemals klein beigegeben hat – nicht in Mexiko, nicht in der Wahlkampagne und bei so vielem, das ich erst später wahrnahm. Du hast die Dinge immer ganz getan und das Beste daraus gemacht.

Aber die Situationen sind wohl doch nicht dieselben, selbst

wenn sie einander gleichen. Nach meiner Zeit in Rotterdam war mir in bezug auf die Rückreise, die ich bisher nur gefürchtet hatte, bedeutend wohler. Mir wird nun, wie damals in Grönland, eine Aufgabe gestellt. Dadurch macht mir das Ganze mehr Freude, ich bin intensiver daran beteiligt. Ich muß das Fliegen und das Funken bewältigen, äußere Abhaltungen existieren nicht. Die Flüge von hier zu den Azoren, von den Azoren nach Madeira und von Afrika nach Südamerika werden lang und ermüdend sein, sind aber eine wirkliche Aufgabe, nicht nur ein Herumsitzen im hinteren Cockpit.

Wir werden auf das bestmögliche Wetter warten für diese Flüge und hoffen auf gute Nachrichtenvermittlung. Dazu sind wir, wie C. sagt, auf dem Weg nach Hause. In einem Monat, so sage ich mir vor, sind wir zu Hause, das klingt nah. Im Vergleich zu den Strecken, die wir noch zurückzulegen haben, erscheint mir der Zeitbegriff schier bedeutungslos. Ich sehe ihn nur noch räumlich, als Entfernung und als Arbeitspensum.

Tagebuch

[Lissabon] Sonntag, 19. November

Fahren aufs Land; Täler und Hügel, eher kahl, mit Weinbergen und gepflügten Feldern bedeckt. Hier Eukalyptus-Alleen, graue Olivenbäume, windschief und sturmzerzaust, kleine Städte gleißen im Sonnenlicht.

Der Minister erzählt uns von einem bestimmten Höhenzug, dem »Torre Vedras«, der sich vom Meer nördlich Lissabons über das Land zum Tagus erstreckt. Diese Trennungslinie war stets das letzte Verteidigungsbollwerk – für die Portugiesen gegen die Mauren, für die Kreuzfahrer gegen die Mauren und für Wellington gegen die Franzosen im Napoleonischen Krieg. An einer Stelle ist die geschlossene Linie durch eine Schlucht und ein langgestrecktes Tal, das im rechten Winkel dazu verläuft, unterbrochen. In diesem Tal liegt auf einem hohen felsigen Kamm Obidos, eine alte befestigte Stadt, die den Anmarsch auf die Linie des Torre Vedras überwacht.

Unser erster Blick auf Obidos: eine Kreuzfahrerstadt auf einer Felseninsel in einer weiten Ebene, völlig von Mauern umgeben, an deren beiden Enden jeweils eine Burg liegt; ein Aquädukt führt heraus. Wir erkletterten die alte Steinmauer und blickten auf die rotbraunen, kunterbunt ineinanderverzahnten Dächer und auf enggewundene gepflasterte Straßen hinab, sahen da und dort eine Zypresse, einen Orangenbaum oder einen kleinen Weinstock, die sich grün von den weißen Mauern abhoben. Tief unter uns bunte Hähne in einem kleinen Hof und ein grauer Esel, der die Straße hinauftrottet.

Friedlich aßen wir unser Picknick im Südturm. Unsere Blicke schweiften über die unregelmäßig gezackten Mauerlinien und die gepflügten Felder der Stadtbevölkerung, die im Mittelalter auf ihren draußenliegenden Feldern arbeiten und abends hinter den Mauern Schutz suchen konnte.

Montag, 20. November

C. kam nicht zum Mittagessen: zu beschäftigt mit dem Motor. Er leistet schwere Maschinistenarbeit – es ist ihm zu unsicher, das anderen zu überlassen.

[Von Lissabon zu den Azoren] Dienstag, 21. November

Wurden um vier Uhr geweckt. Stockdunkel und recht kalt. Alles ist gepackt, keine Hetze. Der Gesandte und Mrs. Caldwell stehen auf und frühstücken mit uns. Alle im Haus stehen auf. Schrecklich nett von ihnen. Ein gutes Frühstück vor unserem Aufbruch zum Hafen. C. hatte das Flugzeug gestern ins Wasser gelassen und aufgetankt. Bis wir mit Laternen und Autoscheinwerfern hinauskommen, regnet es.

Wir heben rasch bei starkem Seegang um 7.08 Uhr ab. Befinden uns zuerst in schweren Stürmen und tiefliegenden Wolken, starken Winden und atmosphärischen Störungen, haben aber später fast unbedeckten Himmel. Dann wieder, bei den Inseln, Regenböen. Das einzige Erlebnis auf der Reise: als ich flog, während C. Aufnahmen machte, der Blick auf den Vulkankegel des Terceira, der in den Wolken verschwand.

Seit Terceira sind ständig Inseln in Sicht. Örtliche Stürme, Wolken ballen sich über den Hügeln zusammen, sehr starke Winde. Landen im kleinen Hafen von Horta: an einem Hafenende ein steiler Hügel, am anderen eine steile Klippe. Stoßen in einer Schleife nach unten und lassen auslaufen.

Ville d'Ys, französisches Kriegsschiff, im Hafen. Wir sahen es zuletzt in Godthaab, in Grönland. Sind begeistert, es wiederzusehen, und winken wie wild.

Wir klettern von Bord und schütteln Hände im schlingernden Boot. Das französische Schiff nähert sich. Ein Strauß Kamelien mit einem blauen Band, auf dem *Ville d'Ys* steht. Wir rudern zum Dock, Kameras, Klatschen, viele Menschen und viele Mädchen mit Blumen. Wir nehmen die ersten beiden Sträuße, können mehr aber nicht tragen. Auf C. wird ein massiver Strauß Kamelien geschleudert! Man streut sie uns vor die Füße. Menschen wollen, daß wir in ihren Häusern wohnen. »Sind Sie müde? Setzen Sie sich ... Hatten Sie einen angenehmen Flug?«

C. besteht darauf, ins Hotel zu gehen, um in Ruhe überlegen zu können. Wir fahren auf der einzigen hoppeligen Straße und halten vor einem gelbgetünchten Haus mit bunten Glasfenstern – *Hotel.* Zwei Treppen hinauf in unser Zimmer. Es sieht sauber aus, ist weiß gestrichen, hat verblichene blaue Vorhänge, ein großes dunkles schweres Holzbett und in der Ecke einen Waschständer aus Zinn mit einem Eimer. Ich setze mich auf das Bett. Es gibt überhaupt nicht nach und raschelt leicht – eine Strohmatratze und Strohpolster. Ein Mädchen bringt einen Krug mit kaltem Wasser zum Waschen.

Die englische Familie, die uns nahegelegt hat, zu ihr zu kommen, steht in der Türe und sagt: »Das ist wirklich recht unbequem. Warum kommen Sie nicht mit zu uns, nehmen ein heißes Bad und trinken eine Tasse Tee?« – »Oh nein«, sagt C. strahlend, »mir kommt es *sehr* bequem vor – es sieht, hm ... sauber aus« (das war aber auch alles). Ich lege mich sehr müde hin – zu müde, um mich auszuziehen. »Was möchtest du?« sagt C. »Ich möchte ein heißes Bad und eine Tasse Tee.«

Er kommt nach einer Stunde zurück, und wir gehen zu der englischen Familie, trinken Tee und Madeira, bekommen ein heißes Bad und ein Abendbrot.

Zum Schlafen auf unsere »Maiskolben«; scheußliches Loch in der Mitte.

Wache um vier Uhr auf und kann nicht einschlafen.

Wenn wir fliegen, habe ich kein Heimweh, aber wenn wir einen Tag unterbrechen, bin ich frühmorgens und vor dem Zubettgehen ungeheuer ungeduldig und zähle die Tage, die es möglicherweise noch dauern kann. Ich darf nicht an den nächsten Tag denken, sonst kann ich nicht einschlafen. Ich verbiete mir, an die Heimkehr und an das Baby zu denken. Es ist zu kostbar. Die Chance, nach Hause zu kommen, könnte sich verringern.

Mittwoch, 22. November

Düsterer Himmel, und es gießt in Strömen. Wir besuchen den örtlichen Gouverneur, den Kommandanten des Hafens, dann den militärischen Diensthabenden und das Büro der Vacuum Oil Company. Ich bin sehr müde. Wir werden zu dem Ehrenplatz, dem Sofa, komplimentiert, wir sagen ein paar Höflichkeiten. Sie werden übersetzt. Er sagt, wenn es etwas gibt, was er tun könne, stehe er zur Verfügung. Das wird übersetzt. Wir lächeln. Er fragt, wann wir abfliegen, oder ob wir nach Amerika fliegen. Wird übersetzt. Wir antworten. Wird übersetzt. »Vielen Dank ... auf Wiedersehen.«

C. meint, daß der Hafen bei bewegtem Seegang zu klein für einen Start mit vollbeladener Maschine ist. Vielleicht geht's nach Ponta Delgada, das ist größer als Horta, hat einen größeren Hafen, längere Wellenbrecher.[1]

Donnerstag, 23. November

Ein herrlicher Tag. Wir starten ohne Schwierigkeiten (nur leicht beladen) innerhalb des Hafens und sind am Ende der Wellenbrecher, etwa um zwölf, in der Luft. Nach anderthalb Stunden kommen wir in Ponta Delgada an. Das Ankern ist ungeheuer schwierig. Das amtliche Motorboot kommt zu nah heran, rast dabei beinahe in einen Flügel, vertäut uns zu rasch. C. hat Angst, an ein Schiff zu knallen. Er kappt ihre Taue, um uns zu befreien! Große Aufregung bei den Portugiesen.

Es ist recht heiß. Ich bin in einem Wollhemd, Pullover und einer wollenen Bluse geflogen. Ich ziehe die Wollbluse aus. Wir fahren in einem kleinen Boot auf das Dock zu. Ein malerischer alter Landungsplatz: Zwei offene gewölbte Treppen führen ans Wasser hinunter, fast venezianisch. Auf dem Dock eine große Menschenmenge, die ruft, winkt, sich drängelt und uns Kinder entgegenhält. Endlich gelangen wir zu einem offenen Auto und fahren durch eine Menge, die uns von den Balkons in den engen Straßen Konfetti und Rosen zuwirft. Sehr romantisch, wie in Süd- oder Mittelamerika. Ins Konsulat. Ein heißes Bad und Tee; dann gehen wir aus, um den Kommandanten der Marine und

[1] Oberst Lindbergh erwog einen Rückflug in die Vereinigten Staaten über Neufundland.

den Gouverneur zu besuchen, der außerdem ein U.P.Reporter ist und die Lokalzeitung führt!

Freitag, 24. November

Wecken um 4.30 Uhr. C. hat es schwer, eine Boje an das Ankerseil zu bekommen, er ruft und deutet. Sie verstehen nicht oder tun jedenfalls so (war immer meine Taktik im Rechnen). Es dauert lange. Inzwischen ist Wind aufgekommen, und es ist Tag. Doch wir kommen gut weg. Ein herrlicher Tag, gute Verbindung mit Madeira, das C. haargenau anpeilte. Madeira, eine hübsche turmreiche terrassenförmige grüne Insel. Ziemlicher Wellengang und ein kurzer Wellenbrecher. C. kreist und kreist und fliegt schließlich weiter zu den Kanarischen Inseln. Durch Regen und dann ins gute Wetter.

Landen in Las Palmas. Ein langer Wellenbrecher, ein Außenhafen, ein großer Hafen am Fuße zweier schwarzer Berge. Die Stadt sieht maurisch aus; flache weiße Gebäude. Wir tuckern in den großen Hafen. Viele Schiffe – britische, französische, portugiesische, spanische, schwedische – und eine Menge Schleppkähne der Fischer. Zwei Engländer ziehen uns in den Hafen, wo inzwischen eine Menschenmenge zusammenströmt. Bahnen uns unseren Weg durch die Leute zum Kapitän des Hafenbüros, dann besuchen wir den Gouverneur der Kanarischen Inseln. Wir gehen früh ins Bett und schlafen unter Moskitonetzen.

Sonntag, 26. November

Um 4.30 Uhr auf. Raus zum Dock. Wir brauchen *lange,* bis wir fertig sind. Endlich kommen wir weg. Ein herrlicher Tag – Wolken am Horizont.

Afrika ist genau so, wie ich es mir vorgestellt habe – trocken, braungelber Sand so weit man sehen kann, es fällt in schroffen steilen Klippen zum Meer ab. Villa Cisneros auf einer Landzunge zwischen der Bucht und dem Meer – nichts als Sand. Eine große weiße flache Festung, ein Hangar, ein Quadrat flachgedeckter Häuser und eine Ansammlung dunkler brauner Zelte. Wir landen in der Bucht. Das Licht war gleißend. Eine schimmernde blaue Bucht, blendende schattenlose Wüste und eine scharfe Grenze, wo die Klippe ihre Schatten warf.

Ein Boot kam zu unserer Begrüßung heraus, ein Maure in zerfetzten europäischen Kleidern und einem blauen, um den Kopf geschlungenen Turban stand darauf. Man hatte für uns eine Boje reserviert. C. hat sie erwischt, und ich war unten auf der Tragfläche, um das Seil an den Pontons zu befestigen. Plötzlich – ein Platsch und aus dem Wasser tauchte direkt zu meinen Füßen ein schwarzer Lockenkopf auf. Einer der Mauren war vom Schiff gesprungen und zum Flugzeug geschwommen, um uns zu helfen. Als wir endlich vertäut waren, stiegen wir ins Boot. Der Gouverneur, ein großer Mann in Weiß, ein Spanier, sprach schlecht Französisch, war sehr herzlich. Wir kämpften uns mühsam durch: *»Pas d'essence.«* – *»Nous partirons demain matin.«*

Wir erreichten die Hafenanlage. Viele Mauren hockten herum. Wie können sie nur so sitzen, ganz zusammengekauert und bewegungslos in ihren fließenden dunklen Gewändern, aus denen die dunklen Augen hervorlugen? Der Mund und das übrige Gesicht sind von der Hand bedeckt. Sie rühren sich nicht, scheinen einen nicht zu bemerken. Sie gehen in einem bestimmten Rhythmus. Die Frauen sind schlank, flink und lautlos wie wilde Tiere. Man merkt nicht, wenn sie einem folgen.

Als wir uns dem quadratischen Fort nähern, laufen schmächtige gelbe Hunde bellend heraus. Hier sind zwei Schildwachen-Spanier, die irgendwie niedergeschlagen aussehen. Im Innern ein paar kümmerliche Bäume, weißer Sand, weiße Mauern. Wir gehen Treppen hinauf und in die Wohnung des Gouverneurs.

Der Gouverneur hat ein Auto und wir fahren mit ihm hinaus, um *»faire une petite promenade«*. Seine Frau und sein kleiner Sohn kommen mit uns. Wir halten an einem der weißen Häuser und treffen einige Leute der Air France. Offensichtlich werden die Flüge hier planmäßig unterbrochen; drei bis vier Leute sind hier stationiert: ein Mechaniker, ein Meteorologe und ein Pilot. Wir fahren über das Feld zu einer Reihe von Befestigungen, die durch ein dickes Geflecht von acht- bis zehnfachem Stacheldraht miteinander verbunden sind. Ein Tor schwingt auf. Hier fängt wirklich die Wüste an. Blickt man auf diesen Landstrich, meint man aufs Meer hinauszuschauen. Spuren verlaufen sich, und in der Ferne konnten wir einzelne kleine Gestalten sehen, ein, zwei Kamele und Männer, die ihres Weges zogen.

Die Gespräche gehen schleppend. Der Gouverneur spricht spanisch mit dem Offizier. Er wiederholt es für mich auf französisch. Ich erkläre es C. in englisch. Er antwortet auf englisch. Ich übersetze ...! Nach dem Mittagessen setzt man C. und mich beim Flugzeug ab, an dem wir einiges zu tun haben. Ich streiche das Flugzeug, das ist geruhsamer, als französisch zu sprechen. Im Zwielicht sind die Farben überirdisch – der Sand wie stumpfes Gold, nicht funkelnd, sondern matt schimmernd, Wasser und Himmel tief grünblau. Es ist ganz klar. Diese Klarheit und die ungetrübten Farben erinnern mich irgendwie an Abende in Grönland.

Trinken mit den Mauren zusammen Tee. Sie hatten uns am Morgen eingeladen. Ich hatte den ganzen Morgen über auf französisch zu fragen versucht, ob es nicht gefährlich sei, den Tee zu trinken – *nicht,* daß ich mich vor den Mauren gefürchtet hätte, aber vor dem Tee. *»C'est bon. C'est très bon. C'est sucré.«* Schließlich frage ich: *»Il ne donne pas la maladie?« – »Non. C'est bouilli.«*

Es war ziemlich dunkel. Die Mauren tauchten aus dem Nichts auf, wenn wir uns näherten. Wir gingen in ein kleines erleuchtetes Zimmer, in dem Wäsche hing, auf dem Fußboden kleine Teppiche. Menschen im Kreis. Wir setzten uns auf Kissen. Es gab nur Kerzenlicht. Zwei Mauren in der Mitte vor Tabletts mit Krügen, Gläsern und Zuckerhüten. Sie klopften den Zucker herunter und taten große Stücke in die Teetöpfe, maßen den Tee in ihren braunen Händen ab, schwenkten die Teetöpfe und gossen ein wenig in jedes Glas, dann füllten sie (mit großem Getöse) auf, da sie aus ziemlicher Höhe heruntergossen. Die Gläser waren klein, und man sollte drei trinken!

Von Villa Cisneros nach Porto Praia,
Cap Verdes, Montag, 27. November

Wachen früh auf. Frühstück und ab über den Sand zum Landeplatz. Es ist recht kühl, auf Sand und Steinen liegt Tau. Die Frau des Gouverneurs trägt etliche Straußenfedern für mich. Ich trage die Kamera und die Funkertasche, C. den Sextanten. Die Taschen werden in das Auto geladen. Als wir an die Anlegestelle kommen, ist das Boot nicht da. *»Le matelot dort encore.«* Eine Gruppe von Mauren in dunklen Gewändern kauert, bis zu den Augen verschleiert, bewegungslos auf dem Dock, bemerkt aber haben sie uns.

Starten ohne Schwierigkeit. Gute Funkverbindung von Las Palmas. Fliegen an Cape Blanco vorbei. Versuche auf 24 (Kurzwelle) PAA [Pan American]-Stationen zu rufen. Ich höre WSL [Sayville, Long Island]. Ich rufe WSL – er antwortet! Mir ist vor Erregung heiß und kalt – wage nicht den Apparat anzurühren. KHCAL kommt klar zurück, QRK [Empfang gut] und QRU [gibt's was für mich?], ganz beiläufig. Ich funke: »Lindbergh Flugzeug auf dem Weg nach Cape Verde Island, min pse [please wait a minute].« Dann knuffe ich C. energisch, und er gibt mir eine Position für die PAA. Ich kriege sie richtig durch und nehme mir vor, um 13.00 Uhr nochmals GMT zu erreichen, aber es gelingt mir nicht.[1]

Entdecken am frühen Nachmittag Porto Praia, einen kleinen Hafen ohne Schutz, davor starke Dünung. Wir kreisen. Unterhalb Porto Praias ist eine winzige Öffnung, an deren Abschluß sich ein Hangar, ein Kran und eine Anlegestelle befinden – der Air France-Stützpunkt. Felsenküste – Brandung. Wir kreisen und kreisen, gehen zwei- bis dreimal tiefer, um zu landen, ziehen wieder ab. Ich werde nervös. Es sieht ungünstiger als in Madeira aus. Endlich landen wir – ein harter Schlag und beim Halten Aufprall auf den Wellen. Sehr starker Wind; wir können nicht in die winzige Hafeneinfahrt gelangen. In einem Boot, das, von Negern gerudert, herankommt, sitzt ein Weißer mit einem Helm.

Na, denke ich mir, hier gibt es anscheinend nur ein bis zwei Häuser und ein paar Hütten, doch wo Flugstationen sind, gibt es auch einen gewissen Grad an Leistung und Komfort. Wir treiben zurück und gelangen schließlich in den Hafen. Wir lassen unseren Anker hinunter, und das Boot kommt zu uns her. Der Mann ist Franzose – von der Air France. Er sieht ziemlich schlecht aus und ist schmuddelig angezogen. Er sagt mir, daß er hohes Fieber hat und aus dem Bett kommt. Ich mache mir Sorgen, wage aber nicht zu fragen, was er hat. Schließlich sind wir an zwei großen Felsen am Strand vertäut, liegen zweifach vor Anker und gehen an Land. Ein anderer Mann, groß, schlank, negroid, einigermaßen ordentlich angezogen, kommt auf uns zu. Er spricht etwas Englisch. Er leitet die hiesige Station der Air France. Er stellt uns seiner hübschen kleinen Frau, die noch ein Kind mit einem süßen traurigen Gesichtchen ist, vor. Auch sie trägt einen Helm. Die Hitze ist gewaltig.

Wir besprechen, ob wir das Flugzeug aus dem Wasser heben und in den Hangar befördern sollen, aber es gibt keine passenden

[1] Diese Verbindung (über 3.000 Meilen hinweg) bedeutete einen Rekord für Funkverbindungen zwischen einem Flugzeug und einer Bodenstation.

Kufen. Ein Wagen des Gouverneurs mit Offizieren kommt über den Hügel. Es bläst ein starker Wind – der Passat. Es ist heiß und staubig, und er trocknet einem das Gesicht aus. *»On n'attend pas de tempête de cette direction-là?«* (Vom Meer.) – *»Jamais.«*

Wir beschließen, in die Stadt zu fahren und die Kufen zu besorgen – und dem Gouverneur unseren Besuch zu machen. Den steilen steinigen Hügel hinauf, an ein paar Hütten vorbei. Eine holperige Fahrt, kahles hügeliges Land, vulkanisches Gestein, Geröll auf den Hügeln. Alles ist trocken und von braunroter Farbe, ein paar gräuliche dürre Bäume, alle durch den Passat in die gleiche Richtung gebeugt. Barfüßige Männer und Frauen in zerschlissenen Kleidern mit Lasten auf ihren Köpfen. Durch den Air-France-Mann erfahren wir einiges. Die Gesellschaft arbeitet nicht mehr; der Leiter ist weg. Er war der Funker und hat jetzt die Leitung. Wollen wir nach Praia oder in der Nähe des Flugzeuges bleiben? Dann sollen wir in seinem Haus wohnen. Wir seien, seit er Leiter geworden ist, die ersten Flieger, die er zu Gast hätte. Wir fragten nach dem Maschinisten und seinem Fieber. »O ja, er hat Fieber, aber das ist lediglich das Fieber, das wir hier alle haben.«

Nach einer langen Fahrt kommen wir über einen Hügel nach Praia, fahren an Hütten vorbei, die von ärmlich aussehenden Frauen und nackten Kindern mit dicken geschwollenen Bäuchen wimmeln. Die Stadt selbst sieht einigermaßen sauber aus. Wir halten in einem Hof voller Bäume; das Haus des Gouverneurs. Hinauf und in einen großen Ballsaal, wo wir uns setzen (C. und ich immer auf dem unvermeidlichen Sofa!). Der portugiesische Gouverneur spricht ausgezeichnet Französisch und ist intelligent, hat eine hübsche Frau und eine Tochter. Wir versprechen, daß wir am nächsten Tag zu einem Essen kommen.

Dann weiter, in eine Art Eisenwarenladen, um nach Kufen zu schauen. »Nein, es sind keine da. Er schickt einen Mann danach.« – »Können wir denn nicht selber gehen?« Wir gehen die enge Straße zum Hafenmeister hinauf: »Nein, er ist nicht da.« Wir gehen die Straße weiter hinauf. »Nein, er ist dort hinten.« – »Ah, er ist da.« – »Nein, er hat keine.« Aber der Mechaniker sagt, daß er in einer Stunde welche *machen* kann. »Das ist zu spät«, sagt C. »Haben Sie nicht ein Kabel?« – *»Un cable d'âcier?«* Ja, vielleicht. Wir werden in den Laden des Mechanikers gehen. Wieder bergauf. C. schaut herum – kein Kabel. »Nein, aber er hat den Jungen nach einem geschickt.« – »Können wir nicht selber gehen?« – »Nein, er kommt jetzt.« Endlich kommt er. Und er hat ein

Kabel. Es ist zu lang, aber es kann abgerollt werden. Wir verlassen die Garage. Eine große Menschenmenge hat sich versammelt. Die Sonne sticht noch sehr. Wir bahnen uns unseren Weg durch die Menge zum Auto.

Wir machen die lange Fahrt zurück und kommen ungefähr bei Dämmerung an. Nachdem C. das Flugzeug und die Verankerung angesehen hat (der Wind bläst immer von Nordwesten), beschließt er, daß es dort bleiben kann und daß er es erst am Morgen wegbringen will. Wir nehmen unsere Taschen heraus. Die Negerjungen tragen sie den Berg hinauf in den Bungalow des früheren Leiters. C. rudert in einem Boot hinaus, um das Meer zu inspizieren. (Werden wir bei dieser See jemals abheben können? Dazu noch mit einer vollen Ladung?[1] Wird sie überhaupt glatter?)

Das Mädchen stellt fest, daß es in diesem Bungalow zu staubig ist und daß wir in ihrem besser schlafen würden, also trotten wir zu ihrem Bungalow neben den Funktürmen. Von der kleinen Veranda geht ein winziger Raum ab, wo zwei Negerinnen kochen; dann gibt's noch zwei kleine Räume, von denen der eine von einem großen Bett fast ausgefüllt ist, in dem anderen stehen ein Tisch und ein Regal für Lebensmittel. Sie entschuldigen sich für ihr Haus. »Wir sind hier auf dem Land.« Beide sprechen gut Französisch.

Als C. zurückkam, forderte er mich zu einem Spaziergang vor dem Essen auf. Der Franzose hatte ihm gesagt, daß jemand im Haus sehr krank sei, Schwindsucht oder etwas Ähnliches habe. Er, C., konnte nicht recht verstehen, also sollte ich mit ihm sprechen. Er sagte uns dann, daß es Tuberkulose sei, ja, daß das Haus *»est tout contaminée«*. Wir müssen sofort aus dem Haus raus und sein eigenes oder das des früheren Leiters benützen. Wir bedankten uns bei ihm. Der lange Funker war entsetzlich dünn und sein Gesicht bläulich getönt. Wir hatten vorgehabt, in seinem Bett zu schlafen, jetzt aber mußten wir ihm sagen, daß wir sein Zimmer nicht benutzen könnten. (Mir war während des Abendessens sehr ungemütlich zumute, ich hatte Angst davor, die Servietten, die Handtücher, die Gläser zu benützen, als ich seinen Husten hörte.)

Großer Aufruhr. Die Gesellschaft hatte ihm telegrafiert, daß er alles für uns tun sollte, und jetzt wollten wir sein Zimmer nicht

[1] Um den Transatlantikflug nach Südamerika zu machen, hätte die *Tingmissartoq* mit einer schweren Zusatzlast an Benzin starten müssen.

benutzen. Dort drüben sei es schmutzig, es war nicht saubergemacht worden: *»Il y a des bêtes qui piquent.«* (Wanzen?) Also sagten wir, wir würden unser eigenes Bettzeug holen. *»Jamais!«* Bei all den unbenutzten Betten in seinem Haus könnte er uns *unmöglich* gestatten, unser eigenes Bettzeug zu verwenden! Wir gingen durch das Haus, sahen unbenutzte Zimmer und entschieden uns für eines davon. Sie klopften die Matratze aus (sie war am Zerfallen) und brachten saubere Laken und Bezüge (die alle fleckig waren, da der vorhergehende Mieter sie als Tischtücher benutzt hatte).

Das kleine Mädchen schaute mich traurig an und meinte, daß ich wohl nie in einem so schrecklichen Bett geschlafen hätte. Ich sagte ihr, daß sie nicht wisse, wo ich schon geschlafen habe. Dann erwähnte sie wieder *»les petites bêtes qui piquent«*.

Sie verließen uns, und wir gingen ans Auspacken. Einen Stuhl gab es nicht, aber viele Käfer auf dem Boden, und die Wände hatten Risse. Ich setzte mich aufs Bett und schaute mir das an. »Ist das eine Wanze?« – »Nein, nur eine Küchenschabe.« Ich wollte mich ausziehen: ein kleiner schwarzer Punkt auf dem Bezug. »Aha!« sagte C. »Eine Wanze?« – »Sieht so aus.« Jedenfalls fand ich bald noch eine – ja mehrere. C. tötete ein paar, eine auf dem Tisch. »Wahrscheinlich sind sie auch in den Wänden.« Er meinte, daß es vielleicht doch keine Wanzen seien und wir es versuchen sollten. Ich wollte sofort zum Flugzeug hinuntergehen, aber er sagte, wir sollten lieber abwarten.

Er zeigte ein Insekt dem Funker und fragte ihn, ob sie stechen. »Ja«, lautete das Urteil, »sie stechen, aber nicht schlimm.« Das genügte mir. C. wollte uns ganz und gar mit Zitronella übergießen und es irgendwie durchstehen. Ich weigerte mich entschieden. Ich sagte, ich würde die ganze Nacht herumwandern oder auf dem Tisch sitzen bleiben. (Auch dort wärest du vor ihnen nicht sicher. Du bist mittendrin, im Flugzeug wird es unbequem sein, und wir werden keine Ruhe haben.) Ich weigerte mich. Es gab auch noch anderes Getier – kleine bleiche krabbelnde Insekten.

C. war schließlich einverstanden, wir entschieden uns für das Flugzeug. Er nahm eine Ladung mit hinunter, ich schüttelte und bürstete das ganze Gepäck, die Stiefel und die Kameras ab und wartete im Dunkeln auf der Veranda; der Wind kam immer noch von Nordosten. Dann gingen wir leise hinaus und den Hügel hinab. Ich war nicht einmal müde; ich brannte darauf, wegzukommen, und war froh, daß mir die Nacht in dem Bett erspart geblieben war. Die beiden Negerjungen am Rand des Docks, die aus dem Schlaf aufgeschreckt waren, ruderten uns hinaus. Auf dem Flugzeug war es kühl, der Wind wehte heftig, und man hatte ein Gefühl der Sauberkeit. C. machte die Betten zurecht, und wir schliefen ungestört, doch ich hatte Alpträume. Die Sonne, die durch die Fenster schien, weckte uns früh. Und unten wartete die Familie auf uns, sie war über unsere Tat in der vergangenen Nacht ziemlich verärgert!

Dienstag, 28. November

Ein heißer Tag und noch immer heult der Wind aus derselben Richtung. Ich stehe auf und versuche, alles im Flugzeug zu erledigen: mich aus einem Kanister mit einem Taschentuch zu waschen, Cold-Cream und Puder auf mein Gesicht zu tun, meine Haare zu kämmen. Die Kleider sind schmuddelig, wir haben sie als Kissen benutzt.

Den Hügel hinauf zum Frühstück. Guter Kaffee und Bananen und Eier. Nach dem Frühstück sehen wir die Leute, die mit dem Öl und Benzin herübergekommen waren. Wir haben unser ganzes Benzin hier, und es sieht so aus, als wenn wir nicht wegkämen. Sie sagen, daß der Wind sechs Monate im Jahr heftig weht und daß es nie windstill ist.

Wir versuchen uns für das Mittagessen beim Gouverneur zu waschen. C. telegrafiert nach Dakar wegen einer Landeerlaubnis und einer Änderung des vorgesehenen Plans. Offensichtlich können wir hier nicht mit einer vollen Benzinladung starten.

Fahren nach Praia. Als wir wegfuhren, kam ich mir ordentlich angezogen vor, doch als wir im Haus des Gouverneurs ankamen, fand ich mich in meinem Piquéhut, der fünf Monate lang zusammengefaltet gewesen war, und in meinem verhunzten Baumwollkleid sehr schäbig. Ein ausgiebiges und köstliches Essen, ich bin wieder »eingebürgert«. Der Gouverneur spricht gut Französisch, ich habe keine Schwierigkeiten mit der Verständigung.

Zu unserem Hafen zurück. Auftanken. Inzwischen bin ich todmüde und habe schreckliches Kopfweh. Außerdem habe ich – wenn wir auf der kleinen Veranda sitzen – das Gefühl, daß wir auf See sind. Es kommt mir so vor, als würde das Haus wie ein Boot hin und her geworfen.

Antworttelegramm aus Dakar: »Äußerste Gefahr durch Gelbfieber ... Quarantäne ... etc.« Das Ehepaar erklärt mir, daß

Gelbfieber Weiße stärker befällt als Schwarze. *»On vomit du sang et c'est fini.«*

Dann wieder Abendbrot. Ich bin so müde, daß ich mich kaum wachhalten kann. Zurück zum Flugzeug. C. baut wieder die Betten. Nacht wie gehabt – zu heiß *im* Schlafsack, legt man sich aber drauf, ist der Mantel als Decke zu kurz.

Mittwoch, 29. November

Zweite Morgentoilette im Flugzeug. Frühstück und zum Flugzeug zurück, wo ich mich wieder hinlege. Müde und Kopfschmerzen. C. schickt ein Telegramm nach Bathurst mit der Bitte um dortige Landeerlaubnis. Er werkelt am Flugzeug, er malt. Ins Haus hinauf zum Tee. Sie nehmen an, daß sich das Fieber bald über den ganzen Küstenlandstrich ausbreiten wird; sehr entmutigend.

Kurz vor dem Abendessen erhalten wir das Telegramm aus Bathurst: »Freuen uns Genehmigung zu erteilen!« Das muntert uns auf. C. sagt, daß wir leicht beladen wegkommen *können*.

Zum Flugzeug zurück, um 4.30 Uhr wollen wir geweckt werden, denn morgens ist die See ruhiger.

Dienstag, 30. November, Thanksgiving

Wache früh auf. Komme mir sehr schmutzig vor. Verabschieden uns von unserem seltsamen »Klub«. Wir werden bis zum Leuchtturm ins Schlepp genommen und fahren vor dem Start lange hin und her. Die Dünung ist ziemlich stark. Wir starten. Ich halte den Atem an. Furchtbare Schläge – *sicher* geht etwas zu Bruch; es ist ärger als das Landen. Mehrmals denke ich nach einem heftigen Aufprall, daß wir jetzt weg sind, doch dann wirft es uns nur um so stärker zurück. C. bringt die Maschine aus der überzogenen Fluglage, puh, gottlob.

Auf dem Flug nach Bathurst mit unseren (Porto-Praia-)Freunden gute Funkverbindung.

Bathurst: flach, grün, Palmen, ein Hafen voller Fischerboote. Schlammiges Ufer, leichter Wellengang. Sanfte Landung. Eine Motorbarkasse mit weiß-uniformierten Offizieren in Tropenhelmen. Es ist entsetzlich heiß. Die Pier hinauf, in ein Auto hinein und zum Regierungspalast. Hübsche Straßen, Zäune, frisch gemalte Häuser, ein Cricket-Platz, die englische Fahne – Ordnung! C. sagt: »Es ist immer ein gutes Gefühl, auf englischem Boden zu sein.«

Die junge hübsche zierliche Frau des Gouverneurs in lavendelfarbenem Voile läuft heraus, um uns zu begrüßen.

Im Gouverneurs-Palast wunderbare hohe Decken, eine Badewanne, heißes Wasser, schöne Seife und ein köstliches Essen. (Sie entschuldigt sich für den Fisch – der ein bißchen zu lange gekocht ist! Als wenn wir so etwas merken würden.) Alles ist sauber, kühl und strahlend. Lautlose tüchtige Negerdiener in langen weißen Gewändern, roten Schärpen und weißen Fes'. Ich wasche meine Haare und ruhe mich aus. Um vier Uhr Tee und dann Besichtigung der hiesigen englischen Flugzeuge – drei Kampfflugzeuge. Ausgiebige Nachtruhe unter Moskitonetzen auf kühlen weißen Laken.

Beim ersten Stern spreche ich einen Wunsch aus. Merke, daß ich einfach »Charles!« sage – ein ganz alter Wunsch. Ich kann mich an die ursprüngliche Bedeutung jetzt nicht mehr genau erinnern. Doch es genügte, einfach »Charles« zu sagen.

Bathurst, Freitag, 1. Dezember

Wir kaufen im englischen Laden Tropenhelme. Moslemgewänder herrschen auf den Straßen vor. Viele Frauen tragen (als Bluse), was wie ein Kinderkleid über einem Rock aussieht, aber manche haben ein weites fließendes Gewand an und schweben so an einem vorüber – wunderbar anzusehen mit Gold in ihren Ohren. Die Kinder werden unten auf den Rücken geschnallt. Farben: vielerlei Blau, Meergrün. Eine merkwürdige Haartracht, kleine Flechten lugen vorne unter einem Baumwolltuch hervor, oder auf dem Kopf ist ein Knoten. Einzelne primitive halbnackte Frauen haben rasierte Schädel.

C. tankt auf. Abends kein Wind, er glaubt, daß wir morgens abfliegen müssen.

Samstag, 2. Dezember

Schreibe Tagebuch nach, packe für den Abflug. C. tankt auf. Wo werden wir morgen abend sein?

3.30 Uhr Wecken. Aufstehen, anziehen, Kaffee aus Thermosflaschen, hartgekochte Eier, Brot und Butter. Mr. und Mrs. Parish[1] stehen auf, um uns zu verabschieden. Wir sagen auf Wiedersehen. Sie ist reizend und, wie mir scheint, wirklich besorgt um uns. Wir werden zum Flugzeug hinausgerudert. Heller Mondschein. Wir haben Sack und Pack bereit, noch ist es dunkel, am Himmel rosa Streifen.

Ungefähr um sechs fahren wir los, viele Meilen in die Bucht hinaus. Sehr wenig Wind. Weiter draußen etwas windiger. Wir sind sehr schwer beladen – die Schwimmer sind tief im Wasser. Während wir uns vorwärtsbewegen, schlingert das Flugzeug von einer Seite zur anderen, und fast sieht es so aus, als berührten die Tragflächen das Wasser. Ich bekomme Bauchweh vor Aufregung.

»Alles klar?« – »Alles klar.« Ein gewaltiges Aufheulen, eine Gischtfontäne schlägt über den Flügeln zusammen, rinnt stundenlang, so kommt mir vor, an ihnen herab, aber keine Böen. C. stößt den Gashebel zurück. Kommt nicht weg. Ich schaue auf meine Uhr: nur zwei Minuten. Ich hole wieder Luft. Wir kehren zurück und versuchen es noch einmal. Genau das gleiche.

Schließlich fahren wir zum Dock zurück und entladen Benzin. Die Pumpe paßt nicht in den Tank; wir müssen es mit einem kleinen Schlauch absaugen. Wir fangen an zu pumpen, damit es losgeht, dann saugt einer der Jungen am Schlauch, spuckt, und dann fängt es langsam an. Dann saugt C., spuckt aus und versucht den Vorgang zu beschleunigen. Dann versuchen wir's mit unserer Bilgepumpe. Es dauert lange. C. untersucht die Pontons. Der Anker-Behälter ist voller Wasser. C. kann nicht zu den rückwärtigen Abteilen (unter Wasser), daher läßt er einen Jungen (vom Ruderboot aus) das Schwanzende hochheben.

Wir fahren wieder hinaus, aber der Wind ist so gut wie nicht mehr vorhanden; es ist besser – aber wir kommen nicht weg. Endlich fahren wir zur Werft zurück. Es ist 9.30 Uhr und die Sonne ist jetzt heiß. Wir entschließen uns, auf Wind zu warten. Wir gehen zum Haus zurück, wo die Parishes auf uns warten und frühstücken.

Ich lege mich bis zwölf hin. Nach dem Essen schlafe ich ein bißchen. Um vier fahren wir zum »Kap« hinaus, ein herrliches

[1] Gouverneur der Kronkolonie Gambia/Westafrika.

Haus auf den Klippen mit Blick aufs Meer. Es ist wunderbar und kühl. Wir sitzen auf der Terrasse und beobachten das Auftauchen der Sterne. Der Himmel ist ruhig und klar; hier geht ein ziemlicher Wind. C. meint, wir könnten um Mitternacht bei Mondschein starten. Als wir zurück waren, gingen wir zu unserem Platz hinaus, auf dem Hafendamm weht Wind. Um 9.30 Uhr machen wir uns fertig, um wieder hinauszugehen. Machen uns am Flugzeug zu schaffen, pumpen die Pontons aus etc. Fahren in die Bucht hinaus. Mr. und Mrs. Parish sind auf dem Kai.

»Alles klar?« – »Ja.« Gewaltiger Krach, Gischt. Ich halte die Luft an; glaube, daß wir loskommen, bin verkrampft und verschreckt. Kann C. gut genug sehen? Kann er das Flugzeug in seiner Gewalt behalten – wo es so schwer ist? Könnte sich nicht eine Tragfläche im Wasser verfangen? Würden wir uns überschlagen? Ertrinken? (Balbos Unglück beim Start.) Schaue auf die Flügelspitze – Feuer? Nein, das rote Licht. Er nimmt das Gas zurück. Wir schaffen es nicht. Was ist los? Ich wollte, er würde mir etwas sagen – irgend etwas. Aber er wendet das Flugzeug nur, dabei schlingert es schwer in den Wellen, und er fährt zurück. Er versucht es noch mal.

Mir ist ziemlich schlecht. Ich will nicht schlappmachen. Warum starten wir immer unter den miserabelsten Bedingungen? Ich blicke zu den Sternen hinauf und wünschte, sie könnten mir soviel Ruhe geben wie heute abend auf der Landzunge. Das Gefühl, daß menschliche Not gering, daß das Menschenleben unwichtig ist. Ich werde versuchen, sie bei Namen zu nennen. Dieser große Kreis – die Sterne der Seefahrer. Castor und Pollux? Dort ist das Kreuz des Südens – wohin zeigt es? Das Flugzeug hebt und senkt sich. Ich hole die Uhr heraus und versuche, sie beim Mondschein zu erkennen. Es geht ganz gut.

»Alles klar?« – »Ja.« Er versucht es wieder – die gleiche Geschichte – und dabei muß es doch windig sein, und zwar ganz anständig. Er wendet – warum sagt er mir *nichts*? Er schaltet ab. »Was wirst du tun?« – »Weiß nicht – wir müssen überlegen. Wir schaffen es *fast* – wirklich.«

Ich wage nichts zu sagen, weiß nicht was. Soll ich sagen, was ich nur zu gerne täte: »Laß uns keinen Versuch mehr machen ... gehen wir wieder ins Bett«, oder soll ich mich zwingen zu sagen: »Laß es uns noch einmal versuchen.« Ich sage nichts. Schließlich sagt C., wir gehen lieber zurück, schlafen anständig und überlegen die Sache. Ich bin erleichtert und müde. »Auf dem Rückweg versuchen wir es noch einmal.« Das tun wir auch, versuchen es loszuschaukeln. Zwecklos.

Wir fahren zu den Lichtern der Stadt zurück. C. sagte, daß er nicht noch mehr Benzin abfüllen würde – das wäre ein zu großes Risiko. Wir hatten guten Wind und sind trotzdem mit einer Ladung, mit der wir sonst gestartet sind, nicht weggekommen. Müßten wir weiterhin auf Wind warten? Das Mondlicht nahm jetzt ab. Würden wir alle überflüssigen Dinge, Bodendielen etc. herausreißen und einen neuen Versuch machen? Würden wir uns an einen anderen Ort begeben – nach Portugiesisch-Guinea? Könnten wir überhaupt mit der Benzinmenge, die wir brauchten, um es zu schaffen, hochkommen? Müßten wir per Schiff heimfahren? Wie wäre es C., nach all diesen Vorbereitungen und dem Aufwand dabei, zumute?

Wir sprachen kaum, räumten Sachen weg. C. machte die Boje aus. Das kleine Boot mit den Jungen war dort. Ich holte die Taschen. Jemand war immer noch auf dem Dock – ich hoffte, daß es nicht die Parishes waren. Ich hätte es nicht ertragen, sie oder irgend jemanden zu sehen. Es war ungefähr ein Uhr. Wir wurden zum Dock zurückgerudert. Ein netter Engländer, der gewartet hatte, half uns ohne viel Worte hinauf. »Was war jetzt los, Oberst?« – »Weiß nicht. Überladen, das ist alles. Versteh das nicht – ist mit dieser Ladung schon gestartet. Hier unten in den Tropen muß das anders sein.« – »Es ist heute sehr feucht gewesen«, sagte er tröstend. Der Wagen des Gouverneurs wartete auf uns. »Na, wir dachten, wir werden's überschlafen.« – »Ja, ja ... immer gut.«

Schweigend fuhren wir nach Hause. Niemand auf den Straßen, ein paar zusammengekauerte Gestalten schliefen auf Steinbänken. Wir stahlen uns leise in das Regierungsgebäude. C. sagte: »Man darf nicht zu müde werden, sonst läßt man sich auf Risiken ein. Auf diese Weise sind sehr viele Unglücksfälle passiert.« Sein Mund war nur ein schmaler Strich. »Es gibt immer noch ein paar Register, die wir ziehen können.« Dann ins Bett, ohne weiter davon zu sprechen.

Montag, 4. Dezember

Wachte sehr müde auf. Ging nach dem Frühstück zurück, um mich auszuruhen. C. nimmt einen der leeren Tanks heraus. Er flickt verschiedenes und versucht, das Leck in dem Ankergehäuse in Ordnung zu bringen. Wir laden unsere ganze Kleidung ab und werden es nochmals versuchen. Er sagt wieder etwas optimistischer: »Sehr interessant, diese Erfahrung!« Er hat schwer zu arbeiten, denn er muß im Rumpf herumschnipseln. Die Dämpfe sind scheußlich, und es ist sehr heiß.

C. kommt müde, erhitzt und gerade rechtzeitig zum Abendbrot zurück. Nach dem Essen schauen wir uns das Meer an – es ist ruhig und fast windstill. C. entschließt sich zu einer ausgiebigen Nachtruhe und will's morgen versuchen. Ich bin erleichtert. C. braucht Ruhe.

Bathurst, Donnerstag, 5. Dezember

Nach ausgiebigem nächtlichen Schlaf entscheidet C., daß wir um fünf (wenn überhaupt Wind weht) oder um Mitternacht noch einmal einen Versuch machen sollen. »Könnten wir morgen nacht wegkommen, Charles?« – »Ja« (sehr heiter), »aber das ist der letzte Termin.« – »Kannst du jetzt ohne Wind abheben?« – »Fast!« Ich beginne zu begreifen, daß das heute (oder morgen) um Mitternacht unsere letzte Chance ist, denn der Mond nimmt immer mehr ab, und um fünf Uhr, wenn es immer total windstill ist, wegzukommen, ist kaum möglich. Ich lege mich für eine Stunde schlafen, bevor wir zum Kap hinausfahren, wo wir letzten Abend gewesen sind. Ich kann nur noch an den Wind denken. Kein Hauch, selbst dort nicht. Beim Heimkommen beobachte ich die Palmen, die Segelboote auf dem Fluß, den Fahnenmast vor dem Gouverneurs-Palast. Nichts rührt sich.

Ein unglaublich ruhiger Abend in dieser Nacht aller Nächte! Mrs. Parish und ich gehen zusammen bis ans Ende des Landungsplatzes. Nicht einmal genügend Wind, um ein Taschentuch hochflattern zu lassen. Wir werden nie hochkommen. Ich bin ganz verzweifelt. Vor dem Abendessen gehe ich nochmals hinaus. Die Situation hat sich geändert – jetzt würde ein Taschentuch flattern. Ich berichte es C., und wir gehen zusammen hinaus. »Das hilft!« Wir nehmen an, daß mit dem Mond und den Gezeiten eine Brise aufkommen wird. C. gesteht den Parishes, daß wir, wenn wir heute nacht nicht wegkommen, »unsere Pläne ändern müssen«.

Wir gehen wieder hinaus. Der Wind hat ein bißchen zugenommen, ein rötlicher und seit gestern nacht schrecklich eingedellter Mond ist aufgegangen. Mir sinkt das Herz beim Anschauen.

»Also, dies ist mit Sicherheit die letzte Nacht, in der wir *den* verwenden können.« Wir sagen bald nach dem Abendbrot gute Nacht und fügen mit Bravour hinzu, daß wir uns beim Frühstück wiedersehen werden. Mrs. Parish drückt mir wieder beide Hände. Der Gouverneur bittet uns um ein Telegramm, wenn wir angekommen sind. Ich sage mir in Gedanken immer wieder: »Horch – der Wind erhebt sich und die Luft ist voller Blätter.«

C. hat eine Menge aus dem Flugzeug herausgenommen: die Schokolade, die wir in Grönland bekamen, den Anker und das Seil, den Zinnkübel, eine Menge Werkzeug, die Fliegermontur, den Schlafsack etc. Ich habe scheußliche Kopfschmerzen, bin aber sonst einigermaßen frisch. Etwa um 1.30 Uhr verlassen wir das Haus. Wir holpern im Dunkeln durch die Straßen. Jemand lehnt sich aus einem offenen erleuchteten Fenster, um zu schauen, was los ist (wenn's doch auch für uns nichts weiter auf sich hätte!). Unser Gepäck sieht sehr leicht aus. C. nimmt nur den Anzug, den er anhat, seinen Helm und einen Regenanzug, aber nicht mal seinen Rasierapparat mit. Ich nehme ein Seidenkleid mit Unterrock, Strümpfe und einen kleinen Hut mit. Durch das Tor ins Dock hinein, am Strand nicht das leiseste Lüftchen. Draußen am Flugzeug ist es windiger. Der Hafenkapitän kommt in einem Boot heraus, um uns zu unterstützen. Ich sage C., daß der Wind so stark ist wie an dem Morgen, an dem wir es schon einmal versucht haben. »Aber nicht so stark wie nachts?« – »Nein. Nachts hatte ich meinen Pullover an.«

Der Mond verbreitet ein einigermaßen anständiges Licht. C. fängt an, die Pontons auszupumpen, das Ruderboot hievt den hinteren Teil in die Höhe. Er verschließt das Ankergehäuse mit Kitt, damit das Wasser nicht mehr eindringen kann. Ich halte die Taschenlampe oder sitze vorne auf den Pontons, um das Gewicht nach vorne zu verlagern. »Im Augenblick haben wir ungefähr Windstärke ...«, sagt er zu dem Hafenkapitän, der seine Hand hochgehoben hat. »Ihr Flieger müßt da eine andere Anschauung haben ...« – »Wieso? Was würden Sie denn sagen?« – »Fast totale Windstille!« Trotzdem kam eine leichte Brise auf, bevor wir starteten – mir genügte sie, um meinen Pullover anzuziehen.

C. nimmt die Laterne ab und gibt sie zusammen mit dem Halter dem Kapitän: »Wenn wir zurückkommen, brauchen wir das – sonst ...« Und dann ganz munter: »Wir versuchen es noch einmal«, und los geht's. Ich schaue, ob hinten drin irgend etwas im Wege ist, lege die Funkertasche neben mich auf den Sitz und schließe den Gurt. Die Lichter der Stadt sind zu unserer Linken, die Umrisse der Palmen im Mondschein zu erkennen, auf dem Wasser liegt der helle Pfad des Mondlichtes. Wir wenden, werden langsamer, nehmen das Gas weg, halten eine Minute, um zu verschnaufen. »Alles klar?« – »Ja, alles klar.« Das Aufheulen, die Gischt. Ich beobachte sie über den Flügel hinweg und sehe dann auf meine Uhr. »Es wird nicht länger als zwei Minuten dauern, dann haben wir Gewißheit. Zwei Minuten kannst du aushalten. Schau auf die Uhr, das ist deine Aufgabe.«

Keine Gischt mehr, wir sausen dahin, gewinnen sehr viel rascher als zuvor an Höhe. Aus dem Auspuff sprühen Funken. Mein Gott, wir starten. Doch wie lange dauert es! Sind wir gestartet? Nein – schneller, schneller – fast. Gesprudel, Gewürge, Gesprudel – der Motor! Mir dreht sich der Magen um. Er kommt also – Teufel. C. macht ruhig weiter. Weg sind wir – nichts ruckt mehr – sprudel, sprudel – dreht C. um? Landen wir wieder? Die Uhr: genau 2.00 Uhr mitteleuropäischer Zeit. Ja, wir sind gestartet! Wir steigen! Aber warum ist C. mit einem solchen Motor losgeflogen?

Doch wie mit einem langen Seufzer kommt die Maschine zur Ruhe, ganz wie ein Mensch, der leicht und frei atmet, ja, fast wie ein Sänger, und sie steigt voller Wonne. Wir überfliegen die Lichter der Stadt. Das Flugzeug scheint jetzt zu frohlocken. Wir haben es geschafft! Wir sind oben – wir sind weg. Ihr da, so weit unter uns – wir können euch abschütteln –, ihr paar Lichter in der großen dunklen Stille –, die unser ist –, denn wir sind über euch.

C. knipst das Licht in der Kabine an, um auf den Kompaß zu schauen. Wir fliegen ziemlich niedrig über das Land. Ich schreibe bei Mondschein: »Abflug Bathurst um 2.00 Uhr mitteleuropäischer Zeit« und denke dabei, ich brauche eigentlich nicht so aufgeregt zu sein, noch liegt die ganze Reise vor uns.

Fast kann ich beim Mondschein arbeiten. Die Skala des Empfängers ist erleuchtet. Ich entschließe mich, das Licht nicht anzumachen, bevor wir über dem Wasser sind, denn es könnte C.s Sicht behindern. Ich fange an, nach CRKK [Porto Praia] zu funken, und zittere immer noch vor Aufregung. Um 3.00 Uhr bekomme ich Antwort. Durch schwere atmosphärische Störungen kann ich gerade unseren Namen, jedenfalls klingt es in dem Wirrwarr der Geräusche wie KHCAL, vernehmen. Von da an bleibe ich vier Stunden lang in der Dunkelheit über die Skala gebeugt und bemühe mich, etwas zu hören (es ist abscheulich, beinahe etwas zu vernehmen, und dann kommt wieder der Krach der atmosphärischen Störungen).

Nach vier Stunden wird es ein bißchen besser. Ich mache mir zum ersten Mal klar, daß wir wirklich abgeflogen und auf unserem Weg nach Südamerika sind. (Bis dahin kam mir alles höchst unwirklich vor.) Ich merke, daß ich schrecklich müde bin. Ich funke mit geschlossenen Augen. Das Funken ist eine gewisse Erholung.

Dann kommen wir in die ersten Wolken, der Mond entschwindet zeitweilig – dann für länger. Wir fliegen unterhalb der Wolken und können immer noch eine Art Horizont erkennen, an dem das Wasser die Wolken berührt – eine andersartige Dunkelheit, das ist alles. Doch es scheint dunkler zu werden. Sind das dunkle Wolken, oder ist das der Himmel? Das Wasser entzieht sich unseren Blicken. (Ich mache rasch das Licht aus, damit C. etwas sehen kann.) Wir fliegen im Blindflug. Jetzt sind wir wieder draußen. Vereinzelte Löcher. Man kann das dunkle Wasser sehen, durch andere Löcher erkennt man den Himmel.

Wieder Blindflug. Ich habe Angst. Das ist das, was die Menschen vergessen, was aber alle Ozeanflieger durchmachen müssen ... ganz blind in absoluter Dunkelheit zu fliegen. Doch der Tag kommt. Es kann nicht mehr lange dauern. Ich versuche zu schätzen: in einer Stunde? Kommen wir eine Stunde lang sicher durch? Wir steigen. »QRX-QRX« [bleiben Sie sendebereit] – als wir in den Wolken sind – »Min bte« [Minute bitte]. Wir tauchen zwischen Sternen wieder auf, meine Hand zittert nicht mehr. Wolken vor uns, wieder Blindflug. Es ist kälter. Ich ziehe meinen kurzen Mantel an und versuche zu arbeiten. Aber im Stockdunkeln kann ich keine Funksprüche aufnehmen, und ich wage es nicht, das Licht anzudrehen, denn das würde es C. erschweren, und so funke ich »QRX« und »alles OK«.

Dann gibt er mir eine Nachricht (die ich senden soll): *»Eight tenths overcast scattered squalls viz* [visibility] *three miles. Daybreak.«* Tagesanbruch! Welche Wonne! Ich sehe dafür keinerlei Anzeichen, doch es zeichnen sich immer mehr Wolken vom Wasser und dem Meer ab. Der nächste Blindflug ist nicht so schlimm. Bei Sonnenaufgang fliegen wir immer noch durch Wolken. Vor uns sieht das Wetter besser aus, dazu bekomme ich von PVJ [Rio] einen günstigen Bericht über Natal.

Ich sende immer noch auf Wellenlänge 57, als WCC mit seinem Ruf »KHCAL antwortet auf 57 oder 36« hereinplatzt. Ich bin ziemlich erstaunt, aber die ganze Nacht ist unwirklich. Ich antworte ganz lässig auf 57, nehme mir nicht die Mühe, die Frequenz zu wechseln, und schon ist er wieder da! Er ist so laut, daß ich kaum glauben kann, daß es Chatham in Massachusetts ist. Ich nehme die Mitteilung auf. »Würden Sie für den Bostoner ›Herald‹ ... ein paar Fragen beantworten?...« Auch hier Zeitungen! Es war so ernüchternd. Ich antworte, daß ich zu viel zu tun habe, um lange Nachrichten durchzugeben, und daß ich nach dem Wetterbericht aus Rio fragen muß.

Die Sonne ist aufgegangen und der Tag recht ordentlich. Ich bin so müde, daß es mir schwerfällt weiterzumachen. Ich bin bei der Aufnahme der Nachrichten und dem Wählen der Zahlen keineswegs rasch. Die gebeugte Haltung hat mich ermüdet. Meine Ohren schmerzen von den Klammern der Kopfhörer, und meine Finger sind von dem Drücken der Taste ganz wund. Der Gedanke an den noch bevorstehenden ganzen Tag ist schrecklich.

Eine Zeitlang sieht es so aus, als habe ich nicht genügend Willenskraft (der Wille kommt einem nämlich abhanden, wenn man müde ist; man weiß, was man tun *müßte,* doch es erscheint einem nicht der Mühe wert, es auszuführen), dann endlich: »Komm schon: du mußt dagegen jetzt etwas tun! Nimm erstmal die Feldflasche. Einen Schluck Wasser und ein bißchen aufs Taschentuch, um das Gesicht abzuwischen, dann ein Sandwich.« Das half sehr. Ich war erfrischt und fühlte mich nicht mehr so schlapp, bis die Sonne hoch am Himmel stand und es heiß war.

Aber langsam verliere ich PVJ [Rio], und C. will, daß ich fliege, während er die Lage auskundschaftet. Das Fliegen erfrischt mich, ich kann geradesitzen und auf die Wolken und das Meer hinaussehen. Ich versuche, in C.s Gesicht zu lesen, während er visiert. Er scheint nicht zufrieden zu sein. Zwei Stunden lang habe ich keine Verbindung mit PVJ oder anderen Stationen. Ich versuche es auf allen ihren Wellenlängen und bin auf allen aufnahmebereit, kann aber niemanden und nichts hören. C. nimmt den Sextanten auseinander; dann muß was nicht stimmen. Die Sicht ist schlecht. Hier sind wir etwa auf halber Strecke, und es ist sehr wichtig, Funkverbindung zu bekommen. Endlich erwische ich CRKK [Porto Praia] – ein Geschenk des Himmels. Sehr froh, möchte weiteren Kontakt festsetzen, erwische den Sender nicht wieder; entmutigt. Gebe allgemeinen Ruf durch, unterzeichne mit »Lindbergh« – das ist mein bester Köder! Sofort beißt einer an! »Lindbergh-Lindbergh-Lindbergh.« Ein Schiff, die *Caparcona,* gibt mir Wetter und Position durch und funkt, daß sie alle Stationen benachrichtigen wird. Ich höre auch die *Westfalen* (DDWE), einen deutschen Lufthansa-Flugzeugträger. Mit zwei Stationen an der Hand bin ich erleichtert.

Danach kommen wir an immer mehr Schiffen vorbei. Das erste, ein weißer Fleck zu unserer Rechten, war eine richtige Sensation. Wir sind dann direkt darüber geflogen – die *Aldebaran.* Zwei Stunden lang hatte ich die *Westfalen.* Sie nahmen unsere Peilung auf und gaben uns ihre entsprechende Peilung durch. Wir wollten versuchen, sie zu überfliegen. Ich war jetzt wieder ganz frisch. Es war kühler und licht und klar, als wir sie entdeckt hatten und auf sie hinunterstießen. Sie gaben uns einen Kurs nach Fernando de Noronha.

Danach kam mir alles ganz leicht vor. Nur das Funken in meinen Ohren war eine ständige Plage. Das war mir bisher noch nie passiert, daß meine Ohren so müde geworden waren, daß der Lärm sie schmerzte. Bald kamen wir nach Fernando de Noronha, einer kahlen kleinen Insel mit einem gewaltigen felsigen Vulkan, der wie einer dieser langen französischen Weißbrote kerzengerade in die Luft hinaufragte. C. ist auch in sein Inneres geflogen – damit ich ein paar Stöße abbekam! Dann versuchte ich wieder die PAA [Pan American Airways] zu erreichen, und es gelang auch, ich blieb mit ihnen, sehr zu meiner Zufriedenheit, bis fünf Minuten nach Natal in Kontakt.

C. zeigte auf Südamerika, das tief unten grün in leichtem Dunst lag. Wir folgten dabei der Küstenlinie, bis C. seine Hand zurückhielt und seine Faust öffnete – noch fünf Minuten. Ich versuchte, mich ein bißchen zurechtzumachen, meine Haare zu kämmen, Cold-Cream aufzutragen etc. Im Vergleich zu Afrika sah es hier flach und grün und feucht aus. Es war schön, den Leichter der Pan American mit aufgezogener Flagge auf dem Fluß zu sehen. Wir kreisten und landeten flußabwärts.

Auf einmal war es schrecklich heiß und schwül, und ich war sehr schläfrig. Wir wurden bis zu dem Leichter gezogen, wo ein paar Kameras und einige Beamte auf uns warteten. Keine Tropenhelme, stellte ich fest. Wir waren in Amerika, und der harte flache Strohhut tauchte auf. Wir traten heraus und auf den Schwimmer. Ich fühlte mich ziemlich wackelig, eigentlich ein bißchen trunken, und konnte nicht sprechen. Aber in einer Barkasse ging es rasch zum Dock, dann die Straße und den Hügel hinauf zu einem herrlichen kühlen Haus, das auf die Stadt, die Palmen, den Fluß und die weißen Kronen auf dem Meer, das wir eben überquert hatten, herunterblickte.

Ich erlaube mir, an die Heimkehr, an Weihnachten und an das Wiedersehen mit Jon zu denken.

8. Dezember
Abflug von Natal nach Pará

Stürme auf dem letzten Abschnitt der Fahrt. Köstlich die Ankunft in Pará. Großer weißschimmernder PAA-Hangar, das rote Zeichen, die Rampe, die Menschen, das kleine Boot und winkende Offiziere.

Die Leiter auf Rädern wird ausgerollt, um uns an Land zu holen. Der große PAA-Sikorsky. Eines der Büromädchen fächelt mir Luft zu. Der Funker kann kein Englisch – sind alle Brasilianer.

Wir gehen zu dem Haus von Mrs. Gordon Pickerell – einem schönen großen, weitläufigen Haus mit Veranden und hohen Räumen. Ich bin schrecklich schläfrig; früh zu Bett.

Samstag, 9. Dezember

C. zieht los, um Besuche zu machen; ich begleite ihn zum Gouverneur. Es wird wieder schrecklich heiß und mir ist, als ob ich gleich wieder ins Bett gehen könnte.

C. kommt zurück und sagt, daß wir nach Manáos, tausend Meilen den Amazonas aufwärts, fliegen werden auf »unserem Nachhauseweg«!

Ich habe das Abendessen und das Gespräch mit Mr. Kuzmik[1], der sehr amüsant und intelligent ist, richtig genossen. Ich war so hingerissen, wieder diese Sprache zu hören, daß ich plötzlich realisierte, wie lange ich sie entbehrt hatte. Welche Sprache? Die Sprache eines Menschen, der viel liest, aufmerksam beobachtet und sich auszudrücken versteht. So daß ich, als Mr. Kuzmik von den »dreimotorigen Moskitos« in Paramaribo und seinem Abscheu davor, eine Mücke zu töten, die sich eine Nacht lang geplagt hatte, um das Loch im Netz zu finden, von James Truslow Adams Buch über amerikanische Geschichte und dem Flugzeug, das ein endlich in seinen Stall zurückgekehrtes Rennpferd ist, sprach, ganz erfrischt und angeregt war, wie nach einem Cocktail.

[1] Leiter der Pan American Airways in Pará.

Herrliche Geschichte von Mr. Kuzmik über den Funker, der nicht glauben konnte, daß der Funker KHCAL, der die Nachricht mit den 150 Worten aufgenommen hatte, eine Frau war: »Mein Gott – sie hat's mitgekriegt!«

Sonntag, 10. Dezember

Stehen früh auf. Fahren zum PAA-Hangar hinunter. Das Flugzeug sieht aus wie neu, die Pontons alle gestrichen und geölt, die Maschine nachgesehen, die Abdeckung geflickt, die Böden gefirnißt – sehr guter Mechaniker. Endlich ab. Bewölkt, tiefhängende Regenwolken. Wir fliegen dem Fluß nach. Wir müssen tiefergehen, fliegen durch Regen. Wegen der atmosphärischen Störungen kann ich nichts hören, bin krank vor Angst. »Ich wollte nicht fliegen – ich wollte nicht fliegen, Charles (im stillen).« Wir gleiten über die Wipfel tropischer Wälder, über blühende Bäume, eine Menge Sümpfe, Seen und Ströme. Wir glauben, daß wir einem Flußlauf folgen, und kommen an einen runden Abschluß – einen See! C. dreht sich zu mir um und wirft die Arme in die Höhe, als wenn er sagen wollte: »Gott weiß, wo wir sind!«

Dann fliegen wir direkt und ziemlich tief über die von Nebelfetzen bedeckten Wälder, »um aus dem Delta herauszukommen«, C. schreibt: »Dann folge ich dem Amazonas.« Hoffentlich! Gerade als es sehr übel aussieht, entdecke ich in der Nebelbank vor uns eine Lücke – einen Fluß. Ich bin erleichtert. C. reicht eine Nachricht nach hinten: es ist der Xingu!

Wir haben drei Stunden gebraucht, um hierherzukommen. In drei Stunden hätten wir die halbe Strecke hinter uns bringen müssen, dies war erst ein Viertel. An den Ufern kleine Hütten, Boote, im Dschungel Rodungen. Vom Amazonas an ist das Wetter besser – tiefhängende Wolken, aber heller in der Ferne. Funkverbindung recht ordentlich. Viele grüne Sümpfe und ziemlich viel gerodetes Land. Der Fluß ist sehr verschlammt. Ich bekomme Georgetown über Funk! Vielleicht wird der nächste Flug nicht mehr so schlimm, wenn ich auf der ganzen Strecke Georgetown hören kann.

Manáos, wo zwei Flüsse zusammenfließen, man kann deutlich sehen, wo Blau und Braun aufeinandertreffen, blaue Kringel im schlammigen Wasser. Weiße mit Stuck verzierte Häuser und Türme, ein paar Schornsteine, eine große Anlegestelle voller

Menschen. Viele Boote, wie dahineilende Muscheln, sind auf dem Wasser – Ruderboote, Motorboote, wehende Fahnen.

Plötzlich steigt in mir der Ekel auf, das alles nun zum hunderttausendsten Male mitmachen zu müssen, und auch vor dem neuen unbekannten Ort. Deshalb wollte ich nicht hierher. Wenn wir die Küste hinaufgeflogen wären, hätten wir keinen einzigen neuen Ort mehr berührt – welche Wonne, an einen Ort *zurückzukehren!*

Wir landen, und wie gewohnt versammeln sich die Boote. C. winkt sie wütend weg. Wir kreisen [fahren] stundenlang herum, während uns alle hereinwinken, da sie glauben, wir wüßten nicht, wo die Boje ist. Wir trauen uns nicht in dieses Durcheinander herandrängender Boote zurück, vielleicht wäre ein Anhalten gar nicht möglich, und jemand könnte verletzt werden. Endlich stoßen sie zurück, und wir fahren ein. Dann scharen sie sich wieder um uns. Ein Amerikaner, ein netter, intelligent aussehender Mann, ruft den Booten wie wahnsinnig zu, daß sie wegbleiben sollen. Er versteift sich auf eines, das besonders im Wege ist. Der Mann ruft ihm zu: »Hafenkapitän.« Das wird von allen als richtiger Witz aufgenommen. Die Brasilianer finden es komisch, daß der Amerikaner sich so zum Narren macht und dem Hafenkapitän zuruft, daß er wegbleiben soll. Und wir Amerikaner finden es schrecklich komisch, daß der Hafenkapitän sich genauso schlimm aufführt wie alle anderen Boote. Wir fangen seinen (des Amerikaners) Blick auf und lachen alle drei.

Wir gelangen in ein überfülltes Boot, werden Abgeordneten vorgestellt, durch eine schreiende Menge zum Pier und die Straßen zu einem hübschen Haus, das man uns während unseres Aufenthaltes zur Verfügung stellt, hinaufgeführt. Alles ist vorbereitet, sauber und hübsch, zwei brasilianische Dienstboten verneigen sich und lächeln, als kämen wir nach Hause. Was für ein köstlicher Luxus, zum Waschen und Essen alleingelassen zu werden. Wir hatten das Gefühl, als spielten wir Familie!

Von Manáos nach Trinidad, 12. Dezember

Um 3.30 Uhr geweckt. Nahmen Abschied von unserem Haus und dem netten Ehepaar, das unbeweglich an der Türe stehenblieb, bis wir nicht mehr zu sehen waren. An dem Flugzeug hängen noch wie an einem Weihnachtsbaum die Laternen, eine am Schwanzende und eine an jedem Flügel. Der PAA-Mann hat ein üppiges Essen für uns bereitet. Die See ist ruhig, aber wir kommen gut in die Höhe. Der Himmel sieht bis zum Tagesanbruch bewölkt aus, doch dann drängt das heller werdende Licht die Wolken nach Westen ab. Und ich muß denken an: *»And not by eastern windows only, when daylight comes, comes in the light.«*[1]

Ich habe mir diese Worte in bezug auf Dinge, bei denen ich nicht verzagen wollte, so oft vorgesagt, daß jetzt bei den ersten Zeilen *»Say not the struggle naught availeth«* die Hoffnung wieder in mir pochte wie das Blut in meinen Adern.

Bei recht ordentlichem Wetter folgen wir dem Fluß, bis er sich teilt, dann dem Rio Branco, es ist ziemlich stürmisch. Ich konnte Berge sehen, die am Horizont auf dem flachen Dschungel und der Pampas aufstiegen. Der Dschungel ist nur ein schmaler Streifen an den Ufern der Flüsse. Inmitten der Pampas runde Teiche, als hätte es viel geregnet.

Wir verlassen den Fluß und nehmen Richtung auf die Berge. Die Funkverbindung nach Trinidad ist gut, das Wetter auch. Viele Wolken, doch die Sicht ist nicht beeinträchtigt. Die Wolken nehmen zu, als wir über die Berge fliegen, das mag ich gar nicht. Wir durchfliegen sie und rasen im Sturzflug durch dicke aufgetürmte weiße Wolkengebirge. Unter uns keine Flüsse und keine Wälder. Wir können vom Dschungel überwucherte Berge zwischen den Wolken sehen. Ich schreibe C. Zettelchen: »Bist Du sicher, daß Du hoch genug fliegst, um nicht an die Berge zu stoßen? Vielleicht gibt's welche, die nicht bezeichnet sind!« Dümmliche Notizen – deren Antwort ich kannte, aber ich wollte C.s ermutigendes spöttisches Lächeln sehen. Ich entdecke unter uns einen Fluß. C. deutet auf ihn und klopft sich dabei auf die Schulter, als könnten wir auf ihm landen! Doch er fließt in die falsche Richtung, fließt nach Süden zum Amazonas und nicht nach Nordosten.

Endlich sehen wir einen Wasserfall und einen Fluß (den Cuyuni), der nach Nordosten fließt. Wir sind über der Wasserscheide. Dann fangen wir an runterzugehen, fliegen im Sturzflug durch Wolken und Regenstürme (ich wollte, ich könnte mir abgewöhnen, dabei die Luft anzuhalten) hinunter zum flachen Land – das Tal des Orinoco. Stürme werden über der Mündung des Orinoco zusehends ärger.

[1] »Wenn das Tageslicht heraufzieht, dringt es nicht allein durch die Ostfenster zu uns.« Aus einem Gedicht von Arthur Clough.

Über das Festland nach Trinidad fliegen wir dicht über dem Wasser; heftiger Regen – die Sicht praktisch gleich Null. Wir fliegen schrecklich schnell – machen jetzt eine Schwenkung – auf allen Seiten ist es schwarz. Ich fahre voller Entsetzen die Antenne aus und erwarte Gott weiß was. Endlich schaut C. sich um und nickt. Jetzt ist alles gut. Er sieht Land – Trinidad.

Ich schneide dem schlechten Wetter hinter uns eine Fratze, und er gibt mir endlich einmal recht! »Schlamassel.« Dann fliegen wir die Küste von Trinidad entlang, tiefliegende Wolken und Regen, und nach Port of Spain. Bei der Landung regnet es leicht. Ich sehe die PAA-Rampe und den Hafendamm. Sehr erleichtert, daß wir diesen Flug hinter uns haben. Zum Haus des Gouverneurs, an das ich mich erinnere – ein großes, weitläufiges Haus wie ein Palast inmitten ausgedehnter Gärten. Wir haben das gleiche Zimmer mit dem großen Bett in der Mitte, das mit Moskitonetzen verhängt ist.

13. Dezember

Ruhiger Tag. Ich gehe in den Funkraum der PAA hinunter. Frühes Mittagessen und Siesta.

14. Dezember

Abflug nach San Juan [Puerto Rico]. Wolkig und verhangen in Trinidad, aber auf dem Weg herrliches Wetter. Genau wie ich es in Erinnerung hatte – das glockenblumenblaue Wasser, ein feiner Dunst und die grünen bergigen Inseln. Es war die erste lange Reise, die ich machte.[1] Es war mein schönster Flug, es waren die schönsten Inseln, die ich je gesehen habe – und ich habe meine Meinung seither nicht geändert. C. nahm mich auf dem Weg über die Jungferninseln mit, wo er mit der *Spirit of St. Louis* auf dem Abhang eines Hügels landete, der von einem Berg gekrönt war.

Kamen an San Juan vorbei, blendend weiße Gebäude, große Schiffe unter amerikanischer Flagge, das alte Flugfeld mit dem Hangar, wo wir beim ersten Mal gelandet waren. Landung bei starkem Gegenwind. Die alten Mauern des befestigten Dammes in der Bucht kommen mir bekannt vor. Viele Amerikaner und

[1] Siehe ›Stunden von Gold, Stunden von Blei‹.

Journalisten. Der jetzige Gouverneur Horton und seine Frau geleiten uns in die *Fortaleza,* die alte spanische Feste, jetzt die Botschaft. Auf den Straßen amerikanische Schilder.

15. Dezember (an dem Tag sollten wir laut C. zu Hause sein)

Kurzer Flug von San Juan nach San Domingo. Ankunft ungefähr mittags, umkreisten den kleinen Hafen oft – starke Dünung – landeten prima mit starker Gischtfontäne. Auf dem Dock Mr. und Mrs. Schoenfeld[1]. Während des ganzen Mittagessens redeten wir von Mexiko. Es war gemütlich.

16. Dezember, von Macoris nach Miami

Früh auf. Wir fliegen über Santo Domingo, den Fluß, das alte Memphis, das zerfallene Schloß von Columbus' Sohn. Über das Flugfeld, auf dem wir das erste Mal gelandet sind, dann über die Berge nordwärts. Endlich kommen wir ans Wasser, und es geht die Küste entlang, wir überfliegen Christophes Schloß auf einem vom Dschungel überwucherten Berg, gewaltige Zinnen, eine starke Mauer, einfach plumps in den Dschungel hineingesetzt. Wir fliegen quer über das Wasser, über die Insel Tortuga an Inagua vorbei; kommen dann zu den Bahamas. Ich erkenne sie an den Farben – prächtige helle Grüns und Blaus, schimmernd wie Juwelen. Erreiche Miami hier – Nachrichten, die uns zur Eile treiben.

C. sagt, noch fünfzehn Minuten. Ich sehe die Küste und die weißen Wolkenkratzer Miamis. Wir sind über der Bucht und der weißen Ecke der Bucht, dem neuen Flugplatz. Etliche Flugzeuge kommen uns entgegen. Wir landen, und PAA-Mechaniker vertäuen uns rasch. Dann am Arzt und am Zoll vorbei auf den PAA-Leichter, wo wir mit dem Funker sprechen. Fahrt zum Hotel. In allen Läden NRA-Schilder, hübsche Kleider in den Fenstern, Mädchen, die in Strandanzügen herumlaufen, und Plakate mit Bierreklamen.

Ein Telegramm von Mutter, sie sind in New York und erwarten uns! Ein dicker Brief von Elisabeth.

[1] Arthur Schoenfeld, unter D.W.M. an der Botschaft in Mexico City.

Sonntag, 17. Dezember

Vertrödeln den Vormittag. Gehe mit scheußlichem Kopfweh, das ich den ganzen Tag hatte, zu Bett – glaube, daß ich Fieber und Malaria habe!

18. Dezember

Wache wie gewöhnlich bei Tagesanbruch auf, meine Kopfschmerzen sind weg. Wohl doch keine Malaria! Zum PAA-Leichter hinunter und ab. Mir tut's leid, daß das unsere letzte Begegnung mit der PAA war. Ich kann nicht widerstehen, die Funksprüche abzuhören. Ich hörte einmal KHCAL und antwortete, dann ging ich aus der Leitung und schrieb an meinem Tagebuch. Sehen nach ungefähr viereinhalb Stunden die Ebenen von Charleston – erbärmlicher Flug! Mir kommt vor, als seien wir eben erst abgeflogen.

Landeten auf dem Fluß bei der Marinewerft; heftige Strömung und Gegenwind. Ankern schließlich. Admiral Raby, der C. kannte, als er einundzwanzig war und nach Pensacola kam, nimmt uns in sein großes Haus mit vielen Veranden, das ganz für sich liegt, mit. Wir gehen sehr müde um 8.30 Uhr hinauf ins Bett.

[Von Charleston zur Flushing Bay, Long Island]
19. Dezember

Kamen gut weg – keine Reporter. Versuche, mich für die Begegnung mit New York zu wappnen. Die Spannung, die auf dieser Reise, außer in Paris, wegfiel. An erster Stelle die Familie, die köstlich, aber darum auch störend ist, da sie an einem zerrt. Hunderte von Menschen werden uns sehen wollen. Jeder wird sich vorgenommen haben, uns einzuladen, man wird uns ersuchen, Ausschüssen beizutreten etc. Da sind die echten Freunde, die ich irgendwie unterbringen möchte, und die anderen, die ich weglassen muß. Briefe mit Glückwünschen und Briefe von Menschen, denen wir unterwegs begegnet sind. Dankesbriefe, die geschrieben, Bilder, die versandt werden müssen, und Geschenke für die Familie und Verwandten zu Weihnachten. Und diese Reise – dies und das muß fertig gemacht werden – auch ein Funkbericht für Leuteritz[1].

[1] Hugo Leuteritz, Leiter des Fernmeldewesens der PAA.

Wir müssen eine Wohnung finden, das Buch muß angefangen werden; ringsum Spannungen. Ich muß versuchen, mich wacker zu halten. C. wird wegen der sich häufenden Schwierigkeiten und Einzelheiten ruhelos und ungeduldig sein.

Dieses Leben ist einesteils schwer, und ich möchte nach Hause, aber wenigstens ist es einfacher: man hat nur eine ganz sachliche Aufgabe. Man muß sich lediglich auf den jeweiligen Tag konzentrieren. Am Abend hat man seine Arbeit beendet, man erhält rasche Resultate, und wenn die Aufgabe gut erledigt ist, freut sich C. Wenn man von der physischen Angst, der physischen Strapaze und der Müdigkeit absieht, ist es einfach.

Man nimmt sein Leben in die Hand. Ich muß versuchen, mein Leben in diesem Winter in die Hand zu nehmen, muß den Mut haben, nein zu sagen, die Dinge zu tun, die ich tun möchte, und C. ein friedliches häusliches Dasein ermöglichen.

[Englewood] 31. Dezember

Liebste Elisabeth,
im Augenblick ist alles noch so in Unordnung und das Durcheinander ist so groß, daß ich das Gefühl habe, ich sollte mich nicht hinsetzen und einen Brief schreiben. Aber da ich annehme, daß sich das in absehbarer Zeit keineswegs ändern wird, kann ich es auch ebensogut vergessen. Ich verlebte drei durchaus erfreuliche Tage alleine mit Jon draußen in *Falaise*[1]. Dann folgten drei hier mit Jon, Betty, Elsie und Mrs. L. Jon ist reichlich verwöhnt. Jeder glaubt anscheinend besser zu wissen, wie man ihn behandeln muß, als ich.

Gegen Weihnachten habe ich in diesem Jahr eine ausgesprochene Abneigung, vielleicht weil ich ohne Euch all den abscheulichen Reklamen, die einen zum Kauf animieren sollen, und den schrecklichen Geschäften, die ihre Fangarme ausstrecken, um einen zu ködern, ausgeliefert bin. Es scheint mir jeglicher Wirklichkeit weit entrückt zu sein.

Das Kind hat zuviele Spielsachen. Am Christbaum der G.s waren für alle Geschenke: bunte Kugeln, Schmuck, Lichter, Teddybären und Pferdchen für Jon und ein Strumpf. Ich mußte über Jon lachen, der unter den Baum kroch, zwei kleine rote Beeren abpflückte und sie mir voller Entzücken brachte!

[1] Haus auf Long Island von Harry und Carol Guggenheim, die gute Freunde der Lindberghs waren.

An E.L.L.L. Washington, D.C. [24. Januar]

Wir haben eine Wohnung gemietet – keine sehr große – ein Penthouse. Es heißt, daß es ein ordentliches Haus ist, in dem nette Leute wohnen. Es gibt für Jon eine sonnige Terrasse und eine große für uns mit einer schönen Aussicht. Jon wird neben uns schlafen, ein Bad liegt dazwischen, dessen Türe nachts offenbleibt. Skean und Wahgoosh[1] werden wir vermutlich bei uns haben, zeitweilig auch Thor! Ein Gästezimmer gibt es nicht, aber in Jons Zimmer steht ein Extrabett, falls Du kommst – hoffentlich bald –, sonst können wir auch eine Couch für das Wohnzimmer besorgen.

C. genießt es sehr, daß wir wieder unser eigenes Reich für uns haben, auch wenn es nur vorübergehend und in der Stadt ist. Es war mir gar nicht klar, daß so viel Arbeit – Malen, Tapezieren, Linoleumverlegen – anfällt. Ich nehme an, daß es noch ein bis zwei Wochen dauern wird, bis wir in der Wohnung sind. Ich versuche viel Zeit mit Jon zu verbringen und dazu meine Arbeit über die Fernost-Reise, an der ich im letzten Winter geschrieben habe, zu Ende zu bringen, bevor ich mit Grönland anfange.

Jon geht es großartig. Ich kaufte eine Rutschbahn. Sie kam an einem Nachmittag, ehe ich zu Hause war, an, und Jon und C. erforschten sie gemeinsam. C. zeigte ihm, wie man damit umgeht, und Jon hatte überhaupt keine Angst. Jubelnd sauste er immer wieder im Kreis herum und war ganz und gar fasziniert.

Er fängt jetzt an recht ordentlich mit dem Löffel zu essen – ißt drei bis vier Löffel voll ganz manierlich, dann wird es ihm zu dumm, das ganze Zeug immer *in seinen Mund zu stopfen!* Warum nicht auf den Boden und den Tisch damit!

»Admiral« Jerry Land[2] kam neulich zum Abendbrot hierher und fragte nach Dir.

Warte jetzt auf C.s Rückkehr. Das Flugzeug sieht im Museum vor dem Gemälde eines tropischen Himmels fabelhaft aus[3], aber

[1] Die Terrier der Lindberghs.

[2] Konteradmiral Emory Scott Land, Vetter von C.A.L.

[3] Nach ihrer Rückkehr von dem Erkundungsflug über den Atlantik übergaben die Lindberghs die *Tingmissartoq* dem amerikanischen naturhistorischen Museum in New York. Später wurde sie an die Smithsonian Institution in Washington, D.C., weitergegeben.

mir ist es schrecklich, daß man nie mehr damit fliegen kann. Um hierherzukommen, haben wir ein Flugzeug gemietet.

[Englewood, 11. Februar]

Meine liebe Elisabeth,
mit einem Ohr beim philharmonischen Konzert, mit dem anderen oben bei Jon versuche ich ein Gekritzel für Dich. Charles ist wie letzten Sonntag wegen der Luftpostangelegenheit in der Stadt. Ich nehme an, daß Du die Sache verfolgt hast. Durch ein abgekartetes Spiel wurden alle Luftpostverträge annulliert und etliche Gesellschaften erfuhren erst davon, als es in den Zeitungen stand.[1]

C. sandte letzten Sonntag an Präsident Roosevelt ein Telegramm mit einer einzigen dringenden Bitte: *faire Verhandlung vor dem Schuldspruch.* Du hast vermutlich den Wirbel miterlebt. Als Maßnahme des Weißen Hauses folgende amtliche Berichte: einer der Sekretäre des Präsidenten sagte, (1.) es sei schlechter Stil, dem Präsidenten eine Mitteilung zu senden und öffentlich bekanntzumachen, ehe man ihm eine Möglichkeit zur Antwort gegeben hat; (2.) es war nachweislich nur ein Grund, um das Interesse der Öffentlichkeit zu wecken (das *war* es natürlich auch – ein öffentlicher Appell an die Gerechtigkeit); (3.) der Präsident hatte es sowieso nicht veranlaßt, sondern [der Postminister] Farley; (4.) das Weiße Haus opponiert nicht gegen die zivile Luftfahrt – siehe Mrs. Roosevelt, die, auch wenn sie mit Luftwaffenflugzeugen fliegen könnte, Verkehrsmaschinen benützt.

Daraufhin eine Flut von Leitartikeln und Briefen, die zumeist (sowohl in der ›Times‹ [demokratisch] als auch im ›Tribune‹ [republikanisch]) C.s Gesuch unterstützten; etliche waren *sehr* komisch. Hast Du »die welkenden Veilchen des Weißen Hauses« im ›Tribune‹ gesehen?

Wie dem auch sei, das Weiße Haus hat keinerlei Maßnahme ergriffen, nur an C. ein Telegramm geschickt, in dem stand, daß er keine Einwände haben würde, wenn er das wüßte, was man dort weiß. C. findet, wenn sie dort derartige neue Beweise haben, sollten sie sie herausgeben.

Morgen übernimmt das Militär die Beförderung der Luftpost.

[1] Am 9. Februar 1934 wurde durch Präsidialbeschluß die Aufhebung der Inlandluftpostverträge bekanntgegeben.

Das wird schwierig, denn es fehlen für diese Art Aufgabe sowohl Ausrüstung als auch das nötige Training. Drei Piloten sind bei den Übungen auf den Überlandflügen bereits tödlich verunglückt. C. befürchtet, daß es noch mehr werden, denn in der Armee ist man der Meinung, daß man um jeden Preis durchhalten muß, und genau das bringt Piloten bei schlechtem Wetter um. Da sie Draufgänger sind, denen man gesagt hat, daß sie es nicht *können*, ist das natürlich eine Herausforderung, und sie packen die Sache mutig und von diesem fatalen Geist erfüllt an.

Nach C.s Meinung wird das Ganze einen ungeheuren Rückschlag für die Zivilluftfahrt zur Folge haben. Etliche Gesellschaften werden gleich aufgeben. Einige werden eine Zeitlang weiterhin Passagiere befördern, können aber ihren Dienst nicht mehr wie bisher versehen. Piloten und andere Mitarbeiter werden aus unserer Zivilluftfahrt entlassen, die zur Zeit die beste der Welt ist (gerade jetzt haben sich die Engländer und Holländer entschlossen, uns zu kopieren) und nun rasch abfallen wird.

C. findet es ungerecht, ob die Gesellschaften nun unschuldig sind oder nicht (er glaubt, daß einige es sind), sie alle ohne Gerichtsverhandlung zu verurteilen. Er meinte, er müsse wenigstens um des Prinzips willen protestieren.

Selbstverständlich war C. als Techniker nie bei einer der Verhandlungen über die Subventionen.

Und wenn der Untersuchungsausschuß über die vierzehn Millionen spricht, die von den subventionierten Fluglinien, die Luftpost beförderten, vergeudet worden sind, läßt er die etwa zehn Millionen, die durch das Porto zurückerstattet werden, unerwähnt. TWA hat in Wirklichkeit nicht nur die Subvention der Regierung zurückerstattet, sondern ihr darüber hinaus Geld eingebracht!

Uns erreichten eine ganze Menge Telegramme. Die, die von Leuten kamen, die pro sind, waren wirklich intelligent (das klingt zu naiv, um es niederzuschreiben!) und die von denen, die contra sind – etwa eines von zehn –, klangen fanatisch: »Sie sollten sich besser in acht nehmen und wissen, daß die, die Franklin D. Roosevelt kritisieren, nicht lange existieren.« So etwas ist schließlich und endlich nicht mal so fanatisch!

Jon hat sich an den letzten beiden Abenden geweigert zu essen. Er möchte einfach nur spielen und Spinat im ganzen Zimmer verstreuen, was ihn ganz glücklich macht. Ich habe ihn an beiden Abenden hungrig ins Bett gesteckt, überlege mir aber, ob ich damit auf dem richtigen Weg bin. Ich werde in dieser Woche überhaupt nicht mit ihm fertig. Ich glaube, er ist von einem Teufel besessen, aber vielleicht liegt das daran, daß ich vom Umzug sehr müde bin und zur Zeit zwei linke Hände habe. Alles geht schief, wenn man zwei linke Hände hat.

Ich habe an dem Tag, an dem die Luftpostgeschichte platzte, ein Paar rote Schuhe gekauft. Das half mir sehr.

[New York, 15. Februar]

Liebste Elisabeth,
ich frage mich jetzt, warum ich jemals das herrliche saubere Zuhause in Englewood verließ. Ich wurde im letzten Moment schwach und nahm Thor mit herein, zudem ließ ich Elsie Wahgoosh und Jon Skean mitnehmen. Das Dachgeschoß ist *schrecklich* schmutzig, und es weht dort sehr. Die Hunde benutzen das Dach schon, aber es demoralisiert sie, da es den Charakter eines Zimmers hat, und darum behandeln sie den Paravent und das Klavier wie Rohre und Feuerleitern. Im Haus hinterlassen sie lauter Rußspuren. Jon schreit jedesmal, wenn er alleingelassen wird (genau wie die Hunde, er spürt, daß »es hier anders ist« und nicht die gleichen Gesetze gelten! Betty sagt, daß die Hunde *wegmüssen.* Elsie sagt, daß Wahgoosh bleiben *muß!* Charles glaubt, daß alles großartig ist, daß ich fabelhaft bin und alles tadellos läuft. Ha! Wenigstens etwas.

An E.L.L.L. New York [26. März]

Liebe M.
Ich war auf C. wegen seiner Zeugenaussage sehr stolz – sie war vollkommen klar und eindeutig. Natürlich glaubte er fest daran, wußte, daß er recht hatte, kannte seine Gründe. Alle sagten mir, daß er ein *großartiger* Zeuge war, daß C.s Zeugenaussage in der dort herrschenden Verwirrung als einzige deutlich hervortrat.

Englewood, 7. Juni 1934

Liebe Elisabeth,
eben habe ich Deine drei Artikel gelesen.[1] Sie sind so gut, daß ich Dir schreiben und Dir das heute abend sagen muß, auch wenn für mehr keine Zeit ist.

Wie konntest Du Dich nur an alles erinnern? Deine Aufsätze sprühen vor Leben. Du hast etwas wiedererstehen lassen, eine Selektion vorgenommen, was ungeheuer schwierig ist, dem Ganzen eine Form gegeben, hast Dinge, die in bezug auf ihre Charakteristika wenn auch nicht zeitlich zusammengehören, aneinandergefügt und bist dabei durch vielerlei Muster einem roten Faden gefolgt. Ich bin froh, daß Du das gemacht hast.

Ich glaube, daß wir für den Juli – *in unserem Flugzeug* – nach Maine fliegen. C. hat ein kleines zweisitziges, recht schnelles Flugzeug gekauft bzw. will es kaufen. Jetzt hat er eines von derselben Firma gemietet. Aber Ende Juli oder am ersten August wird *unser Flugzeug*[2] fertig und wir werden – nach Aussage von C. (ich wage es nicht ganz zu glauben, denn es kann viel dazwischenkommen) – nach Saint Louis (wo es gebaut wird) fliegen, es übernehmen, westwärts zur Küste weiterfliegen und vermutlich genau dann ankommen, wenn auch alle anderen eintreffen. Egal, man weiß ja nie, vielleicht werden wir für immer nach Kalifornien ziehen und das vermutlich genau dann, wenn Du abreist. C. tobt und wütet wegen des »New Yorker Lebens«, das ziemlich hektisch ist und das keiner von uns mag, spricht davon, daß wir woanders leben müssen.

Jon ist eine Wonne. Er drückt sich jetzt in der Babysprache aus: »Geh ma Gaten, sehn ma Tlulpan!« Miss Watson[3] sagt, er ist wie Du. Ich nehme an, das ist das größte Kompliment.

North Haven, 11. Juli

Liebste Elisabeth,
ich bin bis jetzt noch nicht zum Lesen oder Schreiben gekommen und schwelge uferlos in Sonne, Schlafen, Essen und Nichtstun mit Jon zusammen, was wonnevoll ist. Hier hat man wirklich

[1] E.R.M.M. schrieb ein ›Familien Album‹ über Kindererinnerungen.

[2] Einmotoriger Hochdecker, den die Monocoupe Corp., Lambert Field in Saint Louis, Missouri, baute.

[3] Von der Child Education Foundation School in New York City.

noch das himmlische Gefühl, daß der Sommer ewig währt und daß es nichts weiter zu tun gibt, als auf der Insel herumzustreifen und zu warten, bis es Tee gibt. Das Haus ist erfüllt von früheren Sommern: das ›A.B.C. des Fliegens‹, Kochbücher, überholte Gedichte. Auch Schallplatten – ›Who‹ und ›Allà el Rancho Grande‹ – und alte Pullover, einer von Dir mit türkisfarbenen Karos, mexikanische Hüte ...

An E.L.L.L. North Haven, 27. Juli

Liebe M.
Ich war keineswegs beschäftigt, sondern lediglich absorbiert von einem herrlichen Dasein mit Schwimmen, Segeln, Picknicks auf der *Mouette* und dem Zusammensein mit Jon, wann immer ich es mir wünschte. Ich wollte, Du könntest ihn sehen. Er sieht ganz braun aus an Beinen, Armen und Rücken, sein Gesicht ist wie ein reifer Apfel, auf seiner Nase sind ein paar Sommersprossen und seine Haare kräuseln sich in dichten Locken. Er schwimmt jeden Tag im Becken. Wir haben für ihn eine Schwimmweste, in der er wirklich *schwimmt*. Die meiste Zeit des Tages ist er am Strand, sammelt Steine und Schnecken und watet herum. Charles spielt viel mit ihm und trägt ihn auf seinen Schultern, dabei hält Jon sich in seinen lockigen Haaren fest.

Am Tag unserer Ankunft nahm C. Jon und mich auf einen Flug mit, er stopfte in Jons Ohren Watte und versuchte es mit ihm auf dem Boden im Cockpit, um zu sehen, ob er Angst vor dem Krach habe. Er ließ sich durch nichts stören, außer durch den Wind, der beim Start durch die Fenster hereinkam, dabei ging C. ziemlich tief in die Schräglage und drehte ab. Jon wollte hinausschauen, aber da er nicht sehr viel sah, wollte er wieder hinunter – bis er den Vorhang entdeckte.

Nachher sah er interessiert zu, als das Flugzeug mit Passagieren aufstieg. Neulich trug ich ihn so, daß sein Gesicht dem Himmel zugewandt war, und sagte: »Jon, schau dir den herrlichen Himmel an.«

Jon sagte lediglich: »Keine Flugzeuge an diesem Himmel.«

Betty ist fort und Shirley Grant hilft mir bei Jon. Jeden Morgen wache ich mit dem köstlichen Gefühl auf, daß ich in die Diele hinuntergehen, ihn dort sehen und den ganzen Tag über haben kann. Wir haben hier ein bißchen mehr Zeit, da das Flugzeug in Saint Louis noch nicht fertig ist.

Saint Louis, Donnerstag, 23. August

Liebste Elisabeth,
wir warten hier. Ich wußte, daß es so kommen würde. Ich habe in bezug auf die Zeit absolut kein Vertrauen in Flugzeugfabrikanten. Als wir am 20. ankamen und zur Fabrik gingen, waren sie erstaunt und leicht niedergeschlagen. »Sie haben demnach unser Telegramm nicht erhalten?« (Zweifellos, um unsere Ankunft hinauszuschieben.) Ich machte ein finsteres Gesicht. »Also, das Flugzeug macht sich gut, hoffen, daß wir es morgen fliegen werden.« (Lügner, dachte ich.) Wir gingen hinüber, um es anzusehen, ein prächtiges Flugzeug, etwa sechs Leute arbeiten gleichzeitig daran. Ich stellte fest: noch kein Armaturenbrett installiert, keine Motorhaube, kein Glas in den Fenstern, keine Sitze, keine Radkappen. Dabei sind, glaube ich, die Haube und die Kappen das Wichtigste, denn es werden neue Typen verwendet, die vermutlich nicht passen und ausgewechselt werden müssen.

Ich war ganz mutlos und dachte, als einziges bliebe die Möglichkeit, in unserem alten Flugzeug an die Küste zu fliegen und dieses auf dem Rückweg abzuholen – was Charles einmal vorgeschlagen hatte, als Du gesagt hattest, Du hofftest uns Ende August bei Dir zu sehen. Ich fragte C., was er glaubte, wie lange es wohl noch dauern könnte. Er meinte, vier Tage! Ich glaube ihm nicht ganz, aber jedenfalls nimmt er nicht an, daß es eine langwierige Arbeit wird. Ich rechne mit einer Woche, denn das Flugzeug wurde *nicht* am nächsten und auch *nicht* am übernächsten Tag getestet, man hofft, es heute zu machen. Dann wird sich alles zeigen. Ich werde Dir schreiben, sobald ich Bescheid weiß. C. sagt, daß es nach dem ersten Flug noch zwei Tage dauern wird. Ich nehme an, drei bis vier. Nachdem wir hier abgeflogen sind, werden wir wohl eine Nacht in Kansas City Station machen, und wenn wir gutes Wetter haben, eine Nacht im Westen, vielleicht in Arizona, bleiben und am nächsten Tag in Los Angeles sein.

Ich hoffe, daß mit dem Flugzeug alles gut geht. Ich habe bei einem neuen Flugzeug, das noch nie geflogen wurde, immer das Gefühl, daß es in der Luft leicht auseinanderfallen kann! Dabei machen sie keine ausgesprochenen Experimente.

Ich habe Hakluyts Reiseberichte über Frobisher und die Nordwest-Passage wieder gelesen. Die über Grönland, die Küste Labradors und über Baffin Land sind aufregend, vor allem bezaubert der Geist, in dem sie geschrieben sind: »... die ungestüme indianische Canoa halleth *(was bedeutet das?)*, diese Meere, die Portugiesen, die Sarazenen, die Mauren wandern unermüdlich von Japan nach China, von China nach Malacca, von Malacca zu den Moluccas: soll da ein Engländer, der mehr als sie alle dazu bestimmt ist (das behaupte ich von unserer Flotte nicht mehr), sich davor fürchten, auf diesem Ozean zu segeln? Auf welchen Meeren erwartet man überhaupt Seeräuberei? Wo gibt es Seefahrt ohne Gefahren?«

Dazu habe ich zum erstenmal ›Krieg und Frieden‹ gelesen. Du kennst es sicher. Ich möchte mich am liebsten hinsetzen und nichts anderes tun als lesen – *sogar am Vormittag* (am Vormittag einen Roman zu lesen, hat etwas Verworfenes). Ich kann es nicht erklären. Ich kann mich nicht mehr erinnern, wann je ein Buch in mir diese Gefühle erweckt hat.

Nur ist es schrecklich romantisch, überwältigend romantisch – 16, 17, 18 Jahre alte Romantik. Ich hätte es vor fünf – oder mehr – Jahren lesen sollen. Dieser Prinz Andrej, diese Hofbälle, diese Duelle – weißt Du, ganz passen die jetzt nicht mehr zu mir, ich bin ein bißchen zu alt!

Dies ist ein sehr, sehr langer Brief. Ob er Dich wohl morgen erreicht? Hat Aubrey den ›Aufstand der Massen‹ von Ortega y Gasset gelesen?

Alle schauen mich unterwegs genau an, helfen mir Taschen tragen, Sachen heben etc. und ich bekomme bereits Geschenke für das Kind, das ich nicht kriege.[1]

Saint Louis, Dienstag, 28. August

Meine liebe Elisabeth,
noch zwei Tage. Heute, morgen und vermutlich auch noch übermorgen. Dann wird es Freitag, bis wir starten. Ich bin mutlos und ärgerlich.

Ich habe meine Haare, meine Taschentücher, meine Unterwäsche gewaschen, bin mit dem Bus in die Stadt gefahren, um Zahnbürsten und Zeitschriften zu kaufen, habe sogar angefangen zu stricken, was ich mir selber aus ›Vogues‹ erstem Strickheft beigebracht habe, und versuchte in der Zwischenzeit Teile des Buches neu zu schreiben. Dazu bekümmert mich unsere kost-

[1] Anspielung auf Zeitungsberichte, daß Anne Lindbergh wieder ein Kind erwartete.

bare Zeit, die einfach verrinnt. C. sagt, daß wir vor Ende des Monats (September) zurück sein müssen, doch wir können auf dem schnellsten Weg zurückfliegen. Wir haben unsere hübsche Wohnung aufgegeben. C. haßt New York, und sie haben die Miete erhöht, die sowieso zu teuer war. Also landen wir wieder in Englewood. Auch wenn ich gerne bei Mutter bin und Jon gerne in der »Little School« weiß, glaube ich doch, daß wir dort nicht einen Winter wohnen können. Es geht nicht. Ich hoffe, daß C. im Westen zu einem Entschluß kommt.

C. sagt, daß er vermutlich etwa zwei Wochen im Westen bleiben kann. Ich möchte meinen, daß wir tatsächlich die ganze Zeit, mit Ausnahme von ein bis zwei Nächten, bei Dir verbringen können.

Saint Louis, Samstag, 1. September

Geliebte Elisabeth,
mir war es gestern abend ganz schrecklich, Dich anrufen zu müssen. Doch Du warst darüber weit weniger betrübt als ich.

Die Verzögerung ist durch einen Rückflug nach New York aus irgendeinem Grund hervorgerufen. Ich weiß nicht mal, um was es sich handelt, aber wir bekamen ein dringendes Telegramm und dann eine telefonische Nachricht von Harry Guggenheim.

C. meint, daß er in drei bis vier Tagen alles erledigen kann, aber ich habe in bezug auf seine Annahmen meine Zweifel. Ich kann kaum glauben, daß wir das so rasch hinter uns bringen werden. Er sagte, daß wir heute in ca. einer Woche in Los Angeles sein werden – glaub's oder glaub's nicht!

Tagebuch

Montag, 10. September 1934

Stand früh auf. Dunst – oder Bodennebel. Startete mehr oder weniger blind und stieg im Blindflug auf. Darüber klarer Himmel, Wolken neigen sich diagonal am Himmel nach unten (wir flogen schräg auf einer Tragfläche). Aufklarung durch verstreute tiefliegende Wolken. Landen in Cincinnati und weiter nach Saint Louis. C. hat die Motorhaube sicherer befestigt.

Dienstag, 11. September 1934

Abflug von Saint Louis nach Westen. Landen in Kansas City. Weiter nach Wichita – sehr starker Wind – wir machen einen Ringelpiez[1]. Das Fahrgestell klappt unter uns zusammen, und die Tragfläche ist auf der Erde. Das Flugzeug wird aufgerichtet und abgeschleppt.

Nacht in Wichita. C. wegen des Ringelpiezes beunruhigt.

[Beverly Hills, Will Rogers' Ranch[2]]
Mittwoch, 19. September

Liebste Mutter,
wir kamen vorgestern an, aber ich hatte keinen Augenblick zum Schreiben, denn ich habe pausenlos mit Elisabeth geredet. Ich weiß, daß das so klingt, als habe ich sie ermüdet, aber das habe ich nicht. Ihr Puls war nicht beschleunigt, und sie hat gut geschlafen. Ich finde, daß sie sehr gut aussieht (erstaunlich gut, seit ich sie zuletzt in Wales gesehen habe). Sie hat nicht sehr viel Farbe, denn in den letzten drei bis vier Tagen ist es sehr heiß gewesen, und sie hat im Schatten gesessen. Mich ermutigt nicht so sehr ihr Aussehen, sondern daß sie *nicht* mehr so rasch ermüdet. Reden ermüdet – mich jedenfalls –, doch sie ist nicht nervös oder gereizt oder aufgedreht. Sie bleibt ganz ausgeglichen.

Auch sieht es so aus, als seien sie ganz glücklich. Ich sah sie genau vor einem Jahr, als sie und Aubrey den unfreiwilligen Entschluß gefaßt hatten, hierher zu kommen. Doch sie sind damit wirklich zufrieden. Elisabeth ist schwer damit beschäftigt, für Mexiko und Wales Pläne zu schmieden, ist glücklich und voller Enthusiasmus. Es sieht nicht so aus, als hielten sie Rückschau oder als belaste sie diese Entscheidung. Sie ist von dem Frieden erfüllt, den man erreicht, wenn man Bilanz gezogen hat und weiß, woran man ist.

Dies ist ein himmlischer Ort. Erinnerst Du Dich daran? Er liegt hoch oben auf einem Hügel mit Blick auf das Meer und diese Inseln, die im Dunst schwimmen, und der Lichterkranz ist Hermosa und Redondo Beach. C. und Aubrey spielten gestern

[1] Siehe Fußnote Seite 54

[2] Will Rogers, »Cowboy-Philosoph«, Verfasser von Zeitungsartikeln und Freund der Morrows, der den Morgans für mehrere Wochen sein Haus zur Verfügung gestellt hat.

abend Golf und haben unaufhörlich über Politik – Weltpolitik geredet. Wir essen draußen in einem Patio, an dessen Wänden Pflanzen und Wein ranken. Es erinnert uns beide an Cuernavaca. Es ist ganz ruhig hier und der Besitz liegt viele Meilen von der Straße ab, es kann also niemand herein. Niemand weiß, daß wir hier sind.

Der Flug hierher war eher anstrengend. Unser eigenes Flugzeug machte in Wichita einen Ringelpiez. Nicht gefährlich, nicht ernstlich, aber *sehr* demütigend. C. war deshalb sehr beunruhigt. Doch wir haben entdeckt, daß die Bremse an einem Rad verkehrt herum angebracht war, das wäre eine Erklärung für den Ringelpiez. Damit war C.s Selbstachtung wiederhergestellt.

Aber dennoch starten wir nach einer zweitägigen Wartezeit in Wichita in unserem alten Freund, dem Eindecker, den wir in Maine hatten. Wir sind eineinhalb Stunden unterwegs, überflogen Oklahoma (via Waynoka), und es rattert scheußlich. »Was ist das, Charles?« sagte ich und dachte mir, daß zumindest eine Tragfläche verlorengegangen sei. »Der Motor«, sagte er, und wir wendeten und schwebten lotrecht trotz starken Windes abwärts und landeten wunderbar auf einem Abhang in einem gepflügten Feld. C. sagt, wenn er von den beiden Landungen spricht, daß es demütigend war, inmitten des Flugplatzes von Wichita ein Fahrwerk zu zertrümmern und eine Tragfläche zu beschädigen, während ihm hier bei einer Notlandung und einem Maschinenschaden beim Landen auf einem zerfurchten Acker, wo er jegliche Entschuldigung für eine kleine Beschädigung am Flugzeug gehabt hätte, nicht einmal ein Reifen geplatzt ist!

Na, und dann kam die Familie, der das Feld gehört, herbei, der Bauer, der pflügte, der Sohn, der auch pflügte, die Frau des Sohnes und seine Frau.

Sie waren schrecklich nett, und es war richtig vergnüglich. Natürlich hatten sie schwere Zeiten hinter sich. Schlechtes Jahr? O ja, es war ein schlechtes Jahr gewesen, aber es war schon das dritte schlechte Jahr. Dürre? Ja, natürlich gab es eine Dürre, wie immer in der Landwirtschaft und besonders in Oklahoma. Von Politik wurde *überhaupt nicht* geredet. Für sie war das einfach keine lebenswichtige Frage. In der Tat sprachen sie nicht viel. Stellten uns nicht eine einzige ungehörige und neugierige Frage und waren über die neugierigen Menschenmengen und die Reporter verärgert. Als einer der Reporter den Bauern fragte, was sie uns zum Mittagessen gegeben hatten, sagte er nur: »Och, ich glaube, die Alte hat etwas trockenes Brot und

Bohnen hergerichtet.« Sie hatte uns eine köstliche Mahlzeit bereitet, ein Küken für uns geschlachtet. Sie lief in den Hof hinaus, um eines zu fangen. »Quak jetzt nicht – du bist Lindys Mittagessen!«

An E.L.L.L. Englewood, 28. September

Liebe M.
Die Geschehnisse haben sich so überstürzt, daß es schwer ist, auf dem Laufenden zu bleiben. Dies ist nur ein kleiner Brief, um Mitternacht geschrieben, damit Du weißt, daß der Mann, über den Du in den Zeitungen gelesen hast, zweifellos einer der richtigen Leute ist.[1] Wie es weitergeht, wissen wir nicht. Der eindeutigste Beweis ist die Identifikation der Handschrift und dazu die Auffindung des Geldes, auch häufen sich andere Beweisstücke: das Holz der Leiter stammt aus dem Hof, in dem er arbeitete, etliche Nägel in seiner Garage etc.

Es ist tatsächlich der unermüdlichen, hartnäckigen Arbeit der Staatspolizei New Jerseys (und natürlich auch der übrigen Polizei) zu verdanken, daß der Mann endlich überführt werden konnte, auch wenn es ihr kaum gedankt wird, weil sie der Presse gegenüber zurückhaltend ist.

Wir erlebten einen hektischen Reisemonat – nach Saint Louis wegen unseres Flugzeuges – dort zwei Wochen Wartezeit. Machten uns wieder nach Westen auf. Waren vier Tage in Kalifornien, als man uns wegen dieser Sache nach Hause rief. Wir sind vorübergehend in Englewood, wo wir abwarten, bis sich die Anteilnahme der Öffentlichkeit gelegt hat. Dann werden wir entscheiden, wohin wir gehen und was wir tun werden. Schreibe bald wieder.

[Englewood] Dienstag

Liebe Elisabeth,
ich kann lediglich Schreibmaschine schreiben. Sehr erholsam – und man hat das Gefühl, daß man tüchtig ist. Dazu genieße ich es, Dir zu schreiben. In der Beziehung bin ich schlimm gewesen.

[1] Bruno Richard Hauptmann war von der Polizei verhaftet und der Entführung und des Mordes an Charles A. Lindbergh jr. beschuldigt worden.

Ich weiß nicht genau warum, aber seit Harold Nicolson[1] auf der Bildfläche erschien, herrscht diese allgemeine Atmosphäre des Alarmzustandes und der Aufregung.

Ich glaube, daß Amerikaner den Engländern gegenüber in jeder Beziehung einen schrecklichen Minderwertigkeitskomplex haben, meinst Du nicht? Was ist das? Ich verstehe das nicht. Ich nehme an, daß es daran liegt, daß sie uns so ähnlich und dennoch ganz anders sind. Sie sind älter und viel sicherer – ich spreche von der echten Sicherheit. Wir können das Vergleichen nicht lassen und kommen uns wie Landpomeranzen vor, jung und unerfahren. Es erscheint uns ganz unmöglich, sie jemals einzuholen. Du kennst dieses unsägliche Minderwertigkeitsgefühl, das man einem älteren Jungen gegenüber in der Schule hat. Wir sind noch so jung, daß man uns sehr verletzen kann.

Das alles trifft es nicht ganz, doch hier hat es eine Menge Getue gegeben – ein eher unauffälliges, vertuschtes Getue. Zuerst wurden alle Möbel in Dwights Zimmer hinaufgebracht. Natürlich waren dort schon Möbel. Vermutlich hat H.N. diese Zimmer deshalb gemocht, aber immerhin sah es nach viel Geräume aus. Du kennst das, Tom, George, Burke, Banks die Bodentreppen rauf und runter, Jo ruft ihnen nach, Männer keuchen und schnauben, Mutter rennt alle paar Minuten nach oben, »um nachzusehen, wie es *jetzt* aussieht«, bis ich sehr rücksichtslos sagte, daß wir in den neuen Flügel ziehen *müßten* (wohin eben alle Sachen von Dwight gebracht worden waren).

Also ziehen wir um: hundertmal diese Treppe hinunter, Kleider, Körbe mit Resten, Bücher tragend etc., gar nicht zu reden von den Dingen, die vom Boden heruntergeräumt worden waren, um H.N. nicht beim Arbeiten zu stören. Auf einem dieser Wege auf den Boden zeigte Mutter mir das Badezimmer. Ein gewaltiger antiker Stuhl, Ahorn, Binsensitz, stand da, wo die Waage sonst war. Mutter: »Schau, Anne, den hübschen Stuhl hat Jo in sein Badezimmer gestellt.« – »Aber Mutter, warum braucht er so einen Stuhl in seinem Badezimmer?« – »Oh, du weißt das nicht, Engländer wickeln sich in große Tücher und sitzen stundenlang so da.« Unglaubliches Bild! Wieder einer dieser englischen Mythen.

Ich sollte an dem Buch schreiben – beziehungsweise es korrigieren, aber mir fehlt der Mut. Bis letzte Woche habe ich schwer

[1] Harold Nicolson hatte vor, eine Biographie über D.W.M. zu schreiben, die 1935 bei Harcourt, Brace and Company unter dem Titel ›Dwight Morrow‹ erschien.

gearbeitet. Ich schrieb zwei neue Kapitel – das eine ist ein Vorwort, das andere eine Einführung – ›North to the Orient‹. Dann lese ich sie durch, nachdem ich sie in das frühere dritte Kapitel hineingeflickt habe. Es war erschütternd, das Flickwerk war überall erkennbar. Das Buch hat bereits zwei schlecht verfugte Hälften: eine humorvolle, leicht komödiantische, die ursprünglich ein Artikel für den ›Geographic‹ sein sollte (ungefähr fünf Kapitel). Die zweite, ernsthafter pointierte besteht mehr oder weniger aus »thematisch« angelegten (etwa siebzehn) Kapiteln. Alles, was ich neu schreibe, wirft das andere wieder über den Haufen. Es ist genau wie ein Zimmer, das man zu verschiedenen Zeiten renoviert. Man beschließt, neuen Chintz auf die beiden ärgsten Stühle zu tun – »Die anderen sind nicht so schlimm.« Doch dann, wenn das geschehen ist, sehen die übrigen schäbig aus, und bis man *die* dann erneuert hat, sind die ersten wieder verschossen ... ad infinitum. Das kommt alles daher, wenn man faul ist. Ich entwickele mich rascher als ich schreibe.

Ich bin richtig glücklich über Mexiko![1] Es gibt eine kleine Chance für uns, auch hinzukommen, nicht gerade zu Weihnachten, aber vielleicht später. C. möchte gerne kommen, wenn keine Veranstaltungen sind. Ich habe keine Entschuldigung, daß ich ein Baby erwarte. Ich muß aufhören, darüber nachzudenken, und an dem Buch arbeiten, solange es mir gut geht.

Mein Liebes, die Tage auf der Ranch waren herrlich – die Gespräche. Sie bringen mich völlig ins Lot. Ich habe das Gefühl, wenn ich in meinem Leben von Zeit zu Zeit so mit Dir sprechen kann, brauche ich nichts weiter. Dafür lohnt es sich zu leben. Das Leben wird plötzlich deutlich, klar, großartig und gewinnt an Glanz. Sind das nicht die schönsten Augenblicke? Immer wieder macht man die gleiche Erfahrung, wie wenn man durch einen Eimer mit Glasboden durch eine gekräuselte Oberfläche hindurch auf eine darunterliegende klare, stille, heile Welt blickt. Verschiedene Dinge vermitteln einem das – manchmal die Musik, manchmal Bilder (Hoppers ›Twin Lights‹), Virginia Woolf. Manches Mal, an einem ruhigen Morgen, auch das Fliegen und sehr selten – das Gespräch mit Menschen.

Ich lese das letzte Kapitel von ›G. Lowes Dickinson‹[2]. Es ist zu schön. Ich werde das Ganze lesen. Wenn er alles andere nicht geschrieben hätte, dieser Schluß wäre ausreichend. Er ist die

[1] E.R.M.M.s Gesundheit hatte sich gebessert, und die Ärzte glaubten, daß sie den Winter über ihre Mutter in Mexiko besuchen könnte.

[2] ›Goldsworthy Lowes Dickinson‹ von E.M. Forster.

Rechtfertigung für ein ganzes Leben, in gewisser Beziehung für alle Leben, deren Wert hier nicht vollständigkeitshalber gemessen werden kann. Er ist wunderbar, denn man bekommt einen neuen Maßstab. Ich glaube, das ist es auch, was Du für mich tust – Du übermittelst mir Maßstäbe, andere Werte, nach denen die Dinge zu messen sind, und ersetzt dadurch die augenfälligen, zentnerschweren, untergründigen, die ich bisher anwandte.

Doch ich muß ›Lord Carnock‹[1] zu Ende lesen, bevor ich ein anderes Buch anfange. Er [H.N.] scheint besorgt zu sein, daß uns das Buch [über D.W.M.] nicht gefallen könnte. Ich glaube, Du wirst eine echte Hilfe sein. Du bist viel natürlicher als wir alle, viel unabhängiger, mit Dir zu sprechen kann ihm helfen. Ebenso mit Aubrey. Ich *weiß*, daß sie sich verstehen werden. Wir kommen da alle nicht mit, wenn er über die letzten Abrüstungskonferenzen und ihre Schwierigkeiten redet. Es war sehr interessant, selbst für mich, die ich nie Zeitungen lese.

Ich vergaß, meine Geschichte über das Getue um H.N.s Ankunft zu Ende zu bringen. Natürlich war Mutter weg, und ich mußte da sein, um ihn zu empfangen. Panik wegen meiner Schüchternheit, doch er ist ein stiller Mann, es ist ein bißchen schwer zu sagen, ob er schüchtern oder gelangweilt ist – vielleicht von jedem etwas. Jedenfalls stellte sich heraus, daß er freundlich und verständnisvoll ist. Er hat Verständnis für alle Pläne von Mutter, sucht sich die Verwandten mit Herz und Verstand heraus, ist lieb mit Jon, erkundigt sich nach Jos Stirnhöhlenentzündung, stört sich nicht daran, wenn C. pikante Geschichten von der [Chicagoer Welt-]Ausstellung erzählt, erkundigt sich bei Elsie nach Wahgoosh und behandelt im großen und ganzen alle Haushaltsmitglieder äußerst taktvoll. Ich glaube, daß ihm die Intensität des Haushalts etwas zusetzt. C. ist der einzige Mensch, der nicht anstrengend ist.

Jon ist eine Freude. Er hat in der letzten Zeit große Fortschritte gemacht, ißt wieder Gemüse und ist ganz allgemein unabhängiger und vernünftiger. Er ist ein großer Schatz. Findest Du, daß ich ihn nicht »Liebling« nennen und zurückhaltender sein sollte? Natürlich verleiten mich sowohl der Verlust eines Kindes wie auch die Tatsache, daß ich kein anderes mehr bekomme, dazu, überzärtlich zu sein. Doch manchmal scheint mir, zeigt sich die unterdrückte Liebe in einer Art komprimierter Verärgerung,

[1] Harold Nicolsons Biographie seines Vaters, die in den Vereinigten Staaten als ›Portrait of a Diplomatist‹ verlegt wurde.

Irritation oder Nervosität, die schlimmer als der natürliche Ausdruck selber ist. Was meinst Du?

Der neue Flügel bewährt sich, Jon hat einen geregelten Tageslauf und scheint viel ruhiger zu sein. Ich glaube jetzt, daß wir nicht in diesem Winter umziehen, sondern vielleicht im nächsten Winter ein Haus auf dem Land in der Nähe der Guggenheims erwerben.

Tagebuch

Samstag, 13. Oktober 1934

Beim Mittagessen fragt Mr. Nicolson Mutter wieder nach dem ›Geographic‹[1], daher sagt C., ich solle ihm einen geben, und das tun wir auch. Ich gehe nicht zum Tee hinunter, da ich glaube, daß er meinen könnte, er müsse mir etwas darüber sagen. Doch C. kommt mich mit einem katzenfreundlichen Lächeln holen: »Möchtest du keinen Tee? Mr. Nicolson ist da«, und er zieht mich mit. Wir gehen hinein. Mr. Nicolson legt los: »Das war ein ausgezeichneter Artikel.« Ich danke ihm und versuche abzuwinken (freue mich aber). »Ich hatte nicht vor, den Artikel zu lesen«, sagte er, »aber ich habe angefangen ... Nein, aber er ist gut geschrieben ... Nein, tatsächlich, ich meine das ernst, Sie sollten öfter so etwas schreiben. Ich sage das nicht nur höflichkeitshalber – ich finde das wirklich.« Er blickte ganz ernst, dann lächelte er C. an: »Sie sollten wieder eine Reise machen, damit sie eine neue Erzählung schreibt, denn der Instinkt für das Schreiben ist, wenn er mal geweckt ist, viel stärker als der für das Fliegen!«

Dann erwähnt er die Fotos und verschiedene Abschnitte der Erzählung, die ihm gefielen. Den Start in Bathurst, den Funk über der Eisdecke, ein Licht am Ende einer Halle. Ich kann mich nicht an alles erinnern. Er sagte, ich habe mich zurückgehalten, Techniken ausprobiert.

Ich war so aufgeregt und stolz über das Lob, ja mehr noch über das Verständnis, daß ich ganz erlöst war, so als könnte ich alles, was sich jahrelang aufgestaut hatte, jetzt loslassen, doch zu Mr. Nicolsons Heil tat ich es nicht. (C. lächelte mir sehr reizend und voller Stolz zu.) Ich platzte heraus: »Natürlich habe ich versucht, mich zurückzuhalten, ich hatte zweimal so viel geschrieben und

[1] A.M.L.s Artikel ›Flug um den Nordatlantik‹ im ›National Geographic Magazine‹, September 1934.

habe gestrichen, gestrichen, gestrichen. Alle Teile, die wirklich persönlich waren, habe ich gestrichen.« Er sagte, ja, man spüre die Kürzungen. Als C. hinausging, sagte er noch mal: »Ernstlich, Sie sollten weitermachen.«

Das war ein plötzliches Erkennen von etwas in meinem Innern, an das ich von Zeit zu Zeit geglaubt hatte, dem manchmal geschmeichelt, das oft verdrängt wurde, sich rebellisch wieder meldete, vergessen, verletzt, mit falscher Sorgsamkeit unterdrückt worden war, das ich aus Angst, daß man mir weh tun könnte, zu ignorieren versucht hatte. »Ich kann nicht schreiben. Jemand sollte dieses Etwas in mir vernichten. Jemand sollte mir rundheraus sagen, daß ich nicht schreiben kann, mich auf meine Mutterpflichten verweisen.«

Doch Mr. Nicolson sagte – und gab mir zu verstehen –, daß es dieses Etwas gab, daß ich weitermachen sollte. Und so wuchs es in mir und ergriff von mir Besitz. Vierundzwanzig Stunden lang fühlte ich mich jung und stark. Ich glaubte, daß das Leben nicht lang genug sei für alles, was ich vorhatte, ich lag die ganze Nacht wach, in meinem Kopf wirbelte es und mein Herz hämmerte.

Mittwoch, 17. Oktober

In die Stadt. Auf dem Nachhauseweg sehe ich einen Hund in der Mitte der Straße kauern, genau dort, wo die Autos vorbeirasen. Ich verlasse den Wagen und laufe zurück. Zuerst sage ich ihm, daß er aufstehen soll, doch dann sehe ich, daß er einen Stoß abbekommen hat und völlig betäubt ist. Auf der Straße ist Blut aus seinem Maul, seiner Schnauze und den Augen. Ich hebe ihn an der Hautfalte im Genick hoch, trage ihn von der Straße fort und lege ihn in das weiche Gras und in Blätter unter eine Laterne. Dann gehe ich zurück, um C. zu holen. Der Hund hebt nur seinen Kopf und schaut mich an, wie ich weggehe. C. ist nicht zu Hause; als er kommt, gehen wir zurück. Ich finde den Abdruck, den der Hund auf dem Gras gemacht hat, Blut auf der gegenüberliegenden Straße, der Hund ist weg. Vermutlich kam er zu sich und lief fort. C. nimmt mich am Abend zu einer Ausfahrt mit. Bin niedergeschlagen, habe keinen Grund dafür – bin nur müde.

Donnerstag, 18. Oktober

Verbrachte den Tag damit, mich um Jon zu kümmern – schrecklicher Tag! Nach der Schule machen wir einen Spaziergang. Er wirft Sachen in den Teich und will, daß man sie herausholt. Ich sage ihm, daß wir das nicht können, und schlage vor, daß wir uns die Kürbisse ansehen gehen. Wir brauchen lange – zu lange. Er nimmt einen kleinen Kürbis und wirft ihn sofort in den Bach. »Jetzt können wir ihn nicht wieder herausholen, Jon – du hast ihn weggeworfen.« Das scheint ihn nicht zu stören. »Wir holen uns morgen neue«, sagt er vergnügt.

Ich mache ihm zum Mittagessen Leber (die er »Lubba« nennt): »Will keine Lubba.« Er ißt nur, wenn ich ihn füttere. Bei seinem Nachmittagsschlaf schläft er nicht, sondern zirpt die ganze Zeit.

Beim Abendessen lasse ich ihn mit seinen Flocken alleine und komme zurück und sehe, daß er sie alle zu einem braunen Brei zermanscht, seine Hände dahinein gesteckt hat und mit Wonne herumschmiert. Ich bin ärgerlich, nehme sie ihm aber einfach fort. Er sagt nur: »Moben gibbs wieda bas!« (Der Lieblingssatz der Erwachsenen!) Beim Waschen macht er sich voller Schaum von den Seifenflocken, doch das ist eher ein unschuldiges Vergnügen.

Zu der Zeit, in der wir gewöhnlich lesen, sagt er: »Kein Tom Kitten meah«, und so setze ich ihn mit Malkreiden an seinen weißen Tisch und lege mich erschöpft aufs Bett. Er geht recht ordentlich ins Bett und sagt: »Wer geht schlafen?« – ein herrliches Spiel. Ich: »Peter Rabbit geht schlafen ... und eine, und eine Mrs. Tiggywinkle geht schlafen ... und eine, und eine Ola geht schlafen ... und eine ...« Bei jedem »und eine« läuft über Jons Gesicht eine freudig-schelmische Erregung. Er legt sich unter die Decke und schaut zu mir auf. Ich beende die Sache mit: »Und Mutter geht schlafen, und Vater geht schlafen, und Elsie geht schlafen ... und *Jon* geht schlafen.«

Ich bade heiß, ruhe mich ein bißchen aus, bevor C. kommt. Ich lese mir selber die Leviten: Es ist absurd und falsch und ein Zeichen von Schwäche und Unfähigkeit, so müde zu werden. Versuche Regeln aufzustellen, um auf Jon aufzupassen: (1) Nimm dir nie etwas *anderes* vor, wenn du mit ihm beschäftigt bist; es ist sowohl physisch als auch verstandesmäßig unmöglich. (2) Lege dich auf das Bett und ruhe dich, so oft du kannst, einen Augenblick aus. Du machst dir nicht klar, was das für eine physische Belastung ist, die Treppen hinauf und hinunter zu traben, Jon herumzutragen, seine Spielsachen hin und her zu tragen, den Tisch und seine Matte nach jedem Essen zu schrubben, sich über die Badewanne zu beugen, dazustehen und seine Mahlzeit vorzubereiten, sein Bett zu machen, ihn zu heben etc.

Wie hilflos ist man doch mit einem Kind!

Freitag [19. Oktober]

Ich komme mir wie eine dieser Hefe-Reklamen vor: »Fühlen Sie sich morgens müde, nervös, fehlt es Ihnen an Appetit; schlafen Sie schlecht? Versuchen Sie unsere ...« C. sagt, es sei Einbildung, ich sollte es mit der Christian Science versuchen. Ich nehme an, es ist eine Pest, mit mir zusammenzuleben.

[Englewood] Dienstag, 6. November 1934

Am Nachmittag eine Cocktailparty. Seelenqualen auf der Treppe. Ich kann nicht hineingehen. Ich *kann* nicht hineingehen. Dann husche ich rasch hinein, wie wenn ich zaghaft die Stufen ins Schwimmbecken hinunter steige und nicht mit einem Kopfsprung mutig ins kalte Wasser springe. Ringsum Lächeln – Menschen – Tabletts – man erhascht einen Blick über die Schulter eines anderen – mit niemandem ein richtiges Gespräch, da man immer über die Schulter noch jemanden beobachtet.

Wieso ist es auf einer Gesellschaft so einfach, mit Leuten zu sprechen, die man nicht kennt? Zum Teil, weil *du* neu und anders bist: herrliche Kleider, Wein, Geglitzer, als trüge man eine Maske – ein Aschenputtelgefühl. Es ist wirklich das »lediglich für heute abend«-Gefühl, das »Morgen wird es nie«-Gefühl. Ich glaube, Amerikaner haben das in hohem Maß, so wie die Männer in den frühen Zeiten des Flugwesens auch, sie leben in einer Welt, die ständig eine Ausnahme-Welt ist, eine Welt der Hetze, der Wandlungen, in der sie unter Druck stehen. *Nie* sieht man die Menschen wieder. Morgen gibt es nie – für diese Situation. Das Leben besteht aus raschen Vertraulichkeiten, die nicht dauern.

Sonntag, 11. November 1934

Elisabeth ... Blinddarmentzündung. Im Unterbewußtsein immer der Gedanke: Elisabeth. Gute Nachricht am Abend.

Montag, 12. November 1934

Telefone klingeln den ganzen Tag. Hunde bellen den ganzen Tag. Jon schreit fast den ganzen Tag. Sehr kalt und der Wind heult. Jon sagt: »Die Bäume frieren!« Ich fürchte, sie frieren wirklich, arme Bäume. Ich arbeite an der Einleitung, denke, ich habe eine gute Idee – lese sie durch – sehr dürftig.

Fühle mich heute ausgesprochen als Niete. Ich habe viel zuviel über mich nachgedacht. Das ist ein ständiger Kampf, sollte es wenigstens sein – ein alter puritanischer Kampf gegen Geltungsdrang, Selbstbewußtsein und Stolz. Wie reizend sind natürliche Menschen, Menschen, die sich nicht die ganze Zeit beherrschen müssen, sondern in sich ausgeglichen sind.

Dienstag, 13. November 1934

Erster Schneesturm.
Die Abendeinladung – ziemlich steif und glänzend. Goldbrokat-Kleider bewegten sich langsam, »segelten« sehr würdevoll und ohne Eile durch die Räume. Die mexikanische Musik hätte rowdyhafter, leidenschaftlicher sein müssen – doch sie war eine Erinnerung an Daddy. C. gibt den Musikern die Hand und geht dann hinaus und trinkt mit ihnen ein Glas Champagner. Sie waren begeistert – C. tut immer das Richtige – verschenkt das Glück verschwenderisch, wo es gebraucht wird. Auch ihm gefiel die Musik – ich war sehr glücklich.

Mittwoch, 14. November 1934

Elsies freier Tag. Das große Zimmer wird geputzt, also kann ich dort nicht arbeiten. Sie richten es für eine bestimmte Gelegenheit her: goldene Stühle, verstellte Möbel etc. *Wofür?* Hundert College-Damen aus dem Northern Valley. Ich bin verärgert, doch dann denke ich, nein, dadurch ist das große Haus gerechtfertigt (nicht daß Mutter irgendeine Rechtfertigung brauchte – sie hat genügend geleistet, um darüber hinweg zu sein), doch wenn man es vom sozialen Standpunkt betrachtet und ein Haus von der Größe eines Hotels hat, sollte man es auch wie ein Hotel *verwenden*. Nur lebe ich nicht gerne in einem Hotel!

Ich nehme ein Bad, mache mich fertig und komme zum Essen herunter. C. ist nicht da. Die Schlagzeilen der Abendzeitung: ein kleines Mädchen gekidnapped, Hirnschale eingeschlagen, oberflächlich verscharrt. Die Spalten über uns und unseren Fall treffen mich nicht, das ist gestorbenes Leid, aber dies war lebendige Qual. Ich hatte das Gefühl, ich könnte es nicht ertragen. Ich ging in Mutters Zimmer hinauf und konnte nur noch weinen – konnte gar nicht wieder aufhören. Kaltes Wasser. Ich warf die Zeitung, die auf Mutters Schreibtisch lag, fort. Wie schauerlich, abends nach Hause zu kommen, und dann das! Puderte mein Gesicht, hatte mich immer noch nicht wieder in der Gewalt. Wenn das einmal anfängt, verbindet sich nichts mehr mit dem ursprünglichen Anlaß, man weint einfach. Alles bringt einen zum Weinen. Einfach alles. Ich ließ das Abendessen aus, versuchte ›Anna Karenina‹ zu lesen. Banks: »Ist Ihre Erkältung ärger?« (Doch ich glaube, er erfand nur eine Entschuldigung für mich.) »Ich werde Ihnen heute abend einen heißen Grog machen.« Ich gehe hinaus, um spazierenzugehen und die Sterne anzuschauen. Thor folgt mir auf meinen Runden durch den Garten. Es geht viel besser. C. kommt nach Hause. Er merkt nichts, Gott sei Dank, nur meine Augen sind geschwollen.

Donnerstag, 15. November 1934

Ein herrlicher klarer Tag, wenn die Sonne einen ein Weilchen bescheint und einen wärmt. Ich wußte, daß es ein guter Tag würde, daß ich die Dinge heute spielend bewältigen, daß Erfreuliches sich ereignen würde, das genaue Gegenteil von gestern. Ich *mußte* die Milchflasche fallenlassen, das Ei verderben, die Verabredung vergessen und die schreckliche Geschichte in der Zeitung lesen. Heute gelang das Schreiben, Jon war entzückend, das Mittagessen verlief ganz gut und ich war nicht schüchtern. Harold Nicolson sagte, daß ihr [V. Sackville-West] der Artikel gefiele.

Ich kann nicht umhin, das Schreiben ernstzunehmen. Ich nehme an, daß wirkliche Schriftsteller das nicht tun, denn Schreiben ist Leben, und man muß darüber lachen können. Ich muß das Schreiben von dem Altar, auf den ich es gelegt habe, herunterholen, und wenn mir das nicht gelingt, muß ich wenigstens verbergen können, daß es mir heilig ist. Es ist mir teurer als alles andere, doch nie und nimmer darf ich das jemanden wissen lassen, darf ich mich hereinlegen lassen und darüber sprechen. (Die Versuchung ist groß, wenn man gelobt oder verstanden wird.) Wie miserabel ist einem zumute, wenn man sein geheimstes Innerstes preisgegeben hat. Nichts wiegt das wieder auf.

An E.R.M.M. Englewood, 19. November

Mein Liebes,
seit einer Woche hast Du ihn jetzt, beziehungsweise bist Du ihn jetzt los.[1] Ich weiß, daß das nichts zum Lachen ist, besonders jetzt nicht, da Du umgeben bist von all diesen unfrohen, unbequemen, scheußlichen und üblen Geschichten, die sie mit Dir machen – Sächlein, die stets als Begleiterscheinung nach den Beschwerden eines wahren Übels auftreten. Doch davon wirst Du nichts wissen wollen.

Alle haben wegen Dir angerufen. Du hättest die Gesellschaft sehen sollen – die ganze alte Garde –, alle fragten nach Dir. Mr. Leffingwells[2] Ausbruch der Begeisterung, nachdem ich ihm von Deiner Nachricht an Mutter (nach der Operation): »Habe sie wieder zum Narren gehalten!« erzählte.

Habe ich Dir erzählt, daß Harold Nicolson fand, daß Mr. L. einer der erfreulichsten Menschen war, mit denen er gesprochen hat? Es ist seltsam und beinahe erschreckend, wie H. N. die Spreu vom Weizen sondert: »Der Soundso hatte, glaube ich, keinen guten Einfluß auf Ihren Vater ... Der Soundso war eher ein großer Langweiler.« Es ist nicht die Kritik, sondern die *unpersönliche* Haltung. Daher ist es schön, daß er Mr. Rublee[3], Mr. Leffingwell, M. Monnet, Richter Hand, »Steve« Birch und Mr. Prosser[4] schätzt. Doch die unpersönliche Haltung gegen die,

[1] Elisabeth Morgan ist der Blinddarm herausoperiert worden.

[2] Russell C. Leffingwell, 1917–20 Sekretär-Assistent im Finanzministerium; später Partner in J. P. Morgan & Co.

[3] George Rublee, Rechtsanwalt aus Washington, juristischer Berater der amerikanischen Botschaft in Mexiko (von 1928–30).

[4] Learned Hand, Richter und Autor; Stephen Birch, Präsident und dann Vorsitzender der Kennecott Copper Company; Seward Prosser, Präsident der Bankers Trust Company (von 1914–23).

die einst alle zusammen im gleichen Rang saßen, ist erschrekkend, wenn auch irgendwie vergnüglich – es weht ein frisches Lüftchen.

Denn dieses Haus war wieder so ziemlich in die Treibhaus-Vergangenheitsatmosphäre, die gleich nach Daddys Tod geherrscht hatte, zurückgefallen. Alle alten Freunde sprachen von Daddy. »Er pflegte dies, er pflegte das zu machen etc.« Das war ein bißchen überwältigend, doch H.N.s unpersönliche und scharfsinnige Analyse dringt hindurch – erleichtert die Sache. Natürlich hat Mutter, wie gewöhnlich, drei bis vier Dinge auf einmal in Schwung gebracht: Gemeinde, Finanzamt, William Allan Neilson (Lehrstuhl für Forschung), auswärtige Reden, so daß sie sich nicht in die Vergangenheit flüchtete.

Dein Weihnachtsgeschenk kam, aber Mutter nahm es an sich. Es macht mich ganz krank, daß Du an Weihnachtsgeschenke denkst in diesem Durcheinander der Abreise. Hast Du ›Not I, but the Wind‹ gelesen? Am Anfang sehr schön, wird aber nicht durchgehalten. Das war fast ein Leben wie das von Katherine Mansfield, ständige Reisen. Ich werde es Dir schicken, wenn es Dich interessieren sollte. Sie (Frieda) sagte etwas Gutes über »Sex«: Die Menschen reden über »Sex«, als hüpfte er ganz alleine durch die Gegend wie ein Frosch.

Ich bin in Gedanken viel bei Dir. Möchtest Du ein paar bunte Perlen, damit Du auf Deinem Kissen damit spielen kannst? (Wie wir es als Kinder taten, als wir zusammen Masern hatten.)

Tagebuch

Freitag, 23. November 1934

War den ganzen Tag einkaufen. Bei der Rückkehr finde ich eine schlechte Nachricht vor: Elisabeth hat Bronchitis – Lungenentzündung? Eilig werden Flüge, Züge etc. herausgesucht. Packen, Aufträge für Mutter. Gehen die Flugzeuge? Wir bringen Mutter nach Newark. Eine scheußliche Nacht, nieselig und kalt. Essen im Auto Kekse. Mutter schreibt Aufträge für mich auf. Das Flugzeug geht. Sie betritt die Maschine allein. Ich möchte brennend gerne mit, wenigstens für diese eine Nacht. Wir folgen dem Flugzeug mit den Augen, bis es im Geniesel verschwindet – nur noch ein Licht. Mich packt Entsetzen, und doch habe ich das

[1] Frieda Lawrences Biographie über D. H. Lawrence.

Gefühl, daß das Schicksal sie, die so mutig ist, nicht *umwerfen kann.* Sie *wird* schon gut hinkommen.

Völlig erschlagen fahren wir zurück. Ich habe das Gefühl, daß es Elisabeth jetzt umgeworfen hat, daß dies das Ende sein wird. Jahrelang habe ich damit gerechnet, jetzt ist es soweit. Ich hoffe, daß sie nicht leidet, daß sie keine Angst hat.

Wir bleiben auf, bis Mutter von Cleveland abgeflogen ist. C. ist für Mutter und mich ein Kraftquell. Ich kann nicht schlafen.

Englewood, Freitag, 30. November

Geliebte Mutter,
ich wage nicht, etwas zu Dir oder den dortigen Geschehnissen zu äußern, möchte Dir aber sagen, daß Deine Briefe großartig sind. Sie sind nicht medizinisch, schildern aber die Geschehnisse, die in einem ärztlichen Bericht so erschreckend klingen. Du beschreibst alles so, wie ich es auch sehen würde, das nimmt ihm die Schrecken bis zum gewissen Grad – dem Sauerstoffzelt etc.

Englewood, Sonntagnacht, 2. Dezember

Liebste Mutter,
Deiner Stimme kann ich weit mehr entnehmen als Deinen Berichten, und entsprechend berührt es mich auch. Wie merkwürdig und wie trügerisch ist die hiesige Atmosphäre, wenn ich ein positives Wort höre, bin ich sofort in gehobener Stimmung. Es nützt gar nichts, wenn man gesagt bekommt: »Du mußt dir nicht zu viele Hoffnungen machen«, denn bei jedem, der einem so teuer ist, erfüllt einen die Hoffnung gleich ganz, wenn man ihr zuerst auch nur wenig Raum gelassen hat. Man kann nicht halb hoffen. Bei jedem negativen Wort aber hat man Angst und fürchtet das Schlimmste.

Wenn man heute niedergeschlagen ist, *liegt es nicht daran,* daß man gestern zu viel Hoffnung hatte. Nein, sondern daran, daß jede gute wie auch jede schlechte Nachricht so viel bedeuten *können.* Das Auf und Ab bekümmert mich weit weniger als die trügerische Atmosphäre, denn bei jedem *Hoch* ziehe ich los und erledige alles Mögliche, bei jedem *Tief* aber sitze ich da und beschäftige mich fieberhaft mit lauter seltsamen Dingen. Es schmerzt mich tief, wenn ich durch einen falschen Eindruck einem Irrtum erlag und froh war, während Du verzweifelt warst – das ist mir sehr arg.

Ich wollte, man könnte etwas für Dich tun. Möchtest Du jemanden dort haben, bei dem Du Dir Luft machen könntest, oder ist Dir das jetzt nicht möglich? Ich könnte kommen. Die einzigen Einwände, die es gegen mein Kommen geben könnte (Elisabeth müßte nichts davon erfahren), wären die, daß eine Atmosphäre, die bereits so gespannt ist, durch die Publicity weiter belastet würde. Vielleicht würde das nicht passieren, wenn ich mich sofort ins Haus begeben und mich der Klinik nie nähern würde. Doch Du weißt das ja alles, und ich tue, was Du möchtest. Ich könnte das TWA-Flugzeug, das frühmorgens fliegt, nehmen und spätabends dort sein.

Heute abend waren Amey und Chester[1] hier. Ich war froh, daß sie da waren, denn Dein Anruf kam mittendrin. Hättest Du Amey gerne bei Dir? Sie sind so verständnisvoll.

Freitag fuhr Harold Nicolson ab. Am letzten Tag sah er Großmama und war von ihr entzückt: »Die wunderbarste, zierlichste, reizendste alte Dame.« Sie sagte ihm (so teilte sie mir mit), daß es sehr schwierig würde, einen Lebensbericht zu schreiben, da Daddy alles, was er in die Hand nahm, gut zu Ende brachte, und es würde schwer halten, ein Buch ohne Kritik zu schreiben (womit sie wie stets den Nagel auf den Kopf traf!).

Einiges entnahm er den Filmen, führte auch ein Gespräch mit C. über das Flugwesen und Daddy. Ich las H. N. meine Notizen über das alte Haus vor. Con und Dwight sprachen mit ihm. Ich sagte ihm, daß Dir sein Brief eine große Hilfe war, und er freute sich. Ich versuchte alle Nachrichten zu übermitteln. Natürlich findet er, daß Du großartig bist. Er hat auch ins Gästebuch geschrieben! Du dachtest, daß ich das vergessen würde, nicht wahr?

Ich werde wieder schreiben. Ich denke ständig an Dich. *»Suspense is hostiler than Death«*[2] – erinnerst Du Dich?

[1] Amey Aldrich, Collegefreundin von E. C. M., und ihr Bruder Chester, Architekt in der Firma Delano & Aldrich.

[2] »Die Ungewißheit ist ein größerer Feind als der Tod.« [Emily Dickinson]

3.–5. Dezember 1934

Eine lange, lange Woche, die jetzt so seltsam, unwirklich und künstlich wirkt und plötzlich in der Vergangenheit versank. Eine Woche falscher Hoffnungen, falscher Träume; mit allen möglichen Plänen und Vorstellungen, die jetzt ganz irrelevant erscheinen – denn Elisabeth starb. Wege, die abgesteckt waren und niemals irgendwohin führten, halbbeendete Sätze, halbfertige Entwürfe der Zukunft – alles gegenstandslos, ein Kartenhaus, das ein Hauch umwehen konnte. Die Zukunft, die wie eine junge Saat zu wachsen begonnen hatte (wir mußten sie mit demselben Vertrauen setzen, das wir immer hatten), ist bis auf ihre Grundfesten niedergebrannt.

Die Erinnerung fällt schwer. Scheint schon lange der Vergangenheit anzugehören.

Dabei haben wir uns nichts vorgemacht. Ich glaube, ich habe mir von Anfang an nichts vorgemacht. C. versuchte mir dabei zu helfen, damit ich nicht aus dem Gleichgewicht geriete: »Sei nicht zu sehr ermutigt ... Sei nicht zu enttäuscht.« Was niemand versteht, ist, daß man so viel im Gleichgewicht halten muß. Man klammert sich nicht zu sehr an den Strohhalm, sondern blickt weiter. In Gedanken schießt man vor bis zum Endpunkt. Das ist die Türe, die sich zu einem langen Gang hin öffnet. Man blickt den langen Weg hinab bis zur endgültigen Niederlage oder dem endgültigen Erfolg. Aber es ist doch wohl in jedem Fall zu dumm – zu versuchen, sich an solche Strohhalme wie: »Ich dachte immer ... ich glaubte nie ... ich habe mir diese Hoffnung nicht gemacht« zu halten – so als wollte man ein paar Münzen retten, während man ein ganzes Vermögen verwettet. Sie würden einem nichts nützen, wenn man verliert. Kleine Münze.

Es ging für uns alle auf und ab. Besser – und ich hätte mir das Herz aus dem Leibe singen können. Schlechter – und der beständige schwere Druck in der Brust verstärkte sich wieder. Diese Ferngespräche, bei denen es einem die Stimme verschlug, so daß sie gewöhnlich, barsch und sachlich klang: »Ja, Aubrey, ja.« Diese Berichte der Ärzte: »Sauerstoffzelt ... Puls ... Atmung ... der Zustand im wesentlichen gleich.« Der schreckliche Tag: »Völliger Zusammenbruch.« Mutters Stimme, der ich so viel entnehmen konnte, manchmal war sie lebhaft, manchmal barsch und atemlos vor Erregung. Bei der telefonischen Weitergabe der

Berichte ein Versuch, nicht zu viel Hoffnung zu erwecken. C. interpretiert Nachrichten, C. telefoniert mit Dr. Cohn.

Dann dieses seltsame Gefühl, daß man plötzlich der Mensch im Haus ist, zu dem die anderen kommen. Wie steht es hiermit, wie damit? Wenigstens eine oberflächliche Übernahme von Mutters Stelle, die mir als große Hilfe erschien. Hier war etwas für mich zu tun, wie gut ist es – vom Selbstbewußtsein befreit zu sein, befreit auch von dem ewigen Kampf, was ich C., was ich Mutter, was ich mir selbst schuldig bin.

Ich bin auf eine merkwürdige Weise meine Schüchternheit losgeworden. Doch ich führte ein Scheinleben wie auf einem Schiff, einem Zug oder in einer Notsituation, wo man auch die konventionellen Modelle, in denen man sich sonst bewegt, abstreift. Ein gefährlicher Zustand, da man der gewohnten Beschränkungen ledig und ganz ohne Maßstäbe ist. Und es ging über die üblichen Schwierigkeiten hinaus, da alle Emotionen sich, wenn man Kummer und Sorgen hat, so schwer verbergen lassen. Man kann einem von den Augen ablesen, wie's einem ums Herz ist. So daß es für Miß S. ein Leichtes war, mich zu verärgern, oder ich nur zu leicht Jos Gefühle verletzen konnte. Auch sie war am Rande.

In bezug auf die Tätigkeiten war das eine vollbesetzte Woche. [E.C.M. hatte die Pläne dafür gemacht.] Das Abendessen des Finanzamtes der Gemeinde nach dem ersten langen Tag (und Mutter war *noch* in diesem Flugzeug!). Am Sonntag die Kerrs zum Mittagessen. Das Abendessen für den Cosmopolitan Club – die Sitzordnung und der Ablauf. Dwight und Cons Kommen.

Thanksgiving und Großmama. Den ganzen Tag über feuerte ich mich an, wie in einer Ausnahmesituation: »Steh das durch ... halte dich bereit ... laß dich nicht gehen.« Doch nachts, wenn der Körper und die Hände endlich ruhen, jagen die Gedanken unablässig, man spricht fieberhaft, argumentiert, erklärt Dinge, die man im Laufe des Tages nicht sagen konnte. Der so unbarmherzig gefangengehaltene Geist bricht alle Dämme und irrt nachts herum, beschäftigt sich mit den Problemen des Lebens – der Ehe, der Kinder, der Arbeit. Und kein Schlaf, bis die halbgeöffnete Tür vor Morgengrauen im ersten zaghaften Licht verschwimmt. Ich konnte es wie eine Säule am Fuße meines Bettes erkennen.

Doch es gab in dieser Woche ein paar hübsche Dinge – Erfreuliches, das mit meinem übrigen Leben nichts zu tun hatte, ja ohne jeglichen Zusammenhang war, mir aber Aufschub gewährte, wie die Freude eines Kindes beim Erhalt eines Spielzeugs. Es mag merkwürdig sein, daß ich mich darüber freuen konnte, während so ernste Dinge bevorstanden. Doch ich freute mich. Da war einmal der Nachmittag, an dem ich mit H.N. die Notizen über Daddy durchging. Zuerst dachte ich, daß sie ihm nichts sagen könnten, doch sie bedeuteten ihm etwas, und das war natürlich erregend, denn jetzt wußte ich, daß ich ein Stück Wirklichkeit zu Papier gebracht hatte. Aber das alleine war's nicht: Ich konnte reden und ganz natürlich sein. Ich teilte ihm meine Gedanken über ›Lord Carnock‹ und ›Tennyson‹ mit. Er sprach von seinem Versuch in bezug auf Daddys Lebensbericht – von der Phase seiner Zerstreutheit. Eine großartige pointierte Schilderung von Daddys Geisteshaltung – »wie eine Hundemeute«.

Und wie groß war die Wonne, mit Con über alles sprechen zu können. Unsere Freude beim Erhalt guter Nachrichten, unsere tiefe Verzweiflung, wenn die Nachricht schlecht war, unsere Empfindungen der falschen Sicherheit, falschen Hoffnung, unsere gemeinsam ertragene Ungewißheit und schließlich die reine Erschöpfung. Con sagte: »Ich komme mir wie ein Tennisball vor, der zu fest gesprungen ist.«

Wir wachten in der Nacht [des 3. Dezembers] – frühmorgens auf. Ich fröstelte, und C. rief ganz verschlafen: »Was ist los?« Ich stand auf, nahm ein Aspirin, zog einen warmen Morgenmantel an und ging wieder ins Bett. »Was ist los?« – »Mir ist so kalt – noch immer so kalt.« Dann, bald darauf, hörten wir ein Klopfen an der Tür oder die Telefonklingel und Marshalls Stimme: »Colonel, ein Anruf aus Pasadena.« Wir waren hellwach und tief betroffen, wußten wir doch, was das bedeutete.

»Ich fürchte, das ist eine schlimme Nachricht«, sagte C. Wir sprangen aus dem Bett und rannten ins Studio. Es war noch dunkel und ruhig draußen. C. nahm den Telefonhörer und nickte mir zu, um mir zu bestätigen, um was es sich handelte, und fragte, glaube ich, nach der Zeit. Ich kritzelte dann auf einen Block: »Sag ihr, daß ich hinkomme.« Doch C. schüttelte den Kopf. Ich glaube, er sagte ihnen, daß er für alles zur Verfügung stehe.

Dann gingen wir ins Bett zurück. C. machte sich Sorgen, weil mir kalt war, und wollte mich trösten, aber ich wollte keinen Trost, ich war nur völlig erstarrt, ohne Gefühl, und mir wurde vieles bewußt, was für mein weiteres Leben zu tun blieb, daß ich gut zu Charles sein und ihn immer lieben müsse, daß es Dinge gab, die mir wichtig sein sollten, und andere, die ich zu streichen hätte.

Das Leben, das vor mir lag, schob sich ineinander. Ich würde es irgendwie ausfüllen. Es würde rasch vergehen. Bei meinen Gedankensprüngen gelangte ich bis ans Ende meines Lebens – ohne Furcht vor dem Tod. Oh, ich betete darum, daß Elisabeth keine Angst gehabt hatte. Übrigens glaubte ich, daß die wichtigen Ereignisse in meinem Leben bereits stattgefunden hatten. Nichts Wichtiges konnte sich für mich mehr ereignen. Elisabeth hatte mit mir daran teilgehabt: Liebe, Ehe (die allerdings dauerte noch an), Geburt, Kinder, Tod, Unglück und jetzt der Verlust von Elisabeth selber. Mir kam vor, als gäbe es in diesem Leben nichts mehr zu fürchten und nichts mehr zu wünschen. Ich beschloß, daß ich schreiben müsse. Ich muß über Elisabeth schreiben, über alles, was ich ihr verdankte – und was ich im Gedächtnis behalten hatte. Ich muß während meines ganzen Lebens über sie schreiben. Auf viele, viele Weisen muß ich über sie schreiben.

Ich dachte auch an Mutter. Wie unglaublich, daß sie das ertragen muß. Mußte sie nicht daran zerbrechen? Elisabeth bedeutete ihr, nach Daddy, mehr als alles andere im Leben, war ein Teil von Daddy, ein Teil ihrer eigenen Jungmädchenzeit. Mir wurde klar, daß ich ihr weder helfen noch sie trösten könnte, so wie auch C. mich nicht hatte trösten können. Allein Elisabeth könnte ihr über den Verlust von Elisabeth hinweghelfen.

Doch selbstverständlich könnte ich die Dinge erledigen, die sie von mir erwartete – wie zum Beispiel Telegramme verschicken, Verwandte sehen, die Menschen informieren –, und es war mir arg, daß ich Aubrey nicht gut genug kannte, um ihm so zu helfen, wie Elisabeth es sich gewünscht hätte, und daß ich nicht dazu in der Lage war, ihm zu sagen, wie dankbar, wie unendlich dankbar wir ihm waren für das, was er für Elisabeth getan hatte.

Ich hatte nicht das Gefühl, etwas verloren zu haben, das *mir* gehörte. Mir kam es lediglich so vor, als sei das Leben ohne sie recht wertlos, so wie es die Erde ohne Sonne und Feuer wäre. Ich dachte nicht an die Gespräche, die Briefe, das Verständnis, das mir fehlen würde. Ich erkannte lediglich in einem einzigen Augenblick, was das Leben ohne sie bedeuten würde, und schob es als unwichtig beiseite, als habe ich es in dieser Sekunde bereits gelebt und es läge nun hinter mir.

Ich glaube, wir lagen eine halbe Stunde so da. Dann entschlossen wir uns – wobei C. mir half –, es Con, Dwight und Connie

Chilton[1] zu sagen. Es Con zu sagen, war für mich schlimmer, als es selber zu erfahren, so als hätte die Wahrheit erst in diesem Augenblick Gestalt gewonnen, und ich konnte nicht sprechen. Doch sie wußte es, ohne daß ich es ihr sagte. C. informierte Dwight. Dann Connie Chilton und Tante Edith. Ihr Verständnis war kaum zu ertragen. Die ersten Worte zu Banks und Elsie fielen schwer.

Ich entschloß mich, Jon zur Schule zu bringen – es gab eigentlich nichts, was dagegen sprach. Ich würde weitermachen müssen, nicht mit meinem alten Leben, wie das die Menschen immer behaupten, sondern mit dem neuen. Das würde nun mein ganzes übriges Leben so sein – warum also nicht gleich damit beginnen? Es war seltsam hinauszugehen – es war ein anderer Mensch, der da ging, als wäre auch ich gestorben oder geboren worden.

Es war kalt, klar und windstill, der Himmel mit Wolkenbänken überzogen. Doch alles war neu und anders, wurde mir voll bewußt, als könnte ich zum erstenmal sehen, als hätte man mir die Ohren geöffnet. Es schmerzte mich, wie Atmen, Sehen und Hören einem neugeborenen Baby Schmerzen verursachen. Die Dinge schienen keinerlei Beziehung mehr zu dem früheren Leben zu haben – nicht die Bäume, der Himmel und der Kies unter meinen Füßen. Ich würde mir ihre Gesetze wieder von neuem zu eigen machen müssen. Das Flugzeug, das hoch über der Garage vorüberzog, schien kein Ziel zu haben, bohrte nur ein Loch in ein Vakuum.

Ich erinnere mich nicht einmal daran, ob ich Jon angesehen habe. Doch in der Schule war Connie wie üblich in ihrem blauen Pullover an der Türe. Sie kam herausgelaufen und schlang ihre Arme um mich. Es kam mir himmlisch vor, daß sie einfach weitermachte, so wie Elisabeth es sich gewünscht hätte. Dafür werde ich sie immer lieben.

Englewood, 5. Dezember

Geliebte Con,
es ist unglaublich, daß ich Dir nicht geschrieben habe, aber so seltsam das klingt, es gab eine Menge zu tun: am ersten Tag Telegramme, Listen, Menschen, Vorbereitungen für das Begräb-

[1] Constance Chilton, Collegefreundin von Elisabeth Morgan und Mitbegründerin der »Little School«.

nis, ein ganzer Ballast unwirklicher, seltsamer Verpflichtungen, hin und wieder ein Funke aufrichtiger Gefühle, Liebe, Zorn und Kummer, um dir klarzumachen, daß du unter der Erstarrung noch etwas spürst.

Sie starb plötzlich und leicht, wofür ich unglaublich dankbar bin. Heute abend sind sie in den Zug gestiegen und werden ungefähr um acht Uhr Freitag früh ankommen.

Ich habe das Gefühl, ich sollte Dir über den Gottesdienst berichten. Mit Mutter sprach ich einmal darüber. Sie setzte sich sofort dafür ein und war großartig: »Ich möchte ihn einfach, aber ich will nicht, daß er gleichgültig wirkt oder schlecht vorbereitet ist. Er muß vollkommen sein. Er muß schön sein.« Sie will den gleichen Gottesdienst wie für Daddy, doch soll er im großen Zimmer sein. Pitney Van Dusen und Dr. Elmore[1] sollen den Gottesdienst halten.

Wir wissen bisher nicht, wer kommt – wir haben niemanden gebeten. Ich wollte, er wäre im Salon, wo man auf die Bäume und den Himmel hinausschauen kann. Ich wünsche mir natürliche Blumen, so als wären sie eben bei uns gepflückt – kaum erblüht, frisch und schön wie Elisabeth. Ich wollte, der Gottesdienst müßte nicht in dem großen Zimmer stattfinden, in dem sie getraut wurden.

Ich glaube, daß dieser Tod für Mutter schlimmer ist – ja, fast schlimmer als Daddys Tod. Es gibt nichts, was ihr darüber hinweghelfen könnte. Ihr Lebensnerv ist getroffen.

Tagebuch

[11. Dezember]

Dann begann eine lange Woche voller Unwirklichkeiten: Anordnungen, Telegramme, Blumen, die Benachrichtigung der Menschen, Telefonmitteilungen, Verwandtenbesuche, Dinge, die zu Elisabeth in gar keiner Beziehung standen, über die sie lachen würde und über die ich lachte, womit ich alle schockierte. Nur Amey war Wirklichkeit und die Spaziergänge im Garten mit ihr, durch sie wurde alles auf eine andere Ebene der geistigen Wahrheiten gebracht, und ich spürte, daß mir die geistige Wirk-

[1] Henry Pitney Van Dusen, Geistlicher, Erzieher und Autor, von 1945–1963 Präsident der Union Theological Seminary in New York, Freund von E. R. M. M. und von E. C. M., und Dr. Carl Elmore, Geistlicher der First Presbyterian Church in Englewood.

lichkeit Elisabeths nie verlorengehen würde. Amey half auch bei den praktischen Dingen: bei Listen, Blumen, dem »Leichentuch« – schreckliches Wort!

C. übernahm eine Bürde von Problemen, Friedhofsparzelle, Leichenbestatter etc. Zu den Wirklichkeiten zählte auch der Besuch der Leffingwells, Elisabeth hatte sie geliebt. Ich brachte kein Wort heraus. Connie Chilton kam abends vorbei und sprach mit uns über die Ewigkeit; Elisabeth war wieder gegenwärtig. Dann die Nacht, in der Con und Dwight heimkamen – die Freude, die Erleichterung, sie zu sehen, zusammenzusein, das konventionelle Gehabe abzustreifen (das man von uns erwartete), über Elisabeth lachen und sich erinnern zu können, wie sie, laut Dwight, »mich verwünschte«.

Das Erstaunlichste an dieser Woche waren die Unmengen verschiedener Gefühle, die sich auf triviale Einzelheiten bezogen – Zorn, Kränkungen, Stolz, Eifersucht –, die durch den Blumenteppich, die Teilnehmerliste für den Gottesdienst, die Lieder und einander widersprechende gute Ratschläge hervorgerufen wurden. Ich war der übelste Missetäter, da ich leidenschaftlich dabei blieb, daß »ich einen *Blumenteppich nicht ertragen* könnte. Könnten wir nicht etwas haben, das so natürlich ist wie Elisabeth?« Oder: *»Weshalb* muß die Soundso kommen? Elisabeth mochte sie nicht.«

Wie merkwürdig, daß man zu solchen Zeiten sich wegen Details ereifern kann. Das Ganze ist doch nur ein Streit um Worte und mißverständliche Symbole, die für jeden etwas anderes bedeuten. Alle Gefühle sammeln sich um einen Punkt. Man ist in Bereitschaft, die Truppen halten sich noch zurück, doch jeder zufällige Ruf wird ein Vorwand zum Kampf, falls in der Armee nicht wirklich Disziplin herrscht.

Dann der Morgen, an dem sie kamen. Con und Dwight fuhren hinein, um sie abzuholen. C. und ich blieben zu Hause. Ich fürchtete mich vor dem Zusammentreffen. Ich wollte so gerne beherrscht sein und fürchtete, daß Mutter zusammenbrechen würde – warum, weiß ich nicht, denn man kann sie sich zusammengebrochen nicht denken. Doch da war sie, ganz wie immer – ihr graues Kostüm, ihr weiches graues Haar, ihr Gesicht eine Verbindung von Kraft und Nachdenklichkeit. Sie war gekommen, und alles war gut. Sie würde uns alle mitziehen. Die Begegnung mit Aubrey war schwer, und ich hatte die seltsame Vorstellung, Elisabeths Gesicht zu erblicken und nicht das seine, als ich ihn ansah – vermutlich unser gemeinsamer Gedanke an sie.

Wir rauschten nach oben, und Mutter, Con und ich setzten uns in ihr Wohnzimmer. Mutter sprach mit uns. Wir weinten alle, aber Mutter war nicht so verschlossen, wie ich gefürchtet hatte, da sie sich Aubrey gegenüber ausgesprochen hatte. Zwischen beiden besteht eine enge Bindung, die beiden Kraft gibt.

Die Anordnungen: der Leichenbestatter mit Aubrey, C. und mir in der Bibliothek. Die plötzliche Erleichterung, als wir alleine blieben (Con und Dwight kamen auch herein), wir lachen über die Unaufrichtigkeit. Wir sind übermütig – als sei Elisabeth bei uns. Eine geheime Gemeinschaft, ein geheimes Band verbindet uns. Alles andere schließen wir aus. Die äußeren Konventionen können uns nichts anhaben. Für den Rest des Tages bleiben wir in dieser gehobenen Stimmung.

Das große Zimmer, unzählige Chrysanthemen. Con und ich schieben eine Schale in die Sonne. Ich verschütte Wasser über mich und auf den Boden und kichere. Die Leute wagen nicht zu lachen. Elisabeth würde lachen. Das Zimmer sah herrlich aus – Chrysanthemen und Sonnenschein. Immer noch in dieser übermütigen Verfassung in Mutters Zimmer hinauf vor dem Gottesdienst. Mutter verstand uns, auch wenn sie selbst nicht lachte. Ich denke den ganzen Tag an Elisabeths Brief über Daddys Beerdigung.

Wir gehen in den hinteren Teil des Zimmers (zum Gottesdienst). Der Gärtner, der alte Mann mit gebeugtem Kopf und dem Hut in der Hand. Ich sehe Vernon; er liebte Elisabeth, und sie mochte ihn sehr gerne. Der Gottesdienst war wunderschön, der gleiche, den Elisabeth für Daddy ausgesucht hatte. Alle im Zimmer waren ruhig und ganz natürlich. Niemand wollte weinen, alle wollten dankbar die Hymnen singen. Wir sahen niemanden an, gingen hinaus und warteten oben, bis alle gingen.

An diesem Abend waren wir alle zusammen glücklich, sprachen von Elisabeth, dachten an sie und fanden sie in jedem von uns wieder. Wir spürten – unausgesprochen –, daß wir sie nie verlieren würden. Aubrey brachte ihre Weihnachtsgeschenke für uns, die er gefunden hatte, herunter, Elisabeth hatte die Karte geschrieben. Ein alter Globus im Etui und ein alter elfenbeinerner Navigator, wie eine kleine Sonnenuhr, aber wie eine Gemme gearbeitet, und dazu die Karte mit Elisabeths Schrift: »Himmel und Erde für Charles und Anne ...«

Später gingen wir in die Pantry, tranken Milch, unterhielten uns und lachten. Mutter (die früher hinaufgegangen war) kam in einem Morgenrock herunter, sie hatte ihr Haar wie ein Mädchen in einen kleinen schiefen Zopf geflochten, der ihr am Rücken herunterhing; sie setzte sich auf einen Stuhl, und Dwight war galant und reizend mit ihr. Sie saß gedankenvoll, aber zufrieden zwischen uns, und wir waren glücklich, dachten an Elisabeth und sprachen von ihr.

»But gathering as we stray a sense
Of Life so lovely and intense –
It lingers when we wander hence

That those who follow feel behind
Their backs when all before is blind
Our Joy, a rampart to the mind.«[1]

Mittwoch, 12. Dezember 1934

Ich muß das jetzt alles schreiben, um jeden Preis. Schreiben ist denken. Ja, es ist mehr als leben, denn es ist sich des Lebens bewußt. Im Augenblick habe ich keine Angst, Elisabeth zu verlieren. Ich werde sie nie verlieren; mir bleibt der Rest meines Lebens, um über sie nachzudenken, sie mir zu vergegenwärtigen. Nein – was ich mir zurechtlegen muß, ist mein Leben ohne sie, das Weitermachen ohne sie. Ich muß den Menschen, der ich für sie war, bewahren, denn es wäre eine Absage an sie, wenn ich ihn fahren ließe. Das hieße, ein Vertrauen zu mißbrauchen. Ich muß bleiben, was ich war, als wir noch zusammen waren, denn jeder, mit dem sie in Verbindung trat, wurde durch sie wahrhaftig und geläutert. Sie hatte die Gabe, die Dinge zu klären, ein schöpferisches Mitgefühl. Was ich verliere, ist nicht sie – das kann ich gar nicht. Das ist die einzige Wirklichkeit, die vollkommen und zeitlos ist wie ein Musikstück. Sie ist die Wirklichkeit. Das, was zurückblieb, ist keine Wirklichkeit mehr – ich selber –, nämlich das wahre Ich, das ich war, als es sie noch gab.

Doch auch Jon, Charles und Mutter sind auf eine merkwürdige Weise unwirklich. Ohne Elisabeth werde ich eine schlechtere Ehefrau, eine schlechtere Mutter, eine schlechtere Tochter sein.

Für mich gibt es jetzt ein Vorbild. Ich weiß genau, was ich zu

[1] »Doch sammeln wir, während wir umherstreifen, ein Lebens-/Gefühl, so wundersam und stark,/Daß es verweilt, wenn wir von hinnen wandern, Und die, die folgen, fühlen hinter sich,/In ihrem Rücken, wenn alles vor ihnen dunkel ist,/Unsere Freude, einen Schutzwall ihrer Sinne.«[John Masefield]

tun habe. Darüber gibt es keinen Zweifel – doch mir fehlt der Mut.

Das Unglaubliche ist nicht, daß sie tot ist, sondern daß sie tot ist, während ich lebe.

Samstag, 15. Dezember 1934

Betrachte Journale – ein paar Reklamen: Bettjäckchen, Frühstücktabletts, Nachthemden, Sonnenhütchen, Sandalen. Und ich kann das alles Elisabeth nicht mehr schenken!

Mittwoch, 19. Dezember 1934

Es ist wunderbar, mit Aubrey zu sprechen. Wir reden unentwegt und ausschließlich von Elisabeth. Ich habe nicht das Gefühl, ihn zu belasten, wenn ich mit ihm spreche. Mit ihm zu reden ist ein Zusammensein mit Elisabeth. Er ist Elisabeth, der Mensch, der sie erfüllte. Ich habe das Gefühl, als stärke mir Elisabeth den Rücken, als wäre sie glücklich, weil ich ihn schätze.

Weshalb konnte ich ihr nicht eher sagen, wie großartig er ist, warum kann ich es erst jetzt, da es sie nicht mehr gibt, völlig erkennen? Aber immerhin wußte sie stets, daß ich ihn mochte.

Freitag, 28. Dezember 1934

Spreche mit C. über das Schreiben. Bin wieder in der schrecklichen Grube unten. Niemand kann mir helfen – ich muß alleine fertig werden.

Thor ist weg. Furchtbar deprimiert – die Sicherheit ist wieder ins Wanken geraten. Ich gehe hinaus, um nach ihm zu suchen. Die Atmosphäre der Unsicherheit, die Grube, weil »etwas verloren« ist. Diese entsetzliche Stimmung. Seltsam, wie ein relativ geringfügiges Ereignis einen wieder tief hineinstoßen kann. C. ist sehr lieb – ihm ist genauso kläglich zumute wie mir. Wir wagen es nicht, das Baby allein zu lassen. In unserem Bett heult und strampelt es. Elsie kommt zu spät, Jon schluchzt: »Jon möchte zurück in sein eigenes Bett.«

Samstag, 29. Dezember 1934

Beim Aufwachen sehr deprimiert wegen Thor und müde vom Nichtschlafen. Ein Kratzen an der Tür – Thor! Er wirft sich auf mich, ist schrecklich glücklich. C. kommt herauf. Wir sind alle gerührt.

Sonntag, 30. Dezember 1934

Con hat Margot Loines[1] hier heraußen – sie ist eine außergewöhnlich muntere, unabhängige, freie Person. Sie verlangt meinem Verstand einiges ab und läßt mich über meinen Schatten springen. Mir kommt es so vor, als habe sie früh schon das Stadium erreicht, in dem ich mich jetzt befinde, in dem man erkennt, daß es nicht so ausschlaggebend ist, daß man »verstanden« oder »geschätzt« wird oder sich »geäußert« hat. Das gehört wahrlich in die Jungmädchenzeit. Es ist wichtig, ein bißchen davon zu bewahren – gerade genug, um friedlich und ruhig im eigenen Innern zu bleiben.

Mir scheint immer mehr, daß Liebe an sich oder durch sich allein keine Werte enthält (außer vielleicht die erste Liebe für junge Menschen). Es wird über die Liebe so gesprochen, als sei sie etwas, das man wie einen Armvoll Blumen überreichen kann. Viele Menschen geben die Liebe auf diese Weise weiter – sie laden sie ab wie eine nutzlose, stark duftende Last. Ich glaube nicht, daß man sie einfach weiterreichen kann, und wenn, ist sie wertlos.

Liebe ist eine Kraft im eigensten Inneren, die zu vielem befähigt. Sie ist eine treibende Kraft. Durch sie verleiht man anderen Menschen Kraft, Macht, Freiheit, Frieden. Sie ist kein Ergebnis – sie ist Ursache. Sie ist keine Frucht, sie befruchtet. Sie ist eine Macht wie das Geld, der Dampf oder die Elektrizität. Sie ist wertlos, wenn durch sie nicht etwas anderes übermittelt wird. Ich habe lange gebraucht, um zu lernen. Ich hoffe, ich habe mir das ganz zu eigen gemacht und kann es in die Tat umsetzen.

Ich glaube, ich habe in dem letzten Monat so viel und so rasch gelernt, daß ich Jahre brauchen werde, um das ganz in mich aufzunehmen. Ich war so mit dem Lernen beschäftigt, daß ich

[1] Margot Loines, Freundin von Constance Morrow, später mit Dwight Morrow jr. verheiratet. Jetzige Mrs. John Wilkie.

nichts anderes getan habe, ich lebte von einem Tag zum anderen, von einer Stunde zur anderen und erklomm dabei jeweils eine weitere Stufe. Wenn ich dieses Wissen nur bewahren kann und den Dingen Zeit bleibt zur Reife und Festigung, bevor eine neue Gemütsbewegung alles erschüttert oder die kleinen Nichtigkeiten wieder aufkommen. Ich kann nur immer wieder sagen: »Laß sie keine Macht über mich haben.«

Nie ist man seiner Sache sicher, doch da ist die nächste Woche, der nächste Monat: in denen ich C. bei der Gerichtsverhandlung[1] nicht enttäuschen darf, das Buch für ihn fertig machen, ihm ein Heim schaffen, ihm ein Gefühl der Freiheit, der Kraft und Erfüllung geben muß.

[1] Am 2. Januar begann in Flemington, New Jersey, die Gerichtsverhandlung wegen der Entführung und Ermordung von Charles A. Lindbergh jr.

9. Januar 1935

Gestern schrieb ich den ganzen Tag in mein Tagebuch, denn ich fand, ich müsse wissen, was mit mir passiert war, und ich konnte das nur durch Schreiben erfahren. Das war so eine Erlösung, daß ich am Ende des Tages ganz frisch war und freudig an ›North to the Orient‹ zu arbeiten anfing. Ich habe auch heute den ganzen Tag gearbeitet, und erst in der letzten halben Stunde schrieb ich etwas, was mir gut erschien.

Dr. Condon[1] im Zeugenstand. Offensichtlich war er ein guter Zeuge. Aubrey und C. spät zurück.

Wir machen einen Spaziergang – dichter Nebel – C. müde, aber befriedigt.

C. fragt nach meiner Arbeit und wie weit sie gediehen ist; freut sich, daß ich gearbeitet habe, versucht die neu getippten Kapitel zu lesen, um zu zeigen, für wie wichtig er sie hält, ist aber zu müde. Ich muß mich sehr zusammennehmen, wenn er Kritik übt – Worte aufgreift. Ich weiß, daß vieles falsch ist, doch bin ich gegen Kritik empfindlich. Bin ich so borniert, daß ich Kritik, jegliche Kritik, übelnehme, übelnehmen würde? Der Zorn, der mich überkommt, wenn ich einen dicken schwarzen Strich sehe, der durch eine Zeile gezogen wurde, die ich geschrieben habe, die Frustration! Dabei ist seine Kritik berechtigt, und er zeigt unendliche Geduld und Hingabe bei der Durchsicht.

An E.L.L.L. Englewood, 9. und 10. Januar 1935

Liebe M.
Nur ein kleines Briefchen, um Dir zu sagen, daß es Jon, C. und mir gut geht. C. fährt jeden Tag nach Flemington.

Er war ein großartiger Zeuge – wie vorauszusehen war –, natürlich, völlig klar und selbstverständlich von der Wahrheit seiner Aussage überzeugt, die jeder Prüfung durch das Kreuzverhör standhielt.

[1] Dr. John F. Condon, ein pensionierter Lehrer, der sich als neutraler Zwischenträger während der Entführung angeboten und das Lösegeld überbracht hatte.

Einen hervorragenden Eindruck macht der Richter in seiner Würde, seinem Wissen, seiner Integrität und seiner Vernunft.

Ich weiß nichts über unsere Pläne, aber ich hoffe, wenn das vorbei ist, können wir uns irgendwo erholen. Niemand weiß, wie lange es dauern wird – etwa einen Monat oder sechs Wochen alles in allem. Sowohl Elsie wie Betty[1] haben eine schwere Probe sehr gut bestanden. Für Elsie war es grausam, weil sie ihrem Mann, der nicht anwesend war, um sich zu verteidigen, abscheuliche Dinge unterstellten. Jedenfalls verteidigte sie ihn redlich und machte auf jeden den Eindruck absoluter Ehrlichkeit und Ergebenheit.

Ich fürchte, die Publizität ist für Dich eine harte zusätzliche Belastung neben der Gerichtsverhandlung.

Ich hatte die Madonna die ganze Weihnachtswoche über auf dem Kaminsims im Wohnzimmer stehen.

Tagebuch

Dienstag, 10. Januar 1935

Flickte bis 4.30 Uhr an ›North to the Orient‹ herum, dann kam Corliss [Lamont] zum Tee. Wir redeten bis ungefähr sechs. Es war sehr nett, doch ich fühlte mich unglaublich alt, als würde ich an meinem Lebensabend mit jemandem reden, den ich seit Äonen kenne. Wir sprachen von Elisabeth, argumentierten über die Unsterblichkeit und lasen in Elisabeths ›Spirit of Man‹[2].

Dann unterhielten wir uns darüber, wie albern wir noch vor acht Jahren gewesen sind, und Corliss erzählte mir von einem Essay, den er an einem Sonntag in North Haven mit Elisabeths Hilfe »über die eine und einzige Theorie« geschrieben hatte; Elisabeth hatte ihn ausgelacht. Köstlich – »die eine und einzige Theorie« – jahrelange Illusionen. Dieses falsche romantische Ideal, dem wir alles, auch das Belangloseste, unterzuordnen suchten. Ich las etwas von Rilke, und wir diskutierten über die »Stellung« der Frau, wobei Corliss nach meiner Erwähnung des »weiblichen Verstandes« Ausnahmen aufzählte (Elisabeth hatte einen männlichen Verstand, sagte ich). Dabei begegnete ich Sympathie und Verständnis und auch Respekt und Anerkennung für

[1] Betty Gow, schottische Kinderschwester von Charles Lindbergh jr.
[2] ›The Spirit of Man‹, eine Anthologie, von Robert Bridges herausgegeben.

meine Bemühungen, mein Leben zu gestalten und etwas daraus zu machen.

Weshalb kann man diese herrliche Distanz nicht bewahren, wenn man verheiratet ist, diesen Respekt vor der Einsamkeit des anderen? Ist es unvereinbar mit einer echten und wahren Liebe, oder liegt es an unseren vorgefaßten Meinungen über die Ehe, an unseren vorgefaßten Maßstäben?

Es war vergnüglich. Warum mache ich das nicht öfter – warum nehme ich das Leben so schwer? Es ist ganz normal, mit Menschen zusammen zu sein, ich will mich in dieser Beziehung bessern.

Samstag, 12. Januar 1935

Die letzten Nächte habe ich ziemlich schlecht geschlafen, wachte morgens früh auf, war verwirrt, und die Träume verfolgten mich. Heute morgen träumte ich wieder mit der mir manchmal eigenen Lebhaftigkeit – wie einst von Daddy. Ich träumte von Elisabeth. Es fing wie eine Art Alptraum an: Elisabeth trug mich durch merkwürdige Tempel und lange Gänge. Endlich merkte ich, wie müde sie war – regte mich schrecklich auf, als ich mir bewußt wurde, daß ich es zugelassen hatte, daß sie mich trug. Dann gingen wir durch eine Tür, und wir waren auf der eingeschlossenen Piazza, und ich las eine Geschichte in einer Zeitschrift – über Elisabeth.

»Kennst du die Soundso?« fragte ich. »Hier ist ein Artikel über dich.« – »Was steht drin?« Sie war kindisch neugierig und belustigt. Sie setzte sich aufs Sofa und schlenkerte ihren Fuß über den Rand. Dann war sie plötzlich irgendwie in meinen Armen – weinte und weinte und schluchzte. Ich hatte meine Arme um sie gelegt, konnte sie spüren, bat sie, nicht zu weinen, küßte sie und sagte ihr, wie sehr ich sie liebte. Doch sie schluchzte weiter, und ich, als ich erkannte, daß sie, obgleich ich sie in meinen Armen hielt, fort war, rief ihr nach: »Elisabeth, du wirst zurückkommen, nicht wahr?«, und sie sagte: »O ja, ich komme wieder« und ging zur Türe hinaus, und ich wachte weinend auf. Es war so entsetzlich, die physische Wirklichkeit zu verlieren. Mir war das vorher nie so bewußt geworden, und ich begriff nun ein wenig Aubreys Schmerz.

Oberst Henry [Breckinridge] und Aida zum Mittagessen. C. zeigt Oberst Henry mein Kapitel über das Fliegen im Nebel. Er sagt sehr wenig, aber ich bin sicher, daß es ihm mißfällt. Er äußert nur Einwände wegen meiner zu häufigen Verwendung von »gut«, doch in Wirklichkeit hat er, glaube ich, viel mehr einzuwenden – und zwar gegen den ganzen Artikel. Ich glaube, er findet, daß der Artikel nicht mutig ist – wir haben zwar alle Angst, sollten es aber nicht zugeben; und er findet es wohl feige und sogar ungehörig, daß ich meine Gefühle so bloßstelle. Ob das stimmt? Als ich ihn schrieb, kam's mir nicht so vor – wonach soll ich mich sonst richten?

Montag, 14. Januar 1935

Tippte den ganzen Tag.

»Jon, schau mal den Schnee an.«

Jon: »Wer macht den?«

»Er fällt vom Himmel, wie der Regen.«

Jon: »Wer macht den Himmel?«

Dienstag, 15. Januar 1935

Thelma[1] kommt zum Mittagessen, wir unterhalten uns den ganzen Nachmittag. Eine wahre Erleichterung. Thelma vermittelt Offenheit und Unbeschwertheit. Wir machen einen Spaziergang im Schnee. Thelma ist für mich eine außerordentliche Mischung, sie ist unbeschwert, hat einen klaren Verstand und dazu ein äußerst sensibles Wahrnehmungsvermögen. Sie macht sich von allen Konventionen völlig frei und kümmert sich wenig um menschliche Beziehungen. Mit ihr kann man ganz aufrichtig sein. Das Leben erscheint weniger schwierig. Sehr glücklich – ziehe zum Abendessen ein neues Kleid an. Gespräche – von Thelma, Mutter, Aubrey und mir – über Harold Nicolsons Buch, über Gertrude Stein, Virginia Woolf, H. H. Richardson und die Formgebung der Kunst. C. ruft mich von Zeit zu Zeit hinaus, um an dem »Buch« Korrekturen vorzunehmen, das er sehr engagiert verbessert.

[1] Thelma Crawford Lee, eine Freundin von Elisabeth Morrow Morgan und von A.M.L.

Samstag, 19. Januar 1935

Las den ganzen Morgen Elisabeths Tagebuch, das Aubrey mir gab, es führt bis zu unserer gemeinsamen Auslandsreise zurück, die Autoreise nach Mont-Saint-Michel und Paris, der Tag im Park und das russische Restaurant! Dann die Zeit in Mexiko vor meiner Heirat, und Nassau. Alles so spontan, wahr und offen – dokumentiert Elisabeths Güte, Schönheit und Intelligenz. Das Tagebuch ist ganz sie selbst – weit mehr als die Artikel, die sie schrieb. Es sprüht von Leben.

Mutter und ich sprechen über E.s Tagebuch. Mutter sagte: »Wie gut hat sie mich verstanden.« Mir brach fast das Herz. Ich konnte ihr nicht helfen, auch wenn ich glaube, daß ich sie ebenfalls verstehe, kann ich es ihr doch nicht vermitteln.

Sonntag, 20. Januar 1935

Con ist zu Hause. Wir überlegen, ob wir zusammen nach Boston fahren, um ›Yeomen of the Guard‹ anzuschauen. Ich fliege geradezu darauf, doch als ich später mit C. darüber spreche, wird mir klar, daß es keine gute Idee ist. Er sagt, daß ich unmöglich dorthin kommen kann, ohne daß die Öffentlichkeit davon erfährt, und daß es respektlos und oberflächlich wirke, wenn ich während der noch nicht abgeschlossenen Gerichtsverhandlung ins Theater ginge. Natürlich hatte ich diesen Aspekt der Sache noch nicht bedacht. Gott weiß, daß ich weder die Verhandlung – noch das Leben – leicht nehme. C. kümmert sich so selten darum, welchen Eindruck man erweckt, doch dieser Fall ist anders. Es würde einen ganz falschen Eindruck machen.

Dabei verschreckte mich die ganze Geschichte. Ich bin völlig frustriert. Das ist wahrlich keine große Sache, aber eben doch wieder eine weitere Fessel; ich bin von allen Seiten eingeschlossen und hämmere gegen die Wände. Doch ich muß alleine damit fertig werden. Niemand kann mir dabei helfen. Ich kann mit meiner Mühsal weder Mutter noch Aubrey, noch C. belästigen. Sie alle haben selber genug zu tragen – mehr als ich.

Ich darf nicht reden. Ich darf nicht weinen. Ich darf nicht schreiben– ich darf nicht denken – ich darf nicht träumen. Ich muß meine Gedanken in Schach halten – muß meinen Körper beherrschen und meine Gefühle, ich muß das Buch fertigschreiben – ich muß für C. wenigstens so wirken, als sei ich ruhig, ich muß mich zum Interesse an seinen Plänen, seiner Arbeit und für Jon zwingen. Ich muß essen. Ich muß schlafen.

Montag, 21. Januar 1935

Der Montag verlief recht ordentlich. Ich war erleichtert und konnte nachmittags arbeiten.

G. hier. Meine Vorstellung von totaler Enttäuschung: eines Tages aufzuwachen und festzustellen, daß die Welt wirklich so beschaffen ist, wie sie zu sein scheint, wenn G. mit mir redet. Alles, was sie in die Finger kriegt, ist plötzlich besudelt, gering, auf ein Hintertreppenniveau gebracht, unglaublich vulgär und irgendwie unzüchtig. Alles versieht sie mit diesem üblen Anstrich, dabei tut sie es mit dem Habitus einer Dame, so daß ich entsetzt bin und ganz krank werde.

Wenn ich auf mein Leben zurückblicke, so gab es sie schon immer; sie gleicht der kupplerischen Amme Julias. Am Abend, als C. mir seinen Heiratsantrag machte (zwinkernd im Hintergrund); als ich erfuhr, daß ich schwanger war (»Na, weißt du, Liebchen«, mit wissendem Lächeln, »was hast du denn erwartet?«). Die abscheulichen Tage, als es mir so arg war, dick und häßlich zu sein (»Du ißt für zwei!«). Während der ganzen Entführungsaffäre wiederholte sie ständig das Geschwätz der Leute (»Warum war der Fensterladen nicht verschlossen? Natürlich würde *ich mein* Kind niemals in einem Flügel des Hauses allein lassen!«). Selbst meine Beziehung zu Mutter wird verdorben in ihren Augen (»Du solltest dich nicht anstellen: du kriegst hier freie Kost und Logis.«).

Dienstag

Herrlicher Schnee. Gehe nachts mit C. spazieren – Schnee und Mondschein. Genoß das Spiel des Lichts. Eine Kiefer, gebeugt unter der sanften Last des Schnees: ein verliebtes junges Mädchen.

Mittwoch, 23. Januar 1935

Amey morgens da, um Jon in der Schule zu beobachten. Mutter bekommt von Harold Nicolson die ersten fünf Kapitel [der Biographie über D.W.M.]. Sie gibt sie mir nach dem Lesen. Ich las den ganzen Vormittag und Nachmittag. Draußen war ein Schneesturm. Ich weinte pausenlos. Eigentlich weiß ich nicht recht, weshalb. Die Kapitel sind wirklich sehr gut – weit besser, als ich angenommen hatte. Die Geschichte an sich ist so bewegend, daß ich mir vor diesem Menschen ganz klein vorkam, den ich bisher nie richtig gesehen und geschätzt hatte. Ich war auch entzückt über die Klarheit der Analyse, begeistert von dem Humor und dem Charme – und sehnte mich sehr nach Elisabeth. Während des Lesens schrieb ich gleichzeitig in Gedanken Briefe an sie. Beim Lesen eines Satzes – *»schöpferisches Vertrauen«* – spürte ich: oh, das ist Elisabeth! Ich begann zu begreifen, was alles Mutter mit ihr verloren hatte.

Mutter und ich sprachen über das Buch. Sie ist sehr glücklich über seine Art der Auffassung. Ihre Gefühle für Elisabeth sind so tief, daß sie nicht darüber spricht.

Donnerstag, 24. Januar 1935

Ein herrlicher Tag – den ganzen Tag über allein und nachts auch.

Freitag, 25. Januar 1935

Heute fuhr ich in die Stadt und traf Margot Loines zum Mittagessen. Es war herrlich. Wir übersprangen alle Schranken und gingen gleich medias in res. Während unserer Gespräche nahmen die Themen in meinem Innern Gestalt an. Zuerst sprachen wir über Gedichte (Spender), dann über die Schauspielkunst und das Schreiben, über Rilke, die Bildhauerei, über die Ehe – und das alles schier in einem Atemzug. Wir redeten auch über Kontakte und blitzartiges Verstehen. Ich hatte vor diesem raschen, blitzartigen Verstehen stets Angst gehabt und mich gefürchtet, zu schnell Freundschaft zu schließen. Das ist nun vorbei. Wirkliches Verständnis ist so selten und so großartig, daß man es einfach hinnehmen und dankbar dafür sein muß. Ich glaube auch, daß ich diesbezüglich nun keine Fehler mehr begehe. Sie ist sich der Dinge bewußt (wenn das bei jemandem nicht der Fall ist, interessiert er mich auch nicht); sie ist in bezug auf ihre Gefühle absolut ehrlich; und sie ist eine wahre Intellektuelle. Mit solchen Menschen, *wenn man ihren Maßstäben gerecht zu werden vermag,* kann man keine Fehler – keine gravierenden Fehler machen. Man muß Mut haben, doch um aufrichtig zu sein, muß man Weisheit und Mut besitzen.

Wie köstlich waren doch diese heutigen Gespräche. Wie beim Tauziehen: man läßt immer mehr nach – sehr vorsichtig. (Wie weit wird gezogen?) Man ist immer bereit, das Tauende mit einem Ruck zurückzuziehen. Doch nein – man spürt einen ständigen Zug. Also gut, hier ist noch eine Schlinge. Probier sie, schau, ob sie damit fertig werden, wirf sie aus. Sie wird aufgenommen – das Seil bleibt gespannt!

Ich habe das Gefühl, so *unglaublich* rasch zu lernen (nur hat es schrecklich lang gedauert, bis ich soweit war), daß ich vor Wissen platze. Ich kann es kaum bewahren. Ich möchte es weitervermitteln, möchte es irgendwo ablegen. Ich möchte etwas daraus machen.

C. wird heute nach zwei Tagen Abwesenheit zurückkommen und mich abends fragen, was ich an dem Buch getan habe, und ich werde sagen: *nichts.* Doch ich habe recht. Bestimmt. Ich kann mich diesem Wachstum nicht versagen, ich müßte nur stark genug sein, beides fertigzubringen.

Samstag, 26. Januar 1935

Schrieb den ganzen Nachmittag: »Vorbereitung« – schwierig. C. liest es am Abend – sehr lieb und hilfreich. C. bemerkte etwas Wunderbares: »Ikarus ist lediglich der erste *Ausdruck* für den Wunsch der Menschheit, fliegen zu können!« Großartig. Ich werde das verwenden, und es freut ihn.

Sonntag, 27. Januar 1935

Ein herrlicher Tag: still, klar und glitzernder Schnee. War fast den ganzen Morgen mit C. und Jon draußen. C. baut Jon eine Schneehütte und zieht ihn auf dem Schlitten herum. Ich bekomme Skier. Jon ist sehr glücklich: »Will mit Vater fahn.« Wir machen hinter dem Haus eine Skispur und fahren den ganzen

Vormittag ab. Herrlich: Geschwindigkeit, Beherrschung, Balance, und das Gesicht glüht von der eisigen, prickelnden Luft. C. holt eine Schaufel und klopft die Spur glatt, freut sich über mich eifrige Athletin. Glühe beim Hereinkommen; fühle mich gesund und ganz »norwegisch«, wenn ich meine Skier auf der Schulter trage.

Arbeite den ganzen Nachmittag; mühselige Plagerei mit »Vorbereitung«, dann kann ich nicht mehr. Schreibe *tatsächlich* nur etwa eine Seite. Das geht so langsam, daß es kaum der Mühe wert erscheint (und nach der einen Seite ist mein Geist erschöpft!). C. stellt fabelhafte Listen über die Ausrüstung zusammen. Die ergeben im Buch ein ganzes Kapitel.

Seine Listen sind viel besser als mein Kapitel.

Abends redet er von seiner Arbeit im [Rockefeller-]Institut, über das Flugwesen, über eine große Veränderung seines Lebens, der er immer näher kommt, über seinen Wunsch, den er schon als kleines Kind gehabt hat, das Leben zu ergründen, über das Leben überhaupt, über politische und wissenschaftliche Veränderungen, wobei er deren Wirkung für die Welt miteinander verglich.

Welche ist größer? Welchen politischen Beitrag würde man für die *Anästhesie,* für die *Impfung* eintauschen? Sehr interessant. Heute war es leicht, das neue Leben zu leben, das ich, wie ich glaube, begonnen habe.

Montag, 28. Januar 1935

Arbeitete den ganzen Tag – wenigstens am Nachmittag »schwer«. Tippte vier Seiten und glättete Unebenheiten; nicht viel neues Material. Lediglich der technische Vorgang, das vorzubringen, was ich sagen möchte (nachdem mir klar ist, was ich sagen möchte), dauert so lange. Ich kämpfe und kämpfe, und es kommt eine Platitüde dabei heraus, die jedem längst bekannt ist. Und die seltsame Art, wie einzelne Punkte (die in der Gliederung säuberlich unter A, B oder C aufgeführt sind) mit dem ganzen Kapitel davongaloppieren. Man zieht mit vier Pferden los, die ganz gleichmäßig die Straße hinuntertraben, dann stellt sich heraus, daß eines von ihnen stärker als die anderen ist, nach rechts ausschert und somit die ganze Karawane über das Feld zerrt.

Abends gibt Mutter mir zwei Briefe von H.N. zu lesen, sie sind geschäftsmäßig, kompetent und zuversichtlich. Ja, er hat fünf Kapitel geschrieben. Er wird fünf weitere Kapitel fertig haben, wenn er wieder hierher kommt, das Buch wird bis Mai geschrieben sein. O Gott, wozu meine Versuche, wenn ich doch derart auf der Strecke bleibe.

Dienstag, 29. Januar 1935

Ein wunderbarer Tag. Hineingefahren, um Margot Loines und Lincoln Kirstein[1] zu treffen und mit ihnen die Plastiken von Lachaise[2] im Museum anzuschauen. Die großen, wuchernden Ornamente liegen mir nicht so, doch die Köpfe sind schön und bewegend – in ihnen liegt etwas Dynamisches – weit mehr, als in den wuchernden »voll erblühten Rosen«. Der Kopf eines Kindes – wie eine Narzisse; die Maske einer Frau, gähnend; der silberne Kopf einer Frau, ganz Geduld und Müdigkeit. Eine Frau, die sich nichts mehr wünscht, weil sie begriffen hat. Dann die nervösen, müde herabhängenden Hände einer Frau.

Anschließend Mittagessen mit Lincoln und Margot. Er stellt Fragen, daher rede ich zu viel: Rußland, Luftfahrt, unsere Reise, Schweden. Dann gingen wir – Margot und ich – in ihre Wohnung, setzten uns zusammen und unterhielten uns. Wie befreiend war das. Ich konnte alle verkrampften Gefühle, die mich beengen, abstreifen. Ja, ich konnte sie so abwerfen, wie Margot es mir zeigte: mit einer herrlichen Gebärde ihrer Hände und Arme, ihres ganzen Körpers; so befreit sie sich vom Ballast. Ich würde sie gerne auf der Bühne sehen. Sie ist vollkommen natürlich, lebhaft und mutig, nichts ist verkrampft, aber ganz bestimmt, Gefühl für Form. Ich verstehe jetzt, daß die Schauspielkunst kreativ sein, den anderen etwas geben kann. Das ist mir neu. Sie zeigte mir ihr Buch über italienische Malerei; sie studierte es, um sich für ihr Theaterstück mit den Gefühlen einer Nonne vertraut zu machen. Dann das Buch über Botticelli.

Wir sprachen auch von Elisabeth, von ihrer Geradheit, ihrer Botticelli-Schönheit, daß wir sie verloren und dennoch nicht verloren haben.

Ich ging mutiger und befreit nach Hause.

Das alles macht mir Elisabeth so lebendig. Sie sagte es nie, *war* es aber – absolut verständnisvoll, mutig und wahrhaftig. Es ist,

[1] Lincoln Kirstein gründete die amerikanische Ballettschule in New York City. Direktor der New York City Ballett Company; Bruder von Mina Curtiss.

[2] Gaston Lachaise, in Frankreich geborener Bildhauer, naturalisierter Amerikaner; schuf den Skulpturenschmuck für das Rockefeller Center in New York City.

als hätte ich das von ihr, als sie noch lebte, nicht lernen können, sondern erst durch ihren Verlust. Wenn ich es ihr doch sagen könnte – seit sie gestorben ist, habe ich so viel gelernt. Es strömt alles in mein Inneres.

Es ist merkwürdig. Ich verändere mich völlig im Laufe eines Tages und von einem Tag zum anderen, die Zeit ist ein dehnbarer Begriff geworden. Ich lebe viele Jahre, leide und lerne – an einem einzigen Tag.

Freitag, 1. Februar 1935

Tanz mit Jon – wirbele ihn in meinen Armen herum und werfe ihn dann auf das Sofa. Er rafft sich wieder auf und rennt mit ausgebreiteten Armen auf mich zu: »Mudder soll Jon aufheben. Will Mudder Musik machen. Mudder nicht sitzen.«

Nachmittags Skilaufen – Thor prescht im Schnee hinter mir her.

»Das lachende Gesicht der Gefahr!«

Samstag, 9. Februar

Stehe früh auf. Mutter muß Zeugenaussagen machen. Lange Fahrt dorthin. Die Straße nach Princeton, die wir so oft gefahren sind, die Straße zum Flugplatz, zu dem wir Mutter in der Nacht brachten. Ich hatte den Flugplatz vergessen, wir waren dort, bevor es mir klar war. Sie war voller Hoffnung abgeflogen. Der Anblick muß schwer erträglich gewesen sein. Dann eine neue, viel bessere Straße, nur waren wir schon so müde, als sei die Gerichtsverhandlung bereits überstanden.

Flemington: Pfefferkuchenhäuser, wie die aus Pappkarton, mit denen wir als Kinder spielten. »Kleine Stadt«: eine Kirche, ein Hotel, eine Garage. Voller Menschen, Schnee und Autos. Wir gehen an Kameras vorbei durch den Hintereingang zum Gerichtssaal. Ich saß ungefähr wieder auf dem gleichen Platz. Ich hatte das Gefühl, hier schon ewig zu sitzen. Die überfüllten Reihen, die Klappstühle, mir gegenüber die fetten, gelangweilt aussehenden Frauen auf der Geschworenenbank, dahinter die hohen Fenster; draußen die roten Ziegel eines alten Gebäudes im Sonnenlicht. (Aber wo war das Dreieck blauen Himmels, auf das ich meinen Blick geheftet hatte?)

Die traurig dreinblickende Verfasserin rührseliger Artikel schaute jedesmal zu mir her, wenn ich aufsah. Menschen atmeten hinter mir. Das blasse Profil von Hauptmann erschreckte einen, wenn man es in einer Lücke zwischen den vielen Köpfen sah. Das armselige, gezeichnete – müde und verwirrte – Gesicht von Mrs. Hauptmann. Die gewandte Stenographin, die das Protokoll aufnahm, verneigte sich beim Hin- und Hergehen vor dem Richtertisch. Der Richter – genau gleich – würdig, ungerührt.

Gefühlsmäßig war es ein weit schlimmerer Tag als der, an dem ich aussagen mußte. Ich konnte meinen Gefühlen freien Lauf lassen. An diesem elend langen Vormittag, an dem die Beweisführung über das Holz erbracht wurde, lauter winzige, minutiöse Details, technisches Gefeilsche. Da dachte ich mittendrin gequält: wie ungeheuerlich, daß mein Baby überhaupt in einer Beziehung zu diesen Dingen gestanden hat!

Nach dem Mittagessen kamen die Zeugen. Meine Wut über Reillys Snobismus: Er sprach von Violet Sharpe[1] stets nur als von einem »gewöhnlichen Dienstmädchen«. Wilentz[2] nannte sie immer Miss Sharpe.

Dann begab sich Marshall[3] unbeholfen in den Zeugenstand. Er wirkte so persönlich und doch als ein ganz selbständiges Stück unseres Lebens, daß ich zu meiner Überraschung sehr bewegt war. Marshall, der Mutter nachts ans Telefon gerufen hatte, so wie er uns holte, als wir Elisabeths Tod erfuhren. »Wer war damals im Haus [Next Day Hill]?« – »Also, da waren Oberst Lindbergh und Mrs. Lindbergh, das Baby und Betty Gow und Miss Elisabeth. Mr. Dwight war im College.« Das klang schrecklich persönlich: »Miss Elisabeth« und »Mr. Dwight«.

Dann fragte Reilly: »Lebte Senator Morrow zu jener Zeit noch?« – »Nein, nein, er lebte nicht mehr.« – »Wann starb er? ... Sie waren auf seiner Beerdigung?« – »Ja.« – »Und Sie erinnern sich nicht?« Es war schrecklich. Warum mußte Mutter das eigentlich mitanhören?

Und dann: »Mrs. Dwight Morrow.« Eine Bewegung im Gerichtssaal, Mutter steht auf und übergibt mir ihre Handtasche. Mir schießt das Blut ins Gesicht, in meinen Ohren rauscht es. Mutter, zierlich, in Schwarz, ihr nachdenkliches, willensstarkes Gesicht ist weich und unendlich traurig und müde. So ruhige,

[1] Englisches Mädchen im Haushalt der Morrows. Sie verübte während der Verhöre, die im Anschluß an die Entführung stattfanden, Selbstmord.

[2] David T. Wilentz, Generalstaatsanwalt in New Jersey.

[3] Nachtwächter in Next Day Hill, Englewood.

würdevolle kleine Schritte, beherrschte Haltung. Ich glaube, es nicht ertragen zu können. Diese armseligen, schrecklichen Fragen, wie leere Häuser, die einstmals bewohnt waren. »Wer gehörte damals zu Ihrem Haushalt?« – »Meinen Sie die unmittelbare Familie? ... Meine Tochter Elisabeth und ich.« (Ich darf nicht weinen.) Doch Mutter war bestimmt und stark. Reillys Fangfrage: »Wer bediente Sie am Abend vorher?« – »Am Abend vorher ... das weiß ich nicht, ich war im Zug.« Er wechselte rasch zu: »Wer bediente Sie am Abend danach?« – »Sie meinen, am 2. März?« – »Ja.« – »Das weiß ich nicht, natürlich – ich war in Hopewell!«

Er ließ rasch von ihr ab, und wir gingen hinaus, verschwanden still und fuhren nach Hause, Mutter unendlich erleichtert.

Sonntag, 10. Februar 1935

Heute sagt mir Mutter, daß Amey nicht nach Mexiko kann (da ihr Bruder zu krank ist), dadurch treibt sie mich wieder in eine Panik der Unentschlossenheit in bezug auf Mexiko. Ich möchte nicht mit C. sprechen, bis ich mir selber darüber klar bin. Ich möchte ihn nicht unnötig aufregen zu einem solchen Zeitpunkt, in dem er durch die Gerichtsverhandlung mit Beschlag belegt wird. Ich muß es zuerst überdenken. Amey wäre der einzige Mensch gewesen, der schon früher dort gewesen ist, der Mutter ein wenig verwöhnen könnte – in Vertretung von Daddy. Jetzt, da Amey nicht kann, fährt Mutter tatsächlich alleine, ohne jemanden aus dem früheren Leben, der verstehen kann, was sie verloren hat, wie es um ihre Gefühle steht und wie es einst war. Niemand, an den sie sich wenden, zu dem sie sagen kann: »Erinnerst du dich?« Aubrey – aber Aubrey war früher nicht dort und hat seinen eigenen Kummer. Ich weiß, daß sie sehnlichst wünscht, ich oder ein anderer Mensch, der ihr nahesteht, käme mit. Sie fragt mich nicht, doch dann und wann entschlüpft ihr: »Oh, Anne, wenn du doch nur führest.«

Montag, 11. Februar 1935

Ein Gespräch mit Mutter, und in mich strömt neue Kraft.

Dienstag, 12. Februar 1935

Ich las die Zeitung, und der Gedanke, wie sie von C. *Gebrauch machen,* verbittert mich. Sie schieben ihn und sein Leben wegen ihrer selbstsüchtigen Zwecke auf der Bühne herum. Er muß ruhig dabeisitzen und zuschauen.

Mittwoch, 13. Februar 1935

Richter Trenchards Resumé ist überlegen, würdig, verständnisvoll und absolut frei von kleinlichem menschlichen Wehgeschrei, sachlich richtig, gerecht, lebenswahr. Das Urteil: *Schuldig.*

Das Gebrüll des Mobs im Radio – wie unsagbar schauerlich und verbitternd, wenn einem klar wird, daß das etwas mit uns zu tun hat. Daß C. das ertragen muß.

So unglaublich, wie diese erste Nacht.

Donnerstag, 14. Februar 1935

Die Gerichtsverhandlung ist vorbei. Wir müssen unser Leben wieder aufnehmen, versuchen, es sicher zu gestalten – C. und Jon und ich. In Wahrheit geht es um mich, ich muß wieder anfangen, ohne Elisabeth, mit offenen Augen, ohne Aufhebens, ohne mir etwas vorzumachen, ganz ehrlich und geduldig, und muß mir dabei klarmachen, was wichtig ist. Charles und ein Zuhause und Jon – und die Arbeit.

Freitag, 15. Februar 1935

Rhoda (›Die Wellen‹[1]):

»Welches Amulett gibt es gegen dieses Unheil? Welches Gesicht kann ich herbeirufen, um es kühl auf diese Glut zu legen? Ich denke an Namen auf Kofferzetteln; an Mütter, über deren weitgespreizte Knie Röcke herabhängen; an Waldtäler, zu denen die vielrückigen steilen Höhen absinken. Verbergt mich, rufe ich, beschützt mich, denn ich bin das Jüngste, das Nackteste von euch allen!«

[1] ›Die Wellen‹, Roman von Virginia Woolf.

»Ich ging gradenwegs auf euch zu, statt einen Umweg zu machen und, wie ich es früher immer tat, dem Schock der Gemütsbewegung auszuweichen. Doch habe ich bloß meinen Körper einen gewissen Trick gelehrt. Mein Inneres ist nichts gelehrt worden; ich fürchte, ich hasse, ich liebe, ich beneide und verachte euch, aber niemals geselle ich mich euch freudig zu.«

Über die Schüchternheit hat Virginia Woolf am besten geschrieben.

Abends sprechen wir über die Schüchternheit – Mr. Nicolson, Aubrey, Margot, Dwight, Con und ich. Ausnahmsweise war ich einmal nicht schüchtern. Mr. N. erzählte von seinen Jungen und den *Mutproben.* Ich glaube, er hat, so wie er diese Dinge betrachtet, nicht recht, doch meine Gedanken funktionierten nicht rasch genug, als daß ich es ihm hätte sagen können, und er hätte es sowieso nicht wissen wollen. Er ist ein merkwürdiger Mann. Sein Wahrnehmungsvermögen und sein Verständnis rufen meine Offenheit auf den Plan, doch wenn ich den Versuch mache, ein aufrichtiges Gespräch zu führen, wie ich es mit Aubrey, Thelma, Margot, Con oder Dwight täte, gefriert er und schlägt mir die Türe, die er eben geöffnet hat – bums –, ins Gesicht. Ich werde plötzlich ganz klein, verhuscht und bin getroffen. Ist das schlichtweg britische Konvention, die sie geschult hat, *über* Menschen, aber nicht *zu* ihnen oder *für* sie zu sprechen?

Oder ist es denkbar, daß man in einer Familie lebt, ohne sie je wahrzunehmen? Kann man sich denn so in der Gewalt haben und das Kommando geben, seine Antennen auf Aufnahme stellen und im gegebenen Fall wieder abschalten? Ein um Aufrichtigkeit bemühtes Leben, eine ernsthafte Betrachtungsweise und ehrliche Beziehungen sind demnach nicht nötig, um ehrlich zu schreiben. Ich hatte geglaubt, sie seien es – hatte angenommen, daß sie auch in unbedeutenden Fällen im Leben jedes einzelnen eine Rolle spielen und beim Schreiben ihren Niederschlag finden.

Gemäß dieser Theorie müßte jeder, der ein gutes Buch schrieb, ein guter Mensch sein. Jeder, der *über* einen großartigen Menschen schrieb, müßte ein großartiger Mensch *sein.* Das ist absurd – lächerlich. Und doch, um was bemühe ich mich eigentlich? Weshalb versuche ich, alles gewissenhaft zu registrieren? Warum versuche ich, mich den Dingen zu stellen, aufrichtig zu sein? Warum stelle ich so viele Analysen an, wenn man sie nicht braucht, um ein gutes Buch zu schreiben? Auf nach Columbia – wo einem beigebracht wird, wie man handwerklich anständig arbeitet.

Sonntag, 17. Februar 1935

Ein schöner Tag. Von dem gestrigen bin ich meilenweit entfernt. C. und ich streifen im Regen durch die Wälder. Auf dem Boden Schneereste, in denen man Tierspuren entdecken kann. Jedenfalls kann C. das. Er hat flinke Augen und sieht doppelt soviel wie ich. Er bemerkt eine Bewegung der Blätter, einen Kratzer im Schnee (für mich), unsichtbare Dinge, die ihm aber etwas sagen, einen Appell an ihn richten, wie an mich die menschlichen Gefühle. Es ist richtig aufregend, und er lehrt mich das Sehen!

Wunderbare Gespräche mit Margot. Zu meiner Feststellung darüber, daß es so schrecklich sei, keine Maske zu besitzen und vor den Menschen bloß dazustehen, bemerkt sie tröstend: »Aber die Menschen sind so töricht, daß sie dir eine Hülle überstreifen« – die ihrer Vorstellung von dir entspricht. Sie kommt zu einer Teegesellschaft und weiß sich geborgen in ihrer Hülle – einem rosa Kleid mit Schärpe!

[Mexiko Zimmer, Next Day Hill] Montag, 18. Februar

Ich saß den ganzen Tag an meinem Schreibtisch und habe mir gut zugeredet wie einem lahmen Gaul. Ich liebe das Zimmer. Wenn ich vom Draußensein mit Jon in dieses Zimmer zurückkomme, das ruhig, groß, kühl und friedlich ist und wie mein Schreibtisch auf mich wartet, dann bin ich beruhigt, erholt und angenehm berührt. Die Erleichterung ist so groß, wie wenn man weinen oder seinen Kopf auf die Schulter von jemandem legen kann, den man liebt. Fast ein körperlicher Trost, wie Arme, die einen umfangen. Ich sitze nur da und fühle mich gestärkt. Doch schreiben kann ich noch nicht, nur in mein Tagebuch.

Abends ist C. zurück. Seine Arbeit im Institut liegt hinter ihm, wir sind allein im Haus. Es ist herrlich, sich alleine zu haben. Wir entdecken uns neu, spüren, daß wir jung sind, fast wie auf der Hochzeitsreise. Jon gehört wieder mir und läuft in meine Arme!

Dienstag, 19. Februar

B. kam heute zum Mittagessen heraus. Sie läßt sich scheiden und ist schrecklich traurig. Sie war aufrichtig, ruhig und verständnisvoll. Ich bewundere sie, unterhielt mich gerne mit ihr, kam mir aber ärmlich und töricht vor. Weshalb sollte ich mich aufregen oder gar unglücklich sein? Schließlich hat C. mich niemals enttäuscht. Andere Menschen haben mich enttäuscht, ja, manchmal auch die Umwelt und meine Arbeit, aber C. nie. Er kann niemanden enttäuschen. Er ist durch und durch ehrlich, kein Blender, sondern aus purem Gold.

Englewood, Dienstag–Freitag etc., Februar [21.–23.]

Liebste Mutter,
ich war froh über Dein Telegramm; es klang glücklich und erleichtert, und das bin ich nun auch.

Wir haben es hier jetzt ruhig und friedlich – ein Leben, das Dir gefallen würde, das Du aber hier nie führen kannst, denn wenn Du hier bist, kommen Menschen und es ereignet sich immer etwas. Nichts ereignet sich und niemand kommt, wenn wir hier sind. Die Zeit scheint stillzustehen, und es ist unendlich ruhig – fast wie in North Haven. Auch hat das Haus jetzt ein sommerliches Gesicht bekommen: alle Vorhänge sind abgenommen, und die meisten Möbel sind aus der vorderen Halle herausgeräumt.

Jon ist im Bett, hat einen leichten Anflug von Schnupfen. Er ist vergnügt und macht keine Schwierigkeiten, nur seine Nase läuft. Ich glaube, daß die Ruhe und das Bett ihm gut tun, doch es ist nicht einfach, ihn zu unterhalten. Elsie kommt und sagt mir total resigniert und eher mürrisch: »Natürlich ruiniert er *alles,* was man ihm gibt, Mrs. Lindbergh, er nimmt einfach *alles* auseinander.« Als sei es irgendwie mein Fehler, da ich so einen Schlingel in die Welt gesetzt habe.

Ich bin irritiert und versucht zu sagen: »Also, warum *unternehmen* Sie nichts dagegen?« Er macht nur Sachen kaputt, wenn er sich langweilt – und die Sachen, die ihn langweilen, sollte man ihm wegnehmen, bevor er sie zerlegt. Er ist kein Kind, das schwierig zu unterhalten ist, aber er beschäftigt sich intensiv mit den Dingen, und einfache Spielsachen langweilen ihn rasch. Sie müssen ihm immer etwas voraus sein. Dann sagt sie ganz verquält: »Man kann nicht *ständig* auf ihn aufpassen. Ich kann nicht alles gleichzeitig machen. Als ich ihn alleine lassen wollte, spielte er ganz ruhig, erst in dem Augenblick, als ich hinausging ...«

Dann betrachte ich sie, da es mir schier den Atem verschlagen hat und ich der Sache ja auch nicht ganz gewachsen bin, und denke mir, sie ist genau wie ich. C. muß über mich genauso ärgerlich sein; und ich verzeihe ihr. (Jetzt ist Jon ganz glücklich und hämmert in ein Stück Seife riesige Nägel. Ein weiteres Spielzeug, das bei ihm Erfolg hatte, war eine stumpfe Schere und eine alte Zeitschrift.)

Seit ich diesen Brief begonnen habe, erhielt ich eine wahrlich erstaunliche Mitteilung des Smith College. Wußtest Du davon? »Auf einer Sitzung des Verwaltungsausschusses ... den Magister der philosophischen Fakultät zu verleihen« – und unten drunter Annetta Clarks[1] zierliche Unterschrift. Ich mußte es ungefähr fünfmal lesen, ehe ich es glauben konnte. Du kennst das Gefühl: »Er *kann* nicht mich meinen, er meint den, der hinter mir steht.« Ich muß gestehen, ich war aufgeregt und geschmeichelt und freute mich.

Dabei glaube ich eigentlich nicht, daß sie das machen sollten. Sie sollten akademische Grade denen verleihen, die selber etwas geleistet und aus eigener Verantwortung etwas unternommen haben – Frauen, die eine eigene Karriere vorzuweisen haben. *Wofür* geben sie ihn mir denn? Dafür, daß ich mit meinem Mann um die Welt herumgeflogen bin? Ich habe durchaus keine Karriere als Pilot oder Funker gemacht. Ich weiß nicht, ob er eine bessere Frau gefunden hätte, aber selbst wenn, ich war höchst mittelmäßig, habe eine Menge versiebt und hatte die meiste Zeit Angst.

Doch wenn sie akademische Grade an gute Ehefrauen verteilen, sollte L. einen für das Windelwaschen und das Annähen von G.s Knöpfen bekommen. Beides verlangt weit mehr Hingabe und ist nicht halb so vergnüglich. Ich nehme an, daß es auch eine Karriere ist, eine gute Ehefrau zu sein, doch glaube ich nicht, daß man dafür ausgezeichnet werden sollte. Die wirklich großartigen Menschen sind vielseitig – wie Du. Nein, ich glaube, man sollte Auszeichnungen für solche Beiträge, wie Elisabeth sie zum Schulwesen geleistet hat, vergeben. (C. glaubt, daß man ihr zur gegebenen Zeit eine verliehen hätte.)

Wie dem auch sei, ich kann das nur so sehen, daß sie das Gefühl haben, daß C. für die Menschheit etwas geleistet hat und ich ihm dabei geholfen habe. Aber auch das ist ziemlicher Unsinn, denn er hätte das sowieso getan, wäre allerdings dabei vielleicht nicht ganz so glücklich gewesen. Ich fürchte, ich kann nicht zu Annetta Clark hinaufgehen und ihr das erklären – also werde ich trotz all meiner Einwände in Hut und Robe dastehen. Entschuldige

[1] Annetta Clark, Sekretärin des Präsidenten.

diesen Wortschwall, aber C. kann ich damit nicht kommen. Er sagt einfach: »Ach, Quatsch!«, steht da und freut sich, ist stolz und sieht wie ein kleiner Junge aus und sagt: »Natürlich mußt du das annehmen«, und ihm kann ich nicht widerstehen. (C. sagt, daß er sehr stolz auf mich ist. Weshalb *jetzt?*)

Tagebuch

Donnerstag, 27. Februar 1935

Gestern habe ich zu viel unternommen, wurde müde, war zerschlagen. Zu viele Menschen, konnte nachts nicht schlafen, meine Gedanken wirbelten durcheinander. Einkaufen: wieviel Geld habe ich ausgegeben – $ 70 – wie *konnte* ich $ 70 ausgeben? Was habe ich gemacht – wohin sind sie verschwunden?

Dann die Menschen. Ich habe mich zu sehr verausgabt. Charles im Museum of Modern Art. Zurückgesaust, um mit Margot Tee zu trinken, denn es wäre mir schwergefallen, das zu lassen. Zurück zum Parkplatz, um nach Englewood hinauszufahren – Abendessen mit den D.s. Keine Zeit für ein Bad.

Ganz plötzlich wurde mir klar, daß das ein schrecklicher Tag gewesen ist, denn ich war in meinen Gedanken nicht bei Elisabeth.

Doch dann blieben meine Gedanken zu meiner großen Erleichterung an einem ganz realen Gegenstand hängen: dem kleinen alten silbernen Kaninchen, das ich in einem Schaufenster gesehen hatte. Mir versetzte es einen freudigen Schreck, als ich es durch die Scheibe auf seinem winzigen Tablett sah, ohne dabei zu merken, daß es das instinktive Gefühl war: »Für Elisabeth – wie sehr würde es ihr gefallen!« Dieser Augenblick war Wirklichkeit. Es war das einzige, was in diesem Strudel von Geschäften, Reklamen, Autos, Verkehrszeichen, Menschen, Preisschildern und Gesprächsfetzen Bestand hatte. Es war noch immer im Zentrum und ich konnte mich daran halten – an das kleine silberne Kaninchen.

Englewood, 1. März 1935

Meine liebe Mutter,
die Briefe aus Mexiko waren herrlich. Dein erster, strahlender ... ein Brief von Aubrey, der mir Eure Ankunft beschreibt

und dazu den Ausdruck auf Miguels und Cornelios Gesichtern und der eine fabelhafte Schilderung von dem Frühstück in der Botschaft enthielt. Dann kam einer über Con von Dir, der mich mit schmerzlicher Sehnsucht erfüllte, davon erzählte, wie die Pflanzen gewachsen seien, wie die Straßen jetzt aussehen und wie Du mit Aubrey durch die Borda-Gärten spaziert bist. Ich bin froh, daß alles unverändert ist – die geordnete Schönheit zwar verwildert und ungepflegt, aber voller Charme ist. Ein reizender Brief von Amey vermittelte mir alle Morgengeräusche, die Farbe der Bougainvilleas und ein allgemeines Gefühl der Sonne und des Glücks.

Ich weiß, daß es kein wahres Glücksgefühl sein kann – sondern das genaue Gegenteil –, zeitweise muß es unerträglich sein, und doch klingt es so, als gewönnest Du zu den Menschen, die Dir dort fehlen, eine engere Beziehung. Wahre Gefühle sind fast der einzige Trost. Dieses stumpfsinnige, wirklichkeitsferne Gefühl, das einen überkommt, wenn man mit einem anderen Leben belastet und von Dingen verschlungen wird, die nichts bedeuten – das ist schrecklich.

Englewood, Sonntag [3. März]

Geliebte Con,
Dein Brief war gescheit und traf den Nagel auf den Kopf: Wir entfernen uns von Mexiko, und niemand kann das ändern. Doch vielleicht kann die greifbare Schönheit des Ortes Mutter und Aubrey dabei helfen, über alles hinwegzukommen, und sie eine Art neuer Existenz gewinnen lassen, auf die wir dann zurückgreifen können. Die Sache, die mich einigermaßen unglücklich macht, obgleich ich selber das Gefühl habe, ich könnte ebenso dahin geraten, ist der ständige Hinweis auf Elisabeth: »*Sie* verstand dies ... *sie* liebte das.« Ich tue das auch, und natürlich ist es unvermeidlich, wie wenn man in jemanden verliebt ist: sogar Markierungen auf den Straßen verweisen darauf. Doch die Intensität, mit der das geschieht, bringt mich aus der Fassung. Können wir denn wegen Elisabeth niemals wieder unbeschwert sein? Sie war selber so unbeschwert. Sie war selten – wenn überhaupt – in Spannung. Man konnte mit ihr über alles und jedes lachen.

Wie dankbar bin ich ihr für ihre Eitelkeit. »Elisabeth mochte auch hübsche Kleider und überflüssige Schuhe« – als würde mich das rechtfertigen. Selbstverständlich ist es ziemlich albern, daß ausgerechnet ich über Intensität rede, denn ich bin das Mitglied der Familie, das am heftigsten reagiert, doch nehme ich es einem anderen kindlich übel, wenn er in bezug auf Elisabeth eine zu große Intensität an den Tag legt, ich fürchte, daß mir dabei etwas entzogen wird, daß dem wahren Bild von Elisabeth etwas verlorengeht, daß es kraftlos, blaß und bedeutungslos wird. Natürlich liegt das weder an Aubrey noch an Dir. Aber es hat, wenn wir hier sind, etwas mit diesem Haus und mit Mutter (was ich verstehe – was soll sie auch machen?) zu tun. Mir geht es auch nicht anders – um nicht kalt, nicht teilnahmslos zu wirken, um ein bißchen zu helfen. Lieber Gott, ich möchte, daß Elisabeth auch an unserer Zukunft teilhat, an unserem Alltag.

In den ›Wellen‹ entdeckte ich: »Und dann, als wir nebeneinander auf dem Sofa saßen, erinnerten wir uns unvermeidlich, was von andern gesagt worden war: ›Die Lilie weiß und rein im Mai wird schöner sein‹; wir verglichen Percival mit einer Lilie – Percival, von dem ich wollte, er solle die Haare verlieren, solle die Behörden schockieren, solle mit mir altern; er war schon über und über mit Lilien zugedeckt.

So ging die Aufrichtigkeit des Augenblicks vorbei; so wurde der symbolisch; und das konnte ich nicht ertragen. ›Begehen wir lieber jede Blasphemie durch Lachen und Kritisieren, statt diesen liliensüßen Leim auszuschwitzen; und Percival mit Phrasen zuzudecken!‹ rief ich.«

Englewood, Donnerstag [7. März]

Liebste Mutter,
gestern brachte ich Jon zu Dr. [Philip] Van Ingen und hatte dabei weiche Knie. In Dr. Van Ingens Sprechzimmer bin ich immer nervös. Er war aber sehr freundlich und über Jon sehr erfreut. Ich berichtete ihm über alle Schwierigkeiten, die wir mit ihm gehabt hatten, und er sagte, daß ihn das nicht wundere, wenn er in Betracht zöge, welche Spannungen es im letzten Winter in unserem Haus gegeben haben müsse, und daß Jon zu den Kindern gehöre, die die Atmosphäre ihrer Umwelt wie ein Schwamm aufsögen. »Sechs Monate Ruhe, und er wird aufblühen!« Also hoffe ich auf North Haven, denn dort ist er wirklich am allerbesten aufgehoben.

Wir haben eine ganze Menge Leute (finden wir) gesehen, und an einem Abend sind wir in das neue amerikanische Ballett

(Lincoln Kirstein) mit Margot gegangen. Alle vom Smith College und viele kunstinteressierte Menschen waren dort. Ich verbarg mich hinter meiner Verkleidung, einer gewaltigen Ponyfrisur, leuchtendem Lippenstift *und* einer Brille. Aber selbst damit wurde ich erkannt. Warum das eigentlich etwas macht, weiß ich nicht, ach, wenn man doch vollkommen unsichtbar sein könnte!

Es ist komisch, meine Freundinnen sehen noch nicht alt – noch nicht wirklich alt – aus, aber alle sehen sie müde aus, als wäre das eine Art Vorwarnung des Alterns. Ich nehme an, daß ich auch so aussehe, bei vielen alten Menschen aber fehlt das. Die grauen Haare spielen dabei keine Rolle. Es ist etwas anderes. Vielleicht liegt es einfach an New York oder dieser Jahreszeit und diesem Lebensabschnitt, in dem man heiratet, sich anpassen muß, Kinder zur Welt bringt und für sie sorgen muß.

Tagebuch

Donnerstag, 7. März 1935

In die Stadt. Wie sehr genieße ich es, einen guten Wagen zu fahren. Auch das befreit mich von der Verkrampfung. Mittagessen mit Margot. Wir unterhalten uns über die Schauspielkunst, das Ballett und Rilke. In ihrer Gegenwart gewinnt man Ideen, und ihre übertragen sich auf mich. Das eigene bessere Ich, das einem am wahrhaftigsten erscheint, erwacht in Gegenwart solcher Menschen. Wir brauchen auch keine Intensität an den Tag zu legen. Es ist großartig – ein Mensch, der durchaus empfindsam sein, aber genauso über alles lachen kann. Wir sind vergnügt und albern, und ich gehe glücklich nach Hause.

Ich lese ›Lord Carnock‹. Das ist schwer für mich, da ich nichts von der Geschichte weiß, aber dennoch erholsam. Von meiner Welt – meiner persönlichen Welt bleibt das völlig getrennt. Nie spüre ich: »Hier, das bist du, oder das ist Charles ähnlich, oder das ist dir ganz unähnlich, dir absolut überlegen.« Es gibt keine Vergleiche, keine Bezüge, die mein Leben betreffen. Ich glaube, ich muß mehr Geschichtliches lesen. Wissenschaftliche Werke müßten denselben Effekt erzielen, doch würden sie mir immer zu verstehen geben: »Du kannst das, im Gegensatz zu Charles, nicht verstehen. Wie sehr bist du ihm unterlegen.« So würde das immer wieder zu Charles und mir zurückführen, was aber die geschichtlichen Werke nicht tun. Die Geschichte ist anscheinend mehr meine Welt, nicht gefühlsmäßig, aber in intellektueller

Hinsicht interessiert sie mich. Sie fordert *mich* – meine Gefühle – in keiner Weise – lediglich meine Gedanken. Sie ist eine Tür, die nach *außen,* nicht nach *innen* führt, in eine Welt, die außerhalb liegt und in der ich neben Charles meinen Mann stehen kann, in der ich unter Umständen noch dazulernen kann, um es weiterzugeben, etwas, das uns verbindet, wo wir uns treffen könnten, und das nicht so persönlich und gefühlsbefrachtet wie mein Schreiben ist.

Englewood [11. März]

Liebe Mutter,
Dwight rief mich heute morgen an und fragte, ob ich an diesem Wochenende »etwas vorhabe«. Ich sagte nein, ich habe nie etwas vor. »Weißt du, mein Liebes, N. ist in der Stadt, und ich dachte, es wäre nett, sie zum Mittagessen am Sonntag einzuladen. Kann sein, daß ich nicht kommen kann, aber es wäre jedenfalls nett.« Also sagte ich, ich werde mir alle Mühe geben. Dwight glaubt jedenfalls, daß es nicht nur für sie, sondern auch für *mich* nett sein würde. Der liebe Dwight – er glaubt, daß ich Menschen *brauche.* Darüber bin ich wahrhaftig hinaus, daß man meint, neue großartige Menschen seien einfach an der nächsten Ecke zu entdecken. Ich will nicht noch mehr interessante Menschen in meinem Leben, in Wirklichkeit möchte ich ein paar weniger.

Laura[1] und ich führten darüber neulich ein großartiges Gespräch. Wir sind beide der gleichen Ansicht. Sich mit Menschen zu unterhalten, wird immer amüsant, ja, auch anregend sein, wie das Lesen. Doch noch mehr Freunde, womöglich eine ganze Korona, in unser Innenleben aufnehmen, das wollen wir nicht. Wir amüsierten uns darüber und waren uns einig, daß das am Älterwerden liegen müsse, und es gefiel uns eigentlich.

Elsie sagte mir gestern, daß sie nach Hause möchte. Sie ist sehr müde und seit Whateleys Tod und der Gerichtsverhandlung nicht mehr zu Hause gewesen, sie möchte ihren Angehörigen alles erklären. Sie sagt, daß sie vielleicht zurückkommt, aber ich bezweifle es. Es ist mir arg, daß sie geht. Sie ist eigentlich ein Stück unseres Lebens – hat so vieles mit uns durchgemacht. Sie

[1] Laura Brandt Stevens, Freundin und Zimmerkameradin von A.M.L. im Smith College.

gehört irgendwie auch mit zu unserer Ehe, was komisch klingt, aber zumindest gehört sie für mich, da sie dabei war, als wir in dem kleinen Bauernhaus anfingen, einen Haushalt zu führen, zur *Vorstellung* des Verheiratetseins dazu. Ich mochte das kleine Haus gerne, C. natürlich nicht, es war so improvisiert, kalt und unbequem, und er war in dem Winter damals nicht glücklich, aber ich habe es richtig geliebt und werde mich immer daran erinnern.

Tagebuch

Dienstag, 12. März 1935

Jay war heute abend bei Mary und Richard[1] – da er offensichtlich nicht abgeneigt war, uns zu sehen, gingen wir zum Essen hinunter. Ein Russe (ein ausgesprochener Anarchist), seine Frau und Jay. Ich hatte das Gefühl, den Schock der ersten Begegnung mit Jay [seit der Entführung und seit Elisabeths Tod] nicht ertragen zu können, und so legte ich mir Sätze zurecht, die mir über diese erste Wiederaufnahme der Beziehung hinweghelfen sollten. Er stand mit dem Rücken zur Tür, das machte es leichter für mich. Ich konnte meine Hand auf seine Schulter legen und etwas (irgend etwas) Unbedeutendes sagen, um den Augenblick zu überbrücken. Es ging ganz gut. Auch argumentierte der Russe bereits lautstark, und wir konnten uns hinter der Kraft seiner Rede in Deckung begeben.

Jay war bewegt, verlegen, in Verteidigungsstellung und stieß schroff und eilig hervor: »Na, wie geht's dir, wie geht's dir?« Dann konnten wir dem Russen zuhören, der interessant war. Aber ich brachte das nicht fertig, ich war mir den ganzen Abend lang so eindringlich der Gegenwart Jays bewußt. Er sah zart und müde aus, seine Augen waren immer noch unsicher, gewinnend, jung und gütig. Doch sein übriges Gesicht hatte sich zu einer Karikatur der Bitternis verhärtet – die Unterlippe schob er beim Sprechen heftig nach vorne. Das war schon immer so gewesen, aber jetzt war es nicht nur prononcierter und übertriebener, sondern auch härter, wie gemeißelt, als habe er Stahlfedern in seinen Muskeln. Er war nicht dominierend oder arrogant (gab aber auch keinerlei Teilnahme zu erkennen), blieb aber irgendwie bedrückt, still und beinahe unterwürfig. Ich dachte, ist es

[1] Jay und Richard Scandrett, Vettern von A.M.L., und Richards Frau Mary.

möglich, daß dieser scheue, widerspenstige kleine Junge Menschen verletzt hat – jemanden, der ihn geliebt hat?

Ich saß da und beobachtete Jay, wenn er mich nicht ansah. Und sein verbittertes, müdes Gesicht brachte etwas in mir in Bewegung. Ich sagte erleichtert: »Da«, als sei es ein wunderbares Gesicht. Ein sehr vertrautes, vielgeliebtes Gesicht entspricht in deiner Erinnerung deiner Vorstellung von Schönheit, als hätte es einen Abdruck, einen Stempel in dir hinterlassen. Die Matrize hatte ich immer bewahrt (ist Schönheit nicht eine Matrize, in die wir Gegenstände einzupassen versuchen? Gehen sie hinein, sind sie schön). Und ich sagte – da – das ist das Gesicht, genau das ist es, als wenn ich danach Ausschau gehalten und darauf gewartet hätte, auch wenn das nicht so war und ich Jay etwa sechs Jahre nicht gesehen hätte und nie in ihn verliebt war – doch wir hatten ihn sehr gerne, und ich stand ihm sehr nahe.

Man kann Menschen auf so viele verschiedene Arten lieben. Ich nehme an, daß Menschen, die ein Teil deines Lebens – ein wahrer Teil deines Lebens sind, während du heranwächst – besonders in der Jungmädchenzeit –, dir für immer verbunden bleiben. (Elisabeth und Jay.)

Ich dachte den ganzen Abend an Elisabeth, Jay dachte auch an sie. Eines Tages, dachte ich, werden wir alle tot sein – Jay, Elisabeth und ich. Mit Sicherheit werden wir uns auf einer anderen Ebene treffen. Wir sind anders als die übrigen Menschen im Zimmer. Vielleicht sind wir drei am Leben – Jay, Elisabeth und ich –, und niemand anderer in diesem Zimmer lebt. Doch wir dürfen es nicht zeigen.

Auch C. war unwirklich und so jung, als wären wir noch verlobt und er werbe noch um mich. Er sprach sehr wenig, paßte aber gut hierher, ich glaube, daß Jay ihn mochte, wenn auch sehr im Verborgenen und gegen seinen Willen.

Dann standen wir auf, um zu gehen. Ich zögerte, ich konnte Jays Hand nicht schütteln und auf Wiedersehen sagen. Ich konnte weder ihn noch mich zwingen, diese verborgene Realität auszuspielen. Ich bin sicher, daß es ihm genauso ging, denn er ging hinaus und sprach mit einem Mann in einem anderen Zimmer, als wir weggingen. Er sei für sein außerordentliches Verständnis für mich und die Situation gesegnet.

Ich habe mit C. nicht viel darüber gesprochen, aber der Abend war eine Strapaze gewesen, und er wußte es. Er strahlte Sicherheit aus, zu der ich meine Zuflucht nehmen konnte. Auch er hatte den Russen genossen. Mir wurde klar, daß ich die Menschen meide, weil sie mir so viel bedeuten. Sie werfen mich so leicht um – und zwar jeder. Um nicht aus dem Gleichgewicht zu geraten, muß ich mich von ihnen fernhalten. Ich glaube, auch Jay ist instinktiv genauso. Er haßt die Menschen, weil sie ihn umwerfen. Er ist viel weiter gegangen als ich und ist wütend darüber; er hackt die Finger derer ab, die sich an ihn klammern. Vielleicht schreibt er mir morgen einen groben Brief. Dennoch war dieser Abend befriedigend. Ich wünschte, Jay noch einmal zu sehen, bevor das Leben vorbei war.

Sonntag, 17. März 1935 [Elisabeths Geburtstag]

Ein heftiger Wind, aber noch immer strahlend. Ich lege Blumen auf Elisabeths Grab – nicht, daß sie sich daraus sonderlich viel gemacht hätte, aber Mutter hätte es sich gewünscht. Ich will und kann mich in Gedanken nicht damit befassen, daß diese kupferne Gruft Elisabeth birgt. Die Blumen jedoch, die Freesien, Tulpen, Iris, Mimosen und gelben Narzissen, sind wie sie – sehr heiter –, ich pflücke noch ein paar blasse blaue Krokusse im Garten. Sie stehen aufrecht in der Vase und bewegen sich im Wind.

Abends kommt Connie [Chilton] vorbei. Wir sehen alte Fotos von Elisabeth durch und reden von früheren Geburtstagen. Ich war an so wenigen mit ihr zusammen, wenigstens am Schluß, finde ich.

Jon schaut die Sterne so gerne an, daher stelle ich ihn heute abend auf das Fenstersims, aber es sind nur wenige Sterne da. Jon: »Wir müssen warten, bis der Wind die Sterne herauspustet. (Pause.) Wenn der Wind einen herunterbläst, will ich ihn in meiner Hand auffangen.« Ich sagte nur: »Wirklich, Jon?«, war aber entzückt und lief (abends) zu C., der spöttisches Entsetzen mimte und rasch sagte: »Also, solche Vorstellungen müssen wir selbstverständlich bei ihm ausräumen. Du mußt ihm sagen, daß der Wind keine Sterne herumpustet, er bläst Wolken!«

[Englewood] Mittwoch, 20. März 1935

Harold Nicolson kam heute zum Mittagessen, und mit ihm kamen Jo und Arthur Graeme und Miss Shiff[1]. Unsere Begeg-

[1] Mrs. Cecil Graeme und ihr Sohn; Madelon Shiff, Sekretärin von Harold Nicolson.

nung verlief ganz glimpflich. (Warum ist es so qualvoll, mit Menschen – empfindsamen Menschen zusammenzukommen?) Man gerät derart in Verlegenheit, daß man nichts anderes tun kann, als sich ein paar Sätze bereitzuhalten, um diesen Abgrund zu überbrücken – Sätze, die die Funktion eines Puffers haben, der den Schock mildert, wie bei Booten, die zum Anlegen die Docks anlaufen. Nach dem ersten Stoß geht's dann. Beim Abschied hat man das vorangegangene Gespräch, an das man sich wie an eine Rettungsleine halten kann. Aber an einem Tag ein Zusammentreffen und einen Abschied – schrecklich! Ich ging hinauf und hatte: »Sie sehen ganz braun aus«, parat. Ohne Mutter ist es merkwürdigerweise leichter, da mir ein gewisses Maß an Verantwortung Kräfte verleiht.

H.N. redete während des ganzen Mittagessens, war amüsant und unterhaltend (das ist das richtige Wort, das trifft auf die Engländer zu – sie sind »unterhaltend«). Es verwirrt mich, so, wie wenn ich in einem Theater sitze und immer auf einen schön bemalten Vorhang schaue. Ich warte unentwegt darauf, daß der Vorhang hochgeht und das eigentliche Theaterstück zu sehen ist. Nach dem Essen gingen wir alle auf die Sonnenterrasse hinunter und hörten weiter zu. Dann gingen alle nach und nach, und H.N. saß da und redete auf mich ein, wobei er sich große Mühe gab, nur über das Buch zu sprechen.

Hauptsächlich möchte er mich (ganz schlicht und diplomatisch) als Puffer zwischen sich und einigen kritischen Familienmitgliedern verwenden, um sich rückzuversichern, um das Klima des Hauses zu ergründen, da er weiß, daß ich darauf reagiere, und auch weiß, daß ich indiskret bin und mir oft Dinge entschlüpfen, die er nicht weiß – kein Klatsch, aber Reaktionen.

Der Vorhang wurde kaum gelüftet, auch wenn er nicht so schwer und prunkvoll schien. Denn selbstverständlich nimmt er seine Arbeit ernst. Ich höre ihm gerne zu, wenn er solche Gespräche führt. Auch wenn er sich nicht an mich wendet, sondern immer mit jemandem redet, der hinter mir steht. Seltsamerweise rede auch ich nicht mit ihm, sondern mit jemandem, der hinter ihm zu stehen scheint, und so reden wir immer aneinander vorbei.

»Wissen Sie, ich glaube, Sie verschließen sich in wasserdichten Kabinen.«

»Aber ich glaube, anders kann man nicht leben. Außer beim Fliegen. Ich kann es mir nicht leisten, anders zu sein. Ich kann es mir nicht leisten, meiner Phantasie freien Lauf zu lassen. Ich würde sterben vor Angst. Ich muß mich zusammennehmen. Ich muß mich mit meinen kalten Füßen beschäftigen, wenn wir über die Eisdecke Grönlands fliegen, sonst hätte ich Angst. Das ist so großartig bei Charles: Er hat Phantasie, aber er zügelt sie, zügelt seine Angst.«

»Ja, wenn man doch nur keine Angst hätte ... Wenn ich nur einen einzigen Wunsch bei meiner guten Fee frei hätte und mein Leben noch einmal beginnen könnte, dann würde ich mir wünschen, ohne Angst auf die Welt zu kommen.«

Und dann mußte er natürlich hinzufügen: »Und ich glaube nicht, daß ich zaghafter bin als andere Menschen.«

»Also, ich hoffe, Sie haben eine gute Reise.«

Ich war aber doch für ein bis zwei Sekunden völliger Aufrichtigkeit von meiner wie von seiner Seite dankbar.

Montag, 8. April 1935

Ich war in der letzten Zeit durch eine Art künstlicher Aktivität viel glücklicher: Elsies Weggang, eine neue Kinderschwester mußte besorgt, Frühjahrskleider gekauft werden. Die Kinder [Constance und Dwight] kamen in den Ferien. Mutter wieder da, Aubrey und Margot. Das Haus summt. Dabei wird mir wieder klar, daß ich nichts geschrieben, nichts fertiggebracht habe.

Freitag, 26. April 1935

In die Stadt, Mittagessen mit Margot. Wir beschäftigen uns mit der Theorie, daß alle »realen Gefühlswerte« eine »Bedeutung« haben. Ich finde, das ist eine recht alberne Theorie. Alle Beziehungen müssen eine gewöhnliche Grundlage haben. In der Ehe erreicht man sie auf physischem Wege – nicht durch den physischen Akt, sondern einfach durch den inneren Frieden und die Sicherheit, die die Berührung vermittelt, etwa wie man sie als Kind auf dem Schoß der Mutter empfindet. Eine vollkommene, wahre und schlichte Ruhe und Sicherheit. Als würde jemand sagen: »Das ist wahr, denn ich kann es greifen.« Die Beziehung zwischen Frauen entsteht gewöhnlich durch triviale weibliche Gemeinsamkeiten: Hüte, Büstenhalter, Kinderprobleme, Tomatensaft und Haliver-Öl. Woher Männer sie gewinnen, weiß ich nicht – die Beschäftigung mit Rauchen, Trinken und dem Verfluchen der Regierung. Doch glaube ich nicht, daß Beziehungen gefühlsmäßig ständig wahr sein können. Emily Dickinson sagt dazu:

»Die Natur wird wie wir Menschen manchmal auch ohne Diadem ertappt.«

Falaise, Samstag, 27. April 1935

Erwachte und stellte fest, daß es sehr warm und windstill war und das Meer sich bewegunglos, sanft und blau weithin vor unserem Fenster erstreckte. Ich wäre gerne mit ausgebreiteten Armen zum Fenster hinausgeglitten ins Meer. Ging hinunter und an der Mauer am Meer entlang, saß dann lange Zeit dort – beobachtete die horizontalen Rillen der Wellen im Sand und dachte dabei an alles Horizontale, das mich jetzt und von jeher friedlich stimmte – Wellen, die langen Wellenspuren auf dem Sand, flache Buchenzweige, übereinandergeschichtete Kiefernzweige und Wolkenbänke am späten Nachmittagshimmel – Horizonte, Schritte. Ich versuche mir vertikale Dinge, die einen friedlich stimmen, einfallen zu lassen: hoch aufragende, dicht beieinanderstehende kühle dunkle Tannen in einem Wald, doch von ihnen geht für mich kein Friede aus. Sie ziehen einen nach oben, strecken einen, lassen einen wachsen. Dann wurde mir bewußt, woher meine Vorstellung kam. Vertikal ist der aufrechte Mensch, der wache, aktive, im Wachstum begriffene. Horizontal ist die Stellung des schlafenden Menschen, des liegenden, ruhenden. Die Vertikale zeigt die Kraft an, die Horizontale bedeutet Frieden.

Ich dachte auch ganz friedlich und glücklich an Elisabeth. Ich muß nach Maine und Nassau fahren und dort ganz ruhig sein. Dort werde ich ihr begegnen, nicht in Englewood, wo man nur in der Nacht Ruhe findet. Ich wünsche mir eine lange ruhige Zeit.

Dienstag, 30. April 1935

Ich ging mit ›North to the Orient‹ zu Harcourt Brace. Ich hatte ziemliche Wackelknie, und ehe ich ging, machte ich etwas Dummes. Ich zählte die Worte. Es waren etwa 42000. Mich ergriff Entsetzen. Das war viel zu kurz, und ich war darauf vorbereitet, mit ihnen darüber verhandeln zu müssen.

Ich bleibe vor der Zentrale stehen, Menschen hasten hin und

her, Menschen, die täglich zu Harcourt Brace gehen. Niemand weiß, wer ich bin, noch was ich hier suche. Ich habe das Gefühl, als trüge ich eine Bombe. Das Zeichen wird gegeben. Das Telefonfräulein. »Ja, ich habe eine Verabredung – Mr. Sloan.« – »Wer, bitte?« – »Mrs. Lindbergh.« – »Welche Mrs. Lindbergh?« – »Mrs. Charles Lindbergh.« Er kam heraus – ein nettes Gesicht. Hinein, an all diesen Schreibtischen und all diesen Menschen vorbei. Am Ende saß Mr. Harcourt. »Sie haben also ein Buch parat! Schön, schön, setzen Sie sich.« – »Nein, danke, ich rauche nicht.« – »Ich hatte schon so eine Vorstellung, daß Sie uns ein Buch bringen könnten, denn als Mr. Nicolson hier war, sagte er (etwas Anerkennendes) über das, was Sie ihm über Ihren Vater geschrieben haben.« Ich sagte nichts, da ich mich freute.

Dann zum Buch. Ich sagte ihnen, daß es zu kurz sei (»Wie lang ist ein Stück Schnur?« sagte Mr. Harcourt) und daß ich es, da es etwa drei Jahre alt sei, für zu alt hielte. Mr. Harcourt (der einem weißen baumwollenen Tabaksbeutel Tabak entnahm und mit dünnen kleinen Papierstückchen Zigaretten drehte): »Sie wollen damit sagen, daß es sich dabei nicht um *Neuigkeiten* handelt ... Ich würde kein Buch annehmen, das seinen Wert innerhalb von fünf Jahren verlöre.« So etwa waren seine Worte. Ich kam mir sehr klein vor, sagte aber, daß die Handlung – nämlich die Reise an sich – interessant sei und daß ich glaubte, daß ein bis zwei Kapitel gut seien und ich um ihren Rat bäte. Ich sagte ihnen, daß ich zu ihnen gekommen sei, weil ich glaubte, daß sie Bücher aufgrund ihres Wertes und nicht um der Propaganda willen druckten und daß ich hoffte, sie würden mir gegenüber ehrlich sein.

Mr. Harcourt sagte, daß ihm genauso viel wie mir daran läge, die Kritik: »Er nahm das Buch nur, weil Anne Lindbergh es geschrieben hat«, zu vermeiden. Sie wollten es sehen. Ich sagte ihnen, daß es noch eine Woche dauern würde. Mr. Sloan sagte, daß er mir aufrichtig sagen würde, was er davon hielte, und ich glaubte ihm. Sie gefielen mir beide, und ich ging, wenn auch immer noch mit wankenden Knien, aber glücklich.

Doch dann befiel mich Besorgnis. Weshalb habe ich so viel darüber geredet? Ich wußte doch, wie das Manuskript wirklich aussah, es enthielt zwei bis drei gute Kapitel und etliche, die schwächer waren. Der Rest war mittelmäßig. Ich hatte mich so benommen, als habe ich »ein Buch«, als könnte ich *schreiben.* Weshalb hatte ich nicht einfach zugegeben, daß es eine interessante Geschichte war, weil die Reise interessant gewesen ist –

und sonst nichts. Wieder Flachs in Gold verwandelt, aber keine guten Geister aus dem Märchen, die einem dabei halfen.

Eine Woche Arbeit – harter Arbeit –, die anfänglich entmutigend war. C. über das Vorwort: das hätte schon eher flüssiger geschrieben werden müssen. »Wenn ich diesen ersten Abschnitt gelesen hätte, würde ich nicht weiterlesen.« Sehr deprimiert. »Weshalb hast du mich dort hingehen lassen, wenn du es so schlecht findest?« Nein, es ist mein Fehler – ich hatte mir zu große Illusionen gemacht. Dann wurde einfach getippt, neu geschrieben, Worte, Sätze geändert, im Wörterbuch nachgeschlagen. C. arbeitete gewissenhaft jedes Kapitel durch, dann änderte er mit mir einzelne Worte und Sätze. Ich mache mich an ein paar schlechte Stellen. Jemand tippt im Büro und läuft mit frisch korrigierten Kapiteln treppauf und treppab. Welche Wonne, sie alle säuberlich und ordentlich einzuheften.

Mittwoch kommt Mr. Sloan heraus. Entschuldigungen haben keinen Sinn. Er möchte das Manuskript ansehen. Er sagt mit einer gewissen Vorsicht, daß er mir bestimmt mitteilen wird, was er darüber denkt. Das ist für sie und für mich das Beste, wir können dann Montag alles durchsprechen und mögliche Korrekturen vornehmen – dann geht er. Plötzlich liegt ein langer, unausgefüllter Tag vor mir. Ich kümmere mich um Jon. (Vor Montag werde ich nichts von ihnen hören. Wenn es aber gut sein sollte ...?) Um ein Uhr oder zwei Uhr denke ich, jetzt hat er es gelesen. Begeistert sind sie nicht, sonst würden sie anrufen. Ich glaube nicht, daß es gut ist, was soll also die Aufregung, und wie ist es zu rechtfertigen, daß es unter C.s Namen erscheint?

Ich habe das Gefühl, wenn das nicht gelingt, wenn ich nicht auf die eine oder andere Weise herausfinde, ob ich tatsächlich schreiben kann, dann zerspringe ich, oder ich werde innerlich verkümmern. Ich muß einfach herausfinden, ob ich schreiben kann oder nicht und ob es etwas taugt. Vielleicht könnte ich mich auf Kinder verlegen, vielleicht auch auf die Haushaltsführung. Das ist eigentlich sowieso das Wichtigste. Jon ist eine echte Aufgabe, und wenn ich noch ein Kind haben könnte ... Weshalb sich den Kopf über Dinge zerbrechen, die nicht wesentlich sind? Wenn das Schreiben die wesentlichen Dinge förderte, um so besser, wenn nicht, sollte es einem auch nicht das Herz brechen. Das stand in keinem Verhältnis zueinander.

Sechs Uhr und keine Nachricht. Dann wird's also Montag. Ich war nicht wirklich enttäuscht – nur müde. Ich hatte nichts anderes erwartet.

Brachte etwa um Viertel vor Sieben das Kind ins Bett, ging dann in den Garten hinaus, als Banks auf mich zukam: »Mr. Harcourt ... Verlag.« Ich eilte atemlos hinein. »Mrs. Lindbergh« (ertönte es von irgendwoher in Grennwich). »Mr. Sloan brachte heute morgen Ihr Manuskript, und ich bin eben damit fertig. Ich konnte nicht aufhören. Es ist glänzend. Ich würde es auch nehmen, wenn Jane Smith es geschrieben hätte. Die Geschichte ist gut, sie berührt einen, gut im Aufbau und Teile davon durchaus dichterisch.« Inzwischen war ich schon ganz närrisch und verbarg auch nicht, wie sehr ich mich freute. Dann erwähnte er verschiedenes, was geändert werden sollte. Er wollte den Vertrag abschließen und Charles und mich morgen sehen. »Sie haben ein Buch geschrieben, meine Liebe.« Und zum Schluß: »Ich bin richtig begeistert, das kommt nicht so oft vor.« Ich sagte, ich würde zurückrufen.

Dann ging ich, sah zum Fenster hinaus und war vollkommen glücklich. Es gefällt ihnen – und mein Glück war ungetrübt, mit Händen zu greifen und unbestreitbar. Es ist also wahr – und ist mein. Es gehört mir. Ich kostete einen dieser lang ersehnten Augenblicke aus und hätte am liebsten laut nach C. gerufen. Ich wollte es ihm so gerne sagen, und er kam und kam nicht.

Ich ging hinaus und im Garten auf und ab und zählte die anderen, diesem Moment ähnlichen Augenblicke zusammen – Anlässe eines persönlichen Triumphes. Nicht ausgesprochene Glückseligkeit, etwas Ungestümeres und vermutlich eine nicht unbedingt rühmenswerte Empfindung, dennoch war es nicht reiner Ehrgeiz, da andere Dinge daran beteiligt waren – weitere Augenblicke der Freude. Die Verkündung des Jordan-Preises in der Kapelle, aber auch mein erster Heiratsantrag, mein erster Kuß, dann C.s Frage, ob ich ihn heiraten wolle, mein erstes und mein zweites Kind. Mein erster Alleinflug, der Augenblick, nachdem wir Afrika verlassen hatten und ich WSL über Funk bekam. Und H.N., als er mir nach der Lektüre des ›Geographic‹[-Artikels] sagte, daß ich schreiben solle. Diese Augenblicke verleihen Kraft, beweisen Eignung. Sie sind ganz persönlich, führen aber auch weiter: »Ich gehöre in diese Welt. Ich habe in ihr meinen Platz. Mein Leben hat einen Sinn. Ich muß meinen Kopf nicht hängen lassen.« So ist dieses Gefühl.

C. kam nach Hause und sagte, ich sähe aus, als hätte ich den Kanarienvogel verschluckt. Als ich ihm berichtete, *strahlte* er vor Stolz. Er war ungeheuer und ganz kindisch stolz.

Wir riefen Mr. Harcourt zurück und sagten ihm, daß ich

kommen könnte, C. aber möglicherweise nicht. Seine Stimme senkte sich entschieden, und mir kamen Zweifel. Er will Charles und nicht mich sehen. Er hat nicht *wirklich* gesagt, daß es *gut geschrieben* war, sondern er ist lediglich ein guter Geschäftsmann, der psychologische Werte von ... kennt etc.

Kaum möglich, Schlaf zu finden.

Freitag, 8. Mai

Eine geschäftliche Besprechung über das Buch findet statt. Ich finde, daß Verleger wie Geburtshelfer sind. Es wird das gleiche Aufhebens gemacht, das einem das Gefühl gibt, daß man doch eine großartige kleine Frau ist, bis man dann bei den Fakten wie Kopfumfang, Becken etc. landet. Sie benehmen sich ausgesprochen taktvoll. Aber schließlich und endlich haben sie recht, man muß sich von dem Gefühl freimachen, daß man Gottes Auftrag erfüllt.

Trotzdem bin ich einigermaßen verlegen, wenn von der Fassung meines Buches genauso geredet wird, wie Ärzte über ein ungeborenes Kind sprechen. »Wollen Sie damit *wirklich* sagen, daß es wie andere Kinder auf zwei Beinen herumlaufen wird?«

Abends mit Neilsons ins Theater. Ich bin von der Aufregung so müde und benommen, daß ich kein Wort herausbringe, ich habe mich, wie man es hält, wenn man verliebt ist, in mich selbst zurückgezogen und kann mir nur immer wieder das vorsagen, was man mir im Verlag gesagt hat.

Wir schickten H.N. ein Telegramm, um ihn zu fragen, ob er gegen den Erscheinungstermin irgendwelche Einwände habe.[1]

Samtsag

Morgens ein großartiger Brief Mr. Sloans über das Buch. Sehr glücklich – genau das, was ich wissen wollte. Der Brief erfreute mich weit mehr als Mr. Harcourts Komplimente.

Dita ruft an, um mir Tante Hatties Ableben mitzuteilen. Sie

[1] Der Erscheinungstermin ihres Buches sollte nicht mit der Veröffentlichung von Harold Nicolsons Biographie über ihren Vater kollidieren.

möchte, daß ich es Onkel Jay[1] sage. Mutter und ich gehen zusammen. Den stillen Weg hinaufzugehen, ist schrecklich. Ich hatte das Gefühl, als würden wir mit unserer Nachricht alles vernichten – so, als würden wir Onkel Jay umbringen. Er ist im Golfclub. Es ist ein friedlicher, blütenschwangerer Tag, vollendet und schön. Wir treffen ihn, wie er gerade den Hügel heraufgeht. Er sieht unsere Gesichter und weiß Bescheid. Mutters Kummer, der sie aufwühlt und gegen die Mauer, die ihre innere Stärke ausmacht, anstürmt, zu sehen, ist unerträglich. Dazu Onkel Jay, der grimmig und mit Tränen in den Augen sagt: »Einen Platz auf dem Friedhof, den die Menschen aufsuchen können, wird es nicht geben ... wir haben uns darüber verständigt; die Asche soll in den Gatun-Kanal gestreut werden. Dort habe ich meine beste Arbeit geleistet, und dort waren wir am glücklichsten.«

Fast schien es, als sei mit seiner Hingabe, seinem Kummer und der Energie und Sorgfalt, mit der er die Einzelheiten des Gottesdienstes plante, ein Teil seiner Jugend und seiner ersten Liebe zurückgekehrt.

Montag, 13. Mai 1935

Der Gottesdienst ist ganz wunderschön – alle möchten helfen, alle kümmern sich um Onkel Jay. Er freut sich so über die Beileidsbriefe, die Blumen und die Menschen. (C. ging Sonntag zu ihm, um ihm die Hand zu geben. Mutter sagte: »C. ist wie eine schöne Frau, die einfach durch ihre *Gegenwart* Anmut ausstrahlt. Er braucht kein Wort zu sagen – nur dazusein.«) Onkel Jay sitzt ganz ungezwungen in seinem Stuhl. Mutter, in deren Innerem der Schmerz wühlt. Ich betrachte ihren Hals und den erhobenen Kopf – die Geste ist so tapfer und schön – und frage mich, ob sie das alles bewältigen kann, ohne zu zerbrechen.

Die ganze Familie ist anwesend, Freunde und Blumen. Tante Hattie hätte es genossen: gut gekleidete Menschen, das leise Gemurmel, der Situation entsprechende Unterhaltung, die Blumen und die hilfsbereite Gesinnung.

Die Wände sind mit Bildern der Menschen bedeckt, die jetzt nicht mehr leben ... Daddy – Elisabeth – Ditas Mann – der kleine Charles – Tante Hattie – Großmama und Großpapa Morrow.

[1] Brigadegeneral J.J. Morrow, Bruder von D.W.M., 1919–1924 Gouverneur der Panamakanal-Zone; seine Frau Hattie starb während eines Besuches bei ihrer Adoptivtochter Dita.

Die Stimme Onkel Edwins[1]: »In Ewigkeit erstrahlt ein jeder Stern in seiner eigenen Herrlichkeit«, und Ruth[2] singt – eine Familienfeier, die ganz nach ihrem Geschmack gewesen wäre.

Onkel Jay, als echter Soldat, ging hinaus und sah dem Sarg nach, der hinausgetragen wurde ... lief mit einem Fliederzweig hinaus ... und seine Schwestern schauten vom Fenster aus zu.

Montag, und kein Telegramm von Harold Nicolson. Ich informiere Harcourt Brace, daß ich nichts unternehmen möchte, ehe wir nicht eine Antwort haben. Mr. Harcourt sagt, daß H.N. nicht antworten würde und daß ich die Engländer nicht kenne! Ich komme nach Hause und finde das Telegramm vor. Sehr erleichtert. Jetzt ist alles in Ordnung. Wir unterzeichneten die Verträge – »Unterschrift des Autors hier →«!!! Harcourt Brace sagen, daß sie mir nach dem Artikel im ›Geographic‹ einen Brief geschickt und um ein Buch gebeten haben. Auch, daß sie Anne *Morrow* Lindbergh vorziehen. Freue mich sehr. Ich rufe Miss Hughes[3] an, um ihr über das Buch zu berichten, und sie sagt: »Oh, wie glücklich wäre Mrs. Aubrey gewesen!« Das kam so unvermittelt, persönlich und voller Wärme, wie die Berührung von Elisabeths Hand.

4. Mai

Mittwoch war ein herrlicher Tag mit Jon. Ich konnte ihn wirklich genießen und es ihm auch zeigen. Ein plötzliches Lächeln, ohne ersichtlichen Grund, und er lächelt zurück, schelmisches Verstehen. Während er seinen Spargel ißt, reden wir über Kaninchen. Er ganz aufgeregt: »Un' wenn ich ihm nachlaufen würde, könnte ich es fangen – un' könnte mit ihm auf die Straße gehen un' es an der Hand führen?«

Er liebt es, die Treppen ganz alleine hinaufzugehen, ich darf weder vor noch hinter ihm sein. Wenn ich auf die unterste Stufe steige, verderbe ich damit die ganze Geschichte, und er muß von vorne anfangen. Ich kann mich selber an diese Riten erinnern, an diese schrecklichen Riten, die so wichtig zu sein schienen und deren Unantastbarkeit niemand verstand. Die Treppen sind ein Ganzes, ein völliges und totales Erlebnis. Sie sind genauso Jons

[1] Pfarrer Edwin McIlvaine, Mann von Hilda Morrow, der Schwester von D.W.M.

[2] Ruth McIlvaine Voorhees, seine Tochter.

[3] Laura Hughes, E.R.M.M.s Sekretärin, als sie in Kalifornien war.

Werk wie ein Haus, das er aus Bausteinen selber aufgebaut hat und auf das ich nicht einen Stein setzen dürfte. Das Treppensteigen ist eine seiner Schöpfungen, an die ich nicht rühren darf.

Donnerstag, 16. Mai 1935

Arbeite den ganzen Tag schwer, analysiere ›North to the Orient‹ und [das Kapitel] ›Paper and String‹. Ich kann nicht viel ändern. Die ganze Sache stimmt an sich und auch in bezug auf mich vor drei Jahren.

Onkel Jay kommt zum Abendessen. Auf eine merkwürdige Weise scheint es ihm besser als vor Tante Hatties Tod zu gehen. Selbstverständlich ist er körperlich reduziert, aber soweit es das Geistige und die Lebendigkeit betrifft, scheint er mir aus dem alten Trott geraten zu sein. Zuneigung, Aufmerksamkeit, Telegramme und Briefe, deren Ursprung alle auf einen früheren erfolgreichen Lebensabschnitt zurückgehen, scheinen ihn wieder dorthin zurückversetzt zu haben. Seine Amtszeit am Panamakanal ist der gewichtige Teil, und jetzt, da die Erinnerungen zurückkehren, kommt er sich wieder so vor wie damals, und seine Jugend und Zuversicht stellen sich wieder ein.

Er blieb noch und hörte sich Mutters und Mrs. Rublees Gespräche über das Buch (über D.W.M.) und Mr. Nicolsons Kommentare an. Er hielt dabei die ganze Zeit meine Hand oder hatte seinen Arm um meine Schulter gelegt. Das schien ihn zu trösten. Daddy machte das auch, aber völlig gedankenlos. Es ärgerte mich stets. Es mißfiel mir, nur ein Klumpen Fleisch zu sein, den man keines Wortes oder Blickes würdigte, der aber angenehm zu streicheln war, wie das Ohr eines Spaniels. Ich wollte eine regelrechte Person und als solche respektiert sein. Es kam mir ein bißchen billig vor, auf diese Weise, und nicht wie Elisabeth und Mutter durch Gespräche und Handlungen, Glück zu vermitteln.

Doch jetzt stört mich das nicht, denn ich weiß, wie diese kleinen Dinge einem helfen – ohne daß man es wirklich begreift. Sie sind wichtiger, als ich gedacht hatte. Es ist die gleiche Sicherheit, die das rhythmische Wiegen auf dem Schoß der Mutter schenkt, jene unendliche Geborgenheit, die das Kind, das Angst vor der Dunkelheit hat, nachts umfängt, wenn es den Erwachsenen, der bei ihm schläft, nur leicht, ganz leicht, mit dem Ellbogen oder dem Knie berührt. Zu diesen einfachen Dingen gehören auch C.s Schulter, an die man sich im Auto lehnen kann, Jons rhythmische Atemzüge, die, wenn ich nachts zu ihm gehe, um nach ihm zu schauen, sanft die Bettdecke bewegen, und seine feuchten Locken. Es sind triviale, äußerliche Dinge, die auf tiefe Quellen der Sicherheit, des Vertrauens, des Friedens verweisen und somit auf die ganze unbewußte, kaum wahrgenommene, kostbare Struktur des Lebens.

Sonntag, 8. Juni 1935

Harold Nicolson ist nach vier hektischen Tagen abgereist. Ich bin froh. Durch sein Hiersein haben die größten Schwierigkeiten in diesem Hause für mich geradezu ungeheure Ausmaße angenommen. Alles, was mich in der Gewalt hat, bricht wie eine nur unter der Oberfläche verborgene Krankheit aus. Es ist schrecklich gewesen, gegen alle meine schlimmsten Feinde, meine größten Fehler – die Schüchternheit und die Befangenheit – gleichzeitig anzukämpfen, es fesselte mich geradezu wie ein Rheumatismus. Der Reiz des Lebens ist dahin. Jede Bewegung verursacht Schmerzen.

Dazu kommt mein schreckliches Gefühl der Unzulänglichkeit, besonders in bezug auf Mutter. Ich werde blasser und abgehetzter, ich werde immer weniger, je energischer sie wird. Ich werde zu Mutters kleinem Mädchen. Alles Effektive in mir ist wie weggeblasen. Ich wollte mich zu Wort melden, wie ich es seit damals, als ich siebzehn, unglücklich und unattraktiv war, nicht mehr gewollt hatte. Ich muß gegen alles ankämpfen, was ich auch damals in mir bekämpfte: Schüchternheit, Egoismus, Eifersucht.

Sonntag, 9. Juni 1935

C.: »Jon, möchtest du lieber eine Hummel oder eine Schildkröte sein?«

Jon: »Ich möchte lieber ein Kaninchen sein.«

C.: »Möchtest du lieber eine Schildkröte oder ein Ochsenfrosch sein?«

Jon: »Ich möchte lieber ein Kaninchen sein.«

C.: »Möchtest du lieber ein Ochsenfrosch oder ein ...«

Jon: »Ich möchte lieber ein Kaninchen sein.«

Immerhin will er nicht, daß *ich* ein Kaninchen bin – er möchte nur selbst eines sein.

Später –

C.: »Jon, wen hast du lieber, deinen Vater oder deine Mutter?«

Jon (sehr zögernd): »Ich habe ... (Pause) *Kaninchen* lieber!«

Montag, 17. Juni 1935

Das war ein merkwürdiger Tag – auf dem Podium in diesem Talar.[1] Ich war Mrs. Charles Lindbergh. »Ich weiß – ich bekomme ihn als C.s Frau – eigentlich für C., aber dennoch – ja – als solchen will ich ihn annehmen. Das hat seine Richtigkeit.« Dann rief Präsident Neilson plötzlich meinen Namen, Anne Morrow Lindbergh, auf (das *Lindbergh* traf mich wie ein Schock!) und begann die Begründung vorzulesen. Ich hatte das Gefühl, er spräche geradewegs mein Inneres an, wie ein allwissender Vater. Er lobte mich nicht für das, was die Welt von mir zu sehen bekam, sondern wegen meiner inneren Kämpfe. Er sah. Er wußte Bescheid. Er wußte, wie das Leben gewesen ist und was für mich daran schwierig war. Für keinen Außenstehenden wird das nach großer Leistung aussehen, für *mich* aber wohl. Er wußte. Er verstand. Das war unglaublich ergreifend.

Con erntete alle Ehren![2] Ich höre Elisabeth sagen: »Kleine *Con!*« – in dieser Modulation, diesem Tonfall – stolz, leicht amüsiert und überrascht. »Das sieht ihr ähnlich – ganz genau. Kleine Con – hat man's nicht schon immer gesagt!«

Die Beziehung zwischen Con und Präsident Neilson ist außergewöhnlich und beruht auf intellektuellem Verständnis; sie verwenden die gleichen Symbole und Wertbegriffe, sprechen die gleiche Sprache, ein paar Worte genügen ihnen zu einem Gedankenaustausch. Eine praktikable, funktionierende Beziehung einerseits, dahinter aber ein wirklicher Vorrat an Zuneigung und Vertrauen wie zwischen Vater und Tochter.

[1] A.M.L. erhielt im Smith College den Magister h.c.

[2] C.C.M. schloß im Smith College mit summa cum laude ab.

[North Haven] Freitag, 21. Juni 1935

Heute stand die Mitteilung über C.s Pumpe, die Organe am Leben erhält, in der Zeitung. Für mich ist er großartig, dieser genaue, sachliche Bericht in der ›Times‹. Ich freue mich, daß ich von der Sache wußte, und freue mich eigentlich auch über ihre Bekanntmachung, über die Publizität im Hinblick darauf, daß jetzt auch die anderen Leistungen C.s ins rechte Licht gerückt werden. Seine einzelnen Taten sind keineswegs glückliche Zufälle, wahrgenommene Gelegenheiten, auch nicht Ausdruck seines Charmes, seiner Jugend, Schlichtheit und Bubenhaftigkeit, sondern sie zeugen von einem umfassenden Verstand, der fähig ist, auch auf anderen Gebieten zu forschen.

North Haven. Auch hier ist Elisabeth nicht. Ich dachte, ich würde hier irgendwie etwas von ihr finden. Vielleicht gelingt es, wenn ich mich daran gewöhnt habe; jetzt aber bin ich ruhelos und weit fort von ihr. Außer beim Lesen des herrlichen Buches vom Peter Rabbit: Mrs. Flopsy macht sich an einem dunstigen Morgen auf den Weg und hoppelt über den weiten Rasen, um ihre Kinder zu suchen. Die blaue Schürze, die aufrechte Haltung des Kaninchens, die Ausdehnung des Rasens – unsere ganze Kindheit und Elisabeth sind hier verkörpert.

Montag, 1. Juli 1935

Flog um 4.23 Uhr vom Long Island Aviation Club ab. Landete via Matinicus in North Haven um 7.34 Uhr.

Wie läßt sich dieses herrliche Gefühl, das man beim Abheben über dem Long Island-Sund hat, beschreiben? Grenzenlos, ruhig, blau, wie die Vorstellung eines Kindes vom Sommer, endlos und glänzend vor einem ausgebreitet – das Gefühl – »die Welt ist mein«.

Man sieht tief im Wasser drunten Kanäle und Wasserläufe, Häfen und Riffe, die sich ganz klar abheben. Man fragt sich, wozu die kleinen Bojen benötigt werden, die den Schiffen die sicheren Stellen anzeigen, wenn von oben doch alles so klar zu erkennen ist. Beim Fliegen hat man Röntgenaugen, man kann der Erde bis auf den Grund sehen.

Jon ist hier zu Besuch. »Ich sehte bis zum Grund. Habt ihr den tollen Krach gehört?«

Dienstag, 2. Juli 1935

Wir segeln in der *Mouette* nach Matinicus. Ein glücklicher Tag, C. und ich allein, wir steuern das Boot. Ich komme mir jung und frisch verheiratet vor wie auf unserer ersten Reise. Von Matinicus aus sehen die Camden Hills klein, zerbröselt, verflacht und unbeschreiblich *falsch* aus. Ich bin enttäuscht wie ein Kind, weil meine immerwährenden Marksteine ferner rücken, sich verändern und zusammenschnurren, und habe das Gefühl, eine ewige Wahrheit sei ins Wanken geraten. »Auch *ihr* bietet keine Sicherheit«, bin ich versucht zu sagen, »auch ihr währt nicht ewig.«

Es glich dem Schock, den man bekommt, wenn man seine Eltern zum ersten Mal hilflos sieht und man begreift, daß sie nicht allmächtig sind, sondern auch äußeren Zwängen unterliegen und leiden.

Wir wollen vielleicht auf Matinicus bauen. Es ist ein ruhiger Tag – köstlich, glatte See. C. wünscht sich rauhe See. Er sagt mit leuchtenden Augen: »Ich wette, daß es hier bei einem Sturm ungeheure Wellen gibt.« Ich denke nur: ja, hier könnte ich leben.

Mittwoch, 3. Juli 1935

Gestern abend las ich meine alten Tagebücher wieder: das letzte Jahr im College, der Sommer vor meiner Heirat. Ich habe mich so wenig verändert. Meine Fehler sind gleich geblieben: mit mir selbst beschäftigt, über meine Sünden nachgrübelnd, Träumereien, das Weglaufen vor den Menschen, die ich am liebsten habe. Auch die Wünsche haben sich nicht geändert – das Schreiben –, nur hat es sechs Jahre gedauert, bis ich wieder darauf gestoßen bin. Ich bin dieselbe, doch hat sich das, was sich einst andeutete, inzwischen gefestigt, als wäre ich durch C. und das, was er in meinem Leben bedeutet, gestählt. Es hat eine gewisse Wandlung stattgefunden. Die Form ist geblieben, die Substanz hat sich verändert. Es gab mir ein Gefühl aufrichtigen Vertrauens, daß ich mich selbst, den inneren Kern meines Ichs wiederfand. Ich muß ihn mir bewahren.

Donnerstag, 4. Juli 1935

Charles meint, daß wir hier vielleicht leben, ein kleines Haus auf einer der nahegelegenen Landzungen bauen können. Es gefällt uns beiden. Ich bin hier verwurzelt. Es ist bequem und leicht erreichbar.

Ich bin ganz glücklich, kann es kaum fassen, erlange ich an diesem Ort und alles, was er in mir aufleben läßt, wieder eine gewisse Sicherheit? Es ist zu schön, um wahr zu sein. Ich kann es nicht glauben, nicht einmal etwas einwenden. Ich darf C. nicht drängen. Ich wünsche es mir so sehr, daß ich mich erst dann positiv dazu äußern darf, wenn er es trotz aller Einwände bejaht.

Wir wandern über die Landzungen. Ich bin müde. Seit unserer Ankunft haben wir ununterbrochen etwas unternommen: Matinicus, die Floßfahrt, Segeln, Jon im Schwimmbecken, Spaziergänge. Ich möchte lange ruhig dasitzen, alles wieder in mich einströmen lassen – Elisabeth, mein früheres Dasein, das Gefühl des Alleinseins.

Freitag, 5. Juli 1935

Ein herrlicher Tag. Ich nehme alle meine Bücher und Papiere ins Studio hinunter. Der Motor einer Rasenmähmaschine fängt vor meinem Fenster an zu rattern, vorwärts und rückwärts, vorwärts und rückwärts, unaufhörlich und beharrlich, mal entfernter, mal heult er ganz in der Nähe auf. Ich schnurre in mich zusammen und warte auf das nächste Aufheulen. Ich hoffe, daß er fertig ist, bevor C. kommt.

C. kommt herauf, seine Lippen sind zusammengepreßt. »Das nimmt hier Formen an wie auf Long Island – der Krach ist ärger als in einer Flugzeugfabrik.« Ich muß ihm recht geben, bin aber sehr deprimiert. Wir gehen zur Landzunge hinaus; eine Maschine hat alle Gänseblümchen niedergemäht. Verwelkt liegen sie in der Sonne. Zum kleinen Haus hinüber, ein Möbelwagen ist eben an der Tür vorgefahren und wird ausgeladen. C. macht auf dem Hacken kehrt und verschwindet.

An E.L.L.L. North Haven, 7. Juli 1935

Liebe »Farmor«[1],
es regnet und ich sitze am Schreibtisch. Jon sitzt an einem kleinen Tisch neben mir, malt Bilder und schneidet sie aus.

Im Briefeschreiben war ich ganz schlimm, vielleicht, weil in diesem Winter das Schreiben Arbeit hieß. Hier ist das anders, und das Buch ist fertig – die Korrekturen, die Landkarten, *alles*. Es ist abgeliefert. Ich werde es nicht mehr zu sehen kriegen. Am 15. August kommt es heraus.

Ich habe Dir nichts über C.s Erfolge geschrieben, die Du viel besser verstehst als ich. Ich war sehr glücklich darüber. Er würde alles, womit er sich einmal befaßt, so gut machen. Ich finde wirklich, daß er genial ist, und die Wissenschaftler haben es erkannt. Man hat festgestellt, daß sein Apparat, der Organe außerhalb des Körpers am Leben zu erhalten vermag, der Wissenschaft neue Perspektiven bietet, wie auch das Mikroskop neue Arbeitsmethoden und unendliche Möglichkeiten erschloß. C. ist sehr glücklich darüber.

In diesem Frühjahr hat er viel gearbeitet, hat sich mit dem Projekt beschäftigt und darüber geschrieben, hat Elsie nach England expediert (wo sie, wie wir eben erfuhren, gut angekommen ist) und einen zweiten Bericht verfaßt. Jetzt sitzt er an den Korrekturen. Es geht um den Apparat, und es ist eine ausgesprochen technische Arbeit. An diesen ersten Tagen in North Haven hat er viel Sport getrieben und ist oft mit Jon zusammengewesen, den er jeden Tag am Schwimmbecken ins Wasser warf! Er hat Jon jetzt soweit, daß er die ganze Länge des Beckens im Schwimmgürtel hin und zurück schwimmt, zum Teil benützt er auch Wasserflügel (die weit weniger tragfähig sind). C. sagt, daß er Jon ganz schön fest angepackt hat (ich kann es nicht ertragen zuzuschauen, ich bin so weichherzig), aber Jon scheint dabei weiterzukommen, und C. sagt: »Er ist wahrlich ein mutiger kleiner Kerl.« Jon sagt, daß er jetzt seinen Vater am liebsten habe, und dann komme ich.

Hier eine Unterhaltung zwischen Jon und Aubrey Morgan (der eine Woche hier war).

Jon sucht Walderdbeeren und tut sie in einen Korb.

Aubrey: »Jon, komm und hilf mir Golfbälle suchen.«

Jon: »Wüll keine Golfbälle suche, möchte Erdbeeren suchen.«

[1] Schwedische Bezeichnung für Schwiegermutter.

Aubrey: »Oh, komm schon, Jon, hilf mir Golfbälle suchen.«
Jon: »Kann Golfbälle nicht essen.«
Klingt das nicht ganz nach Charles!?
Wir lassen uns Pläne zu einem eigenen Haus für den nächsten Winter durch den Kopf gehen.

North Haven [7. Juli]

Liebe Con,
mein Lied ist ›Sleepers Awake‹! Der Choral ganz am Schluß auf der vorletzten Platte. Er ist einfach himmlisch. Sieben Jahre lang habe ich ihn auch nur ein kleines bißchen falsch gesungen! Es ist rundrum schön – auch die erste Kantate, ein herrliches Geschenk. Con, mein Liebes, ich weiß das wohl zu würdigen. Hast Du es gespielt, oder war das einfach ein glücklicher Versuch?

Wir stecken hier immer noch in den Vorbereitungen, mußt Du wissen, eine Ladung Möbel kommt ins kleine Haus hinüber. Einer von Grants Neffen geht langsam vor dem Haus auf und ab mit einem riesigen Rasenmäher, der wie ein Traktor rattert, Chester Dyer sägt an einer verklemmten Türe, Mutter hängt Bilder auf, C. und ich rücken Möbel. Die beiden Tanten (Alice und Agnes)[1] sind hier, und Tante Paul und Cousine Francis kamen heute tagsüber her! C. und sechs Frauen! Ich zittere bei jedem Rasenmäher und jedem Hammerschlag – und C. sagt: »Es ist genau wie in Englewood.« Ich denke jedesmal: »Wir werden nie wieder kommen – jetzt ist Schluß.«

Natürlich gab es solche Tage immer in North Haven – Wochen, in denen wir atemlos warteten und uns zuversichtlich sagten, das ist der letzte Schwung Besucher oder die letzte Woche, in der es so laut ist. »Ein Krieg, um Kriege zu beenden« oder ähnliche Redensarten. Die nächste Woche haben wir dann die ruhige, wonnevolle, nutzbringende, arbeitsreiche North Haven-Woche, von der wir träumen. Ich nehme an, das ist wirklich ein Traum. Oder vielleicht hatten wir mehr Möglichkeiten zur Flucht, als hier mehr junge Leute waren. Ich bin mir dessen jetzt bewußter, da ich den Ärger für zwei spüre. Ich möchte so gerne, daß es C. hier gefällt – wie hasse ich es, dauernd Entschuldigungen vorzubringen, zu erklären und zu sagen: »Das wird das Letzte sein.« – »Die und die kommt, aber du kennst sie.«

[1] Alice Morrow und Agnes Morrow Scandrett, Schwestern von D.W.M.

Abgesehen davon, wenn Du hier wärst, würde es mir mehr Spaß machen, wegen der Störungen wider den Stachel zu löcken. Sogar das war vergnüglich – das Ausreißen.

Montag kommt Thelma, was nett und ein Gegengewicht zu der lähmenden Wirkung von H.N. mit Sohn, Mr. und Mrs. Rublee, Chester und Amey sein wird (nicht, daß ich sie nicht mag – aber so *viele* auf einmal!). »Eine sehr nette Clique«, sagt Mutter aufmunternd. Ich kann ihr nicht recht geben, wenn es nicht eine ausgesprochene »Party« ist, bei der man sowieso leicht gekünstelt sein möchte – und viele Menschen auf einmal erzeugen diese Atmosphäre.

Übrigens wird es mir Spaß machen zu beobachten, wie sie gegenseitig aufeinander wirken. Aber C. nicht. Wenn doch nur Aubrey hier wäre. Dwight wäre eine Hilfe, aber ich fürchte, er geht in einen Sommerkurs.

Wir sind ein paarmal sehr schön gesegelt. Segeln ist etwas Herrliches.

Ich habe das Gefühl, daß Elisabeth irgendwo hier ist – wenn wir nur aufhören würden, über sie zu reden, und lange genug ruhig wären.

Ich *liebe* meine Schallplatte – Musik ist vollkommenes Entrinnen.

Tagebuch

Montag, 8. Juli 1935

Ich schlief letzte Nacht nicht – vor lauter Aufregung und Erschöpfung nach der Korrektur von C.s Artikel. Ich las ihn laut vor. Was für eine fürchterliche Sprache, ich verstehe nichts davon. Wir korrigieren den ganzen Vormittag. Ich glaube, ich konnte C. wirklich helfen und war glücklich.

Harold Nicolson und Sohn kommen an. Nicht so schlimm wie die übliche Begegnung mit Menschen. Thor war eine Hilfe, da er hinausrannte, um zu bellen, und ich ihn zurückhalten mußte. Der Sohn sieht *genau* wie sie aus. Hat ihr stolzes, schönes Gesicht, und die Augen haben den halb-geschlossene-Jalousien-Blick. Er ist gewandt, hat eine rasche Auffassungsgabe, ist sensibel und schüchtern (wenn Engländer auch nie zeigen, was sich hinter ihrer Maske verbirgt). Mir gefällt er. H.N. ist hier viel natürlicher und sehr nett. Wir spielen tüchtig Tennis, ich mit dem Jungen, der gut spielt.

Freitag, 12. Juli 1935

Harold Nicolson unterhält sich mit seinem Sohn über die Berufswahl. Er möchte Maler werden, aber er glaubt nicht, daß er das wirklich kann, und weiß nicht, ob er ein Jahr darauf verwenden soll, sich über sein Talent klar zu werden. Ich weiß genau, wie ihm zumute ist: »Wie läßt sich das rechtfertigen, daß ich mich selber so ernstnehme?«

H.N. redet vom Schreiben und darüber, daß man, wenn man etwas schrecklich gerne machen möchte, wohl auch das Zeug dazu hat. »Ich kann's! Ich kann's!« schreit es in mir so laut, daß ich das Gefühl habe, ich müßte damit herausplatzen, dabei weiß ich doch, daß ich mir nichts anmerken lassen darf, denn noch ist es weder geprüft noch erwiesen. Der Hang zum Schreiben ist, wenn man noch nichts vorzuweisen hat, dem Zustand des Verliebten, der sein Gefühl nicht zu zeigen vermag, sehr ähnlich. Dabei rumort die ganze Zeit dieser Riese in mir.

Montag, 15. Juli 1935

Heute morgen fühle ich mich wunderbar erlöst, ruhig und beherrscht, der Tag liegt vor mir. Die Dunkelheit war eingedrungen, schloß mich ein, überließ mich mir selber. Die Dunkelheit kühlt auch ab. Daß die Welt in sie hinabtaucht, ist eine Erleichterung.

Es war ein herrlicher Tag. Ich schrieb über ein schüchternes Mädchen. Ich dachte mir, ich wollte versuchen, es rasch zu machen, ich nahm mir vor, die Geschichte bald zu beenden, so wie eilig hingeworfene Aquarelle, einfach eins nach dem anderen und so schnell wie möglich. Es gelang zufriedenstellend und war vielleicht eine gute Übung.

Abends fühlte ich mich plötzlich frei, unbefangen, glücklich und hatte mich in der Gewalt, so daß meine Worte und Handlungen in mir zu entstehen schienen und ich fast alles zum Ausdruck bringen konnte.

Dienstag

Ein bißchen getippt, ein bißchen Golf gespielt. Mutter zu Hause: ihr Ärger darüber, daß der Haushalt nicht so läuft, wie er sollte, und meine Vorstellung, daß das mein Fehler ist. Ihre Energie hinter der Pantry-Türe beim Regeln kleiner Details. (»Haben Sie die zwei Krüge – die zwei gelben Krüge bekommen?«)

Kann nicht schreiben – mein übliches Gefühl der Unzulänglichkeit Mutter gegenüber. Sie trägt Tatendrang und Leben in jedes Zimmer, das sie betritt. Auf mir lasten Schüchternheit, Schweigen und Untätigkeit. Sie breiten sich in großen Teichen um mich aus, wo immer ich hingehe ...

Abends spricht C. sehr schön mit mir: daß ich zu allem fähig sei, schreiben könne, alles könne, was ich mir vornehme. Sein Vertrauen ist erschütternd, doch ich kann ihm nicht glauben – was für einen Beweis gibt es? Doch schon sein Vertrauen bewirkt, daß es mir besser geht.

Freitag, 19. Juli 1935

Die Rublees. Mrs. Rublee stellt Fragen über Italien, Abessinien und den Bund. Harold Nicolson erwidert sehr interessant. Ich genieße es. Ich höre ihn gerne über die Abrüstung und die begründete oder unbegründete Hoffnung auf Frieden sprechen. Er glaubt an die Beziehungen zwischen den Staaten wie ich an die Beziehungen zwischen den Menschen.

Samstag, 20. Juli

Golfspielen auf dem kleinen Platz – den grünen Hügel beim zweiten Loch hinunterwandern, den Gänseblümchen einen Stups versetzen, den Wind durch mich hindurchpusten lassen und ganz glücklich sein. Dann durch den Graben am Ende, den nassen Pfad, zu dessen beiden Seiten Farnkraut steht, und vor einem die See. Der Leuchtturm, das Meer und die Insel stürzen mir durch den Graben entgegen. Dann den Hügel hinauf, der Wind streicht über meine Arme, durch meine Ärmel, mein Rock flattert gegen meine Beine – die See und das Leben wehen mir den Hügel herauf entgegen.

Sonntag, 21. Juli

Die Rublees gehen, und Mutter und ich begleiten H.N. ans Schiff. Es tut mir leid, daß wir ihn nicht wiedersehen werden. Ich wollte, Menschen würden mir nicht so viel bedeuten.

Montag, 22. Juli 1935

Amey unterhält sich heute morgen mit mir: Zuerst reden wir von der Führung eines Tagebuchs. Sie findet, daß es ein Fehler ist, ständig zu schreiben, »halbgare Ideen« herauszuwürgen, statt sie einfach innerlich reifen zu lassen, bis sie unweigerlich ans Licht kommen.

Die eigenen täglichen Empfindungen sind nicht wichtig genug, um einem ein Placet für die Niederschrift zu geben, glaubt Amey. Jeder hat sie, macht sie durch, mißt ihnen nicht zu viel Gewicht bei. Ich glaube, sie hat recht... und doch meine ich, daß ich das, was ich empfinde, niederschreiben muß, sonst staut sich zu viel in mir an. Ungeschrieben wird alles zu wichtig.

C. und ich führen auf der Landzunge ein gutes Gespräch. Er ist Sicherheit und Friede. Wir sind uns einig, daß Jon wahrlich das Wichtigste im Leben ist, daß wir ihm unser Wissen vermitteln müssen, damit die nächste Generation besser wird. Was ist »besser«? Wir reden über Menschen. C. hat Menschen, albernes Gerede und sinnlose Unterhaltungen auf abendlichen Essen satt. Ich kann selbst denen noch etwas abgewinnen – und hab's gern. Wenn ich die Menschen, die hier waren, Revue passieren lasse, bin ich froh um jeden einzelnen, und daß es ihn gibt, ich habe von ihnen allen etwas. Keiner ist umsonst auf der Welt. Tante Alice mit ihrer unerschütterlichen Treue, Tante Agnes, die absolut selbstlos zu sein scheint und niemals aufdringlich wird. Dann Thelma – gewandt und mit klarem Verstand.

Es ist großartig, wenn man bedenkt, was die verschiedenen Menschen aus der Ehe gemacht haben. Als hätte jeder einen Wurzelstock bekommen, um sich daran zu versuchen. Manchen fällt es leicht, und sie übernehmen den Stock, als sei er gebrauchsfertig. Andere finden die Aufgabe sehr, sehr schwer – manche geben auf. Viele von uns glauben, daß er uns gebrauchsfertig übergeben werden müsse, bereits geschnitzt, dann werfen sie ihn fort, um einen neuen aufzunehmen, und erwarten, daß *der* zugeschnitten ist. Ich glaube nicht, daß man jemals eine perfekte Ehe geliefert bekommt. Es ist wie beim Gesicht, dem Körper, den Bedingungen und dem Leben. Man erhielt sie, um sie zu gestalten. Auf diese Weise denke ich an Daddys Leben, an das, was ihm zu Gebote stand, was für Beschränkungen ihm auferlegt wurden und was er aus alldem gemacht hat. Es ist großartig. Ich habe es dem Buch entnommen, das mir nicht nur wieder vergegenwärtigt hat, was er war und was er geleistet hat, sondern in mir auch noch ein starkes Gefühl der eigenen Kraft weckte.

Ich spüre plötzlich mein Erbe, spüre, daß er in mir weiterlebt. Es gehört mir. »Er war dazu geboren, Kräfte auf andere zu übertragen.« Ein Teil dieser Kräfte, seine Toleranz und seine Phantasie, die Fähigkeit, etwas aus meinem Leben, meiner Ehe und meiner Arbeit zu machen, ist auch in mir. Ich spüre diese Herausforderung und den schützenden Wall der Kraft, der sie umgibt. Wenn Harold Nicolson über Friedensschlüsse, Regierungen und Geschichte spricht, wird an meinen Verstand appelliert. In mir wird etwas, was ich von meinem Vater habe, geweckt, es erliegt der Faszination, stellt fest, daß Verständnis und Fassungsvermögen vorhanden sind, und verlangt nach mehr.

Donnerstag, 25. Juli 1935

Als wir im [Long Island Aviation-]Country Club waren, fiel mir wieder auf, wie rasch C. doch alles erledigt. Er traf den Leiter der Verkehrsabteilung beim Mittagessen, C. redet mit ihm, bekommt Informationen über die schwanzlosen Flugzeuge und informiert seinerseits den Gesprächspartner über etwas, was der noch nicht weiß. Kein gesellschaftliches Gerede, kein unnützes Zeug, kein Leerlauf.

Nach Cleveland.

Es wird wieder geflogen. Unglaublich befriedigend und beruhigend – ein Beitrag zur Klärung der Dinge. Ich fühle mich befreit, kann über alles nachdenken, bin erleichtert, gereifter. Was möchte ich doch alles unternehmen, lesen, schreiben. »Man kann es sich nicht leisten, ein Quentchen seines Verstandes zu vergeuden.« Ob ich die Zeit finde, das aus meinem Leben zu machen, was ich mir vorgenommen habe, eine profilierte Ehe zu gestalten, weiterhin den Wunsch zum Schreiben aufrechtzuerhalten, so wie es mir jetzt vorschwebt? Ich möchte dieses wiedergewonnene Gefühl aus meiner Collegezeit, als ich meinen Verstand als ein brauchbares Werkzeug betrachtete und glaubte, daß das Leben nicht lang genug sei für alles, was ich lesen, überdenken und analysieren wollte, bewahren.

Der Wetterbericht über Funk. Die Monotonie, die irgendwie so erregend ist: »Sunbury – Sunbury – bedeckt – vereinzelte Wolken – untere Wolkengrenze auf vierhundert Fuß geschätzt.« (Aussichten für Washington nicht besonders.) [Weiter westlich] Mitten in dem trockenen Bericht, wie ein Fenster, das sich öffnet, das wunderbare Wort: »Unbegrenzt«.

Start. Der tiefe graue Vorhang hängt an allen Seiten herab, aber darunter ist es hell. Vor Sandy Hook ein Sturm – blutrot mit rosa Stellen – wie eine Quetschung. Sturm über Newark, Meer und Himmel ineinander verschmolzen, intensives Blutrot. Der Himmel vor uns trüb.

Eintausend Fuß. Auf unserer linken Seite Sturm, Licht auf unserer rechten Seite. Plötzlich der Delaware – in seinen Armen grüne Inseln.

Stürme über Cleveland – meine Ängste. Die Schönheit der Stürme – Regenschleier fegen wie Besen über den Boden. Das Fliegen flößt gesunde Ehrfurcht vor den Elementen ein, wie der Ackerbau und das Meer.

26. Juli

Starten in Chagrin Falls Richtung Cleveland Flughafen. C. nimmt unsere Maschine, und Dave Ingalls[1] nimmt mich in seiner mit. Das Gefühl ist merkwürdig, C.s Kopf schaut aus dem Fenster eines Flugzeugs, und ich stehe draußen, ganz so wie vor unserer Heirat.

Beim Abflug von Cleveland ist es heiß, Sicht unbegrenzt, nur Bodennebel, den Blicken öffnet sich ein zweiter Horizont. Wir fliegen den See entlang, der im Dunst verschwindet, als würde das Wasser im Himmel einen höheren Stand erreichen. Der See ist grün und mit blauen Wolkenschatten betupft.

Es ist unmöglich, Wolken, ihren Frieden und die Verzückung, die einen überkommt, wenn man sie durchfliegt, zu beschreiben. Man wird in ein anderes Reich versetzt, das der früheren Vorstellung des Himmels entspricht – die perlenförmigen Tore, die

[1] Marineflieger, hervorragender Kampfflieger im Ersten Weltkrieg, 1929–32 Assistant Secretary der Marine für die Luftschiffahrt. David und Louise Ingalls, Freunde der Lindberghs.

schimmernden Türme in Farben, die zu blendend und rein und schillernd für die Erde sind; auch die Formenwelt ist zu phantastisch, und die Erde liegt so flach und düster darunter.

Iowa, südliches Minnesota, sehr flach, herrliches Getreide. Diese winzigen Kornhaufen auf den Feldern – Ameisenhaufen. Der Mississippi taucht auf, ein langer Schatten zu unserer Rechten, ein blauer Riß. Die Türme von Minneapolis von Seen und Flüssen umsäumt. Der junge Mississippi – junge Mannbarkeit. Das dunkle Band der Bäume säumt den Fluß, das Funkeln einzelner Dächer – Saint Cloud. Folgen dem Fluß, und hinter einer Biegung liegt Little Falls[1].

Freitag, 26. Juli 1935

Das waren vier seltsame Tage. Ich muß gleich schreiben und hoffe, daß ich nichts vergesse. Ich bin schrecklich dankbar für das Erlebnis in Little Falls, daß ich C.s Tanten sehen und mit C. darüber sprechen konnte. Ich habe dadurch so viel Verständnis für ihn, seinen Vater, seine Mutter, für die Ehe und für mich gewonnen.

Als wir uns Little Falls näherten, wurde es fürchterlich heiß. C. wies auf Verschiedenes hin: ein Dorf, durch das sie gefahren sind; den Fluß voller Baumstämme; die Turmspitzen von Little Falls, einen Wasserturm, eine Mühle, den Deich; und »Die Farm« am Fluß auf einer Insel. Wir umkreisen sie: ein Kiefernwald, eine kleine, zwischen den Bäumen verlorene Bucht; dahinter Felder, die C. früher gepflügt hat.

Wir landeten in Fort Ripley, einem modernen Militärstützpunkt außerhalb Little Falls.

Fahren in die Stadt. Ein Schild am Wasserturm: »Charles A. Lindberghs Heimatstadt heißt Sie willkommen.« Little Falls ist ganz genauso wie Hunderte von anderen kleinen Städten im Westen: die Backsteinhäuser an einer Hauptstraße, die Drugstores, das nicht zu klassifizierende Hotel, die Tankstellen, die Spiegelglasfenster an den Ladentüren. Nicht ein Gebäude, das mir besonders im Gedächtnis geblieben wäre, nicht eines, das sich von hundert anderen, ähnlichen im Westen merkbar unterschieden hätte. Ja, das Postgebäude war ein ganz hübscher Back-

[1] Little Falls war während der ersten Kindheit und Jugend C.A.L.s Heimatstadt. Die Familienfarm der Lindberghs lag auf dem Westufer, etwa eine Meile südlich des Mississippi.

steinbau, der etwas von den anderen entfernt im Gras zwischen Büschen stand.

Wir überqueren die Brücke zum »Westufer« und bleiben vor einem alten Gebäude mit schmuddeligen Schaufenstern im Erdgeschoß stehen – es ist nicht schmutzig, nicht heruntergekommen, aber weder besonders anziehend noch unterscheidbar von den anderen Geschäften. Nur Spiegelglasfenster mit Coca-Cola-Reklamen und Zeitschriften.

C. ging hinein und erschien wieder, gefolgt von einem kleinen, unrasierten Mann mit aufgekrempelten Ärmeln, der wie ein Bauer aussah und ein nettes Gesicht hatte, das ehrlich, freundlich und verläßlich wirkte – es war Mr. Engstrom[1]. Er begrüßte uns und sagte, daß er uns unterbringen könnte. Ich sprang aus dem Auto. Mrs. Engstrom stand in der Türe. Sie sah hübsch und feingliedrig aus, hatte diesen unglaublich glatten, weichen Teint, den manche Frauen besitzen, und wunderbar gewelltes rötlichbraunes Haar; ein bißchen schüchtern. Sie hat ein Gefühl für das, was sie ist und was sie nicht ist, für das, was ihr eigen ist und was ihr mangelt; ihm fehlt dieser Sinn. Er war vollkommen offen, keineswegs aus der Fassung geraten, ganz natürlich und selbstbewußt. Drinnen rief eine andere Frau (»Lottie«), mit grauen Haaren und einem heiteren Gesicht, ganz unbefangen: »Hallo, Charles, wie geht's dir?« – »Na, Charles!«

Wir tranken ein Glas Wasser und fuhren gleich los, um »Die Farm« anzuschauen. Mrs. Engstrom fuhr eine staubige Straße entlang (»die sich sehr wenig verändert hat«), an Hütten und kleinen Gehöften vorbei, mit gelegentlichem Blick auf den Fluß. In die Wälder: Kiefern, Birken, Pappeln und Eichen. Die Farm[2]: ein großer starker Zaun um das Gelände, eine gewundene Auffahrt, die jetzt überwuchert ist, ein gutproportioniertes Haus mit Schindeldach ohne besonderen Stil.

Wir gingen über die offene Veranda in die Küche und fanden dort einen großen Kessel, dessen Schrauben und Griffe von Touristen abmontiert worden waren. Die Zimmer waren kahl, dunkel, hatten gestrichene Holztüren und Schwellen, hellfarbige Wände; nur ein paar verstreut herumliegende Sachen waren noch

[1] Martin Engstrom, ein alter Freund von Charles Lindbergh, Besitzer eines Eisenwarenladens und eines Ausschanks für alkoholfreie Getränke.

[2] Aus der Farm, die die Familie Lindbergh im Jahre 1931 dem Staat Minnesota überließ, wurde ein öffentlicher Park. Die Minnesota Historical Society hat das Haus inzwischen renoviert, und es befindet sich jetzt ein großer Teil der früheren Einrichtung darin.

da, so als sei eine Familie eben erst ausgezogen: ein umgestürzter Eisschrank, ein paar alte Sprungfedern, ein angeschlagener, staubiger Bücherschrank, der sich auf einem Zapfen drehte.

Ein alter Mann führte uns herum. Mrs. Engstrom machte uns auf den schönen Wohnraum aufmerksam. Er hatte ein Erkerfenster und war recht groß. Die überdachte Veranda war herrlich kühl, von hier aus sah man über eine steile Böschung auf den Fluß hinunter. C. sagte, hier hätten sie sich meistens aufgehalten. Oben rasselte der alte Mann mit den Schlüsseln und öffnete die Türen zu den kleinen Räumen. Im Speicher standen ein paar alte Koffer, auseinanderfallende Möbel, Sofas und Kisten. C. fand einen Brutapparat, den er gebaut hatte. Es war zum Ersticken. Wir gingen in den Keller, wo es kühl war. Ein alter zusammengebrochener Wagen – ein Saxon –, den C. mit nach dem Westen genommen hatte. »Hallo Lindy« war an die Wände gekritzelt.

Wieder draußen, wir gingen über das Grundstück und sahen die Bäume, die vor langer Zeit vom Feuer erfaßt worden waren, entdeckten die Brandstellen, an denen die Rinde herunterblätterte, sie sahen aus wie schlecht verheilte Narben. Unten am Fluß war es kühl, es wehte eine Brise, die wir in den Pappeln rauschen hörten.

Der Muh-Teich[1] und über die Straße zur Bucht – sehr heiß und ganz windstill. Wir wandern weiter und weiter, C. möchte zu gerne alle alten Plätze ausfindig machen. Die alten Bäume – einige wunderbare Kiefern; Weißtannen und das Silbergrün des Meeres. Die Bucht, in der C. schwamm, ist ausgetrocknet. Wir finden die Quelle und die große Kiefer, wo die Familie picknickte. C. stürzt mit Engstrom voraus, auf seinem Gesicht spiegelt sich Begeisterung.

Ich kenne das – hatte, als ich North Haven und Northampton wieder besuchte, das gleiche Gefühl; die Sehnsucht, irgend etwas zu finden, treibt einen voran. Ich muß das mit Charles' Augen sehen, muß versuchen, seine Gefühle mitzuempfinden.

Mrs. Engstrom und ich stolpern hinterdrein, sie in Schuhen mit hohen Absätzen, ich in welchen, die bereits naß sind (vom Ausrutschen in der Bucht), mit flatternden Taschentüchern um den Hals und ständig mit den Füßen aufstampfend, um die Mücken zu vertreiben. Endlich kommen wir zum Auto und

[1] Ein kleines Wasserbecken aus Beton, das C. A. L. für seine Enten gemacht hatte.

machen uns auf den Rückweg und zum Abendbrot auf (das C. in seinem Eifer ganz vergessen hatte). Wir halten an und begrüßen zwei schwedische Familien. Eine Mrs. »Yonson«[1] kommt aus der Türe heraus, nur eine Handvoll Frau, dünn, aber mit der Figur eines jungen Mädchens. Sie hat fahles, wuscheliges Haar, das sie in unregelmäßigen Strähnen über ihren kahl werdenden Kopf gezogen hat; ein knochiges dünnes, farbloses faltiges Gesicht. Sie blickt C. argwöhnisch an, dann kapituliert sie wie ein junges Mädchen, lächelnd, schüchtern und reizend. Das ist ausgesprochen bewegend. Sie ist schön, wenn sie lächelt, wie ein verliebtes junges Mädchen, und sie hat eine herrliche wohlklingende Simme, die murmelt: *»Also!* Ich konnte mir nicht vorstellen, daß das Mr. Liinberg ist. So, so.« Ich konnte meinen Blick nicht von ihr wenden. Das war das erste, was mich *wirklich* bewegte.

Wir sahen noch andere Leute, dann eine staubige Heimfahrt und todmüde. Es ist schrecklich heiß. Mrs. Engstrom überließ uns ihr Zimmer – das vordere Zimmer, das luftiger ist. Sie will im Hinterzimmer im Doppelbett mit Mr. Engstrom schlafen. Wie unbequem das sein mag, wage ich mir nicht vorzustellen – unser Zimmer ist schon heiß genug. Wir können das zweite Fenster nicht öffnen: kein Fliegengitter. Ein großes Doppelbett, dunkle Holzverkleidung, eine hohe Decke. An der Wand Mr. Engstroms Diplom als Eisenwarenhändler, das Bild einer schönen Frau, ein ausgeschnittener Papagei, ein gemalter Zweig gelben Mohns, ein gerahmtes Gedicht von Edgar Guest auf der Kommode, Spitzendecken auf den Tischen, eine schwere gehäkelte Überdecke auf dem Bettkasten, ein großer lederner Schaukelstuhl, Muscheln und Perlenhauben für die Lichter.

Ich versuche bei den Vorbereitungen für das Abendbrot zu helfen. Das Eßzimmer ist in einer kleinen Diele zwischen dem Gastzimmer und der Küche: ein Grand-Rapids-Glasschrank, ein Tisch und Bilder vom Glacier Nationalpark und »Begrüßungs-Geschenke« (ein Aquarell mit Äpfeln, Trauben und einem Veilchenstrauß); dazu die alte Kriegskarikatur des Infanteristen, der von seinem Hund Abschied nimmt. Ein gutes Abendbrot: Kartoffelsalat, Fleisch und Eier, ein schwerer gefrorener Pudding und Brot mit Butter. Wir waschen ab und gehen nochmals fort, werden aber unten von den Bolanders[2] aufgehalten, die uns sehen

[1] Die Johnsons besaßen die Nachbarfarm neben den Lindberghs, und ihre Kinder waren Spielgefährten von C. A. L.

[2] Carl Bolander, Immobilienhändler, einst Partner von C. A. L. s Vater.

wollten – sie überschwenglich, er schweigsam. »*Wahrlich* gute Freunde von Mr. Lindbergh.«

Zurück in unser Zimmer. Kann nicht in mein Tagebuch schreiben – zu müde, zu heiß, zu enttäuscht. Es hat keinen Sinn, ich könnte weder schreiben noch lesen noch denken in dieser Umgebung. Die ganze Nacht über Geräusche – Züge, Krach von der Straße. Ich bin so müde, daß ich sie undeutlich vernehme, doch ein Geräusch schien in regelmäßigen Abständen wiederzukehren, und ich hatte den Eindruck, daß es eine Maschine war, die einfach im Fenster oder über dem Bett aufheulte, um mich zu überfahren! C. wachte einmal auf und sagte schwächlich: »Ich kann mich an alles gewöhnen ... nur nicht daran!«

Sonntag, 28. Juli 1935

Fahren nach Melrose – rede mit C. über seine Familie.

Montag, 29. Juli 1935

Tante June[1] zum Abendessen. Wunderbares Gespräch über C.s Großmutter. Louisina Carlin war die zweite Frau von August Lindbergh, der Altersunterschied betrug dreißig Jahre. Er war fast fünfzig; sie zwanzig. Sie gründeten 1860 am Sauk River eine Heimstatt. Das erste Haus war ein Blockhaus. Schwere Bauernarbeit mußte verrichtet werden. Sie molk die Kühe in ihren Seidenkleidern, denn Kattun war nach dem Bürgerkrieg teuer (ein Dollar pro Yard), und sie hatte die Seidenkleider aus Schweden. Dazu besaß sie viele kleine Hauben, die hinten über den Haaren getragen wurden, obenauf Blumen oder Bänder und ein Band unter dem Kinn – zu jedem Kleid die passende Haube. (Tante June erinnert sich besonders gut an eine kleine graue Haube.) Sie hatte großes Heimweh und weinte viel. Die Kuh starb, und sie verkaufte ihre goldene Uhr (aus Schweden), um eine neue Kuh kaufen zu können.

Louisa hatte einen weißseidenen Sonnenschirm mit einem weißen geschnitzten Filigrangriff. Den liehen sich die Nachbarn, wenn einer von ihnen nach Sauk Center ging. Das Foto für das

[1] Mrs. William A. Butler, jüngere Schwester von C. A. L.s Vater.

Familienalbum war eine große Angelegenheit – alle fuhren im Ochsenwagen nach Sauk Center.

Louisa besaß als erste Frau in der Gemeinde eine Nähmaschine. Die Menschen kamen meilenweit aus der ganzen Umgebung, brachten große Körbe mit Sachen, die zu nähen waren, und blieben den ganzen Tag da.

Dienstag, 30. Juli 1935

Nach Detroit.

Donnerstag, 1. August 1935

Von Detroit nach North Haven. Ein klarer Tag. Unter der Glocke eines sehr blauen Himmels liegt eine Schicht weißer Wolken. In der Ferne die Sonne – Wolken sind wie Blumen, schillern wie Narzissen und Lilien. Sie scheinen auf Wassertiefen dahinzufließen – Wasserlilien, deren Stengel in dem dunklen Wasser unter ihnen verborgen sind.

Am Placid See sind die Adirondacks zu Ende. Bei Connecticut die Green Mountains. Müssen nur an den White Mountains, den höchsten, vorbei. Eine halbe Stunde bis zur Grenze von Maine. Wir fliegen ungefähr achttausend Fuß hoch, die Wolken sind sechstausend Fuß hoch. Mount Washington, etwas höher als sechstausend Fuß, ist nur ein dunkler Teil eines Berggipfels inmitten eines Wolkenkranzes.

Die Küste – eine blasse Grenzlinie im blauen Dunst zu unserer Rechten. Die zerfransten Buchten Portlands.

[North Haven] Sonntag, 4. August 1935

Einer der Tage, in denen, wie Amey sagt, »das Wermutströpfchen« für mich liegt. Zum Teil eine Reaktion auf die letzte Woche – oder auch die letzten zwei Wochen, in denen wir herumreisten. Ein vollkommen vertaner Tag, eben weil ich versuchte, ihn nicht zu vergeuden. Statt draußen in der Sonne zu liegen, versuchte ich an meinem Schreibtisch zu sitzen und zu schreiben.

Die Reise in den Westen war ein Erfolg. Ich hoffe, sie mit

Verständnis und Begeisterung gewürdigt zu haben, da ich sie so *genossen* habe. Das kann man nicht heucheln. Aber jetzt bei der Rückkehr bin ich müde. Die Tage, an denen man apathisch ist, sind so zahlreich, und die, an denen man Energie besitzt, so *rar.*

Freitag, 9. August 1935

Laura und ich beginnen über die Apathie und ihre Ursachen zu reden. Ich sage, daß sie die natürliche Reaktion auf den Zwang ist, den man sich auferlegt hat, um Sachen zu tun, die man nicht machen wollte. Wenn man sich zwingt, wird die Geschichte nur schlimmer. Man kann nur nachgeben. Das ist, glaube ich, wie beim Segeln. Man kann ein Boot nicht dazu bringen, weiter in den Wind hineinzusegeln, als es möglich ist, und wenn man es versucht, verliert man Geschwindigkeit und Kontrolle. Das einzige, was man machen kann, ist, es laufen zu lassen, wie es will. Es wird hin und her schlingern und dann plötzlich den Wind einfangen, sich darin verbeißen und segeln – Geschwindigkeit und Kontrolle wiedererlangen. Dann natürlich ist man außer Kurs geraten und muß zurücklavieren. Aber man kommt so dennoch rascher ans Ziel.

Wir sprachen über die toten Punkte, die es immer gibt – bedeuten sie, daß dann eine Entwicklung stattfindet? Oder rührt die Apathie daher, daß man das zu tun versucht, was der andere Mensch will oder was die Umstände verlangen (weil das Leben auf diese Weise einfacher wird), und man daher dieses Ziel so energisch verfolgt, bis der Funke in einem erlischt?

Wie gewinnt man diesen Funken zurück? Indem man sich der Apathie überläßt? Oder muß ihn ein Außenstehender übermitteln? Ich empfing ihn von Harold Nicolson während seines Hierseins. Jetzt ist er wieder dahingeschwunden. Elisabeth gehörte selbstverständlich zu denen, die in mir diesen Funken weckten. Und heute war es Laura mit ihrem überlegenen Verständnis. Es sieht so aus, als sei sie mir immer eine Nasenlänge voraus. Zu komisch: Ich habe den ganzen Winter über auf sie geschaut und mir dabei gesagt: »*Wie* kann sie das bloß – wie macht sie das?«

Ich sagte es Laura und erfuhr, daß sie gedacht hatte, daß *ich* diejenige sei, der die Dinge glücken, da ich mir den Funken bewahrt habe. *Zu welchem Preis,* sage ich, *und zu wessen Nutzen?* »Dafür«, sagt Laura, »daß du mir auf diese Weise geholfen hast.«

Heute war ein schöner Tag, denn die meiste Zeit hatte ich Jon bei mir. Er war sehr lieb und aß sein Hammelkotelett zum Mittagessen. Nach dem Mittagsschlaf gingen wir mit einem Korb zum Tennisplatz, um Himbeeren zu pflücken. Als wir in die Nähe kamen, sagte Jon: »Geh jetzt und spiel Tennis.« Eine Stunde lang war er vollkommen glücklich. Ich konnte ihn sehen – seine Locken tauchten zwischen den Himbeerranken auf, sein gelber Pullover und seine braunen Hosen. Schließlich ging er hinauf und setzte sich oben auf dem Hügel auf einen Felsen. Ich kam nach dem Tennis zu ihm. Er füllte Himbeeren in »Teller« (Muscheln). »Dies ist ein schöner Platz für Jon«, sagte ich, »mit einem Baumstumpf und einem Loch, in dem man etwas verstekken kann, und mit einer kleinen Kiefer.« Jon wiederholte meine Worte und fügte hinzu: »Und gleich dahinter gibt's einen Himbeerstrauch.« Wir versteckten die Muscheln in dem Loch und entschlossen uns, die Himbeeren mit zurückzunehmen zu Daddy Bee (E. C. M.). »Sie sind nur ein ganz kleines bißchen zerquetscht, nur ein ganz klein wenig«, sagte Jon und pulte sie aus dem Schmutz.

Freitag, 16. August

Will Rogers starb bei einem Flugzeugabsturz in Barrow.[1] Der ganze Tag ist zerstört und auf ein anderes Niveau herabgesunken. Mrs. Rogers – wie schrecklich, daß sich ihre Ängste bewahrheiteten. Wie unnötig – wie unwiderlegbar und wie *erschrekkend.*

C. telefoniert den ganzen Tag (er verschwendet keine Worte – bei ihm zählt alles) – und es erfüllt ihn tiefes Mitgefühl für Mrs. Rogers und Ehrfurcht vor ihrem Kummer.

Mittwoch, 21. August 1935

C. will, daß ich mit ihm nach Minnesota zurückfliege – morgen nach New York? Ich find's schrecklich.

[1] Will Rogers und sein Pilot Wiley Post kamen um, als ihr Wasserflugzeug in einer Lagune in der Nähe von Point Barrow in Alaska startete.

[Von North Haven nach Long Island]
Donnerstag, 22. August 1935

Heute habe ich mich wirklich gehenlassen, und das war viel besser. C. war ein Schatz. Er zeigte Verständnis. Ich versuchte zu erklären, daß ich das Gefühl hätte, daß dieser Sommer ein völliger Fehlschlag gewesen sei: Ich hatte als Ehefrau, als Mutter, bei meinen Schreibversuchen und sogar bei meinen Bemühungen, energischer zu werden, versagt. Er war ein Trost und sagte, daß dies für ihn kein vergeudeter Sommer sei – wegen des Artikels für die Gesellschaft und wegen Minnesota – und daß er sich weit besser fühle als bei unserer Ankunft. Ich fliege mit ihm nach Long Island und zweifelsohne auch nach Minnesota.

Ein schrecklicher Flug hinunter [nach Long Island]: Regen, Nebel und Gewitter. Wie gewöhnlich glaube ich, daß wir umkommen werden, und denke an Wiley Post. Doch physisches Entsetzen und Todesnähe (obwohl sie einem eben noch vor Augen standen) lassen einen auf wunderbare Weise einen zähen Lebenswillen entwickeln, wenn sie erst überstanden sind. Nachdem wir schließlich in strömendem Regen in Long Island gelandet waren (das Flugfeld durch die vielen Wasserlachen ganz silbrig, von einem nassen Tuch völlig bedeckt), war alles einfach wunderschön: Das Wasser tropfte langsam von den Dächern, das nasse Gras und die Pfützen, die Bäume auf dem Weg zu Harrys Besitz[1] und der Himmel, der nach dem Sturm noch immer golden gestreift war.

Sonntag, 25. August 1935

C. und ich machen einen Spaziergang über das Grundstück.[2] Das Feuer, das man angezündet hatte, um das Buschwerk »zu lichten«, hat einige Bäume angesengt. C. ist darüber böse und zeigt mir die Stellen. Unglaublich dumm – er würde den Mann, der das gemacht hat, hinauswerfen – er zeigt mir jeden beschädigten Baum. »Schau hierher, sie haben das Holz direkt auf die Wurzeln gelegt. Dieser Baum wird sich nie mehr erholen. Einige unserer besten Bäume sind ruiniert.«

[1] Falaise, der Guggenheim-Besitz auf Port Washington.

[2] Die Lindberghs wollten unter Umständen ein Stück Land von den Guggenheims auf Port Washington erwerben.

[Falaise] Dienstag, 27. August 1935

»Null-Null« über dem Gebirge. Horizont niedrig und verschwommen. Können heute nicht weg.

Gehe abends auf die Strandpromenade hinunter. Es ist köstlich. Ich bin glücklich und wie befreit auf diesem Spaziergang, auf dem der Wind durch meine Kleider streicht, ich den Möwen zusehe, die auf der Suche nach Schnecken ins Wasser hinabtauchen und knapp über der spiegelnden Oberfläche dahinsegeln, dann ihre Flügel spannen und senkrecht aufsteigen, verhalten und (mit einem »Flügelschlag«) landen. Dann lassen sich alle Möwen auf den sanften Wellen nieder und gleiten mit der Flut ins Meer hinaus. Möwen starten, wenn sie in die entgegengesetzte Richtung fliegen wollen, *in Windrichtung* und drehen erst dann um.

Dann die angespannte Reglosigkeit der Kaninchen. Ich habe das Gefühl, daß mir wirklich eine Tat gelungen ist, wenn ich an eines herankomme, ohne es zu verjagen. Ich warte und schaue einem beim Grasmümmeln zu, das dabei sein ganzes Gesicht verzieht, ich möchte es nicht erschrecken. Ich liebe das Seegras, das wie gewelltes Haar oder wie die Hagebutten der wilden Rosen immer nach einer Richtung gefegt und gekämmt ist. Ich liebe die langgestreckte Landzunge, die in der Ferne in der Bucht spitz zuläuft und sich ins Meer hinausfädelt. Ich bin so glücklich, daß ich nichts und niemanden herbeisehne, als ginge jemand, den ich liebe, neben mir, und ich war zufrieden.

Von Long Island nach Detroit, 28. August

Wetterbericht: »Klar und unbegrenzt« nach Columbus. Hier ist es heiß, und es drohen Gewitter. Bei der George-Washington-Bridge biegen wir nach rechts. Der Fluß ist dunkelgrau – dunkler als der Himmel. Doch über den Palisaden haben wir freie Sicht, unter dem wogenden Vorhang der Regenwolken, die an uns vorbeijagen, ist blauer Himmel, und die Wolken sind sehr hoch.

Landung in Rochester. Rings um das Flugzeug das drohende Heulen des Windes. Gespannt lauscht man, wie er zunimmt. Man wartet darauf, daß er wie eine Welle über einem zusammenschlägt, und die Maschine schüttelt sich – ein Hund, der eine Ratte an der Kehle packt.

Von Rochester nach Detroit unter Wolken – einem tiefhängenden, wallenden Vorhang, der sich wölbt und bauscht. Der Erdboden ist, wenn er des Sonnenlichts beraubt ist, uninteressant – hat weder Erhebungen noch Schatten. Die wieder hervorbrechende Sonne auf dem See ist wunderschön, wie Sonnenflekken auf einem Holzboden. Abends, beim Ausblick nach Westen, könnten die goldenen Streifen auf dem Lake Saint Clair Streifen am westlichen Himmel sein. In Detroit umkreisen wir das Haus.

Mrs. Lindbergh ist erfreut und bekümmert über unsere unerwartete Ankunft, weil das Haus unordentlich ist. Ich weiß nicht, warum ihr das etwas ausmacht. Zunächst bin ich selber unordentlich und eine schlechte Hausfrau – mir ist das ganz egal. Sie hat einen Sinn für Ordnung, viel mehr als ich, alles funktioniert genau, systematisch und klar. Aber was hat man davon, wenn man seine »Fehler« vor den Menschen verbirgt – jedenfalls diese Art von Fehlern, die rein äußerlich sind und niemandem weh tun. Mache ich das? Ich nehme es an, aber mir scheint, daß ich eher zum Gegenteil neige, nämlich dazu, meine »Fehler« sofort zuzugeben (jedenfalls den Menschen gegenüber, die ich mag und von denen ich mir wünsche, daß auch sie mich mögen sollen). Ich möchte keine Zuneigung unter falschen Voraussetzungen, möchte nicht, daß Freundschaften auf unsicherem Grund geschlossen werden. Die Menschen könnten vielleicht später meine Fehler entdecken, und dann bräche alles zusammen.

Donnerstag, 29. August 1935
Detroit – Duluth – Red Lake Falls

Mrs. Lindbergh, die uns mit erhobener Hand zum Abschied winkt, verkörpert Würde, Mut, Zuversicht und Beherrschung.

Vereinzelte Wolken. Fliegen genau unter einem niedrigen, gleichmäßig gerippten Vorhang. Nähern uns den Straßen von Mackinac – ringsum Wasser –, ich kann den Huron-See zu unserer Rechten und den Michigan-See zu unserer Linken sehen. Geographische Sinnesfunktion – wenn man Inseln und Wasserwege unter sich ausgebreitet liegen sehen kann. Sie sehen ein bißchen anders als auf der Landkarte aus – so als seien sie aus der Form geraten –, aber dadurch macht es mehr Spaß, wenn man sie erkennt.

Wie glanzvoll kann doch die Menschheit das Gesicht einer Landschaft gestalten. Überall verleiht ihr der Mensch durch die Spuren, die er hinterläßt, einen gewissen, von der Luft aus erkennbaren Glanz, als habe er einen Lebensfunken entzündet – mit Häusern, Kornmieten, Straßen, Kühen, Booten und sogar mit den Feldern. Das Auge nimmt das bald wahr. Liegt es daran, daß mir all diese Dinge etwas bedeuten? Sind die Kontraste zur unberührten Natur so gewaltig, oder glänzen sie, wie ich glaube, tatsächlich?

Wieder unter dem Vorhang, fliegen am Michigan-See entlang, um uns herum Regenwolken.

Der Obere See taucht auf – eine blaue Linie an unserem rechten Horizont, ein wenig blauer als das blaue Land, ein sich erweiternder blauer Streifen.

Ich fliege, während C. Aufzeichnungen macht, ich halte die Null auf dem Strich, beobachte die Höhe – das gibt Sicherheit beim Fliegen, Stöße bedeuten nichts. Man wird einer ihrer Bestandteile. Das Land ist wie im Norden – Kiefern, Seen und solche flachen gelblichen sumpfigen Stellen. Im ganzen gesehen ist das heute jedenfalls einer der Tage, an denen der Himmel interessanter ist als das Land, man richtet sich zeitlich und entfernungsmäßig nach ihm.

Fliegen durch Regen, direkt vor uns eine graue Wand, man muß seinen Blick und sein Vertrauen auf den hellen Streifen am Horizont zur Rechten richten, so wie man beim Durchqueren eines dunklen Zimmers mit seiner Hand die Wand berührt, um sich führen zu lassen. Wieviel Vertrauen gehört zum Fliegen!

Wir landen in Red Lake Falls in einem kleinen Getreidefeld, nachdem wir unsere Spuren auf dem Feld hinterlassen haben. Eine holperige Landung! Die Tragfläche schwankt auf und nieder. Halte rasch, ehe wir beim Schober sind, wende und fahre in Richtung Straße. »Dort sind sie.« (C.s Halbschwester und ihre Familie.[1]) Ich halte nach einer älteren Frau Ausschau; es ist keine da. Eine junge schlanke Frau mit C.s Gesichtsfarbe und etwa in seinem Alter, sehr hübsch, und eine Tochter, die ihr ähnlich sieht, aber der Sohn ist dunkel, ungefähr zehn, mit einem sehnsüchtigen Engelsgesichtchen. Wir fahren durch die Stadt zu ihrem mit Stukkaturen geschmückten Haus, das bequem und einfach ist. Als erstes denke ich mir: sie ist hübsch und sieht jung aus; zweitens: sie ist offen und ehrlich; drittens: sie hat Geschmack. Das Haus ist schön eingerichtet, keine schreienden Farben, nicht zu vollgestellt, man kann darin leben, es ist heiter und attraktiv. Im Gästezimmer stehen Ahornmöbel, das Bade-

[1] Mr. und Mrs. George W. Christie, ihr Sohn George jr. und ihre Tochter Lilian.

zimmer ist hell und elegant. Mir macht es Freude, sie zu beobachten. Der Mann ist intelligent und aufgeschlossen, er leitet die Zeitung. Sie ist fröhlich, witzig, hat viel Schwung. Das Mädchen ist empfindsam und hat ein erstaunliches Sprachgefühl.

Freitag, 30. August 1935

C. fliegt nach Little Falls. Eva [Christie] arrangiert eine Fahrt zum Itasca Park, am oberen Flußlauf des Mississippi. Ich finde, sie hat ihr Leben sehr gut eingerichtet. Sie ist glücklich verheiratet, hat zwei nette Kinder erzogen und besitzt ein hübsches Zuhause. Sie arbeitet für die Sozialfürsorge. Sie ist vernünftig und ohne Dünkel, intelligent, heiter und unabhängig. Ich studiere gerne ihr Gesicht: hohe Backenknochen, ein frischer heller Teint wie C.s, ein Grübchen im Kinn wie C. (ein recht ausgeprägtes Kinn). Doch Augenpartie, Nasenflügel und Mund sind schärfer und pointierter – französisch.

Über Onkel Franks[1] Scheidung sagt sie: »Hier in der Gegend gibt es nicht viele Scheidungen. Die Menschen sind zu sehr damit beschäftigt, für ihre Haushalte und Familien zu sorgen.« Sie ist auch verschwiegen und hat eine gewisse Würde, wie C.

Montag, 2. September 1935

Waren drei Stunden auf dem Flugfeld, ich wartete im Auto, während C. mit Leuten, der Familie und dem Sheriff flog. Starten bei starkem Wind. Landen in Little Falls, die Tragfläche sackt durch, als wir uns dem Flugplatz nähern. C. fängt sie ab. Es ging zu rasch, um wirklich Angst zu haben ... die kam erst nachher.

Wir fahren nach Crosby. »Dein Onkel Frank soll so aussehen wie du.« C. leicht schockiert, verärgert und doch auch wieder amüsiert. »Das ist nicht gerade ein *Kompliment*« (ruhig und spöttisch). Er sieht sehr schwedisch aus: die lange Oberlippe (nicht wie bei C. und seiner Mutter) und die etwas knochige und vorspringende Mundpartie – ein bißchen wie bei einer Bulldogge; freundliche Augen und sandgraues Haar. Sie[2] trägt ein rostorangefarbenes Bouclé-Strickkostüm und hat einen kurzge-

[1] Jüngerer Bruder von C. A. L.s Vater.
[2] Ruth, zweite Frau von Frank Lindbergh.

schnittenen, leicht ergrauten Bubikopf, der in gleichmäßige Wellen gelegt ist. Sie war bequem und mit belanglosen und nichtigen Dingen beschäftigt, die aber doch offensichtlich zu seinem Besten sein sollten.

Mir war wieder einmal klar, was der Geschmack einer Frau im Hause eines Mannes anrichten kann – orangefarbene Leuchter auf dem Kaminsims und diese orangenen Satinkissen auf dem Sofa. Selbst ›Home and Garden‹ schien mir zu grell und geschwätzig für Onkel Franks Haus. Er ist so scheu und zurückhaltend und bärbeißig, empfindsam und ernst.

Sie ist eine gute und unbekümmerte Köchin. »Ich nehme an, daß ihr mittags ein warmes Essen bekommen habt. Ich habe ein kaltes Abendessen.« (Im Westen sind die Frauen sehr stolz auf ihre Kochkünste.)

Die Küche in Orange und Gelb, Punkte auf den Fenstervorhängen, ein orangegestreifter Teetopf, orangefarbenes Wachstuch auf dem Kochbuch, Polster. Die Unterhaltung wird nach dem Abendessen schleppend. Ich studiere sein Gesicht. Ich mag ihn. Sie sind aus gutem Holz geschnitzt – die Lindberghs – und haben eine gewisse Würde, jeder einzelne von ihnen.

Dienstag, 3. September 1935

Regen. Fahren von Crosby über Little Falls nach Melrose. Tante Ruth zeigt C. ihre astrologische Zeitschrift und sagt, daß viele Filmschauspieler nie einen Schritt wagen, ohne sie zu konsultieren. Onkel Frank bringt eine plumpe Entschuldigung vor. C. amüsiert sich. Sie geht, um für die Party von jemandem einen Kuchen zu backen. (Offenbar gehört das zum hiesigen Dasein, dann macht wieder jemand anderer ein Pie für deine Party.) Sie macht ganz offensichtlich einen guten Kuchen. Sie sagt, einmal in der Woche holt sich ihre »Clique« von Freundinnen jemanden, der aus Teeblättern wahrsagen kann. »Bewahrheiten sich die Dinge oft?« frage ich. »Na, immer nicht, doch das Seltsamste war, daß einmal eine Frau sagte, daß ich von jemandem Besuch bekäme, der *einen Stock benützt,* und du kannst mir glauben, daß ich niemanden dergleichen erwartete, aber im Winter kam meine Mutter – und sie geht am Stock.«

In Melrose besuchten wir Tante Linda[1]. Großartige Frau! Ich

[1] Linda Lindbergh Seal. Eine jüngere Schwester von C. A. L.s Vater. Postamtsvorsteherin in Melrose.

kann Tante Lindas Zimmer genausowenig beschreiben wie ihre Kleider. Sie selbst ist so viel wichtiger, daß man die anderen Dinge kaum wahrnimmt. Sie ist fixer, tüchtiger, intelligenter, ehrlicher und an Geist und Charakter jedem überlegen, der hier in dieser Umgebung wohnt. Die Hauptpost ist dunkel verschmiert von schurrenden Füßen. Der Geruch von Staub, Radiergummis und Schuhen. Wir schlafen nachts in einer Hütte. Das lahme, leicht fettige Gefühl dieser oft gewaschenen Baumwollaken in Hütten.

Mittwoch – nach Little Falls [und zurück nach Detroit]

Verdammt starker Wind. Starten gut. Gott sei Dank, wir sind in der Luft. Müssen nirgends auftanken. Wetter wird besser. Auf der ganzen Strecke fürchterliche Kopfschmerzen. Ankunft in Detroit ist wie ein Nachhausekommen. Mrs. Lindbergh an der Türe; sie freut sich. Sie hat sich sehr viel Mühe gegeben, um aufzuräumen; ich wollte, sie hätte das nicht gemacht. In der Küche bin ich keine Hilfe – Kopfschmerzen toben wie die Grillen vor der Türe. C. beschließt, die Rückreise zu verschieben.

Donnerstag

Stärkere Kopfschmerzen, besonders im Freien; müssen die Augen sein. Wir besuchen Onkel John und Tante Harriet[1]. Wo hat sie dieses Kleid her? Blauer Flanell bis zum Hals, auf dem Busen üppig und auftragend und mit langen enganliegenden Ärmeln – ein altmodisches Nachthemd. Ich ahne, daß ich einen Kuß bekommen soll, und lehne mich entsetzt zurück. Sie sagt: »Die Fotografien werden dir nicht gerecht, sie verbergen deine Augen und deine Seele.« Mir ist sehr ungemütlich. Es sieht so aus, als sei sie heftig und asketisch, und irgendwie läßt sie mich an Jesaias denken. Doch sie hat eine gewisse Integrität, die mir gefällt. Das unglaublich große gerahmte Christusbild an der Wand. C. und Tante Harriet sitzen darunter und unterhalten sich über die moderne Generation, die raucht und trinkt. C. mit lauter Stimme. (Sie ist taub.)

[1] John C. Lodge und seine Schwester Harriet, Halbbruder und Schwester von C.A.L.s Großmutter Land.

Ich bemühe mich, ein ernstes Gesicht zu machen. Ich dachte, sie (Tante Harriet und Onkel John) sind verheiratet, bis ich höre, daß sie verschiedentlich »Bruder John« sagt. Sehr verwirrt. Bild an der Wand – Großvater Land? Der Onkel sagt, daß C. es laut Testament erben wird. Wie soll ich darauf reagieren – erfreut? entsetzt? traurig? Er ist eher traurig. Er sitzt in einem kleinen Schaukelstuhl und hat seine Pantoffeln an, und etwas ist ihm nicht recht (die Pantoffeln). Weshalb? Er spricht über Politik. Mrs. Lindbergh als Hilfe. Wie entschlossen verteidigt sie Menschen, die in Schwierigkeiten sind.

Der Abschied, mit beiden Händen, einem langen Blick (ich wußte es, kann nicht ausweichen): »Stört es dich, wenn ich dich küsse?« Mein verlegenes Gekicher, der asketische Kuß hinten auf meinen Hals. (C. wird auch geküßt!) Sie sagt mit inbrünstiger Schlichtheit und Überzeugung: »Die Menschen vergessen, daß Gott noch immer die Welt regiert. Sie kann so schlecht nicht sein.« Wir stürzen nach draußen, dabei ist ihre Redlichkeit umwerfend.

Freitag – von Detroit nach North Haven. Zu Hause, Gott sei Dank

Finde einen großen Stoß Post vor, sehe ihn rasch durch: einige außerordentlich liebenswürdige und erfreuliche Dinge über das Buch, aber nicht das, was ich erwartete, nichts, was mein Schreiben rechtfertigen würde. Dazu das Gerede der Familie über die Briefe voller Komplimente und Besprechungen. Ich will sie nicht sehen. Sie bedeuten nichts.

»I join these words for four people
Some others may overhear them ...«[1]

Samstag

Entdecke in dem Stoß ungeöffneter Briefe einen von Mrs. Curtiss. Schrecklich froh – der hat Gewicht, wird eine objektive Stellungnahme enthalten; ich erzähle es Mutter. Mutter: »Sieh dir das an« – ein Brief von Harold Nicolson; darin ist sowohl

[1] »Ich richte diese Worte an vier Menschen/Andere mögen sie mitanhören ...«

seine als auch ihre[1] Stellungnahme zitiert. Das ist wirklich herrlich – flößt mir wieder Zutrauen ein. »*Sie* hätte sich nicht dazu äußern müssen.«

Montag, 9. September 1935

Dwight hat Jon beigebracht, daß er auf die Frage »Wer ist dein Lieblingsonkel?« – *»Dwight!«* antwortet. Doch Miss Narvik[2] lehrte ihn, *Aubrey* zu sagen. Große Überraschung gestern abend, als Dwight fragte: »Wer ist dein Lieblingsonkel?« Jon: »Aubwey!« Begeisterte Aufschreie. Jon weigerte sich, das zu ändern. »Wer ist dein *un*geliebtester Onkel, Jon?« Ausgiebige Überlegung: »Vater!«

Donnerstag, 12. September 1935

Alleine werde ich mit der Schreiberei nie fertig. Das liegt nicht nur an den Menschen hier im Haus. Diese Hunderte von Briefen bedrängen mich, Briefe von Menschen, die ich gerne habe, Menschen, denen ich gerne die Hand geben möchte, um mich zu bedanken, die ich auch nicht verlieren will. Doch es sind zu viele, und meine Gefühle sind zu unterschiedlich und zu ungeordnet. Auch bin ich durch C.s Meinung, daß Briefe unnötig sind – man seine Energie nicht in unnützen Briefen vergeuden soll –, tatsächlich in einer Klemme. Er hat sicher recht. Ich weiß das. Aber ich kann mich von dem Gefühl des schlechten Gewissens nicht frei machen, wenn ich sie nicht beantworte, sie setzen mich unter Druck. Ich muß sie erst mal von der Tafel wischen, aber wie? Sie müssen ernsthaft beantwortet werden, doch das dauert seine Zeit. Ich möchte gerne lange alleine sein, nicht unter Druck stehen, die Briefe los sein, frei sein. Dabei weiß ich: »Freiheit kann man nicht durch eine zufällige oder zulässige Lebensbedingung gewinnen, sondern nur durch die bereitwillige Verwirklichung und Annahme der Bedingungen, unter denen das Leben fortgeführt wird.«

[1] Vita Sackville-West, Dichterin und Romanschriftstellerin, Frau von Harold Nicolson.

[2] Die Kinderschwester.

Freitag, 13. September 1935

Ich habe ein paar Briefe fertig, und so geht's mir besser. Con und ich reden über das ›Life‹[1] und sind uns einig; sein schönster Teil ist der über Daddys Art, Bedingungen des Lebens zu akzeptieren und etwas daraus zu machen. »Flachs zu Gold gesponnen.« Con sagt (sehr guter Gesichtspunkt), daß das mit einer musikalischen Komposition zu vergleichen sei, die Themen werden aufgestellt, wiederholt, entwickelt. Ich glaube, das unterstützt meine Vorstellung, daß man sich beim Schreiben in seinen Stoff »verlieben« muß. Es deckt sich auch mit meiner Theorie, daß, wenn man einen Menschen in einer Hinsicht wirklich versteht – wenn auch nur für eine Sekunde –, man den ganzen Menschen für immer hat. So wird das Problem der Persönlichkeit klarer, das sich einem stellt, wenn man ein Baby betrachtet. Was wird sich bei diesem schmollenden, zappeligen Menschlein dann mit zwölf, zwanzig, vierzig und siebzig unverändert erhalten? Welche Faser ist die eigentliche Verkörperung seines Selbst?

Dabei sind wir wieder bei dem Thema, das Con und ich neulich diskutierten – der Unmöglichkeit, seine Vergangenheit abzustreifen und schlichtweg nur »Ich-hier-und-jetzt« zu sein. Man ist stets und untrennbar auch »Ich-damals-und-früher« oder »Ich-dort-und-in Zukunft«. In seinem Buch aber sieht H. N. in jedem Augenblick den ganzen Menschen. Hier liegen seine Schwierigkeiten, seine Nachteile, seine Grenzen, und dies sind seine Leistungen! Das ist höchst ermutigend – und auch notwendig. Außerdem ist es ein Zusatz zu Daddys: »Die Weltgeschichte ist die Geschichte des Kampfes zwischen dem Wunsch des Menschen nach Freiheit und seinem Wunsch nach Sicherheit. Eigentlich ist das die Lebensgeschichte jedes einzelnen.«

Sonntag, 15. September 1935

Nordwind, kalt und regnerisch. Con und ich unterhalten uns. Sie hat einen glücklichen Sommer gehabt. Sie zog Vertrauen aus ihrer Arbeit, und in der Woche mit den jungen Studenten hatte sie *beide* Möglichkeiten, sie konnte Tennis spielen *und* Gespräche führen. Bei uns allen gibt es, zwischen den Augenblicken der Zuversicht und des Mißtrauens gegen sich selbst, diesen fürch-

[1] Harold Nicolsons Biographie über Dwight W. Morrow.

terlichen Abgrund. Con lernt es sehr gut, die Zuversicht aus der einen Welt in die andere hinüberzuziehen.

Sitze in meinem Zimmer, bin die Gefangene meiner Gedanken an die ungeschriebenen Briefe und irritiert durch C.s Gegenwart. (Er kann sonst nirgendwo hin. Überall wird er gestört, und er braucht das Alleinsein und die Freiheit mehr als jeder andere.) Ich kann, da ich C.s Mißbilligung spüre, keine Briefe schreiben. Ich kann nichts anderes schreiben, weil er im Zimmer ist. Ich sitze nur da. Er versteht, daß ich bedrückt bin, hilft mir bei den ärgsten Briefen und den Einladungen und tut es ohne jeden Vorwurf darüber, daß ich mich nicht an mein Kapitel über Grönland mache. Er ist wirklich ein Schatz. Der Kamin qualmt, und Jon liebt mich nicht.

Montag, 16. September 1935

Am Morgen (nachdem ich mit Jon ein bißchen im Vorgarten in der Sonne war) gehe ich an meinen Schreibtisch, bearbeite die Tagebucheintragungen über Grönland und stelle mögliche Kapitel zusammen. Die Sache nimmt festere Formen an, ähnelt der Regelmäßigkeit tiefer Atemzüge oder dem Bewußtsein der eigenen Kraft beim Schwimmen. Ich bin, wenn ich zum Mittagessen nach unten komme, irgendwie weniger wankelmütig, lasse mich nicht mehr gleich umpusten und bin viel mehr für mich und damit freier.

Beim Abendessen benimmt Jon sich ganz ordentlich, doch er ist leicht irritiert darüber, daß ich in seinem Zimmer einen langen Brief lese. Er verlangt meine ganze Aufmerksamkeit. Er möchte von mir einen Gute-Nacht-Kuß.

Dienstag, 17. September 1935

Ein ruhiger kühler, sonniger Tag. Ich gehe auf die Landzunge hinaus. Die Malven stehen aufrecht und leuchtend in dem durchscheinenden Licht. Ich habe das Gefühl, als stünden sie in einer anderen, nicht so durchlässigen Substanz, die noch goldener als die Luft ist. Sie sind von einer so dauerhaften Schönheit, wie es Juwelen oder in Kristall gebettete Blumen sind.

Ich mache mich wieder an die Tagebücher. C. möchte Jon zum Fliegen mitnehmen. Der Vormittag ist hinüber – aber dennoch gehe ich, um Jon zu holen. Er ist begeistert. »Wenn ich groß bin, wenn ich sehr viel schneller esse, setze ich alles selber in Bewegung« (Flugzeuge und Autos). Ich erkläre ihm, daß es im Flugzeug sehr laut sein wird. »Aber *dich* stört der Krach doch nicht.« – »Mich stört er *nicht* – mich auch nicht«, echote Jon stolz.

Einmal schauen wir C. beim Starten zu, und dann steigen wir ein, Jon sitzt auf meinem Schoß. Ich stopfe Watte in seine Ohren und schlinge meine Arme um ihn. Wir kommen ganz glatt weg. Jon hat überhaupt keine Angst und spricht, während wir steigen, über das, was er sieht, aber ich kann ihn nicht verstehen. Ich bin andrerseits ganz gelähmt vor Angst und wünsche mir nur, daß er heil wieder herunterkommt. Ich lege mein Gesicht auf seine Haare und bete um Vertrauen. Vielleicht wird Jon es mir zurückgeben. Ich habe so viel davon verloren. Ich rede, außer einmal am Anfang, nicht mit ihm, und damit wollte ich ihm auch nur klarmachen, daß dies alles ganz gewöhnliche Vorgänge sind. »Gefällt es dir?« Ein Lächeln, die kleine Nase wird kraus und sein Mund formt die Worte: »Ich find's schön.« Ich zeige auf ein paar Schiffe und auf unser Haus. Aber sonst möchte ich ihn seine eigenen Eindrücke gewinnen lassen. Er schaut verzückt die ganze Zeit zum Fenster hinaus, ist nur bei einer Schräglage ein bißchen überrascht, fängt sich aber gleich wieder.

C. freut sich, verbirgt seine Freude aber, und sagt nur: »Dieses Jahr hat er schon mehr davon.« Wir bleiben fünfzehn Minuten oben und fliegen um die Insel herum. Es ist wunderschön und ganz windstill. Ich beobachte einige Fische, graue Fische, die in Richtung Pulpit Harbor schwimmen – ›The Water Babies‹[1], und mir öffnet sich die Welt unter Wasser mit ihrem Eigenleben, den Tieren und ihrem freien, uns unbekannten Kommen und Gehen. Ich sage zu Jon: »Wir werden jetzt landen.«

Eine reibungslose Landung. Mutter spielt Golf in ihrem weißen Kostüm und hat ihren weißen Mantel über die Flagge gehängt. Ich frage Jon, was er gesehen hat. Er verzieht seinen Mund zu einem breiten scheuen, nachdenklichen Lächeln und sagt langsam: »Schiffe.« – »Und was noch?« – »Inseln.« – »Und was noch?« – »Wasser.« (Später korrigiert er Mutter: »Wir sind nicht *in* den Himmel – nicht *in* den Himmel – wir sind *unter* den Himmel geflogen.«)

Ich gehe an meine Arbeit zurück. C. pfeift nach mir. Ich fluche. Was ist jetzt schon wieder? Das war ja sehr schön, doch was soll

[1] Bezugnahme auf Charles Kinsleys Buch.

aus dieser Arbeit werden? C. sagt, daß heute ein wunderbarer Tag sei, um Aufnahmen zu machen. Ich stimme zu. Wir steigen wieder auf; mir ist (ohne Jon) viel wohler zumute, bis C. sagt, ich solle die Aufnahmen machen. O Himmel, denke ich mir, ich mache das bestimmt schlecht, und er wird böse sein – ich sehe das schon vor mir. Aber es ist nicht zu schwierig, und er macht auch welche.

Es ist ausgesprochen schön – was war ich doch für eine Gans, daß ich nicht mitwollte. Ich sollte C. dankbar dafür sein, daß er mich aus meinem gewohnten Geleise herausgeholt hat, wo ich in meiner Verzagtheit stets hocken bliebe, wenn er nicht irgend etwas will oder braucht. Viele Wolken schweben über dem Festland – rundliche Schönwetterwolken, die der Wind noch nicht auseinandergetrieben hat –, im Kreis umschließen sie den Horizont. Die Wasseroberfläche ist glatt und schillernd (wenn man, die Sonne im Rücken, hinunterschaut), und die Wolken spiegeln sich wie Säulen aus Perlmutt im Wasser. Die Felsenplatten der Inseln glitzern in der Sonne, und es ist so windstill, daß die Kiefern am Strand sich wie dunkle Klippen im Wasser spiegeln. Man kann hinuntersehen bis in die schlammigen Fahrrinnen und die seichten, felsigen Stellen vor der Küste.

Alle Inseln sind so hingebreitet, als seien sie mit einer einzigen herrlichen Gebärde dorthin gestreut worden – und rund und ebenmäßig ruhen sie auf ihren Sockeln aus weißem Stein, als seien sie einmütig mit einem kleinen Plumpser dort gelandet. Und die Insel [North Haven] selbst breitet sich immer weiter aus, entfaltet sich mehr und mehr und wird übersichtlicher, je höher wir steigen. Man sieht alles, die verschiedenen Einfahrten und Buchten präsentieren sich blau und strahlend, zerteilen die Landstriche und wirken nun wie eine Landkarte. Dann schaue ich darüber hinaus – über unser massives Stück grünes Feld, unser weißes Haus (und den weißen Fleck: Mutter beim Golf), über Pulpit Harbor und die niedlichen Boote hinweg, über die verstreuten Wohnblocks, die North Haven sind, den Thoroufare und den Leuchtturm bis auf die Isle au Haut, die, ein langer Streifen, auf dem Wasser ruht. Und noch weiter über diese flachen, zerstückelten Inseln (Stonington) bis zu den sanften Hängen der Zwillingsberge des Mount Vernon. Sie sind blau, Wolkenschatten liegen auf ihnen, sie erheben sich würdevoll einer hinter dem anderen.

Islesboro ist fast unter uns. Mit einem Fuß sind wir auf ihr, mit dem anderen auf North Haven. Die Camden Hills auf dem

Festland sind nichts weiter als grüne Hügel für eine Berg- und Talbahn. Doch in weiter Ferne am Horizont zwischen Wolken und Land ist eine schwache Linie, die farblich sowohl zum Land als auch zum Himmel gehören könnte, in ihrer Beschaffenheit weder festgefügt wie ein Landstrich noch schimmernd wie eine Wolke – die blaßblaue, gezackte Silhouette der White Mountains.

C. sagt: »Ich glaube, ich werde einen Vertikalkreis machen.« Wie kann er Aufnahmen machen und dabei gleichzeitig mit einer Tragfläche in ständigen Spiralsenkflug gehen? Wir gehen in sehr steile Schräglage (das Entsetzen), und dann sage ich mir das vor, was ich vergessen hatte: »Überlaß dich der Sache – kämpfe nicht dagegen an.« (Ich scheine mir das immer und bei allem vorzusagen.) Als ich mich nicht mehr dagegen sträubte und zum Teil der Maschine wurde, kam mir zu Bewußtsein, wie perfekt diese Schräglage gelungen war, und ich fühlte mich vollkommen sicher, so sicher, wie wenn wir geradeaus fliegen oder auf der Erde sind.

Wir kommen herunter, das Wasser auf der fernen Seite der Isle au Haut verschwindet, während wir sinken, und die Gestalt der Isle au Haut reckt sich uns entgegen, paßt wieder in das gewohnte Bild meiner Vorstellung, wird wieder »wunderschön«. Die sanften Hänge des Mount Desert entfalten ihre Pracht, Blue Hill taucht aus der Versunkenheit auf, die Buchten werden vom Land aufgesogen und verschwinden. Die Welt zeigt sich wieder in Silhouetten. Aber der herrliche Augenblick, bevor sie wieder zur gewohnten Silhouette wird, die man vor sich hat, wenn man sich auf der Erde bewegt – eine höhere Schönheit. Man hat die gleiche Aussicht wie vom Land, aber man sieht mehr – weiter, klarer, über die Inseln hinweg, über den Thoroufare und auf die Bucht hinaus, die sich öffnet, über den Leuchtturm und über die blauen Hänge der Isle au Haut. Das ist göttlich.

Während ich meinen Atem anhielt, weil wir zur Landung ansetzten, dachte ich auch darüber nach, wieviel Vertrauen ich zum Leben nötig habe – Vertrauen, das jeder braucht, besonders Frauen –, ein absolutes, kindliches und vollkommenes Vertrauen, über das wir in meiner Generation gelacht haben. Die Art von Vertrauen, die am besten in der Bibel dargestellt ist, ein Vertrauen, das Gideon bei seinem Marsch um die Mauern bewies. Trotz unserer heutigen Einstellung zur Religion gibt es in der Bibel Lehren, die nirgends besser aufgeführt werden, Wahrheiten, die nur in ihren Symbolen zu finden sind.

C. fliegt nach Port Washington und in den Westen.[1] Er zwinkert durch das Fenster leicht mit den Augen – unser altes Zeichen. Ich bin, während ich die Räder beobachte, wie sie vom Boden abheben, so beunruhigt (eines blieb viel länger unten als das andere), daß ich zu winken vergaß, was mir sehr leid tut. Doch dann beim Abflug, als er drehte und mit heulendem Motor in meine Richtung zurückkehrte, schlug über mir eine Woge des Gefühls zusammen, als wäre mir durch diese flüchtige Geste C.s wahre Gesinnung bewußter als dann, wenn er an meiner Seite ist. »All das würdest du verlieren – all das«, denke ich, während mir klar wird, was es bedeuten würde, wenn ich ihn verlöre. Ich kann ihn nicht sehen, er aber *muß* –ja, er tut's auch, seine Flügel senken, wenn er über mir ist und ich mit beiden Armen winke. Merkwürdig erregend, diese Zusammengehörigkeit über eine solche Entfernung, dabei so direkt, so vollkommen. Dann heult er an mir vorbei und geradewegs in die Sonne hinein, und der Lärm ist sehr rasch vorüber. Ich fühle mich unglaublich leer, mir wird plötzlich bewußt, daß ich ohne C. mein Leben und den ganzen Zweck des Lebens verlieren würde.

Samstag, 21. September 1935

Sitze den ganzen Vormittag vor der »Erzählung«. Versuche das »Gerüst« der Sache zu Papier zu bringen. Irgendwie gelingt's nicht. Es ist kein Pepp drin. Vielleicht hapert es an der Echtheit. Und am Ende merke ich, daß ich's wohl doch nicht kann – jedenfalls nicht so etwas. Mache mich mit einer gewissen Erleichterung an die Grönland-Tagebücher; mit denen werde ich vermutlich fertig werden. Das ist alles, was ich kann – nun bleib auch dabei – sei nicht so ehrgeizig. *Akzeptiere deine Grenzen.* Dabei ist es ziemlich gräßlich, vor dieser Wand zu stehen. (Thelma sagt, daß der schwerste Augenblick im Leben der ist, wenn man gegen die Wände seiner eigenen Existenz anrennt.) Ich stelle mir vor, daß das so ähnlich sein muß, wie wenn ein Mann von dem »einzigen Mädchen« einen Korb bekommt. Es ist nicht leicht, seine Ambitionen zurückzustecken und sich den unbedeutenderen Aufgaben zuzuwenden. Vielleicht sind sie aber gar nicht

[1] Seit einigen Jahren arbeitete C.A.L. mit dem Raketen-Pionier Robert H. Goddard zusammen. Er und Harry Guggenheim flogen nach Roswell, New Mexico, wo Goddard sein Laboratorium und seine Abschußrampe hatte und einen Raketenabschuß vorbereitete.

unbedeutend, vielleicht liegt gerade darin meine Bestimmung: mir meine Sensibilität zu bewahren und Dinge zur Kenntnis zu nehmen, um damit manchmal anderen helfen zu können und ihnen zu sagen: *Akzeptiere das.* Das scheint das »Leitmotiv« dieses Sommers zu sein.

Abends ein Brief von C., tröstlich und ihm so ähnlich, zusammen mit einer Uhr in einen Socken eingewickelt! Wie nah ist mir doch C.s Wesen – zum Greifen nahe. Der erste Brief, seit wir verheiratet sind.

Montag, 23. September 1935

Beschließe einfach, mich an Jon zu freuen, die Grönland-Tagebücher zu bearbeiten und draußen zu sein. Die Tagebücher sind durchaus verwendbar; eine Erleichterung, daran zu arbeiten. Golf mit Mutter am Nachmittag. Mutter hat beim Golf ihre »Grenzen niemals akzeptiert«!

Dienstag

Con und Mutter reisen ab. Es ist mir wirklich arg, aber als sie dann fort waren, fühlte ich mich freier. Aubrey ist beim Schießen. Elisabeth ist mir jetzt näher. Abends reden Aubrey und ich vor dem Kamin über Elisabeth und ihre Albernheiten, ihre kindischen Sorgen. Wir lachen darüber. Dann sprechen wir von ihren Qualitäten – über die, die sie von Daddy hatte. Aubrey findet, daß sie ihm am ähnlichsten war. Ich behaupte, daß sie Daddy am ähnlichsten war im Überbrücken dieser »Kluft«, die in uns allen steckt, zwischen unserem Selbstvertrauen und unserem Selbstmißtrauen, wie es H. N. beschreibt. Sie überbrückte sie wie er mit Humor, Heiterkeit und Charme. Con überbrückt sie bewußt, hat gelernt, wie man das verstandesmäßig macht. Ich habe es nie gelernt. Ich versuche es gefühlsmäßig. Wir unterhalten uns darüber, wie schwierig es ist, über Elisabeth zu reden, wie sehr wir Mutters Nöte spüren und wie unmöglich es für uns alle ist, die Forderungen, die sie an uns stellt, zu erfüllen.

Mittwoch

Umziehen.[1] Ich hasse es – mir wird beim Abräumen meines Schreibtisches und beim Aufgeben aller täglichen Lebensgewohnheiten kläglich zumute. Die Kästchen für »schöne Briefe« und »unbeantwortete Briefe, müssen sorgfältig bearbeitet werden« und die »nichtssagenden Geschäftsbriefe«. Und der Bücherschrank – welche Bücher sollen mit? Ich möchte alle meine Bücher, die ich mühsam den Sommer über zusammengetragen habe. Auch wenn sie ungelesen sind und bleiben, ich möchte sie bei mir haben, vertraut und tröstlich. Ich hasse den Aufbruch – der Sommer ist vorüber.

Freitag, 27. September 1935

Abends ganz schwermütig. Drohende Kriegsgefahr zwischen Italien und England – klingt hoffnungslos am Radio. Das hing schon die ganze Woche über in der Luft. Con sagte, es sei wie das Warten während einer Krankheit – der Schwebezustand –, die Zukunft ist abgeschnitten. Was kann ich Wichtiges tun? Die Berichte: »Etwas besser« – »Zustand unverändert« – »Leichte Besserung«, und die Woge der Erleichterung, das Leben, die Hoffnung und alle eigenen Pläne kehren brausend zurück. Dann schlechtere Nachricht, und wieder liegt die alte Last auf einem, verschlang alle Hoffnung. Ich kann es mir vorstellen. Dieses Mal trifft es natürlich Aubreys und C.s Generation. Alle C.s in England und alle Dwights. Ich habe das Gefühl: Wenn Krieg kommt, ist alles, was wir tun, bedeutungslos. Auch die Generation vor uns – und die Generation nach uns? Aubrey sagt: »Ist es das wert, eine Weltmacht zu sein?« Ich glaube nicht! Ich denke an Rilkes Worte über den Krieg: Ein Baum, der eben zu blühen begann, wird mit den Wurzeln herausgerissen und umgekehrt in die Erde gepflanzt. Das einzige, was nicht sinnlos erscheint, ist Jon – und wieder ein Baby zu bekommen.

[1] Für den September ziehen die Familie Lindbergh und Aubrey Morgan aus dem großen Sommerhaus aus und in ein Gästehaus.

Samstag

Es regnet den ganzen Tag. Die Nachrichten sind weiterhin schlecht. Jon und Thor sehr energiegeladen. Aubrey zitiert Mrs. Miles: »Also, ich behaupte ja immer, daß man, um wahrhaft glücklich zu sein, eine kinderlose Witwe sein muß.«

Jon unternimmt in seinen »Booten« Fahrten – einmal ist es ein Sofa – dann ein Holzkorb.

Aubrey fährt ab.

C. wird durch das Wetter in Saint Louis aufgehalten.

Sonntag, 29. September 1935

Sonntag und den ganzen Tag keine Nachrichten – herrlich! Ein herrlicher Tag. Gegen Mittag klart es auf, und ich gehe mit Jons Holzkorb-Boot in den Garten des großen Hauses hinüber, um Blumen zu pflücken. Es ist köstlich, die eben hervorgekommene Sonne, Farbe und Wärme breitet sich aus, alles wird lebendig. Ich habe den Eindruck, daß die Blumen sich recken und dehnen, genau wie ich. Ich komme mir sehr häuslich vor, da ich nichts weiter zu tun habe, als Blumen zu schneiden und sie in meinem Haus in die Vasen zu stellen. Niemand in der Nähe. Singe vor Begeisterung und trage den Korb zurück. Wie ich in die Nähe des kleinen Hauses komme, merke ich, daß ich Jon aufwecken werde, und mache Halt, aber er hat mich schon gehört. Er steht aufrecht in seinem Kinderbettchen am Fenster und sagt mit einer hohen, begeisterten, aber irgendwie geheimnisvollen Stimme (wohl wissend, daß er jetzt schlafen sollte, aber auch wissend, daß ich nicht zanken würde): »Wo bist du mit dem Boot gewesen? Hast du Blumen gepflückt?«

Montag, 30. September 1935

Das Flugzeug ist über dem Haus, ehe ich mich richtig saubergemacht habe. Rase in meinen Sandalen hinaus über das nasse Gras, halte Thor. C. umkreist das kleine Haus und das Feld – starker Wind. Ich gebe Anweisung, die Fahne aufzuziehen (damit man die Windrichtung erkennen kann). Starker Seitenwind – der schlimmste, den's gibt. C. umkreist andere Felder, fliegt weg, kommt wieder, etwa eine Stunde lang. Ich springe schließlich in ein Auto und jage ihn. Komme zurück und finde das Flugzeug gelandet und säuberlich vertäut vor – der Wind hörte plötzlich auf. C. ist im kleinen Haus, geht mit Jon auf dem Arm die Treppe hinauf. »Das ist mein!« denke ich. Er sieht strahlend aus – der alte C. aus Mexiko. Das Leben ist in mich zurückgekehrt, erfüllt mich wieder, befriedigt mich.

Wir spielen Tennis (wie jung er aussieht – ein Kindergesicht) und gehen spazieren. Abends, als ich die Papiere bearbeite, ein Feuer brennt und die Lampen sind hell, habe ich ein merkwürdiges Gefühl des »Jungverheiratetseins«, C. und ich alleine im Haus, ich für ihn da. Diese besondere freudige Erregung (der ähnlich, die einen durchrieselt, wenn man etwas schöpferisch gestaltet), wenn ich ihn da auf dem Stuhl, den ich in jener Ecke etabliert habe, sitzen und lesen sehe, mit der Lampe hinter sich, die ich aus dem großen Haus herübergeschleift habe – für ihn. Im Bücherschrank die Bücher, die er lesen möchte, die Blumen, der kleine Tisch, sogar im Badezimmer die gewünschten Gegenstände – alles, um es ihm gemütlich zu machen. Er bemerkt das alles nicht, weiß auch nicht, daß das Mühe gemacht hat, aber er ist glücklich, und das genügt.

Dienstag, 1. Oktober 1935

Hole die Grönland-Tagebücher, Briefe und Bilder hervor. Weiß nicht, wo ich anfangen, wo ich aufhören und was ich auslassen soll. Selbst die Skizzen haben ihre Aussagekraft verloren und sind nichts weiter als trübselige Bleistiftstriche auf dem Papier. Mir wird klar, daß die Angst vor dieser Entmutigung mich davon abhält, mit der Arbeit zu beginnen. Vielleicht sollte ich sie als Teil der Arbeit akzeptieren, als völlig normale Phase, der man sich stellen und die man durchmachen muß – als Teil dessen, was geleistet werden muß –, statt sie als totalen Zeitverlust zu betrachten, als eine tiefe Grube, die man umgeht.

C. sagt, daß es nicht zu sehr dem ersten Buch ähneln solle. Das jagt mir leichte Schauer über den Rücken. Ich mag nicht daran denken, so zu schreiben, wie Leser, Kritiker oder Verleger sich ausdrücken.

North Haven, 1. Oktober 1935

Liebe Mutter,
C. kam gestern früh an und ist sehr glücklich. Alles ist herrlich – das kleine Haus, Marys Kocherei, das Wetter. Wir spielten heute auf dem großen Platz ganz alleine Golf. C. tat es ganz mit einer »Ich-hoffe-es-ist-dir-klar-wie-sehr-ich-dich-liebe-daß-ich-sowas-mache«-Haltung, aber mir hat es Spaß gemacht.

C. ist voller Lebensmut und nicht allzu deprimiert wegen des Krieges. Ich glaube, er denkt, wenn der Völkerbund in diesem Fall sich wirklich bewährte, könne das eine Wende bedeuten. Außerdem hat er größtes Vertrauen in die britische Überlegenheit.

Tagebuch

Donnerstag [3. Oktober]

Italien schifft sich mit gewaltigen Trompetenstößen nach Äthiopien ein. Kann um 1.30 Uhr keine Nachrichten kriegen wegen der Weltmeisterschaften in Chicago! Brief von Harold Nicolson über mein Buch, ein gedankenreicher, klarer, analytischer Brief – auch mit freundlichen Worten. Aber das Buch und meine Erregung darüber scheinen hinter mir zu liegen und haben sich selbständig gemacht. Dieser Brief – den sich ein Mädchen im letzten Sommer so sehr gewünscht hätte, um zu erfahren, ob sie irgend etwas geschrieben hatte, das Bestand haben könnte – dieser Brief hat nichts zu tun mit der Person hier an diesem Schreibtisch, die nicht glaubt, daß es sehr wichtig ist, über Grönland zu schreiben in der jetzigen Welt – die vom Krieg bedroht wird.

Doch der Teil des Briefes über den Krieg, über ihre Probleme, Enttäuschungen, Fehler und letzte Zielsetzung war sowohl realistisch als auch tröstlich. Auch wenn er entmutigend war, zeugte er doch von einer gewissen Unerschütterlichkeit, wie das Wort eines Spezialisten, den man bei einer Krankheit konsultiert. »Die Symptome sind durchaus bekannt, vielleicht müssen wir mit einem Rückfall rechnen, doch am Schluß ...« – »Die erste Runde werden wir verlieren, aber wir werden wie üblich über die Hälfte der Spiele gewinnen.« Es tröstete mich, daß sie lediglich »sehr traurig« waren. Daß sie mit Erwartung der »zweiten Hälfte der Spiele« entgegensahen und nicht in einen sinnlosen Abgrund blickten. Oder lag auch darin britische Gleichgültigkeit und

Philosophie? Mir gab es das Gefühl, daß es auch jetzt noch ganz richtig war, an das Schreiben zu denken, ja sogar an dem Grönland-Artikel zu arbeiten.

Und nachts jagte das ganze Grönland durch meine Gedankenwelt – die lebhaften Gefühle, die ich heute morgen an meinem Schreibtisch so unentwegt und mühsam zu wecken versucht hatte – sie jagten so rasch dahin, daß ich sie nicht erwischen konnte:

»And the days are not long enough
And the nights are not full enough,
And life slips by like a field mouse
Scarce shaking the grass.«[1]

C. bringt Jon das Erklettern der steilen Felsenklippen bei – er faßt ihn nicht an, hilft ihm nicht, steht aber hinter ihm (wie das ein Vater tun sollte). Jon rutscht auf einem lockeren Felsen aus. C. fängt ihn auf, aber erst als er sich ein bißchen aufgeschürft hat und einen kleinen Schreck bekam. »Du sollst mir doch helfen«, bringt Jon erschüttert hervor. »Nein, ich helfe dir nicht – ich bleibe hier stehen, damit du nicht fällst.« Jons Beine zittern so, daß er kaum stehen kann. C.: »Jetzt bleib ruhig stehen und überlege, was du am besten machen sollst.« Jons Beine hören zu zittern auf, durch C.s bestimmten Ton kehrt sein Vertrauen zurück (wie auch bei mir immer). »Das Beste ist, hinunter zu gehen!« Aber C. hilft ihm hinauf und sagt ihm, wo er hintreten soll. Ich glaube, daß diese Lehre, daß man bei Gefahr ruhig bleiben muß, Jon stets eine Hilfe sein wird. Ich hoffe sehr, daß er wie C. aufwachsen wird.

Freitag, 4. Oktober 1935

Ein schöner Tag. An diesem Morgen sprudeln die Einfälle. Zuerst gehe ich mit Jon hinaus und pflücke Blumen. Jon hält den Korb. »Du wirst sie doch nicht alle pflücken?« fragt er verschreckt. Dann zurück, Blumen in die Vase. Sie beschäftigen mich sehr und machen mich ganz ärgerlich. Warum lassen sie sich nicht richtig anordnen? Die Zinnien sind leicht, ihre Blätter

[1] »Und die Tage sind nicht lang genug/Und die Nächte sind nicht reich genug/Und das Leben eilt vorüber wie eine Feldmaus,/Die kaum das Gras in Bewegung setzt.«

sind eine Hilfe. Die buschigen Maßliebchen bleiben in der Mitte aneinander hängen – scheußlich. Dann, wie ich sie herausziehen will, verheddern sich die Maßliebchen. Ich möchte aber, daß sie sich wie ein Schleier durch die dunkleren Scabiosen winden. Das gelingt auch schließlich. Absolut befriedigt – Blumen arrangieren ist ein guter Tagesanfang: Man bekommt dadurch die Vorstellung, daß man etwas Schöpferisches geleistet hat.

Dann an die Arbeit, ich bin voller Ideen – sie stellen sich rascher ein, als ich sie niederschreiben kann. Spielte außerdem sehr gut Tennis.

Nachts nehmen C. und ich uns Decken mit auf die Landzunge und strecken uns unter den Sternen, unter einer Kiefer aus. Sehr kalt, Wind und Meer tosen. Wir liegen flach auf der Erde, ich komme mir dabei verwurzelt vor wie ein Baum, vielleicht bin ich auch tot, begraben und der Erde für immer anheimgegeben. Ein wunderbares, sicheres Gefühl – den Wind und das Meer zu hören und sie nicht zu fürchten, verwurzelt und ein Teil der Erde zu sein, unerschütterlich ... Die Milchstraße, die Wega und der Große Bär breiten sich über uns aus, die schwarzen Zweige über uns bewegen sich im Wind und verdecken zeitweilig einzelne Sterne. Das währt ewiglich.

Dann zum Haus zurück, um die Elf-Uhr-Nachrichten zu hören – sehr düster. Italien steht mit Hitler in Verbindung. Deutschland ist neutral, aber auf der Seite Italiens – sehr daran interessiert, seine Kolonien zurückzugewinnen. Deutschland mit Italien zusammen – das *wird* Krieg geben.

Samstag, 5. Oktober 1935

Artikel im ›Vanity Fair‹: »Die Lindberghs, eine Liebesgeschichte.« Für mich ein recht seltsames Bild – Idylle der Lüfte. »Was immer sie tun, sie tun es – gemeinsam ... Sie bleiben unverändert.« Wenn ich an dieses oder auch an ein anderes Jahr zurückdenke, kommt mir das so überspannt vor. Präsentiere ich der Welt tatsächlich ein unverändertes Gesicht?

North Haven, 5. Oktober 1935

Aubrey kam heute morgen hier an. Es war recht kalt, und wir verbrachten einen schönen Tag: spielten Tennis, übten auf den

Felsen Scheibenschießen und führten dann betrübliche Gespräche über den Krieg. Charles und Aubrey unternahmen heute abend mit Jon im »Flugzeug« (dem Holzkorb) eine »Reise« und wirbelten im Zimmer herum. Jon klammert sich am Griff fest und macht als Motor »Brr-r-r«.

Sonntag

Ich bekam einen netten Brief von H.N. über (mein) Buch. Er schrieb nicht: »Wie ähnlich sieht Ihnen das!« oder: »Sie *enthüllen*, Mrs. L., Ihre eigene charmante Persönlichkeit und die Ihres Mannes.« Ich habe mich sehr darüber gefreut, auch wenn ich das Gefühl hatte, daß er über das Buch von jemand ganz anderem schrieb. Ich fand es besonders nett von ihm, denn ein Reisebericht kann in solchen Zeiten nicht sonderlich wichtig sein.

Aubrey, C. und ich diskutieren ständig über einen europäischen Krieg und hören Radio. Bei dem Versuch, heute morgen die Nachrichten zu kriegen, erwischten wir die Übertragung des englischen Programms über eine Gedächtnisfeier für Tennyson, auf der H.N. und verschiedene andere Leute sprachen. Man konnte sie gut hören, doch ich konnte es nicht, da Aubrey und Charles (beide ungeheuer an Tennyson interessiert!) sich unterhielten. Die Gedichte wurden schrecklich vorgetragen, »R-Ring Out Wild Bells« und »Break Break Break«. »Schalte das Programm ab«, rief C. schließlich und fragte verwundert und mit männlicher Verachtung für die affektierte Stimme: »Ist das Harold Nicolson?!« Er war es nicht.

[Englewood] Dienstag, 29. Oktober 1935

Der heutige Tag ist ein wahrer Graus. Nachmittags Sitzung des Komitees für Geburtenkontrolle. Um neun Uhr kommen die Stühle; unten sind alle Türen offen; Frauen kommen an, um die Stühle aufzustellen. Selbst oben kann ich ihre Anweisungen hören. Ständiger Lärm durch zusammenklappende und übereinanderpolternde Stühle, durch Stapel, die hereingetragen, ausgepackt und aufgestellt werden, von hin und her laufenden Leuten und von Autos. Ich sitze [oben] in meinem kleinen Studio und habe alle meine Bücher, Papiere und das Bildmaterial aus dem Schreibtisch im großen Zimmer geholt. Der Schreibtisch hier oben liegt voller Papiere vom letzten Jahr. Auf C.s Schreibtisch stapeln sich Papiere und Umschläge. Der einzige bequeme Stuhl liegt voller diesjähriger Bücher. Ich lege die Tasche mit meinem Tagebuch auf einen anderen Stuhl. Eine weitere Tasche mit unbeantworteter Post liegt auf dem Boden.

Meine unbeantworteten Einladungen, Briefe, Aufforderungen und geschäftlichen telefonischen Mitteilungen überwältigen mich. Wenn mich die Menschen doch nur in Ruhe – ganz in Ruhe lassen wollten. Wenn ich doch vor der Außenwelt kein Gesicht zu wahren hätte. Ich sitze in einer Falle, bin in meiner Bewegungsfreiheit durch all diese Briefe gehindert. Kann weder Eintragungen in mein Tagebuch machen noch etwas anderes schreiben und ärgere mich über mich selbst, weil ich keinen Ausweg aus diesem Dilemma finde. Es ist so kindisch, mit dem Äußeren nicht fertig zu werden. Heute nachmittag muß ich diese Leute sehen. Ich steige ins Auto. Wegzukommen ist eine geradezu physische Erleichterung. Ich versuche mir vor Augen zu halten, daß C. hier ständig so zumute ist. Er kommt nach Hause und findet Menschen, die eben das Haus verlassen, oder jemanden, der zum Abendbrot kommt. Er hat das Gefühl, als ob er erstikken müsse, und geht hinaus.

Mittwoch [30. Oktober]

Zum Essen die Verwalter von Elisabeths Schule. Ich fürchte mich vor dieser Strapaze, dann werde ich von der konkreten intellektuellen Leistung dieser Männer, von ihren Gesprächen über Erziehung, die verschiedenen Faktoren, die die Qualität der Arbeit beeinflussen, die gesetzten Grenzen und Umwelteinflüsse, die Eigenschaften der Professoren angeregt und mitgerissen. Ich sitze auf einer Ecke meines Stuhles und versuche nichts zu verpassen, und es wird mir klar, wie selten ich mit wirklich intelligenten Menschen spreche. Wie gewöhnlich erstaunt mich C.s Auffassungsgabe und die Geschwindigkeit, mit der er auf jedem Gebiet auf das Wesentliche zusteuert. Wieviel Freude macht es mir, wenn sich zwei ebenbürtige Geister aneinander messen. Wir sollten öfter mit solchen Menschen zusammenkommen.

Mrs. Neilson[1]: »Die Ehe ist die tristeste Angelegenheit, die ich kenne.« Sie selber ist klug, begabt und charmant, hat einen großartigen Mann, und sie sind glücklich verheiratet. Sie lacht natürlich – aber sie spricht es aus. »Dabei könnte sie so wunderbar sein.« Ich habe viel von ihr gelernt, mehr als sie ahnt, mehr als ich ihr sagen könnte: über Realitäten und Unwirklichkeiten in meinem Leben, den Mechanismus des Entrinnens. Dazu die »Rechtfertigung der eigenen Existenz«, wahrhaftig und bis in die Wurzel eine Puritanerin und damit versucht, Materie und Geist voneinander zu trennen. Auch in praktischer Hinsicht war sie mir eine Hilfe: Ich muß Kräfte sammeln, Kinder bekommen, ein eigenes Zuhause haben. Dazu auch diese fundamentale Wahrheit, daß man, »wenn man jung ist, die Dinge liebt, die einen selber verkörpern oder einem ähneln, wenn man aber älter wird, sich den Dingen objektiver zuwendet und sie um ihrer selbst willen liebt«. Sie sagt, daß das in Wahrheit der Unterschied zwischen der Klassik und der Romantik ist.

Ich dachte an meine Leseerlebnisse in diesem Sommer, warum ich gerne Historisches lese. Sie sagte, ja, man müsse ein Zentrum haben, auf das man sich konzentrieren solle, zu dem man alles in Beziehung setzen können müsse, so wie sie Rilke habe. Doch solange man nur wisse, daß man es in seinem Inneren trage, sei es auch nicht unbedingt notwendig, ständig daran zu arbeiten. Sie bestätigte auch das, was ich kürzlich lernte, daß man, wenn man »dahinvegetiere«, einen Reifungsprozeß durchmache.

Ich sagte, daß ich fände, man sollte in einer Ehe etwas mehr »auseinanderrücken«. Sie sagte, sie fände, man müsse mehr »zusammenrücken«. Ich: »Aber ich glaube, das ist unmöglich.« (Ein unerreichbares Ideal.) »Das eine ist genauso schwer wie das andere«, antwortete sie. Und sie hat recht. Es ist sicher besser, den Versuch zu machen, das Ideal des »Zusammenrückens« zu erreichen, als sich auf den Kompromiß des »Auseinanderrükkens« einzulassen.

[1] Frau von William Allan Neilson, Präsident des Smith College.

C. unglücklich, ruhelos – wir machten einen Müssen-aus-Englewood-weg-Spaziergang.

Zum Abendessen gehen wir aus. Keiner von uns wollte besonders gerne, aber wir hatten beide das Gefühl, daß es uns *gut* täte. Ich wasche meine Haare und lege sie selber ein. Gut wird es nicht aussehen, aber für wen sollte ich überhaupt gut aussehen? Abends sahen meine Haare *gut* aus. Habe ein ausgesprochenes Erfolgsgefühl. Neues Kleid; leichtes Party-Entsetzen beim Hineinfahren. Bin so lange nicht mehr ausgegangen. Mein Party-Dasein ist so eingerostet, kracht in allen Fugen. Beim Hinauffahren mit dem Lift überfällt mich die Panik – Puder auf die Nase, Strümpfe haben die falsche Farbe, die Haare fallen runter. C. sieht im Smoking gut aus, wirkt distanziert. Stecke den Puder rasch wieder weg.

Das Mädchen an der Türe ... ungeschickt den Mantel runter ... die erste Schüchternheit, doch dann: »Das geht ganz leicht.« Es war erstaunlich hübsch, nicht auf diese individuelle, private Weise, wie wenn mir jemand begegnet, bei dem ich das Gefühl habe, daß ich mit ihm reden kann oder auch *muß*. Oder wie etwa bei der Verwaltungsratssitzung, auf der ich das Gefühl hatte, daß mein Interesse für Dinge geweckt wurde, die mir fremd waren. Auch nicht auf C.s Art, wenn ich nur dabei bin, um zuzuhören und mitzuerleben, wie er brilliert und ich selbst gar nicht in Erscheinung trete, sondern mich zurücklehnen und das mehr genießen kann als jeder andere in der Runde. Nein, dieser Abend war ein echtes gesellschaftliches Vergnügen, machte im üblichen Sinne einfach Spaß, so wie das »Dame-Spielen«, als wir noch Kinder waren. Wir spielten »Nettes jungverheiratetes Ehepaar«. Da das das Bild war, das wir den anderen boten, waren wir uns unseres Status' als Ehepaar auch bewußter als in den Augenblikken, in denen wir alleine waren.

»Dieser besonders gut aussehende Mann gegenüber am Tisch, der so blendend und engagiert aussieht, wenn er redet, das ist mein Mann.« Ich war begeistert, als ich sah, wie C. die Menschen immer beeindruckte, wie sie ihm zuhörten, und er war stolz auf mich. Voller Wonne kam ich mir hübsch und charmant vor.

C. hänselte mich auf dem Nachhauseweg (insgeheim entzückt) wegen meiner Art, Menschen zu »bearbeiten«. Ich lachte und war ebenfalls entzückt, auch wenn wir beide wissen, daß das nicht wirklich stimmt und auch unwichtig ist. Der Abend polierte unsere Party-Gesichter wieder auf, und wir waren erstaunt darüber, wie hübsch sie waren.

Sonntag, 3. November 1935

Ein herrlicher Tag: Mrs. Hand[1] sprach über die Lebensbejahung der Griechen und Orientalen. Ich gebe ihr Rilke. Ich unterhalte mich lange mit ihr, aber nicht über mich. Ich will keine Sympathie, kein Verständnis für mein Leben, auch keine Hilfe, ich möchte *lediglich* über diese Ideen reden können. Lebensbejahung – fiel sie den Griechen leichter als den Orientalen? Muß über die Griechen lesen! Sie gibt mir Listen mit Büchern.

Aber C. hatte einen schrecklichen Tag – o je – denn es waren zu viele Leute hier und wir redeten den ganzen Tag. Ein einstündiges Gespräch genügt ihm vollauf, er ist so ökonomisch – gar nicht verschwenderisch – braucht kein »Stimulans« durch seine Umwelt.

Montag, 25. November

Abends diskutieren wir über Perikles' Rede, die von der Gewaltherrschaft der Spartaner und der geistigen freiheitlichen Herrschaft der Athener handelt. C. sagt, daß Freiheit nicht ohne eine Macht, die sie schützt, existieren kann. Ich argumentierte ernsthaft und leidenschaftlich – als würde mein Leben davon abhängen – was es auch tut –, und ich war bis in mein Innerstes getroffen, als ich geschlagen wurde ... wie mir das immer passiert.

Freitag, 29. November 1935

Ich habe jetzt wochenlang in meiner Wohnung[2] gearbeitet, packte in freudiger Erregung alle eigenen Sachen aus und sah, wie sie sich um mich gruppierten, nach und nach Wärme, Vertrautheit, Sicherheit, Friede und eine gewisse Anwesenheit des eige-

[1] Mrs. Learned Hand, Frau von Richter Learned Hand, alte Freunde der Morrows.

[2] A.M.L. hatte sich eine kleine Einzimmerwohnung für den Winter genommen, wo sie schreiben wollte.

nen Ichs Gestalt gewannen. Ein Hund dreht sich im Gras immer rund um sich selber, ehe er sich niederläßt, und tut es aus Gewohnheit auch da, wo es nicht nötig ist, nämlich im Wohnzimmer. So drehe auch ich mich immer um mich selbst – kann mich nicht setzen.

Ich habe jetzt während dieser Aufgabe alles weggeschoben – nicht nur das Schreiben, Denken und das Bewußtsein, sondern auch Briefe, Verpflichtungen, Leute –, alles hielt ich von mir fern, bis ich eingerichtet bin. Doch noch habe ich das Gefühl, als würde es mir nie gelingen.

[Englewood] 29. November 1935

Meine geliebte Con,
Dein Brief, der so wohlbekannte Saiten in mir zum Klingen brachte, war schön, und Du warst mir ganz nahe. Wie gut kenne ich das alles. Die Hektik der ersten Mexiko-Wochen kehrte zurück, ich hatte damals gerade das College hinter mir. Elisabeth war nicht dort, und ich war wegen C. ganz durchgedreht. Aber es war dennoch vieles so, wie Du es beschreibst. Diese Betriebsamkeit, dieser übermächtige Strom von Gelächter, Fröhlichkeit, gesellschaftlichem Leben, Sonnenschein und Farben, ohne einen einzigen Augenblick schöner kühler dunkler Ungewißheit, in der man wirklich allein sein konnte, außer (für mich) die frühen Morgenritte mit Sue[1]. Das ständige *»feuille tremblante«*-Gefühl. Erinnerst Du Dich an: *»L'extrême félicité à peine séparée par une feuille tremblante de l'extrême désespoir, n'est-ce pas ça la vie?«* (Sainte-Beuve?) Ich fand dieses Zitat dort unten, und es beschreibt die Gefühle, die man in Mexiko hat, genau.

Dazu die persönlichen Schwierigkeiten: Die Menschen streben in verschiedene Richtungen, genau wie in Englewood, aber an einem viel begrenzteren Ort. Lieber Himmel, wie furchtbar schwierig für die, die das erkennen und zu überbrücken versuchen. Vielleicht ist es besser, das ganz zu lassen. Ich bin froh, daß ich nicht dort bin, denn ich würde ganz sinnlos in jede Richtung gezogen. Viel besser, man steht stumpfsinnig daneben und tut so, als sei man dumm und sähe den Standpunkt des anderen nicht. Habe ich Dir erzählt, daß Mrs. Neilson zu mir gesagt hat: »Ich komme mir wie eine müde Brücke vor?« Ich finde, es ist wunder-

[1] Susanna Beck Vaillant, Freundin von A.M.L. in Mexiko.

bar – mein ganzes Leben. »Und dann, wenn die Brücke müde ist, beschreitet sie niemand. Wenn sie nur beschritten würde, wäre es nicht so schwierig!«

Ich habe in der letzten Zeit ein sehr aktives Leben geführt, habe die Wohnung in Ordnung gebracht, für Jon Wintersachen besorgt – bin herumgerannt und herumgerannt –, so hatte ich keine Zeit zum Denken und Schreiben. Du weißt ja, daß ich irgendwie völlig zugekorkt werde, wenn ich nicht wenigstens Briefe oder Tagebuch schreibe, aber ich tat weder das eine noch das andere.

Die Wohnung kommt mir jetzt traumhaft vor. Sie ist wirklich sehr hübsch, hat *den* richtigen Platz für einen Schreibtisch. Die Bilder sind aufgehängt. Ich tue den schwarzen Orozco über den Kaminsims. Er hängt dort nicht gut. Eigentlich möchte ich einen Cézanne – Kiefern, durch die man Täler sehen kann –, aber ich glaube, daß es davon keine guten Reproduktionen gibt. Ich habe bisher keine Gelegenheit gehabt, dort zu sitzen und zu lesen oder zu schreiben.

Tagebuch

Dienstag, 3. Dezember 1935

Elisabeths Todestag.

Den ganzen Tag habe ich daran gedacht und mir gesagt: »Drei Dinge überleben den Tod. Es sind Mut, Erinnerung und Liebe.«

Ich schrieb in der Wohnung an Mutter. Es war still und ruhig, und ich konnte über Elisabeth nachdenken.

Doch sie ist so schrecklich weit fort. Ich überlege mir ständig, weshalb ich sie so in den Hintergrund gedrängt habe. Haben meine selbstsüchtigen Wünsche das bewirkt oder lediglich die praktische Tätigkeit und die Notwendigkeit, sich zu vieler Emotionen zu enthalten, dazu war in diesem letzten Jahr sehr viel los. Im letzten Winter wollte ich mich in Elisabeth, ihre Briefe, ihr Tagebuch versenken – mich an sie erinnern, über sie, ihre Freunde, ihre Bilder, ihre Gedanken schreiben – Elisabeth wieder erstehen lassen. Dann schob ich das von mir, konnte es gefühlsmäßig nicht bewältigen; ich mußte einen klaren Kopf behalten. Die Gerichtsverhandlung, C., alles – ich konnte es mir nicht leisten, mich diesem Gefühl zu überlassen. Habe ich jetzt Angst vor der Stärke dieses Gefühls, will ich es deshalb nicht wecken, oder fürchte ich, daß es mir nicht gelingen könnte, sie wieder erstehen zu lassen, und mir dadurch ihr Tod bewußter würde als je zuvor?

Ich denke täglich tausendfach an sie – täglich begleiten mich diese Gedanken –, aber das intensive, strahlende Bild ist verblaßt. Für Mutter scheint sie gegenwärtig zu bleiben und auch für E.N., der heute abend hier sitzt und mit Überzeugung von einem Menschen spricht, den ich niemals gekannt habe. Wo ist *meine* Elisabeth?

Mittwoch, mit Jon

Monte[1] hilft mit heute. Ich spreche mit ihr über Elisabeth und über dieses schreckliche Gefühl, daß ich die Aufgabe, für die ich am Leben geblieben war, vernachlässigt habe: sie mir zu vergegenwärtigen, sie im Gedächtnis zu bewahren, sie wieder erstehen zu lassen. Monte sagte, daß es ungut und krankhaft gewesen wäre, hätte ich mich letzten Winter dahinein gekniet, und daß Elisabeth das verabscheut hätte, ich muß im Sinne von Elisabeth leben, nicht Erinnerungen und Fotografien von ihr sammeln. Ich muß in ihrem Sinne leben, mich ihr körperlich verbunden fühlen, und wenn ich mein Leben gelebt habe und alt bin und lange Stunden vor mir habe, dann kann ich mich hinsetzen und Erinnerungen zusammentragen und darüber schreiben. Sie sagt, ich solle nicht glauben, daß ich mich vor etwas »gedrückt« habe, denn dadurch würde Elisabeth zur »Pflicht«. Doch wie könnte Elisabeth zur Pflicht werden? Ich glaube, Monte hat recht, ich hatte die Sache nie unter diesem Aspekt betrachtet.

Dieser Tag war kein Mißerfolg, da ich Jon vor einer Angst bewahren konnte; er sagte, daß er nicht wolle, daß ich das Licht ausmache, daß er Angst vor der Dunkelheit hat. In dem Augenblick erinnerte ich mich an die langen Kämpfe, die ich als Kind ausgefochten hatte, und ich versuchte mir etwas Hübsches einfallen zu lassen, was ich ihm sagen könnte. »Du magst die Dunkelheit nicht, Jon? Sie liegt wie eine große Decke auf dir – so wie die Decke aus Blättern und Gras über den Blumen im Garten liegt, wie wir es heute nachmittag gesehen haben, und die Blumen können schön zugedeckt darunter schlafen.«

Jon lächelte und sagte nachgiebig: »Ich mag die Dunkelheit.«

[1] Margaret Bartlett Millar, Freundin von Amelia Earhart und in diesem Winter Aushilfssekretärin der Lindberghs.

Nachdem ich hinausgegangen war, das Licht ausgeschaltet und die Türe zugemacht hatte, hörte ich, wie er mir nachrief: »Ich mag die Dunkelheit!« Ich rief zurück: »Ja, mein Liebes!«

Samstag, 7. Dezember 1935

C. meint, daß wir für den Winter, oder vielleicht auch für länger, nach England oder Schweden fahren.[1] »Halte dich bis zum Ende der Woche auf vierundzwanzigstündigen Abruf bereit.«

Ich bin in heller Aufregung, doch gehen wir nicht lediglich wieder einmal einer Zeit entgegen, die so viele Überraschungen bereit hält, daß ich nicht »zum Arbeiten«, zu meiner eigentlichen Aufgabe komme? (Es gelingt mir nicht einmal zu ergründen, worin die wirklich besteht! Vielleicht nur darin, daß ich jederzeit bereit bin, mich mit C. in etwas Neues zu stürzen.) Wir nehmen Jon mit, also gibt's kein Tauziehen.

Doch die Wohnung, »mein eigenes Zimmer«, die Welt der griechischen Bücher, Mrs. Hand und mein Schreiben – Bathurst, Grönland –, dazu die Suche nach Elisabeth, alles ist wieder auf die Seite geschoben.

Man sollte fähig sein, das alles überallhin mitzunehmen. Ja, das kann ich auch, aber es braucht Zeit und Ruhe, sehr viel Zeit, und man muß sich daran gewöhnen und nicht aufgeregt sein. Man muß dafür ein Gefühl der Seßhaftigkeit entwickeln.

Ich mache den ganzen Abend Listen – da ich nicht einschlafen kann –, Kleider, Bücher, Gepäck, Jon.

Mein ganzes Leben scheint darin zu bestehen, daß ich versuche, »seßhaft zu werden«, und C. beutelt mich wieder heraus. Aber gefällt es mir? Ja.

Donnerstag, 19. Dezember 1935

Aubrey kommt in meine Wohnung. Sie gefiel ihm, er hat sie »gesehen«. Damit gewann sie an Realität. Er sprach über Besitz, wie schöne Dinge, die man besitzt, zum Beispiel Silber, Bilder, Möbel, greifbar die geistigen Werte, an die man glaubt, repräsen-

[1] Die Publicity in der Presse wurde derart intensiv, und Drohbriefe kamen so häufig, daß in Next Day Hill Tag und Nacht eine bewaffnete Wache aufgestellt werden mußte. Oberst Lindbergh beschloß, seine Familie, aus Sicherheitsgründen und damit sie ein normales Leben führen könnten, ins Ausland zu bringen.

tieren. In gewissem Sinne sind auch sie damit Schöpfungen. Er begriff, wie schwer es mir fallen mußte, das alles wieder aufzugeben. Das, was ich da aufgebaut, und an das ich so viele Hoffnungen geknüpft hatte, zu verlassen, fällt mir schwerer als alles andere. So, wie wenn man den Boden bestellt und ihn dann sich selber überläßt; oder »die Teekanne anwärmt« (Katherine Mansfield) und »es keinen Tee geben wird«!

An E.L.L.L. Samstagabend, 21. Dezember

Liebe M.
Hier nur einige Zeilen – wir fahren in einer Stunde. Ich wollte, wir hätten Dich vor unserer Abreise noch sehen können. Ich hatte mich so darauf gefreut. Ich hätte diesen Umzug so gerne mit Dir besprochen. Ich habe das Gefühl, daß wir das Richtige tun und daß wir dort, wo wir jetzt hingehen, sicher sind und wir für Jon und uns alle in schweren Zeiten Schutz finden.

Jon geht es gut. Ich nahm ihn mit zum Arzt, und der stellte absolute Fortschritte fest und meint, daß ihm ein ruhiger Winter in England gut tun wird (so sehen versuchsweise unsere Pläne aus). C. und ich nehmen ihn alleine mit. Das Schiff fährt langsam – braucht zehn Tage –, doch ich habe viele warme Sachen für ihn mit, auch Deine warme Decke, mit der ich ihn nachts zudecken werde.

Unsere erste Adresse – nach der Bekanntgabe, denn wir werden natürlich versuchen, ohne Aufhebens fortzukommen – wird c/o Morgan, Grenfell und Co., London, England sein. Wir fahren nach Liverpool und dann vielleicht, bis wir alles übersehen können, in Aubreys Elternhaus. Dort ist es ruhig und friedlich, es liegt in Wales auf dem Land. Dann werde ich Dir schreiben.

Ich habe in letzter Zeit oft an Dich gedacht. C. zeigte mir einen Brief, den Du ihm geschrieben hast, ehe er (1927) über den Ozean flog, und den er in seinem alten Koffer voller Schätze fand. Es war so ein wunderschöner Brief – mutig, verständnisvoll, großmütig, selbstlos und voller Bereitschaft, alles zu akzeptieren, was das Leben bringen mochte – daß ich mir beim Lesen ganz ärmlich vorkam. Ich würde Dir gerne mitteilen, was mich alles bewegte.

Samstag, 21. Dezember 1935

Nach England eingeschifft.

Jon – still, absorbiert, aufmerksam – in seinen umfangreichen Stadtgewändern steckend, in einer dunklen Ecke des Autos.

Hinein in die stille, verlassene Hafenanlage – den Landungssteg hinauf zum Frachtdeck (wie Emigranten, finde ich), durch dunkle Hallen hindurch. Sehr bequeme Kabinen, ein Kinderbett für Jon. Jons Stimmchen: »Wenn ich für dieses Bett zu groß bin, wo schlafe ich dann?« und: »Kann ich jetzt ein Paket aufmachen?«

Strahlende Beamte, Geruch nach Farbe.

Bringe Jon ins Bett. Es ist sehr heiß, Dampfheizung. Dauert noch Stunden, bis wir ablegen; Geräusche der Docks und der Schiffe.

Schlafe schlecht. Träume wieder lebhaft von Elisabeth.

Sonntag, 22. Dezember 1935

Sonnig und warm; sitze an Deck. An Bord gibt es ein Kätzchen, das Jon erfreut.

Wir drei nehmen die Mahlzeiten in der kleinen Kabine ein. Ein netter weißhaariger Steward (Engländer – gerade Haltung, militärisch und respektvoll) hat in zwei Kriegen, dem Burenkrieg und dem Weltkrieg, gedient. »Und wir werden für einen neuen ausgerüstet, Sir.« – »Glauben Sie?« – »O ja, Sir, um die Frage zu beantworten. – Kotelett für das Baby.«

Jon (der auf zwei Kissen sitzt), sehr beleidigt: »Bin *ich* ein Baby?«

Jon weint nachts. »Mir gefällt das gar nicht. Fahren wir nach Englewood zurück? Es macht mir nichts, es macht mir nichts, aber fahren wir nach Englewood zurück, kann ich Daddy Bee sehen?«

Montag, 23. Dezember 1935

Finde Mutters Zettelchen – in einer Tasche meines Mantels! Sie ist großartig – wie nahe sind wir uns alle.

Schlechtes Wetter: Schnee, Wind, Dunst ...

Telegramme kommen nach und nach an. Das Maß an Aufmerksamkeit – sozusagen die Hauptartikel – eher schockierend.

Weihnachten 1935
An Bord des *S.S. American Importer*

Geliebte Mutter,
ich bin eben dabei, ins Bett zu gehen neben Jons kleinem Bettchen, das in seiner Luxuskabine steht, aber ich muß Dir vorher noch ein Gutenachtbriefchen schreiben. Bisher bin ich nicht dazugekommen, auch nur eine Zeile zu schreiben, aber nicht, weil es hektisch zugeht. Es ist friedlich und ruhig und gar nicht mühsam, auf Jon aufzupassen, da es keine Unterbrechung gibt. Aber ich bin davon ganz und gar in Anspruch genommen. Ich bin jede Minute mit ihm zusammen und passe meine Zeiteinteilung der seinen an: schlafe, wenn er schläft, esse, wenn er ißt, mache sogar gleichzeitig mit ihm einen Mittagsschlaf. Wir sind tagsüber viel an Deck. Wir hatten keine glatte See, aber es war auch nicht sehr bewegt und eher mild. Aber ich kann auf Deck nicht schreiben – zu windig – und muß auf Jon ständig aufpassen. Dadurch habe ich zahllose Stunden, in denen ich mir Briefe ausdenken kann.

Ich fand Deinen Brief am zweiten Tag in meinem Mantel, als ich den Koffer öffnete. Das war ganz unerwartet und fast ein kleines Wunder. Wir sind so weit fort, durch die See voneinander getrennt und durch das ruhige und endlose Geräusch der Wellen – doch dann überbrückst Du das plötzlich wie mit einer leisen Berührung, dazu war Daddys altes Taschentuch so tröstlich. »Klugheit, Willenskraft und Liebe« – Du verkörperst sie.

Über Jon schreibe ich später, auch über die Weihnachtsgeschenke. Ich saß hier alleine in der Kabine und öffnete sie heute abend, jedenfalls die von meiner geliebten Familie, und dachte: »Wie ähnlich sieht ihnen das! Wie großartig sind sie doch!«

Ich hätte heute zu gerne ein Telegramm geschickt, aber ich wußte nichts über die Situation zu Hause. Aus den Funktelegrammen entnehme ich, daß Ihr sehr unter Druck steht und daß man auf jedes Fitzelchen einer Nachricht von uns wartet. Also habe ich nichts geschickt, auch wenn ich es gerne getan hätte. Aber meine herzlichen Gedanken sind bei Euch.

Donnerstag, 26. Dezember 1935

Ich bin schrecklich müde. Weiß nicht genau, weshalb. Jon zu versorgen ist nicht so schwierig, wie ich es mir vorgestellt hatte, viel leichter als zu Hause – es gibt keine Unterbrechungen. Die Routine läuft ohne Schwierigkeiten ab 7.30 Uhr: Orangensaft. Jon sitzt auf meinem Koffer und redet während des ganzen Frühstücks. Dann eine oder zwei Stunden aufs Deck hinauf. Dort ist es friedlich. Ich setze mich gewöhnlich hin, während Jon sein Boot auf dem Deck herumzieht oder mit dem Kätzchen spielt; und wir wandern herum.

Mittagessen, dann auf Deck, dann hinunter, Herrichten zum Abendessen. Alleine, ohne C. (C. ißt mit dem Kapitän). Mir liegt ungeheuer viel daran, daß Jon ißt, schläft und ausreichend seine Bewegung hat. Das Essen ist das Schlimmste. Dazu die pure physische Erschöpfung nach dem An- und Ausziehen, wobei man sich gegen die Bewegungen des Schiffes stemmen muß. Man scheint ständig hoffnungslos zu versuchen, einen Schuh anzuziehen, während Kind, Schiff, Seegang, Schwerkraft an einem zerren. Man wartet mit der größten Spannung auf diesen langweiligen Löffel voller Erbsen, und ob er auch tatsächlich *im* Mund verschwindet.

Kann weder in mein Tagebuch noch an Con oder Margot schreiben. Denn nie bin ich lange genug alleine, um mich zu konzentrieren, nur nachts, wenn ich wach im Bett liege und nachdenke und versuche, mich für die Zukunft zu rüsten – versuche, ihren Geheimnissen auf die Spur zu kommen. Was wird mir begegnen? Ich muß auf Enttäuschungen, auf Schwierigkeiten gefaßt sein. Muß das vernünftig und ohne Aufregung betrachten.

Sonntag, 29. Dezember 1935

Sehr rauhe See. Nachts Sturm. Jon den ganzen Nachmittag und Abend seekrank. Ich möchte ihn so gerne trösten. Ich denke an Elisabeth – etwas in seinem blassen Gesicht. Einmal schlingt er seinen Arm um mich, zieht still meinen Kopf zu seinem hinunter, ohne Erklärung – er wollte nicht, daß ich weggehe. Ich bin wegen Jon beunruhigt, spüre, daß nur er wirklich wichtig ist. Wie konnte ich mir je über irgend etwas anderes Gedanken gemacht, je etwas anderes ersehnt haben? Wenn ich ihn nur sicher dorthin bekomme.

Eine Welle bricht durch das Fenster. Der Schrecken, den sie verbreitet, die Gewalt, die Unpersönlichkeit – Hoffnungslosigkeit, jemals eine Chance gegen die See zu haben. Sie überschwemmt den Raum, durchnäßt Jon und mich. Ich packe ihn und renne mit ihm in den nächsten Raum, lasse ihn auf dem Boden sitzen, renne zurück und schließe das Fenster (vor fünfzehn Minuten konnte ich es nicht von der Stelle bewegen). Läute dem Steward – *alles* ist tropfnaß. Schließlich ist alles wieder aufgewischt, wir sinken ins Bett. Ich kann nicht schlafen – werde die ganze Nacht vom Sturm und dem Krach vor dem Fenster hin und her geworfen.

Montag, 30. Dezember 1935

Ein strahlender blauer Tag, aber stürmische See. Die Küste Irlands. Ein Geruch vom Land.

Die See ist herrlich, leicht bewegt, wir alle fühlen uns erfrischt und wiederhergestellt.

»It cannot be
that I am he
on whom Thy tempests fell all night.«[1]

Packe abends; bin aufgeregt. Kein Schlaf, aber ruhiger. Ich finde, die Reise hat vieles bewerkstelligt, die Freude an Jon ist zurückgewonnen, das Verständnis, das Glück. Auch hat das ganze Jahr eine bessere Grundlage bekommen. Ich glaube, ich bin mir über C. und die Zukunft jetzt eher im klaren.

Dienstag, 31. Dezember 1935

Nacht. Wir sind in Liverpool. Ein seltsamer Tag, früh aufstehen und langes Warten. Jon ist ein Engel, er spielt, während wir warten, mit Spielsachen. Die Männer vom Zoll. Das Entsetzen der Zeitungen: Zitate aus den New Yorker Leitartikeln.

[1] »Es kann nicht sein, daß ich es bin, auf den Dein Sturm die ganze Nacht über herniederbrauste.« [George Herbert]

C. trägt Jon durch das Spießrutenspalier der Kameras den Landungssteg hinunter. Die Fahrt durch die Straßen – Straßenbahnen, Autobusse, Zylinderhüte, rotbackige Kinder, Frauen mit Shawls, Kindermädchen schieben Kinderwagen, Backsteinhäuser, Regenmäntel, eintönig gekleidete Frauen – und eine Woge des Gefühls. »Wie schrecklich englisch«, und dann: »Wann werde ich – meine ›Amerikanismen‹ wiedersehen?«

Extrablätter werden in den Straßen ausgerufen: »Lindbergh in Liverpool!«

Personenregister

Adams, James Truslow 188
Aldrich, Amey 38, 220, 226f., 239, 245, 252, 276, 279, 287
Aldrich, Chester 220, 245, 276
Aldrich, Putnam 38
Amory, Copley 27, 30
Anderson (Gouverneur von Godthaab) 79f.
Andrée, Salomon August 94
Astor, Lady Nancy 141

Balba, Oberst Giuseppe 71
Balbo, Italo 68f., 180
Banks, Septimus (Butler der Morrows) 34, 39, 43, 66, 208, 216, 225, 264
Baudelaire, Charles 17
Beebe, Charles 26
Berg, Mrs. 105
Birch, Stephen 217
Blériot, Louis 153
Bliss, Mr. und Mrs. Cornelius 21f.
Bolander, Carl 285
Breckinridge, Henry (Oberst; Rechtsanwalt; Freund von C. A. L.) 63f.
Breckinridge, Aida (Mrs. Henry B.) 64, 235
Browning, Robert 28
Burke, Alfred 208
Butler, Mrs. William A. (C. A. L.s Tante) 286

Caldwell, Mr. und Mrs. Robert G. 162, 166
Carlyle, Thomas und Jane Welsh 28
Carrel, Dr. Alexis 10, 33, 152
Carrel, Mrs. Alexis 152
Caulkins, Dan und Anna Fay Prosser 25
Chilton, Constance 224f., 227, 258
Christian X., König von Dänemark 120
Christie, George W. und Eva 293f.
Clark, Annetta 250
Clough, Arthur 191
Cochran, Thomas 21
Cohn, Dr. 222
Condon, Dr. John F. 233
Coolidge, Calvin 23
Cornelio (Bediensteter) 252
Coste, Dieudonné 150
Curtiss, Mina 242, 297
Cutter, Annie Spencer (Tante von A. M. L.) 39f., 127
Cutter, Mrs. Charles Long (Großmutter von A. M. L.) 39f., 220, 222

Dam (Fregattenkapitän) 80ff., 84, 87, 96, 102, 109f., 117f., 120ff., 125
Dam, Mrs. 118f., 122
Dickinson, Emily 28, 220, 261
Duffield, Dr. Warren 70ff., 84, 87, 96, 112
Dyer, Chester 275

Earhart, Amelia (Mrs. George Putnam) 23, 26
Elmore, Dr. Carl (Geistlicher) 226
Emily (Mädchen der Morrows) 39, 43, 61, 130
Engstrom, Mr. und Mrs. Martin 283ff.

Farley, James 197
Flexner, Abraham 63
Forster, E. M. 209 (›Goldsworthy Lowes Dickinson‹)
Frederick, Kronprinz von Dänemark 109f.

Galster, Mr. 80
George (Gärtner) 208
Goddard, Robert H. 304
Gow, Betty 39, 52, 61, 195, 199, 201, 234, 244
Graeme, Arthur 258
Graeme, Jo (Mrs. Cecil) 44, 60, 208, 210, 222, 258
Grant, Mary (E. R. M. M.s Mädchen) 309
Grant, Shirley 201
Grants (Familie) 60, 275
Grenfell, Mr. und Mrs. Edward Charles 144ff.
Grierson, John 108ff.

Guggenheim, Harry 64, 195, 204, 211, 290, 304
Guggenheim, Carol (Mrs. Harry) 64, 195
Gustav Adolf, Kronprinz von Schweden 109, 120

Haakon VII., König von Norwegen 136
Hakluyt, Richard 202
Hand, Learned 217
Hand, Mrs. Learned 316, 320
Harcourt, Alfred 261f., 264f., 267
Hauptmann, Mr. und Mrs. Bruno Richard 207, 244
Herbert, George 58, 325
Herbert, Michael 144
Hibben, Mr. und Mrs. John Grier 24, 62
Hitler, Adolf 311
Homan (Mechaniker) 70ff., 84, 96, 112
Hopper, Edward 67, 209 (›Twin Lights‹)
Horton (Gouverneur von Puerto Rico) 193
Hughes, Laura 267, 288

Ida (Hausangestellte in Next Day Hill) 39
Ingalls, David 281

James, Henry 27, 38
Jarbo (Funker) 70, 72, 84, 91, 96, 112f.
Johnson, Mrs. 285

Kerrs (Freunde von E. C. M.) 222
Kinsley, Charles 301 (›The Water Babies‹)
Kirstein, Lincoln 242, 254
Knight, Harry und Irwin 46
Knutsen, Mr. 83
Koch, Dr. Lauge 92f., 99
Kuzmik (Leiter einer PAA-Station) 188f.

Lachaise, Gaston 242
Lamont, Corliss 140, 234
Land, Konteradmiral Emory Scott (»Jerry«) 196
Lawrence, Mrs. 24
Lawrence, Frieda 218
Lee, Thelma Crawford 236, 247, 276, 279, 304
Leffingwell, Russell C. 217, 227
Leuteritz, Hugo 194
Lindbergh, Anne Morrow (A. M. L.), Reisen mit C. A. L.: Afrika 169ff., 177–184; Detroit 39ff.; England 138–142; Grönland 12, 93–105; (Überquerung des Binneneises); Island 105–114; Kalifornien 44–56, 205ff.; Kopenhagen 116–123; Labrador 68–78; Minnesota 282–286; Norwegen 136f.; Paris 148–153; Portugal 158–166; Praia 171–177; Sowjetunion 131–135; Gerichtsverhandlung gegen den Kidnapper von Charles jr. 207, 233, 243–246; Smith College (Ehrendoktor) 250f., 270; Tod von E. R. M. M. 221–230
Lindbergh, August (C. A. L. s Großvater) 129f., 286
Lindbergh, Charles A. (C. A. L. s Vater) 282
Lindbergh, Charles A. (C. A. L.), Reisen mit A. M. L.: siehe Anne Morrow Lindbergh; Rockefeller Institut 10, 33, 152; Roswell (Raketenabschußrampe) 304; Rumänischer Orden 23; Übersiedlung nach England 320; Verhandlung über Inlandsluftpostverträge 197ff.
Lindbergh, Charles A. jr. 8, 21f., 30–33, 35ff., 41, 50f., 61ff., 75, 97, 112, 207, 232, 366; Gerichtsverhandlung 243–246
Lindbergh, Evangeline Lodge Land (E. L. L. L.; Mutter von C. A. L.) 40, 44, 65f., 107, 127, 282, 292, 294, 296f.; Briefe an 33, 36f., 58–62, 88ff., 111, 125f., 196f., 199, 201, 206, 233f., 274f., 321
Lindbergh, Frank und Ruth (Onkel und Tante von C. A. L.) 294f.
Lindbergh, Jon 8, 10ff., 14, 17f., 23f., 26, 33, 36f., 39ff., 43f., 50, 57, 59–65, 72, 76ff., 89, 107, 111, 126, 142f., 167, 188, 195f., 198–201, 204, 210f., 213–216, 225, 229f., 233, 236, 238ff., 243, 246, 248f., 253, 258, 263, 267, 269ff., 273f., 279, 289, 298, 300f., 305–308, 310, 312, 318 bis 326

Lindbergh, Louisa (Mrs. August; C.A.L.s Großmutter) 286f.
Lodge, Harriet und John C. (Halbgeschwister von C.A.L.s Großmutter Land) 296f.
Logan, Major Robert 70, 80, 84, 87, 96, 102, 112
Loines, Margot 231, 239, 242, 247f., 251, 254, 260, 324
Longfrock, Lisbeth 140
Loomis, Mrs. 34
Love, Mr. und Mrs. Phil 46f.
Lovejoy, Mr. 63

MacDonald, Isabel 58, 146
MacDonald, Sir Ramsay 145f.
Maddux, Jack 50f.
Mansfield, Katherine 28, 34, 66, 218, 321
Marriner, Theodore 151f.
Marshall (Nachtwächter) 223, 244
Masefield, John 229
McIlvaine, Edwin (Onkel) 267
McLean, Evelyn Walsh 56f.
Michaela (Stubenmädchen) 139f., 143
Miguel (Bediensteter) 252
Millar, Margaret Bartlett (Monte) 319
Millay, Edna St. Vincent 310
Monnet, Jean 21, 217
Moore, A. Harry 44
Morgan, Mrs. 62, 143
Morgan, Aubrey 8, 13, 21f., 25, 34, 57, 62, 111, 138–144, 149, 203, 205, 210, 235ff., 245, 247, 251ff., 260, 274, 276, 298, 305ff., 311f., 320f.; E.R.M.M.s Tod 221–230
Morgan, Bernard 141
Morgan, Elisabeth Morrow (Mrs. Aubrey; E.R.M.M.; Schwester von A.M.L.) 8, 12f., 21ff., 25, 29, 36, 43, 66, 107, 110f., 119, 127, 137, 139–144, 146, 193, 205, 215, 218ff., 234–237, 239, 242–246, 250–253, 256ff., 261, 266ff., 270f., 273, 276, 288, 305, 317–320; ihr Tod: 221–230; Briefe an 34f., 51f., 57f., 62f., 111f., 120f., 124f., 130f., 149–153, 195, 197–204, 207–211, 217f.
Morrow, Alice (Tante von A.M.L.) 275, 279
Morrow, Constance Cutter (C.C.M.; Schwester von A.M.L.) 8, 21, 36, 126, 144, 220, 231, 237, 247, 252, 260, 270, 299f., 305f.; Tod von E.R.M.M. 221–230; Briefe an 26–30, 225f., 252f., 275f., 317f.
Morrow, Dita (Adoptivtochter von J.J. und Hattie Morrow) 265f.
Morrow, Dwight Whitney (D.W.M.; Vater von A.M.L.) 7ff., 13, 15, 23f., 27, 102, 120f., 141, 144ff., 164, 193, 208, 215, 217f., 220, 223f., 226, 228, 235, 244f., 262, 266, 268, 280, 299, 305, 323
Morrow, Dwight Withney, jr. (D.W.M. jr.; Bruder) 8, 21, 36, 40, 208, 220, 231, 244, 247, 255, 260, 276, 298, 306; Tod von E.R.M.M.: 221–230
Morrow, Elizabeth Cutter (Mrs. Dwight W.; E.C.M.; Mutter von A.M.L.) 8ff., 12ff., 16f., 21ff., 34 bis 36, 51, 54, 57, 60, 62f., 65, 72, 107, 110f., 120, 142, 149, 193, 204, 208, 210f., 216–219, 236–239, 241, 243ff., 252f., 258f., 266, 268, 275–279, 289, 295, 297, 301f., 305, 318, 322; E.R.M.M.s Tod: 221–230; Briefe an E.C.M.: 38–41, 43f., 65f., 97–102, 110f., 126f., 136f., 139ff., 143–146, 162–165, 205ff., 219f., 249–256, 309, 323
Morrow, General J.J. und Hattie (Onkel und Tante von A.M.L.) 265–268
Mortensen, Mr. 114
Munroe, Vernon, jr. 228

Neilson, William Allan 7, 218, 265, 270, 314
Neilson, Mrs. William Allan 265, 314, 317
Nicolaisen, Mr. 82f., 90
Nicolaisen, Mrs. 84f., 89, 91, 98
Nicolson, Sir Harold 27ff., 208, 210ff., 216ff., 220, 223, 236, 239, 241, 247, 262, 264, 269, 276ff., 280, 288, 297, 309, 312; Biographie über D.W.M. 13, 15, 27, 208, 210, 220, 239, 241, 258f., 265, 267f., 299, 305; 210, 223, 254 (›Lord Carnock‹); 223 (›Tennyson‹)
Nicolson, Mrs. Harold (Vita Sackville-West) 27, 216, 298

Nortons (Familie; Freunde aus North Haven) 38

Olaf, Kronprinz von Norwegen 136

Parish, Mr. und Mrs. 178–183
Perrett, Geistlicher, und Mrs. Perrett 75f.
Piccard, Jean Felix 26
Pickerell, Mrs. Gordon 188
Plesman, Albert 154
Poe, Edgar Allan 28
Post, Wiley 289f.
Prosser, Seward 217
Proust, Marcel 24, 28f., 164
Putnam, George 23

Raby, Admiral James 194
Rasmussen, Mr. 82ff., 86f., 90, 95
Rasmussen, Mrs. 84ff., 88, 90f., 95
Rasmussen, Dr. Knud 95, 99–102
Reilly, Edward J. 244f.
Richardson, H. H. 236
Rilke, Rainer Maria 17, 234, 239, 254, 306, 314, 316
Roberts, Elisabeth Madox 131
Robertson, Frank H. 46
Rogers, Mr. und Mrs. Will 205, 289
Roosevelt, Franklin D. 9, 146, 197f.
Roosevelt, Eleanor (Mrs. Franklin D.) 197
Rublee, Mr. und Mrs. George 217, 268, 276, 278f.

Scandrett, Agnes Morrow (Tante von A. M. L.) 275, 279
Scandrett, Jay 256ff.
Scandrett, Richard und Mary 256
Schoenfeld, Mr. und Mrs. Arthur 193
Schwarzkopf, Hauptmann Norman 13
Seal, Linda Lindbergh (C. A. L.s Tante) 295f.
Sharpe, Violet 244
Shiff, Madelon 258
Skean (Scotchterrier der Lindberghs) 196, 199
Sloan, Samuel (Lektor bei Harcourt) 262–265
Spender (Landvermesser) 95
Spender, Stephen 239
Stein, Gertrude 236
Stevens, Ester 23
Stevens, Laura Brandt 255
Stone, Mr. 152
Ström, Hauptmann 124, 127
Sullivan, Katherine 23f.

Tainer, Hauptmann 103
Tennyson, Alfred 28, 223, 312
Thor (Schäferhund der Lindberghs) 33, 196, 199, 216, 230f., 243, 276, 307
Thoreau, Henry David 7f., 16
Thurber, James 30
Trenchard, Richter 234, 244, 246
Tuck, Mr. 151

Vaillant, Susanna Beck 317
Van Dusen, Henry Pitney 226
Van Ingen, Dr. Philip 44, 253
Vanderbilt, Mrs. Cornelius 23
Verlaine, Paul 123
Villatte, de, Hauptmann, und Mme. 153
Virgin, General 124
Voorhees, Ruth McIlvaine 267

Wahgoosh (Scotchterrier der Lindberghs) 196, 199, 210
Watkins, Henry George 94
Watson, Miss 200
Whateley, Elsie (Mrs. Oliver) 58f., 195, 199, 210, 215, 225, 230, 234, 249, 255f., 260, 274
Whateley, Oliver 58f., 234, 255
Whigham, Charles 144
Wigert, Hauptmann 128
Wilentz, David T. 244
Winston (Hausmädchen) 140
Woolf, Virginia 120, 123, 209, 236; 140 (›Flush. Eine Biographie‹); 29f. (›Die Fahrt zum Leuchtturm‹); 35, 145 (›Mrs. Dalloway‹); 29 (›Orlando‹); 26, 29 (›Ein eigenes Zimmer‹); 25, 29, 246f. (›Die Wellen‹)

Yates, Edith (Mrs. Sheldon; Tante von A. M. L.) 39, 225